程德培　著

黎明时分的拾荒者

第四个十年集

作家出版社

程德培

广东中山人，1951年生于上海。1978年始从事文学评论和研究工作，发表论文及批评文字300余万字。著有《小说家的世界》《小说本体思考录》《33位小说家》《当代小说艺术论》《谁也管不住说话这张嘴》《批评史中的作家》等，编选并评述《探索小说集》《新小说在1985》《新闻小说'86》等。

曾获首届、第二届"《上海文学》评论奖"，第一届"上海市文学作品奖"，首届"中国当代文学研究表彰奖"，第三届"《作家》奖"，第六届"鲁迅文学奖"等。

序：时间之绳

程德培

一

本集子副标题"第四个十年集"是黄德海所起，我以为很好。"第四个十年集"是个时间概念，虽不是个准确的数字，但大致不差。它至少提醒我，十年转眼即逝，何况第四个十年，就写作而言，离终结期不会太远了。年轻的时候总以为自己能调度和运用时间，而今轮到接受时间的训箴和告诫了。时间带来的教训，只有在时间中都能学会。来日方长和来日不多是一次人生的逆转。年岁一大，表面空闲自由的时间实则是一种虚幻，束缚之一就是无论清醒和睡梦中，总也摆脱不了那"现实主义"的记忆。这也是我有点怨恨记忆的缘故。记得本雅明在《经验与贫乏》中这样写道："我们变得贫乏了。人类遗产被我们一件件交了出去，常常只能以百分之一的价值押在当铺，只为了换取'现实'这一小铜板。"这里若把"人类遗产"改作"人生经历"，便可视作我的真实写照。这本集子中，把上世纪 80 年代所写评莫言和残雪二文作为附录收于其中，便是个人的记忆在作祟。

二

这不是一本专著，十年一集，虽非全部，也算是纪念。我的写作很少，每年二至三篇。相对阅读，我不是很喜欢写作。当代批评的难处在于，你既要十分注重文本对象的无法言说和难以言说，又要留意表达自身的无法言说和难以言说。怀疑是一把利剑，但它能否所向披靡还真是个问题。无法言说和难以言说不止是语境和禁忌的问题，重要的还在于生活的易变和人性的复杂。理解总是夹带着误解，记忆总是一种遗忘的记忆，这种悖谬的组合如同经线和纬线织成的网络，我们总是深陷其中，难以置身事外。

赫拉克利特第一次用悖论形式表达观点：灵魂转化为水的快乐，尽管这种转化就是它们的死亡。在赫拉克利特看来，甚至最高的神也有一种不再为神的渴望，而当他梦想成真，世界才一如既往地存在，而他本人了却了作为神的重负。死亡本能不仅不等于而且也不对称于快乐本能，因为前者的存在将后者的权力化约为一段轶事。转化的快乐对小说家来说是叙事的享受，而批评要享受这份荣誉则谈何容易。

三十几年前，一本《伊甸园之门》的书在文学界火得很，搞评论的如果没有读过此书都自感惭愧总觉得有点落伍似的。现在时过境迁，此书已被人淡忘。即便如此，莫里斯·迪克斯坦那段著名的评论我还记得，"所有的现代派作品都是实验性和修正性的，它们就像斯威特笔下从粪土中长出来的郁金香一样，在早期形式和准则的衰微上繁荣兴旺。现代派写作，热衷于弑父杀母和自相残杀。它启示录一般地着迷于文化的毁灭——小说死亡、韵律的死亡、叙述的枯竭、十九世纪的毁灭——然而又贪婪地吞食着那些被谋杀的前辈，就像卡夫卡令人啼笑皆非地吞食着现实主义的技术，同时又削弱着它们对因果关系和现实的控制；又像乔伊斯把《尤利西斯》转变成一部对各种传统风格进行滑稽模仿的文集一样。"①

　　此等思潮性的文学逆转，在1980年代成就了中国式的先锋文学运动，其中的快意和激情，在经历了多次曲折反复后皆成了过眼烟云，成了难以收拾的记忆和遗忘的碎片。2005年，当我重拾批评这个行当时，同时代的作家早已是著作等身，今非昔比，曾经的当下已成历史。现在研究一个作家不止要面对其几经变化的创作史，还要研究那无法摆脱的批评史。想当初年轻作家的作品一问世，都渴望批评，希望得到承认、肯定和阐释。现在作家的地位一经确立，批评的寄生性便得以凸显。正如莫言用他戏谑的口吻所告诫的："很多人研究我的时候，我都劝他们赶紧换题目。作家基本上都被过度解读了，很多人评论我的文章，我觉得写的不是我。作家写作一部作品时，不会想得那么清楚。如果一部作品想得完全清楚了，可能是一部坏作品。"莫言的提醒不是没有道理，过度和过剩的东西总是让人难以消受，站在他人肩膀上的行当其命运着实难以意料。据说有一次，弗洛伊德的一个弟子在研讨班上与弗洛伊德在一个问题上争辩，弗洛伊德试图让他的弟子闭嘴。那个弟子却回答说："但是，一个站在巨人肩膀上的矮人肯定会比那个巨人看得远。"弗洛伊德明白弟子话里有话，他拿着手中的雪茄烟一再比划，然后回答说："但是一个站在天文学家头上的虱子又能看到些什么呢?"②

三

　　彼得·奥斯本在他那本《时间的政治》序言中一开始，就提到

① ［美］莫里斯·迪克斯坦著，方晓光译：《伊甸园之门——六十年代美国文化》，上海外语教育出版社，1985年，第235页。

② ［美］马克·埃德蒙森著，王莉娜、杨万斌译：《弗洛伊德的最后岁月：他晚年的思绪》，华东师范大学出版社，2012年，第61页。

了帕克讲他在日本买书的故事：为了原汁原味地进行研究，他顺利地买到了有关时间主题的最重要的哲学著作，不料，在回纽约的途中却发现，他没有时间去阅读它们。这个故事也隐喻了我的阅读人生：当我年轻气盛精力充沛的时候，许多心目中大师的批评著作还没有译本，这些年，像莱昂内尔·特里林、韦恩·C.布斯、弗兰克·克默德、戴维·洛奇、哈罗德·布鲁姆、特里·伊格尔顿等人甚至圣伯夫的批评著作均有译本问世，但我发现自己年龄已大，记忆力感受力大不如前，一句话，时间不够用了。

这两年，一个叫詹姆斯·伍德的评论文集颇受欢迎，其批评的睿智与锋芒着实让人佩服，但我并不喜欢其过于气盛。一个刚入行的批评家，总是选择自己最熟悉最擅长的东西入手，时间一长，随着名声的增长涉足的范围也越来越广，一旦到了什么都能写的时候问题也就来了。比如说，《私货》中的"埃德蒙·威尔逊"一文，就有脱离语境，偏于极端有失公允之嫌。世界上不存在通吃的批评家。想想当年的圣伯夫，雄霸文坛多少年，最后还不是被普鲁斯特一书给休了；想想奥尔巴赫，学问如何了得，在资料稀缺的条件下，写下皇皇巨著《摹仿论》，至今难有人能敌，但也正是对现实主义原理的热心专注使得他不愿也无法接受20世纪的小说，尤其是伟大的弗吉尼亚·伍尔夫和乔伊斯的小说。

相比之下，我更喜欢另一位伍德的书，十五年前，当我偶尔间读到《沉默之子》一书就立刻被吸引住了，它是我心目中的偶像之作。尽管在此之前我并不知道迈克尔·伍德为何许人，尽管顾钧称自己是第一次译书，并且据介绍伍德的代表作《电影中的美国》也无中译本。但是这本评价了十四位作家批评家的集子依然让人心生敬意。它也是鼓励我重操旧业的动因之一。经常翻阅此书能让我对自己的书写心生不满，从而在下一次书写中努力超越自我。迈克尔·伍德阐释马拉美言辞的警告一直是我评价同时代人的座右铭：

自以为赶上时代的人是落伍的，或者自认为了解时代的人根本不知今夕为何夕。宣称跟自己是同时代，只会失去如此宣称之前可能有的任何可信度。

还是迈克尔·伍德说得好，"真正跟我们同时代的不是那些作家，而是他们的作品。时钟上确切的时间是我们初遇这些书的时间，是它们进入并改变我们的生活，变成我们的一部分的那一天，那一瞬。时间包括了我们阅读这些书的方式，包括了理由和心境，也包括了背景以及我们当时的习惯或兴趣。"①

四

本书所涉及的十五位作家，最能引起我产生本能记忆还数有关上海叙事的几位，我虽年龄比他们大那么一点点，也算得上在同一座城市成长的同时代人。上海很大也很小，大与小都与成因有关。新中国成立后趋于一律的生活使我们的人生很接近；但由于历史的原因，我们所出生的环境和居住的条件又有着差异。眼下这几位作家写的都是卢湾、静安两区，旧上海笼统地称之谓"法租界"，而我从小居住的则曾经是"日租界"的虹口区。租界文化所造成的不同是我们业已遗忘而渴望想象的。我从小生活的里弄叫三德坊，里面居住的除了我们熟悉的劳动阶层外，还有不少是旧社会遗留下来的各色人等，如牙医、律师、买办、二房东、国民党时期报纸的主笔、日伪时期的翻译、旧社会的舞女、消防所的股东、洗衣店煤球店食品店的小业主，等等。长久以来，他们作为各自不同的人生是如何经历这翻天覆地的变化与革命、经历一场又一场的运动，一直都成为我想象这座城市的源与流。

---

① ［英］迈克尔·伍德著，顾钧译：《沉默之子——论当代小说》，三联书店，2003年，第15页。

现在到处流行聚会：相处六十几年的发小、认识半个世纪的同学和工友都是聚会的理由。我们没有了双休日，唯一的工作便是替子女带小孩，唯一的节庆便是旅游和聚餐。每次聚会总有些记忆力特别好的人喋喋不休过去生活的细枝末节，总有从外面旅游归来的人兴奋地传播新鲜之见闻。此等现象已经构成了我们的生活场景，所有的这些欢聚都在使用记忆的形式实施着遗忘的权力。卡夫卡曾经令人费解而又形象地谈及记忆力，"我能够像其他人一样游泳，只不过我的记忆力比其他人都好，没有忘记当初不会游泳。然而，由于我没有忘记这个，所以学会游泳对我毫无裨益，我还是不能游泳。"作为寓言大师的卡夫卡究竟想说什么：生活于想象之中的不需要学会"生活"，抑或是记忆中的游泳比学会游泳更重要？还是什么都没说。

五

有些心里明白的东西，却又始终张不开口；有些正在张口说的话，正是些纠缠不清的东西。阅读卢卡奇久矣，但我还是喜欢青年卢卡奇，年轻的卢卡奇认为："在历史的世界中暗藏着一个秩序，在线索杂乱无意的纠缠中暗藏着一种结构。但这是一种难以名状的地毯纹理或舞步：要解释它的意义似乎是不可能的，但要放弃解释更不可能；由混乱的线索所组成的整个结构似乎都在期待一句会使它变得清楚、明确和直白的话语，这句话似乎始终就在嘴边——却从未有人宣之于口。"[1] 此话出之卢卡奇"悲剧的形而上学"一文，是《心灵与形式》中对本雅明影响最大的一篇论文。在该文中，卢卡奇是这样描述现代生存困境的："生活是光明和黑暗的无政府状

---

[1] ［匈］格奥尔格·卢卡奇著，罗璇等译：《卢卡奇论戏剧》，北京师范大学出版社，2014年，第143页。

态，没有一物是完全充实的，没有一物能完全地终结；新的语无伦次的声音与从前听过的合唱混在一起。一切都在流动，一切都彼此不分地搅和在一起，这个不洁的混合体不受控制；一切都被摧毁，一切都被碾碎，没有一物流入真实的生活。所谓活着就是某个生命体挨到死亡，但是生命意味着不曾充分地完整地达到生命的尽头。”①

如果说本集子有什么关键词的话，那就是“变化”。从以前的十年一变到现在十年几十变。变化令人眼花缭乱、无所适从。今天的时间已是一种速度功能，显然我们只有按它的速率或速度本身才能理解。变化渴望新事物，同时也追求时尚之物，它促进诞生也加速死亡。我们对一样新事物还未适应，更新的东西便接踵而至；变化总是鼓励新事物发着光，一闪一闪地照在生活经验平庸的小径上，这是一种不碍事又迷人的东西，是一种危险而又突然的东西，是偶然，是伟大的瞬间，是奇迹，是丰富和混乱，它不能持续，而许多人则容易告别它的高度和深度。变化的速度有时也产生逆转，比如怀旧，日复一日的轮回，改头换面的游戏，带着新面具的旧情，物化所催生的记忆，正如自我记忆与他者记忆不能相互区分一样，个人记忆也总难以摆脱历史的集体记忆。重复昨天的故事依然是我们的叙事，“说不可说”的冲动仍旧是我们不可或缺的想象。

六

瞬间与漫长、有限与无限，是时间的两把利刃插入我们的两肋，让我们顾此失彼、左右不是。时间的组合拳像绳索一样捆绑着我们，让我们难以解套，而生命的含义却又从中呼之欲出。无形和

---

① ［美］理查德·沃林著，吴勇立、张亮译：《瓦尔特·本雅明：救赎美学》，江苏人民出版社，2008年，第16、17页。

有形的事物，看不见和看得见的事物，沉默与言语彼此争斗与争锋中，时间却失去了主客体的地位，成了中介性的衡量之器。

弗洛伊德生前津津乐道的一个故事是：一个靠卖保险为生的无神论者，躺在病床上，奄奄一息。就在此刻，一位牧师前来拜访，决心拯救这个可怜男子的灵魂。牧师在男子身旁待了两三个小时，与撒旦搏斗或与阻碍这个固执的商人的灵魂获得拯救的任何力量搏斗。当牧师离开病房时，这个男子所有的朋友都围上前去问，他得到了拯救吗？他的灵魂现在纯净了吗？没有，牧师不得不承认，他所有的恳求都没有奏效。但是，牧师高兴地宣布，他现在拥有了一份保险单，是从商人那里低价买来的。对这个故事，转述者解释道，这则故事令弗洛伊德感动的是商人乐观的反抗精神。在我看来，这则故事富有启迪且意味深长，其含意和寓言已非弗洛伊德所能左右，相反，转述者的自以为是，则很像当下某些批评的拙劣表演。

这则故事倒让我想起朗西埃在《沉默的言语》中关于小说命运的一些颇为枯燥的说辞。朗西埃认为："对谢林或施莱格尔来说，曾经作为'无限的诗性'准则，在黑格尔那里已然相反，它是历史终结的标志。史诗曾经是'世界最初的诗歌状态'。小说则反之，为了将诗性还给曾失去它的世界的努力。这样的努力是矛盾的。我们并没有把这个世界遗失的诗性归还给它。小说于是只得再现其自身境况：诗歌的憧憬与资产阶级世界散文之间的偏差。与歌德和小施莱格尔的愿望相去甚远，小说最初尝试的实质内容是理想的喜剧，资产阶级年轻人的小说，与家族、社会、国家或商业暂时割裂而四处游荡之后，资产阶级年轻人却变成了像其他一样庸俗的人。"[1]朗西埃探讨了文学的矛盾，实质上依然是逆转的关系，时

---

[1] ［法］雅克·朗西埃著，臧小佳译：《沉默的言语——论文学的矛盾》，华东师范大学出版社，2006年，第70、71页。

间中的变故：从诗性的无限到小说的有限，从内容到形式的扯皮。

七

实验电影导演汉斯·里希特认为，"电影的发明是为了用来复制，但矛盾的是，电影主要的美学问题正在于克服复制。"本雅明把被诋毁为"消遣"的电影，转变为有助于认识的好东西。消遣并不直接造成被动，确切地说，消遣也是集体意识的解放性表现，是一种观众并不会在黑暗中被迷惑的符号。这里都涉及逆转的问题，不同的则是表现形态。时间的节点如何在瞬间爆发，抑或在漫长岁月中埋下时间的种子，都有点宿命和轮回的味道。宙斯选择了普罗米修斯，而普罗米修斯选择了人，这就以公式的形式表达了古今之争，以及宇宙中心论与人类中心论形而上的冲突。

人发明了语言，而后他表现自己说话和思考都受到了语法的控制；人创造了价值的标准，却发现在他违背那些标准时，就产生了罪恶感；人制定了种种规章制度，它们却渐渐地作为一种外部世界的强有力的控制甚至威胁性的东西与自己作对。如今好了，智能性的东西日益繁荣，四处诞生的都是无人饭店、无人商场、无人银行……一系列的创新都在取代人的地位，该不会人的书写的终结也将提到议事日程了？这真让人有点气馁。

当然也有积极向上的见解，在人类学圈内，有这样一个关于葛雷格里·贝特森的故事，他曾经说："我以前讲过一个小故事，以后还会讲，有一个人想知道思维是怎么回事，不是自然状态的思维，而是他私人电脑的思维。他问电脑（当然是他最先进的程序语言）：'你能不能算出你会像人一样思考？'于是，那台电脑开始运转起来，分析它自己的运算习性，最后，这台电脑像其他电脑一样把答案打印在一张纸上。这个人连忙跑上前去看，只有一行字，上面写着：这让我想起一个故事。"我不知道，这个号称"以后还会讲"的人类学家今天还会不会讲这个小故事。

我不懂电脑，至今都不会用电脑写作。十几年了，多亏热心的严芳帮忙打字，手写的文章才得以成为印刷品。我们都共同完成了一次逆转，严芳的无私成就了我在电脑时代的写作，在此表示感谢。

二〇一九年二月十日于上海

目 录

"洋葱"的祸福史或"众声喧哗"戏中戏

　　——从《花腔》到《应物兄》　　　　　　　　　1

捆绑之后

　　——《黄雀记》及其阐释中的苏童　　　　　　75

打碎，如何重新组合

　　——评长篇小说《日夜书》兼论韩少功的小说修辞　113

镜灯天地水火

　　——贾平凹《带灯》及其他　　　　　　　　147

你就是你的记忆

　　——以《红豆生南国》为例的王安忆论　　　180

文化和自然之镜

　　——阿来"山珍三部"的生态、心态与世态　212

一个黎明时分的拾荒者

　　——评吴亮的长篇《朝霞》　　　　　　　237

我讲你讲他讲　闲聊对聊神聊

　　——《繁花》的上海叙事　　　　　　　　277

我们需要走在一个能磨擦的地方

　　——读宁肯的长篇小说《天·藏》　　　　296

迟子建的地平线

    ——长篇小说《群山之巅》启示录   316

你所在的地方也正是你所不在的地方

    ——弋舟的底牌及所有的故事   336

要对夜晚充满激情

    ——张楚小说创作二十年论   366

镜子并不因为擦亮而变得更清楚

    ——以李浩的长篇小说《镜子里的父亲》为例   397

附录：

被记忆缠绕的世界

    ——莫言创作中的童年视角   431

折磨着残雪的梦   444

"洋葱"的祸福史或"众声喧哗"戏中戏

——从《花腔》到《应物兄》

> 其实，"真实"是一个虚幻的概念。如果用范老提到的洋葱来比方，那么，"真实"就像是洋葱的核。一层层剥下去，你什么也找不到……洋葱的中心是空的，但这并不影响它的味道，那层层包裹起来的葱片，都有着同样辛辣的味道。
>
> ——李洱《花腔》

> 结构主义分析并不打算发现潜藏的意义：巴特写道，一部作品就像洋葱，"多个层次（或多重表面，或多个体系）叠合在一起，它的体内没有心脏、没有内核、没有秘密，也没有不可化约的原则，只有把它自身包裹起来的无穷的表层——这些表层包裹的不是别的，就是自身的集合"。
>
> ——乔纳森·卡勒《罗兰·巴特》

不夸张地说，我感觉到这倒是我对知识分子日常生活奇迹性的发现。知识分子生活好像时刻处于一种"正反合"的状态，各种话语完全搅和在一起，剪不断理还乱，就是剪断了也还理不清。

——李洱《问答录》

众声喧哗，曾经被合并进小说中（无论合并的形式如何），是另一个人以另一种语言表达的话语，它以曲折的方式帮助表达作者的意图。这样的讲话构成了双声话语的一种特殊类型。它同时为两个说话人服务，同时表达两种不同的意图：正在说话的角色的直接意图以及作者的曲折意图。在这样的话语中存在着两个声音、两层含义、两种表达。同时这两种声音具有对话关系、相互联系，它们事实上知道彼此存在；这就像两人实际上在进行交谈一样。双声话语总是内部对话的。这类例子包括滑稽、反讽或戏仿性的话语，叙述曲折的话语，人物语言的曲折表达，整个被组合后的话语——所有这些话语都是双声、内部对话的。它们中嵌入了潜在的对话，一旦被揭示出来，就会发现是两个声音、两种世界观、两种语言的集中对话。

——巴赫金《长篇小说的话语》

上　虚论篇

一

2001年《花腔》首发于《花城》杂志，次年人民文学出版社出版单行本，那时李洱35岁。很多同行羡慕作者的年轻，连远在德国的马丁·瓦尔泽都说："《花腔》用三段不同故事来展示个人在历史中的细微感受，其方法、视野和思辨力令人望尘莫及，德国作家也不具备此种能力。倘若我如李洱一般年轻，我会妒忌他。"原来，衡量年轻与否的标准来之于作品的分量。《花腔》涉足中国复杂且微妙的历史，其讲述方法也是典型的中国腔调，即便如此，外国作家也能感同身受，其影响力可想而知。

"多年来，我无数次回到《花腔》的开头，回到那个大雪飘飘的夜晚。一名将军出于爱的目的，把一个医生派往大荒山。这位以救死扶伤为天职的人，此行却只有一项使命，那就是把葛任先生，一位杰出的知识分子置于死地，因为这似乎是爱的辩证法。几年后，我终于写下了《花腔》的最后一句话。那是主人公之一，当年事件的参与者，如今的法学权威范继槐先生，对人类之爱的表述。范老的话是那样动听，仿佛歌剧中最华丽的那一段花腔，仿佛喜鹊唱枝头。但写下了'爱'这个字，我的眼泪却流了下来。许多年前的那个夜晚的雪花，此刻从窗口涌了进来，打湿了我的眼帘。"① 李洱回顾性的自我阐释令人动容。人类生死相依的爱恨情仇不仅是文学的永恒议题，也是我们无尽的思索和无限延迟的对话。

对《花腔》的热烈反应和持续阐释差不多整整八年时间，2009年王宏图《李洱论》的发表算是基本告一段落。这不是其首篇评论，实际上早在 2002 年，王宏图已有专论《花腔》的《行走的影子及其他》一文落地。在李洱小说的接受史上，王宏图无疑是强有力的评论家，就是今天看来也是如此。王宏图从关系入手：经验与命名、个人与现实、革命与历史、知与行，甚至传统手法与现代小说的纠结，不同引文之间的纠缠不断歧义纷呈。作品的有序与世界的无序两相对立不可避免，连接的跨度愈加宽广，所要连接的物质之间的关系也就更加微妙。小说是架连接的机器，它与分离一切的死亡之力抗争，试图在最简单到最复杂与最宽广的整合之间，编织出一张形式确认的关系网。

---

① 李洱：《问答录》，上海文艺出版社，2013 年，第 254 页。

李洱经常把"经验"挂在嘴上，王宏图则揪住"悖论"不放。"作家从繁复的经验中找到的不是信念的佐证，而是腐蚀剂一般的怀疑。在悖论意味的经验中他们深深地感到了命名的困惑。李洱自己曾以为，'我感到与重新审视已有的经验同样重要的工作，是审视并表达那些未经命名的经验，尤其是不同语言、不同文化背景相互作用下的现代性问题。'从这个意义上说，作家的工作便是命名，是赋予那些混沌糊涂的生活以一个清晰的形式。"[1]李洱将"命名"看作一种穿透能力，而试图穿透的过程又经常伴随难以穿透的困难。生活漂白了我们的固有认知，社会变化更是布满了无法"命名"的陷阱。这也是为什么《花腔》这样一部涉及个人与历史关系的旧案，追寻历史真相的作品，作者也不忘在叙述中插足当下社会中出现的"新鲜事"，诸如金钱消费、走穴演出、建希望小学、搞传销公司、消费联盟、购买阿拉斯加海豹油，等等。

值得一提的是，以上"经验"和"命名"都是在相当宽泛的意义上使用的。如同奥古斯丁使用"记忆"一词一样。奥古斯丁认为，一些记忆的东西蜂拥而出挤在心里，当我寻找并想要迥然不同的东西的时候，它们跳到我的面前说道，"我是你想要的吗?"我用内心的手把它们从我的记忆的面前赶走，直到我想要的从模糊一片中摆脱出来并从其隐藏的地方出现。记忆总是和我们过不去，我们记住的东西模糊了，而我们忘记的东西又重现了出来。这让我想起另一位重要的评论家敬文东。敬文东是有特色的，尽管有些人可能不满意其文章中的无限引申和烦琐注释，但我们又不得不佩服其视野的开阔和理解的专注。在《记忆与虚构》一文中，作者详细地辨识了记忆与回忆的异同后指出："李洱的小说在相当大的程度上，正是利用了回忆和记忆之间的矛盾关系，为小说空间和小说叙

---

① 王宏图:《李洱论》,《文艺争鸣》2009 年第 4 期。

事营造了某种恬淡的、诡秘的、含混的、不确定的氛围。"① 这里谈论的是李洱早期的中短篇小说，一年之后敬文东另有更详尽的专论《花腔》文章发表，这里暂且从略。问题是，过度强调记忆和回忆间矛盾关系的作用，是否有失偏颇和牵强附会了？成因总是复杂的，本雅明始终捍卫的是那些接近自然而生活的人，试图恢复系统中更为复杂的经验模式。"后来他将这个任务赋予艺术批评，认为它可以将美转为真，通过这种转换，'真理不是那种破坏了神秘性的昭然若揭、真相大白，而是一种证明了神秘性昭示和显灵。'光晕的概念最终作为必要的外表替代了美的幻象，而光晕消解时，则揭示了复杂经验的神秘性。"②

　　要说李洱的早期作品，王鸿生的评论不可不提，文章不长但见解不凡。李洱在与梁鸿的对话中称，王鸿生"眼光很毒"，一种李洱式的褒奖很能说明问题。也许是出于对哲学的偏爱，王鸿生文章开始便是从分析哲学对世界及中国 1990 年代的影响入手，推断一部分小说家的叙事探索，并断言："在我看来，李洱小说的叙事学意义正系于反形而上学这一背景性命题。抓不住这一点，我们就很难理解，为什么正是在市场化的今天，才出现这些作品……"今天读来，此等对宏阔复杂语境的推断未免有失公允，还是那句话，过于简单明了。尽管如此，此评论依然是研究李洱创作不可多得的文献，特别是他首次提出李洱关注"人"的兴奋点一向比较集中，那就是作为两代人的"老师"或"同学"，或两种人的"言语者"与"行动者"。指出这点特别重要，我们将在后面的分析中看到："师道"和"知行"如何在几十年后的长篇《应物兄》中成为关键词。王鸿生心思缜密，不像其他的同行一概把"老师同学们"称之为知

---

① 敬文东：《记忆与虚构——李洱论》，《小说评论》2002 年第 2 期。

② 郭军、曹雷雨编：《论瓦尔特·本雅明：现代性、寓言和语言的种子》，吉林人民出版社，2003 年，第 418 页。

识分子，而是小心地用了"知识者"的称谓。①

二

《午后的诗学》是名篇，就是今天读来也同样吸引我们。重要的是，它和其他几部作品一起，草创了李洱小说世界的"话语"蓝图。费边一举成名，不是因为这个人物形象塑造得如何，而是他的谈吐和"高论"："写作就是拿自己开刀，杀死自己，让别人来守灵。工蜂一张嘴吐出来就是蜜，我的朋友随口溜出来的一句话，就是诗学。他这种出口成章的本领，我后来多有领教。他并不要贫嘴。从他嘴里蹦出来的话，往往是对自己日常生活的精妙分析，有时候，还包含着最高类型的真理。"从此以后，无论是在"河边的悬铃木树荫下聊天，还是费边家的客厅聚会"；无论是关于《论语新注》的争吵，还是为办杂志起名的讨论；不管是"粪便在分析玫瑰"，还是"玫瑰在分析粪便"。当那些"口舌"在享受它们的快乐之后，"当一切都已分崩离析不可收拾，当各种戏剧性情景成为日常生活的写真集的时候……"他终于发现"小品文现在很吃香的，至少比严肃音乐吃香"，"早期的一位朦胧诗人现在为流行歌曲写作歌词"，他甚至"对那个历史学家的饶舌很恼火。那人一直在讲人与狗、讲人与狗做伴的历史不止五千年，起码一万年，各种狗的祖先都是狼……"这里一切的感悟、发现，一切的烦恼与微讽都裹挟着言辞落地的窘境，隐含世事变化的无情与无奈。

许多年以后，当我翻阅那套由上海文艺出版社出的李洱作品系列时，发现"狗"是他运用频率极高的词。例如，"他经常在我们家的房前走过来踱过去，就像咬着自己的尾巴转圈的狗"（《你

---

① 参见王鸿生：《被卷入的日常存在》，《当代作家评论》2002 年第 4 期。

在哪》）；"阿庆的鼻孔比狗都灵，还不是一般的狗，起码是警犬"（《花腔》）；"万能胶可以把耳朵粘上，哄你是狗"（《我们的耳朵》结句）；葛任"曾有过一个念头，将托洛茨基著作中的'土豆烧肉'译成'枸杞烧狗肉'"；萧邦齐的著作《重现个人身份》云，"我如一只狗舔着自己的伤口"；白圣韬在白陂镇外的枸杞丛中也觉得自己"活像一条狗"。这样的例子可以举出很多很多，不止是形容词或者隐喻，有时候还是细节和事件。《花腔》出现有"狗的哲学"的章节，到了《林妹妹》干脆写了一个养狗的故事，崔鹏养的那只叫着"林妹妹"的吉娃娃狗，祖上是否是纯种的问题关联着现实的"经济学"和人际关系。狗不仅停留在狗上，它还演绎着世事的变迁，你将在《应物兄》中有关木瓜咬金毛的事件中看到，狗已进入了宠物的时代，宠物也不仅仅是宠物，它还是一条产业链。"狗咬狗"事件是如此重要，它将打开李洱历时十多年的长篇小说之门。这将是后话，暂且打住。

李洱从其写作的开始就十分重视"话语生活"及其命运。他认定"话语生活是知识分子生活的重要形态，从来如此，只是现在表现得更加突出而已。"[1] "我感觉这倒是我对知识分子日常生活奇迹的发现。知识分子生活好像时刻处于一种'正反合'的状态，各种话语完全搅和在一起的，剪不断理还乱，就是剪断了也还是理不清。"[2] "当然，'吊书袋'对我来说，还有一个目的，就是增加小说的互文性，以使站在话语的交汇点上，与多种知识展开对话。在我看来，这也是激活小说与世界的对话关系的一种手段。"[3]

不合时宜的误用是李洱早期作品中常见的手法，没有确切寓言的结尾又总是李洱小说的归宿，真相的揭示也总是伴随着真相的难

[1] 李洱：《问答录》，上海文艺出版社，2013年，第90页。
[2] 李洱：《问答录》，上海文艺出版社，2013年，第87页。
[3] 李洱：《问答录》，上海文艺出版社，2013年，第207、208页。

以命名。话语是生活的"假面舞会","它们言近而旨远,形象而生动,都是中国人智慧的结晶"(《午后的诗学》)。小说的繁荣总是同下述事实联系着:语言和思想的稳定体系出现解体,与此相反,无论在标准语内外,语言的杂语性又都得到加强和意向化。杂语中的各种语言仿佛是相对而挂的镜子,其中每一面镜子都独特地映照出世界的一部分,这些语言迫使人们通过它们互相映照出来的种种方面,揣测和把握较之一种语言、一面镜子所反映出来的远为广阔的多层次、多视角的世界。《花腔》的诞生昭示了李洱创作的繁荣期,而在此之前的中篇小说《遗忘——嫦娥下凡或嫦娥奔月》则是一次预演和"实弹演练"。

三

小说史上成就开创性事业的作品往往呈现出两种趋势,一种是领风气之先,带动思潮性写作。巴尔扎克就是一例,写出了超常小说,严重地改变着自己引进文学的体裁——小说,但他后继有人,有巴尔扎克式小说。另一类作品就不同,无论普鲁斯特还是乔伊斯,从未带动类己之作,他们似乎只有一个能耐,打碎传统而又阻断模仿之路,杜绝近似之图,他们的诞生就像一块巨石似的封堵了一条道路。他们创造了这样一个局面,为后来的摹仿者设置了一个万劫不复的陷阱。遵循这一比对,把《花腔》划归后一类作品,大致应该不错。《花腔》一类的作品容易引发一种类似的末路说、终极论,它们似乎永远只能靠废除规则的例外才能让我们看出规则,借由确定之作以不确定的方式呈现,表现出已然开始的、必然向死的意识而生存。难怪黄平把论《花腔》的文明命名为"先锋文学的终结与最后的人"。

《花腔》那触目惊心的杂品语并置,不可思议地让各不相同、相互矛盾甚至冲突的视角"同台献艺"，让所有的"陈词滥调"改头换面推陈出新，化腐朽为神奇。此等不可思议的编程不是"结构"二字所能了结的。难怪作家魏微感叹：《花腔》整个是一杂耍场，小说家周旋于各种文体之间，把日记、游记、诗歌、随笔、新闻通稿、地方志、回忆录……进行自由切换，令人眼花缭乱。""书中诸如新闻体、文艺腔、文白相杂的文风、延安的文风、国统区的文风……措辞腔调都各有所不同。外国传教士的回忆录是质朴清新的，海外学者的言谈则沉静雅训。另外还有文革腔，改革开放腔，活泼泼的民间用语、方言、行话、套话等。"①总之，《花腔》的对话及双重性是全面的，它们都在三个不同的叙述视角、正本与副本的遥相呼应及互补的结构框架之中顽强地生存，它们"众声喧哗"，构成的却是自足的有机生命体。所谓有机生命体要完成的唯一使命，乃是堵死它朝向本源回归的还乡之路。弗洛伊德本人就谈到这一悖论：有机生命自我防御，抵抗一切影响与危险，而它们毕竟可能有助于它通过捷径而臻于"不复存在"这一无法通融的目标。在死亡本能的威权之下，自我断言、权力和自我持存这些附属本能发挥着一种担保作用，那就是确保有机生命沿着死亡之路前行，而绕开一切可能的回归之路，以免它返回有机生命内在性之外的无机生命。

魏微写小说，和李洱在认知上有亲缘性，她还原式的阐释所谓专职的批评家很难做到。魏微关于《花腔》的两万多字评论可称得上"珍贵"。我极少在微信上与人讨论问题，而几年前关于《花腔》却和魏微有过几个来回，此事在一次闲聊中被《上海文化》同行获悉，他们正想开个作家写作家的栏目，于是便向魏微约稿。谁知魏微并未如期交稿，直到两年后才履行约定，其认真可想而知。当

---

① 魏微：《李洱与〈花腔〉》，《上海文化》2018 年 3 月号。

然，这仅是我的一面之词，魏微原本做如何打算和安排，我不得而知。同一件事，不同的视角可能会产生想不到的差异。李洱正是抓住了这一点，才会有同一个葛任，产生了医生白圣韬、人犯赵耀庆以及著名法学家范继槐三种截然不同的叙述，它们以一种混乱的有序，"见证葛任的历史，参与了历史的创造，而且讲述了这段历史"（《花腔》卷首语）。

新时期文学至今已四十年了，四十年来，我亲身经历了不少文学事件，也参加过不少当代文学史绕不过去的大小会议与思潮争鸣，但每次读同代人的回忆文章，总因与自己的记忆有着惊人的出入而难以认同。拿1980年代的"杭州会议"来说，自己也算从头至尾的参与者，但读了至少不下七八篇回忆之作，每每有错愕之感，总觉得事实并非如此。究其原由，是记忆有误，还是视角不同；是对昨日事件的遗漏，还是几十年后的当下情景和心绪作祟，真是说不清道不明。莫不是历史的真实与每个人记忆的叠加都得经历一次"花腔"的命运？莫非我们都得聆听一次胡塞尔现象学的教诲："括除在外"或是悬搁判断，让现象学家在探询一个人如何经历着他或她的世界时，暂时忽略"这是真的吗"这个问题？现象学提供了人类经验的正确方法，让哲学家或多或少地像非哲学家那样讨论生活的同时，仍然能够自我安慰他们是有条理和严谨的。到尘土飞扬的马路上，正是我们是什么的定义。白天会使那些在晚上看起来很清晰的东西变得模糊不清。

四

拜《花腔》所赐，人们经常谈论"百科全书"式的写作，我们眼中挥之不去的是"互文性"，关于真相的讨论也呼之欲出。互文性研究离不开易位一词，正如它离不开联系一词。巴赫金第一个提出："任何一篇文本的写成都如同一幅语录彩图的拼成，任何一篇文本都吸收和转换了别的文体。"或如热奈特所言："当我们将此词或此句和我们认为原本可以取代之的彼词或彼句加以比较时，修辞现象就出现了。"[①] 引经据典、搬弄名言名句或引文，在李洱的小说中俯拾皆是，但它们都已无法回到那原有的固定的文本之中，而转向特定社会语境中个人的具体言语之中。正如伊格尔顿所强调的："语言要被看作内在的对话：语言只有按照它不可避免地要对别人而言才可以领悟。符号不应看作一个固定的单位（像一个信号那样），而应看作是语言的一个积极的成分，由它在具体社会条件下凝聚在本身内部的可变的社会情调，评价和含义在意思方面进行修饰和改变。因为这种评价和含义经常在变化，因为'语言共同体'实际上由许多互相冲突的方面组成一个'非纯一'的社会，所以巴赫金认为在一个给定的结构里符号并不是中性的，而是一个斗争和矛盾的焦点。"[②]

《花腔》让不同的引言互相切磋，产生对话；让引章摘句因人而异，在不同语境中产生新的含义，有时甚至不断地走向自己的反面。逞口舌之快对李洱来说是件快乐之事，而《花腔》则恨不得整个文本都由"引文"组成，这种本雅明理想中的文体一直是李洱渴望的。这是一种改写的欲望，一种引用中的戏仿，一种"结构主义"的雄心引发的对话与复调，一种文本杂陈的剪切与粘贴，一种现象学意味的狂欢。"与其说我关心的是改写，不如说我关心的是对各种改写的改写。"李洱在《关于"遗忘"》一文中如是说，"小说一定要有对话性，内部要提供对话的机制，让读者进行，让读者

① 蒂费纳·萨莫瓦约著，邵炜译：《互文性研究》，天津人民出版社，2003年，第5页。
② ［英］特里·伊格尔顿著，王逢振译：《现象学，阐释学，接受理论——当代西方文艺理论》，江苏教育出版社，2006年，第113页。

参与，让读者质疑你，质疑人物，同时质疑他或她自己。"① 李洱的小说，总让人感到其中有两种声音在诉说，有两支笔在写作，有些段落中，一种声音会比另一种声音显得更强，而另一些段落则相反，两种声音则势均力敌，相互启发，直接杂糅，彼此呼应，相互排斥，谁也少不了对方。这就是叙述文本中，身体与遮掩身体的衣服之间、能指与所指之间、显与隐、表与里的关系。不止于此，关系学中的变数或许更重要，在"与魏天真的对话"中，李洱提醒我们，"你去过少林寺的塔林吗？鸟进了塔林，叫声都变了。乌鸦的叫声很甜美，喜鹊的叫声却很沙哑。变种了。"其实，"变种"一直是李洱审视经验的一个法宝，这一点我们在下面还会提到。

李洱善于用一种漫不经心表现出其良苦用心，在一种貌似客观的语调与视野中透视出无奈中的疑惑、反讽中的悲喜、隐喻中的苦涩和转义中的抵抗，真可谓剪不断理还乱，就是剪断了也无法拼贴。有思考能力的却没有行动能力，没有思考能力的却四处乱窜，这不是生活中的两类人，而是我们所有人的共同命运，他们同处在一个屋檐下。弗洛伊德曾告诫我们，每个年轻人都必须认识到，世界的真相是他们邻居说的那个样子，而非他父母所说的那个样子——即我们不得不认识到，生活与家庭设法教给我们的理想主义不一致。就像契诃夫最好的戏剧和小说都表现了空怀英雄主义理想却难酬壮志的惆怅：回想生活许诺却又拒绝给予的尊严，追忆应该得到却被夺走的敬意。

《花腔》之后，李洱写下如此感人的文字："三年的写作过程，实在是一次精神的历险。对我来说，书中的每个细节都是一次临近寂灭的心跳，每一声腔调都是一次躲闪之中的出击。因为葛任先生的死，因为爱的诗篇和死亡的歌谣总在一起唱响，我心中常常有着

---

① 李洱：《问答录》，上海文艺出版社，2013年，第222页。

悲愤和绝望，而随着时光的流逝，写作的继续，这悲愤和绝望又时常变成虚无的力量。"[1] 作家的自我阐释固然重要，但绝不是作品的替身，犹如记忆无法复原事实本身，"自传是不敢说出自己名字的小说"（罗兰·巴特语）一样。创作谈中的言辞欠缺，本不是我们对作品本身说长道短的理由和出发点。

因为爱，许多人和事得以长存。葛任先生之于作家李洱，其重要性无论怎样说都不会过分。十八年后，随着《应物兄》的问世，葛任先生依然阴魂不散，其外孙葛道宏成了济州大学的校长。据费鸣透露：葛校长不姓葛，而姓贺。"他是为了纪念外公，才改姓葛的。他的外公可是赫赫有名。费鸣说，瞿秋白的密友，翻译过《国际歌》的，与鲁迅先生交往，也写过诗。据说最有名的诗叫《谁曾经是我》，您听说过吗？葛任先生的外孙？我不仅知道葛任先生的那首诗，而且知道那首诗的原题叫《蚕豆花》。蚕豆是葛任养女的乳名。难道葛道宏是蚕豆的儿子？"

这段小说中的消息源于葛道宏的自传《我走来》，可当好奇的应物兄"把书抽出来，想翻到相关的章节，奇怪得很，这竟然是一本空的书：纸上一个字没有"。乔引娣的解释，书还未出版，这只是"先做个样子"。据说一类的东西，如同应物兄在葛道宏办公室的上当，不足为信，可对小说的虚构性来说，那可是安身立命的东西。在一个虚构的世界之中，去揭穿一个据说的不存在，这多少有点滑稽和荒唐。就像应物兄对葛校长那句没有说出口的评价，"一个不愿说废话的人，通过研究废话，成了一个著名的学者"。如果说，作家是依据"假话"展现"真实性"，那么阐释又能不能从"真实"还原到"假话"呢？就像柏拉图曾有过的提示："要证明任何真正重要的事物而不使用例证很难。我们每个人都像是在梦中观

---

① 李洱：《问答录》，上海文艺出版社，2013年，第254页。

察事物，以为自己完全认识这些事物，然而，醒来的时候却发现自己一无所知。"

每个文本、每个个人的供词周围都有一个完整的世界，这个对他们来说是理所当然的世界以撩人的碎屑和片断展现在我的面前。不同的文本段落如何互文，不同视角的叙说如何组合，可真是个问题。这种互文与纠葛，也许在作家案头工作、创作意图中已有，也许压根就不存在。或许不同的人会有不同的组合与拼凑法，那是因为不同的人会以不同的方式解释故事，也许不同人的视角、出发点、落脚点、兴趣、道德、伦理、观念本来就是不同的。把事情弄错总会有的，读错、记错、曲解或误解也在所难免。试图使之统一和完整总是我们的出发点，最终难免的分歧、遗漏又总是我们的结局，或者我们总会落入没有统一完美的终点。尽管《花腔》的"尾声"引用了《逸经》中关于葛任的那篇短文中的话，"他为自己一生划（画）了一个圆满的大写的句号"；尽管最后"范老抢先替他回答了：'小姐，那还用问，他跟我们一样，也是因为爱嘛！'这句话很入耳，但有些笼统。所以至今我还不知道，范老所说的'我们'是谁，'爱'的对象又是谁。"《花腔》以副本结束，而正文呢？则陷入无尽的疑虑与沉默之中。

五

《花腔》推出了"洋葱"说："如果用范老提到的洋葱来打比方，那么'真实'就像洋葱的核。一层层剥下去，你什么也找不到。""洋葱的中心虽然是空的，但这也并不影响它的味道，那层层包裹起来的葱片，都有着同样的辛辣。"洋葱之说是借用范老的比喻，形象又易于传播，但并不严谨且易生歧义，你可能会过度强调那层层包裹起来的葱片的辛辣之味，也可能会过度阐释那无结果去意义的空心之核。

　　格非应当对李洱非常熟悉和了解，他那篇稍早于《花腔》发表的文章很具代表性："阅读李洱小说时，我有一种比较复杂的感受，一方面，作者在叙事中总是有意无意地摆出一副揭示真相、阐述意义、提供判断的架势，而且，他的流畅的叙事技巧也有助于读者产生这样的幻觉：仿佛有什么不同寻常的事即将发生。不过，当你读完整部作品时，又觉得与自己的预期相去甚远。"相去甚远的意思是："李洱的写作为我们敞开的，是一个广阔而模糊的中间地带。在这里，意义从未被取消，它只是暂时被搁置了起来。这个中间地带通过一系列相互矛盾的标志组合起来。"① 此话虽无"洋葱"之说，但也可以看作近邻了。

　　从审美角度上说，"洋葱"说并不新鲜，早在19世纪末，当《黑暗的心》还在报刊上连载时，约瑟夫·康拉德就写道："海员讲故事简单明了，所有的意义就藏在破了壳的核桃中心。但是马洛却不是这样（如果他要编个故事来讲就另说了）。对他来讲，故事的意义并非藏在坚果的内部，而是包裹其外，简洁展开犹如只有拨开迷雾才能寻其光亮，类似需要借助月光才能见到其朦胧的月晕。"康拉德"内核空心"的写作地位今日早已无法撼动，但在其生前还是受到不少质疑的，比如E.M.福斯特在评论《生活笔记和信仰》（1921）时，就抱怨道："装着他天才的秘密盒子盛着蒸汽而不是珠宝。"伦纳德·伍尔夫在评论《悬疑》时，呼应《黑暗的心》中的观点批评："我有一种感觉，像是要敞开一个漂亮的、闪亮的、新的坚果……结果发现里面什么也没有。多数康拉德的后期作品给人这样的感觉。"同年，《旁观者》中说："我们开始看到……他有故事可讲。但是，奇怪的是他无话可说。"② 相比之下，李洱则幸运

---

① 格非：《记忆与对话——李洱小说解读》，《当代作家评论》2001年第4期。

② 以上举例均参见塞德瑞克·沃茨著，安宁译：《康拉德文学传记》，江苏人民出版社，2017年，第192页。

得多，很少有人怀疑其写作能力。但因"空心"说引起的质疑却从未中断过。"空心"说很容易让人联系到"虚无"，问题还在于，从李洱自己的话来看，除了"经验"，"虚无"出现的频率也不低。

2015年，《南方文坛》推出黄平"重读《花腔》"一文。文章写得极其用心，涉及的问题很多，在谈及"虚无"时，黄平这样写道："在回答梁鸿'你把人物、读者，包括你自己都拖入怀疑的深渊中，无法从中看到任何光亮'的质疑中，李洱诚实而有抱负地表示，'它可以说是现代人的真实处境，是我们存在境遇中的公开的秘密。所以这类小说，写着写着，有时候你会觉得周身寒彻。但是，你必须挨过这一关，你必须顶上去，你必须能够调动你的所有力量，顶上去，能够穿透那虚无。'这种文学的志向令人尊重，但穿透虚无，谈何容易，这是先锋文学的涅槃之地：那照亮我们的阳光、那穿透意义的意义，如果有，是什么？"①

应当承认，设问是容易的，要回答则谈何容易。李洱在概念问题上经常铤而走险，比如喜用"经验"一词，需知在所有哲学词汇中，"经验"是最难驾驭的一个。有些问题诚如奥古斯丁所感叹的，"你不问我，我倒清楚，有人问我，我想说明，便茫然不解了"（《忏悔录》）。莱布尼茨问：为什么有而不是无？这一形而上学传统的最高问题可能是没有答案的。尼采"永恒轮回"的思想用一则神话再度占据了这个问题的位置。"为什么任何一个世界都有存在的权利？尼采无须进入这样的追问；相反，他首先设定在永无止境的永恒轮回系列中，随后出现的世界都有存在的权利，而这种权利奠基在这么一个世界之中，然后，他就用这么一个设定置换了上面那个问题。"② 至于"虚无"，理解不同更是常见的：一种是把"虚

---

① 黄平：《先锋文学的终结与最后的人——重读〈花腔〉》，《南方文坛》2015年第6期。

② ［德］汉斯·布鲁门伯格著，胡继华译：《神话研究》（上），上海人民出版社，2012年，第281页。

无"理解为对人的幸存来说是值得拥有甚至是必需的东西，另一种则是面对真实的丧失时确信真实的重要性和价值。在"拉辛就是拉辛"这样的表述中，巴特注意到，虽然这种同义反复是虚幻的，因为不存在真正的拉辛，只有拉辛的不同版本。"虚无"也是如此，别的不说，仅以存在主义而言：虚无有时指没有对象的忧虑的对象，即不涉及任何事物的忧虑所涉及的事物，有时指死亡，有时又指人类本性在通过各种自由选择得到实现以前的不确定性。就像L.卡罗尔小说中的对话："我看到路上没有人。""我希望我有这样的眼睛，能够看到没有的人。"关键是存在不需要虚无就能被设想，而虚无，由于它是存在的否定，需要存在以把自身设定为否定，存在为了在不需要虚无，而虚无像天堂一样，完全靠存在活着："从存在中获得它的在。"

具体的虚无这种概念听起来很古怪，但萨特用一个有关巴黎咖啡馆生活的例子做了进一步的解释。他说，让我们想象一下，我与朋友皮埃尔四点在咖啡馆见面。我迟了十五分钟，并焦急地环顾四周。皮埃尔还在吗？我感知到了很多其他的东西：顾客、桌子、镜子和灯，咖啡馆烟雾缭绕的气氛，碗碟碰撞的声音和人们交头接耳说话的声音。但皮埃尔不在那儿。在这个其他事物构成的场景中，一个事实响亮而清晰地凸现出来：皮埃尔的缺席。对萨特来说，虚无涉足主体的内在性问题："主体不再有内在性。主体就是主体所朝向的事物。是对事物的朝向本身，是向事物的投入或投射。但是萨特说，只要主体试图恢复自己，试图一时忘掉事物而与自己重合，想关起门窗，暖暖和和与意识亲亲热热地待在一起，这时候，主体就会消失，就会分解，用萨特的话说，就会变成虚无。他那句有名的话意思就是这样：'由此，我们就摆脱了普鲁斯特，是同时从内心生活中摆脱'，他之所以那么不公正地攻击《追忆逝水年

华》，其意义也在于此。"①萨特不相信自己，他相信的是自我缺乏
的自我，是不得不在自我中居留的自我。

今天，萨特的东西虽已老去，能为人论及的地方也越来越少，
但要三言两语讲清楚并理解其思想也并不那么容易，尤其是关于自
在之物与自为之存在的分析，萨特为此做出了巨大的努力，而且一
生从未动摇过，这可是萨特虚无概念无法绕过的东西。写到这里，
我反复提醒自己，不能离文学太远。作家的话语、作品的某些举例
和评论家的阐释很多地方都和文学无关，它们更多时候都是布下了
"索隐"的陷阱，让好奇之心深陷其中而不能自拔。当王宏图指出
《花腔》中那首诗的出处，当黄平考据出报刊《逸经》的真实来由，
我们也可以在《应物兄》中查出亚里士多德关于"朋友"的那句名
言是出于蒙田的文章之中，而是否为亚里士多德所说并不确证，而
理查德·罗蒂的《托洛茨基与野兰花》并不是一本书，而是其在
1992 年写下的小传文章时，当有人说葛任是个人的谐音，我们也
可以说应物是鹦鹉的谐音时，切莫因高兴过头而深陷其中，因为这
不是对小说阐释的应有之途。李洱的小说有着太多太多引经据典和
学术之疑，此等考据索隐的陷阱会使我们误认小说为非小说。一部
百年的红学研究学术史，几乎让"索隐"和"考据"占了大半壁江
山，而真正《红楼梦》本身的文学研究则少之又少，以至于余英时
先生感叹道："从文学的观点研究《红楼梦》的，王国维是最早而
最深刻的一个人……王国维的评论遂成绝唱，此尤为红学史上极值
得惋惜的事。"②

---

① ［法］贝尔纳·亨利·列维著，闫素伟译：《萨特的世纪》，商务印书馆，2005
　　年，第 301、302 页。

② 余英时著：《中国思想传统的现代诠释》，江苏人民出版社，2006 年，第 254
　　页。

六

"洋葱"之说是个隐喻，一层层的葱片和空心之核是个整体，缺一不可。但这个隐喻并不"想象"它所要形容的事物，它只是提供与事物有关的系列形象的方向。它的作用是象征，而不是符号；它既不形容也不图解它所表达的事物，它告诉我们从什么方向去寻找文化经验中的形象，从而左右我对其所述的事物的感觉。《花腔》追求的不是在一个层次上，只用唯一的声音说话，而是横跨于相互对立、彼此差异的矛盾之间，浑然为多声部的合唱，它打破的是井然有序、有头有尾的幻象，呈现出的是互为依存的对话和无法回避的悖谬。李洱从不把"洋葱"之戏剧立于非此即彼，以及"最终"和"不可回收"之上，而是以有限为赌注去赢得无限，并在冒险的确定性中，把握住赌赢的不确定性。那是因为人的目光所及之处，矛盾无处不在，因为历史可以重新解释，但历史绝对不可能逆转。历史呈现出一种"花腔"，现实生活的变化态势是"石榴树上结樱桃"，我们内心世界的怅惘和忧郁是"饶舌的哑巴"，怀疑论者的生存状态则是"午后的诗学"。

"洋葱"之福在于文本的愉悦，破坏的是长时期管制着我们的认识论。就像德国作家君特·格拉斯在其自传体小说《剥洋葱》中所说："回忆就像一颗要剥皮的洋葱。洋葱剥了皮你才能发现，那里面字母挨字母都写着什么：很少有明白无误的时候，经常是镜像里的反字，或者就是其他形式的谜团。""每一层洋葱皮都出汗似的渗出长期回避的词语，外加花里胡哨的字符，似乎是一个故作神秘的人从儿时起，洋葱从发芽时起，就想要把自己编成密码。"①又如巴特指出的，"文本就意味着织物，但迄今为止人们总是将这种

---

① ［德］君特·格拉斯著，魏育青等译：《剥洋葱：君特·格拉斯回忆录》，译林出版社，2008年，第4、5页。

织物视为一种产品，一种全部已经织成的薄纱，并且认为这织物薄纱背后或多或少地存在着隐含的意义（真理）；然而与此相反，现在人们在这种织物中强调的是一种生成的观念，它主张文本是在一种永久不断的织物活动中产生和发展"。弗兰克·伦特里奇亚在这段引文后评述道："作为纯粹的编织活动，作为中心没有蜘蛛的网络，作为永不结束的自由游戏，作为自由能指的无穷星系，文本打破了自身的薄纱、棱镜或镜子身份，并且从自己身上卸去了认识的重量，而这种负担是那些传统认识论隐喻注定要承受的。"①

　　从传统意义上讲，纱幕后面的东西是真实的，而纱幕自身就是一个现象学的建构。现在，这个洋葱片的剥去过程违背了这一建构，这个洋葱的内核是"无"，是"空白"，它不是"真理"的显露，而本身也是一种现象学的"废话"，它使我们失去了寻找真相的紧迫感，也就是说，叙述者的功用并不在于是纱幕的刺穿者，它最多只能是充满魔力的虚构。"大多数人都无法容忍太多的真相"，这是 T.S.艾略特很著名的警醒，那是因为亨利·詹姆斯的秘密、乔伊斯的谜、博尔赫斯的迷宫更能引发我们对真相的渴望，洋葱的空白内核也是如此。我们想表达出无形之物，却必须使用有形的介质；我们想表达不可言传之物，却必须使用措辞；我们想表达的也许是无意识的事，却必须应用有意识的方法。从这个意义上说，洋葱片是空白内核的证物，而空白之内核则是洋葱片的证言。

　　"洋葱"之祸同样容易产生于内核之空无，所谓于"无"深处多少也包含了此层含义。齐泽克曾以动画片《猫和老鼠》说明这个意思："猫疯狂追逐老鼠，根本没有注意到，它的前面是悬崖峭壁；但是，即使双脚已经离地，猫也没有跌落下去，还在对老鼠紧追不舍。只有当它低下头望去，发现自己浮在空中，这才跌落下去。"

---

① ［美］弗兰克·伦特里奇亚著，王丽有、王梦景、王翔敏、张卉译：《新批评之后》，南京大学出版社，2017 年，第 185 页。

我们都有过这样的经验：一旦遭遇创伤性经历，我们的现实感就会破灭。这使我想起，尼科尔森·贝克在小说《夹层厅》中，就曾精彩地从现象学的角度描述过一个男人的午休时间。主人公系一根鞋带时，鞋带突然断了，他默默地盯着手中的那截鞋带，脑海中闪现了类似的事件：拉住线头，想要打开一张创可贴，但线松掉了，没有把纸扯开。或者使用订书机的时候，订书针没有穿透纸页，紧紧在另一边闭合，而是"仿佛没有牙齿一样咬下去"，原来没有订书针了。为什么有时候一枚钉子在锤子下弯掉，会带来与之极不相称的沮丧感，并且让你觉得一切都在和你对着干？那是因为这个世界不再是一台运转平稳的机器，而是变成了一堆拒绝合作的顽固事物，而我处在中间，不知所措，迷失方向。"当一种约定俗成的虚假社会规范或者说'潜规则'大行其道的时候，个人生活的真实性就被吸尘器抽空了。"李洱在他那篇流传甚广的演说中如是说。

七

"洋葱"的空心说或许是对人们早已习惯了的"核心"美学的抗议与不合作。尽管在四十多年前，罗兰·巴特在为罗伯－格里耶辩护之时早已有详尽的阐释，但人们依然不习惯，就连晚期的罗兰·巴特自己也有所位移和松动。何况李洱的叙事美学不同于罗兰·巴特：他们的路径不同，处境更是有着天壤之别，但"对事物的浪漫核心所保持的沉默"这一点是相通的。生活于上世纪 50 年代的法国作家，信奉的是存在主义，盛行的是结构主义，他们经常重提海德格尔的"人的条件，便是在此存在"。究竟"为什么存在者存在而无反倒不在？"巴特由此评价罗伯－格里耶说："作者的整个艺术，便是提供对象一种'在此存在'，并在对象身上去除'某种东西'。"在这里，评价和对象之间都有符号和结构的印痕。李洱不同，他的叙事尽管有点故弄玄虚，但阅读者则乐此不疲。他从不轻易下结论，尊重事物的复杂性，看重日常经验的存在与变化。他喜欢佯装正面进攻，实则迂回包抄，自有着一套中国智慧的特色与遗传。在《夜游图书馆》中，作者这样写道："人类的这些固执的理想，与其寻常经验相违反，同时又是许多更高深的经验之肯定。"在《黝亮》中，叙述者又表示了些许无奈："尘世中的事物难以预料，也说不清楚，因为事物总是经过我而抵达你，或者经过你而抵达我。"言辞的杰出表演和一种让人气馁的落地之间，总有一种张力。

我们与世界的紧张关系无疑是李洱最为关注的重中之重，不断变化的时代和命名的飘忽不定又是李洱的烦恼之源。他的叙事总是鼓励我们去探寻那掩埋于深处的真相：一个隐秘的难以触及的真相，像水银一样倏忽不定，超越了情节，留住了证言却无法客观地进行验证；一个微妙的真相，如同影子一般，需要阳光的钦点来勾勒它的形状，它似有似无，随着调查取证的进展，在"谎言"的诱捕之下，我们总感到在慢慢地接近它，但它始终不会出现。希望始终存在，被希望的依然如故，摹仿者拯救摹仿者，但被摹仿者依然我行我素。所谓最终的真相，自然使我们想起那赛壬，希腊神话中人首鸟足美女神，这些海妖住在地中海的一个小岛上，常以美妙歌声诱惑经过的海员，使船触礁沉没。在卡夫卡笔下，赛壬是沉默不语的，这也许是因为在她看来音乐和歌唱是一种逃遁的表现，至少是可以逃脱的保证，一种我们可以从助手们大显神通的平庸世界中得到希望的保证；这个世界既渺小，又不完善，极为平凡，然而，同时又是可以令人感到宽慰的。

八

李洱喜欢谈加缪，自认为受加缪的影响。于是便有批评和阐释跟进。对此我很怀疑，虽然关于加缪的全面评价不是本文的任务，但至少在小说叙事方面寻找一下加缪和李洱的不同之处还是可以的。加缪推崇肯定，肯定大地和自然，阿尔及利亚的风景美丽得令人难以言喻，正午的太阳地中海的阳光，以及在阳光下陶醉的身体。他总是魂牵梦绕着一个唯美的地中海，习惯地将某种现实放到昔日的阳光下比照，无论是早年写下的赞歌，还是后期的道德至上，等等，都是李洱所不具备的。相反，李洱生性好疑，起事就是"午后的诗学"，成名于"行走的影子"，关注的是"喑哑的声音""哑巴的饶舌"和"石榴树上结樱桃"。记得黄平在他的文章中有这样的话，"相比萨特，加缪给出了穿越虚无的另一种选择，超越革命的'反抗'——并不意外，也正是《反抗者》（1951）导致了加缪与萨特的分裂。"[1] 实际上加缪和萨特的分歧早已有之，"加缪在《阿尔及利亚共和报》上赞扬了《恶心》的同时，发现它过于哲理化；而萨特虽然高度评价《局外人》，却认为它的思想深度不够。即使在加缪和萨特的关系最为亲密时，也存在着政治分歧，所以，选择完全不同的道路是迟早要发生的事。"[2] 实际上，从叙事美学角度看，他们的差异也包括着一些共同点，那就是小说想象总是依靠着理性的拐杖，头顶着哲学的皇冠，这对李洱来说可不是什么好事。值得一提的是，《反抗者》是思想著作而非小说，这也是为什么阿伦特的《极权主义的起源》一书也出版于1951年，她在

---

[1]　黄平：《先锋文学的终结与最后的人——重读〈花腔〉》，《南方文坛》2015年第6期。

[2]　［美］伊丽莎白·豪斯著，李立群、刘启升译：《加缪，一个浪漫传奇》，中国人民大学出版社，2012年，第212页。

读过《反抗者》之后，迫不及待地动身前去看望加缪。

　　记得雷蒙·阿隆曾经说过，他绝不攻击加缪取得的巨大成就，也不怀疑他的高尚灵魂。加缪欠缺的是理性地批判现实的能力，这需要特定的技术和智慧，与道德无涉。对加缪而言，想象的力量是否能够比理论构架更强大，或者反过来说，是否想象的力量只是出于修饰说明的目的而在一旁来回奔跑，是至关重要的。还记得1997年的《外国文艺》刊载了巴尔加斯·略萨的几篇文章，取题为《萨特与加缪》；同年《世界文学》又刊登了其另外一篇讲演"博尔赫斯的虚构"。这些文章均写于1960年至1980年，深刻地反省了萨特与加缪的文学地位如何由盛到衰的转变。略萨在大学时代曾经狂热崇拜萨特的作品，一度在多次争论中使出浑身解数，以萨特式的刻薄证明博尔赫斯的小说和诗歌只是些"响亮但空洞的大话"。后来才渐渐明白，"一度是我追随的许多榜样，当我试图重新阅读时，都很难拿在手上，其中包括萨特的作品。但是，对博尔赫斯的迷恋，秘密的，有着犯罪感的迷恋，却从来没有冷却过。"[①] 至于对加缪，略萨似乎更加偏激，"加缪的思想是含混和肤浅的：泛泛的议论如同空洞的公式一样多，他提出的问题总是那些死胡同，仿佛犯人在那小小的囚室里不知疲倦地踱步。""十五年前，他还是法国青年中最早的造反派之一，而今却在御用文坛上占据可怜的一席之地，为公众所唾弃，只在官方的教科书才有地位。"[②] 当年，略萨的这几篇不长的文章给我以极大的震撼，它告诉了我们阅历的增长、时代的变化，我们对伟大作家的认识不是一成不变的，同样，所谓的经典在接受史的地位也会此一时彼一时。文学作品是有"寿

①　［秘鲁］马·巴尔加斯·略萨著，赵德明译：《博尔赫斯的虚构》，《世界文学》1997年第6期。

②　［秘鲁］马·巴尔加斯·略萨著，赵德明译：《加缪的修正》，《外国文艺》1997年第3期。

命"的，重要和伟大的小说可能只是轰动一时的鼓噪，也可能是长久不息的笛声。

《花腔》问世至今已十八年了，为了写这篇文章，为了等待那部早已应当诞生而迟迟未诞生的另一部长篇，几年间数次重读《花腔》，每次都有新的收获，每次都感到就像在读一部刚刚发表的长篇，丝毫无落伍或陈旧之感。多年来，很多作家都谈论写作的难度，所谓有难度的作品一经问世，就会像山一样横在你的面前，无法模仿也难以逾越。这种难度对不喜欢重复自我的李洱来说也是如此。李洱关注生活的变化，他的书写也立足于更新而不复制，这是他的作品少的缘故，《花腔》之后更是如此。李洱又是天生的小说家，他的"故事"更多的时候不是在"纸上"而是流露于谈吐之间、闲聊之中、饭桌之上甚至连严肃的会议也都是他的说书场。李洱是小说世界懂得置换增值的理财高手，不像更多的同行干的只是将左手的钱放到右手的搬运工。对李洱来说，真正的敌人不是虚构的本身，而是社会上产生的假象，真正的对手不是故事，而是被异化的梦幻，即虚假意识。废除实际生活和思想之间的虚假对方，让前者揭示后者的无能，让后者对前者进行深度阐释，并发掘两者之间"福祸相依"的隐秘联系，这才是最重要的。

《花腔》中葛任那部生前未完成，死后又被焚毁的自传《行走的影子》源自莎士比亚悲剧《麦克白》中主人公麦克白穷途末路之际说的那段台词，而美国作家威廉·福克纳的代表作《喧哗与骚动》的标题也出于其中。这可真是文学名人堂中的"言辞"："人生不过是一个行走的影子，一个在舞台上指手画脚的拙劣的伶人，登场片刻，便在无声无息中悄然退下，它是一个愚人所讲的故事，充满着喧哗和骚动，却找不到一点意义。"①人生伴随着持续的不足，

---

① ［英］莎士比亚著，朱生豪译：《麦克佩斯》，《莎士比亚全集》（第3卷），中国戏剧出版社，1996年，第240页。

我们取消一种境况，然后进入另一种境况。我们并不了解自己，我们并不知道自己究竟知道多少，因为我们总是强迫自己遗忘，遗忘那些无法融入符号秩序的创作性事件。虚构只能永远捕风捉影，而且它也知道自己在捕风捉影。这种说法也许是对的，但阴影也是现实的一部分，人们不希望出现一个没有阴影的世界，这样的世界连"真实"都谈不上。

作品的难度并不在于它的用词，因为里面的词语都很简单，也不在于句法，尽管有时难以揣摩的句子会暂时迷惑我们，真正的难度在于诗中有些矛盾的表述，以及一些关键词语的含混意义。对李洱来说，世界具有互文性，其中还渗透着许多言语的变体。比如"换句话说，浪漫的诗意和神话的英雄劲头一旦遭遇日常生活，就荡然无存"（《遗忘》后记）；又比如"那些颠倒话，话颠倒，石榴树上结樱桃，东西大路南北走，出门碰见人咬狗"（《石榴树上结樱桃》）。

九

在李洱不同风格、题材的作品中，我们总能从严肃的面容背后看出那不经意的反讽，而在轻松的叙述中体会那深藏不露的严肃。他很少有单一的语调，变调和重唱是他所喜爱，无趣是他所厌恶的；多样性和复杂性是其方法论的支撑、认识论的途径。他感叹世事变化无常，人性微妙地迂回曲折。生活变化太快，令我们眼花缭乱，倘若真有一种相对稳定不变的局面，我们的思考或许会更深刻，我们的长篇叙事会有一个坚如磐石的内核，但世事不尽如人意，一切都来得太快，令人目不暇接难以消化把握，自以为稳固不变的思维"体系"，到头来"一切坚固的东西都烟消云散"，不是我们不沉重，而是"轻"与"飘"是我们的重围。

《花腔》为"博学者"所掌控。"博学者"是一位以调查者身份出现的叙述者，他以自己能收集到的证据为基础去实现一则叙事的结构。"博学者"既非叙述者的人物，当然也不是作者本人。他乃是扮演一种角色以体现作者的实证活动。他是一位孜孜不倦的调查者和分析者、一个冷静公正的评判员，简单地说，就是一位权威人士。在任何叙述行为付诸实施之时，一定会失去某些东西或将它隐匿起来，才能使叙述展开。如果一切事物都处于合适的位置，那就根本无故事可讲。这种失去是痛苦的，但也会令人兴奋，我们不能完全得到的东西会激起欲望，而这是使叙述渴望满足的一个根源。但是，如果我们永远得不到它，我们的兴奋就会超越无限而变得不快；因此，我们必须知道失去的东西最终会重归于我们。我们之所以不能容忍那种东西消失，是因为我们动摇不定的悬疑渗透着终将归来的隐含知识。"失去"只有在与"复得"的关系中才有意义。关于小说的大部分争论，其字里行间的言外之意无非是某种拯救的烦恼。在人类的连续性中，过去跨越了一种蕴含着将来的现在本身，如果小说对这种连续性不加以肯定的话，那就意味着失去一切。

　　古今中外都有各种的"不可说"。但是人们真正要说的，可能恰恰是这"不可说"，如果必须成全"说不可说"的冲动，那么只能承认终极意义的"不可说"作为"说"的前提。口吐莲花，逞口舌之快，不仅具有实际上的贬义，而且是叙事上的大忌。可李洱偏偏唱了一首"颠倒歌"，化腐朽为神奇，使"遗忘"成为可用之材，使《花腔》成了少林寺石林中"变了声的乌鸦"。如同什克洛夫斯基曾将戏仿作为一种"暴露"陈旧技巧的"离间效果"，指出了它给老形式带了"新生命"一样，想想《花腔》中肇庆耀的东拉西扯与南腔北调，词语混杂中既有对历史的建构，又不时地解构，正是这种"胡扯"才造就了《花腔》最为出彩的篇章。"身份认同"是近来时髦的一个术语，但除非能指出它如何具体影响了自己与他人的关系和待人接物的方式，否则就没有多大意义。李洱的小说世界布满"关系"之网：人际关系、师生联系、男女暧昧、历史与个人、记忆与遗忘，等等。他甚至特别青睐那些不可能的矛盾关系的转换，这一点只要看一下其小说的题目即可，像《白色的乌鸦》《有影无踪》《鸡雏变鸭》《黢亮》《喑哑的声音》《饶舌的哑巴》等。2008 年写的短文也取名为《在场的失踪》，也就是在这篇文章中作者写道："问题是我们分明知道自己在哪，可是我们自己却有失踪的感觉。你分明在发言，但你却失踪了。我们成了在场的失踪者。"①

实际上，此等逆转正是审美所梦寐以求的。"爱神阿芙洛蒂特诞生于被割去的乌兰诺斯生殖器分泌的恐怖泡沫，而这正像神话成就的一个隐喻。但这并非神话创作的结束，在波提切利的《维纳斯的诞生》的神话场景，只有到这个时刻哲学家才认为，阿芙洛蒂特永恒的美仅仅诞生于'汹涌的大海上平息的散漫的浪花'。当恐怖的背景被忘却，审美过程就大功告成了。"② 当这种不可思议产生于活水的渊潭之上，隐喻违背不可言的原则而给予它一种手段，使之转复为可叙说的故事。在谈及莎士比亚的夏洛克时，海涅自问，虽然夏洛克被当作一个喜剧人物而引入剧中，他为什么只能成为一个悲剧形象呢？当海涅如此发问时，他恰恰就极其痛苦地清算了教义一神论的结果。

注重经验的李洱最终关注的是人：知行难以合一，名实无法一统，关系对不上号，让人感觉总有些古怪和别扭。世界最大的作品是我和你，这个时代唯一不变的就是变化。变化对经验是一种刺

---

① 李洱：《问答录》，上海文艺出版社，2013 年，第 325、326 页。
② ［德］汉斯·布鲁门伯格著，胡继华译：《神话研究》（上），上海人民出版社，2012 年，第 41 页。

激，但同时也带来了"命名"的恐惧。命名的困惑在于，当客观事物失去其固定性质时，思想的具体化也就落入危险了。客观事物这样突然拒绝继续做我们贴上标签使用的工具，就会使我们感到无用和多余。李洱的叙事喜欢涉足无法平衡的紧张，难以调停的悖论和矛盾。空白即沉默，沉默的时刻恰恰是最雄辩地道出了矛盾的真实情况。李洱不喜欢童话，那是因为童话其实将掩盖的事实供奉起来，但是我们如果把对现实的幻想的看法从现实中减去，我们将失去现实本身。李洱的梦想就是重新操练我们的眼睛，重新定位我们的视线。他喜欢谈吐，尤其是知识性谈吐，"声音"是他的叙事一刻也无法脱离的，他的许多小说的题目就是和声音分不开的。这让我们想起1924年3月卡夫卡写下的最后一篇小说《女歌手约瑟芬》。这是一部遗嘱性的小说，尽管在一年多以前，他曾嘱咐布洛德在他死后将他的作品全部销毁。关于声音，小说的结尾处这样写道："集会怎么变得鸦雀无声呢？自然啰，约瑟芬在时，集会不也是静悄悄的吗？难道她的真实的口哨声比未来的回忆中的更响亮，更生动吗？难道她在世时的口哨声不已经就是纯粹的记忆？难道不是因为约瑟芬的歌声已经衰败过时，我们这个民族才以其聪明智慧把它抬得过高吗？"几个月后的6月3日，卡夫卡离开了这个世界，那年他才41岁。

十

虚论篇要告一段落了，之所以称之为虚论，那是因为此篇几乎不落实具体文本的分析。这么多年了，关于李洱小说的评品阐释已达到一定的深度和广度，我不愿意重复和掠美。尤其是《花腔》，具体介绍情节结构、布局线索的绝不少于十个版本。我想踏上他人的肩膀，指望能看得更远些，不知能否如愿。当然，此等做法落个虚论的名号也是必然的。在批评生涯中，我特别崇拜特里林的批评文字。特里林坚信，"生活中的种种问题"必须得到思想的考量，但是目的却不在于产生类似"答案"一般简单而令人振奋的东西。1946年特里林曾在批评德莱塞的文章中写道："就我们而言，思想总是晚来一步，但诚实的糊涂却从不迟到；理解总是稍显滞后，但正义而混乱的愤怒却一马当先；想法总是姗姗来迟，而幼稚的道德说教却捷足先登。"[1]

批评问题好像在两种可能性间震荡：一个没有理解的结合和一个没有结合的理解。理解是把过去的生命重新找回来。理解是一种重复。体验本身进行重复的可能性，就是它对时间"转瞬即逝"的胜利，每一个理解行为本身都是一个特定的解剖行为。当人们与任何真正伟大的文学或艺术作品相遇时，此作品就改变着人的理解：这是一种观察生活的新进方式。阅读作品正是为了这种"新进性"，但也正是这种"新进性"避开了我们业已习惯了的分析性的观察，或许还可以被称为"分析的盲区"。如歌德所说的，我们只有通过艺术才更确切地避开世界，我们也只有通过艺术才能更确切地与世界相联系。避开与联系本不相容，但它们又确实是艺术处理我们与世界的关系时都不可或缺的。重要的是，"我们"并不单一和纯粹，它自身也有着许多打不开的死结和难以自拔的陷阱，遗憾的是，这一问题又经常被中国当代文学轻松地绕过了。

说悲观主义关心你的脚步，乐观主义关心你的眼睛，就等于把沉郁的思想家跟快乐的思想家分辨出来：前者时刻只顾与地面接触，后者则着眼于视觉及选择道路的基本能力。诠释学之所以有趣，是由一种无所不存的挑战，以及挑战能否终止新的挑战。在德

---

[1] ［美］莱昂内尔·特里林著，亚志军、张沫译：《知性乃道德职责》，译林出版社，2011年，第84页。

里达之后，以及更加激进的后期海德格尔之后，诠释的处境是：我们能够知道什么？我们能够希望什么？我们怎么样和为什么由这些欲望所构造？问题还在于不是诠释把握文本的意义，而是文本意义抓住了诠释者。当我们观看一出戏剧或一种游戏，或阅读一部小说时，我们并非作为超越于它们主体凝视的一个对象：我们被卷入正在展开的事物的内在运动中——我们被抓住了。

我只有在意识到自我的情况下才能接近自己，这在现代已经成为思想的前提，以至完全的异样的我的确立方式显得几乎不可想象。我们自己像一面镜子发出光亮，而我们与此同时也是镜子的背面。我们是眼睛，世界因此被世界看见，可是眼睛却看不见自己。吕迪格尔·萨弗兰斯基的代表作《叔本华及哲学的狂野年代》中，有这样一段话让我记忆犹新，"叔本华不断阅读《理想国》中有关山洞的那段譬喻，我们置身于一个暗室之中，在我们身后点燃了一堆火，再往后是通向室外的洞口。我们被捆绑着，无法转动自己的头，眼睛看着对面的墙壁。有人在我们身后的火堆之前将某些东西搬来搬去，而我们只能看见这些东西的影子在墙壁上晃来晃去。假设我们可以转过身子，我们就可以看到实实在在的东西和那堆火，于是我们就会获得自由，走出这间暗室到阳光底下，这时我们置身于真相之中。这就是柏拉图主义：认识，这同时也意味着另一种存在。这与是否能够更好地认识对象无关，关键在于要置身于阳光之下，甚至可以想象，人由于阳光过于夺目而什么也看不见。"①

---

① ［德］吕迪格尔·萨弗兰斯基著，钦文译：《叔本华及哲学的狂野年代》，商务印书馆，2010 年，第 192、193 页。

下　实评篇

十一

《应物兄》尽管姗姗来迟，也终于以"犹抱琵琶半遮面"的方式陆续诞生。最近，有人对其写作时间是否长达十三年提出疑问，分歧居然缘之于"微信"诞生的时间，这可以暂时搁置。对我来说，李洱要写一部与儒学有关的长篇则早有耳闻。五年前，难得离沪的我赴京参加《繁花》作品讨论会期间，就听作者说此长篇已写下一百多万字的草稿，至于这是一部怎样的长篇，李洱闭口不谈，有点神秘。两年后，吴亮那部从来不在计划中的长篇《朝霞》问世。再次遇到李洱，闲聊中终于挤出一句话，"这次我要写人物。"写人物并不是新话题，当然老问题也不是没问题。此后的数年间，这部长篇什么时候出笼，以及在什么地方发表出版，说法不断、传说不一。人们的预计总也赶不上实际时间的延迟。以至于世间有没有这样一部作品的问题都应运而生。如同小说中反复寻找的"仁德路"和世上还有没有"济哥"的问题一样。

《应物兄》来了，终于见面了。这部长达70多万字的小说，基本上臣服于时间顺序，写得顺手，读来也顺畅。中心事件围绕着济州大学儒学研究院筹备成立和迎接儒学大师程济世的"落叶归根"。应物兄是当之无愧的轴心人物，由此上下关联，左右触及的有名有姓、面目清晰的人物不下六十位。围绕着济大著名的几位先生：古典文学研究泰斗乔木、考古专家姚鼐和西方古希腊哲学柏拉图专家何为老太太，还有世界级儒学大师、哈佛大学东亚系教授程先生，以及这些大师众多的门生、弟子和信徒，一场轰轰烈烈的儒学复兴大业由此展开。由于兹事体大，引起领导的重视，不仅济大校长、常务副校长亲自挂帅，还包括省里的领导也全力参与；由于建造太和研究院，恢复程济世先生旧居原貌的工程复杂，涉及各方利益，于是引来了桃都山连锁酒店老板、养鸡大王、内裤大王甚至全球资本巨鳄的粉墨登场。就这样，简单的事情因此而复杂，明白之事因此而微妙，原本的学术之事因此演变成了旧城改造、科技创新、引进外资等发展济州经济的大事。

当小说发展到后期81节"子贡"中出现了一份名单："子贡、葛道宏、铁梳子、陈董四人在葛道宏的办公室谈话，其余诸人都在会议室里等着，计有：董松龄、陆空谷、李医生、应物兄、敬修己、汪居常、卡尔文、吴镇、费鸣。"名单是有学问的，办公室里的四人被搞历史的汪居常戏称为"分享'二战'蛋糕的开罗会议"。太和研究院已不再是单纯的儒学院，在它的上面还有一个"太和投资集团"，集团目前的任务是胡同改造，以后参加旧城的改造。读到这里，我们不由得感叹，这个世界学术已溢出、经济已凸显。新的经济增长点已成了人所应对之物。真诚、仁义走上了异己之路，伦理之路赶上了物化之道。研究传统道德的最高学府，因当代经济杠杆的威权被蒙上了阴影。难怪应物兄责问道："一个寄托着程先生家国情怀的研究院，一个寄托着他的学术梦的研究院就这样被糟蹋了吗？"这让人想起了雅克·朗西埃所说的："若说现代世界是学者、管理者和商人们的灰色合理性的天地，这有失事实依据。在这个世界中，一切都混杂在一起，商品的装饰等同于怪异的洞穴，任何的招牌都是一首诗歌，成为所经历世界的数字，任何广告画都是一株不知名的植物，任何垃圾都是某一文明时期的化石，任何遗址都是某个社会的古迹。现代社会是一个不断更新的遗迹和民族化石的巨大堆积，是写在墙上供人阅读的象形文字的巨大织物。"[①]

---

① ［法］雅克·朗西埃著，张新木译：《文学的政治》，南京大学出版社，2014年，第27页。

应物何解？应物兄何义？当我们解答应物之时，总是从丰富物的本义出发，从而使得物的本义被腐蚀、被扭曲地表达。"物"就是可见、可触及而且可以闻得到的非人或动植物的东西。物不只是我们制造的产品，设计来帮助我们满足基本的本能需求，物也是我们借以表现我们是谁以及我们是怎样的人的表达方式，而这也是形塑社会进展的要素。在哲学上，我们必须追问，"物"凭什么被我们称之为"物"的？"物"的"物性"是什么？现代文化给了"物"什么样的本质规定。

　　中国古代庄周梦蝶故事的"物化"之物，是上天之孕育，是自然之造化，与天、天道联系在一起。它超越了人物之别，如果人能觉解到万物之齐，这样的"物化"乃是很高的境界。海德格尔也说，古希腊的"物"是从自身中绽放出来的东西，不是作为主体拷问出来，作为镜子映现出来的东西。因此，现成存在着的"物"，都是自为的存在，都是主宰自己的"主体"。海德格尔在《物的追问》一书中这样说道："直到笛卡尔之前，'主体'都一直被视为每一个自为地现成存在着的物；而现在，'我'成了出类拔萃的主体，成了那种只有与之相关，其余的物才得以规定自身的东西。由于它们——类文学的东西，它们的物质才通过与最高原则及其'主体'（我们的基础关系得以维持，所以，它们的本质上就成了处于与'主体'关系之中的另外一个东西，作为 obiectum（抛到对面的东西）而与主体相对立，物本身变成了'客体'）。"①

　　灵魂在自然中留下它的痕迹，自然也在人身上留下它的痕迹。身体是人存在的物质基础，是这世上自然的、物质的客体。但是，表达灵魂和欲望的语言却受到了束缚，语言偏离甚至彻底的抹杀，这一切的始作俑者恰恰是那使语言能够得以表达的东西。值得警惕

---

① ［德］马丁·海德格尔著，赵卫国译：《物的追问》，上海译文出版社，2010年，第96页。

的是历史往往起到与自然相反的作用。文化竭力装作是人类状况和实践的自然特征，但实际上这些特征具有历史性，它们是历史力量和利益作用下的结果。如果灵魂在自然之中可以自我物化，那么在《应物兄》中留下的种种人与物的轨迹，以及记忆中的留痕：那条本已破旧不堪、污水横流的春鱼街、那些仿制青铜瓠、那屈原的《无问》和印度神话中的兔子、济州的仁德丸子与北京的四喜丸子、那寻寻觅觅的仁德路和庙宇、记忆中的"济哥"叫声、理查德·罗蒂笔下的野兰花，还有羊杂碎的味道，珍妮论文中的儒驴和黄兴的宠物驴、那匹飘逸的白马和美国街头上那欺生的狗，应物兄记忆中废墟上的那一只狗和那张似曾相识的站在河边上的男孩的照片……它们均早已面目全非，是已然淡去的纪念物，是踪迹难寻的塔楼，是清晰可辨的荒芜的坟冢，原有的意义流失殆尽，留下的空白随着时代的变迁，因视角语境的不同而添加新意。

《应物兄》巨大框架在于追寻的是"昨日"之流，瞄准的是"今日"之变，流变之中的各色人等涉足"象牙塔"内外，两岸三地的知识幽灵、文化飘移、传统之生生不息，还包括类似巴士底病毒的资本肆虐，均留下情绪饱满之笔墨，让阅读陷入五味杂陈之泥潭而难以自拔。

当小说叙述进入76节"寒鸦"时，我们读到"程先生说，在离开济州之前，他最后一次听灯儿演奏二胡。那天家里虽来了不少人，吹拉弹唱，饮酒作乐，不亦乐乎。但是后来，琴声变成了悲音，乐声变成了哭声。他记得很清楚，说完这话，程先生吟诵了张可久的《折桂令·九日》人老去，西风白发，蝶愁来明日黄花。回首天涯，一株斜阳，数点寒鸦。程先生还吟诵了辛弃疾的《鹧鸪天》：晚日寒鸦一片愁，柳塘新绿却温柔。若教眼底无离恨，不信人间有白头。"此时，典型中国传统式说唱吟构成了无法抵御的乡音。当82节"螽斯"中，程先生继续回顾儿时的济哥之声，"凤凰吟的济哥，天下第一。多年没听济哥叫了。好听得不得了，闻之如饮清泉，胸中有清韵流出。世界各地的蝈蝈放到一起，我一眼就可看出，哪只是济哥，哪只不是。也不用看，听也听得出来。"程先生的声音，在会贤堂回荡。低沉、缓慢、苍老，令人动容。在程先生那里，济哥已经不仅仅是鸣虫了，而是他的乡愁。"程先生的回家思绪之路，无疑是贯穿《应物兄》全书的题旨之一。李洱以一种特有的中国叙事，向人类叙事始源的永恒主题致敬。

十二

《应物兄》充斥着言说，尤其是作为当代儒学大师的程济世先生，其身世命运既是其他人所无法替代却又同时勾连出我们都曾经有过的共同情感。对其众多的门生和弟子来说，其不断流泻出的言语，貌似"论语"，不是"论语"，却也称得上"论语"的当代阐释。倾听领悟程先生的言说之间，我们不止感觉到其人的学问与思想，还看到了一个有血有肉的人物形象。难免枯燥深邃的言语，经由叙述者的精心布局，谨慎切割，说来津津有味，读来也兴味盎然。写人物虽是老问题，但李洱写出了新境界。

程先生说："漂泊已久，叶落归根的想法是有的，剔骨还父，剔肉还母，本是人伦之常。"（第20节"程先生"）

程先生说："我不愿意老调重弹，和谐为上，别瞎折腾。夫子是对的，只当素王。我是安于当个学者、当一个思想家、当一个小老头。既无高官之厚禄，又无学者之华衮，赤条条一身素矣。闲来无事，找几个人聊聊天。清霜封殿瓦，空堂论往事，新春来旧雨，小坐话中兴。岂不快哉？"（第20节"程先生"）

程先生喜欢中国乐器，不喜欢西洋乐器。程先生曾说过，我们的弦子是从马尾巴上弄的，他们呢，他们的提琴、钢琴用的钢丝、钢筋。我们的笛子是用竹子做的，他们吹的铜管。我们是天人合一，他们是跟机器较劲。这会儿，程先生拉完之后，说："赫克利特的比喻是对的：对立产生和谐，如弓与六弦琴。但还有比六弦琴更恰当的比喻，那就是二胡。"（第20节"程先生"）

程济世先生说："我不乐观。凡是在二十世纪生活过，尤其是在二十世纪中国生活过的人，如果他是个乐观的人，那么他肯定是个白痴。但我也不悲观，一个研究儒学的人，尤其是在二十一世纪研究儒学的人，如果他是个悲观的人，那么他肯定是个傻瓜。"（第26节"双林院士"）

程先生说："我与济州的感情，你们是知道，我是个重感情的人。一个儒家，一个儒学家，应该主张节欲、寡欲，甚至无欲，但绝不能寡情、绝情，更不能无情。不重感情的人，研究别的学问，或许还能有大成就，但研究儒学，定然一无所成。"（第40节"博雅"）

在美国的程先生连续很多年批评福山，对东方主义颇有微词，认为东方学的概念，就像女权学一样，硬要把世界分开。先生认为："儒学的发展，发展也是一种物理现象。他与别的学科的联系，是一种化学联系。"程先生在北大的演讲中继续说："传统一直在变化，每个变化都是一次断裂，都是一次暂时的终结。传统的变化、断裂，如同诗歌的换韵。任何一首长诗，都需要不断换韵，两句一换，四句一换，六句一换。换韵就是暂时断裂，然后重新开始。换韵之后，它还会再次转成原韵，回到它的连续性，然后再一次换韵，并最终形成历史的韵律。正是因为不停地换韵、换韵、换韵、换韵，诗歌才有了错落有致的风韵。每个中国人，都处在断裂和连续的历史中。"（第39节"七十二"）

程先生的言说还有好多好多，但仅就上述的几例，其应对历史和世界的中庸哲学可见一斑。重要的是，程先生的言说还是一幅不可多得的自画像，自画像可是很现代的东西。程先生的"说"经由叙述者的转述形成了《应物兄》强劲的叙事风格。这自然也使我们联想起几十年前的费边"高论"的形象，然而此番的程先生们，"说"已然是一次无限的升级版。承认变化和断裂是当代儒学共识，这和如何还原孔子的真实画像无多大关系。这也是为什么应物兄会对费鸣说，"我觉得，还是有必要再写一本。每隔三十年，就应该有一部新的《孔子传》，因不同时代的人，对孔子会有不同的解释。"问题还在于，如何理解和处理变化和断裂的问题，并不是儒学专有的，何况，我们现在还处在小说的世界范畴内在思考这个问题。

比如，"对席勒来说，素朴是自然的、直觉的、直接的。感伤的是中断的直接性，反思的。素朴是古代，而感伤是现在。在素朴中起效的是自发的存在，在现代中是意识那里认识被裹入感情，这里认识（理论的文化）独立自主，还可能对抗感情。现代失去了它的无辜，它变得聪明，甚至过于聪明。素朴的古代诗人还完全属于自然，现代诗人，除了寻找失去的自然，没有任何其他选择。席勒触摸着意识的原痛苦，触摸着那个当觉醒的意识失去存在那直接的轻快，失去对自然的生命过程的十分把握和失去无拘无束的瞬间。所以对席勒来说，那蹩脚的矫揉造作和无情感的机械论，是现代的巨大危险。'自从我们吃了智慧果以后'，几年后克莱斯特富有创造性联系到席勒的诊断，这么写道，'这样的失策不可避免'。他完全在席勒的一种矛盾之综合的幻觉的意义中继续写道：'但是天堂业已关门，天使已在我们身后，我们必须周游世界，看一下，也许后面的地方重新洞开……倘若认识仿佛穿越了一种无限、优美就会再次到来……因此……难道我们重新品尝智慧果，以便回落到无辜的状况？……不过……这是历史的最后一章。'"①

　　一会儿列举小说中程先生的言说面对不断变化中的儒学理想，一会儿又跳到伟大诗人席勒面对现代化进程所产生的断裂之时的巨大困扰和思考，此间似乎有着不可思议的跳跃和难以融合的并置。程先生以诗的换韵为例，好像是在谈文学，实际上以我为主的轮流坐庄的思想理念在作祟。席勒沉浸于影响深远的"古今之争"，实际上为世界文学史投下浓重的笔墨；程先生为儒学重为世人重视鼓与呼，而席勒则因与歌德同处一个时代而理清不可避免的分裂。在冰冷死板的教条主义和流水般的相对主义之间，我们是必须做出选择，还是相信它们之间一定有着某种联系呢？如果我们坚信道德仅仅是发动机上的汽笛，而不是推动运转的蒸汽，相信道德只是老谋深算的遮羞布，在虚构世界中浏览的我们还会再想什么呢？程先生们的思想和面目清晰可见，那个隐匿在其后的叙述者，那个以想象力开疆辟土的隐含作者，他在想什么呢？这个问题将持续存在且无法回避。

十三

　　不止程先生们，还有应物兄们，以及神秘如颜回的儒学天才小颜们，《应物兄》审视的是全球范围内几代中国知识分子在变化潮流中的命运，包括"儒林"之外的芸芸众生，不同的官员和生意人。作者的胃口很大，有点正史、野史通吃的味道。不同的记忆和遗忘，不同的视角和思考，不同的生意念着同样的"经"，打着不同的算盘。凡学术市场、论文 GDP、文化消费、工作调动、鹦鹉说英语、银行存钱、后备厢被撬、窗前女人遛狗、稿酬与汇率等，作

---

① ［德］吕迪格尔·萨弗兰斯基著，卫茂平译：《席勒传》，人民文学出版社，2010 年，第 381 页。

者都尽收笔底。就像"对于那些无所不在、无孔不入的广告，我们的应物兄向来很反感，几乎是本能的拒斥。他没有想到，自己现在也变成了广告，而且是和驴蹄子捆绑在一起"。这段讲述出现在炙手可热的应物兄在交通电台的直播节目《午夜访谈》中，需知此类传播方式在1990年是如日中天的。在出版商季宗慈的安排下，应物兄的学术著作全国各地"一大圈跑下来再回到济州的时候，应物兄已经成了名人了，差不多成了一个公众人物，上街已经离不开墨镜了。一天他去附近的华联商场另配变色墨镜，刚走出电梯，突然听有熟悉的声音在说话，却想不起那个人是谁，更奇怪的是那个人在不同的地方说话，有的配着音乐，有的配着掌声。这是怎么回事？他循声向前，来到旁边的电器商场。接下来，他看到不同品牌的电视机同时打开着，一个人正在里面说话。那个人竟是他自己！他同时出现在不同的频道里"。（第8节"那两个月"）作者那让人忍俊不禁的叙述，道出的是连应物兄自己都不敢相信的场景，自视甚高的应物兄居然也成了时尚之镜、水中明月。其实，名人跑马圈地式的签售演说，就是今日也盛况不减。

几十年了，没有任何东西能够在这样的变化洪流中维持一成不变的品格，而只能大部分被消解成过眼烟云的东西，少部分被作为典型的保留下来成为待价而沽的特殊商品。"商品是一具死亡的头颅，已不再对自身作如是观。在时尚面前，在对商品的这一极度崇拜面前，直面死亡——直面狂热、不知去向的重复，直面镜子般地制造历史，它就可以避免死亡，然而，在这肆意放荡之中，它却被更加无情地卷入其掌控之中。在商品之镜中反射出来的是双重意义上的死亡的缺席：不仅仅是它的抹去，还有它不祥的空白。"[①] 时尚之物本来就是个暂时被搭起来的空架子，是个被暂时吹大的肥皂

---

① ［英］特里·伊格尔顿著，郭国良、陆汉臻译：《沃尔特·本雅明或走向革命的批评》，译林出版社，2005年，第44页。

泡，它们瞬间膨胀，跟着瞬间被吹破，同时都是转瞬即逝，自然而然，像一阵风吹过，像一阵雨飘落。

诚如阿多诺所提醒的，"文化是一种充满悖论的商品。它完全遵循交换规律，以至于它不再可以交换，文化被盲目地使用，以至于它再也不能使用了。所以，文化与广告便混同起来。广告在垄断下显得无意义，就越显得无所不在。"① 作者津津乐道于李泽厚现象便是一例，"李泽厚先生是八十年代中国思想界的领袖。他的到来让人激动不已。李先生到来的前一天，应物兄去澡堂洗澡。人们谈起明天如何去抢座位，有人竟激动地凭空做同跨栏动作，滑倒在地。来不及喊疼，就连滚带爬去抢沐浴龙头。冷水浇向年轻的身体，激得人嗷嗷大叫。"李泽厚演讲中，"伯庸的女友突然说，李先生用的洗发水是蜂花。有这种想法的人应该不止她一个，因为第二天学校小卖部的蜂花就脱销了。时光飞逝，物转星移，前年李先生又到上海某大学演讲。李先生刚一露面，女生们就高呼上当了。她们误把海报上的名字看成李嘉诚先生的公子李泽楷。"（第30节"象愚"）

应物兄成为学术明星的人生，对我们来说应当是不陌生的。一位成功的中年知识分子，学术了得，工作繁忙，同时拥有三部手机，应对不同的对象，联系在济大的同事以及在全国各地的同行，联系家人和几位来往密切的朋友，联系分布于世界各地的同行朋友。日常生活中的他总是边洗澡边用脚洗衣服，是为了省时，也为了思考及锻炼；婚姻离异心中时常牵挂女儿，更不忘作为老丈人的恩师乔木先生。曾经多嘴多舌的他，"曾因发表了几场不合时宜的演讲，还替别人修改润色了几篇更加不合时宜的演讲稿，差点被学校开除。是乔木先生保护了他，后来又招他做了博士，并留校任

---

① ［德］马克斯·霍克海默、西奥多·阿道尔诺著，渠敬东、曹卫东译：《启蒙辩证法：哲学断片》，上海人民出版社，2006年，第146页。

教"。"与古代儒学家不同，从八十年代走出来的应物兄，对西方哲学家的著作也多有涉猎。上世纪九十年代初，他非常着迷于现象学，囫囵吞枣地读了很多现象学著作。"令人发噱的是，遵循乔木先生的教诲，留校任教的应物兄，在公开场合尽量少说话，甚至不说话，"时间长了，他无师自通地找到了一个妥协的办法，我可以把一句话说出来，但又不让别人听，舌头痛快了，脑子也飞快地转起来了；说话思考两不误。有话就说，边想边说，不亦乐乎？"应物兄的这一特殊本领，不仅是一种为人处世的方法，也为叙述带来了便捷通道，让第三人称叙事的全知功能有所收敛，也为进入应物兄的内省活动大开方便之门。旁白、内心想法、不便说出来的意见、不宜发表的评论，无法登台的对话，甚至冷嘲热讽都走上了前台。真应验了"克己复礼"的作为，这也是一种"说不可说"的修辞。

万物可能生于万物，这时就没有了解释，也不需要解释，我们所能做的，就只是讲讲故事而已。但人们偏要宣告，尽管万物生于万物，但绝对没有生出令人满意的东西。故事无须推出最后的结论，它们只能服从于唯一的要求：故事不可穷尽。"应物无累于物"是一种境界，而非万物之命运。此等境界是一种时间段吗？是不断延迟的追求，抑或是古已有之的标本？应付当下的总在前面加上一个"新"字。梁鸿对李洱二字的解读有点意思："李洱"源于李耳。李耳，老子，老聃也。古时，"李"/"老"，"耳"/"聃"同音，故李耳即李聃。精致到字字有出处，词词有来历，这好像不是小说的做派，但梁鸿指出："对李洱来说，这是一种隐喻，智者的象征、思考的源泉。从更私人的角度，这也是家族传承的标志，后者正是李洱所乐于比拟和转喻的。"这倒有点老庄和儒家的混搭。想当年，孔子与老子相遇的传说真是令人神往。通过引经据典，对古典诗词的吟唱，我们拥有传统历史的言辞，却未必拥有始源历史的本身。

即便有似曾相识、灵犀相通的瞬间情景和感觉，那也是远在天边又近在眼前的误认，前者无论以任何形式都不会是后者的重现，它至多只能是借题现身说法的知性话语，过去只是当下的证词。试图抗拒时间的作用，结果只是借古喻今的迂回之术。这是智慧的境界，而非货真价实的旷古真理。

应物兄始于观物，在我们与物的关系中，就这一关系是由观看的方式构成而言，而且就是以表征的形态被排列而言，总是有某个东西在滑脱、在穿过、被传递，从一个舞台到另一个舞台，并总是在一定程度上被困其中，这就是我们所说的凝视。世界是全视的，但这不是裸露癖——它不会挑逗我们的凝视。当它开始挑逗时，陌生感也就开始了。著名现象学家梅洛－庞蒂讲过，"还原的最大教训是完全的还原不可能这件事情"，不知上世纪90年代一度着迷于现象学的应物兄对此作何感想。物质世界可以折射出人性的光芒，也可以以它的物质性阻碍和挫伤人性的意义，而现在的物质世界相较于提示真相的程度来说更多的还是掩饰。在伊格尔顿看来，正如劳动包含一种权力和意义的遭遇一样，意识形态也是如此。在无论什么地方，只要权力影响含义，将它弯曲得变形并让它们与一连串利益产生联系，意识形态就发生了。脱离这些，单纯地讨论东西方文化的异同，那除非"象牙之塔"是全封闭的、是无菌实验室，真有道无法逾越的"围城"。

远古《论语》的理想秩序和道德警示和当今世界的现实处境和伦理乱象，在何处衔接，如何相处，还真是个问题。躲进"象牙之塔"洁身自好，很容易产生闭锁恐惧症，走出书斋随意飘移，一不小心广场恐惧症又在等着你。此等因空间引起的病兆，我们或许略知一二。时间中的痛苦情志则不然，需经过很长时间才能被感知，甚至包括周期性的恶性痛苦。例如传统与反传统，在上世纪八九十年代就引发过无数的纷争；还有作为深不可测的时间所引起的情感反应，都是一些长期郁积的现象，比如世纪末之迷乱，曾经风行一时的"怀旧"现象，那些期望和忧患，皆系如此。向往昔表达敬意这一行为本身就表明了自身对其中距离的怀旧意识，这种距离把与往昔的价值标准和信仰、礼仪禁忌分隔了开来。往昔对他们具有魅力，并非在于使它延续至今的连续性，也并非因为它是一个活的传统，而是因为它是客观和反讽艺术的重现目标。想想那早已绝种的济哥的叫声，它之所以那么稀罕和令人留恋，是因为连带着程先生的耳朵和儿时的情感记忆，这里少了任何一环都不行，即便华学明的生命科学基地，利用科技创新使济哥"复活"也没用，即便是那些商人如何再生济哥的吆喝创造再多的商机也无用。只有程济世先生的儿时情感记忆才是济哥的最后绝唱。给予情境以高于事件的优先权，历史发生在其"伟大"环节上被制造出与那些准备永垂青史的历史场景遥相呼应，那些动机链条费尽心机装上了门窗，吹响了叙事的号角。

十四

可以假设，历史就是个自然过程，犹如后浪推前浪、冰块漂移、地壳的错误移动、山洪暴发以及洪水的冲积、海啸的破坏……所有的一切都在变化中。考古学就是在变化中追寻始源的过去，而在济大与乔木先生齐名的姚鼐先生就是代表：毕业于西南联大，是闻一多先生的弟子，幼时曾住在二里头的姥姥家，那里是著名的二里头文化遗址，夏文化中晚期的都城所在地。姚鼐先生虽然不写诗，但一开口就是诗意盎然。这也是某些小说的叙事所梦寐以求的。"姚鼐先生说在暴雨中、在骄阳下，他的心绪会飞得很远，仿佛可以看到成群的鳄鱼、孤独的大象。大象，那古老的巨兽，在沿着河床闲逛，用鼻子饮水，用象牙刨食，遇到母象也不急于交欢，显得很羞怯，静静地等待着对方的反应。哎呀呀，都什么时候了，还羞怯呢？完全不知道饥肠辘辘的夏民们手持棍棒在逼近，在大象们的羞怯和潮汐般涌动的情欲之间，笼罩着末世的阴影，但人类文明却正在拉开新的序幕。"（第9节"姚鼐先生"）此段言说颇具李洱风范，令人过目难忘。

济大的学术权威，还有就是那位研究西方哲学的柏拉图专家何为老太太，其命运有点不济，不仅早早出场便滑倒在地而卧床不起，就是其得意弟子改换门庭而成为儒学家都不敢告知。不过她和程先生之间的言辞机锋倒有点意思，当她嘲弄在"西方研究儒学，是穿露脐泳装拜祠堂"时，程先生反应为，"在中国研究希腊哲学，是不是穿三寸金莲进神庙？"问题是老太太早早退场的命运是客观使然，还是叙述者的寓意性布局，我们不能胡乱猜测。可以肯定的是，爱笑的李洱怎么会偏爱柏拉图呢！笑可以说是李洱叙事的生命元素，没有笑是不可想象的。但恰恰是禁笑的律令源之于柏拉图的政治乌托邦，在抨击荷马、赫西俄德和埃斯库罗斯的时候，柏拉图不仅反对赋予诸神以怨恨、罪孽、谎言与诡计，反对将诸神变形和遮蔽，还反对诸神的笑声。这不仅因为诸神就是诸神，还因为笑声所带来的欢乐，一般来说是令人深恶痛绝的。当故事临近尾声，当人们对何为老太太渐已淡忘之时，老太太却以"死亡"强势复活，她在遗嘱中将致悼词的任务委托给一个早已失去联系且被人认为是疯子的经济学家张子房先生，跟济大哲学系开了个天大的玩笑。

几位权威之中，中国古典文学专家乔木先生个性更为突出，他言辞犀利、性格倔强，写得一手好字，但历次政治运动，让他懂得"世故"二字是怎么写的，少说话是他的应世之道，"乔先生的话常常自相矛盾，歧义丛生，这就看你怎么理解"。乔木先生说："该长大了、成熟了。长大的标志是憋得住尿，成熟的标志是憋得住话。"双林院士评价乔木先生："过日子，你是浪漫主义者。写诗，你却说自己是现实主义者。"《应物兄》中有好些值得反复阅读的章节，第15节"巴别"就是其中之一，文中讲述了乔木先生和双林院士在"五七干校"时结下的友情。而那篇由乔木先生口述，费鸣整理的实录，既是史料，同时也让我们见识了乔木先生性格中的另一面，难怪"应物兄当时边吃方便面，边翻着书。看到有趣之处，他不由得笑了起来，笑着方便面都从鼻孔里冒了出来，弯弯曲曲的，好半天没有清理完"。

双林院士在书中虽似"神人"一般偶尔路过，但由于其肩负着两种文化之一翼，故有着举足轻重的作用。就在斗嘴之际，程先生"觉得双林院士更像是一个范例、一个传说，就像经书中的一个章节"。关于双林院士人生的点点滴滴，关于其命运之坎坷和不凡形象的一面，我们只有读到第86节"九曲"时，才会有真切的了解。

如此看来，这些人物构成了《应物兄》中知识阶层的顶部，由他们而延伸出学生弟子、学生弟子的学生弟子，人物纷至沓来，难免会让我们的阅读失去耐心。我们也可以由多个视角去展示这一网络，比如两代知识学人，上一代如上所列，下一代则是以应物兄为代表的各色人等。除此之外，还有家庭骨肉的两代人，像程济世先生父子、乔木先生父女，特别是双林院士和搞植物研究的儿子双渐，这对父子间的爱怨情恨虽着墨不多却叩人心扉。下一代人从上世纪80年代求学成长，或国内或国外，或中学或西学，他们所经历的学术时代如应物兄对费鸣所说，"在八十年代学术是个梦想，在九十年代学术是个事业，到了二十一世纪就是饭碗。但我们现在要搞的这个儒学研究院，既是梦想，又是事业，又是饭碗，金饭碗"。"金饭碗"也罢，名利场也罢，人们都带着双重意义的细微感觉，展开对现存事物的交流。信念开始闪耀晃动，道德偷眼观望；人们收紧身体、缩回脑袋、舒腰安坐，喜欢从秘密山屋中往外眺望空旷的田野，那里深不可测，光线朦胧。网络虽是现在才出现的东西，实际网络世界早已存在，虚拟和实存世界都离不开"网络"。象牙之塔看似是对网络世界的抵御，实际上那"围城"内外的勾连才是再真实不过的天地。儒学研究院看似很纯粹，实际上在其诞生之际早已陷入了追名逐利的重围之中。小说讲述事物的发展，而神话则展示结构，心理分析恰恰处在小说和神话之间，它让分析大师凭借悲剧模式对材料进行历史注释。当太和研究院的筹备工作进入后期的人事布局，董松龄常务副校长对应物兄那场"太极拳"式的谈话，才一一道出了那无利不渗，迂回且复杂的任命与安排。实际上，人与人的关系，是无处不在的东西，并且只有我们探讨它时才会存在。还是董松龄说得对，"为什么要说这么多话？因为要处理的关系，太多了，太杂了。"

十五

说一下理查德·罗蒂。据介绍，"就当今哲学内相对抗的潮流而言，罗蒂一直是一根启明的魔杖。在二十世纪下半叶，没有哪位美国哲学家像他那样创造出惊愕、激情、敌对和混合所构成的强烈组合。"人们评价，"罗蒂的著作既谦虚又令人陶醉，充满了一种敏锐的智慧，他具有一种引用各式各样比喻的使人眼花缭乱的能力，使用一个句子贯通各种思想的方式，没有技巧的人只能模仿这种句子。"[1] 理查德·罗蒂的代表作《哲学和自然之镜》1979 年出版，1980 年代初，我国就有人将部分章节翻译过来，1987 年底中译本由三联书店编入"现代西方学术文库"出版，罗蒂本人则于 1985 年夏来京、沪讲学访问，其影响可以想见。不用说搞哲学的，就连我这个写点文学评论的，家里至今都保存着这本书。问题是，《应

---

[1] ［美］大卫·希利主编，朱新民译：《理查德·罗蒂》，复旦大学出版社，2011 年，第 1、3 页。

物兄》中提到罗蒂有何意图？提这样的问题当然有点迂，有时候，问这样的问题等于问一个更成问题的问题。在李洱的小说中，经常将真实生活中的人和事进行插入式叙述，据《花腔》的韩国翻译者朴明爱考证，《花腔》中五百名登场人物的百分之九十都是实际存在的，我们除了把他者看作戏仿的游戏还能怎么样呢？当然，有一点可以肯定，此等插入的溢出效应还在于增强特定时代的现场感。

至于罗蒂和李洱之间有什么联系，我们只要读一下罗蒂的另一本重要著作《偶然、反讽与团结》就会知道了。正是在此书的最后一章中，罗蒂不满那种玻璃窗式的描述，认为"相反的、唯有具备独特天分，能够在恰当时刻以恰当的方式的作家，才能给我们这种别开生面的再描述。""想象性的写作就像从侧面攻击一个无法由正面攻坚的立场一样。凡是不想从事冷峻'工作'的作家，文学的原初意义对他们而言几无用武之地。这类作家若要发挥作用，那就必须以诡诈迂回的方式使用文学。"① 罗蒂引用奥威尔自己的说法来表达对奥威尔的敬意，我们同样也可以用罗蒂的说法来表示对李洱的赞赏。

迂回的智慧在于间接地谈论事物，迂回的接近能保持意义的微妙性、接近复杂的含义。迂回就是留有空白的艺术，保持沉默的发言权。被隐藏的东西使人着迷，在遮掩和不在场之中，有一种奇特的力量，这种力量使精神转向不可接近的东西，并且为占有它而牺牲自己拥有的一切。"你要求艺术家对其作品应当采取明智的态度，但你混淆了两件事：解答问题与正确陈述问题。对于一位艺术家来说，只有第二件事才是必须做的。"这是安东·契诃夫 1888 年 10 月 27 日写给阿列克谢·苏沃林信中的话，它被抄在卡佛的一个笔记本中。我的理解，这重要的第二件事就是讲的迂回之术。双林院

---

① ［美］理查德·罗蒂著，徐文瑞译：《偶然、反讽与团结》，商务印书馆，2003 年，第 247 页。

士在小说的前60万字中出场次数很少，即使点到也是与乔木先生的争执，与儿子无法沟通的怨恨，但到了第84节"太和春媛"和第86节"九曲"，双林院士的人生才得以确立，靠的全是间接的引述和他人的回忆。与乔木先生的惺惺相惜，与双渐的父子深情，只有在双林院士因得了绝症而失踪的空白之处而大书特写，这无疑是《应物兄》中特别感人的两个章节。

在当今叙事这个行当之中，李洱真不愧为反讽之高手，解构之能匠。他满脸嘻嘻，却一腔热血，满嘴玩笑且不甚正经，却让滑稽逃之夭夭；他引经据典，随时圣人言圣人说，却又像是茶余饭后的随意聊天，许多不入眼的东西，经他反复提醒又能让人幡然醒悟；一些不上桌面的东西，一经他指点，却成了美味佳肴。一肚子坏水和悲天悯人都可同时用来评点其叙事之魂。他写得舒畅，却让你无语；他大笔快意，你却在恩仇之间徘徊；他省略之处，你却不吐不快；他迂回之处，你却忍不住要冲锋陷阵。一种总是和你过不去的艺术，总能让我和你的对话陷入冰火之间。

同是写人，李洱省略了诸多例行的手段，集中言谈，满足于倾听。你说、我说、他说对应着会议、饭桌和课堂。读李洱的《应物兄》，耳朵不灵的话是要吃亏的。而且你还要有一种转换的能力，把听来的言谈转为场景，为人处世、人际关系和各种各样的形象、人物和个性。他的言说，提供了某种感觉印象的聚集体，是一种纯粹的现象学存在，一种非连续的过程，有时甚至是无意识的冰山一角。他让我们知晓如何感觉特殊之物，如何揭示隐秘之所在，并释放真正的本性，为知识性个体的关注带来一股清流。或许这些人物我们似曾相识，如今已形同陌路；或许我们并不熟知这些领域，但他们又像是我们身边的导师、上级和朋友。我至今还记得朱学勤谈及知识分子时的那句话，"我举双手拥护学理，但我讨厌有些学理之下的心理"。但在阅读小说时，我们应当把这种拥护和讨厌颠倒过来，拥护后者，而对前者之陷阱则保持高度警惕。学理皆在大师们、先生们之间流通，而心理则人皆有之。

十六

语言的特权时刻在于文学，尤其是小说，因为小说是陈词滥调和司空见惯之物的上演之地。人们似乎要在"传统与反传统""否认"或者其他被赋予过多意义的词汇或短语的周围加上引号，但也正因为如此，它们变得空洞无意义。巴特告诉我们，在小说中，人物充当自己的引号。这个很重要，因为这解释了他后期著作中表现出对小说的兴趣。"就像任何一种表达活动，文学要使用符号：但是，它蕴含着意义的增值，或者是巴特所谓的'意义的厨房'：它对意义连哄带骗，也就是说，它提出意义又将其束之高阁。文学是模糊不清的，虽说它是用语言组成的，但通过阻塞语言的传递性，如热奈特所指，将它变成一个含混的讯问的场所，它腐化了语言自身的交流性质。"[①]

虽然没有什么确切的明示，但在李洱的小说中，经常有着纯与杂的议题。狗咬狗本是常事，但流浪狗出身的木瓜咬了血统纯正的宠物狗金毛，赔偿事件便发生了；养意大利蜂和土蜂本是选择自由的问题，但因姚鼐先生养土蜂，并认为土蜂是从夏朝传下来的，问题就变得意味深长了；卡尔文虽祖上是英国人和黑人的混血，但他远在坦桑尼亚，但就是因曾参与修建坦赞铁路，跟中国铁路工人学会了汉语，更重要的是他到中国来选修儒学，并参与了铁梳子连锁酒业的生意经，于是一系列因不同文化、思维掺杂的趣事怪事便发生了；血统上，杂交成就了野种，但同样一个"野"字，双渐在桃

---

① ［意］帕特里亚·隆巴多著，田建国、刘洁译：《罗兰·巴特的三个悖论》，华东师范大学出版社，2017 年，第 103 页。

花山谷寻找野牡丹花、野山参、野生兰花又成了品种纯正的未受污染的自然品种。除此之外，更值得一提的便是贯穿全书的，那业已消亡的济哥之声和华学明再造济哥的故事。这可以看作《应物兄》的一条隐喻之线，它似有似无，可有可无，但确实又是忽明忽暗的存在。把济哥再造工程和太和研究筹建再造放在一起，它们便互为戏仿的对象。

纯总是相对杂而言的，杂总是对纯的反讽和戏仿。经过"文化大革命"的"洗礼"，1980年代的求学之路无渊源可言，饥不择食，杂七杂八是其必由之路。李洱正是紧紧抓住一个"杂"字，勾勒出这一代人的众生相。不止应物兄，比如芸娘作为考古大师姚鼐先生的大弟子，1985年发表影响巨大的毕业论文，"在相当程度上象征了一代学人在上个世纪八十年代的思想和情绪"。而芸娘的硕士生文德斯，现为何为老太太的博士，郏象愚原为何为的开山弟子，黑格尔粉丝，后拜程先生为师，不仅专攻儒学，连名字都改为敬修己，至于南开大学教授吴镇，那更是个改行专家，从研究两宋文学研究《水浒》，转而研究鲁迅再转到儒学研究。应当说，杂是绝对，而纯是相对的，历史上的任何一种学术史都是经由不断变化、修正、变形才能发展的。更何况人们总是无法化解语言与历史之间的联系：历史总是被理解为现今的傲慢，多少有点像一种生活中无所不在的朦胧而隐蔽的必需品，是一大堆的神话、乌托邦、制度和潮流。这种联系是无法消解的，也是一种对话和双重性，它们同时是友好的，又是反叛的，是对抗的又是共谋的，既有一种归属感，又渴望保持距离。总之，是众生喧哗之戏码。

不存在对于过去单纯的阅读，抑或纯然对过去的漠视。随便扫描一下当年的书名：王元化先生的《传统与反传统》、朱学勤的《思想史上的失踪者》、李泽厚的《走我自己的路》、林毓生的《中国传统的创造性转化》、刘志琴编的《文化危机与展望——台湾学者论中国文化》，我们就可以想象事物并不那么单纯。即便个人做学问也如此，诚如余英时在总结"新儒学"代表人物熊十力、牟宗三、唐君毅的学术构成时所说："熊先生出生于中国旧传统，故只能借用佛学阐发儒学，唐、牟二先生则深入西方哲学的堂奥，融汇中西以后，再用现代语言和概念建构自己的系统。大体上说，唐先生近黑格尔，而牟先生则更重视康德。但他们彼此之间又互有影响，在 60 年代之前，至少外界的人看不出他们彼此之间的分别所在。"[1]

《应物兄》力图展示一种传统文化，其传承和演变中的处境，重要的是人及其变化。伟大的文学并不对我们的判断力说话，而是对我们把自己放入他人之境地的能力说话。语言范式坚持世界总是通过语言来开启的观点，并且因此让行动中人在语言中消失；主体范式则坚持人物行动是开启世界的力量的主张，认为语言只是媒介。这两种范式没有一个对的，也没有一个错的，每一个都代表了一种看待世界的方式。同时，这两种范式虽有差异，但也没有哪一个是遗世独立的，而是彼此掺杂的。文化从根本上说是距离和延迟的导演。文化将我们身上的天性束缚在可支配性那长长的绳索上。另一类的世界成为一种羞辱现有世界的工具：重点不在于到别处去，而是利用别的世界思考我们所处的世界。文化既是真理又是幻觉，既是认识又是虚假的意识。它包含着残留于记忆中的摹仿以及人与自然之间的亲密关系的踪迹。当在慈恩寺烧头香可以进行拍卖时，当华学明的生命科学基地所缔造的新一代济哥可以成为垄断市场的手段，当宠物的衣食住行可成就新的商机时，当发展经济而不惜破坏生态自然成为一种政绩时，人与自然的关系、文化的可塑性、文化基础的不稳定性就露出其冰山一角，文化的纯粹性的幻象

---

[1]　余英时：《追忆牟宗三先生》，《余英时文集》(第五卷)，广西师范大学出版社，2006 年，第 376 页。

便已破灭了。

关于艺术家和他的文化之间的关系，还是特里林讲得明白，"无论是在民族文化还是不同政见的小团体文化，都是复杂的，甚至具有一定的矛盾性，艺术家必须接受他的文化，同时得到该文化的接受，但同时把必须成为该文化的批判者，根据自己的洞察来对这种文化进行纠正，甚至抵制，他的力量似乎发生于这种爱恨情仇的境况所产生的张力，而我们则必须学会欢迎这种矛盾的情感。"[1] 特里林进一步阐释，促使 19 世纪小说充满生机的原因，就是人们对人类本应具有何种属性产生了"革命性"充满了激情，而且整个世界也觉察到了未来即将发生一场道德的革命。

十七

巴特用日常生活的细节描述他在阅读小说、传记或历史作品时所感受的愉悦，进一步设想一种基本消费的愉悦的美学和一种关于阅读者能找到的特定文本的愉悦。"拜物主义者喜欢片段、引言和特别的表达方式；强迫症患者喜欢操控元语言、注释和阐释；妄想狂喜欢进行过度阐释，发掘秘密和内情；歇斯底里者充满狂热，他放弃距离，全心投入文本。""为了将文本引入愉悦的领域，巴特向身体发出召唤，'文本的愉悦就发生在我们身体追求自身思想的那一瞬间'。"[2] 愉悦如何被感受呢？巴特在《萨德、傅立叶、罗犹拉》中回应，"文学的挑战就是，这部作品如何能够与我们产生关联，让我们感到震惊，让我们变得充实。"

---

① ［美］莱昂内尔·特里林著，严志军、张沫译：《知性乃道德职责》，译林出版社，2011 年，第 79 页。

② ［美］乔纳森·卡勒著，陆赟译：《罗兰·巴特》，译林出版社，2014 年，第 79 页。

我们没有必要按着巴特的分类去对号入座，分类的方式有许多，将身体做药引子只是其中一种。但不管怎样说，阅读作为文本的《应物兄》是愉悦的，我们应当承认，让高等学府之顶层殿堂能流泻出如此令人愉悦之言辞，是何等不易之事。不止学术圈，还包括官场、商圈的不同人等。尤其商圈，那可是唯利是图，鱼龙混杂，无奇不有的地方，他们中有的炙手可热，有的已是匆匆过客。他们可以在一起谈天说地，可以在一起喝杂碎汤谈风水，也可以在一起吃"套五宝"讨论如何让中国的宠物消费利上滚利。但心事呢，依旧是我行我素，是不是心怀鬼胎另说，南辕北辙总是不可避免的。《应物兄》经常讨论些词与物的差异，诸如美女和美人、丧家狗与丧家犬、复制品与仿制品、贤人和闲人、意大利蜂和土蜂、株树与楷树、蟒蛇与蚺蛇、寒鸦与乌鸦，等等，这些知识性的探讨不仅提升了我们对不同事物的认识，而且增添了阅读者的兴趣，它们是文本愉悦所不可或缺的。

我们要留意这些最小程度的修改，最大程度这一不容忽略的技巧，那些暗设的故事的框架依然如故，而整个情调却被反讽地修改了。传统是一种流动的文本，它既具有独立性，又有互文性。现代性则求新求变，它以洗涤过去一切稳固的东西出现，它使世界具有互文性，更像穿梭于我们之间的魔力之网。世界这个大文本在任何一个时刻都是模糊的、难以理解的，必须回首和展望。《应物兄》只有诸多的回首：程先生的儿时记忆；应物兄铁槛胡同生活的记忆、对上世纪80年代大学生活的回顾、对那位神奇右派老师的怀念；乔木先生对"五七干校"的口述式回忆，栾庭玉副省长对警察生涯的记述，郏象愚的知青生活，敬修己的偷渡遇偷儿的历险，董松龄常务副校长的留日史、葛道宏校长没有出版的自传以及形形色色商界大亨的发家史；等等。而展望呢，则存活于各人的盘算之中，比较务实的就是那筹建中的太和研究院。儒学研究自有自身的展望，但依然摆脱不了回首的命运，自从孔子一生为恢复周礼开始，回到过去就是它的使命。

从《红楼梦》出发，讨论贾宝玉长大了以后怎么办？和芸娘讨论的这一问题并非首次出现，李洱在不同场合均已谈及多次。李健吾先生曾认定《红楼梦》是青春小说，《水浒》是壮年的，他的人物都是二十五岁左右，年长的也不过是四十。武松大闹青云浦，时年二十七年！而《红楼梦》中的人物大都不过十七岁，那是少年的了。黛玉死时也没有爬过二十岁的门槛。"①《应物兄》自然在年龄段上是反"成长"的，小说中出现的人物大都已是为人师长、大小老板和各级领导，他们均可称得上是成熟之人。成熟是一种品质，是一种人或上天都无法强加的礼物。然而现在的问题是过于成熟了，人们对于关系的复杂性驾轻就熟，并且利用这一点进行反向迂回、过度使用。秩序成了秩序的秩序，关系成了关系的关系，目的是一目了然的，而手段则充斥着智慧，难以预料的反复曲折。令人拍案称奇的是，正是这种无师自通，或曰被某种文化所浸染的复杂性超越了课堂上所授、书斋中所习的东西。辩证法变成了一个如此高贵的概念，以至于要求一个定义都是对它的冒犯。因此，1960年代萨特在多年的辩证法思考之后写道："辩证法本身……绝不是概念的对象，因为它的运动产生和破坏着全部概念。"

叙述者貌似实证主义的信徒，在不同文献的纷繁状况之中，诉诸不同的言说、档案、史料，引经据典，注释出处都是必不可少的，但其骨子里又不相信实证的确切无疑。在体面的呈现、虚拟的陈述中，李洱是一个怀疑主义者。他让言说成为对话的策略又引发一系列矛盾、差异和悖论的修辞，不同引文之间的冲撞、不同语境的吵架、不同时代话语的杂碎与喧哗。所有的解释都是用来论辩

---

① 伍杰、王鸿雁编：《李长之书评》（四），河北教育出版社，2006年，第8、9页。

的：求助于一种解释总是挑战另一种解释，依赖某种解释总是要排斥另一种解释。正如福柯在罗奥蒙特会谈中说："解释从来不会结束，仅仅因为没有什么要解释，不存在绝对第一位要解释之物，因为本质上，一切都已经是解释了，每一个符号本身需要解释的东西，而是另一个符号的解释。"从这个意义上说，《应物兄》是一个靠旁征博引带上历史沧桑感的诱人建筑，其裹挟着一种侧身于学院内外上下流动性的旁观者的立场。

呈现者不只是呈现，而且还蕴含或表现了某些东西。想象力把这些意蕴与表现转换为形形色色的故事，或者以追溯源头的方式从这些意蕴与表现之中再度演绎出这些故事。不止于此，这些变形的故事与当今世事再度融汇交错而成了演绎之演绎、变形之变形，而那个被程先生称之为子贡的黄兴就是典型案例。

十八

李洱小说中有一种现象不断重复出现，即涉及身体排泄系统的病理，它一而再、再而三地出现，甚至到了一种过度的地步。从最早《午后的诗学》中钟市长患前列腺炎，《遗忘》中"侯后毅早已病入膏肓，他患的前列腺炎，已经卧床多日"起，到《花腔》中已演变成一种"粪便学"："首先出鼻血，白医生用驴粪给他止血；还有他那治疗金疮的偏方，是鹰尿，苍鹰拉的尿，鹰尿味寒有毒，对生股敛疮有奇效"；"阿庆的腿擦破了，手头又没药，你给治一下吧。白医生说，这好办。说着他就跑到马屁股后面，用马瘖头挑起一块马粪说，马粪可以治"；"《医学百家》1993年7期的《名人趣谈中》，记述了于先生给老蒋治慢性腹泻之事，被誉为中国粪便学的泰斗。"这样的例子还可以举出好多好多，我们暂时可以把这称之为李洱叙事中的"病理现象"。这一现象细心的批评家一定会注意到，奇怪的是几乎没有人提及，更不用说阐释了。如果硬要举例，唯一的线索便是徐德明 2002 年发表在《文学评论》中论《花腔》一文的注释⑤，暗示性地提到，"《花腔》明显受到巴赫金对拉伯雷研究中七组系列之粪便系列"的影响。况且，这一捕风捉影般的提示是否准确，还是大有问题的。

　　不错，"粪便"对巴赫金来说是不拘形迹的广场言语，狂欢之时，言语礼节和言语禁忌被淡化了，说些不甚体面的话，议论些不上台面的身体部位，为身体恢复名誉，注重吃喝拉撒的肉体生活。巴赫金进一步指出："对崇高的东西的降格和贬低，在怪诞现实中绝不只有形式上的、相对的性质。'上'和'下'在这里具有绝对的和严格的地形学的意义。上是天，下是地，地是吞纳的因素（坟墓、肚子）和生育、再生的因素（母亲的怀抱）。从宇宙方面来说，上和下的地形意。从肉体本身来说，它决不能与宇宙明确切分开来，上，就是脸（头），下，就是生殖器官、腹部和臀部。怪诞现实，包括中世纪的戏仿作品在内，用的就是上和下的这种绝对的地形学意义。贬低化，在这里意味着世俗化，就是靠拢作为吸纳因素而同时又是生育因素的大地；贬低化同时又是埋葬，又是播种，置于死，就是为了更好地重新生育。贬低化还意味着靠拢人体下身的生活，靠拢肚子和生殖器官的生活，因而也就是靠拢诸如交媾、受胎、怀孕、分娩、消化、排泄这类行为。"①巴赫金还对戏仿的不同形式作了进一步的细分，文学性戏仿正如一切戏仿形式一样，也是贬低化，但这种贬低化具有纯否定的价值，没有再生的双重性。需要说明的是，巴赫金的此段译文有点拗，好在意思还是明确的。

　　到了《应物兄》，作者不但扩张了作为"上"的言说之作为，

---

① 巴赫金，"弗朗索瓦·拉伯雷的创作与中世纪和文艺复兴时期的民间文化"，载《巴赫金全集》第六卷，李兆林、夏忠实等译，河北教育出版社，1998 年，第 25、26 页。

而且涉及"下"的排泄之物也绝不收敛。例如，应物兄"本人有前列腺大的毛病。每次使用智能小便池，上面的冲水感应器都会构成对他的嘲弄，往往已经冲了两次水，他还没有尿出来，或尿了一半，另一半怎么也尿不出来"。明明是有病，到这里便成了言说的嬉戏；另外一次，"应物兄到洗手间去了一趟。这一次尿出来的点长了。哎哟，真有它的，它一点也不着急，还显得很无辜、毫不在乎、吊儿郎当。他只好发出'嘘嘘'的声音，以调动它的积极性。出其不意的，一股尿以菱形的形式滋了出来。尿口有些疼，火辣辣的。不是被朗月的突然出现给吓的吧？"这里尿成了对象客体，有形有态，还是主体的心理对应物。情节发展到了第71节"墙"，和尿有关的尿盆便成了应物兄婚姻生活的记忆之场景。不止是应物兄，类似的叙说在小说中非常多。儒学是入世的，儒学家也有其与人相同的日常。每当我们读到为了让栾温氏享受至今还保有的蹲着解手的习惯，秘书邓林关于抽水马桶的创意；每当想起宠物木瓜被阉割之喜忧的情景，总能让人感受一种真实的无意义。它们能产生无意义的意义吗？

批评之所以对这些东西很少有反应是可以理解的，它们是身体自然的组成部分，是病理叙述的现象学，很难说其一定有什么意义，而意义又是阐释所要努力发掘的。一方面，阐释打碎了外表和显性话语的游戏，通过与隐性话语重建关系而释放意义；另一方面，阐释在解蔽中又总是忽视和忘却外表的意义；当本质和真理被解蔽和解放出来后，外表和现象总是被遗忘在思想的荒郊野地。我们不能"知情太多"，一旦我们过于接近无意识之真相，我们的"自我"就会土崩瓦解。俄狄浦斯的悲剧就是揭示这种"心理现实"：一旦获知自己"弑父娶母"的无意识之知，他的自我就会自行消解，他就只能抹除自己的身份符号，自我放逐。齐泽克所谓的"现实"，即我们理解的"现实感"。现实感是有关现实的完整图景，包括人物、场景、事件还有其因果链。我们都有这样的经验：一旦遭遇创伤性经历，我们的现实感就会破灭。齐泽克常常举的一个例子是，我们生活在都市，一般都有完整的下水道系统，所以我们天天大便，只要用水一冲，大便就消失得无影无踪，我们就有了完整和谐的现实感。不幸哪天马桶堵了，大便溢出了，流得满屋子都是，我们会立即丧失现实感，仿佛生活在噩梦里。齐泽克认为，现实之为现实，就在于大便之类的实在界已经被排除了出去。

十九

一种人类学上的解释：作为人类的存在，我们前额上的眼光使我们成为有大量"背骨"的生物，因而必须生活在这么一种处境之中，不仅有大部分现存于我们身后，而且必须把某些东西留在我们身后。这就是说，除了巴赫金讲的"上"与"下"，我们还必须面临着"前"与"后"的处境。眼见为实成就了一种言语的陈述，而身后之事则助长了虚拟的语气。现存事物越来越显得顽固，它们就越辛酸地提醒着它们即将来临的逝去。为了言明那个超越于当下的未被言说的世界，想象便使用了虚拟语气，似乎生来就优越于陈述语气的招数，它同时还隐含着对当下匮乏的评论。从"前"与"后"到"上"与"下"的转换是一种时空的转换，文化变迁总是既包括重点的明显转移，又包括相当的持久性和连续性。在某种意义上，某些大门一旦打开就无法重新关死。《应物兄》中写了很多人物，有些人身上体现了持久性和连续性，有些人身上表现出明显转移，更多的则是大门开启之后蜂拥而至的"新人"。我们的私生活比以往任何时候都更加漂泊不定。公众炫耀性欲的胃口肯定没有减退，要回到过去的道德主义和虚伪性是难以想象的。

历史这一文本像呼吸一样细微，它渗透于我们的血肉之中，消解于主流和边缘的对立。这个文本或魔力之网不似敏感的神经那样易于被感知，却因为历史的积淀而变得厚重，它既非肉体也非灵魂，而是介于两者之间。历史知识与我们引申故事的能力之间存在一种认识论的断裂，历史处理的是过去确然发生的事情，而历史学家不能不尊重事件发生的先后序列，在这一点上，小说倒不必拘泥于此。它们可以创造性地重组事件的先后次序。相比《花腔》，《应物兄》对秩序的态度相对比较顺从，但小说笔法依然在发挥它的作用，处处有伏笔，将原因后置，将谜底和原委都放在第四章集中爆发。随着情绪之波动、情感之滋扰，随时深入和不时溢出的声音无不充斥着词与诗。"死去的人是认真的，活着的人已经各奔东西。"我们都无可奈何地接受改变，从"应物"到"宠物"都是眼前花落去的影像；我们又都不可避免地拒绝改变，用充满激情的怀旧心理思念被我们抛在身后的人生阶段。遗忘是肯定的，一切告别的痛苦只是因为遗忘而产生的痛苦。根据结果来论功行赏可能差强人意，因为尊重道德动机可能被彻底抽空。

《花腔》告诉我们，关于契诃夫议论的那墙上挂着的枪，一度曾那么引人注目，结果却并没能打响，造成了读者诸多的猜测和不靠谱的期待，我们必须抱着乘兴而来扫兴而归的决心，才能接受这迷魂阵。此等佯装有埋伏的笔法，一度令魏微在《李洱与〈花腔〉》中击节。而今到了《应物兄》，剧情正在逆转，那墙上的枪不挂则已，挂上必响。莫非李洱试图复活那古代文论之境界："常山之蛇，击其首则尾应，击其尾则首应，击其中则首尾俱应。"好比太和研究院的命运，一路读来，警钟不时敲响：第41节，关于仁德路，"他当然不可能想到，后来为了寻找这条路，他的命都差点贴了进去。"第34节中写到金或姑娘通过铁梳子的关系走进了栾庭玉的生活，应物兄"当然无论如何也料不到，多天之后因金或与栾庭玉的关系，儒家研究会——这里倒可以用这个沉重的词——会受到根本性的影响。"第 16 节"双林院士"中,"应物兄无论如何也想不到,有一天自己会与双林院士的儿子相遇。他当然更想不到,那个看上去像农夫的人,竟然对他的儒学研究院产生那么大的影响。"想不到的都和出乎意料的东西有关,和结局有关。

二十

小说不断地呈现出如下情况,某些视角下的中心与积极因素在其他视角下成为边缘和阻碍。因而,在很多情况下,悲剧的构造与喜剧如出一辙。在齐泽克看来,实在界只是两个视角的分裂。只透过一个视角,无法觉察其存在,只有从一个视角转向另一个视角,才能发现其踪迹。可见齐泽克的所谓实在界不同于拉康所谓的实在界:它不是一成不变的硬核,而是虚拟出来的未知之物,是造成视差分裂的"原因"。齐泽克认为,表象之下并无普遍有效的法则,相反,世界是不一致、不完整和不可化约的偶然。任何名副其实的小说都不会认真对待这个世界。再说,认真看待这个世界又意味着什么呢?它无疑意味着:"相信世界让我们相信的一切"。从《堂吉诃德》到《尤利西斯》,小说正向世界让我们相信的一切发起了挑战。《应物兄》中虽有从学术上概括"信"和"疑"的分流,但这和小说的兴起无关。

视角是一个难以界定为主体和客体的事物:它以客体为焦点,又以表达主体为目的。《应物兄》尽管在叙事结构上和《花腔》有着鲜明的不同,但在如何运用视角之差异来维持个人与世界的紧张关系这一点上却是一致的。这也成就他特有的反讽之源。所谓反讽,就是看待同一事物不同侧面的不同视角相冲突而生的。不提东西方之对峙,同是《应物兄》写儒、说儒、谈儒,也时时处处流露出儒道、儒佛之间的视差之见,同样是释儒,各人都有各人不同视角。围绕着中心事件与轴心人物众多庞杂的人与事、词与物皆有视角之争，公开辩驳、明争暗斗，可说是十面埋伏、危机四伏、众声喧哗戏中戏。两代学人，甚至包括慈恩寺的两代僧人都生在传承的变化之中。也许，唯有生在于黑暗之中的"济哥"能看到你所看不到的东西，好比"其鸣自詨"。小颜是这么说的："我所听到自己的名字被鸟提起，被鸟叫出。我突然不愿做一个人，而愿做一只鸟。"小颜继续说："学明兄，当你仰望那些飞鸟，你会觉得它们来自另一个世界，它在我们之上，在我们这些凡夫俗子之上，高过所有的树梢。如果它们停留，那也只是为了给我们以启示。"之于那个学明兄呢？虽有生命基地诞生再造济哥，可他自己却疯了，莫不是一个疯子的视角也能脱离"凡夫俗子"？

以不同的视角去感应事物，接纳它们并让它们产生摩擦和争吵，这也许是李洱式的幽默、戏仿和反讽，这也是他结构的生存法和关系学，他忠实于自己的经验，同时也接受他人的经验。所谓李洱式的东西，实际上就是不断变化中的认知方法。也许用不了多久，有些东西就会使你原本有力的观点变得毫无依据。"贾宝玉长大了怎么办？"难就难在看待视角有了变化，变化之大，有时连自己都不认识自己了。还记得应物兄与艾伦关于上不上电视节目的争吵吗？应物兄情急之下说道："知道吗？每次上电视台，在后台化妆的时候，我都不敢看自己。我不敢看那个化过妆的我。你们送给我的光盘，我只看过一次，那个人好像不是我，笑容不是我的，谈吐不是我的，观点不是我的，腔调都不是我的，连皱纹都不是我的。每句话，我都要嚼上三遍才吐出来。连药渣都不算。"对现象学来说，视角即是反讽，是以行为、情境或事件来体现的。还是李洱说得精彩，虽不太准确："反讽确实首先是针对自身，有点类似先杀死自己，然后让别人和另一个自己来守灵。守灵的时候，别人和另一个自己还会交谈。交谈的时候，眼角常有泪，眉梢常有笑。"[①]

角色与视觉相关，角色扮演实际上和游戏一致——在镜中欣喜模仿自己动作的婴儿，就是一个通过扬一下手就能轻易改变现实的小魔术师，一个人在赏识他的观众面前表演的演员，一个陶醉于在举手投足间能改变自己作品的小画家。影子如同影像，如影随形，讲的是虚实不可分离。而"对镜自顾"时，强调的是虚假性。巴赫金认为在镜像中"我们看见的是自己外貌的虚假性，而不是外貌中的自己，外貌中没有包容整个我，我是镜前，而不是镜子；镜子只能为自我客体化提供材料，我们在镜前的状态，总是有一些虚假"。然而，这份虚假又不是那么容易分辨，对影子的误认是常态，镜像式认同又是我们的生存不可或缺的。应物兄在艾伦面前大声嚷嚷，但在导师乔木先生面前呢？在校领导、省领导面前呢？自我只有通过投射于非我的自我来反对自己，镜中的自我形象吸引着主体，替身不只是用来挡子弹的，想想纳喀索斯为水中自己的倒影所做出那份舍弃自我的情意，就能掂量其中影像的魅力了。"是拉康提出了分裂主体的理论，说主体与自我不相干，正是与自我的分隔形成了主体。照萨特来看，福楼拜不已经说过这样的话吗？"贝尔纳·亨利·列维在他那本厚厚的《萨特的世纪》中如此分析后进一步阐释道："福楼拜看到自己有成千上万的生活，却又无法将他们归纳在一起，看到他的感知和激情是间歇性的，看到他的假设的不过是一块生而有之的创伤时，他感到惶惑了。萨特本人不也是这样的吗？他在评论福楼拜时，说自我就像某种创造，像某种异族的产品，是由别人的目光一种纯粹的结构效应：他提醒说，福楼拜是在……照镜子的时候，才突然有那么一瞬间，觉得与自己重合了，年轻的福楼拜觉得自己又重新组合了起来，觉得又找回了自己，与自己有亲

---

① 李洱：《问答录》，上海文艺出版社，2013 年，第 222 页。

密联系并克服了创伤或裂痕。那是度过的唯一时刻。在那篇美好的《从窗口看到的威尼斯》中，他说大运河的两岸相似得令人不安……"①相似性的影像既可带来瞬间的亲密的联系，并克服了创伤和裂痕，但坐拥两岸的相似性则令人不安。影像试图兼容主客之间的差异，但它终究只是影子，是复制品，是仿制物。整个《应物兄》就是一个围绕着复制品诞生的故事，而复制离仿造仅是一步之遥。小至应物兄对自我的清醒与不清醒的认知，大到为了迎接程先生归来的整个复原仿制工程，包括那条街，那个胡同，那座宅院，甚至包括那座小庙和济哥的复活。

现代主体定义自我的悖论表现在：它一方面清楚自己是一个与他人绝对不同的个体，另一方面又是徒劳地赋予这一认识具体的对象，因为它不能说出它是什么。它试图刻画自己的每一句话都可以带出另一句与之相反的话；它不仅与任何其他人不同，而且还和自己不一样。"没有谁比我自己更不像我"，卢梭在早期谈及蒙田之自我描述的一个记录中这样写道。可以这样认为：《应物兄》是一部浸染着传统文化的当下之作，是回望过去的现代性书写；它向传统致敬，同时也接受现代性洗礼。想想电影《罗生门》的尾声："云开日出，樵夫在罗生门旁看到一个哭泣的女婴，正想着要不要把她抱起。"

二十一

李洱是一个对言谈情有独钟的叙述者：受词语之蛊，逞口舌之快，潜沉默之语，让不同文体在记忆的纷争中解体，又在凭吊昨日之情感中有所建树；既有真言也有妄语，既有狂欢式的倾诉，也

---

① ［法］贝尔纳·亨利·列维著，闫素伟译：《萨特的世纪——哲学研究》，商务印书馆，2005年，第309页。

有冷峻的滑稽模仿，滔滔不绝演绎枝蔓横生，喋喋不休解读盘根错节，间接引述连接着间接引述，令人困惑的杂伴，蓄意中断的并置，不同文类的精心布局，对他者言语的随意一瞥，失去言语的潜伏，希望和绝望的沉思。他强调口述体的生命力，也不乏对书面语的推崇。言谈即描摹，肖像画和自画像兼而有之，正面、侧面与背影齐头并进。《应物兄》写下了众多人物，对叙述者而言，有些人是他推崇倾心的，甚至是心仪爱慕的；有些人是鄙视但不乏心中的恐惧；更多的人他的态度是暧昧的，他看他们的眼神是游移不定的。李洱的面部表情泄露了其叙述的风格特征，这使我们想起雨果对拉伯雷小说风格的看法："严肃的前额下是一张嘲笑的脸。拉伯雷，他代表了游离于希腊风格的古代戏剧的一张生动面具，有着铜制的肉身，像人一样生动的面孔，在我们中间与我们一起嘲笑着我……"[1] 雨果甚至将莫里哀与拉伯雷加以对照，"在莫里哀那里只看到猴子，拉伯雷这里却看到半兽神"。

伴随着言谈的是声音，《应物兄》是李洱以前众多小说的回响和延续，而我们需要的是倾听，倾听那一直播放的《苏丽河》，那九曲黄河的涛声，一阵又一阵；那无数诗词的吟诵，不绝于耳。还有那双林院士和乔木先生一见面就抬杠，仿佛是永不休止的争执声，虽然小说最后以浓墨重彩写出他们之间惺惺相惜的共同情感，但争执之声真的消解了吗？抬杠和争执是永恒的对话，《应物兄》中充斥着对话，小说中更多的人物虽没有当面抬杠，但内心之间始终是争执的。代际的冲突不可避免，就是和谐大师程先生与儿子之间的冲突亦不可避免，那是因为每一代人都有责任赋予文化史以意义。对卡冈和巴赫金来说，人类的不朽与其说在于遗传和生物体上的代代相续，与其说在于假定的人死后灵魂继续存在，不如说在于

① ［法］皮埃尔·阿尔布文著，罗国祥、赵鸣译：《雨果作品中的神话创造》，载《雨果研究文集》，译林出版社，2014年，第163页。

当代融入到文化史中去：对话一旦终结，人类也就不复存在。想想托尔斯泰和陀思妥耶夫斯基之间的分歧，巴赫金参与其中，终其一生，从未停息。

李洱的小说告诫我们，不要把思想错当现实，也不要把现实错当思想；不要把学识错当见识，更不要把书本误认为行动；既要有对理性的忠诚，也不能缺乏对非理性的迷恋。既然小说具有社会性，那么它也具有认识论的特征。这种艺术形式恰好诞生于人类恒定的现实感消亡之时。读李洱的小说，警钟长鸣的应是"虚构"一词，虚构是人类得以扩展自身的创造物，一种能从不同角度研究的状态。作者往镜子里看，却只能看到写作的东西。这是一种隐喻，它似乎要打消写作想要描绘成或反映出不是它本身的那种东西的雄心。值得注意的是，即便是装上索隐和考据的翅膀，也无法越过虚构的重围。与此同时，又要对隐喻的狡猾声音保持高度的警觉，如果我们从迷宫的入口处，被解开的"阿里阿德涅线团"一开始就是错的，那么离谱将离我们不远了。

动机在大量对话中起作用，但是没有证据表明它们一定起作用。动机依赖于听众对我们表示赞同的程度，即对人的一般特征的赞同程度，或依据一些相同的感受。动机看起来依赖于我们的情感或情绪，但情感和情绪就其表面来说无法得到证明，明亮眼睛和锃亮外套的行为学意义是不一样的。在道德之境中，我们究竟看到的是圣人还是妖魔。儒家的道德秩序、道家强调的天人合一，或斯多葛派的顺从天命，加上现代化的步伐和资本的期望值能否在"烧头香"中彼此兼容，还真是个问题。梦想过上令人尊敬的生活，在现实中却喜欢隐藏或否认自己的弱点。道德环境和道义说教彼此混杂，哲学家即使在思考伦理道德的时候，也不能摆脱伦理环境的影响。在凭吊上世纪80年代思想场景时的所言所思，在回顾已逝去二十年的文德能的精神遗产时的所想所记，在企图复活那过去的客厅议论和那具有象征意义的小饭店和旧书店时，不知乔木先生们做何反应，还有那远在海外的程先生们有没有感觉，更不用问的是几十年后陆续登上舞台的"70后""80后""90后"了。

修辞没有理性的"启蒙"色彩，启蒙着重类比、联系、统一和复制，而修辞对应的是毁坏、颠倒、歧义或者歪曲。它们被用在时间（机会）和特定场所（面具）中，体现他者和他者的关系。用弗洛伊德的话来说，文学作品成了一面"镜子"，它记录了历史的机缘巧合，以"扭曲"的方式表现特定的社会或语言系统。文德能的过早离世既是个人具体命运的真实故事，同时也是个隐喻，是一次反讽式的戏仿，它隐含着对一代学人过早夭折的无限感慨。文德能阅读中的芥川龙之介，并非我想象中的芥川龙之介。那个说过"人生还不如波德莱尔的一行诗"的伟大小说家，在其最后的小说《某阿呆的一生》中，最后的一句话是这样的："他只有在黑暗中挨着时光，可以说是把刀刃破损的细剑当拐杖行。"在这部最后的小说中，芥川龙之介给出了自己的画像："他想起自己的一生，感到泪水和冷笑的涌现。他的面前只有两条路：发疯或者自杀……"这也让我们联想到《应物兄》某些人最后的结局：发疯和死亡。

二十二

小说中提到尼采，尼采说过的话很多要理清有点难。而与"应物"有关的是，尼采认为我们能够了解的，只是对世界的解释。我们不可能拥有"真实"存在的世界。关于艺术，"尼采经常断言，我们被囚禁于我们人类的视角之中，向来都不可能绕过我们的角落去看。不过，他也说过，艺术家有能力为我们提供另一种可能的透视态度，并宣称他有特殊才能，可以在不同的视角之间'进行切换'。获得真实的客观性的前提是避开一种'确信'，即追寻确定性的信念。尼采写道：'对真理而言，信念是远比谎言危险得多的敌人'（《人性的、太人性的》，第 483 节）。'避开确定性，并不意味着收回反讽的承诺，相反，我们应该生活在一种危险状态中。'一直质疑知识的可靠性，让我们冒险去追随假说，走到最远的极致。"①

　　时间会扼杀真相，使其难以现身。当古希腊—罗马文化重现于古典主义意识中，它已被人们以新的视角观察，并以此获得一种新的希望，结果得来截然不同的认同。高贵的单纯、静穆的伟大——这是温克尔曼的图像，不仅影响一代人，而且撰写自己的历史。而格雷斯却道出他的猜测，人们以前这样看待古希腊—罗马，是因为雕像在此已经褪色，眼窝已经被掏空。用浪漫主义的眼光看，古希腊—罗马有着不一样的回眸。弗里德里希·施莱格尔在早期关于古代的论著中，业已指出古代那野蛮的和狄俄尼索斯的特征：纵酒宴乐，即法律习俗中喜庆的狂欢，它包裹着一种秘密的圣意，即神秘礼拜的一个重要组成部分。鉴于此，我很反对那种古已有之的论调，说符号学我们早已有之，那是对时间的抹杀和对变化的无视。我和小说中的芸娘、应物兄、文德斯等也算是同代人，但我时刻提醒自己，不要对这个时代过度理想化和偶像化。我们要十分警惕欲望的逆向转移。欲望是转喻性的，它总是"吃着碗里的，看着锅里的"，总是"这山望着那山高"，总是从一个能指滑向另一个能指，从碗滑向锅，从一座山滑向另一座山。或许，文德能从芥川龙之介身上获得的启示是对的，不要随意放大书写文学纸上的革命性，不要成为一纸文学革命史的历史观，还有那些沉默许久，或许也是永远失忆的沉默之书、失言之书，或许还有那些有待揭示甚至永远无法揭示的真相以及真相背后的真相。

① ［新加坡］C.L. 腾主编，刘永江等译：《劳特利奇哲学史》（第七卷），中国人民大学出版社，2016 年，第 195 页。

李洱的叙述总显得津津乐道,不乏才智、才气纵横且机趣间出,在字里行间总藏匿着一种审慎的微笑。那里面可能什么都没有,因为结果就是没有结果的结果,含义有时就是没有确凿含义的含义,培养着我们对剥洋葱时一层又一层过程的愉悦,并体验此中的无穷的趣味。犹如中国盒的存在,中国盒的意义并不在于其里面存放着什么东西。如同现象学常常被定义为描述,它的任务不是去解释,而是去弄清,或以话语重新产生优于话语的陈述,而陈述就是现象。就像"梵高的那幅画:一双坚实的农鞋,别无其他。这幅画,其实什么也没表现。但你一下子就独自与亲临来此存在的东西一道,好似一个暮秋的夜晚,当最后一丝烤马铃薯的火光熄灭,你拽着疲惫的步履,从田间回到家中,肩荷锄具,踽踽独行,是什么东西来此独在?亚麻油布呢?还是画面上的线条?抑或那油彩斑斑?"[①]此番话出在海德格尔1935年夏季学期的演讲,出版一直延迟到"二战"结束后八年的1953年才出版,其引起的巨大争议和道德审查是可想而知的。

让书斋之气穿透日常世俗,还让其在日常之中遭遇挫折与失败,这无疑是在《应物兄》中随处可见的"对话"。只要读一下第94节"敦伦",我们的应物兄在破裂的婚姻面前的自恋、自卑以及无奈的创作感就明白了。《应物兄》中的失败者多了去了,绝非仅此一例。生活能朝着你预设的方向发展吗?很难。同样,我们也很难朝着一种预设的生活顺利前行。人在生活中总有不断抵抗中的失败,失败中的抵抗和对话,无法同一的失败感或许就是我们的生活和生活中的我们。几十年过去了,人们每每谈及伟大的传统和精神的遗产,从最古老的文化,到离我们渐行渐远的"五四"启蒙运动,甚至包括未曾离我们远去的"思想解放""先锋文学"和"人

---

① [德]马丁·海德格尔著,王庆节译:《形而上学导论》,商务印书馆,2016年,第40页。

文精神讨论"……需知，思想史上的很多例子证明，承担伟业的继承者，都是最为激烈的"反对者"和鼓舞人心的"失败者"。问题在于，那些过去年代的场景和当下急功近利的世俗性之间还有段距离，我们的肺部能否从中继续呼吸到新鲜的空气。对自己脚下根基的忧虑绝非只是对于分裂和深渊的忧虑。害怕在昂首问天、瞩目苍穹、与日月齐高的过程中丧失日常与世俗，同样忧虑也已经体现在言语与行为的悖谬之中。被修正的儒学和正在不断被修正的儒学，这里完成式的谬误和未完成式的完满正在演绎着它们之间的对话。"未完成式"总比"完成式"胜出一筹，它堵绝"死胡同"和"极端"的窘境，而开放了明天，显示了其包容性。

有时候，如果我们认真审视李洱的全部作品，不难发现，有些东西经常在他的作品中出现，以不同的形式反反复复出现，构成了贯穿其作品的一丝丝红线。比如"狗"，无论是作为词还是作为物；比如"纯种"与"杂种"的问题，无论是动物、族群，或者是一种学派；比如病兆，无论致人死亡的癌症，还是致人发疯的神经；还比如动植物或物件，无论它们是出之于诗词赋颂、字书碑铭、经史百家、谶纬杂占，甚至包括出土文献。对于这丝丝红线所构成的网格，我们都很难停留在具体能指来看待，更多时候，我们只能把它们视作一种隐喻、一种有用的抽象、一种无名的所指、一种象征意味的情境，甚至是一种吸引眼球的花招和高调而炫耀的习惯性自理。不管怎样，李洱对这些东西的描述是清晰自然的，因此我们不可能不严肃地加以对待，至少不可能不相信他自己是严肃对待的。

还有笑，李洱的反讽令我们发笑、他的微笑则让我们沉思。困难在于所有关于笑的研究都是不好笑的，所有关于幽默的解读都是为了取消幽默。柏拉图研究专家何为老太太离开我们了，她的世界不欢迎笑声，包括那准备中的追悼会，那是柏拉图的错而非李洱。莱昂内尔·特里林生前曾有愿望，如果以后要出选集，希望收录那篇关于桑塔亚那的文章"巴门尼德的微笑令我深思"。特里林并不是认为此文是重要的文章，而是担心会被人漏选，甚至担心他所重视的文章未必会被别人认同。在文章的最后，特里林写道："他（桑塔亚那）本人认为微笑可以表达许多情感——在写给芒森神父的一封信里，他论及了柏拉图《巴门尼德》中的一段文字，'涉及有关肮脏、垃圾之类的观念，恪守道德的年轻的苏格拉底在这些观念面前望而却步，认为它不够美好，这使得年老的巴门尼德露出了微笑。'一个微笑竟然可以产生如此重要的作用，而桑塔亚那的微笑也达到了同样的境界。"在这最后的段落之前，特里林还引用桑塔亚那写给阿博特信中的话："坟墓的视角并不是你我随时都可能通过偶然的希冀而获得的。只有通过自我克制的行为才能获得这种视角。必须首先停止快乐的诱惑力、停止痛苦的抑制力，你会承认，这并非易事。但与此同时，我请你答应我，让我记住，拿事物开玩笑是要我们自己付出代价的。这种玩笑的确好玩，但却让人感到极度不悦。"[①]

什么是"拿事物开玩笑"？无所不在，无所不用其极的仿造与复制，这个被后现代主义学者称之为我们这个时代表象征候的东西。就像第77节"回家"，应物兄经历华学明的前妻邵敏一番纠缠之后的感慨："我悲哀地望着一代人。这代人经过化妆、经过整容，看上去更年轻了，但目光黯淡、不知羞耻，对善恶无动于衷。"

二十三

漫长的《应物兄》全书四章，我们姑且把它看作四季书，冬之卷可谓"山雨欲来风满楼"。几个月来，等待结尾让我一直处于

---

① ［美］莱昂内尔·特里林著，严志军、张沫译：《知性乃道德职责》，译林出版社，2011年，第355页。

焦虑的状态。好多个夜晚，我曾设想结局的种种可能，煞费周章但却无能为力。值得思考的是，在睡眠的边缘，那些依旧处于睡梦状态的东西转变成了现实，而我们认定为现实的东西回过头来却是一场梦。一个无法找到过去的过去主义者，最终也只能把孤独转化为联系。如果"现实"是无人述说的，它更有理由"永远不讲故事"。就是说，当我们涉及叙事时，我知道它不是现实。叙事是一个完成的话语，来自将一个时间性的事件段落非现实化。世界无始无终，相反，叙事是按照严密的决定论安排。叙事与"现实世界"相互对立，总是假设一个起点和一个终点。

好像是故意"找碴"似的，关于结尾，李洱自有其"洋葱式"的思考，这在前面已有所论及。而今风云突变，没有交代式的结局似乎无法圆满。《应物兄》中虽没有讨论结尾，却讨论了开头。第94节中，芸娘提醒文儿，"一部真正的书，常常是没有首页的。就像走进密林，所见树叶的声音，那声音又涌向树梢，涌向顶端。"走进森林的现象还出现在第15节中："当一个人置身于森林中，你就会迷路，就会变成其中的一棵树，变成树下腐烂的枝叶。你会觉得，所有的一切，都是森林的一部分，包括天上的浮云。在黑暗中，必须有月亮的指引，你才能走出森林。因为月亮是变化的，所以你还要知道月亮运行的规律，以计算出自己的路线，这样才不会再次迷路。"师法自然固然是一种境界，但如何应对变化和防止迷路还是个问题。况且，我们在这里关心的依然是小说而非其他。

如果说，有始无终之境是一种追求，那么反对首页的书写又当如何？现象学的观察，也可权当"物的追问"。当你自以为"计算出自己的路线"时，结果总是为防止迷路而进入了更大的谜团。应物兄面对眼前的唇枪舌剑，远处购房者的烟花爆竹，四周重又浮起蛐蛐和蝈蝈的叫声，又能如何呢？人造济哥已死，华学明也疯了，重现人间的济哥连同病菌又一次挑战着人类的生态系统和免疫系统，如同这一次又一次的宴席，那一道又一道上不完的菜。这让我们想起文德能生前想写的书，"沙子，它曾经是高山上的岩石，现在它却在你的指间流淌，这样一部'沙之书'，既是时间的缝隙中的回忆，也在空间的一隅流连；它包含着知识、故事和诗，同时又是弓手、箭和靶子；互相冲突又彼此和解，聚沙成塔和化渐无形；它是颂歌、挽歌和献词；里面的人既是过客又是香客……"我认为，这不仅是文德能的理解之书，也是《应物兄》书写之追求。

如同生命是有限的，《应物兄》也慢慢地走向它的终端。随着潮起潮落般的思想碎片、意象板块、沉思之光与情感片段，还有那大小宴请和上不完的美味佳肴；无论是儒家之情怀，还是道家之神韵，无论是何为老太太的"猫狗论"，还是张子房的"经济学"，其实讲的都是人的故事和故事中的人。人究其实质就是我们关于他的记忆。我们称之为生命的东西，归根结底就是一张由他人的记忆编成的织锦。死亡的到来，这织锦便避开了，人们面对的便仅为一些偶然松散的片段、一些碎片，记得约瑟夫·布罗茨基在《悲伤与理智》一书有这样的说辞。

随着时间的推移，双林院士因疾病不辞而别，长期生病卧床的何为老太太也留下遗嘱走了，不肯化疗不肯做手术的芸娘留下对文德斯和陆空谷的美好祝愿离开了我们，马老爷子也留下曲灯老人走了。他们离开了这个世界，却又以死亡唤醒了爱的记忆，又因死亡的周期而引发我们的思念和凭吊。从文化意义讲，死亡几乎可以无限地解释为：牺牲，宗教仪式献祭，摆脱尘世的痛苦，长期受苦的亲人快乐的自由，自然生命的终结，与宇宙的结合，去天堂与亲人团聚，最后的无效之象征，等等。不过，虽然理解死亡的意义，我们依然会死亡，死亡是话语的极限，而不是它的产物。死亡也是自然的组成部分。死亡不是一种生活方式，只因我们想象看待死亡之时，它才充满各种各样的神秘色彩。

我们的应物兄或许也死了，死于车祸，死于过于蹊跷的意外。正因为死神将要降临，才有了应物兄和程先生的最后一次通话，才有了应物兄唯一一次听曲灯先生谈到程济世先生，才有了和张子房先生最后一次谈话。应物先生和我们告辞了，也带走了仁德路和仁德丸子的秘密。这位口若悬河的人物双重死亡了，不止因为他在故事中死去，还因为无论如何他只能是书中的言说，是用词语写成的血肉。但最让人悲哀的事实可能成为记忆和持续情感的胜利，成为静谧、长眠、和解、满足、阴冷、孤独黑暗中停留和产生爱的地方。

让我们记住李洱在谈及《花腔》时的那句话："爱的诗篇和死亡的歌谣总在一起唱响。"

2018 年 8 月至 11 月写于上海

捆绑之后

——《黄雀记》及其阐释中的苏童

坡使马拉美懂得了"一部现代作品中必须排除一切偶然而只能是佯作偶然"以及"无穷无尽的振翼并不排斥清楚地瞥见它在飞翔时所吞没的空间"。

——雷纳·韦勒克《近代文学批评史》四卷

我站在悬索上看见了什么？我看见我真实的影子被香县夕阳急速放大，看见一只美丽的白鸟从我的灵魂深处起飞，自由而傲慢地掠过世人的头顶和苍茫的天空。

——苏童《我的帝王生涯》

一

"苏童天生是个说故事的好手。"这是王德威那篇苏童论的开首句，此说法令人印象深刻且经常被人使用。以先锋的姿态，怀着探索求新的光荣与梦想步入文坛的苏童，结果令其进入小说名人堂的却是"故事"。王德威的文章发表于世纪末的1998年，正如在世纪末的迷乱之中一样，文学中的那些期望和忧患都寄系于"故事"。当然，关于"故事"的神话已经嘀咕了好些年了。比如王海燕在

1994 年的文论中也讲过几乎同样的话。[①] 在同一年，我在《新民晚报》上有一篇短文《大红灯笼挂文坛》，就是拿影视作为推手使苏童大红大紫说事。故事是那种讲究连续性，依赖跌宕起伏的情节过日子的东西，它又不属于瓦尔特·本雅明的"消息"，即那种现代的新闻方式，这种方式是传统故事创作的死敌，无论它自称有多少故事。上世纪 80 年代末，在"新写实""新历史"等口号的鼓噪之下，"故事"在小说中的地位得以重塑，而以反故事为宗旨的先锋实验小说则开始渐渐淡出了大众阅读的视野。对于中国当代文学思潮这一微妙而复杂的变化，韩少功称之为"进步的回退"。

　　苏童无疑是这一文学思潮变故的受益者，但如果我们把这一事实看作评估一个作家的价值标准，那就和现今流行的作家财富排行榜没什么不同了。在说到《妻妾成群》的写作时，苏童用"瞻前顾后"来表达自己作品的变化："我意识到，有时候所谓的'往后退'则是一种更大的进步。"[②] 和大多数作家不同，苏童的创作谈简短且有着清醒的自我认知。"瞻前顾后"基本上概括苏童几十年小说创作的创新与坚守。"文学就是一辆公共汽车，一个时间路过一个站点，人人都可以跳上去。"这是同一次谈话中，苏童和张学昕讨论到"80 后"和苏童一代童年记忆的优劣时所说的话。我的问题是：试图登上一辆正在行驶的汽车和登上一辆停止的汽车有什么不同？如果被蒙上双眼，你能登上正在行驶的汽车吗？如果你不仅被蒙住了双眼，而且不知道汽车正在驶向何方或者甚至不知它行驶得

---

① 王海燕在《苏童论》一文中指出："苏童是个讲故事的好手，这在先锋小说家中是很独特的，他出色的建构故事的才能，弥补了先锋派文本艰涩、理念过强的弱点，于是才有影视界频频垂青于他的故事的可能。"《安庆师范学院学报》1994 年第 4 期。

② 苏童、张学昕：《回忆·想象·叙述·写作的发生》，汪政、何平编《苏童研究资料》，天津人民出版社，2007 年，第 222 页。

有多快，你能登上去吗？这说明，用宽容、理解的态度看待同一性和用严厉、挑剔的姿态看待差异性其结果都是不同的。正如苏童所说，"如果一个作家对世界的认识始终是很坚定的，我觉得这恰恰是很可疑的。我觉得一个比较好的作家要与真实相处，必须要先与疑虑相处。"我们经常在差异中认识苏童，这也是为什么在苏童的批评史上出现的词语，在其他作家的评价中很少出现的缘故。比如颓败的家族史话、苏童式的颓废英雄、南方的堕落、死亡的诱惑、天堂的哀歌，等等。

王德威的评论从"讲故事"入手，但其真正要阐释的却是"南方"。王德威历数了对苏童的各种评说，感觉缺失的是对南方想象的解读："最重要的，南方到底在哪里？是在中原地理之南，还是你我政治、文化以及身体之南？"令人印象深刻的话还有："苏童擅长写过去的时代，更善于把当代也当成了过去，实在因为他因循约定俗成的文学想象，赋予南方予'旧'生命"；"南方没有历史，因为历史上该发生的一切都归向了北方。"① 之于说什么苏童的世界令人感到"不能承受之轻：那样工整精妙，却是从骨子里就掏空了的"读来令人费解，总有故弄玄虚之嫌。不知怎么的，读王德威的评论总有隔膜，他的视线和出发点，他的言说和评点总有点来自另外一个世界的味道。究其缘故：或许是他喜欢将作家作品纳入他理解和想象中的文学版图，或许这体现了萨义德所讲的一种"旅行中的理论"。同样是对"想象的南方"的阐释，我更愿意聆听苏童的自我解读："如果说那座茶馆是南方，这南方无疑是一个易燃品，它如此脆弱，它的消失比我的生命还要消失得匆忙，让人无法信赖。""我所寻求的南方也许是一个空洞而幽暗的所在，也许它只是一个文学的主题，多少年来南方屹立在南方、南方的居民安居在南

---

① 王德威：《南方的堕落与诱惑》，见汪政、何平编《苏童研究资料》，天津人民出版社，2007年，第409、410页。

方，唯有南方的主题在时间之中漂浮不定，书写南方的努力有时酷似求证虚无，因此，一个神秘的传奇的南方更多地是存在于文字之中，它也许不在南方。""我和我的写作皆以南方为家，但我常常觉得我无家可归。"①

一切写作都源出于当下，哪怕其言说的是遥远的过去与飘渺的未来。我无法想象一个作家怎么可能把现在写成过去，除非这仅仅是出于某种文学概括的蛊惑和佯装。苏童曾说自己有一种"描绘旧时代古怪的激情"，这是因为"我觉得这是最适合我自己艺术表达的方式，所谓'指东画西'，这是京剧表演中常见的形体语言，我把它变成小说思维。我的终极目标不是描绘旧时代，只是因为我的这个老故事放在老背景和老房子中最为有效"，"我写作上的冲动不是因为那个旧时代而萌发，使我产生冲动的是一组具体的人物，一种人物关系的组织结构非常吸引人，一潭死水的腐朽的生活，滋生出令人窒息的冲突"。② 我注意到 12 年后王德威为《河岸》写的短论，并称其为"近年最好的作品"。需知，《河岸》为人诟病的一点就是太接近现实。苏童相信现实不是一种，而是好多种，有时"现实在迷雾中的，并不稳固得你轻易能把握，它甚至是朝三暮四的"。实际上，这里所谓的"现实"包括了我们认识和接近现实的方法，即文学上的"摹仿论""镜子说"。就是王德威所总结的苏童小说中"常见的题材：变调的历史、残酷的青春、父子的僵局、性的诱惑、难以言说的罪，还有无休止的放逐和逃亡"也都不例外。③

---

① 苏童:《南方是什么》，见苏童著《河流的秘密》，作家出版社，2009 年，第
　　138、139、140 页。
② 《苏童、王宏图对话录》，苏州大学出版社，2003 年，第 51、52 页。
③ 王德威:《河与岸——苏童的河岸》，载《当代作家评论》2010 年第 1 期。

二

通读这几十年关于苏童小说的评论，给我印象最深的依然是王干的那篇《苏童意象》，今天看来，这可能是拿不到任何学位的论文，甚至连论文也算不上。但我敢说，它在苏童批评史上的地位是无人撼动的。王干率先在文章中指出关于苏童小说的红色意象，从最早的红月亮、枫杨树系列中反复出现的红罂粟，到晚近出现的红粉意象。他从"红"和"童"字出发，甚至找出"ong"的韵母总是出现在最关键最让苏童难以忘却的人名和地名里。这篇貌似人物印象的文章，却令人信服地分析了构成苏童小说的三大类意象群，创作经历如何由"我"到"他"，由繁到简的蜕变过程，等等，就是今天读来依然有着阐释的诱惑。

上世纪 80 年代是一个丰饶的时期，是一个哺育新思想的温床，思想解放是文学寻求创新探索的催化剂，形形式式的"新"包含学习上的如饥似渴但难免也有生吞活剥的弊端。但那时文风和会风的活泼生动今天已经荡然无存了。文章的不拘一格，会议的七嘴八舌，热烈争论，你一句我一句，大嗓门你来我往，发言不断被打断的情境大概是今天的学术会议不提倡也不允许的。我不敢断定王干的文章就是那个时代的产物，但有一点是可以肯定的，经过几十年学院的规训治理，此类批评文章的产生已是不太可能了。

王干文章可贵之处还在于指出意象在于苏童小说的地位和作用，"由于意象最初是从诗歌创作领域转借过来的，一些小说实验者基本上仍以诗化的方式进行小说操作，苏童小说仍然过多地化用诗歌营造意象的方式，苏童一些短篇小说却可以当作优美的散文诗进行欣赏。"而贯串这一连串意象之珠的线绳则是苏童小说那个虚拟的'我'的情绪自由流动。"①王干的文章写于1992年，这年前后，是苏童研究文章的高发期。苏童以其"故事"走红，但研究者的重心则是其小说的意象。直到去年《黄雀记》的发表，岳雯在其两度书写的评论中都感叹，读《黄雀记》都像读诗一样，"在他的回味中，风、云、光、影皆为之而来，每个细节都绽放出诗一样的光彩。"②

　　意象无疑是苏童小说批评史上的关键，自王干率先在《上海文学》发表题为《在意象的河流里沉浮》（1988年）后，光用意象作题的文章就有六七篇之多。而把意象提高到主义的是葛红兵教授的《苏童的意象主义写作》，葛文认为："一部《妻妾成群》就是一个意象集，它整个就是由意象组接起来的。由此，意象不仅帮助苏童在小说中塑造了凄清幽怨的叙述氛围，而且它还构成了小说叙述的深层动力。这在中国现当代作家中绝无仅有的，这种以意象性为基本特征的小说语式完全是苏童独创的，它对中国现当代小说来说是一份非常重要的贡献。"③这可真是富有创见且锋芒毕露的评说。葛红兵断然否定历史镜像的价值和进化论的意蕴。断言苏童小说反时间的兴趣所在"是那个深深地潜藏在时间的湖底，任凭时间的洪流如何奔驰不复，它却始终保持不变的东西"。葛文发表于2003年，10年后，这一论断在王宏图的文章中再次重提，足见其独特的影响力。

　　我的疑惑在于小说和诗之间有何区别，小说的叙事语言在本质上如何不同于诗的语言。几年前，我在一篇题为《当叙事遭遇诗》

---

① 王干：《苏童意象》，见汪政、何平编《苏童研究资料》，天津人民出版社，2007年，第332页。

② 岳雯：《陪伴我们的温暖旅程》，《长篇小说选刊》2013年第6期。

③ 葛红兵：《苏童的意象主义写作》，见汪政、何平编《苏童研究资料》，天津人民出版社，2007年，第476页。

的文章中，试图提出和探讨的就是这个问题。意象和意象群基本是一个诗学的概念，它的使用范围包括读者从一首诗中领悟到"精神画面"到构成一首诗的全部组成部分。意象是文字组成的画面，所谓视觉反映也就是"意象"。关于这一点，苏童自己的说法似乎更有说服力。"说到底，可能就是我对图像的迷恋，将其融入了我的小说当中。""我迷恋电影，却并没有对我的创作起作用，倒是我迷恋的图像对我起作用了……破译图像是我的爱好，这样的爱好势必带到小说当中去，在我的小说中是一定存在的。"[1] 我以为，苏童讲的就是意象如何走进他的小说。

三十年前，当代文学中的先锋、实验、探索响应现代主义的美学革命，追随新小说浪潮，我们都一度热烈地投身于对小说线性叙事的破坏性的运作。小说的诗化不仅是一种提法，事实上更是一种小说叙述倾向；把小说写得像诗一样仅仅只是一种现象的形象说法，而如何把诗带入小说，尤其是带入中长篇小说叙事却是一种嫁接、移植和杂交，其难度是可以想象的，其中的变数和异化却是值得研究的。

人生也许很虚幻，但至少它组成了一个故事，故事必然带有基本的结构。这个故事也许讲得乱糟糟，但背后总有一个叙述者，不论他或她多么愚蠢。小说来到这个世界，就是和故事有着不解之缘。阿多诺曾感叹现代主义挖空了对客观的叙事的戒律的墙脚，但故事还是要讲下去，"所谓讲故事，就是说出点特别的东西来，可是这种特别的东西恰恰被统治一切的世界，被标准化和平均化所掩盖了。"[2] 阿多诺显然是感到非故事化给叙述者带来的困境。而不

---

[1] 苏童、张学昕：《回忆·想象·叙述·写作的发生》，见汪政、何平编《苏童研究资料》，天津人民出版社，2007年，第225页。

[2] ［德］阿多诺：《当代小说中叙述者的处境》（1965年），见刘小枫选编，《德语诗学文选·下卷》，华东师范大学出版社，2006年，第419页。

是像有些评论所轻松说说的"诗性未必拒绝故事"。

意象作为阐释或雄辩的敌人，虚假感性的敌人和客观描写的敌人，力图给观念穿上可见的外衣。唐湜这位被钱理群称之为上个世纪40年代最出色的评论家，在其评论中引用汪曾祺早年给自己信中的话，"……我缺少司汤达尔的叙事本领，缺少曹禺那样的紧张的戏剧性。……我有结构，但这不是普通的结构。虽然我相当苦心而永远是失败，达不到我的理想，甚至冲散我的先意识状态（我杜撰一个名词）的理想。我要形式，不是文字或故事的形式，或者说与人的心理恰巧相合的形式。（伍尔芙、詹姆士，远一点的如契诃夫，我相信他们努力的是这个。）也许我读了些中国诗，特别是唐诗，特别是绝句，不知不觉中学了'得鱼忘筌，得意忘言'方法，我要事事自己表现，表现它里头的意义，它的全体。事的表现得我去想法让它表现，我先去叩叩它，叩一口钟，让它发出声音。我觉得这才是客观。"[①] 汪曾祺甚至想把自己编的小说集命名为《风声》，以表达"风声入牛羊"的意境。我相信，汪曾祺信中的这些话真实表达其小说创作中的美学追求，这也是他的小说叙事少有中长篇的缘故，这也是为什么他的小说在沉寂了四十几年后重新焕发其耀眼光芒的缘故。顺便提一下，唐湜是九月派诗人，而上面所提及的葛红兵的文章也自称得益于另一位九月派诗人郑敏写于1993年的文章。此类巧合可能会产生另类的联想。

一方面被称之为讲故事的高手，另一方面在肯定苏童小说艺术成就时讲的又是"他孜孜以求的是与中国传统文学'诗画同源'精神相通的'空间型写作'"。这一对立现象无疑是我们理解苏童小说艺术的关键。真正的小说家总是力图使我们切身体验到他的创作

---

① 唐湜：《虔诚的纳蕤思——谈汪曾祺的小说》，见钱理群主编《二十世纪中国小说理论资料（第四卷 1937—1949）》，北京大学出版社，1997年，第489页。

矛盾。因此，他使用较为巧妙而复杂的手段，恰在他将世界拆开时，他又将他重新组装起来。人们欢迎苏童的故事，研究的则是他的"意象"；人们喜欢苏童的历史题材，评说的则是其非历史化的写作艺术。耐人寻味的是葛红兵用其"史前史"的人类学角度来对应王德威的"民族志学"，我们感到其中有道难以逾越的裂痕。苏童曾迷恋于塞林格短篇小说中的那个谜语：一面墙对另一面墙说了什么？重要的不是那"墙角见"的谜底，而是苏童是否相信它们迟早会见面。人类学角度虽不是什么新鲜提法，但针对苏童小说创作而言，却是一个十分重要的提醒。神话批评在中国当代文学批评中少有实践，这也是为什么批评史中的苏童，其面目总不那么明晰的缘由。

　　戴维·洛奇在其著名的文论《现代主义小说的语言：隐喻和转喻》中提到："对我来说，雅各布森最有意思的论点是，本质上由连接性所促成的散文往往倾向于转喻——而有格律押韵和强调相似性的诗歌则偏向于隐喻，他还提出现实主义作品是转喻性的。"最有意思的是文章结尾处，戴维·洛奇引了杰勒德·杰内蒂在论述普鲁斯特的论文中的见解。"普鲁斯特说，没有隐喻就根本没有真正的记忆：我们为他和所有的人再补上一句，没有转喻，就没有记忆的联系，没有故事，没有小说。"① 说到底，什么是小说叙事赖以生存的条件的确是个难缠的问题，何况本质论在很长时期本身也受到了责难。如同有时候不知人生的意义正是人生意义的一部分，说不清楚的纠结之处也许正是本质所在。小说总是依靠着我们难以理解它的根本意义而不断变化的。

---

① ［英］戴维·洛奇：《现代主义小说的语言：隐喻和转喻》，见吕同六主编《20
　世纪世界小说理论经典（下卷）》，华夏出版社，1995年，第362页。

三

除此之外，值得一提的是汪政的苏童论，对江苏的作家，汪政是知根知底的。况且这篇总括性的作家论发表于相对比较晚的2006年。题目也很有意义：《苏童：一个人和几组词》。由于苏童小说史的独特性，加上其几十年的创作经历好几个阶段的瓜葛，因此，关于苏童的研究经常会出现一些人们熟知的词语。汪政的几组词总结为：童年/回忆/虚构；历史/现实；南方/女性/唯美/意象。

汪文中最为引人注意的话语是，苏童"用南方美丽的形式来展示南方的无可救药"。"美丽的意象下面是死亡的气息与令人不安的阴谋，它可以视作苏童所有小说的样本。这是苏童作品的秘密，如女巫般带来厄运的美丽舞蹈。"① 汪政对苏童小说中的童年记忆所作的详尽分析是文章中最具价值的部分，他让我们明白了叙事中的回忆和回忆中的叙事之间的差异性。"总而言之，苏童的回忆不是严格的回忆和真实的回忆，它只能属于虚构。"记忆总是和遗忘联系在一起的。对昆德拉来说，人类对抗权力的斗争，就是记忆与遗忘的斗争。对苏童而言，记忆既是一种遗忘的方式，也是一种虚构的方式。世界本应是一个整体，个人的记忆总是其中的一部分。我们认识世界的过程，恰恰是一个把整体部分化的过程。苏童把记忆比作索取自身的影子。虽有如影随形的说法，但影子说到底并不等同于身体本身。记忆是可知的，而遗忘是不可知。我们总是穿越不可知而到达可知的王国，但我们能经由可知到达不可知的地界还真是个问题。

还有一个就是历史叙事，这在张清华的论文有详细论述，这里不一一展开。叙事语言的指涉问题是个关键，值得一提。苏童小说

---

① 汪政：《苏童：一个人和几组词》，见汪政、何平编《苏童研究资料》，天津人民出版社，2007年，第555页。

中的历史叙事是一种虚拟，甚至可以说是去历史化的，这既是苏童的特色，也是其成功之处。"他对一切变化都不感兴趣，他所感兴趣的恰恰相反"，"我们差不多可以说苏童是一个历史退化论者。与这种退化论相联系的是苏童对个体生命，由少年到青年，再到老年的不断提升的认可。"葛红兵的说法有过激之处，但不是没有道理的。这和苏童在谈到《妻妾成群》时所说的"我不是要写 30 年代的女人，而是要女人在 30 年代，这是最大的问题"相较之下，还是有其相通的地方。

女性形象一直是苏童研究中的热门话题，也是公认的擅长之处。不知何故，王德威却认为，苏童小说中更吸引人的是那些从未真正成熟的男孩，根本就像张爱玲所谓"酒精缸里泡着的孩尸"。男性的未成熟真正映衬着女性形象的成熟，这也为苏童小说存在着恋姐情结的说法提供了一个微妙的注解。

"唯美"一词经常与虚无一词相伴，几乎可以说是苏童研究中的独门武器，这也是苏童专家张学昕专著中出现频率最高的用词。我的看法是，唯美主义作为一种美学主张和追求，无可厚非。而作为一种评判性的判断，容易流于极端简单而缺少回旋之余地。

用心理动力学原理来分析苏童的创作发生论，用心理补偿说来求证苏童在虚构世界所获得的自由和满足自有其独到之处。但发生论并非万能，补偿说也不易简单化。说什么"幼小的童年已经有一种日后补偿的潜意识"；认为"写作是生活的补充，也是内心的延伸"，故且能自圆其说。但认为现世幸福的苏童，就意味着安逸的生活和自足的内心，就会失去书写苦难的条件，并以托尔斯泰晚年出走为例就难免牵强附会的离谱。多少年了，文学界对托尔斯泰伟大的理解够机械了。别的不说，晚年的托尔斯泰在回顾《战争与和平》时就说，他唯一的目的就是叫读者开心。天才身上总有一种怪癖，即自我主义反过头来最后的一口喘息，有时会使天才贬低自己的杰作。当然，在托尔斯泰身上，我们可以用他的宗教信仰来解释他的反常判断。自从他皈依宗教之后，他把《战争与和平》和《安娜·卡列尼娜》看作价值不高的世俗之物。他也说过《战争与和平》描写的是一个民族的漫游。这倒有点"补偿说"的味道。

四

对某些批评家来说，苏童的南方是文学中的历史地理版图；对许多从未在南方居住过的人来说，苏童的南方具有神奇的色彩，有着异国他乡的神秘和吸引力；对熟知历史的人来说，苏童的南方又掺杂着与北方互为因果，颠来倒去的历史轮回。一厢情愿的阐释总有其自圆其说的合理性。但对苏童来说，南方则是虚无和怀疑主义的滋生地：弹丸之地的想象是如何成其为不知天高地厚的世界；向记忆索取、问虚构求证，没有任何约束的自由和处处是陷阱的束缚可谓如影随形，这也是为什么苏童一再地设问：一个神秘的传奇的南方更多是存在于文字之中，它也许不在南方。"我和我的写作以南方为家，但我常常觉得我无家可归"，这是绝妙的悖论，这也是苏童的悖论，一种爱恨情仇的内化和外射力是文学创造所不可缺少的。诚如莫里斯在《文学空间》中反复强调的：作品只有当它是撕裂的，始终是斗争着的，永不平静的统一体时才是作品。

苏童的作品布满了意象，别的不说，光从眼前这部《黄雀记》中，我们就能做出许多联想：怒婴的形象使我们想到苏童以前的小说《拾婴记》和《巨婴》；驯马师瞿鹰的白马会让我们想到其《祭奠红马》与《骑兵》，尤其是后者，我怎么也忘不了十年前读《骑兵》时那最后一句，"他骑上了一匹真正的白色的顿河马，他骑在马上，像一支箭射向黑暗的夜空。"其实，苏童正是奔向夜空的"骑兵"。还有水塔和井亭医院会让我们想起《妻妾成群》中的那口意味深长的井；祖父、父亲和保润的关系会让我们想起《河岸》和《驯子记》,《舒农兄弟》中的老舒和舒农,《城北地带》中的沈庭方和儿子沈叙德；等等。①

过去总是意象的不断累积,你可以很容易沉思和倾听它,也可以随意检验和体味它。意象又总是逃脱了表象的控制,独特地扮演着远方的顿悟或完全的沉默的角色。如同象征总是用"别的东西"来代替真实存在的过程,它本质上只是一种不在场一样,意象也是浑成有机的,它羚羊挂角总是无迹可寻。意象阻止了时间的顺序流动,为叙事制造了一种垂直的关系,开拓了空间的视域,这些用文字制造的可视又难以言说的图像使我们流连忘返,驻足停留。

意象总是对时间的冒犯,给线性秩序滋事。现代主义总是时间与历史的一种古怪而且苦恼的争吵。苏童的青春叙事:街中游荡、寻衅斗殴、无故伤人和害己都表现了一种对现在的烦恼与不安。与成长小说不同,他笔下的青年似乎永远无法长大,且也难以和父辈和平相处,永远处在隔膜、对抗和无法认同的状态。都表明了拒绝现在最近的过去,以及导向这个过去的线性时间。苏童笔下的时间,更像是季节或回音,而不像时钟,一天或一年。就苏童叙事而言,与父辈的隔膜甚至不屑已不是一种家庭伦理所能解释的了,嫌弃有时是对父亲渴望的另一种表现方式,爱恨交织才是一种真实的情感压抑,这一点,《河岸》有着令人信服的展示。

《河岸》与《黄雀记》是苏童这几年最为重要的两部长篇,中间相距四年时间,王宏图在谈《黄雀记》时写过一篇文章《转型后的回归》,他将前者称之为苏童的转型之作,而将后者称之为转型后的回归之作。何谓转型,就是苏童"试图突破原有的艺术格局,介入社会历史,担负起作家的社会责任感,《蛇为什么会飞》

---

① 做此类联想并非我首创,这是熟悉苏童作品的人自然做出的反映,在我之前,岳雯和王宏图的评论已有过类似的联想。

和《河岸》便集中体现了他所作的这一尝试"。在具体分析《河岸》时王宏图继续说："在这部颇具转型意味的作品中，苏童有意识将昔日少年成长的叙事贴到了具体坚实的社会历史背景上，而人物与背景之间的关系不再是若即若离、可分可合的松散连接，金雀河和油坊不再只是方便的媒介和道具，让作者得以深入挖掘人性中复杂的意蕴，而是和人物紧密地交融成一个不可拆卸的整体。因此，一旦将故事和人物的具体社会历史抽去，整部作品便会顿时间坍塌下来。"[1] 由这一对转型之作的否定转而对《黄雀记》回归的肯定，一种可贵的坚持自我的赞扬。王宏图是十年前那本《苏童王宏图对话录》的参与者，是苏童研究的重要专家，他的意见具有一定的代表性。我甚至注意到面对有人指责余华的《第七天》时，洪治纲也将《蛇为什么会飞》拿来说事。《蛇为什么会飞》作为一部失败之作似乎成了铁案。这是令人遗憾的。我个人非常喜欢这部作品，作为一部世纪末的小说，以一个青春少女闯世界的"飞"，会聚火车站，世纪钟，一连串的挫败加上群蛇乱窜的意象，就是今天看来也不啻是对迎接新世纪狂喜情景的一次荒诞的修正。好多年过去了，这次重读此作，我依然能感受到那种印象主义写作所特有的魅力。

　　不知是不是对王宏图文的回应，苏童在为《长篇小说选刊》写的专稿中，题目就是《我一直在香椿树街上》，"有很多朋友说，我借《黄雀记》回归了香椿树街。其实，这条街，我从来没离开过。"[2] 苏童很少对批评有回应，就是有也和香椿树街有关，记得某年在台湾出了一个苏童的短篇小说，后来有书评批评，说一个作家怎么可能一辈子陷在"香椿树街"里头呢？你老陷在这里走不出

---

① 王宏图：《转型后的回归——从〈黄雀记〉想起的》，《南方文坛》2013年第6期。

② 苏童：《我一直在香椿树街上》，《长篇小说选刊》2013年第6期。

一条街，算怎么回事？苏童对此有强烈的回应，"要写好这条街，对我来说是一个非常大的命题，几乎是我的哲学问题。"①苏童的辩解充满自信，问题是我们是否相信。一般来说，我对当代作家的创作谈总是半信半疑，苏童是个例外。这次通读苏童的非小说类文章与说话，我更坚定了这样一种看法，苏童是当代作家中为数不多的一位自我阐释时常超越他人阐释的作家。

五

我说过，重视苏童的自我阐释仅仅是个例外，这个例外不仅包含着苏童与众不同的自我审视的能力，更重要的是一切文本总是自成一体的，总是独立于作者意图之外，独立于一种单一的、可穷尽的阐释之外。"真理"，本雅明写道，"就是意图的死亡"。文本对本雅明的意义，与其说是一种表达媒介，还不如说是物质上的仪式，是需要跨越的力量场，是符号的密集布局。这些符号与其说需要"解读"，倒不如需要沉思冥想，需要施魔念咒，重新进行中的再生产。从这个意义上说，所谓批评史中的作家始终是一个不断重建的工程：各种不同的阐释，使文学文本被亵渎、熔炼，甚至逆其道而解读，它们在不同的社会实践中，不同人群的理解中被重新铭记。虚构叙事的力量在于阅读过程中对假设的不断推进、丰富、修改、重估和推翻。文本未必相同，读者也许五花八门，每个人的阅读都在寻找合适的阐释语境，按照关联性的理论，一个言说或真或假，却可以引起七嘴八舌的推论，生成各不相同的含义。这也是单一趋同的文学史既有教育的功用但也常常误人子弟的原因。

阐释是自由的，但又是有对象的。对前文本的依赖和抛弃都

---

① 苏童、张学昕：《回忆·想象·叙述·写作的发生》，汪政、何平编《苏童研究资料》，天津人民出版社，2007年，第224、225页。

是对方法的选择，相对而言，它们都在不同的角度放逐了一部分自由。关注创作发生学的自然会追根溯源：苏童的童年记忆、南方情结、女性想象、红色记号、逃亡姿态，等等，都是他们所迷恋的前文本。假如要对人的行为有任何解释，那就一定得存在有规律的生活模式，那些规律性至少在某种程度上由我们所无法控制和认知的因素所引起。前文本研究既具有诱惑性，又很容易陷入难以言说、甚至无法言说的神秘陷阱。前文本虽非生命话题的全部却是与其有着千丝万缕的联系。"在问及生命的意义和价值的时候，弗洛伊德就感到不舒服……问到这个问题时，他只是承认体内储存了没有满足的，需要释放的力比多，这是一种导致伤心和失落的酶。"[①]

更多的阐释总是产生于文本后的阅读，认定批评总是受制它所处的环境；它是怀疑的、世俗的，而且反思地坦然面对着我们所面临的生存困境。文本后与前文本看似对立，彼此冲突，其实它们之间的张力是显而易见的。而考虑到作家经验对完成作品的优先权，又十分重视批评者经验对作品的处置权，从某种意义上说，两者的关系是相互依存的，彼此又都是对方的一部分。与众不同的批评，都是作为它们之间互为镜像的书写。在其中，隐藏着的重要事物变成了可见事物，任何重要的东西将得以呈现，任何值得说的事物都将被言说并且被关联起来。这是极其困难有时甚至是徒劳的，但批评生来就是一种对困难事情的迷恋。有人说，对小说家来说，重要的是提高写作的难度。对批评家来说又何尝不是这样呢。我不认为苏童将小说的触角伸向历史现实的深处是一种注定失败的歧途，相反，这是一种提高写作难度的可贵探索。最近的两部长篇《河岸》与《黄雀记》都证明了其几十年创作的不懈追求，苏童始终是一位先锋作家，他那一贯且又与众不同的追求，就像叶芝笔下的叙述者

---

① ［英］约翰·科廷汉著，王楠译：《生活有意义吗？》，广西师范大学出版社，2007年，第18、19页。

那样，至少能够找到马厩、拉下门闩，把创造性能量释放出来。

"真正的先锋一如既往"，这是上世纪 80 年代末作为潮流的先锋实验行将偃旗息鼓时，吴亮写下那篇短论的题目。这真是一声悲鸣，如同任何先锋运动总是以其失败或改头换面的流行时尚而宣告其终结一样，不妥协是先锋精神的宿命，而妥协则是小说的产物。诚如特里·伊格尔顿所总结的：悲剧是毫不退让，小说则产生妥协。倘若极端现实的小说是一种妥协、方便的形式，那么就存在一种悲剧倾向全都与拒绝妥协有关。先锋小说不同，它更多的时候则诞生于两者之间的鸿沟深处。小说对悲剧来说是一服解毒剂，它以开放的形式解除诗歌制约连续性的镣铐的同时，也不断地制定了束缚自身发展的"条条框框"，从这个意义上说，伟大的小说无不是在打破这些"条条框框"上建功立业。相对昨日而言，小说的伟大在本质上都是具有先锋性的。在一个墨守成规的世界里能打动你的小说，总包括着叛逆性的残酷，一点点血腥、暴力、仇恨与厌恶。

或许，由于缺乏悲剧传统的缘故，我们很难在其与小说对比的空间中找出苏童的小说意味。但在其他领域中，却能找出诸多令人难以置信的混杂性，既包括小说自身又包括别的什么东西的混合，这如同要回避单纯地反映自我，就不得不共有的是对我们双方都陌生的东西。诗与小说的对立而无法完全隔离的空间成就了苏童叙事的用武之地；南方地域无法抹去的记忆与精神上的无家可归筑造了苏童小说的虚构世界；叙述成长中的青春却又反对成长小说的整合性与完整性才是苏童的水下冰山；典雅的苏童不乏暴力，稳定的香椿树街有着枫杨树人的逃亡，坚固的河岸陪衬的是水流漂移，符号秩序总被一种根本什么都不是的真实所"支持"，这既是糟糕的相遇又是美丽的邂逅。

苏童的叙事价值总是建立在这些看似无法克服的困境之中。他创造了他自己崭新的意义，但又必须反过来以这些意义来支撑自己，这完全是颠倒的对话，极不牢靠但又是必然的途径。如同说谎的艺术旨在创造最为真实的世界。

六

定格的画面总是和诗有着不解之缘，苏童曾经在无数次创作谈中说起那记忆中的画面。关于此次的《黄雀记》也不例外，"青少年时代，在我每天上学的必经之路，有一个衰败的临街的窗口，在阳光的照耀之下，一个老人总是在窗子里侧对路人微笑。他的头发是银色的，面孔浮肿苍白，眼神空洞，表情看起来处于凝视与怪诞之间，他的衣服永远是一件旧时代的黑罩衫。我后来知道，那其实是一个垂死的姿态，老人不是站在窗后看街景，他一直瘫坐在窗后的床上，无法站立，也无处可去。""这个瘫坐在窗边的老人，将他一生的故事，都埋葬在臭味和沉默之中了。"① 生活中的故事总在沉默中被遗忘，人们闻见臭味总是转身而去。好在有小说，总在"臭味和沉默"中打捞被遗弃的故事。有时候，我去世这个简单的事实，比我们如何走向死亡更重要。死亡给我们带来的，比我们对它的理解更为根本。苏童相信，生命与灵魂不一定相互依偎，有时候是一场漫长的分离。小说对这种分离心有不甘，所以才有了形形色色的伦理叙事。

都说《黄雀记》的故事简单，更夸张的说法是将短篇写成长篇了。这种体现了误读权力的不知所云，至少从另外的角度昭示了故事的曲折离奇并非苏童叙事的美学价值所在。当今小说并不缺乏稀奇古怪牵肠挂肚的故事，有了强大的影视资本做推手，什么千奇百怪的鸿篇巨作不能诞生？故事是可以编制的，在不同的类型之中

① 苏童：《我一直在香椿树街上》，《长篇小说选刊》2013 年第 6 期。

只要添加不同的"化学试剂"即可。拐弯抹角成了一道又一道的工序，故事的制造业就能走向全球。票房低落者总是感叹技不如人。

虚构作品总是离不开模式与范式的：有头有尾，虚假的暂存性，虚假的因果性，貌似确凿的描写，脉络清楚的线索在某种意义上都是小说无法摆脱的东西。法国新小说曾以革命性的姿态与这些东西决绝，他们以分裂自己、修正自己甚至反对自己的创造性，堵绝了阅读期待的舒适与满足。这些都过于极端了。但这并不等于说，所有的文学创造指望的是平庸作品去满足那些既定的模式。叙事文学的发展总是表现为虚构作品与范式之间的关系不断地发生变化、不断地变得更加微妙。为文学史不断提供新意的作品总是在不同程度上压缩或隐匿人们早已习惯了的模式；有修养的阅读也总不会要求小说严格地按照我们意志去结尾的。

如同本文一开始所讲的那样，苏童讲故事的能力备受赞许。影视改编使小说家苏童走红也是一个不争的事实。但是，几十年的苏童创作史证明了，苏童从未因影视红利的驱使而写作。同样是讲故事，苏童的小说始终也有着一种越界的冲动。这一点，有关苏童的阐释工作似乎是个盲点，我们的批评似乎总被一种阅读的愉悦所遮蔽。前不久，昌切在其短文《先锋之死》中谈道："苏童在小说《妻妾成群》中戏耍的是阶级压迫的主题。在我们熟悉的前定的阶级结构中，妾属于被剥削阶级，是剥削阶级的对立面。按先前写作的惯例，妾一般被处理成穷人家的孩子，因漂亮而被富人强纳为妾，成妾后受尽凌辱。而苏童却反其道而行之，恶作剧似的解拆了这个阶级结构：妾成了大学生，主动挤进富家门，进门后与富家的女人们勾心斗角、争风吃醋。他的另一个小说《红粉》，假如拿来与陆文夫的《小巷深处》对读，可以更清楚地看出作者反搓绳子的游戏心态。同样的妓女改造的故事，却被注入完全相反的旨趣。你写建国初期妓女经改造成为新人，从了良还收获了美满的爱情；我偏偏要写妓女在建国初期未经改造反而从了良，经改造的倒是脱不掉积习，最终与人'私奔'"。①是否可以用"恶作剧似的"解拆、"反搓绳子的游戏心态"来诠释苏童小说的发生值得商榷。但这种文本后的分析却给我们以有益的启迪。关于《妻妾成群》，苏童自己倒有另一番解释，"《妻妾成群》中的陈佐千着墨不多，他更多地是男权与封建的象征符号，是颂莲们委身的树，也是缠绕颂莲们脖颈的藤。"②这个解释之所以重要，是因为这并不是好多年前单独对一部作品的解释，而是苏童在《黄雀记》发表之后的回顾性总结，也是对苏童几乎所有作品的关系学的一次隐喻性概括。人之于树和藤的关系是剖析苏童作品的一个关键。这让我想起苏童作品中一个极其重要且关键的意象：绳索。

在一次闲聊之中，我感慨地说，《黄雀记》终于让"绳索"这个意象隆重地登上了舞台。小说家路内插话说，在《我的帝王生涯》中已是如此。路内是对的。那位被囚困于帝王宝座的"我"，日夜梦想的却是那杂耍班子的高空绳索。"我"想象父王之死的原因时，"我相信焦虑、恐惧、纵欲组合成一根索命的绳子，这根绳子可以在任何时刻将任何人索往阴界地狱。我相信父王死于自己的双手，死于自己的双手紧紧握住的那根绳子。"绳索既是索命的绳子，而对于失去皇位的"我"却是自由的象征。"我"的逃亡路线"只剩下走索艺人脚下的那条绳索，它在我眼前上下跳动，像一道浮城的水波，像一条虚幻的锦带，像黑夜之海的最后一座灯塔"。绳索的双重功能彰显的正是生命与死亡的混搭。这真可以说是"委身的树"和"缠绕着脖颈的藤"的绝妙戏仿。绳索象征着人与世界的关系，这也是始终不离苏童作品的显意与隐喻，永远无法摆脱的

----

① 昌切：《先锋之死》，《长江文艺》2013年第11期。

② 傅小平、苏童：《苏童：充满敬意地书写"孤独"》，《文学报》2013年7月25日。

显义和晦义。显义可能一目了然、明白易懂；隐喻则在无意义中创造意义，并以此见证意义的盈余。隐喻指涉着迄今为止世界上未见的可能性，一时存在于进行中的世界的可能性；一种存在的盈余，一种"现实的超越"。从这个意义上说，苏童的小说讲的就是人绳共舞，一种绳话的神话，一次绳索的寓言。

关于我与世界的关系，苏童还有很多精彩的话语，比如，"世界在作家们的眼里是具庞大的沉重的躯体，小说家们围绕着这具躯体奔跑，为的是捕捉这巨人的眼神，描述它的生命的每一个细节，他们甚至对巨人的梦境也孜孜不倦地作出各自的揣度和叙述。"又比如他把这关系比作和世界一同睡觉，"世界睡觉我为什么不睡，于是我怀着虚无的激情躺在巨人的脑袋边，一起睡上一觉。"[①]记得上世纪80年代，我所编的杂志《文学角》向苏童约写创作谈，于是便有了那篇"寻找灯绳"。其中说道："小说是一座巨大的迷宫，我和所有同时代的作家一样小心翼翼地摸索，所有的努力似乎就是在黑暗中寻找一根灯绳，企望有灿烂的光明有刹那间照亮你的小说以及整个生命。"这段话名重一时，至今都经常被人引用。其实，灯绳并没有什么特别的寓意，也没有什么出典。它只是开关的另一种形式，如今已不复存在了。回想我们年轻的时候，每当黑夜降临之际，用灯绳来开启光亮，在十五个灯泡的照明之下，阅读或写作，创作着另一种生活的想象。

七

《黄雀记》以祖父面临的死亡问题开始，而以婴儿的降生为结尾。这个包含着多种可能性的开头和结尾，以更大范围的时空轮回

---

① 苏童:《河流的秘密》，作家出版社，2009年，第217、218页。

包裹着捆绑之后的强奸案的情节核：一场冤案是如何演变成一次真正的凶杀案。对《黄雀记》来说，开头不是意味深长的启示，结尾也没有震撼人心的终止感。死亡和生命的诞生是无处不存的，而不是即将发生的。"每个人都在寻找逃避自己的方法，但每个人又都被自己束缚，能做到的只能是自我怨恨。"我们只能与这种忧虑共存亡。45 岁的卢克莱修于公元前 55 年自杀，而他那关于人生与绳索关系的思考却流传至今。

人性之所以变得狭窄、生存之所以困惑、成长之所以陷入麻烦、青春之所以躁动，都是因为有绳的束缚与捆绑之阴影。绳索经常表现为阻碍我们将愿望变为事实的力量，它绕过物理的含义在我们连接世界的心智之间设置了障碍，划下了一道难以逾越的红线。它束缚我们的手脚，扭曲我们的心灵。捆绑久了的人即使是松了绑，依旧会行动如有"绳"，问题不在于真的被捆绑与否，而是我们的内心是否真的挣脱了那无形的绳索。苏童几乎所有的小说都和这根有形与无形的绳索有关。他的小说的隐喻之源恐怕就是出于人之自由和绳之捆绑。

都说《黄雀记》讲的是三个人的故事，这指的围绕强奸之事。捆绑之后的冤案，对他们仨来说，生活进入了一个伦理时间，与记忆和传统时间不同的是，伦理时间不是一个连续的，而是一个中断的时间。保润受诬陷，生活在他自己无法明白也无法理解的牢狱之中，他生活在一种停止的黑暗之中，就像"整个世界花样翻新，枫林监狱还是老样"，还有那停留在空屋之中无人问津的"保润骑过的永久牌自行车，自行车的后架上，还整整齐齐缠着一圈绳子"；而仙女事后则远走他乡，改名为白蓁，人称白小姐，她是用一种中断的方式来遗忘这一切，并亲口向母亲发誓，"永远不会回到这个可恶的城市，永远不想见到这些人肮脏的嘴脸"；柳生则生活在恐惧之中，生活中充斥着快乐的假想，真相则是连绵不绝的阴影，

"这么多年过去了，他还在灾难的包围之中"。

魅力产生于一种真实的在场，这种在场迫使我们偏爱它所掩盖的东西，它既诱惑又阻止我们达到远方，我们的目光被这种令人眩晕的虚空牵住，这种虚空就形成于迷人的东西之中，于是一种无限形成了，吞噬了它原以为变得可感的那种实在的东西，我们的目光被一种幻想在场激起了欲望。绳索对保润来说是具体可操作的，甚至在井亭医院之中他的捆绑术成了令人羡慕的技艺。但它在小说中不断地重复出现，不停地变换着花样时，其隐含的幻想便吸引了我们的注意。当绳索留在那空屋的自行车后架上，它或许是一种替代性的符号；当捆绑的花样在精神病院中出没，而那能降伏祖父的"民主结"不断出之于失去魂灵的病人之时，我更多地感受到其潜在的联想；当故事之中偶尔交代了绳子在祖父脖子上留下的痕迹，曾祖父被绳子五花大绑枪毙时，我依然可以想象出那被省略的，曾经有过的故事，可能存在的和被省略的故事，它们既是故事中的故事也是故事外的故事。

讲故事的人往往将故事能解决纠葛的那些句子重复多次。在《黄雀记》中，我们能找到水塔、乌鸦、面包车、井亭医院、兔笼等无数意象的重复，但它们都不是为了解决故事的纠葛。从这个意义上讲苏童的小说又是反"故事"的。苏童是重视修辞的小说家，他的叙述话语与众不同，充满了隐喻和转义。转义既是一种从有关事物关联方式的一种观念向另外一种观念的运动，也是事物之间的一种关联，这种关联使得事物能够用一种语言来加以表达，同时又考虑到用其他方式来表达的可能性。转义通过与人们通常期望有所不同，通过人们通常认为没有联系的地方，或者在人们通常认为有联系，但联系方式与转义中所暗示的方式不同的地方建立某种联系，从而产生修辞格或意义。

绳索的幻想在大闹郑老板的病房时达到了高潮，"大批绳子的幽灵在井亭医院里游荡。它们来历不明，去处却是固定，所有绳子奔向一号楼郑老板的病房。白色的尼龙绳子来了。绿色的尼龙绳子来了。麻绳来了。草绳来了。钢丝绳也来了。绳子躺在郑老板烧香的必经之路上，绳子套拉在郑老板奔驰轿车的顶上，绳子游荡到郑老板的阳台上，堆在铁艺桌子上，盘踞在仙人掌花盆。进而有一根绳子系在郑老板病房的门把手上，打上了一个活结，拖着一条标语：艾滋病滚出井亭医院。还有一条银色的金属绳子，后来证明是终结一切的魔绳，充满着正义的魔力，它像蛇一样从郑老板病房的门缝底下钻进去，钻到沙发下面，精确地套住了郑老板的牛皮拖鞋。郑老板在沙发上看电视，要上厕所了，脚往沙发下一探，探到的是根冰冷的金属绳，他当场喊起了救命，喊了几声便休克了。"这些无法概括和转述的话语，无疑是绳索的一次狂欢，是转义的跋山涉水，它引领我们无尽的幻想而不是目标明确的终点。

八

小说家企图将自己隐藏起来，这种做法无非是为了使其无处不在。福楼拜在1853年就指出："写作乃是一种微妙的事，自我不再存在，但却贯穿于他所谈论的全部作品之中。"《黄雀记》并不能因香椿树街的地点而被简单地认定为回归之作，用作者自己的话，这是一次从未有过的造街运动。叙述者小心翼翼地让其文本世界进入了一个变化了的时代，审视着变化中的人们：温饱之后的关注、金钱的作用，拥有财富的各色人等，身体是如何沦为商品，精神病中的特殊床位，被供奉的神灵，郑老板和康司令的故事，如过眼烟云般的夜总会生活，以及那改变白小姐命运的庞先生，等等，更为重要的还在于小说试图理清，今日生活中的焦虑、幻想、恐惧、欲望是怎样改写了产生它们的原由。苏童的全部美学戏剧都试图抓住绳索的两端，一头是保润、柳生与仙女之间互为在后的黄雀之命运；一头则是变化中我们无法认清而又真实存在的生活。

《黄雀记》中纠结着律法与道德，身体与灵魂之间所制造的麻烦。表面上看，一场冤案决定了三个人的命运，但小说并未遵循习惯了的诗学公正，让邪恶者得到应有的惩罚，善良者终会有情人终成眷属。当然，从反讽的角度上看，虚构作品越是赞美诗学公正，它就越是颠覆性地提请人们注意公正在文本之外的匮乏。但还是有一种阅读的幼稚病，期望一部小说能惩恶扬善，这也许是一种令人痛心的不谙世事。保润是一个无辜者，这是叙述者制造与布局的。让冤案没有大白于天下，反而最终真正地转化为杀人的铁案，两个案件互为戏仿，它所要阐释的并非律法的公正与否，而是保润的宿命：保润的故事展示的是一个无辜者如何被逼进黑暗的死胡同的命运。命运自有其自己的轨迹，它有时背离于道德的秩序，有时给律法以一记响亮的耳光，有时又给其带上一个花环；它有时是悲剧的橱窗，有时又是喜剧的广告。

柳生是冤案的制造者，但他走的却是漫漫负罪之路。对香椿树街来说，柳生是一个成功人士，但他却又以一种内心化认罪的方法生存着，"负罪感抑制了青春期特有的快乐，使他变得谦卑而世故。"对柳生来说，保润是一个梦魇，保润就是他永远无法摆脱的绳索。柳生并不孤单，而是和保润的阴影共处一室。"时间久了，他习惯了与保润的阴影共同生活，那阴影或浓或淡，俨然成了他生活不可缺少的色彩。"对我们而言，这似乎是一种令人不寒而栗的安慰，对柳生而言，这则是愈演愈烈的恐怖剧。柳生既是一个麻烦制造者，又是所有麻烦事情的接收大员：保润出狱无人理睬，他接纳；白小姐无路可走，他接受。沉默、刺探、心怀侥幸成为他生活的主要内容；周旋、回避、欲说还休成为他常见的表达方式。柳生的赎罪之路可谓漫长而永无出头之日。仙女是受害者，她又是制造冤案的共谋者。仙女从不自责，她常常从道德义愤上出发，同时又在道德义愤上止步。她渴望与过去切割，把昨日遗忘。仙女改名为白小姐，虽做法简单但也说明问题。她用一种"死亡"的方式摆脱过去，但命运却如此无情，最终一切都又以戏仿的方法重现：水塔、小拉、乌鸦还有那两只兔子。她以她的身体向秩序挑战，以交换的原则向世界索取，遗憾的是，"与男人周旋这么多年，自以为得计，最终还是要用女人的身体买单。"外面的世界很精彩，没想到的是更为混乱不堪，更加的冷酷且单调。她自称为白小姐，适得其反的是"不白"的讽喻。

任何一种试图概括故事情节的尝试，都容易忽略小说世界中那蛛网般的复杂性，忽视人与人之间，人性中善恶爱恨是如何忽隐忽现、或前或后、或正或斜地伸展。男人之所以是男人，身体之所以是身体，只能依赖不断排除这个另一方面或对立面，在与之对照之中显现自己。保润在喜欢仙女的问题上始终在羞怯与骄傲心理之间摇摆，其反复无常中抑制的始终是身体的欲望。要知道，欲望总是包括着自相矛盾、变异的、不稳定的、古怪的，甚至令人反感的特点，它那奇特的面孔会令人难以卒读，任何一种对它的言说都很容易出错。"保润的目光怀疑一切、否定一切，而且还混淆一切"，问题是"保润不知道他的目光容易冒犯别人"。王德基的女儿甚至把保润的目光形容为一卷绳子。保润的青春期最容易让人联想那些活跃在香椿树街的同龄人，他们的目标并不远大，并不明确，但他们的否定欲很强，他们离家出走，在街上闲逛时，很有成就感，但伴随而来的则是一种莫名的茫然和冲动，无法抑制的孩子气，唐突冒犯的活力，对快乐原则不能自拔的自恋，这些都缘之于青春的血。青春想要的东西很多，结果它并不清楚具体想要什么；青春要想改变一切，结果除了破坏它不清楚想要改变什么。在为《少年血》所作的简短自序中，苏童说过，我生长在类似"香椿树街"的一条街道上，我知道少年血是黏稠而富有文学意味的，我知道少年血在混乱无序的年月里如何流淌，凡是流淌的事物必有它的轨迹。

我们乐于看到苏童进行的自我模仿，他那在小说中继续营造的意象正在吞食着自己的早期作品。当然，生活仍在演进，时代步伐的每一个阶段正在制造着香椿树街的新内容，但灵魂依然是我们的人生难题。捆绑术即便在不断地变幻着打结的花样，但它的永恒主题依然是对人的束缚，我们在捆绑他人的同时，也捆绑着自己。

九

《黄雀记》以其敏锐的触角，诗性的布局，一种镶嵌拼贴的手法，运用反讽戏仿的言说，曲里拐弯地走近变化中的文明进程。这是苏童叙事生涯中少有的现象，从《河岸》到《黄雀记》都呈现出这一变化，不同的是前者近似荒诞，后者则追随梦幻；前者运用"我"的叙述视角有点作茧自缚，后者则在视角的变化中大做文章，显得更加的挥洒自如。白小姐出走的失败、柳生救赎的无望、保润"报仇"的莫名，给我们看到却是文明进程是如何被表现为某种"腐朽"的事物，一种远离了纯真状态的失望。于是这样的时代到来了：人们感觉到，这些创造出来的东西正在包围着他们，于是开始怀念未经制造的纯真与自然。在这个时代里，获得本属于自己的东西成了问题，在自己创作出的世界出现了异化现象，无论是幸福与爱情，无论是祈祷还是念经。说到底，创造者无法左右自己所创造的东西，速度与方向正在闹离婚，财富与贫困正在签订契约。现实是作为一种表示不可能的限制而出现的。因为无论本能如何向现实突进，以便在那里抓住自己的对象，它总是发现自己会偏离直接的欲望满足之道。它被挤上一条迂回之路。我们知道弗洛伊德把这条路称之为生活的困境。

如果说"保润的春天"中的冤案是一次偶然事件的话，那么到了"柳生的秋天"和"白小姐的夏天"都呈现为一种必然。我们很难判断这种虚构作品的必然宿命究竟是离我们越来越远还是越来越近，"因为我们的命运就在我所不在的地方"（加斯东·巴什拉语）。《黄雀记》作为一部长篇小说之所以值得称道，那是因为作者懂得如何在长篇叙事中始终做到蓄势待发，合理地保存体能，让折磨人的命运愈演愈烈。当我们读到最后一章"白小姐的夏天"时，可谓惊心动魄，不时让人感到窒息。从仙女到白小姐，可谓是前世今生，前世无法摆脱，今生也难以安顿。在白小姐面前有着太多太多的问号：她分不清保润和柳生是朋友，还是敌人，或者干脆是同伙？"她不知道，她的命运为什么会与一座水塔纠缠不清？水塔是她的纪念碑。她半跪在自己的纪念碑下，仰望一面肮脏的旗帜缓缓降下来，她不知道，降下来的是她的羞耻，还是她的厄运？"究竟谁是病人，有钱好不好，剩余的魂飞到哪里去了，长得漂亮是幸还是不幸？在骇人听闻的真相中，我们领悟到自己的命运，但我们却对此浑然不知。弗洛伊德写道："他们的命运之所以如此打劫我们，只是因为这有可能就是我们自己的命运。"

　　当白小姐重回香椿树街生活时，那些似曾相识的东西又都回来：井亭医院中的水塔、保润家的空屋、梦中的祖父、那只装满泥土和骨头的手电筒又出现，那睡莲又出现了，十八岁时保润的目光又回来了，还有捆绑的绳索；那天蓝色的兔笼和两只兔子更以象征性的比附无时无刻地呈现在白小姐的面前。这些都是"令人害怕的"东西，是命运所制造的恐惧。"令人害怕的"东西实际上并不新奇或陌生，而是熟悉的，在脑子里早就有的东西，只是由于约束的作用，它才被人从脑中离间开来。这种约束因素使我们进一步懂得哲学家谢林对"令人害怕的"所下的定义：某种应该隐藏起来的东西而却显露出来的东西。

十

真理不过是经由我们的实际需要所摆布与罗列出来的现实，逻辑则是生存利益虚假的同义词。思想代表物质的力量，"心理学"则是一种怀疑论的诠释学，立事揭露在思想后面起作用的那些低级的动机。在这些动机中，引人注目的不是观点的辩驳，而是人性欲望的种种痕迹的揭示。那么，灵魂呢？《黄雀记》中言说最多的则是灵魂：祖父的失常和与众不同的举止言谈被称为丢失灵魂；柳生称自己强奸是鬼迷心窍，一时的灵魂丢失；井亭医院里的精神病人，包括康司令和郑老板的寓言都有一段失去灵魂的履历；会计老陈的女儿小美，柳生的花痴姐姐都是丢了魂的；"保润家的三代男人，脑子不是少一窍，就是多一窍"，母亲的抱怨还是讨论灵魂之事；还有保润那无数丢魂的夜晚，总是给白天留下创伤。看来《黄雀记》信奉的一种伴随人类历史太久的身心二元论。灵魂可以离我们而去，也可心安顿在手电筒里，或许还可以从菩萨和上帝那里寻找回来。

灵魂是丢失和找回的，轮回说和转世说似乎也解决不了这个问题。灵魂的永生不死就像世界的永恒不灭一样是个不解的问题。试图探讨这一问题的努力只能取决于真诚与否，说到底，这是个信仰的问题而不是哲学结论。尽管如此，生活在香椿树街的那些正常的人依然把那些"不正常"的人称之为灵魂的丢失。实际上，所谓正常与不正常，都表现为一种被井井有条的生活现实表象所遮掩的虚无紊乱感。人人都面临着自我理解的困惑。生活告诉我们的只是，如果你知道你是谁，那你一定弄错了人。就像柳生和白小姐的谈话，"他和她谈仙女，就像谈论另外一个人，他与她谈论仙女，就像她是另外一个人。"

公元前的三百年间，一个生活贫苦、靠打草鞋为生的大哲学家做过一个梦，他梦见自己变成一只蝴蝶。醒来之后，他说：不知是自己化成了一只蝴蝶，还是蝴蝶变成了自己。这个有名的《庄周梦蝶》的故事和保润、柳生和白小姐那黄雀在后的命运是互为阐述的戏仿。从某种意义上说，《黄雀记》讲的就是绳索之梦，捆人和捆己永远是难解的谜团。关于灵魂的问题，要想获得清晰的图解，灵魂必须首先失去自我，经历分歧和分解。只有通过自我分裂的否定之路，只有让我全心全意地屈从其反面，灵魂才能最终取胜。

在语义上，《黄雀记》中的"灵魂"一词是多用途的：它一会儿运用词义上的演变，一会儿把引语加以歪曲，一会儿使隐喻变异，一会儿是转喻上的递进，一会儿是反讽式的不等值交换，一会儿又是戏仿式偷梁换柱。如同保润手中的绳索，同是捆绑也会变出无数的花式。

十一

《黄雀记》的故事其实是千头万绪的，其中不乏沉默的故事，省略的故事，有故事中的故事，故事外遗漏的故事，有正在进行的故事，也有他人眼中的故事。叙事深谙详略得当的叙事准则，他将千头万绪整理得井井有条。所谓保润的春天、柳生的秋天、白小姐的夏天，其实他们都生活在冬季，这是一个生逢其时的冬天，又是一个生不逢时的冬季。三个不同的人叙述着同一季节的故事，恰如一团乱麻，身体与灵魂却打成了一个死结。柳生最终被杀死，保润身陷杀人的铁案，白小姐却又一次神秘的出走都证明了，他们的入世仪式是以失败而告终。季节循环、生死轮回是神话原型批评说的拿手好戏：春天的闹剧、夏天的忧郁戏、秋天的悲剧，而冬天则是作为底色的反讽。

保润的结局自然让我们想起卡夫卡《法律面前》中的那段对

话，"既然每个人都向往法律，"那人说，"为什么这么许多年来偏偏只有我来到这里，想方设法要进去？"守门人意识到那人末日将临，又见他听力已丧，就提高嗓门对他喊道："这里没有别人，只有你才能进得去，因为这门正是。我现在要把它关上了。"[①]保润两次进法律之门均缘出于捆绑之后，一个是清楚的冤案，一个则是含混的铁案，清楚的东西人们并不知道，含混的东西却人人知道。保润的情爱饱受压抑的折磨，其中充满着爱恨交织的不可解之矛盾，这似乎是一种令人不寒而栗的安慰。我想，在这些文字面前，分析必须解除其装备。

柳生的结局虽清楚明白，但其走向死亡的道路却离奇曲折，令人匪夷所思却也不乏启示的意味。这个成功人士本质上是个失败者，这个保润曾经的"引路人"和"操盘手"到头来为阴影所围剿，"他不知道自己为什么越混脸皮越薄，除了羞耻、除了痛苦，他还感到了一丝自怜。""除了沉默，没有更好的方法掩饰他自己内心的风暴了。"作为人物形象，柳生比保润来得复杂，那是因为他的处境更为微妙，左右不是，前后为难，常常因为不知所终而变得疑窦丛生。侥幸是他的符号，他侥幸地躲过牢狱之灾，他侥幸地获得保润的原谅与白小姐的理会，但最终还是躲不过叙述者那虚构而又刻意安排的死亡命运。原谅是一个我不能也不会指望获得的馈赠和恩赐，它完全作为他者的他人，但却改变了我生活的全部。当我们读《黄雀记》后回味一下，相对无多大变化的保润，柳生的人生是有变化的。人物形象的丰富性在于变化而不在于一成不变。

白小姐的结局是再一次的出走。她是否告别整个世界我们不清楚，但至少她离开了香椿树街的"舞台"。她的退场不等于她在舞台的表演完全作废。恰恰相反，她的离开是整部戏剧的一部分。毕

---

① 弗朗兹·卡夫卡《法律面前》，转引自［美］莫里斯·迪克斯坦著，方晓光译：《伊甸园之门》第三章引言，上海外语教育出版社，1995 年。

竟，一段叙事的意义并不只是它的"目的／结局"，还在于叙事过程本身。《黄雀记》共三章，前后出现的三次讨债都和"仙女／白小姐"有关：十年前，保润讨要仙女的八十元旱冰鞋的押金，十年后，柳生替白小姐前往马戏团索取驯马师瞿鹰讨要三十万元的债务；还有白小姐以不同方式向庞先生索取的"孽债"。其实这些都是些有形的债务，更要命的无形之债在于她和香椿树街间。"她与我们这个城市之间，似有一个不公正的约定，约定由命运书写，我们这个城市并不属于她，而她天生属于这个城市。她又回来了。一条鱼游来游去，最终逃脱一张撒开的渔网。"不知是刻意还是巧合，下部"白小姐夏天"开首一节为"六月"，俗话说"六月里债还得快"。

白小姐第一次出走后，从事一种居心昭然若揭的行当。这个行当中，身体表现为"占有"和"出卖"的商品关系，夜总会是黑暗中的狂欢，"所有的交杯酒，所有的眉来眼去打情骂俏，都计入劳动报酬。"商品是一种精神分裂和自我矛盾的现象，仅仅是一种象征、一种意义和存在都完全不一致的统一体，以及仅仅作为外在形式的偶然负荷者的感性身体存在。白小姐在这种"交易"生涯中，经历了经常性"盈利"到一次性"破产"，"与男人周旋这么多年，自以为得计，最终还是要用女人身体买单"。这次因与庞先生的欧洲之行所导致的"怀孕"事件，是一次人生急转弯，"她的世界如此狭窄，一个冲动、一次旅行，这个世界竟然已经到了尽头。"白小姐的人生"破产"和再次回到香椿树街，是《黄雀记》的重要布局。此类多少有点牵强附会的转弯很难处理，叙述上稍有不慎会导致满盘皆输。看得出，叙述者是位高手，他能让阅读失去警觉的情况下，心悦诚服地进入他的情绪天地。不知怎么的，我们阅读至此，脑海中总会出现《我的帝王生涯》中的那段话："我站在悬索上看见什么？我……看见一只美丽的白鸟从我的灵魂深处起飞，自由而傲慢地掠过人的头顶和苍茫的天空。"

十二

仙女和保润、柳生演绎的是一个女人和两个男人的故事，虽然没有两厢情悦的故事，但至少也是涉及爱的问题，保润和柳生其实都是爱仙女的。不过，此种爱来得盲目、扭曲和苦涩。这种爱的故事就如同黑暗中的芭蕾，其美丽的舞姿我们真难以看清。这种爱之所以神秘，不是因为它被藏了起来，而是因为它离我们的眼球太近，以至于我们无法看清。这种爱和恨纠结成一团乱麻，在三人之间乱窜，单相思和自恋轮番上阵，能指不断变成所指，而所指也不断变成能指，你永远得不到最后一个本身不是能指的所指。它总是用一种斜目而视的方法看待对方，用一种言东说西的方式募集爱恨情仇。他们彼此之间都无法理解对方，更无法理解自我。这场纠葛持续了十年的变故，自我仿佛漂流至荒野之地，开始怀疑起自身存在，失去了自身之外任何可以说明自己身份的东西。

故事总是世俗的。作为一种文类，小说取代诗歌的时代总是和世俗性休戚相关。香椿树街之所以牢牢扎根于苏童的小说世界，缘之于其无法丢弃的世俗性。一场疯狂的掘金运动如此席卷香椿树街，那是世俗之人总有其自己的行动哲学。无论贫富，人们拥向水塔拜佛抢烧头香的欲望都是一样的。尽管叙述者让丢了魂的祖父数次重复那句：祖国的面貌日新月异。但是人性的弱点依然如故，一不小心还愈演愈烈。《黄雀记》以不同的视角和修辞，留意那不时花样翻新的世界：无论是等着热闹话题从温饱之忧转到了如何长寿养生，还是传统守旧的小镇成了买春的天堂；无论马师傅如何用他的财富，让寒酸破败的香椿树街变得商铺满街，还这座城市因高楼无数而变得如此陌生。人生的意义作为问题依然存在。我们仍然必须使用"灵魂"这个词，这是理解自我的意义之神秘，是大自然内存的动力机制和律动的神秘。

在某种意义上，"身体"是个错误的话题。它算不上话题，或者也许几乎是所有的话题。那是因为关于身心一元论和二元论的分歧由来已久。在二元论者看来灵魂可以弃身体于不顾，灵魂是不死的，而对持一元论的身心论者，灵魂则与身体须臾不可分隔。《黄雀记》中香椿树街的人们显然是站在前者的立场，我看叙述者的态度也不例外，所以都有一系列关于灵魂的说法，意象和隐喻。才有了让白小姐多少污秽的人生重新燃烧起复活的圣火之希望。正如写过《悲剧的诞生》的尼采所认为的，"人生"不过是一种必要的虚构。如果掺入大量的幻想的润滑剂，现实恐怕就会慢慢地停顿下来。只有人类才会把自身的处境当作一个问题、一种困惑、一个焦虑之源、一片希望之地。

十三

2013年有太多的作品对变化中的时代产生模仿的冲动，但它们得到的反应却经常事与愿违。不是我们缺乏想象力，而是生活变化远远超出我们的想象；不是我们的故事荒诞，而是现实世界比我们的故事更荒诞。这类说法无疑对小时候所看电影的那句"不是我们无能，而是共军太狡猾"的戏仿。戏仿即以反讽的方式表明相似性的中心存在差异，又显示其违反常规之举是获得正式授权的。模仿的冲动是作品与现实所进行的一场永不休息的竞赛。现实总是以其丰富性和复杂性，无穷无尽的变幻莫测显示出其优势，要想与其赛跑，那只有乌龟趁着兔子打瞌睡的时候才有可能。余华的《第七天》和阎连科的《炸裂志》都把他们模仿的"前爪"过于明显地烙在小说中，以致吃力不讨好，反招致各种诟病；而苏童则将模仿的冲动隐匿性留在"后爪",以至少有人问津而容易被人遗漏。此种左右为难的叙述情境值得我们深思。如果真的要选择的话，我更倾心于后者。因为叙事艺术归根结底是含蓄与沉默的言说。

经典现实主义的任务与其说要虚构一个寓言，不如说是要把内含于现实中的隐藏的故事逻辑地表现出来。典型的现代主义作品仍然沉浸在有秩序的世界的记忆之中，心存留恋地把意义的没落当作一阵剧痛、一桩丑闻和一次不堪忍受的剥夺。我们很难以此作为区分来划定苏童小说的归属。如同苏童几十年的创作实践所告诉我们的：单纯的意图、单纯地表示意思、有意图地表示某种意思的努力都是徒劳的。我们面临的境遇总是"事情正在起变化"，我们的命运总是无法在一个固定的区域安顿下来，那是因为黄雀总是在后等着。

人生伴随着持续的否定，我取消一种境况，然后进入另一种境况，这种永恒的自我超越过程叫作历史。文学发展的历史又何尝不是这样呢！也许，我们根本没有必要用过去出现过的某种"主义"、某种模式、某种手法来套取苏童的创作。苏童需要的也不是一顶"帽子"。创作的生命从根本上来说，就是持续的创新。创新曾经是伟大的现代主义运动的旗帜，我们需要继承的是这种精神，用《黄雀记》中常用语来说，这才是我们无法丢弃的灵魂。

十四

东方为代表的那种典型的循环历史观，即人们熟知的所谓的"轮回"究竟在多大程度上影响着我们对世界的认知。保润的受冤与复仇，他的绑人与捆己，柳生的自以为无所不能与最终无望的救赎，祖父的丢魂与找魂，白小姐与世界的隔膜与"合作"等，都有着一种无奈的宿命。世间万物，人的命运犹如被固定在一个巨大的轮子循环往复地转动，没有开头，也没有结束。或者说开头与结尾之间只是多了一个等号。当我们读到《黄雀记》的结尾，"乔院长他注意到，怒婴依偎在祖父的怀里，很安静……"终于发现时间的监狱是圆球状的，是一种轮回；没有任何出口。一种生活要转换到另一种生活，实际它只不过是一个自己的影子、一个回声。

怒婴安静依偎在祖父的怀里，像一幅画出现在我们面前，犹如话语在沉默中诉说。这让我想起齐泽克所说的一段话，齐泽克的著作晦涩难懂，而这段话似乎不在此列。"蒙克的《呐喊》就是沉默的，站在这幅画前，我们用眼睛听见了（尖叫声）。类似的陈述绝非完美无缺：看无法听到之物不同于听无法看到之物。语音与凝视就像生与死一样相互关联在一起：语音使人生、凝视令人死。"①《黄雀记》是生与死的协奏，是叙事与诗性的交响。

讲到小说与诗的问题，我们大概也不会忘记莫里斯·迪克斯坦那本即便在中国也产生过影响的《伊甸园之门》，他在分析评价美国60年代小说实验所面临的困境时一再提醒道："对个性的背离有可能剥夺作家的一切，而仅仅留下他的'声音'，即作品与众不同的口音。"而他又特别强调指出，"这种与众不同性我们更多地是诗歌而不是与小说相联系的"。他不喜欢这种背离的"冷漠"调子，认为他们"对自我的入侵就像他向外部世界的出击一样空洞"②。迪克斯坦试图区别小说与诗的不同功能。这也从另一个侧面说明了，让小说具备诗的品质是有难度的。无论成败与否，得失如何，苏童的小说叙事始终在向这一难度挑战，这是最可宝贵的。

有人认为：惠特曼的诗歌是小说式的，充满着细节和大量令

---

① ［斯洛文尼西］斯拉沃·齐泽克著，季广茂译：《实在界的面庞》，中央编译出版社，2004年，第136页。

② ［美］莫里斯·迪克斯坦著，方晓光译：《伊甸园之门》，上海外语教育出版社，1995年，第238页。

人着迷的具体描写；浪漫主义者华兹华斯吸引着乡村景致中朴实的平凡男女，是因为他的诗歌有着同样敏锐的实事求是的态度。苏童叙事有着反其道而行之的效用。如何让故事布满意象，让叙事充斥着隐喻，让叙事时间腾升着是空间的诗性，让言说的艺术化为一种看的艺术，这一直是苏童叙事一以贯之的追求。借用索绪尔的话说，隐喻的本质是联想式的"垂直关系"，而转喻的本质则是横向接合的"水平关系"，如何让"横向"和"垂直"进行嫁接，如何让意向的丰富性和言说书写的直接性进行对话，这是苏童艺术的方法论。

关于小说与诗的讨论不是没有先例的。八十多年前，福斯特就曾批评说弗吉尼亚·伍尔夫的小说不仅结束时是诗，它一开头就是诗，因此太容易地进入抒情状态之中，这种说法含有一个重要的真理。福斯特试图将物质主义和象征主义混而为一，以此作为现代主义的创作手法，弗吉尼亚·伍尔夫反过来对此提出质疑："……当无法调和的实体要变得光亮透明时……他失败了，因为两种现实的连接对两者都表示怀疑。"这两种立场——一种半心半意的现实主义，另一种是信心十足的象征主义——已经成为有关现代小说的命运和未来的争议的核心。艾里斯·默多克在评论伍尔夫的作品的一篇文章中尖锐地指出，"有人认为其中光辉太多了一点，而作为其基础的成分却不够"，在一篇名为"反对枯燥"的著名文章中，她建议说当代小说也许需要一些"晶莹透亮"的东西，但也得包含一些"报刊文体"的成分，在说这番话的时候她对以伍尔夫夫人为代表的小说形式提出了挑战。① 我以为，了解这一有关现代小说的命运和未来的争议的核心，对我们了解苏童小说的发展与变化至关重要。苏童最近小说的变化当然不是对伍尔夫小说形式的挑战，他所

① 要想详细了解此中的分歧与观点，可参阅马尔科姆·布雷德伯里著，刘凯芳译：《弗吉尼亚·伍尔夫》，《外国文艺》1999 年第 5 期。

进行的是自我的挑战和超越。

太多的人认为苏童创作的特色在于坚持某种一贯的东西，此话只说对了一半。苏童对束缚自身的东西具有极度的敏感，几十年了，他的创作几经变异，多种探索和尝试。他是真正懂得"捆绑之后"，一个作家该如何应对。我想，这才是苏童创作史中一方屡试不爽的试金石。

2014 年 2 月 10 日于上海

打碎，如何重新组合

——评长篇小说《日夜书》兼论韩少功的小说修辞

> 研究结构的人把现存事实拿来，打碎，再重新组合在一起。
>
> ——罗兰·巴特

> 我想把小说做成一个公园，有很多出口和入口，读者可以从任何一个门口进来，可以从任何一个门口出去。你经历和感受了这个公园，这就够了。
>
> ——韩少功

一

很长一段时间，我都不理解吴亮为什么同时用两篇不同角度的评论来阐释韩少功小说的"感性视域"和"理性范畴"。对待同一个作家，"理性"和"感性"怎么可以拆解开来分别对待呢？不错，吴亮那绚烂而一发不可收的文思从来都需要对手，引起人们最初注意吴亮的就是那组"一个面向自我的艺术家和友人的对话"，但这两篇文章却是组合拳而非对话。

值得一提的是，天津人民出版社 2008 年版的《韩少功研究资料》中收录吴亮的这两篇文章均标注出自长江文艺出版社 1995 年版的《鞋癖》。其实文章写于 1987 年初，首次发表在《作家》杂志 1987 年第 6、第 7 期。1987 年后，吴亮基本不写具体作家作品的评论。或许，吴亮天性是崇尚自由的作家，而具体的作家作品论是最束缚自由的一种文体；或许，1980 年代末，此类文体的写作已度过了其黄金岁月，吴亮转写其他也未尝不可；或许，吴亮的个性就是缺乏耐力，几十年的写作历程证明，他过上几年总要换一套路数。总之，吴亮不写此类批评，损失的不是吴亮，也并不妨碍吴亮继续成为一位出众的批评家。1987 年后的好些年间，吴亮醉心于"碎片"的写作，这和罗兰·巴特没有什么关系，反倒和韩少功的喜好有些不谋而合。几年前，龚政文那篇颇具功力的文论《90 年代以来韩少功的转型及其意义》中，对"碎片"写作有如下一段解读："韩少功把他孜孜以求且得心应手的这种文体，称为片段体。《马桥词典》《暗示》《山南水北》三部作品，全部是片段体。具体来说，它们至少有五个共同特点：1. 散点结构。没有焦点人物、核心情节。2. 片断表达。不追求环环相扣的情节铺陈，也不是一泻千里的语言狂欢，而是遵奉简约主义风格。《马桥词典》一百一十五个词条，二十八万字，平均每篇两千四百字；《暗示》一百一十三篇，三十二万字，平均每篇两千九百字；《山南水北》九十九篇，二十三万五千字，平均每篇两千四百字。3. 自由组合。每个单篇的排列组合虽不是扑克牌那样完全打乱，但确无一定之规，没有逻辑必然……"[1] "片段体"与吴亮的"碎片"虽相似但绝不雷同，何况，韩少功写的是长篇叙事，打碎以后如何组合可能更为重要。龚政文的五点总结也非盖棺定论，因为韩少功几十年的叙事追求最为重要的地方在于忌讳模仿他律和自成定律。

---

[1] 龚政：《90 年代以来韩少功的转型及其意义》（下），《文学报》2010 年 8 月 19 日第 16 版。

二

世界上大多数的文章是没法也没有必要重读的。如今重读吴亮二十六年前的评论，感觉其中有些评析即便放在今天也毫不逊色。比如："韩少功是入世的，同时他又是脱俗的；他是充分现实的，同时他又是真正虚无的。他的悲观主义和博爱精神有着一种奇特的混合，他会残酷地透视人性中的病态刻毒地攻讦人的时髦仿效，也会热忱而通达地原谅人的各种现代过失。但他究竟是如何看自己的呢？迄今为止我尚未看到他的自我解剖，他是在观照他人时显露自己的内在意向的。"[①] 吴亮甚至断言，"在当代小说家里，没有一个人能在哲学意识上如他那样走在前列，也没有一个人能在自己的小说中渗露出复杂矛盾的时间观念和历史态度。韩少功的理性范畴是深刻而紊乱的，这两个特性终于使他和职业哲学家区分开来。他的理性紊乱表现他熔相对主义和现实主义于一炉，熔民粹思想和世界主义于一炉，熔人道精神和虚无精神于一炉。他批判农业文明又返归乡村，他批判工业文明又尊崇民主，他一直处于那种背反的价值游移之中，在精神信仰的边缘进退维谷"[②]。今天看来，除了有些措辞值得商榷，吴亮指出的韩少功在"理性范畴"中互为对立的方面，大致不差地预言了其以后的写作路数，它们共享的基本结构就是一个相互作用的"故事情节"，可惜的是，批评界对此毫无反应，这个结构的故事在韩少功几十年的叙事中演绎得跌宕起伏，而批评研究则如断了线的风筝，从此销声匿迹。

说到理性，我们自然会联想到哲学。哲学曾经被建构为对抗

---

① 吴亮：《韩少功的理性范畴》，廖述务编《韩少功研究资料》，天津人民出版社，2008年，第334、335页。

② 吴亮：《韩少功的理性范畴》，廖述务编《韩少功研究资料》，天津人民出版社，2008年，第336页。

"传说"或"高级故事"的一个标尺，柏拉图就对诗人关闭了他的理想国的大门：他指责诗人编造异于真理的、诱人的奇谈怪论。其实柏拉图忘了哲学也是诱人的故事。哲学家把理论话语和叙事话语对立起来，前者宣布，"这是无时无处不在，放之四海而皆准的"；后者振振有词地叙说，"从前……"但是，没有人认为它真的发生。如果这一界线真是如此不可逾越，那么，谈论韩少功的理性范畴又有何益？"理性并非是一匹外来的烈马那样冲进韩少功的内心世界的。他喜好理性有着他个人特殊的理由，小说家无须理性不能成为铁律，只有教条才是于小说家有害的，即使是无理性的教条和浅薄的情感化教条，同样是糟糕透顶的东西。韩少功的理性意识已经内化为一种感觉和语言组织结构中的驱力和模型，绝非人们想当然地认为那样是一堆附着在作品中的抽象术语。"[1]吴亮的解释颇有点米兰·昆德拉的味道，他甚至断言，"我根本不认为理性给韩少功的小说带来丝毫的损害，相反，它为韩少功赢得了别人所不能享有的声誉"[2]。

理性主义和经验主义对认识世界提出了截然相反的策略，但对它们来说，"世界"都被理解为不依赖心灵的实在。弗兰西斯·培根曾经明确地提出了一种许多熟悉西方部分近代哲学史的读者可能会产生共鸣的对照："经验主义就像蚂蚁，他们收集食物并使用他们；但是理性主义者像是蜘蛛，他们由自身吐丝织网。"当然，这种区别并不用照搬来对应韩少功的写作。吴亮阐释中的"感性视域"和"理性范畴"也不等同于历史上的理性主义和经验主义。在我看来，感性和理性构筑了韩少功文本的"日夜书"：前者是其连

① 吴亮：《韩少功的理性范畴》，廖述务编《韩少功研究资料》，天津人民出版社，2008 年，第 335、336 页。

② 吴亮：《韩少功的理性范畴》，廖述务编《韩少功研究资料》，天津人民出版社，2008 年，第 335、336 页。

接实在的一翼，后者则是其剖析、打碎实在的又一翼："感性视域"正是在看得见的地方探寻暗藏的被忽略之处，而理性思辨则是在黑暗之中寻觅其光亮之处。

我非常叹服吴亮个人批评生涯中几乎是最后的针对同一作家的两篇作家论。但对其"切割式"的分析方法还是心存疑惑。也许，在1987年，这是最佳的也是最无奈的选择；也许，和1980年代初就用康德的"二律背反"作为自己创作谈的韩少功一样，他们信奉的都是在正题和反题中都不偏袒任何一方的主张。但是，在理性问题上，韩少功并不是康德的追随者。在黑格尔看来，康德的理性是一种纯粹的、无境况的理性，其根据不过就是自身：在对康德的理性概念的回应中，黑格尔争辩说，理性总是处在特定的境况中，因此总是"不纯粹的"，它从来就不具有充分的自我支持的根据，而总是依赖于一个不断变化的范畴框架，因此理性从来就不是独立于历史的。就这一点而论，立足于"反思"，身背"历史包袱"的一代人不可能是一个反语境主义者。蒙骗于所有被保证了的真理和确定性，受害于独断论和简单化，因而我们回顾的形式离不开反讽，我们的认识总是离不开相对主义和怀疑主义，这是1980年代乃至1990年代当代中国无法摆脱的语境。

2001年4月，韩少功在谈到意识形态危险驯化的问题时写道："如果说我以前一直习惯于把声象万态当作消遣休闲节目，当作天经地义的课外活动，那么我现在则要尝试着把它们请入课堂，当作一门主课，以此展开思考和争辩，反而把很多原来占有课时的抽象概念体系逐出门外，权当野炊、足球、玩泥巴、斗蝈蝈一类游戏，权当感觉的对象。这就是说，我们有时需要点文体置换：把文学写成理论，把理论写成文学。"[1] 这篇文章为长篇小说《暗算》

---

① 韩少功：《暗示·前言》，上海文艺出版社，2012年，第2页。

的前言，在此之前已有《马桥词典》问世。《马桥词典》受制于语言，《暗算》尝试一种反向的超越，所以才有了上面那种"反弹琵琶"的说法。上世纪90年代以降，韩少功进入了写作生涯的活跃期，众多的散文随笔以其犀利锐敏的批判精神为其带来了声誉，而精心构筑大胆实验的长篇却引发了不少争议和存疑。就小说创作而言，前期的韩少功可谓生逢其时，而后期的韩少功则多少有点"不合时宜"。

我担心的被吴亮切割的双方，在韩少功以后的漫长的创作实践中，渐渐地有了彼此的渗透、互补和置换。

三

遥望上个世纪80年代，我们是多么容易将韩少功的小说趣味与其同行们联系在一起，从中感受那震撼人心的隐秘渴望，搭建出他们相同的"口号"，相似的"欲望"和近乎礼仪般的叙事行为准则。在这个充斥着"甜蜜的暴力"的文学创新时代，韩少功无疑是一个斗士、一个鼓手、一个不息的先行者。90年代以降，事情正在发生变化，人们总是回应其对社会的回应，而其为数不多的小说则多少有点落寞。和大多数作家不同，困扰韩少功的并不是想法太少而是太多，叙事法则所能容许的范围能否容纳得下它们，甚至如何接纳它们都是个问题。

韩少功的禀性决定了他对重复的厌恶：他不喜欢他人重复，也讨厌重复他人，更重要的是他还不喜欢重复自己。当李庆西表示，类似《爸爸爸》这样的小说，应该还有一个长篇的容量时；当有人建议，类似《爸爸爸》那样的叙事模型理当还有一个系列时，韩少功不干了。当然，从根本的意义上看，不断变化也可以看作韩少功式的"重复"，归根到底，一个作家总有自己的"小说地形学"。

中国当代大多数的小说修辞，都是为着某种完整性，而做着一些缝缝补补的努力，他们乐于在此一物与彼一物、这些事和那些事之间做一个理想的焊接工。唯有像韩少功这样为数不多的书写者，追求的是对完整之物的敲打者，他不止一次地表现出对于"承转启合"的厌恶和不屑，就是要将"完整性"打成碎片，在"碎片"之中存放着对真相的追逐，对假象的无情揭示。"我宁可让很多读者失望，宁可让高君在这一页的稿纸上突然消失，就像一个混蛋演员在舞台上突然误场和退场。我想看看情节中止和情节解体以后的生活是什么样，看看各种情节轨道使人不易接近的生活，各种情节聚集使我们不易旁顾的生活——哪怕这会使叙事变得散乱。"[1] 就是在《暗算》中，韩少功也不忘阐释其理想中的"小说修辞"。

叙述者总是在意义和指涉间游移，而阅读又经常在理解和阐释者间徘徊。勤于思考的韩少功则从不顾忌两者的区别，他经常把两者的活儿都干了，这令批评家感到头痛。关于《暗示》的追求，韩少功说他企图把"小说"扩展成一种广义的"读物"，同时包括了小说和非小说的因素，就像历史上那些跨体裁的作品一样，结合了叙述和议论，尝试一种叙事性的理论。他将《暗示》称为"长篇笔记小说"，比喻为一次"冒险的写作"，借鉴的是前人的笔记或者片断体。

探究任何见解的最佳方式就是从导致其转变的那些问题入手，文学也不例外。在我们这个没完没了地自我否定、千变万化的时代，隐喻的和真实的世界、夸张的和日常的边界依然是个非常大的问题，似乎永远有待确定。将希望建立在世界的变化之上，却拒绝自身的变化，结果却是一场试图躲避运动的运动；在统一的体制中，永恒的形象包含着运动，在碎片的体制中，运动又努力去复制

---

[1]　韩少功：《暗示》，上海文艺出版社，2012年，第23页。

永恒。同样是变化和永恒，两次出现的含义是不一样的。1980年代的文学变化，求新求变，希冀打破单一、僵化的局面，变化就是处在承载颠覆的使命之中。然而进入1990年代的人们突然发现，变化还是统治消费社会的迫切需要。曾几何时，我们都是坚定的视角主义者，信任在多样性寻找秩序、在变化中寻找着不变者，在差异中能找出同一性。而今"视角"这个词和我们开了个玩笑，我们越想借用它的意义，它越快地把我们引向我们不愿去的地方。

在我看来，这二十年来，韩少功在叙事秩序所作的努力和尝试，就是如何从相反的方向上理解视角——不是把秩序强加于多样性之上，不只满足于发现变化之中的不变者，而是做到如何使秩序成为多样性中的一种可能形式，使"经验"和"理性"交相辉映，各自都成为其他视角中的一种视角。"什么是荒诞？什么是正常？往往因人而异，取决于我们头脑中的观念。我们理解中的荒诞，在另外一些人看来可能完全正常。"在与王尧对话中，韩少功用一种明白易懂的说法阐明了他的相对主义，他提醒我们，"一个人的知识非常有限，他把知识用得最好的时候，往往是他对知识充满警惕的时候"；"人类中心主义、理性主义、科学主义、进步主义是一些有色眼镜，把很多丰满的生活现象过滤到盲区中去，值得我们小心对待。很多时候，文学就是要使很多不可理解的东西变得可以理解，使很多无声和失语的东西进入言说。这就是发现的责任"[1]。

2008年，於可训在总结最近十五年来的长篇小说创作的文章中指出，"韩少功近作《暗示》，把《马桥词典》发掘包藏在词语后面的故事的创作追求，发展到发掘包藏在具象之中的'隐秘的信息'和'言与象'之间的关系。说到底，仍然是他在80年代倡导'寻根'的延续"[2]。这是一种典型的视角主义和总结评判。不要说

---

① 韩少功：《进步的回退》，上海文艺出版社，2012年，第161、162页。

② 於可训：《最近十五年来的长篇小说创作》，《小说创作》2008年第2期。

韩少功的小说叙事已发生了很大的变化，就是当年的"寻根"作家也是各不相同的。

四

"片断"不仅仅是一种文体形式，也是我们对实在的认知方式。"打碎"和"重组"是对世界现状的亵渎；是对现实的不妥协的见证与源泉。"打碎"是韩少功情有独钟的利器，感觉和思辨则是其得心应手的双剑。此种大不敬的态度与1990年代之后大踏步后退的叙事时尚大相径庭。"进步的回退"固然是一种深刻的片面，但当全面的浮浅日益主导我们的现实和梦想时，"回退"未必是一种"进步"。正如弗吉尼亚·伍尔芙那著名的形象比喻：大家都站在比萨斜塔上，即使对于我们这些出生于19世纪的人也是如此，那时大地还是水平的，而建筑物还是垂直的，现在我们往下看时，无法正确地判断所处环境的地貌，因为一切都是倾斜的。消费主义的时代告诉我们，它不仅只是独立于文学之外的对象，一不小心它正是这个时代的文学自身。异化是一种情节突变，自我实现在这种突变中转向变成了自我丧失。机遇和荒诞支配着人的行为，叙述者应该清楚地认识到这一点，知道混乱是现实的另一种说法。因此，感情或行为总是出现在错误的时间和地点，意识是谬误的，理解更是反其道而行之。韩少功在对待墨家的命运上保持着清醒的头脑，而在对待种种"回退"的善上能否做到同样如此呢？难说。不管怎么样，韩少功思辨的明显特征在于，在考虑正题的时候，绝不舍弃反题。反对陈腐的注解与平庸的阐释，厌恶诸如半吊子学术气的普及本作者或深得时尚之味的长于辞令者的态度则是一贯的。

正如本文题目所指，"打碎，如何重新组合"始终是个难题。生活与文本的"碎片"经常互相掣肘、拉拉扯扯，甚至相互戏拟，难以呈现出真相和全貌。就像我们的理解力告诉我们世界所具有的意义远远超出我们对它的理解一样。眼下这部最新的长篇《日夜书》在结尾处，作者附注告诉我们："本书写作得助于小安子（安燕）的部分日记，还有聂泳培、陶东民、镇波、小维等朋友的有关回忆……"即使有了来自真实事件的记忆，但这些人与事已经改变了色调、转换了重点、调整了秩序，于是完整性发生了置换，产权人变为小说所拥有。这里，结构是至关重要的。我在文前引言中辑录了罗兰·巴特对结构主义的总评语，意在强调结构的重要性。格尔达·帕格尔在《拉康》那本书中对这段话如此评说，"用词似乎不多，但字字都很重要。因为从打碎和组合这两个行为中产生了新东西：它既不是对现存事实的复制，也不是对现存事实的改变，而是让它变得可以理解"[①]。

我们承认结构在韩少功长篇叙事中举足轻重的作用，并不等于我们审视其作品的方法就是结构主义的。相反，在中国当代文学的批评史上，纯粹而激进的结构主义至今从未产生，甚至连鹦鹉学舌般的东拉西扯都未曾有过。不为别的，那是因为结构主义在排除真正客体的同时，也排除了人的主体，它暗中破坏文学上人道主义者的经验主义，不相信"真实"的东西是经验过的东西，而文学本身便是这种丰富、敏感、复杂的经验集穴。一句话，对个人经验的轻视，对文学神秘性的冷漠，这是我们难以也无法消受的。

五

之所以在论及一个作家与其小说的时候谈到结构主义，那是因为哲学结构主义一般公认是导源于结构主义语言学的思想。韩少功

---

① ［德］格尔达·帕格尔著，李朝晖译：《拉康》，中国人民大学出版社，2008年，第2页。

关注语言问题不是一天两天了。迄今为止，他的三部长篇小说，至少有两部和对语言的思考有关。《马桥词典》完成于 1995 年，十年后韩少功在其题为《语言的表情与命运》的演讲中依然明确地表示："一个世界就是我们所知道的世界，只能是我们思考和感觉中的世界。我们几乎不可能离开语言去思考和感受这个世界。这意味着，对我来说，一个靠词语造就的世界几乎就是世界本身。本着这一点，我把语言当作了我这部长篇小说的主角，一如很多小说家把人物当作他们的主角。"[1] 在作这番演讲前，韩少功的另一部长篇《暗示》已经问世几年了。在《暗示》的前言中，作者有另一番说辞，"我在写完《马桥词典》一书后说过：'人只能生活在语言中。'这有点模仿维特根斯坦或者海德格尔的口吻。其实我说完这句话就心存自疑，而且从那时候起，就开始想写一本书推翻这个结论，来看看那些言辞未曾抵达的地方，生活到底是否存在，或者说生活会怎样的存在"。韩少功试图用具象来概括言辞未曾抵达的地方。语言和具象分别分为正题和反题，分别构筑了两部长篇的意念，语言对于韩少功的重要性可见一斑。韩少功对语言的思考，很自然地会使我们联想起利奥塔那部以晦涩著名的博士论文《话语，图形》，其批判的锋芒直指以真理掌握者自居的哲学家将话语以及话语秩序紧紧联系于知识理性的明晰之光，推崇的是与这一话语境地相对立的图形所代表的假象、感性、肉体的混沌之暗，亦即话语秩序所驱散的无序。

现实不是被语言反映出来，而是由语言产生出来。这是一种划分世界的特殊方式，它深刻依赖我们支配的符号系统，或者更确切地说支配着我们的符号系统。20 世纪哲学已经完成了从近代的"意识分析"到现代的"语言分析"的"语言转向"。几乎 20 世纪

---

[1] 韩少功：《语言的表情与命运》，2004 年 3 月香港国际英语文学节的英文演讲。中文发表于《南方文坛》2006 年第 2 期。

的所有哲学家都已达成这样一个共识：即语言是人类知识的可能性和有效性的决定性条件。"语言转向"的完成，一方面体现了以英美为主体的分析哲学中，包括前期维特根斯坦的"语言批判"，维也纳小组寻求科学语言的意义标准的努力，卡尔纳普把传统本体论问题和先验问题归结为形式化语言结构的句法——语义学问题的努力等；另一方面，"语言的转向"也实现了在新康德主义者卡西尔的符号哲学，海德格尔生存论解释学和语言思想，以及伽达默尔的"语言的哲学解释学"这样一条欧陆人文哲学的线索上。简单地罗列这些并不是为了讨论"语言转向"，而是为了说明语言问题的重要性和复杂性。不然，就不会在长达半个多世纪的时间，几乎所有的哲学家都对语言产生兴趣。

韩少功和海德格尔的不同是显而易见的。在海德格尔看来，语言并不只是一种交流的工具，一种表达"思想"的次生方法，它是人们生活活动的真正范围，是它首先使世界存在。在人所特有的意义上说，没有语言便没有世界。海德格尔不是首先按照你或我可能说什么来考虑语言，语言有其自身的存在，人类加入这种存在，并且只有加入这种存在才能根本上成为人。韩少功不同，他认为："语言是生活的产物，因此一个词经常蕴藏着很丰富的东西，比方历史经验、人生智慧、意识形态、个人情感和社会成规的紧张关系。"[1] 这些语言观是其创作《马桥词典》的出发点，也是和海德格尔那种反心理学、反对方法论的哲学，特别是后期的那种明确反人类学的意图格格不入的。

对"具象"的思考促成了《暗示》的诞生，就理论而言有点勉为其难。说《暗示》"有点同'语言学转向'拧着干的野心，好像要跳到语言之外，对语言这个符号体系给予怀疑、挑战、拆解，最

---

① 韩少功：《进步的回退》，上海文艺出版社，2012年，第214页。

后追击到逻各斯中心主义这个老巢，重炮猛轰了通"[1]。我想这是把复杂的问题简单化了。意义理论的发韧之作是弗雷格在1892年发表的《意义与指称》。这篇论文以一个有关同一性命题的问题为开端。同一性是否是一种关系？如果它是一种关系，那么它是符号与符号之间，还是符号与所指事物之间的一种关系？韩少功对"语言"和"具象"不可分割联系的描述，基本上还是没有离开这些问题。《暗示》的意义并不在如何理论，而是在其通过创新的叙事风格，冲破小说和非小说的界限。当然，任何意义上的"冲破"都不得不使用概念，但同时也得认识概念的局限，强调它们的界限，施加内压，使它们突然崩溃。有时我们必须认识到，使事物走向极端有时是必要的，就像语言和艺术形式，只有被挤压到极限，才会暴露自己的真面目。

六

在处理语言的时候，现象学把自身置于言说主体一边，并把言说视为行为表达的手段之一。言说被定义为一种姿态。语言姿势像所有其他姿势一样，描画了它自身的意义。相反，符号学把自己置于接受一边。只要信号是差异的，后者接受的信号就能传达信息。值得注意的是，韩少功思考、言说其叙事时关注更多的是前者；而我们阅读、阐释韩少功叙事的时候，更多关注的是后者。然而，前后者又无法独立存在。现象学的基本问题是指称，符号学则强调表述，它们之间是在场和不在场的对立，而这些对立是所有表意系统的基础。许多复杂的符号系统都是建立在其他符号系统特别是语言系统的基础之上的，被称之为"二级系统"，文学就是一例。语言

① 韩少功：《进步的回退》，上海文艺出版社，2012年，第254页。

是文学的基础，语言的特殊用途又形成了文学的辅助系统，隐喻、换喻、夸张、提喻等修辞都可以看作二级文学代码。文学代码绝不像交通符号。交通符号不会违背交通符号的规则，而文学作品就是要不断地违背规则。从这个意义上说，《马桥词典》与《暗示》的贡献是不可低估的。因为文学从根本上说，就是对人类可能的经验进行探索，对我们看待个人、看待世界的各种分类进行质疑，达到深化。文学规则的重要性在于，它提供的局限使得这个质疑、深化的过程有所依托，成为可能。

文学和语言的关系是复杂的，每一个都随身携带着一组语词，来为他们的行为、他们的信念和他们的生命提供根据。我们也利用这些语词，时而前瞻时而回顾地述说我们的人生故事。幻想总是从所看见的东西中失去，其不在是通过所渴望的在而呈现的。语言既是作家的幸运又是他的烦恼；既是天地又是牢笼。人是"有生命的能言说的存在者"，这是希腊人对人的定义。但生活并不完整无缺地传达为言辞。人必须用请求的形式向另一个人表达他的需要，这迫使他服从能指。在隐喻里，一个符号被另一个符号代替，因为它以某种方式与另一个符号相似；在转喻里，一个符号与另一个符号相联系，那是因为一个符号可能是另一个符号的组成部分，或者因为它们有实际的接触。我们经常被言辞所诱惑，又被它迷惑，既被牵引又被拐带。这很像韩少功在其小说中经常有的感慨，"感到这次瞬刻而又永远的寻找中，我懂得了这座山，因此更不懂了"。

小说家愿意栖息在语言中，让语言自己说话。当语言竭力用洪亮的声音来伸张其创造物的权利，却冷酷地贬为意味，按照克里斯蒂娃的意图，"符号"是在意义的门槛下松松散散地发出的冲动的咿咿呀呀之声，它进入了"象征"的制约之中，但还是尽力与"象征"保持一种异质关系。声音和文字在尖锐的对立中相互对峙，迫使话语内部分裂，让人凝视其深处。对本雅明而言，那个分裂是本体论的：口语表示"人的自由、自发的言说"，是一种富有表现力的心醉神迷，与语言所导致的对意义的唯命是从相抵牾。韩少功的叙事历来反对叙述中被简约为如同符号一般空洞的密码，所谓语言的空转、一种纯粹形式的情节动机、一种漫不经心的异质性物质事件的"逢合"，他十分留意生活中那些独特而迷人的口语，所谓方言在小说中的运用，所谓生活中的谐音和误读都是对"声音"的文字记录，在这点上他和本雅明是相通的。

2008年马丁·瓦尔泽在和莫言对话时发问，"语言到底是什么？是和死亡永远持续的婚礼，所以语言本身是有问题的"[①]。托妮·莫里森获诺贝尔文学奖时演讲的题目就是"剥夺的语言与语言的剥夺"，她在谈论语言的难处时说道："语言的活力，其实在于为说它、写它、读它的人鲜明地刻画出实际的，或是想象的却又可能存在的生活。说它有时偏向取代实际经验，然而它又不能当作实际经验的替代物。它向可能产生意义的地方倾斜。"她的结论是，"语言的力量、措辞的得体，仅在于指向那不可言说之意义"[②]。"语言总是背叛我们，"差不多的意思温特森在《给樱桃以性别》中以一种抱怨的口吻说道，"我们想撒谎时它说实话，我们非常希望精确时它却乱七八糟"。迈克尔·伍德在那篇令人神往的评论温特森的文章最后，引用了温特森的抱怨后说道："这种背叛的两个方面都很重要，也都带回到故事的概念。故事对实际情况以及我们要撒谎的欲望都做出了回应，它几乎没有别的选择，它提供给我们的一种违背它意愿的精确的形式。"[③]

谈论韩少功的文学创作，有没有必要讨论哲学上的"语言转

① 《莫言对话瓦尔泽》，《南方周末》2008年11月13日。

② 托妮·莫里森：《剥夺的语言与语言的剥夺》，《历届诺贝尔文学奖获得者散文金库》，人民日报出版社，1997年，第1415页。

③ 迈克尔·伍德著，顾钧译：《沉默之子》，三联书店，2003年，第276页。

向"，我不清楚，但有一点是可以肯定的，这不是最重要的。重要的是"语言"如何在小说中起作用的。"对古希腊人来说，隐秘的生活需要隐形墨水。他们在写普通的一封信，而在两行字之间则用牛奶在写另一封信。要不是有人很清楚地知道在信上撒些炭粉，这些信件看起来再平常不过了。信上写些什么已无关紧要，重要的是生活显现出了未被察觉的一面。"[①]温特森继续在《给樱桃以性别》中作如此阐释。很有可能，《马桥词典》需要我们查找的，《暗示》所暗示我们的，正是文学作品中没有说出的东西，那作品雄辩的沉默、有意味的省略、吞吞吐吐的歧义，比它碰巧说出的任何言语更有能力揭示出作品与社会意识形态的关系。

七

《暗示》完稿于 2002 年 5 月，而眼下的长篇《日夜书》则完稿于 2012 年 9 月，中间除了 2006 年的长篇散文《山南水北》，时间相隔整整十年又四个月。《暗示》算不算小说，一度还被搁置争议。我不参加此等队伍，并认为《暗示》是一部重要的长篇小说，这是一次"冒险的旅行"，充斥着叛逆和探索精神，是创新之作。按照富思特斯那关于小说著名的言论：小说与其他艺术的差别在哪里？就在于如果我们知道怎样整理的话，所有一切都能放到小说里去。所有历史、哲学、议论、新闻学，甚至诗所不能说到的，小说都能说到：这是最宽广的，一切都能参与的艺术。就中国当代文学而言，是不是小说的发问，源之于 1980 年代中期，它催生了文学探索的高潮。可惜的是，随着时代的变化和岁月的流逝，这种发问也渐渐地被人遗忘了。

[①] ［英］珍妮特·温特森著，邹鹏译：《给樱桃以性别》，新星出版社，2012 年，第 2 页。

讨厌重复、追求变化的韩少功也有不变和重复的地方，那就是"知青生活"。许子东曾在其《当代小说阅读笔记》中说过："韩少功在骨子是个'知青作家'。不仅因为他有两篇作品直接影响知青文学发展（《飞过蓝天》以外，还有 1985 年的《归去来》），还由于他几乎全部的重要作品里，都有一个知青人物作为视角存在，仅有一篇《爸爸爸》例外。"[①] 许子东的文章于 1980 年末在香港作访问研究时所写，那时，韩少功的长篇尚未问世，但许子东的判断却像预言一样贯串至今。《日夜书》干脆写的就是一群知青的命运。问题是知青生活已然成了过去，它们由过去的当下转化为记忆。历史不再是对过去的研究，而是对当下的观看。"现在"驱逐了"过去"并欲取而代之，但在记忆中的"过去"里，依然有着令人不安的熟悉身影。一方面是遗忘，它并不意味着被动或是损失，而是对过去的一种抗衡；另一方面是记忆的留痕，它是被重新唤起的曾经遗忘了的东西，从此，往事不得不改头换面地发生着作用。把我们的生活从记事转变为叙事，那是因为其中有省略、选择，甚至拼贴，降下某些重要性，提升某些次要的东西，视而不见和添油加醋那是常有的。小说创造了这样的世界，其中没有人拥有真理，但每个人都有权被理解，这也许正是它的迷人之处。

　　当有人以告诫的口吻提醒韩少功，"过于警惕革命的和启蒙的意识形态的陷阱，因而拒绝了任何大的肯定性、建构性的信仰求索，这使他的作品在警人深省的同时却难以像托尔斯泰和陀思妥耶夫斯基那样以情感的饱满、精神的绝地撼人心魄"[②]。我想，"饱满"和"绝地"那样的字眼是值得警惕和怀疑的。且不论托尔斯泰和陀思妥耶夫斯基是如何不同，也不论他们的情感始终处在矛盾之中而不是可以不断充气的气球。就是托尔斯泰那令人讨厌的说教，

---

① 许子东：《当代小说阅读笔记》，华东师范大学出版社，1997 年，第 113 页。

② 张均：《仍有人仰望星空》，《小说评论》2004 年第 6 期。

不正是他小说中的糟粕吗！怀疑论源之于我们这一代人的人生处境，来之于我们所处现实的困境。当卡尔·马克思说我们不是在自己所选择的环境中创造自己的命运时，怀疑论就和我们结下了不解之缘。

八

我在前面说过，韩少功是一个语境主义者。《马桥词典》就是探寻特殊地域语境的产物，于是我们来到了维特根斯坦所谓的那座语言古城，审视着这座迷宫的老街，并不规则的曲里拐弯的老城区，还有那自以为明白却又经常让人含混不清的小巷和里弄。对巴赫金来说，重要的不在于词是一种恒定不变和永远自我同一的记号，而在于词是一种永远可以变化、可以适应不同情境的符号。语境和情境只是一字之差，《暗示》由于反对语言的传递作用而陷入了情境主义。说者和听者，传递信者和授意者，从合作的角度来讲都是一样的，它们都表现了此和彼的关系。尽管排除了电视的意识形态作用，尽管批判了党八股的庸人自扰，最终探究还是"说话人"与"接受者"共同分享的领地，此和彼共同拥有的"真相"。

情境有顺境和逆境之分，《暗示》在"朋友"那节中叙述江哥的故事时这么说："我记忆中的某一种美食，在多年以后吃起来就可能索然寡味。我记忆中的某一次热吻，在多少年后的重演就可能别扭甚至寒意逼人。他们是从土地里拔出来的花朵，一旦时过境迁，只能枯萎凋谢。"谈的就是情境。此一时，彼一时，说的还是情境。我们必须在时间的背景下来观察自己，把自己的生活理解成叙事，目的就是要判断生活进行得好还是不好。叙事可以是多重的、断裂的、反复的、分散的，但依然是叙事。随着时间的推移，韩少功笔下的知青生活总会发生料想不到的变化。

如果说而今的大批农民工进城是经济社会发展的必然，那么当年大批城市知青下乡则是经济倒退的无奈之举。"接受再教育"无疑是知青运动最伟大的陈词滥调。短暂的青春和漫长的人生已融为新的时空，就像才华横溢、锋芒毕露，一度成为众多知青精神领袖和唯我独尊、极度自我、自私自负，沦陷于焦虑症的马涛是同一人一样。有时，人就像古老的格言所说，"性格即命运"。性格是穿越不同岁月的引擎：艺术青年姚大甲，曾谱写《伟大的姚大甲畅想曲》讴歌自己的未来，干农活则丢三落四，"多少年后，大甲在我家落下手机，却把我家的电视遥控器揣走，使我相信几乎同指纹一样难以改变"。在长长的岁月舞台上，姚大甲就是个性格演员，他用性格的光亮投射于社会的变迁与生活的起伏，"他就是这样的一缕风，一段卡通化的公共传说，一个多动和快速的流浪汉，一个没法问候也没法告别的隐形人。他不仅没有恒定的身份：丈夫、父亲、同事、公民教师、纳税者、合同甲方、意见领袖、法人代表、股权所有人等。也许，这样的伪成年人，不过是把每一个城市都当作积木，把每一节列车都当浪桥，把每一个窗口都当哈哈镜，要把这一辈子当乐园"。应当承认，叙述者言说得真好，每逢遇上运用调度排比句时，韩少功的叙事总是闪烁着智慧的光芒。这和惯用排比铺陈的王蒙不同，后者透着聪明，前者则有当代性的锋芒。

故事以其命运的外貌，如何亵渎我们现在的生活经验，同时也如何公平地对待我们过去的经验。这真是个难题。以偏概全和以全去偏的差错总是难免的，人类得以反讽的方式生活，接受我们自身存在的无根基的一个理由，也就是生活在死亡的阴影中。没有什么比我们必定会死亡更能生动地表明了我们的实在是多余的。在《日夜书》中，郭又军就是一个死亡的符号。此小说共五十一节，而我们早在第3节就知道其命运的结局。多少年前，军哥是"我"到白马湖插队的领头大哥，而多少年后，我却从手机里突然接到军哥上吊自杀的消息。用词感情内敛，言语冷峻而专攻锋芒的韩少功不仅在此节，而且全书的好些地方在动情上都下足了功夫。这是《日夜书》的一大特色，也是区别于其他长篇的地方。这本书采用第一人称叙事，"我"既是亲历者，又是旁观者，既是他们中的一员又是摆脱他们的叙述者。吴亮所提醒的那个很少面对的"自我"，在《日夜书》有了很大的改观，但是在如何真实地面对"自我"问题上，他继续小心翼翼地呵护着。

　　如果说姚大甲的故事是具有喜剧倾向的，那么郭又军的命运则是悲剧性的：没考上大学，采购员的滋润小日子随着国营工厂破产也不知所终，"自己也突然一下变老，脸上多了许多皱纹"，"看来已经大变了，党龄不再吃香、家庭背景不再管用"，"他眼下被人们的目光跳过去，如同一块嚼过的口香糖只配黏在鞋底！"悲剧性的人生就是那种生不逢时、好事不再来、厄运天天有，所谓屋漏偏逢连夜雨。倒霉的军哥，加上妻子小安子的远走高飞，女儿丹丹却偏偏犯上快乐这种毒瘾，中了快乐这种邪魔，其消费节目的清单吓得父亲屁滚尿流，而疾病又成了压垮其人生的最后一根稻草。郭又军吞下生活中一连串的毒性药丸，其死亡的结局是必然的。最重要的是，他身上或者他的角色行为挟带着知青岁月的记忆，并以无法忘却的累累疤痕，与以往截然不同的姿态，明显而又略带夸张的病态出现在当下，他们似乎都不怎么真实，却跟我们的世界有着无法分割的联系。这些琐碎的、断断续续的人与事，总是不断地被打断，又不断地被链接；不断被打碎，又不断被重新组合。叙述者顽强的意念，不懈的追问所维系的"日"与"夜"，事过境迁不是问题，却是观察人性与生存问题的重要参照。对韩少功来说，理性不是那种冰冷的、形式上的、将思维变成机器的东西；信念也不是那种离开现实世界的逃避。

九

在《日夜书》中，我们读到性格决定命运的故事，也同时可以反过来读到命运铸造性格的故事。生活既残酷又温柔，知青岁月离我们很远又无时无刻不充斥着我们的周围。历史与其说是你竭力塑造的结果，不如说是自发流传的东西，是由它自己的不易觉察的自律法则所推动的一个世系。这一代人都在渐渐变老、加速地奔向死亡。年龄是一个角色，是一个在外表层面上对"经历"的时间的加速，是对事物的依附。《日夜书》涉足两代人的死亡，但死亡并不是意义的结束，我们的生命在死后要承担部分意义：未来始终将重新书写我们，也许从当时的喜剧中采撷出喜剧，或者从当时的喜剧中采撷出悲剧，这是我们在经历生活时，肯定无法了解生命的另一层含义。生活有什么意义，你到底是什么的问题并不会因你的死亡而终结。军哥选择死亡是出于无奈，还是出于厌倦，也许两者皆无，也许两者都有。自杀尽管是自我毁弃，但仍是一种自我表现，它是强加于自我的痛苦，是为了寻求补过或解脱的唯一可行的方式，也是"超越快乐原则"的最高形式。死亡不是一种生活方式，只有当我们发挥想象看待死亡时，它才充满神秘色彩。

郭又军的女友小安子，是知青生活中最具色彩的角色，这位"喜欢查看地图，常在地图里神游远方"的超级梦女，"以前喜欢游泳，冰天雪地也敢下湖，把最牛的男人都比下去一头"。这位"活脱脱就是一个摇幡舞旗的招魂女巫"。知青生活留给小安子的名字就是"传奇"和"浪漫"，她无时无刻不爆发出那莫名的举动，令人畏惧的"血性"；她把"感情"演绎成"雨中散步"让郭又军觉得不可思议，她的歌声和琴声让鸟雀都感到不习惯，她的美声花腔让本地农民无法消受，以为是咒语，鬼喊鬼叫的猫之咒。总之，小安子是一个脚不着地的精灵，"她的心需要动感，需要燃烧，需要日新月异"。幸好，郭又军充当了她着地的双脚。没有了郭又军，"日子过得有些乱……小安子的床上差不多就是一狗窝，被子和衣服搅成一团，内裤什么的也不收拾；男性本地农民都不敢进她的房间"。小安子的不安分个性给我们留下深刻的印象，但其出格的行为举止言谈又和特定时代的语境如此胶着而不可分离。"多少年以后"就成了语境中的语境：小说家所描述的青春而青春已逝，记忆热血而热血已冷，回忆饥饿而饥饿已去，憧憬未来但未来已换成今日无数的烦恼。当平静庸常的日子来临时，小安子终于"提一口皮箱远走高飞"，她继续在世界周游闯荡，但飞翔的翅膀已经折断。

老场长吴天保自然不是知青，但他又是知青生活中不可或缺的角色。这个小眼珠、小尖嘴、小矮个、满口污言秽语，一张嘴随地大小便，没有文化却又是文化语境的地道产物。小说第4节至第6节成功地叙说了这个人物的可恶可悲之处，他的搞笑、闹剧都产之于"严肃"的土壤之上；他没有文化，却深知"悲剧"和"喜剧"之如何转换的奥秘；他让我们明白，即使是再枯燥、再单调的生活也是源于一种"文化"。吴天保无疑是有个性的，但他的这种难以归类的特征更多地是为特定文化语境所铸造。

作为作者的同时代人，我也经历过类似的农场记忆。类似老场长式的人物，虽不尽相同，但都有似曾相识之感。尤其那些好奇的"裤裆语"，在单调乏味的日常生活中，在田头的作息之间如何传播，我们都是感同身受的。除了方言不同，其他没有什么不同。把小安子的"花腔"和吴场长的"裤裆语"联系起来自然是风马牛不相干的事情，但这在农场的知青生活中是经常发生的。他们取乐和消遣的方式截然不同，却都在各自的领域中视为一种自恋的胜利。因此，在成功维护自身的不受伤害性之后，自我便不再为现实的刺激所困扰。在缺少文化的天地里，类似"裤裆语"的言谈就是一种世俗的幽默，它把险恶的世界转化成快乐的场所，它允许我们从不受周围恐怖影响的感觉中获得满足，尽管这种快乐和满足是短暂和苦涩的。相比那个只会开批斗会的新任杨场长，老场长身上还体现了人性的复杂性和多样性，那段被降职的日子里，特别是时代发生巨变后那格格不入的吴天保。以一种不变应万变的姿势刻画自己的人生，始终以一种"逆视角"的叙述讲述这个世界，这可说是吴天保的悲剧。

十

《日夜书》所记录的过去都是当下的记忆，它所叙述的当下也都裹挟着过去的残痕，不然的话小说中的知青群的形象是不完整的，革命者马涛的人生是有缺陷的。知青群的过去和当下被打碎了，它们如何重组却是值得我们研究的。韩少功的重组手法既是感性的又是理性的，我们站在今天评估昨天，同时又立足昨天而认知今日。对《日夜书》而言，今日未必是昨天的结果，而可能是原因。由于过去已经成为过去，困难就在于确定曾经发生过什么以及如何去理解它。还原不仅是回到过去的词意，更是影响深远的存在主义的哲学概念，海德格尔把它作为始源地提出的问题来研究。那位我们熟知的萨特，在一项没有完成的研究中尝试还原小说家福楼拜的整个生活与工作，今天福楼拜依然是榜上有名的经典作家，阅读福楼拜将持续，而萨特的"还原"已被人遗忘。

"时间在流逝。在那些年代尚未出生的人们将难以相信，但即使在那里时间也像骑兵那样向前疾走，就如今天一样。但是无人知晓走向哪里。而且它也许并不总是清晰地表明过去是向上或者向下，将来是向前还是向后。"罗伯特·穆齐尔在其《没有个性的人》中表示了对时间的疑惑，构筑的也许是现代主义的迷惘。《日夜书》从成年人的视角进入叙事，以完成对青春年代的呼应；它从当下出发，讽喻性地抒发了对过去的记忆，它立足于变化的时代，完成对另一个时代的对照。人生的不同阶段，两个不同的时代纠缠于一处的出发点，都是源之于时间的不可逆转性。"很多年以后"不是一个简单的模仿，也不是一个单纯的时间概念，而是空间结构对于时间的修辞。

空间对时间的消化有一种奇妙的作用，就像小说中讲过的关于河两边知青的故事："一方多是地主、资本家、旧职员的故事，那一方是红色官员的故事，双方的苦情同中有异，好比财主和乞丐都牙痛、痛得不大一样，事情不宜往深里想。"往深里想之所以有难度，那是因为事物的深处总有其含糊性和复杂性。正义和谬误、愉悦和粗俗、浪漫与现实、性格和命运、甜蜜与苦涩、快乐和痛苦彼此掺杂的深处是不乐意被定义为"肖像画家"的。马涛从前期以天下为己任的启蒙者到后期的以自我为中心的多疑者，老场长从前期意识形态的管理者到后期成为一个歪打正着的"反对派"，对共时性的阅读者来说，不啻是讽刺和荒诞。讽刺发威时，绝对没有什么东西能逃脱其威力，没有一个能指可以庄严得不受世俗的侵犯、瓦解和自相矛盾。荒诞在其内在本质是两面派的，是一个巨大的符号交换台，通过它，编码被倒着解读，信息被搅乱成其对立面。

伦理地看，时间以其不可回转性使我们的行为无法挽回。时间是一种威胁，不可挽回和消灭。相反是空间，空间总的来说是慷慨和仁慈的。在我们的存在中，时间总是一种不祥的情况，而空间则赋予我们从时间中得到解脱的可能性。如何抓住这种可能性，对叙述者来说既是一种考验也是一种诱惑。《马桥词典》以一种词条的方式抵御时间的威胁；《暗示》反其道而行之，实则还是运用了一种反词条的词条方式来追求摆脱时间的可能性。在这一点上，《日夜书》是有所回撤的。也许这种回撤是一种迂回，它试图从一种更隐秘的层面中寻找一种对比和互换。通过语言模式对潜在的读者传达一种几乎可以触碰的亲密关系，亲密从来不是有人告诉你去想什么，它就像情人间的秘密对话，如何理解不依靠某一单个权威。

本雅明认为，"一代人的青春的体验与梦境体验有很多相似之处，前者的历史形式就是梦的形式。每一个时代都有一面向着梦境，这是童年的一面"。本雅明还相信，"在清醒中运用梦的因素是辩证思想的教科书"。

十一

认定《日夜书》是一部"知青的精神史"的人不在少数，不止是书的广告语、推荐词，而且还有为数不少的有过"知青"命运和关注"知青"历史的激情阐释者也是这么认为的。实际上，何谓"精神史"，各人理解并不一致。历史主义把一切东西都还原为历史，因此就成了把一切东西都还原为自然的自然主义的对立面。"学院派"缺乏思想，无哲学可言，于是，对"史"的研究著述就成了立身之本。我们能够还原知青的历史吗？韩少功在其早期小说《诱惑》中感叹："我当然更记不住同伴们是如何过来的，记忆中有一段永远也弥补不了的空白。"就是在《日夜书》中还是怀疑，"生活真是一张严重磨损的黑胶碟片，其中很多信息已无法读取，不知是否还有还原的可能"。一方面，还原的不可能导致了相对主义和怀疑论；另一方面，不可遏制的对还原的渴望又支撑着"唯意志论"。我们自己像镜子一样发出光亮，而我们与此同时也是镜子的背面。我们是眼睛，世界因此可以被眼睛看见，可是眼睛却看不见自己。于是任何试图还原过去的努力都存在一个盲点，如布洛赫所说的转变为"所经历的瞬间中的黑暗"。"生活中有很多秘密，其实应该像地表下的地核，隐在万重黑暗的深处，永远不见天日。"叙述者在讲述马楠的故事时的言论和布洛赫的说法大同小异。

把小说当作历史来读是危险：诗人把形式作为起点，历史学家则向它迈进；诗人从事生产，而历史学家从事论证，历史学家之所以要论证，是因为他们知道我们能够用其他方式来进行解释。历史学家把消除怀疑作为一种责任，而虚构要求"自愿悬置怀疑"，柯勒律治的这句名言应该值得我们记取。有些人从马涛的人生故事自然联想到当年朱学勤那篇引人注目的文章《寻找失踪者》，但我想，《寻找失踪者》的作者大概不可能同时又讲述与马涛同在 W 县插队的五位女知青的故事："她们生活在一个没有化妆品以及敌视化妆品的时代，一个更靠近泥土的时代。"她们最终被无情的洪水席卷而去，其中包括那连照片都没能留下的阎小梅，被洪水卷走的还有那谁是举报者，有没有举报者的问号。

"人们肯定希望往事干净一些、温暖一些、明亮一些。"我们很难想象叙述者在写下这些话语时的意图和用意。一种普遍的愿望和人性的弱点总是在修正着我们的记忆，留给我们的只是一些尴尬的特例，它们全都拒绝服从我们井井有条的标准。我们已经无法用一种具有强大说服力的方式将昨天的噩梦融入当前令人不快的现实中，现实与过去似乎有一道无法跨越的鸿沟，两者相对均无言且彼此怀疑，我们很容易滑入一种无序。"失踪"很可能不是"寻找"的原因而是它的结果。

对《日夜书》而言，知青往事依然是碎片，当下叙事也不外是一个个片段。但相对以往的两个长篇来说，《日夜书》的"重组"更多地依赖于人物关系和故事线索。要回答"我是谁"的问题就是要讲述一个人的生命故事。讲述故事的内容就是那个作为"谁"的活动。"这个"谁就必然是一个叙事认同。不仅是个人的认同，而是整体的认同。这个"我"和"谁"就是陶小布，他既是小说中的人物又是叙述的视角；他既是亲历者又是旁观者。角色是自我的漫画像，它被带到一切场合，在一切场合它都引起自我的缺席。"我"讲述一群人的故事和命运，但我也讲述陶小布的认知和思考。每个人都以某种方式从生活向自身退缩，用自己的符号世界观来整理安排事物。所谓人的性格实际上是一个关于现实本性的谎言，有时觉得自己不真实，而现实则不可承受；有时觉得自己真实，而世界则是荒诞的。贵为厅长的陶小布和周围世界的矛盾、纠葛和冲突就是这一"谎言"的叙事。它让我们强烈地体验到自己的存在被自己生活其中的秩序所遮蔽、所淹没。

　　青少年的追随潮流到成年后的反思、质疑直到"退隐"，基本上可以看作陶小布的人生轮廓。青春是短暂的，人生是漫长的。知青生活已然逝去，尽管这些记忆被描述得很明确，没有丝毫的怀旧的情绪，但其最终是无主和残缺的。在《日夜书》中，许多记忆的碎片则沦为一种笑话、荒诞与反讽的叙事。笑话没有取消它自身黑暗的实质。好的反讽永远不会失掉任何东西，它能做的是加法而不是减法。笑话把阴郁呈现为一种诱惑，一种过度的哲学或绝望，而它的机智并非慰藉，而是不可能的标志。当我们聆听吴场长那令人好奇的"裤裆语"、批斗会中的鬼哭狼嚎；当我们重温那关于革命的豪情憧憬，"红薯比革命更能消除自己的头晕目眩"那惊喜而沮丧的发现；当我们重述那些马桶式的胆大与胆小，稀奇古怪的想法，阴差阳错的言辞交流，令人啼笑皆非的语言表达时，确实有一种荒诞感。荒诞中自有某种好笑而又险恶的东西，它就像喜剧一样通常会阻止我们过于认真地投入。问题在于，此类荒诞感是来自当年知青生活的本身，还是叙事立足于今天的回望，抑或是特殊人群的阅读所至？《日夜书》的复杂性在于，它经常纠缠这种不同时态的反思和理解。理解叙事的复杂性需要自制、审慎、细心、反省、有识别能力，等等，它们既感性又理性，有时候理性和感性彼此依附有时候又相互排斥。就像差异和重复是本质所具有的两种力量，二者是相互关联、密不可分的。

十二

不管怎么说，知青岁月对《日夜书》来说是一种倒叙，是种回望，它冷峻地回顾一场悲剧风暴，尽管其中不乏喜剧式的行为、片断或一段段有点搞笑的段子。这些苦涩的笑话相当复杂，我们究竟是嘲弄者还是被嘲弄者？叙述者让我们思考的不是受苦的重要性或现实感，而是我们面对苦难时是如何自贬身份的。幽默试图把险恶的世界转化为快乐的场所，但环绕着我们四周的恐惧与不快不是那么轻易就范的，这也是为什么贺亦民悲情的人生是立足于结局而不是开始，这也是为什么同是白马湖出来的知青，马楠又是那么的与众不同。

重要的是今天转换成昨天是一种时间的流逝，而让昨天变成今天则是一种空间的存在，前者是平面的流动，而后者则是空间的结构。《日夜书》混杂着时空的交织与争斗，日／夜既是韩少功书写时间的概念，更是书写空间的场所。我们在时间的流淌中聆听空间的一片哗然，在空间的组合中感受时间那无处不在的碎片。我们有时会厌烦过去，因为过去是一个告密者；我们有时更讨厌当下，因为"现时"是一个摧毁和建构的时刻。《日夜书》充斥着奇妙且微妙的对比，一代人自处两个时代的差异和变化，两代人之间关于精神与物质的比照。在《给樱桃以性别》中，珍妮特·温特森这样认为：对时间的思索像是在一圈圈地转动地球仪，认出同时存在的所有旅程，身处在一个地方但并不否认另一个地方的存在，即使那个地方，在通常的信仰标准下没有被感知或被看见。她甚至感叹说："我们没有穿越时间，是时间在穿越我们。"我想，这后一个"穿越"应该有着更丰富的含义。我们习惯于有问必答，就像我们总觉得一堆碎片应该拼成原貌。这也是单一的视角主义能支撑"承转启合"的叙事法则那么长时间存在的原因所在。但是世界上总归会有大量问题我们可能一直无法解决，还有许多问题永远不会有人去解答。

《日夜书》虽试图恢复叙事的情节与人物的功能，但其整体上依然是"碎片"的重组；拼贴、闪回、剪切、插入、大跨度的跳跃都可以看作其结构中的结构，小说中还充斥着随笔式的议论：无论是对革命的反思、谈及精神异常和非理性，探讨死亡想象以及关乎动物与人、器官与脑、身与心、人性的简陋与丰富的思辨，它们不仅延续精神走向同时也切割了叙事的绵延。人物是《日夜书》的中心和重心，但他们依然是松散的，犹如同居一屋的"群居者"，除了上面提到的人物，我们还读到诸如胆小怕事、思维单向不乏怀疑症的马楠，患有精神障碍、重男轻女的马楠母亲，作为丈夫马涛联络主管，在国外长袖善舞出入沙龙、回国后又万事看不惯的肖婷；还有那唯利是图唯钱是命的万哥、官场混混专干荒唐事的陆学文、拍马屁的小杜、较真认死理的老潘、一个同鱼说得上话的秀鸭婆；等等。用小说中的话来说，在这些人身上"闪烁的更多是零散往事，是生活的诸多碎片和毛边"。也难怪作者在解释《日夜书》的人物群像时会举《史记》中的《列传》为证。

韩少功说过，"我想把小说做成一个公园，有很多出口和入口，读者可以从任何一个门口进来，可以从任何一个门口出去。你经历和感受了这个公园，这就够了"[1]。此话很像是随口说出的比喻却很真实地体现了韩少功的叙事追求和小说理想。有很多门进出的公园一方面让阅读有方便之处，另一方面给阅读制造了难处。这也是为什么有人会觉得韩少功的长篇叙事很难通畅地一读到底，有人又

---

① 韩少功：《进步的回退》，上海文艺出版社，2012 年，第 253 页。

会感到随便翻阅其中的一个章节便能读下去的原故。^①一个公园有太多的出口也会引起疑惑，人们有时候会问，我到底是进了"公园"还是出了"公园"？这到底是不是小说，或者什么是小说的设问一起伴随着韩少功小说的批评史也就不奇怪了。

十三

《日夜书》共51节，自40节始，贺亦民的传奇开始登场。我的阅读感觉总有点怪怪的，仿佛是至此出了公园的门又进入了另一个公园的门似的。40节前的3节像是铺垫和告别，用小说中的话说是"离开小说主线"，"从遗忘中慢慢打捞，拾取一些记忆碎片"。我注意到许多报道与书评，着重点都在知青岁月，故很少提及贺亦民。贺亦民的传奇就像是另外的一本书。

贺亦民不是知青，他的命运和全书的关系仅止于他是郭又军的弟弟，他和知青点白马湖的关系也不过是流窜逃难中的一次落脚而已。贺亦民的传奇故事是相对独立且完整的，但就是它引领《日夜书》的叙事渐渐地走向尾声。

贺亦民是"大家视野中的缺损区，差不多一个隐身人"，从小就得不到家庭和学校的认同，孤独和耻辱是他的符号，在父亲的棍棒教育下成长的他最终以暴制暴，走上弑父的路；他的人生就是漂泊、流浪、偷窥、赌博，"扒手工"和"疤司令"成就了他的名号；不断流窜的经历，使贺亦民进入了技术发明的狂野人生，与众不同的脑袋里的东西千奇百怪，"偷电事件"，六十多项发明专利来自怎

---

① 例如李陀在为《暗示》所作的台湾版序中所说："我以为读《暗示》这本书可以有两种读法，一种是随意翻阅，如林间漫步，欲行则行，欲止则止，喜欢轻松文字的人，这样读会感觉非常舒服。另一个法子，就得有些耐心，从头到尾，一篇篇依次读下去，那就很像登山了，一步一个台阶，直达峰顶。"

样的思想狂飙和技术胡闹；他的言谈让博士们面面相觑，他的"厕所理论"让我们见证了"回到身体"的另一种含义；这个成天泡茶馆、看电影、打游戏机、洗澡按摩、找女服务生开玩笑的贺亦民赢得了"打工爷""电器王""发明帝"的绰号，在北方油田干了许多国内外技术人员、工程师都干不了的事。最终，贺亦民的悲剧如同其人生的开局，如同中途的"伏笔"暗示的一样，但读来依然令我们茫然不知所措。我们生活在由欲望组成的生活，这种生活是真实的存在，但又会将我们的存在彻底掏空。阿多诺曾在其《小伦理学》中写道，"存在的事物，都是与其可能的不存在相比而被感知的，仅仅这一点就使得它完全成为一种财产……"我们看待事物就庆幸其存在的偶然。贺亦民的人生太离奇了，但他仍不失为对知识体系的偏离和挑战，不失为对我们习惯了的秩序的偏离和挑战。

前几天，读到一篇对《马桥词典》充分肯定和对《日夜书》表示失望的文章。其中有一段话引起了我的共鸣，"贺亦民的故事整个看起来非常饱满、扎实，这个人物完全可以独立出来另写一部长篇，也许，这个人物身上才蕴藏着一部三十年历史的小说能量。这是为什么贺亦民的悲剧性结局比任何人的结局都令人震撼"[①]。

不知怎的，读贺亦民的故事总让我想起福楼拜人生最后那部长篇小说《布法与白居榭》，这部不怎么像小说的作品，是带有凄凉滑稽色彩的浮士德神话的变种，是一种激情重新跌落下去、热忱转变为狂躁的悲剧，是对表现为秩序的知识与知识生产的失望和怀疑的悲剧。很多人认为这是福楼拜晚年在文学上的挫败，也有人不这么认为。尽管如此，这部作品毕竟倾注了福楼拜人生最后的十年心血。

---

① 何英：《"日夜书"：那些辩证出来的人和事》，《文学报》2013 年 8 月 22 日第 19 版。

十四

韩少功的思辨让喜欢的人神往,他的感觉又让偏爱的人迷恋。但两者依然存在着难以弥合的裂痕,阅读在其中左右为难的情况是经常发生的。神往让人难以回头,迷恋又让人难以自拔。思辨与感觉是如此之不同,但它们又始终交织在简捷与丰富、神谕的和俗话的、心思严肃的和好开玩笑的,因果性的和诱惑性的之间。中介被破坏了,不可能或者错漏百出的关系也仍然有存在的必要。感觉的确切性和思想的"非存在"是如此不同,但它们的互为依存又是必然的。黑格尔在他的《精神现象学》的导论里,把对柏拉图的《智者篇》中"非存在"的思想的界定作为我们遭遇黑夜时的一个特殊问题提出来。早在 1805 年青年黑格尔所做的演讲中甚至这样说:"人就是那个夜晚,那个在它的相互中包含了一切的空无,很多无穷多的表现,形象,没有一个会直接与它相联系,但也无一不在。"① 我想,所谓《日夜书》并不是简单地指日与夜的轮换,它还意味着白天即是黑夜,黑夜即是白天。现实可以让自身显得任意乃至自相矛盾、难以置信。在小说中,世界有了更高的标准。我们经历的文学是一个有意义的世界,哪怕在它显得无意义的时候也是如此。

同样,碎片并不因组合而消失。我们从《日夜书》中那无不夸张的提示,辛辣反讽的描述,讽刺且不乏幽默的言辞,鞭辟入里的揭示,想象活跃的分析中体验韩少功式的故事碎片;从其另辟蹊径的排列、运用流动的意象、灵活机动的切割与插入,化时间为空间,日夜颠倒、生死对照、你中有我、我中有你、明白中有含混、模糊中自有一目了然之处,感官之中的思辨,于思辨中的身体中领

---

① [德]黑格尔:《耶拿精神学》,转引自《黑格尔的幽灵》,南京大学出版社,2004 年,第 226 页注①。

略韩少功式的组合功能。一句话，碎片与组合是对话中的变调，变调中的对话。

同样应看到的是，碎片的组合不管精巧完美，其统一性总是建立在裂痕的基础上的。叙事可以是多重的、断裂的、反复的、分散的，但依然是叙事。你必须在时间的背景下观察自己，把自己的生活理解成叙事，目的就是判断生活进行得好还是不好。但正如维特根斯坦提醒我们的：网球没能限定球要抛多高，击球要多狠，但网球还是有规则制约的。小说相比其他文类，限制要少得多，但最终它还是有制约的。因惯性而形成的制约应破除，但涉足本性的制度是无法取缔的。假如我们必须爱别人而不考虑他们有创伤、令人讨厌的人格，那么在某种意义上，我们总是作为敌人遭遇他们，这潜在地对我们自己的身份构成毁灭性威胁。我想说的是：运用第一人称叙事的《日夜书》，在把握作者、叙述者和"我"的关系上多少有点违约的嫌疑。诸如有时作者越界想取代叙述者；有时叙述者又有点得意忘形而忘了"我"的角色；有时"我"的角色总是看着他人而忘了面对自我；等等。

我们的处境就好像亨利·詹姆斯小说《地毯上的图案》里的叙述者，他仰慕的一位著名作家告诉他，在他的作品中隐藏着某种设计，这个设计内含于每个词组的意象和转折之中。但还没有来得及告知那充满困惑又极为好奇的叙述者谜底，作家就死了。可能作家在故意捉弄叙述者。也可能他觉得作品里有某种设计实际上却没有。也有可能叙述者自始至终都看出了这种设计，自己却浑然不知，也有可能呢，他自己能编造出的任何一种设计都能算作谜底。问题是，倘若公园拆除了围墙，我们如何能观看其全貌？

十五

    我总感到自己的这篇文章写得不够连贯，有点断断续续。特别是评贺亦民的那一段，总有点意外插入的感觉。我也能隐隐约约地感觉到几十年前吴亮将评论韩少功的文章分成两篇撰写而不是合成一篇所面临的难言之惑。何况这几十年我们又经历了无数令人晕眩的变化，漫长的人生催生一种新的语言，一种与其匹配的修辞，真可谓变化中的变化。是生活让音乐飘过，让诗意流淌，让人生化为一组组直立行走的词语。我们已经无法确切地说出人生如梦还是梦如人生。

    面对韩少功的作品，最困难的是试图用一两句话来概括。但我还是要说：这些记忆、故事、经历就像零碎拼板一样散布全书，它们拼成的令人难以置信的企图则代表了我们变化中的时代和渐渐远去的生活。这很像在 19 世纪后期，马修·阿诺德看到自己"站在两个世界之间：一个已经衰亡；另一个无力降生"。

镜灯天地水火

——贾平凹《带灯》及其他

历史不是通过排斥对立面，而是依靠对立面保持生命力的。

唯有那未能理解自身的思想是真实的。

——阿多诺

一

连续几个月读贾平凹的小说及相关论述，包括其最近的长篇小说《带灯》。友人问我："读得怎么样？""贾平凹是个矛盾体。"我脱口而出，颇有新发现的味道。"这个问题人家谈了不要谈了。"友人不屑一顾地回应道。意思是这早已不是什么问题了。于是，谈话无法继续，转而言他。

过后想想，朋友说得也对。关于老贾的创作如何处理矛盾，如何身陷矛盾，甚至长期以来关于其作品褒贬不一的矛盾冲突都是一个老生常谈的话题了。但问题在于同样谈论矛盾，各人自有各人的门道。视角不同，理解各异，众说纷纭，可谓关于矛盾的矛盾。这里不妨举些例子。

谢有顺是研究贾平凹的专家，其和贾的长篇对话《贾平凹谢有顺对话录》至今仍是我们研究贾平凹创作绕不过去的读物。十年前，他在《背负精神的重负——谈贾平凹的文学整体观》一文中写道："最令我惊讶的是，贾平凹居然想在自己的写作中将一些别人很难统一的悖论统一起来：他是被人公认的当代最具传统文人意识的作家之一，可他作品内部的精神指向不但不传统，而且还深具现代意识；他的作品都有很写实的面貌，都有很丰富的事实、经验和细节，但同时，他又没有停留在事实与经验的层面上，而是由此构筑起一个广阔的意蕴空间，来伸张自己的写作理想。"① 看来，这里用褒奖的词语讲的是矛盾的同一性。

　　初读孙郁的评论觉得有点老派，但多读几遍后总能感觉到一种新意。在《贾平凹的道行》一文中，他有另一种说法："不同的贾氏有些内倾，疏狂的气韵被抑制了。似古人又不像古人，黠慧到了消解自我的地步。说他旧，又有点新奇的气象，说其新，可在内心却是旧书堆中人。就这样不古不今，亦古亦今，我们看他，不是一两句话可以说清的。"② 孙郁讲得有点玄，像是矛盾的存在与现象学。

　　郜元宝曾经编过《贾平凹研究资料》并为其撰写序言。关于贾平凹作品的雅与俗，他是这么说的："他的作品，无论风格还是精神，因此都显得亦俗亦雅，但根本偏向于俗。所谓'俗'，包含贫穷、落后、愚昧、卑鄙，也意味着久远、善良、勤恳、忍耐、智慧，清浊互见，美丑并陈，是那块土地长期养成的生活方式，更是实践这种生活方式的男人和女人，带着泥土的气息，民间的蕴蓄，不同于庙堂或书斋文化，具有原始朴拙的美。""贾平凹则不肯

---

① 　谢有顺：《背负精神的重负——谈贾平凹的文学整体观》，见《中国当代作家面面观——汉语写作与世界文学》，春风文艺出版社，2006 年，第 684 页。

② 　孙郁：《贾平凹的道行》，《当代作家评论》2006 年第 3 期。

认其'俗',总是努力化'俗'为'雅',并自觉追求风雅,但到底还是俗态毕露。追求雅——居正宗,正统地位的文学理念和文学时尚——也可以视为另一形态的'俗'。"①邵元宝的雅俗观多少让人有点疑惑,但就对矛盾的态度而言,崇尚的是判断取舍,走的是非此即彼的路径,这和其缠绵的文风不太一致。

太多的人都把矛盾看作对立的双方,我们的任务只是选项。不是"此"取代"彼",就是"彼"消灭"此"。把复杂的生活简单化,让多样的人性简约化,看来,这残酷年代遗留给我们思维的负债表至今也难以还清。的确,论述贾平凹创作中矛盾状态的大有人在。我们只要浏览一下这几十年关于贾平凹的评论文章,光就此取题的就占据了很大的比例,诸如模式与活力、赞歌与挽歌、浪漫精神与浮躁情绪、传统道德与现代文明,隐士的形象与文化的时髦、关怀与忧患、失去与寻找、激愤与无奈、实与虚、过去时与现在时、自尊与自卑,等等。矛盾并不是坏事,它很可能是我们的真实处境,是我们所处时代的真实困境。可怕的是,矛盾的统一体经常被任意裁剪,落下身首异处的下场;生动的世界被僵化的概念取代,鲜活的人生换成了清晰可见的计划图表;录下的只是可见的光亮之地,忘却的却是不可见的阴暗之处。至于张志忠那篇用意明确的文章《贾平凹创作中的几个矛盾》,其对矛盾的概念仅止于逻辑层面,我们可另当别论。在形式逻辑中,矛盾代表着失败,而在真实知识的发展中,矛盾代表着存在的真相,意味着迈向胜利的第一步,这就是我们要容忍多种意见的最重要的原因。

二

其实,贾平凹也讲矛盾对立。其中最著名的要数 1996 年在

---

① 邵元宝:《〈贾平凹研究资料〉序言》,天津人民出版社,2005 年,第 2、3 页。

《美文》四周年编辑部午餐桌上的谈话中讲到的："有人说上帝用两手统治世界，一是耶稣，一是魔鬼，而扮演耶稣的人很多，如道德家、科学家、宗教家，那么扮演魔鬼的角色呢？恐怕只有文学艺术吧，文学艺术可以来扮演耶稣，但满街是圣人时候，能扮演魔鬼的却只有文学艺术"①。几年后，在一次演讲中，老贾又用充满激情的话语从另一个角度重申了这一观点："往往水在往东流总会有一种声音说水往西流，总会有人在大家午休的时候大声喧哗。破坏与建设、贫穷与富有、庄严和戏谑、温柔与残忍、同情与仇恨等同居着、混淆着、复杂着。"他甚至认为当代作家"要写出冷漠中的温暖、恶狠中的柔软、毁灭中的希望、身处污泥盼有莲花、沦为地狱向往天堂"②。此演讲发表时间为 2010 年，这时的贾平凹已发表了长篇小说《秦腔》与《高兴》，《古炉》也基本完稿。如今又有了眼下的《带灯》。自《秦腔》始，贾平凹的长篇叙事大为改观，令人耳目一新。

特别是《秦腔》：无章无节，细节似洪水般向我们涌来，一种水漫金山式的总体结构，细节的作用被放大，情节失去了其应有的地位和作用，小说无明确主线，而时代变迁的脉动却又分明存在；每一个细部都是真实明晰的并和总体背景有着千丝万缕的联系，而叙事的线性推力则是模糊不清的。《秦腔》能让我们感受到阅读时的晦涩难解，但其主旨又是明确的，清澈可见的后台支撑和全是碎片堆积的前台有着一种奇妙的互动。失控的叙事是其表面形态，但在失控的背后总有一种统一的腔调在挥舞着它的指挥棒。《秦腔》告诉我们，与众不同的叙事总是致力于对立的寻求，尤其是不能被直接看见的关系。

一个作家是否从五十岁开始进入了创作的黄金期，我们不清

---

① 《美文》1996 年第 9 期。

② 贾平凹演讲：《文学的大道》，《文学界》2010 年第 1 期。

楚，但对贾平凹来说则是肯定的，至少在长篇小说创作领域是如此。在这黄金十年中，贾平凹奉献了四部长篇，且每部字数都在三十万字以上，尽管还是"写农村""写农民"，但在"写什么"和"怎么写"的问题上，都各有侧重、富于变化、勤于探索而不失贾氏本色；《秦腔》的悲鸣、《高兴》的存在、《古炉》的记忆一直到《带灯》的微光，虽略有起伏，但强劲的创作势头一点都不减。

《带灯》结尾处，听天气预报说又要刮大风了，杨副镇长感叹地对带灯说，这天不是天了！我们不妨在这里戏仿一下这种感叹：这贾平凹已不是贾平凹了！读完《带灯》，这种感叹一直萦绕着我不肯离去，真的，谁知道他还能写出什么令人惊叹的作品。

贾平凹这十年的长篇叙事，既有足够多的东西令传统派感到安慰，也有足够多的东西令先锋派激动；他既是传统文化的捍卫者又是先锋实验的实践者。他的小说既是地域性的、世俗民间的，却又有着对人类生存处境的深切关怀；他的写法既是现实的、批判的，但又不乏浪漫的情怀；他以向传统致敬的手法，传递的却是当代人身处社会变局的焦虑和褪不去的怀疑；水火不容对贾平凹来说可演绎为刚柔并举，细节的洪流可以演变为宏大的结构，碎片既是整体，无形即是有形。对中国当代文学潮流来说，贾平凹既是局外人又是局内人，他的创作始终处在当代文学的潮流之外；但他的几乎每一部作品都和潮流脱不了干系，都会引发或多或少、或大或小的争议。总的来说，他既是一个迟到者，又是一个先行者。

三

对贾平凹的矛盾论，我们不能作简单化的归约。那是因为我们归根结底面对的是作品本身而不是作家的言论。贾平凹喜欢为长篇小说写"后记"，有时甚至不止一篇，作为单独的文章，"后记"可另行研究，但它们毕竟是作品之外的东西。贾平凹喜欢在"后记"中谈论小说人物的原型，甚至说自己的作品都有原型。我不怎么喜欢此类原型说法，它很容易诱导我们脱离文学作品而陷入索隐的歧途。小说创作的一个基本用意就在于反真人真事，在这个意义上它是反原型的。值得一提的是，在文学批评中，原型这一术语是指在范围广泛的各种文学作品，以及神话、梦幻，甚至社会礼仪中反复显现并可识别的叙事策略、行为模式、人物类型、主题和意象，等等，而非生活中确有其人。[①] 和宣称"作者已死"的主张不同，贾平凹还是热衷于维护作者霸权地位的小说家，正因为如此，他还经常谈论些"非我"的东西。我们必须认识到，统一与个性、同一与差异，这是个有着两张面孔的领域。作为作品核心存在的悖论，甚至双重生活的把握才是我们应当关注的。

我们既要关注作为观察对象的矛盾体，又要留意观察方法的矛盾之处；我们既要研究作为叙事作品的矛盾体，又要十分警惕阅读自身的矛盾之处。由于人们在反映行为中冒着消除差异性的风险，辩证思维努力把思想作为异质性的东西来掌握，就像思想本身是异质性的一样。可贵的东西总是在确信和怀疑这两极之间的张力之中。这让我想起贾平凹关于笔下女性形象的一段答问。李遇春这些年重点研究西部作家，特别是贾平凹的小说，几乎每部作品都有评论应对。在一次访谈中谈及贾平凹小说中女性形象时，贾平凹说："以你所言的'女菩萨'式和'女妖'式的女性，我喜欢的，两种特性能结合起来最好。但现实中这样的人少见。换个角度，'女妖'式也可以看作现代性的吧，'女菩萨'式是传统性的吧，我是倾心于前一个的，却也难丢下后一个。我有时讨厌我自己，也就在这

---

① ［美］M.H. 艾布拉姆斯著，吴松江译：《文学术语词典》，北京大学出版社，2009 年，第 25 页。

里。"① 这个问题颇为纠结，但随着《带灯》的浮出水面，贾平凹似乎在两难之中做出了一个暂时性的选择。

四

《带灯》是贾平凹第一部以女性作为主人公的长篇小说。主角带灯，原名叫萤，来樱镇做干事，后任镇综治办主任。以落后地区的镇政府作为长篇小说的聚集点，这可是贾平凹长篇叙事的又一个第一。读《带灯》像读随笔、生活实录、乡村流言、工作牢骚，一连串的故事，不期而至的事故、一闪即逝的念头、随时爆发的讽喻、群体的狂乱冲突、个人的思念和挫败，可谓应有尽有，犹如变动中当代农村时而清晰时而模糊的长卷。贾平凹的长篇又一次开始针对现实感漫长求索。

机构是一种不堪一击的架构，一方面极端不健全，另一方面却又耐久得惊人。我们既为秩序所支配又被其排除在外。"带灯不习惯着镇政府的人，镇政府的人也不习惯着带灯。而镇政府的工作又像是赶着一辆马拉车，已经破旧了，车厢却大，什么都往里装，摇摇晃晃，咯咯吱吱，似乎就走不动了，但到底还在往前走，带灯也便被裹在了车帮上。"对樱镇来说，带灯是一个外来者，带灯年轻时尚，"是他们见过的最漂亮的女人"，她"穿着高跟鞋，挺着胸往过走，头上的长发云一样一样地飘"。带灯的出处让人往往想起省城。带灯在镇政府工作，用镇上闲人粗鄙的话说："一朵鲜花插在牛粪堆了！"对樱镇而言，带灯不仅是外来者的符号，她更是一个不合时宜的代言人。

带灯爱干净，樱镇无处不在的虱子是件头痛的事情。作为工

---

① 李遇春：《西部作家精神档案》，商务印书馆，2012 年，第 274 页。

作，带灯为灭虱子活动下发了文件，而"她到南北二山的村寨去检查，几个村长从帽壳里取纸，撕成条儿卷了烟来吃，那纸就是她发下去的文件"。带灯没有干成第一件她想干的事，她得出的经验是：既然改变不了那不能接受的，那就是接受那不能改变的，她再也没有建议。这是带灯的第一次挫折，也是其一系列挫折的开始。有了第一次经验教训后，沉默成了她一系列抵抗现实的方式。有关虱子的故事伴随《带灯》的始终，小说临结尾处写道："从此，带灯和竹子身上生了虱子，无论将身上的衣服怎样用滚水烫、用药粉硫磺皂，即使换上新衣裤，几天之后就都会发现有虱子。""后来习惯了，也觉得不怎么恶心和发痒。"一种喜忧参半的情绪也随我们走向了小说的终点：喜的是格格不入的带灯终于入局了，忧的则是在更大范围的冲突和博弈中带灯终于出局了。对于喜好在细节处运用意象和隐喻的贾平凹来说，虱子既是具体的，又是意象的；带灯的爱干净既是个人的，又是象征意味的。贾平凹始终是一个反平庸的作家。平庸，是因为没有对事物的解释，没有诗意或想象行动，他们的心灵就像镜子，不是自然的镜子，而是周围事物的镜子。

《带灯》几十万字的言说看似杂乱无章，堆积着破碎的生活图景，呈现的却又是完整真实的当下现场，他记下了许多农民和基础干部的形象：有些是侧面的，有些是背影；有一闪而过的，有断断续续的；有些是角色，有些是蒙面者。不管怎样，全书正因为有带灯这条线和镇政府这个点，一切都显得错落有致，完整而统一。

带灯本质上是个弱女子，但很多时候又表现为一个强有力的个体。她有自己独立的主张和见解，但她的工作又必然依附于秩序，在难以应付的混乱局面来临之际，她口口声声说自己是"镇政府的"，但权力的"秩序"又是她所排斥和难以接受的。说到底，她是那种被吸纳进"秩序"进而又怀疑和否定"秩序"的人。带灯为人精细、敏感、清高；既审慎又富于同情心，既精通业务但对不择手段的恶保持警惕，贴近生活俗事但又绝不同流合污，立足下层但又充满着诗意的幻想，既清醒但不时又陷入迷惘难以自拔。此外，她还格外不合群，除了竹子，竹子一定程度是带灯的影子，是带灯随身携带的一面镜子；除了元天亮，元天亮是她倾诉情感的幻象，是不曾谋面的爱的对象。二十六封给元天亮的信是憧憬之书，爱人和爱己之书，她的信有着怯生生的诗意，崇尚自然又断然拒绝庸俗的畅想，读来凄婉动人。这是一种痉挛性的文体、抒情的诗，有着令人流连忘返的美。

有时候，希望也是一种失望，因为希望总是在期待更好的东西的旅途中。现时总是给未来投以反对票。在某种意义上，希望的实现也即是希望的死亡之时，而重又诞生的希望则是属于明天寄生于未来的。一种生于期待的人生犹如灯之光，照亮的是他者而非自身，像是烛之光，给予他者明亮，而燃烧的却是自身。贾平凹说过，带灯是黑暗之中的一束光亮，大概指的就是生于期待的人生；贾平凹同时又表示，看上去我写的是一个基层乡镇女干部，但其实我真正要写的是中国社会基层问题，带灯所处的中国基层社会乱七八糟，遇到的事情又如此琐碎。用小说中的话说，"社会是陈年蜘蛛网，动哪儿都落灰尘"。我想，这里指的是镜子的作用，自司汤达以来，"途中的镜子"一直被用来形象地指文学摹仿、反映现实世界的一面。个体与世界的相互关系，正是后者的形塑，制约了他们的生活。带灯不甘于此，于是便有了抑制性的向往，有了超越"镜"的"灯"。

五

真理无疑是存在的，但通往真理的道路是错误的。我们现在必须阅读一个反讽的故事，内容是真理如何产生其反面，如何在自身内部包括曲折、分歧、无谓的模式、野蛮的行径、死胡同，所有这些涉及故事过程中的东西。只有检讨过去，你才能最终认识到，当时似乎是错误、意外或毫无意义的偏差的一切，正悄然累积成一个明白易懂、连贯的文本。樱镇经历一系列变化和带灯的命运以及她面对的一切事实就是这样的文本。人们可以要一个公正的社会，而不要它无疑会带来的破坏，同时这种破坏仍然当作人们欲望之不可避免的结果加以接受；世俗的生活完全不具备优雅，但必须当作我们大多数人能够企及的最好的历史加以接受。我们悲剧性地向前生活，却戏剧性地回顾过去。

现代性面临着类似于无选择余地的处境。我们只有远离自然才能面对它，躲开它对我们存在的毁灭性威胁，从而赢得幸福的条件。就像镇长强调的，"元老海阻止修高速，可樱镇成了全县最贫困的镇。樱镇引进大工厂是大事，事大如天啊，引进了很快富强繁荣，光每年税收就几千万"。可贾平凹不这么看，带灯也不这么认为。在《带灯》中，叙述者重复了多年前在其小说《天狗》中对"美丽富饶"的拆解，认为把美丽与富饶连缀在一起，"其实就是骗局"，"美丽的地方，并不如何富饶，富饶的地方，又不见得怎么美丽"。如同带灯说的，"大矿区那儿富是富了，可没咱们樱镇美么，空气是甜的，河里水任何时候掬起来都能喝"。不仅如此，大矿区还带来了灾难，"比如灰尘始终弥漫，雨从天上下来都是泥点，白衬衣变成了花衬衣，比如许多山头被矿洞掏空，发生坍塌，相续五个村寨沦陷……"

现代性是人类幸福的一个革命性进步，同时现代性也是一场漫长的屠杀和破坏人类赖以生存土壤的噩梦。作为叙事的反映很难让这种描述处于紧张之中，既要面对留恋怀旧的情绪，又要面对极度进步的高昂调子与健忘症。贾平凹几十年的叙事告诉我们，其叙事的天平是怎样从一端转向另一端的。这一转移也告诉我们，留恋怀旧的情绪并不是简单地回到过去，不是同一律矛盾的选择。相反，过去是当下的一面镜子，它要告诉我们的是：我们的生活是如何被残酷的异化所撕裂，原有的秩序又是如何被冰冷的"数字"所毁坏。自由和幸福、美丽和富饶只有在特殊的场合才会和解，比如现实主义小说。《带灯》的叙事警惕这种和解的出现，因此可以说，它又是超越现实主义机制的。

在现代化高歌猛进的时代，你无法回答这样一个神话，你甚至无法讲出一个能让任何人相信的反故事。你只能曲解它、复述它，仿佛它是一个嘲弄的预言。为此，《带灯》为我们提供了好几个故事，或者故事的好几种可能性。有支配的叙事，也有反抗的叙事，还有溜过权力的戒备的叙事，其方式或者是通过反讽，或者是显得微不足道而不引起权力的注意。社会变动导致的前所未有的社会流动，现代化引发的城市化进程，这都是文学着力谴责的生活环境，一部世界现代文学史从某种程度上就是一部针对这一变化的抗拒、抵触、困惑和焦虑的反映史。贾平凹经常说"我是一个农民"，自《废都》以后他曾表示再也不写城市，而只关注故乡的土地。问题是农民和土地也在变化，让都市化进入沉默的故事并不等于它就不是故事。当带灯到了黑鹰窝村，看到了"现在年轻人都出去打工了，尽剩些老年人"时，那未被叙述的都市化故事也就尽在眼前了。

六

《带灯》至少有两种时间：一种是循环的、停滞的、过去的时间，几乎一点也不流动；另一种则是直线的、蓄积的、具有吞没力量的时间，总是在流逝。对贾平凹来说，怀念是对一种时间的记忆和渴望，怀疑则是对另一种时间无奈的认可。两种时间相互纠缠又彼此对立，相互依存又彼此矛盾。当他认真思索时间的时候，似乎更愿意把它看作循环的或者破碎和不规则的，像是季节、回音或预言，而不像时钟，一天或一年。《带灯》又有着双重的空间：一个是外在的社会空间，它讲的是人与人、人与社会的关系，包括着一连串上访者的故事是如何产生和变化的，也包括镇政府各色人等间的认同与不认同以及樱镇所经历的一系列天灾人祸；另一个则是内在的心理空间，二十六封给元天亮的信是展示这一空间的场所，带灯对自身的审视，对他人的倾诉，她的情感思想和内心活动在这里获得了言说的自由。两重空间来自不同的视角，它们彼此对视又相互补充，它们有时殊途同归，有时却同床异梦。这些都构成了贾平凹文本的时空观，也是我们解读《带灯》内在结构的关键。

人与自然的和谐统一是贾平凹一贯的美学理想，这也是其可以记忆和回望中的故乡。"我害怕以后的孩子会不会只知道了村里的动物只是老鼠苍蝇和蚊子，村里的树木只是杨树柳树和榆树？所以，就有了想记录那些在三十年间消绝的花草树木、飞禽走兽、农耕用具的欲望。""还有永娃家那棵卖给城市神绿公司的永远栽不活的痒痒树。"① 当然，这种统一也包含着自身特定的矛盾和双重性，就像十多年前贾平凹经常涉及的猎人与狐狸、人与狼互为对立又依赖的关系一样。

一方面是为了忘却的记忆，一方面又混杂着不相信的焦虑：不相信过去还在，又不敢相信它真的消失了。现实是残酷的，自然是值得怀念的。我们渐渐失去了我们的祖辈有过的与土地的和谐关系及诗意的接触，我们也渐渐失去了我们自身存在的自然，并且被一个统治一切的命令所驱使，这个命令把我们投入一个与我们的本性和我们的外部自然的无尽的战争之中。"在社会或进化的网络中，

---

① 贾平凹：《长篇小说〈高兴〉后记之二》，《当代》2007 年第 5 期。

人们生命的意义永远在别的地方，作为一个明显自动穿行于你行动的亚文本，一种为你的个人命运设定场景但却从来也不在那儿露面的社会无意识。正如奥登的诗歌《美术馆》中那样，平常之事与大灾难是某一过程的正面和反面。"①特里·伊格尔顿的提醒不是没有道理的。《带灯》中描述了太多的鸡零狗碎的平常之事，也贯穿着一场又一场的空难，但归根结底讲的都是一回事：我们是如何痛失自然的。

自然是贾平凹小说中得以显灵的场所，自然成就了贾平凹文学中的理想现实。自然既是那种脱离身体的地方，又是另一种自然的身体，在那里寄托着人的情感，是精神自由穿行的圣地。如今，这种自然的图像正遭受现代性的侵蚀而变得模糊不清了。于是，怀念成了关键词，成了中介，自然则成了他者，成了一种信仰的形式，当下从昨天扯下了一面明天的旗帜。倘若脱离了异化的想象，就不再假定有某种现实的保证。就像大矿区给樱镇带来尘土、皮虱和肺病一样，就像大工厂影响了樱镇的自然生态和道德环境一样。从这个意义上说，《带灯》对现实的认知是揭露的，是批判的。自然和伦理的结盟、土地与道德的联姻，制造贾平凹小说的乡村叙事伦理。

跟许多作家一样，贾平凹深切地认识到现代化进程给原生态带来的破坏，城市化进程是不可避免的，文明即是野蛮，人类与自然的关系渐行渐远，变得越来越陌生、分隔而互不相认，就像《带灯》那水的命运，你需要的时候，它姗姗来迟，不肯露面；你不需要它的时候，它汹涌澎湃、狂轰滥炸，搞得你无立锥之地。跟许多作家不一样的是，原生态的一切又是贾平凹的梦，是他文学的根，是流淌在他体内的血液，是他无法割舍而又生生不息的支撑。他的

---

① ［英］特里·伊格尔顿著，方杰、方宸译：《甜蜜的暴力——悲剧的观念》，南京大学出版社，2007年，第199页。

记忆挟带着痛惜，他的怀念是对当下无可奈何的否定，他试图用来拯救这一切的各种念头未必靠谱，但真情的流露则是我们无法拒绝的。他的文学语言是那么与众不同，其中一个重要的原因就是缘之于他和自然的亲近。由于痛感自然的流逝和被破坏，他的字里行间又有着一种无法抹去的惆怅与不安。贾平凹对自然景物的描摹，早已超越了"抒情"的台阶，而是时时处处深埋着对人的关怀，暗藏着对生活的追问。通过对事物景象肌理精准优美的描述，探讨生命中的"失去"，曾有作家把这种手法喻为充满罗宾逊风格的"质问式书写"。我想，这对贾平凹的小说来说，同样适用。

七

现代性为我们讲述的故事不止一个，似乎它还没有穷尽其全部叙事，但代表着进步审议的阴暗面已让小说叙事有了足够的戒备。文明和野蛮是一体的，你不能将两者分开来，这不仅意味着看得见的功绩建立在看不见的错误之上，而且意味着文明和野蛮是同一个事情的不同方面，同一个问题的不同视角。文明和野蛮不完全相同，仍然是相反的，但一方必然导致另一方。土地不再是完整的土地，自然也以其缺失的面貌诉说它的记忆。它们的历史不再表现统一性的延续，正好相反，它们的历史正是它们所失去的东西。

生态讲的是平衡，其反面则是和谐的缺失。人类的特殊之处在于，他们把自身的处境当作一个问题、一个困惑、一个焦虑之源、一片希望之地，或者是负担礼物、恐惧或荒诞，只有人类才能意识到他们的存在是有限的。历史是在某种难以预测的力量支配下展开的，这种支配力对于有些人来说是天意，而对有些人来说则为命运。这也可以看作生态问题的另一种解读。关注生态问题，一直是贾平凹不可忽略的叙事资源。贾平凹小说通常以戏剧性的形式表现为过去与现在之间的僵局，就像易卜生的戏剧《社会支柱》中所说的那样：你现在成就的受污染之源回过头必给你带来灾难。贯穿《带灯》始终的那个"天气预报"，留意的已不是纯粹的自然，而是关注人类为求发展速度而产生的恶果，是天对人的罚戒。社会发展已到了不积累债务就不可能生活，不过支付债务或不考虑它们同样成就了极其有害的现实。

讲到生态问题，不得不提关于贾平凹文学批评史上一篇重要的文论。汪政、晓华的《论贾平凹》写于2002年，奇怪的是，和贾平凹这虚张声势不分章节的长篇小说一样，这也是一篇不分章节的长篇评论。在我看来，此文论最具价值的地方就在于较早地注意到贾平凹作品中的生态叙事。论者通过贾平凹的早期小说《山坳》敏锐地指出："小说不长，在叙述这个猎狐故事的同时，作者还忙里偷闲意味深长地穿插了地壳的运动、气候的变化和乡民对山林的砍伐等等，现在看来，贾平凹显示的是一个寓意深刻的生态学主题。顺叔的名声和精气神是因为狐狸的存在，而狐狸的狡猾和勇敢也是因为有了顺叔这样的猎手，他们是敌人，但又是不可分割的存在，而环境的变化可能带给他们共同的悲剧。"[1] 不只是早期小说的挖掘，文章还就生态主题对《怀念狼》进行了令人信服的解读。怀念无疑是贾平凹小说创作的关键词之一，怀念总是和逝去联结一处，它是缺失的补充，是变化中的现实抵抗，是我们生存困境的变体。

冷酷的干旱、无情的大水，樱镇所经历的天灾，终于和人祸这个不相干的东西变成了一种因果。贾平凹将自己写的后记单独发表时取题为"天意"，他在总结《带灯》与生活的关系时又讲到了"地气"。只有完整地考虑到灾难，我们才能对其进行补救；只有认识到我们的境况有多么可怕也许我们才会想到首先修复它。天气预

---

[1] 汪政、晓华：《自我表达的激情》，山东文艺出版社，2004年，第164页。

报只是告诉灾难是否降临的可能性，还不是"天意"本身。《带灯》让"天意"摆脱权力配置的高深莫测，进入自然规律的神圣，进入生态平衡的不容侵犯。我们不是在胜利实现的进程中，而是在废墟中发现我们的愚蠢和错误，况且这种到处是败坏的碎片还经常戴着短期功利发展的面具，还戴着人类中心论的光环。

中国人的"天"含有多重意思：既是神圣的又是自然的，既是社会的又是宇宙的。和"天"对应的是"地"，"天"生出了万物，保护了它们的发展。随着它那季节性的活动的波动，它调节着农作物的周期。它使气候规范化，使人们借助种种征兆得以制定安排大田劳作的历书。因而我们不难理解，宇宙的力量在一种以农业为主的古文明中为何变得如此重要。马克思在谈到土地的时候认为，农业的真正目的在于"把人类累世累代不断需要的全部生活条件作为经营对象，它是与资本主义生产只注意目前的货币利益的全部精神"相矛盾的。因此，在资本对地球资源尽情剥夺的短视行为与真正可持续生产的长期之间存在着一种直接的矛盾。我想贾平凹讲"天意"和"地气"，感叹"三农问题"已失去了原有的意义，提醒的就是文明所面临的巨大灾难。难怪带灯在信中有了一连串的问号："上天给了归宿却给了迷途"，"人砍伐树木而猛兽又吃人，谁得长久的永生了呢？""现在强调社会稳定了，可上访者反映那么多的土地问题、山林问题、救济物质分配问题，哪一样又不都牵涉到天气呢？"

将"天意"降格为惩罚，那是因为"天意"有时表现为一种突然昂起头将你撞得人仰马翻的自然灾难。镌刻在美国自然历史博物馆地球历史馆的门楣匾额上的那句"与地说话，地必指教你"。虽说的是"地"，实则讲的也是"天意"。"天意"以其不祥的沉默不只言说了我的渴望，更是言说了我们心底的怕。正如斯科特·拉塞尔·桑德斯 1987 年在其《为自然辩一言》一文中提出的："不管文学如何精确地表达了我们这个时代的表面，假如它从不审视人类以外的天地，那就大错特错了，便是病态的。无论我们的经验是多么的都市化，无论我们对自然是多么健忘，我们仍然是动物，是两条腿的有血有肉有骨头的皮囊，其生存依赖着这个星球。我们的外呼吸仍然要通过树木的气孔，我们的食物仍生长在尘土里，我们的身体终要腐朽。"[1]

八

三十五年前的我，尚未入门学写评论，第一篇写的就是评贾平凹的短篇小说，题目中就有"自然"二字，意思是讲语言的不事雕琢。谁知"自然"竟还有着更宏阔的境界。那时候也不可能思考自然和人类竟有着如此惨烈而难以克服的矛盾和冲突，也未曾思考人与自然那相生相克的永恒之谜，更不用说去仔细区分文学中的自然与自然中的文学。当有人说笑掉了大牙时，这是文学的隐喻；当有人说老掉了牙时，这里指的则是生命的自然状况。经常思考这两者间微妙而意味深长的变化，还是很多年以后的事。

自然是人类的一面镜子，说到底人类也是自然的一部分，或者自然也是人的异己化的延伸。天人合一虽然是我们老祖宗的哲学观，但它的前提已将人与天区隔开了。当我们讲"合"的时候，已经在讲"分"了，反之亦然。将自然人化和将人自然化虽说是东西方不同的文化传统，但在关心人的处境这一点上是相通的。生态环境固然重要，但文学不会在气候变化、资源枯竭等具体问题上止步，对《带灯》来说，关注人的生存环境、关注伦理道德的生存环境或许更为急迫。当镇长告诫带灯说，"有些事能做不能说，有些

---

① ［美］斯科特·斯洛维克著，韦清琦译：《走出去思考》，北京大学出版社，2010年，第146页。

事能说不能做时"；当带灯解答竹子头大的问题时说，"以前不讲法治的时候，老百姓过日子，村子里有庙、有祠堂、有仁义礼智，再往后，又有马列主义毛泽东思想，还有以阶级斗争为纲的政治运动，老百姓当不了家也做不了主，可倒也社会安宁。现在讲法，过去的那些全不要了，而真正的法制观念和法治体系还没有完全建立，人人都知道了要维护自己的利益，该维护的维护，不该维护的也胡搅蛮缠着"；当带灯认识到综治办就是国家法治建设中的一个缓冲带，其实也是给干涩的社会抹点润滑剂时，不管其是否深刻、正确与否，探讨的都是道德伦理的生态环境。

假如没有价值的意义，就并不存在悲剧；假如我们不那么宝贵，我们将不会郁闷。人类境况的真理因此只有用对照和矛盾修辞法的语言才能把握。要明白，如果我们能够从最平凡的特殊中提示出完整的意义，在一粒沙砾中瞥见永恒，那么就是因为我们生活在这样一种社会秩序中，即一种特殊性只有作为普遍的恭顺例证才能被接受。这也是我们为什么能通过樱镇这样一个镇政府的运行，感受到一种放大了的令人不快的权力秩序；为什么通过带灯个人的命运感觉到快乐与痛苦、担忧与同情、欣喜与厌恶、崇敬与鄙视全部乱糟糟地混在一起。在带灯的人生处境中，我们能感到关于道德哲学言不尽意的故事，可供观察的公共的与私人的"内在生命"的不可调和性、相对性的冲突和纠结。当我们理解和评价带灯这个人物时，并不仅仅考虑她对特定的实际问题的处理方式，我们还要考虑某些更难形容的东西，比如她的言谈与沉默的方式、对语词的选择、对于他人的评价、关于自身生活的理解与不理解，以及什么是吸引人的或值得赞许的、什么是有趣的、什么是值得留恋……

了解带灯是一回事，了解带灯所处生活的意识氛围则又是一回事，尽管这两者有着千丝万缕的联系。在与人交往时，道德环境往往会告诉我们知道该得到什么、该付出什么。它成就我们的情感世界，决定什么事令人骄傲或耻辱，什么事令人愤怒或感激，什么事可以原谅或无法饶恕。而如今，这个环境出了问题，和带灯所信奉的价值观有了分歧、矛盾和冲突。"县城里的干部，能升迁的，都一步步到市里省里去了，能下海做生意的，也能办公司去发展，留下来的仕途上没了指望，又没做买卖的能耐，就心平气和了，开始要享受悠闲的日子。"综治办的工作每天面临着无数的难缠事、龌龊事、异事和怪事，却又让带灯"酝酿了更多的恨与爱，恨集聚如拳头使我焦头烂额，爱却像东风随着雨归又使我深陷了枝头花开花又落的孤独"。"我的工作是我生存的需要，而情爱是我生命的本意，就像柿子树结柿子是存在的需要，而能铺天盖地长成树自成世界才是柿子树的意思吧。"《带灯》中有着太多这样将人的内心诉求自然化的描摹。作为强有力的形象叙述它道出了人的内心世界与环境合作的困境。

许多文化现象证明比生态雨林更加顽固。我们关于自然的时代至高无上的理论一直是过程、斗争、无尽的变化中的理论。一方面是粗暴的外在秩序与内心法则的冲突；另一方面，人性在秩序下忍受痛苦，人性不遵守内心的法则，而是服从异己的必然需要。当发现社会变化是按照对更大财富、或权力、或生存手段、或控制他人的手段的欲求解释时，本真性的道德理想或设定就会受到打击。带灯只能活在一个涅槃般自我牺牲瞬间的愿望之中，将自己的面孔轻蔑地转向一个自己不喜欢的存在，同时又将自己坚定的承诺、平凡而又富于同情的心投向另一个截然不同的存在，一个由"老伙计们"和弱者构筑的世界。

九

曾经的风水宝地，人杰地灵的樱镇，是县上的后花园，秦岭的西藏。如今这个偏远的乡镇是像前辈那样为了樱镇的风水宁肯让其贫困着，或者像他的后辈为了富裕却终使山为残山，水为剩水，生活本身已然做出了选择。但是选择并不是小说《带灯》的所为，小说只是为此打上一连串的问号和感叹号，揭示的只是人的情感和人性的困境以及无奈的悲剧性。既然道德败坏已进入了现代性危机的视野，环境破坏已成了进步论难以摆脱的宿命，那么作为虚构为己任的小说还能发出什么声音呢？这不仅是我们的问题，也是《带灯》及其叙述者的问题。

以塞亚·柏林对这种准悲剧的道德理论作出如下解释："我们在普遍经验中遭遇的世界，是一个我们在其中被同样绝对的选择面对的世界，而且实现某些选择必定不可避免地意味着另一种选择。"在引用了这一段话后，特里·伊格尔顿进一步说，"不存在单一的原则可以协调形形色色的人性之目的，而且根据柏林的观点，悲剧可能因此永远不能完全消除"。伊格尔顿并不满意柏林过度迷恋于道德利益之间进行的选择，但还是承认"他正确地认识到，现代性道德程序的特点是，我们甚至没能在最根本的问题上达成一致。这是一个如此不能容忍的事实，以至于我们已经忘记被其所震惊。我们很可以指望在根本问题上达成一致而在具体问题上存在分歧，但情况并不是这样。关于为什么折磨人是错误的，不存在绝对共同的意见。虽然这种不一致本质上不一定是悲剧性的，它却注定会产生可能快速朝那个方向滑动的冲突。"①

我们的物质条件是这种状况，以至于只有彼此珍视才有可能维持它。人类如此构成是为了对感情的需求，这是人类繁荣兴旺的条件，但是，从现实政治上讲，看起来仿佛他们现在仅仅是为生存就需要它。"我现在觉得人的眼睛除了看清这个世界外，它也为着

---

① ［英］特里·伊格尔顿著，方杰、方宸译：《甜蜜的暴力——悲剧的观念》，南京大学出版社，2007年，第241页。

流泪，为情流泪。"带灯对眼睛两重性的认识构筑了《带灯》的丰富性和复杂性。看清这个世界不可避免地对周遭发生的事物做出反应，放大"情"的作用，提升"泪"的地位，那是因为情感的秩序就是那跟现今秩序相反的秩序。眼睛只能看，而没有选择的能力，我们也不能命令耳朵停止工作，无论我们是否愿意，事物总能强迫我们产生印象：但精神的可塑性压力却是受意志支配的，因为它奋起抗击阻力，抗击所谓无聊而拥挤世界的倔强本性。

自然小说倾向于细节、事实和经验差别的现实，风俗小说则倾向于心理差别和人类交流的多样化的现实。风俗小说尤其集中注意一个固定的、有地理限制的世界。而如今，在贾平凹的小说世界中，模式受到了冲击，我们几乎难以确定《带灯》的归类。读《带灯》的过程是一个充斥着矛盾的过程，有时候要关注悲剧性、反讽以及大量的区别，有时候则充满激情地意识到多元事物的同一性本质；有时候我们被"水"的透明所吸引，有时候我们又被"火"的烈焰所吸纳。小说探求的领域永远都是社会所构成的世界，而它分析的素材则永远都是能够显示出人类灵魂的指向。我们理解的现实大概都掺杂着永恒的、艰难的、粗俗的和让人不悦的东西。很多时候，我们只能捕风捉影，因为阴影也是现实的一部分，人们不希望出现一个没有阴影的世界，这样的世界连"真实"都谈不上。"小说应该毁掉确切性"，"全部小说都不过是一个长长的疑问，深思的疑问是我们所有小说赖以建立的基础。"这是昆德拉的文论以及其小说实践经常提醒我们的。

十

无论是民族文化还是地域文化，都是复杂的，甚至具有一定的矛盾性。艺术家必须接受他的文化，同时得到该文化的接受，但同时也必须成为该文化的批判者，根据自己的个人洞察力来对这种文化进行纠正，甚至抵制，他的力量似乎发生于这种爱恨矛盾的境况所产生的张力，而我们则必须学会欢迎这种矛盾的情感。就像《带灯》中叙述者通过带灯所表露的："农村真是可怜，但如果有来生我还想在农村，因为在农村能活出人性味，像我捂酱豆很有味道，但具体每个豆子并不好。"

我们都不可避免地拒绝改变，用充满激情的怀旧心理思念被我们抛在身后的人生阶段。然而，我们只有选择痛苦、艰难、必要的事物，才能实现自我的价值，只有朝着死亡进发，才能不断成长，人生是一种艰难的悖论。就这一点而言，六十岁的贾平凹写作《带灯》无疑是其创作人生的继续。阅读一个人物就是在阅读中想象与创造一个人物，也就是创造一个真实的人物。就像我们试图揭示的，阅读人物就是要学会承认一个人不可能是单一的，而是有着多重性、模糊性、他性和无意识性。说教主义必然将道德问题简单化，结果与道德擦肩而过。在带灯点点滴滴的故事中，冲突、挫败和启发都呈现为事实，就像一幅拼图，图块自行拼凑成各种令人难忘的图一样。但我们一旦丢弃了其中的矛盾性多样性，那图便又成为一堆碎片。

《带灯》的叙述出发点一个与众不同的地方就在于：他有时从善良的旧事物出发，有时从邪恶的新事物出发，有时又进入你中有我，我中有你的颇为混杂的领域，这也是为什么带灯的内心世界经常会处于折磨和烦扰的境地。用她自己的话说，"像树一样吧，无论内心怎样的生机和活力，表面总是暗淡和低沉"。带灯所工作的综治办试图替代法制尚未健全的空白之地，因而发生了许多说不清道不明的事件，而小说家涉及的是那些法律无能为力的领域，因为他能讲出真相；诗人以为自己永远敏感而正确，世界却总是迟钝而错误的，殊不知诗人自身却不能遗世而独立的。小说家作为一个矛盾体，经常将自己的一方面展示给世人，却将另一方面保留给自己，对于后者的无言和沉默是我们应当十分警惕的。道德败坏古已有之，我们的时代决不独善，有些地方甚至有过之而无不及。我们需要解释的是我们时代独有的东西，哪怕是无法消除的沮丧、疑虑和困境。我们从古代的道德视野中挣脱出来才赢得现代自由，但人的身体从土地的延伸至货币商品的延伸，经历的却是更抽象更彻底的异化，与自然的分裂是一件痛苦的事件，一个永远不会痊愈的自我造成的精神创伤。

写到这里，我想起黄平那篇评《古炉》的文章，其中有一段话这么认为："《古炉》堪称为贾平凹成熟的作品，这里所指的'成熟'，并不是说这是贾平凹最好的作品，而是真正让贾平凹最核心的东西得以显豁的作品：乡村伦理的代言人，实至名归的'陕西气派'的作家。诚如贾平凹一直深埋在内心深处的最根本的身份认同。"[1] 应当承认，黄平的评论是贾平凹作品中不多见的好文章，但上面那些言辞确凿的评语又让我心生疑虑。因为"代言"和"身份认同"果真那么一律的话，那么贾平凹作品中的现代意识也随之烟消云散了。老实说，读完《带灯》，我的这层疑虑不但没有消除，反而加重了。何谓小说中的现代意识？这个连作者本人都十分重视的问题，真值得我们思索一番。

十一

带灯的命运以一种现象的张力为标志，这种张力存在于一个人对自身而言的生动在场与对别人而言的屈辱在场的认识之间：一方面是作为一个能动的充满渴望的主体，另一方面则是作为幽灵般在

---

[1]　黄平：《破碎如瓷：〈古炉〉与"文化大革命"，或文学与历史》，《东吴学术》2012年第1期。

场于他者之间的客体，更麻烦的是主客体经常颠倒，幽灵般地在场是现实的，而充满渴望的主体则是虚拟的，自我形塑受到他人的自我虚构的危害，美好的东西竟成了现实之镜上的一个不和谐污点。有时候，我们只能被迫放弃自我，看到的只是一个镜中的我和随身的影子，陷入自我与非我之间难熬的矛盾中不得自拔。正如诗人叶芝认为的："悲剧必须永远是淹没和破坏将人与人区分开来的堤坝，喜剧正是依赖这些堤坝才当家的。"修辞没有理性的"启蒙"色彩，启蒙着重类比、联系、统一和复制；而修辞对应的是毁坏、颠倒、歧义或者扭曲，它们被用在时间和特定的场所中，体现他者与他者的关系。

在阅读《带灯》的过程中，我真的很担心那个元天亮会出场。始终不让其出场，使其成为带灯永不谋面的对象充分显示了贾平凹的叙述智慧。言说的主体倘若不裹挟着一片沉默的客体，那将是叙事的悲哀。二十六封信无疑是带灯迷人的自我放逐。定义自我的两难处境表现为：它一方面清楚自己是一个与他人绝然不同的个体，另一方面又徒劳地赋予这一认识以具体的形象，因为它不能说出它是什么。它试图刻画自己的每一句话，都可以带出另一句与之相反的话；它不仅与任何其他人不同，而且还与自己不一样，"没有谁比我自己更不像我"，卢梭早期忆及蒙田之自我描述的一个记录中这样写道。爱一个人却无法谋面，自我塑造要摆脱欲望便无法赋形。爱情是一种致命的嗜好，它使得你不了解自己，迫使你掩饰、抵赖与自我折磨。如何把握一个自相矛盾的自我经验，这可真为难了叙述者。无论是持续的人称变化，还是故事的极端碎片化，或类似足球场上不停地传球倒脚式的推进，或抽象反思的过渡，都是一种此毁彼誉的发展。

小说都是有故事情节的。但是，当小说将我们带入故事情节的时候，同样也允许我们寻找故事以外的道路，以便能够看清楚这个故事，同时真正做到客观。如果我们陷入故事当中，在它的重重迷宫里找不到出口，那么我们就很快成了故事的受害者。小说写作是一种需要孤独的活动，但它的命运都是需要公开的、共享的。文化暗示障碍，距离和不可翻译性；而"现代"则意味着废除障碍取消距离：即时理解、扯平文化，以及废除或撤销文化。信仰是时机而不是习俗，它极端鄙视社会进化的逻辑，沉浸于富于启示意味地穿透时间。经常思考这些问题是否会有助于我们的阅读？其他人不知道，至少对我而言是有帮助的。

带灯诚然在与自己的命运抗争，但是她的人生又具有两重性：她的一部分被禁锢在事务性的工作中，另一部分则保留在私密的情感之中。渴望生活的改善和社会的进步，但又为现实的惨不忍睹的一面所震惊，这如同水与火的关系。带灯给元天亮的信，在另一方面又体现了一种过剩的亲密，讽刺地导致了疏离，这既是因为它挫败了那些相关者之间区分法则的刀锋，又因为过分接近一个人自己本体的源头，就等于碰到一个在那里等待你的受创作的他性。看清楚对方需要光亮，但过于强烈的光亮会像火一样灼伤我们的眼睛。只有确立与你自己的距离，你才能够成为你所是的一切。感情是私人的随意的，而公共责任则是被铭记在石头上的，可现在一切都发生了颠倒，感情如同下棋般的理性，而公共责任则如同发型一样随意。

十二

若要能够叙述某事，我们就必须假设所发生的事件有一个暂时性的结局，无论这个结局是怎样，然后再从这个结局出发来澄清这个事件的经过。每一个叙事性的自我描述都是以我的发展终结为前提。它必须仿佛已经达到自己的港湾，以便报告自己的航行。如果说，带灯在樱镇的出场是必然的，那是因为它响应了带灯的退场。在经历了那场惊心动魄的群殴事件之后，带灯终于出局了。带灯受了处分，成了整个事件的替罪羔羊，负载了共同体的错误。从伦理角度上讲是为他人做出了牺牲，承包了根据全局利益勒紧腰带的虚假诉求。从这点上说《带灯》是一部带有悲剧色彩的作品，而替罪羊是悲剧中少不了的角色。

诗学与伦理学的关联在于它们都关注美德令人担忧的弱点，以及我们通过对美德的培养寻求脆弱的幸福。正如伦理学所坚持的那样，美德确实是通往幸福唯一可靠的途径，不过，也正如悲剧严肃地告诉我们的那样，在一个充斥着私欲，缺乏公正的世界，美德绝不可能保持幸福。带灯具备各种美德，这一点连不喜欢她的，曾经怨恨她的人都不得不承认。但带灯并不幸福，她的哀怨如泣如诉，她的眼泪似水又如火，"我深深觉得女人是水做的，因为我想你时有淌不完的泪水。女人是清清浅浅的小泉，有时在悬崖上成瀑后变成了湍急的河流，再加上外界暴雨袭击成洪成祸"。"祸水"这一历来用来贬低女性的词经由这反讽式的挪用而走向了其反面。"我厌烦世事厌烦工作实际上厌烦自己。人的动力是追求事业或挣钱或经营一家人生活，而我一点不沾，就很不正常了。"对带灯来说，在一个不正常的环境中，想要正常也难。

在带灯的身上导演了一系列不匹配、迷惑、令人失望的结局和产生相反的结果。只有梦游的时候，人才是无所畏惧的；只有患忧郁症的时候我们才能说出真相。这个爱干净、拒绝虱子的带灯，终于也习惯了虱子不离身的事实；这个曾经是综治办主任的带灯，曾经是对付上访者游刃有余的干练阻击者，如今自身所遭遇的反成了申诉上访的材料。如同一个人的名字需经由他人的认可方成其为符号。竹子痛定思痛把自己的名字改为笛子，结果是别人依然叫她竹子。笛子名存实亡并不是笛子的缘故，而是得不到他人的认同。这再一次说明，自我认同是一种同义反复，诚如维特根斯坦在《哲学研究》中所言，"根本不存在比一个事物与自身的认同更没有用处的命题"。在这个意义上说，替罪羊也不是单义的，归根到底它在神圣与亵渎、毒药与解药之间的界线上是模糊的。作为受害者的替罪羊恰恰是借助被彻底打败表现出一种奇怪的神性。这大概也是作者在解读《带灯》时经常讲到的那句话：黑夜中的烛光。

文学让我们对结局有一种想象性的体验和批判性的质疑。它以一种既让人喜欢又让人为难的方式达到这一目的。《带灯》的结局是悲哀的，这个让人悲哀的事实可能成为记忆和持续情感的胜利，成为一种在生活中只看见垃圾的地方保存宝物的方式。作品中如果有一种可能的秩序，那就是跟现今秩序相反的秩序。这使我想起了小说中带灯给竹子讲的那个小故事，"一个小姑娘去河里提水。她用竹篮子提的，提回来篮子里没有一滴水。她母亲问：水呢？一路上水喂了花，喂了草。竹子说：这啥意思？带灯说：这过程多美妙的"。我感觉，这个竹篮子打水并非一场空的故事的价值是审美意义的。正如伊尔顿所反问的："如果连审美活动都不能阐释价值，那么在一个滚滚堕落的社会里还能往何处去？"[1]

关于光亮，汉娜·阿伦特在其作品《黑暗时代的人们》的序言末尾处有如此说明："即使在黑暗的时代中，我们也有权去期待一种启明，这种启明或许并不来自理论和概念，而更多来自一种不确定的、闪烁的而又经常很微弱的光亮。这光亮源于某些男人和女人，源于他们的生命和作品，他们在几乎所有情况下都点燃着，并把光散射到他们在尘世所有的生命所及的全部范围，像我们这样长期习惯了黑暗的眼睛，几乎无法告诉人们，那些光到底是蜡烛的光

---

① ［英］特里·伊格尔顿著，马海良译：《历史中的政治、哲学、爱欲》，中国社会科学出版社，1999年，第187页。

芒还是炽烈的阳光……"①

十三

　　《秦腔》和《古炉》给阅读带来的困惑是显而易见的，这里指的阅读还不是那种娱乐性的阅读，而是严肃意义上的接受。如何给阅读美感创造更好的条件，如何给叙事的流畅制造更多的机会。小到方言、土语的斟酌，大到时空延伸的布局谋篇，《带灯》的写作可以说都是下了一番功夫。总的说来，用作者自己喜欢形容的，那就是减少了令人眼花缭乱的盘带，传接配合更为直接更为流畅了。

　　《带灯》是一部悲天悯人之作。它端出了"土地神"，揣摸着"天意"，关注的是人的命运，揭示的是掩藏在物的帷幕之后的人的异化的真相。让眼睛紧紧盯住当下，让语词仍然保留着它古老的力量，在被形而上学放逐的地方让"诗"珍藏着语词的魔力，贾平凹一如既往地付出辛勤的劳动。他的叙事越来越长，越来越碎片化，越来越不讲"章法"，但不可否认其主旨也越来越宏大，变得更加深远了。基本剔除土话的《带灯》不但依然保留着其地域特色，而且也和不同地域的广大读者离得更近了。"危机"与"修辞"始终伴随着他的创作，危机中的修辞，修辞中的危机是彼此互为镜像的同一体，重要的是它们永远处于一种矛盾的状态。就像农民和土地是贾平凹的根基，但都市化和现代性又是其必不可少的参照。

　　说到语言，贾平凹一直是自我意识很强的那类作家，在后记中作者总结道："几十年以来，我喜欢着明清以至三十年代的文学语言，它清新、灵动、疏淡、幽默、有韵致。我模仿着，借鉴着，后来似乎也有些像模像样了。而到了这般年纪，心性变了，却兴趣了

---

① ［美］汉娜·阿伦特著，王凌云译：《黑暗时代的人们》，江苏教育出版社，2006年，作者序第 3 页。

中国两汉时期那种史的文章的风格，它没有那么多的灵动和蕴藉，委婉和华丽，但它沉而不糜，厚而简约，用意直白，下笔肯定，以真准震撼，以尖锐敲击。""我得有意学学两汉品格了，使自己向海风山骨靠近。"读了这些我无话可说，但需要补充的是，即便再古老的语言风格也是当代的。用一句老掉牙的话说，小说语言的重要来源还是来之于生活。不然的话，樱镇镇政府日常生活中的那闲言碎语，会议桌前的七嘴八舌说东道西，上访者群体的骂天骂地骂娘声，集市上的相互交谈指手画脚和自言自语，打群架那乱哄哄场面的言语狂欢都无从说起。当镇长告诉带灯："改革么，就和睡觉一样，翻过来、侧过去就是寻着怎么个睡得妥"；当换布理直气壮地回应说："你不爱钱钱哪能爱你？"我们感受到的是生活的气息和时下的心态。还有听听上访闹事者李志云和带灯的一段对话，"带灯说：你'文革'中参加过造反派？李志云说：参加过，没当头儿，不是被清理过的三种人。带灯说：你应当头儿，口才好啊！李志云说：不是口才好，是我和我儿子占住了理！带灯说：你们父子能行，能行得很，可一切都要有证据！今天来人多，我没时间和你在这里辩论。李志云说：你辩不过我。带灯说：是辩不过你。我给你说的是，镇书记已交代了我们，让你把你儿子叫回来，镇政府要好好和他谈谈。李志云说：我就是来给你说这事的，我儿子捎回话了，镇政府再不解决他就网上发布消息呀。我不晓得啥是网，我儿子知道，他说一上网，樱镇政府就臭了，有人会丢乌纱帽呀！"短短几个来回的话语交锋中：试探、嘲弄、威胁、讽刺、无奈、反唇相讥等都有了，日常话语的丰富性由此可见一斑。

小说是体现矛盾变化的艺术形式。怎样在不牺牲多样性的前提下寻找统一性？如何同时保持脆弱的相似点和人类不合时宜的好奇心，以及被重建统一的渴望所严重威胁的差异性呢？怎样让语言和想象组建成有骨架有血肉的整体？怎样让单独的时刻和持续的时间组成像水一样的流动性？这些既是问题，又是始终纠结我们而又无法摆脱的矛盾体。我们习惯于有问必答，就像我们总觉得一堆碎片应该拼成原貌。但是世界上总归会有大量的问题我们可能一直无法解决，还有许多问题永远不会有人去解答。在这一点上佛是过于迂回了，因为它从来不问我是谁？我从哪里来？我到哪里去？

十四

《带灯》像灯，因为哪里有灯，哪里就有回忆，灯始终有着与黑暗不同的本性；《带灯》更像烛火，这不仅是因为它有烛泪、孤独地燃烧、遐想和感伤，还因为它是生命的符号，烛火容易点燃，也容易熄灭。生与死在烛火中肩并着肩。火不仅是光明的象征，而且还是热的象征。火苗对于孤单的人来说就是一个世界，随着微光的想象总有一种回归家园的感觉。对文学来说，烛光又是一种明／暗的美学。这也是《带灯》为什么能打动我们的力量所在。

法国 20 世纪重要的科学哲学家加斯东·巴什拉在其生命的最后一部著作《烛之火》中曾提醒我们，维日奈尔在谈到蜡烛的火苗时，马上就会提到树："在相同的意义（与火苗相比）讲，树的根深深扎入土壤中，它就像蜡烛把油脂、石蜡或油这些使它发热的东西作为自己的养料那样从土壤中汲取营养。树干汲取自身的汁液，这与蜡烛相同。火在蜡烛那里靠自身汲取的液体维持的，而白炽的火苗就是它的树干和长满树叶的枝桠；花与果是树希求的最高目标，它们就是白炽的火苗，一切都可归结于这种火苗。"[1]读到这里，我突然醒悟到，小说作为一种发光体，不就是和烛光与树一样，最重要是养料。贾平凹几十年的创作离不开故乡的土地，离不

---

① ［法］加斯东·巴什拉著，杜小真、顾嘉琛译：《火的精神分析》，岳麓出版社，2005 年，第 164、165 页。

开农民，因为那里才是他汲取文学营养的地方。

十五

二百多年前席勒发表了其最重要的论文《论素朴的诗与感伤的诗》，该文基于一种容易为人理解又为人曲解的二分法，系统阐述了由来已久的古今之争，提出了"素朴的"与"感伤的"诗的区分："素朴的"诗主要属于古代荷马的诗作实践，"素朴的"诗人与自然融为一体，着眼于"自然的摹仿"，率真地写作，崇尚客观的艺术；而"感伤的"诗则是反思，有自我意识的，是诗人面临着现实与理想的鸿沟所做出的种种态度上的选择。就此看，席勒的区分是清楚明白的，但作为矛盾体的席勒的重要性正在于他陷入这两难之中难以自拔。正如雷纳·韦勒克所分析的："一方面席勒颂扬古典主义的古代。在很大程度上他分享了他的朋友如歌德、洪堡和荷尔德林的满脑子的希腊精神。他看到人性的理想在希腊成了现实，希望自己的时代恢复这种理想。但另一方面，他又认识到这是不可能的，他本人就像整个时代一样，难以自拔地陷于反思、自我批判，思想和感情的分离，用他自己特有的含义来说，陷于感伤。"① 席勒一度想综合这一对矛盾，让其成就和谐的第三项，最终未能如愿，甚至连合适的名称都未给出。

谈贾平凹的古今，去联系席勒的古今，似乎拉扯得有点远了；论贾平凹的矛盾体，去附会席勒的矛盾体，到底有点牵强了。幸好引起这一联想的起因还是最近的事。2009 年，奥尔罕·帕慕克应邀在哈佛大学做了六场演说，结集出版的题目为《天真的和感伤的小说家》，该演讲为总结自己三十五年创作历程而发，取其名的原因

① ［美］雷纳·韦勒克著，杨岂深、杨自伍译：《近代文学批评史》第一卷，上海译文出版社，1997 年，第 312、313 页。

还在于席勒的那篇论文对帕慕克创作人生的影响。在那本演讲集的最后，作者讲道："我在二十几岁头一次看到席勒的论文时，渴望成为一名天真的作家。如今，席勒的思想贯穿了本书。回顾过去，在 1970 年代，最流行、最有影响的土耳其小说家在创作半政治、半诗性的小说，以田园和小村庄为背景。那时候，要成为以城市、以伊斯坦布尔为背景的天真小说家似乎是难以实现的目标。我在哈佛发表这些演讲之后，不断有人问我：'帕慕克先生，你是天真小说家还是感伤小说家？'我想强调，对我来说，理想状态是：小说家同时既是天真的，也是感伤的。"① 我以为，这个理想状态也可以看作贾平凹的理想状态。

理想状态终究是一种希望和追求，它始终是推崇甚至妒羡的对象。"素朴的"终究是"素朴的"，而"感伤的"则属于诗人与他的环境发生冲突而且自身分裂这样一个时代。《带灯》中不时流露出对"素朴的"追求与对自然和谐的向往，但它终究是"感伤的"。贾平凹是个矛盾体，其对"素朴的"的渴望源之于"感伤的"时代，如同《带灯》是个发光体，其对光的需求源之于黑暗；如同我们对语言风格的追求可能会回到"古典"，而我们对世界的认识根本无法回到过去一样。

贾平凹是矛盾的，那是因为他内心世界是有裂痕的，他的自我和自我所意识的世界是有冲突的：当他强调我是农民的时候，那是另一个不是农民的声音在起作用；当他强调地域性的时候，那是

---

① ［土耳其］奥尔罕·帕慕克著，彭发胜译：《天真的和感伤的小说家》，上海人民出版社，2012 年，第 174 页。值得指出的是，席勒的论文一直被翻译成《论素朴的诗与感伤的诗》，可参见中国社会科学出版社 1981 年 7 月版的《欧美古典作家论现实主义和浪漫主义》，华东师范大学出版社 2006 年 9 月版，刘小枫选编的《德语诗学文选》，包括韦勒克的《近代文学批评史》，翻译也为《论素朴的与感伤的诗》。而到了帕慕克一书，"素朴的"改为"天真的"，翻译者也未作说明，不知何故。

因为"全球化"的影响力在起作用。对卢卡奇来说，当"意义开始从世界消失"，并在"灵魂和形式之间，内心和外部裂开了一道鸿沟时"，小说便开始兴起了。小说表达了现代"超验的无家可归感"和"解体得混乱不堪的世界"。对我们来说，"素朴的诗"与"感伤的诗"和平共处的理想状态最终能否实现不是最重要的，重要的是，我们是否拥有对这一理想状态持续而永不中止的渴望。之所以这么认为，那是因为文学存活的一个重要理由就是为了无法实现的愿望。诚如尼采的格言："人们最终热爱自己的渴望，而不是渴望得到的东西。"卡尔维诺也说过类似的话，"只要我们为自己定下极其高远的、毫无希望的目标，文学才能继续存活下去"。这听起来有点玄、有点矛盾，但也是一个我们无法投下反对票的事实——一部由多种多样小说积攒起来的文学史。

你就是你的记忆

——以《红豆生南国》^①为例的王安忆论

在人类最早的历史中，没有什么比其记忆术更为可怕的了。"把一样东西在记忆里打下烙印，使它留在那里，只有能够不断刺痛人的东西才容易粘住。"——这是一句最古老的，不幸也是最持久的心理格言……无论人在什么时候认为有必要为自己创造一点记忆，他的努力都伴随着痛苦、流血和牺牲。

——尼采《道德的谱系》

正如洛克所说的"如果没有记忆，我们就永远不会有因果关系的体会，因而原因和结果的链条也将不复存在，而构成我们的自我和个性的正是这个链条。"这个观点就是小说的特征。

——伊恩·P.瓦特《小说的兴起》

---

① 《红豆生南国》是王安忆的小说集，其中收有《乡关处处》《红豆生南国》《向西，向西，向南》三个中篇。人民文学出版社，2017年。

一

二十三年前初读《纪实与虚构》，至今还留有深刻的印象。那是记忆中的成长史："我"随父母进城，在典型的上海弄堂中长大。在那细腻而又充满张力的文字中，我们体验着他者眼光中的上海情景。一颗幼小的心灵，如何经历了对母亲的认同与对这座城市的认同之间的撕裂：在做革命接班人还是弄堂孩子中的一员的抉择中，在革命新生活与浸透于这座城市的儿童游戏之间，在同志式的你来我往和家族式逢年过节的不同规约中，"我"经历了渴望融入和难以消化的内心摩擦与情绪纠葛，由此也浮现出我们所熟悉与陌生的面孔。在渴望与拒绝认同两股作用力的拉扯之间，我们也窥视了这座城市的尴尬情景，以及它的变异、扭曲和发展。经历了文学寻根运动的王安忆，在书写中继续发问：我是谁？我从哪里来？家为何物？家乡在何处？发问也引发了母亲和父亲迥然不同的族系的一系列扑朔迷离的血缘谜团。一句话，成长与寻根的记忆构筑了《纪实与虚构》的双重编码。想当年，每每有人提到这些文字时，我便感叹道："记性真好！"这句脱口而出的上海话自然以褒为主。王安忆的好记忆是有目共睹的，一些报纸上的新闻、案件、听来的故事经过许多年后都能成为其小说的来源，像《姐妹行》，"这个听来的故事搁了有十来年"；《匿名》小说的人物原型更是脱胎于她在三十年前听闻的一个教师在山间失踪的故事。读《月色撩人》时，我曾暗自惊叹，其中好些人与事，我都经历得比她多和比她熟，怎么我却忘了，她倒还记得。看来，记性好坏与一个作家的诞生与否休戚相关。难怪许多年以后，接触另外一些上海叙事，像金宇澄的《繁花》、吴亮的《朝霞》等，我讲的还是这句话："记性真好。"

"记性"只是一种说法，词义上讲它还是和"记忆"有所不同。后者作为忠实无欺的机能，没有特定的视角便无以就位。用塞尔托的话来说，"记忆是一种反博物馆：位置是不确定的。"记忆寓于走动、穿越、穿过某地，迂回前行之中。记忆的确立和实现是离不开语言和时间，这就决定了它和叙事是种命运共同体。记忆的丧失会引起空洞、缺口和空虚。没有人可以忍受一种真空的状态。小孩子喜欢将他们所经历的事情说给自己听。随着抽象技能的发展和语言能力的提高，孩子们日渐成熟，他们开始分门别类地处理自己的经历。从这个意义上说，一个人的成长史便是记忆史。

1939 年春，英国女作家弗吉尼亚·伍尔芙开始撰写自传《忆旧》，两年后她投河自尽，《忆旧》一书是她死后出版的。弗吉尼亚的自传一开篇就描述自己的最初记忆："那是我妈妈黑底衣服上紫色的印花。妈妈坐在火车或者公共汽车的车厢里，我坐在她的腿上，我清楚地看见她衣服上的印花。至今我仍然看得见她衣服上的印花，我想它们是银莲花吧。"在书中稍后处，作者提到了另外一个记忆，说的是她躺在海港小镇圣艾夫斯自家度假住宅育婴房的床上，听着海浪拍打沙滩的声音。弗吉尼亚在书中写道，这两个记忆的奇怪之处在于，它们是那么简单朴实："也许这就是童年记忆的特征，也是童年记忆的力量。后来我往那些记忆中添加很多个人情感，那些情感让童年记忆变得更加复杂，让它们不如原来那么强劲有力。这样一来，即使童年记忆没有失去原来的力量，也不会像原来那么孤立，完整了。"为了让记忆在时间中流淌，为了秩序和完整，虚构性想象免不了成为一种添加之物。这可真应了王安忆的小说书名：纪实与虚构。

二

弗吉尼亚关于自传的补充同时也提醒我们，记忆并不只是简单地回到过去，记忆总是当下的记忆，回到过去的记忆总免不了当下的参与。以《纪实与虚构》为代表的作品均写于1990年代上半期，对上海这座城市而言，这是流动性开始死灰复燃，怀旧情绪日益抬头的岁月。所以，王安忆书写上海1950年代的文字不会是一种纯粹的记忆实录，它总是有意无意，有形无形地裹挟着对当下认知的想象。

城市和流动性难以分割，而1949年的解放者进城则是中止流动性的一个开端，进城的念头除了陈焕生式的以外其他则从此断绝。这次进城虽非商品经济的产物，但也是一次成就"我"人生中与城市的一次邂逅，而且"我"不止在血缘上和这座城市有着某种瓜葛，甚至成长之地也浸润典型的上海元素。不止于此，作为第二次人工制造的知青返城无疑是这座城市流动性的再次运用，许多人成为作家正是这次返城的产物，而王安忆又是其中的代表性人物。作为两次仅有的进城流动的亲历者，对于作者日后的城市书写，不啻是一次人生的恩赐。事过境迁，那和共和国初期命运相关的两次"进城"则成了作者宝贵的记忆。

流动性对城市的文化记忆来说至关重要，可以说没有流动性就没有城市化进程。这些年来，有一种私下议论，认为王安忆对上海并不熟悉。其实不然，熟与不熟都是相对的，何况，他者的童年记忆、视角、眼光和经验有时是"身在其中者"所无法比拟的。在当代中国，还很少有作家能像王安忆那样始终如一地关注流动性的。检索一下其几十年的作品：有多少像富萍一类到城镇打工谋生的故事，有多少像"新加坡商人"到上海的浏览者，又有多少离城打拼后又回归上海的人生记录。眼下的《红豆生南国》所收集的三个中篇，除了"乡关处处"是继续山里人月娥到上海做保姆的故事外，其余两个则更是了得，关注的则是全球化语境下的流动。

在一次谈话中，王安忆说："如果《妹头》再写下去的话，她会开餐馆……"好了，眼下的这个《向西，向西，向南》写的正是开餐馆。当然，我们没有必要把它看作《妹头》的续篇。它们的关系只不过是时间上的延续，前者的故事从"文革"开始到1990年代，后者的记忆则从1990年代开始，这正是陈玉洁和徐美裳结识的时候，地点是徐美裳在柏林的中国餐馆。故事从餐馆始又从餐馆终，途经上海、香港、柏林、纽约等地，人员四处流动，思绪召唤八方，一个人的故事套出另一个人的不安，一场家庭战争，虽未硝烟四起，但也在静默中对峙煎熬；一代人的成长、工作、家庭婚姻情感已不可能在下一代人中重复。宁波人的精明、温州人的韧劲制造了一个又一个传奇；徐美裳一代人的偷渡史，陈玉洁一家的发迹史演绎了家乡人的禀性遗传，以及客地生活的孤独处境。整个小说虽蜻蜓点水、走马观花，但视野开阔、笔墨雄健，叙述者的叙事野心让我们开了眼。物质财富牵引的遐想，生计的无奈，富足的烦扰，思绪中混杂着的议论思考，印象中的变幻，记忆中的流水，让我们好生感受到全球流动的印象写实。

说"写实"，那是王安忆的一贯主张；说"印象"，那是我的长期感受。早在读《长恨歌》的开篇章节中：弄堂、流言、闺阁、鸽子和进进出出的王琦瑶们的印象式描摹，我们就有着强烈的感受。"站在制高点看上海，上海的弄堂是壮观的景象。它是这城市背景一样的东西。街道和楼房凸现在它之上，是一些点和线，而它则是中国画中称为皴法的那些笔触，是将空白填满的。当天黑下来，灯亮起来的时分，这些点和线都是有光的，在那光后面，大片大片的暗，便是上海的弄堂了。那暗看上去几乎是波涛汹涌，几乎要将那几点几线的光推着走似的。它是有体积的，而点和线却是浮在面上的，是划分这个体积而存在的，是文章里标点一类的东西，断行断句。那暗像深渊一样，扔一座山下去，也悄无声息地沉了底。"这便是《长恨歌》令人惊愕的开头，况且，此等文字绵延了几个章节，一直持续到进入王琦瑶的日常。

这样的文字笔墨不仅大胆而且少见。别人很少用而王安忆则屡试不爽。这是沉睡中的"东方巴黎","暗"无疑是点睛之笔，静态也是其必然的身影。随着时光的流逝，其匆忙的脚步日益走近，其霓虹灯的光束不断侵入，自然的星辰也日益暗淡。于是，富萍们到上海来谋生，海外客商到这里来客串，发廊、出租屋、酒店纷纷涌现，从上层到底层都注入了陌生的人群，熙熙攘攘的人群充斥着失去个性的芸芸众生，城市愈来愈像是人人拼命拥入而又准备弃之而去的一片弱肉强食的莽莽丛林。如巴尔扎克早就提醒我们的，"我们对现代神话的理解还不及古代神话，虽然现代神话实际上正在吞噬我们"。君不见，先锋话语已演变成到处可见随时可听的广告用语，紧张节奏已经令人烦躁不安，闲适时间备受专横跋扈的传媒组织的调配。我们目睹了城市化的流动和新生活方式的迅猛发展，只有到逢年过节马路街道变得如此冷清时，我们才能体会到流动性的巨大威力。这是印象主义色彩对线条的冲击，是城市四处飘浮的能指，是满目皆物其实虚无的真切经验。这世界变化太快，我们与它的关系，就像是爱情的最后一瞥，曾一度被想象是可能之物，片刻之后就变得不可能；而你认为不可能之物，瞬间已成过时的陈旧之物。几十年后，当我们读到王安忆在《月色撩人》中对夜宴的描述，再浏览一下《向西，向西，向南》对在全球打工，在美国置房开店的游荡时，一定会感受到印象在应对变化之时的神奇。而记忆则在经受着严峻的考验。

这使我想起一个半世纪之前，绘画史那名噪一时的印象画派，他们风格各异，主张不一，有些人根本不承认自己是印象派的一员，有些则英年早逝，在死后才确立了绘画史上的地位。但作为画派的共同之处还是得到大家承认的：印象派源自否定传统做派，而相信直观感受，以一种写实手法真实地反映日常生活。他们忠实光线如何照射，色彩如何分布，以及转瞬而逝的时刻是如何反映的。

在印象派绘画中，眼睛被赋予新的特殊使命，即把注意力集中在经历的各个方面，追求刹那间，不对称和快照般的形象，把赌注小心翼翼地下在现代性身上。搬出印象画派，一是作个参照，二是它有点像寻根文学，后者我们下面会有所涉及。总之，反抗传统和应对现实变化是印象画派的两大特色，前者是王安忆的弱项，而后者则显示了其叙述特色。印象式写实成就了王安忆叙事慢节奏中的一种"快节拍"，几十年了，王安忆是一位不懈的看客，像地震仪一样懂得记录她所属时代不断的变化。

三

观照一下王安忆的批评史，有着太多的文章研究其书写的变化。尤其是王蒙那句不知其下一站写什么的说法流布甚广。其实，还是作者自己说得更实际点，"别人都说我几十年来有过很多变化，其实我说我从一而终，我没有什么变化，我就是一个写实者，一直写实。对于写实的作者来说，可能对亲近身边那些活跃的生动的表象是感兴趣的"[1]。作家的自我言说不可不信，也不可全信，重要的是看此类言说具体针对的特殊语境。

王安忆的创作历程，不可谓不漫长，她几乎经历了新时期文学创作的全过程，其均速的职业写作至今未熄火。想想 1980 年代初，通过推翻"三突出"写作原则和样板"典型论"的威严，清除僵化概念对人们的束缚，从而确立了审美自由的个性特质，我们何等快意地发现叛逆和创新的潜能。此时的王安忆正是以"雯雯"的情绪天地进入人们的视野，成长记忆正是维系她与世界联系的路径。其母亲——作家茹志鹃在那篇写于 1980 年代初，而当时未曾发表过

---

[1] 　王安忆：《仙缘与尘缘》，人民文学出版社，2017 年，第 189 页。

的文章中这样写道："在《雨，沙沙沙》里，她不仅仅表现了那些人、事，那些生活故事，而且也顺乎自然地表现了她自己，她自己的性格、她对人的看法、她对世界的看法。也就是作品的性格化。从一个作家来说，这一点恐怕是相当重要的。"① 这些今天读来似乎很平常的话，当年可谓大胆的真知灼见。关于这一点，只要想想当年《上海文学》发表吴亮的系列文论"一个面对自我的艺术家和友人的对话"所引起的轰动和引发的麻烦就可想而知了。

文章中还有一段让人动容的是，茹志鹃曾对王安忆的小说《幻影》写了一封长长的回信，详尽地提了意见。老伴却和她意见相左，最终因一句话而取得共识，"不管她，让她自己去探索，去走路"。结果茹志鹃不但将写出的信收回，并从此以后放弃对王安忆写作的具体指导。这件事反映了前辈对下一代人写作的爱护和对创作个性的尊重，同时也反映出代际之间在方法上的差异。倘若人际与代际之间要做到毫无保留地交流，"方法"一定是难以逾越的障碍。"所谓'方法'，非他，恰恰就是父辈们永远学不会而逆他们旨意成长的东西。"布鲁门伯格在《神话研究》中，花了很大的篇幅论述里斯本大地震对六岁歌德的终身影响，强调自传体记忆与"方法"的不可分割。他继续引用歌德本人对里默尔的解释："方法无论如何是主观的，因为客观对象毕竟不是什么陌生的东西。方法是无法传授的，一个需要同样的方法的个体必须自为地找到方法。真正地说，诗人和艺术家有方法，因为对他来说重要的是修理某些东西以及将它们呈现在自己的面前。"②

是什么东西会得到记忆的特殊保护，这个问题一时很难说清楚。但有一点是可以肯定的，那就是没有记忆，我们就不会说话、

① 张新颖、金理编：《王安忆研究资料》，天津人民出版社，2009 年，第 397 页。
② ［德］汉斯·布鲁门伯格著，胡继华译：《神话研究》（下），上海人民出版社，2014 年，第 16 页。

阅读和识别物体、辨别方向或是维系人际关系。

王安忆有没有变化呢？我以为是有的。如何走出"雯雯"的情绪世界面对大千世界中的芸芸众生便是其最重要的转变，如何摆脱自我的成长记忆而紧紧盯着变化中的客观生活便是其小说史的关键转型。创作上的变化谈何容易，变化近似脱胎换骨，是复杂且缓慢的，主客观内外因盘根错节，成败得失各取所需，取舍之间的分寸难以拿捏。问题是，要彻底弄清楚一个作家的变化几乎是不可能的事情。如何把支离破碎的人生拼凑完整？花纹的编制者，秩序的创造者，逻辑的演绎者，为了与不确定性抗争，最终迎来文字字义的清晰，这是我们所希望的，也是我们所害怕的。为了慰藉人心，我们所爱所恨所思所想的对象没有改变，变的只是我们看待问题的视角。叙述总是信息的携带者，存在的阐释者，它闲逛于隐匿与显现之间，跨越于在与不在之间的裂隙，纪实与虚构都是探问人与世界的关联并使存在显示自身的方式。

四

创作上的变化绝非一念之差而成，也非乘兴而来的随意之举。从《雨，沙沙沙》（1980年）到《长恨歌》（1995年）共历时十五年，其间光小说王安忆就写下五十个短篇、十六个中篇和五部长篇。创作的履历不可谓不丰富。况且，那个年头文学思潮风起云涌，创新探索层出不穷，思潮交锋一波接着一波，既鲜明又诡异。恰如作者在小说《作家的故事》（1986年）中写道："四周的世界是那么喧嚷，谁也不会注意到她的不合时宜的消沉，世界越来越粗糙，她的情感则越来越细腻。'革命'越是风起云涌，就越将她推远了……"

王安忆经历着当代文学的所有浪潮，但她绝不是弄潮儿。《长恨歌》的问世有其自身的必然，但身逢其时的它又确实被怀旧思潮和张爱玲热所拥戴，因此，张爱玲的传人和伪张爱玲之说同时出现也就不奇怪了。我以为，《长恨歌》包括其前后作品之所以重要，就在于它是王安忆创作转型期的一个标志和例证。

韩少功在读《长恨歌》时敏锐地注意到，"比方说叙人群之事：王安忆在《长恨歌》的前几章写到'王琦瑶们'，把一群人当成一个角色，有点社会学和民族志的笔法……王安忆写'王琦瑶们'，就是超人物和超情节的写法，事实上，也是她书中最散文化的部分"[①]。这两段话虽不长，却如此重要，它抵得上数量众多的不着边际的评论。

当年曾经作为寻根文学领袖人物之一的韩少功，自己未必一路寻根到底。其他的风云人物最后也不知所终，各种并不一致的寻根主张最终也以不知所云收场。随着时间的推移，这个曾经在1980年代喧闹一时的文学运动也开始被人淡忘。"寻根"何意，这个原本松散的泛指也已失去了意义。细想文学寻根的成因是错综复杂的，当年人人都想在创作上寻找新的突破口，打破一直以来受僵化意识形态指导的板块格局，突破旨在以"伤痕""知青""改革"命名的题材至上的局限。于是，风格各异，想法迥异的作家评论家们一时都聚集在"寻根"的旗帜下面，也是在所难免的。而事实上，想要弄清楚寻根文学在当时的复杂成因和超乎想象的冲击力，恐怕需要发挥足够的历史想象力才行。

王安忆是否是当年寻根派的一员，这不好说，即便是要拉扯上关系，人们至多也只是提一下《小鲍庄》而已。何况，作者本人是否承认还是个问题。令人不可思议的是，今天看来，王安忆的叙事才是真正意义上的寻根之作，如果真的有寻根文学一说的话，她几

[①] 《大题小作——韩少功、王尧对话录》，见韩少功：《进步的回退》，上海文艺出版社，2012年，第261页。

十年的一以贯之的做派才是"寻根"遗产的继承者。从《叔叔的故事》表达了"对前辈缺席的恐惧"（王安忆语），到《纪实与虚构》中追寻血缘之谜的愉悦，一路走来，直到今日的《红豆生南国》。刨根问底式的追根寻源始终是王安忆式叙事不可或缺的恒定之力。从此一站到下一站的接力，我们终于发现，那些被冠之以始源之名的东西，我们依据血缘家庭寻找的来龙去脉，那些在"我们从哪里来"追问之下的种种解答题，可能都是开端已存在的一种依稀渺远的"残余"而已。时间的流逝、文化的养育、集体之无意识既培植了也抗拒着我们的记忆。即便在那些杳渺无稽绵延不息的留迹，要用叙述语言进行复原是不可能的，遗忘制造了记忆的空白，与此同时，虚构的想象也在不断地填补着空白。

还是 1993 年，李洁非发表了《王安忆的新神话》一文，从《纪实与虚构》和《伤心太平洋》出发，探讨了王安忆创作中的转型。我一直以为此文在王安忆的批评史上占有一席之地，原因在于此文是最早讨论了作者走出自我的变化。至于"新神话"一说是否成立还值得商榷。由于立论者在神话之前加了一个"新"字，我们也不便多指责什么。我还注意到比李洁非一文早四年，黄子平在重读《小鲍庄》的评论中，也运用了"神话"一说，不过他提出的则是"拟神话"或"伪神话"。两篇批评文字虽侧重点不同，但在概念的运用上后者更准确些。这也是为什么李洁非倡导的"新神话"一说几乎无人响应的重要原因。

一般而言，神话不同于虚构：神话代表稳定，而虚构代表的则是变化；神话追求绝对，而虚构作品则追求有条件的赞同；神话根据时间的业已丧失的顺序产生意义，而虚构作品，如果是成功作品的话，则要解释此时此地，即现在。

神话是一个体系，它包括理想和价值、禁忌和礼仪的整个网络，也包括调节我们的行为与社会交往的习俗。强迫力量和仿效意志，提供行为模式。现代神话浩浩荡荡，恣行无忌，其原因恰恰是个人之间的自然关系被外在体制化的交流形式所取代。它们是各种意图的载体，它们在输入和输出之间进行操纵活动。

当李洁非一文发表的时候，王安忆正在撰写其日后颇具影响的《长恨歌》（或许已经写完），用作者自己的话说，后者是与《纪实与虚构》极为不同的东西。有很长一段时间了，我很想知道李洁非对《长恨歌》及以后的许多作品作何感想。可惜的是，李洁非转行了，他的视线已渐渐离开了当代作家的具体作品，转而研究其他更为重要的学术问题，前不久，还自己写上了长篇小说。

五

我们再来看看《红豆生南国》写了什么，一个关于"他"的故事，一个普通之人在香港的成长故事，经历了其该经历和不该经历的一切：没有剧情冲突，没有跌宕起伏，即便有也被叙述者化解和不经意的打发。出生在闽南故里的"他"从小被卖，随着养母在香港长大，喜欢读书成了文艺青年，青春热血追随了革命启蒙，革命遭挫折后邂逅爱情，结婚生子又遭离异，中年更是经历了"九七"回归所产生的动荡，五十岁投资房产血本无归，后因前妻的暗助又东山再起，曾经是文艺青年的本性又助其投身报业，晚期还遭遇了数名女性……这样的人生每个节点都可以生事生乱，以满足有闲之士的阅读饥渴。可结果什么都没有发生，奇人奇事奇遇，"奇"字被斩首，不让高潮、冲突、内心苦痛显山露水，不让奇形怪状入侵，这是王安忆常有的叙事特征。好奇之心被打发，欲望被深埋，一切回归庸常的普通流水账。面对这样的详略取舍，经历这样的平面叙述，任何内容阐释与故事梗概都无用武之地。王安忆总是自行其是，难为的只是解读。这让我想起李静那篇论王安忆写作困境的文章题目:《不冒险的旅程》。实际上题目应改为《不冒险的冒险》才对。

实际上小说还有另一条线,就是出生之地的演绎。它断断续续、时隐时现地形成一条反成长的路线图。寻亲、回家、相思的出生之地和成长之地遥相呼应而又彼此逆行。生母和养母是构筑文本的隐喻。生是一时、养是一世。养母维系着成长史,生母则是不断回望的寻根。成长成就了叙述者的记忆,寻根则呈现了主人公的记忆。成长是愿景,寻根则是宿愿;如果说寻根总是维系着遗传和来源之处,那么成长又总是离不开当下的语境与时代变迁的教化。寻根不是打道回府,它更像是原形显露;成长也不是芝麻开花节节高,它更像是曲枝攀藤,渐渐地失去了自我。总之,成长是对根的遗忘,而寻根则是对成长的拒斥。成长是情势使然,而寻根则是寻找已然忘却了的记忆。如果说寻根是反成长的话,那么成长则是反神话。王安忆的冒险之旅由此可见一斑。

不知是由于刻意为之,还是刚撰写过长篇小说《匿名》的惯性使然,《红豆生南国》中的人物不少,但全无名字:阿姆、女生、同学、"我的仔"、妻子、姐姐、生母、儿子、前妻等皆围绕着主角"他"来转,即便是主人公晚期的罗曼史涉足的几位女性也都是有姓无名。他们的身份证是残缺不全的,而出生来源之地则是明白无误的:中国的闽南、上海、香港、台湾,马来西亚、美国,等等,可说是来自五湖四海。

"他"经常地有一种异样之感,不知自己是谁的感觉,"这是香港吗?"他都不认识了!他总是身在异处,连自己都脱胎换骨,成另一个人……此等疑问布满了"他"的人生节点。成长总是和顺从密不可分,顺从就是使自己苦心经营的重心陷于崩溃,就是解除防御和人格保护层,就是承认自足能力的缺乏,而这苦心经营的重心,这防御这保护层,这假定的自足,正是从童年到成年整个投射的目的。

不妨比较一下这两个中篇：《红豆生南国》写的是分离中的无法分离，无论是生母与养母、离了婚的前妻和离开许久的姐姐，而《向西，向西，向南》则相反，表面上的婚姻家庭、夫妻与母女的存在实际上已是无法弥合的分离：人生总是在离合之间，离家和回家总是我们共同的宿命。当后者的结尾处写道：潘博士"他发现自己最适合的生活是，做一名游僧。开车行驶在西部沙漠，仙人掌一望无际，太阳照耀大地，前方是地平线，永不沉没"。而前者的结尾又回到了内省，"他想起红豆的又一个称谓，心中一惊。他的恩欠、他的愧受、他的困囚、他的原罪、他的蛊，忽得一个名字，这名字就叫相思"。

王安忆的小说总是这样，邪恶被匿名，苦难被改造，毁灭则是另外一个世界的故事。诱惑如影随形，但它又未必是陷阱；人性总是经受考验，但它最终还是我们应对痛苦与磨难的解药。她有一颗平常的心，以生计为尺度，以庸常为计量，哪怕是逆来顺受也要保持人性的温度和世事的洞明。她清楚岁月之流逝，变化之无情，世界之难料，但又视人性的尺度和价值为万灵丹药，一切皆有又皆无，一切只能如此。追寻什么、相思什么、失去何物，又得到何物，偌大世界的风云变幻总是为那些不起眼的人与事所包容。

六

威廉·詹姆士在结束他的《相信的意志》一文时，引用了费茨·詹姆士·斯蒂芬的这段著名的话："你怎么看待自己？你怎么看待世界？这些就是司芬克斯之谜，我们都必须以这种或那种方式去应付之。如果我们决定不回答这些谜，那是一种选择；如果我们在回答时犹豫不决，那也是一种选择；但是不论选择什么，我们在选择时都冒了风险。我们是在狂飞乱舞的暴风雪之中，在伸手不见五指的浓雾之中，站在一座山口之上，透过风雪迷雾之中，我们不时地隐约瞥见一些小路，那些小路可能是骗人的。如果我们站在原地不动，我们会被冻死。如果我们选择了一条错误的路，我们会跌得粉身碎骨。我们确实并不知道究竟有没有正确的路。"这就是一种有限的人身在其中而不得不自己下决心的处境——这是一种折磨人的处境。① 自《纪实与虚构》之后，王安忆似乎经历了这么一次选择，其实转型就和一次次选择有关，而此次选择意义非同一般。在一次谈话中，当被问及《纪实与虚构》中的抽象篇章是否会程度不同地受到某些抑制时，王安忆答道："没有，它也是不断地挖掘的结果。实际上人是不能多挖的。照刚才的思考挖下去，如果地分九层的话，挖到第九层之后，下面是空的，你到了一种极其虚无的状态。达到这种状态时你开始找不到自己的位置，处在漂浮之中，你开始拼命想你和周围的一切，和时间、空间是什么关系。我觉得《纪实与虚构》就是这样的东西，它是在极其茫然中产生的。所以写完后我感觉特别茫然，很虚无。人不能够在这种虚无状态中停留太久，他必须找到一些实在的东西，否则无法生存，因此以后的几篇小说我非常写实。"② 此段谈话的重要性在于直率，如此直率地坦露自己的创作心境，不仅当代作家中少见，即便王安忆自己在以后漫长的创作生涯中也不多见。笔者在 1980 年代与众多作家通过信，就是以后名扬天下的著名作家在信中也会坦陈自己面临着写不下去的窘境。而公开场合，那就另当别论了。

我承认，自转型后的许多年，王安忆的创作并无重大变化。但把这些不变统统归之于"写实"是有待推敲的。关于现实的描述，

---

① 约翰·麦奎利著，高师宁、何光沪译：《二十世纪宗教思想》，上海人民出版社，1989 年，第 467、468 页。

② 王安忆：《王安忆说》，湖南文艺出版社，2003 年，第 77 页。

没有所谓的如实和写实小说。对现实进行如实的理解从定义上来说是有问题的，它基于彻底写实主义这个视角上。在理解现实的诸多视角中，只有这一个坚称自己并非视角，而本身就是真实的版本，是唯一的真相。如果现实还要通过如实的叙述来表现，而彻底的写实主义也仅仅是一个视角的话，那我们凭什么就应该相信它呢？值得一提的是，现在流行的"非虚构"写作之所以可疑，是因为它采用的是一种排除法，把自己排除在虚构之外。在虚构的模糊边界之中撇清自己，其结果不是自欺就是欺人。当年，"非虚构"还有一种说法叫"新新闻小说"，其想法是要和新闻报道撇清关系。说到底，"非虚构"是两头都想撇清关系的古怪文本。

倘若字字属实从来都只是一个视角，是在特别时刻基于某个叙述者的一种真实，那么我们就必须承认，我们对现实的理解也只是一个大概，其中掺杂着虚构的多种因素，留有它的丝丝痕迹。这个现实的领域是模糊不清的，是处在阴影之下，位于夹层中的世界，充斥着不确定性，模棱两可，似是而非，充满着魅惑。呈现者不只是呈现，而且还蕴含了或表现了某些东西，或者以隐匿与东鳞西爪的故事变形再度演绎出这些人与事，不管怎样，它都存系于这么一种多面相的现实与幻想的关系当中。

写实谈何容易，你能相信我吗？几乎每个人都知道自己是偶然的，多多少少来源相同元素的巧妙组合。同时我们每个人都相信自己的所忆所见所解。笛卡尔的幽灵在现实面前挥之不去，康德的自在之物在"我们"面前依然是一种无解，存在主义的存在之说至今疑团重重。难怪珍妮特·温特森感叹道："精密而准确的描述很难。对自己说不清，对他人更是道不明。你我之间的交流依赖诸多的假设和联想，共同的爱好以及一套众人心照不宣又不甚了了的暗语。"①在温特森描述的这片精神领域的特殊结构中，并不曾有一个清晰的、关于"自我"的意识结构与中心意图，也不会有真正意义上的他者。我的内在性是某种意义上的"外在"，他人也应当如此，而一些外在的东西却与我如影随形，成为我内在的一部分。

我们说王安忆转型的一个重要特征在于走出了自我，走向更为客观的叙事，并不等同于自我的消失。更多的可能在于它经历了一番融入、认同、投射的变异而更加委婉曲折。客观总是貌似客观，公允也免不了左右为难，"写实"归根结底总是"我"的叙事，你就是记忆的你。关于这一点，我们只要重读一下《伤心太平洋》和《乌托邦诗篇》，重温一下《月色撩人》和《天香》中令人动容的篇章，一定不会没有收获的。对波德莱尔来说，要走出自我，永远与陌生人融为一体，最好的方式是在我的故事中与他融为一体。

如同同为印象画派，各自的诉求并不相同，甚至还表现出截然不同的主张和争吵。这也是为什么主张绝对客观，追求上帝般的视角的福楼拜也会说出"我就是爱玛"的话来，这也是为什么同属写实的阵营，左拉所做的就是反对巴尔扎克，正如他在《写作笔记》中所说，他决不做像巴尔扎克那样的哲学家，他"只愿做小说家"，"把人作为普通力量来研究，而且看到这些矛盾"。他秉承从福楼拜、龚古尔传下来的科学的客观态度和不动感情的艺术风格去反对巴尔扎克。②

七

自《长恨歌》始，王安忆写实的眼光落在了世俗生活中的普

① 珍妮特·温特森著，洪颐译：《语言之纱——关于〈海浪〉》，《上海文化》2015年3月号。
② ［法］米歇尔·莱蒙著，徐知免、杨剑译：《法国现代小说史》，上海译文出版社，1995年，第158页。

通人物。撰写《摹仿论》的奥尔巴赫认为：从《旧约》一直到左拉的小说，逐渐发展的现实主义的胜利，就是用一种前所未有的严肃性来理解普通生活，以及体现着普通生活的那些社会地位低下的人物。就《摹仿论》来说，检验日常生活被赋予应有地位的一种最重要的方法。对王安忆来说，所谓写实，其根本所指应该就在此。诚如作者在与张新颖的谈话中所说，"《妙妙》其实是弱者的奋斗，这类人的命运我个人是倾向关心的，这好像已经变成了我写作的一个重要的题材，或者说是一个系统"。

已经没有必要再检索这一系统，因为在王安忆的作品中，来自不同地方，进城打工的各个行业，随着时代生活变化而境遇不同的各色人等可说俯拾皆是。而三个中篇中的《乡关处处》就是自动进入这一系统的典型案例。钟点工月娥进城打工的时间已不短了，现在的问题已不是进不进城的问题，而是什么时候回老家安顿自身的问题。在记忆和印象的作用下，家乡依然被唤醒："欣欣然、勃勃然的喜悦——包产到户，分地分林，田里是牛犁的吆喝，山上斧砍声声。眼看林子稀了，却起来新房：这一幢、那一幢，迎娶送嫁的鞭炮这边响，那边响。这一阵欢腾渐渐沉寂下去，次生林长起来，掩盖了房屋，村里的青壮陆续地往外走，只余下老和幼。""那留下的人，正愁如何打发时间，就像说好似的。四乡野，共同兴起牌九和花筒。这种古老的博彩游戏，本以为绝种，料不到又活过来，一旦上手就收不住。"王安忆的叙述惯例就是这样，开首之后便进入长长的回顾性追述，力图介绍清楚，实则是绕了个圈子，虽理由充足，实则给人以慢的感觉。

月娥重又回到城里，沿途的观察和夹叙夹议又一次展现了作者那印象写实的本色，记忆也再一次表现了叙事的才能：凡城市交通乱象，老式弄堂的群居生活，同乡人在异乡的感受，股市和舞场，钟点工们的日常细账，穿着打扮与假日游，夏日街景与城市肖像；

等等。故事还是那种老故事，人情依然不失温暖，不同的是景观日益翻新。联想起王安忆这几十年不同时期的勾勒，展现出中国城市变化中不同的场景，真可谓印象主义的长卷。这使我想起二十五年前王晓明在评论中写的："在她迄今为止的所有描写上海弄堂生活的小说中，你几乎都能看到这种混合着欣赏和挑剔的笔致。唯其欣赏，她每每能写出别人不容易体会的诗意，又唯其挑剔，繁密的叙说就不至于越来越浅，总能保持一定的深度。我觉得往往正是这些混合型的描写，构成了她作品中最精彩的部分。"[①] 评得真好，特别是"挑剔"二字，今天读来依然有效。顺便指出一下，在我的印象中，这或许是王晓明迄今为止最后一篇关于当代文学的作家论了。

八

几十年了，一个人的行为择业、学术兴趣、书写方式做些调整和转换，这很正常。但比照一下王安忆始终如一的坚守，总有些自叹不如。为了改善一个人生来注定的命运而离家出走，是个人主义生活模式的一种必不可少的特征，这可以被看作洛克的"不安定"心理的经济和社会形势的体现，这种不安定心理，是终有一死的永久痛苦的标志。三个中篇虽都涉足离家，写的都是人生的匆忙脚步与时代的急剧变化，但字里行间我们难以感到焦虑不安和惊恐。冷静和从容总是王安忆的写作姿态，她相信恒定不变的东西，一种并非宿命，但也是早已有之的力量。问题是仁义之师真能收编天下吗？根之寻找、家之回归真是一种必然吗？笔者常对此是有所疑虑的，我们的现实处境，更多的是有家难回，想回家却并不知家在何

---

① 王晓明：《从"淮海路"到"梅家桥"——从王安忆小说创作的转变谈起》，见《王安忆研究资料》，天津人民出版社，2009年，第613页。

处。就像力求阐释神话和向神话挑战的反神话都是时代的产物，神话的永存价值与其天生的移易和变化能力并行不悖一样。向善既是我们生活的必然，但也免不了其不经敲打的脆弱；温暖单纯自然皆大欢喜，但我们同样别忘了那些侵蚀纯洁的东西：它们是由欲望、恐惧、恐吓、借口、谄媚、抗议等组成的杂色；现代性既是进步发展的趋势，但同时也是时代残酷的法则：现代性是个破碎的梦，俄耳甫斯无休止地转身来杀死他的所爱。

小说需要的世界观，其核心是个人之间的社会联系：这种世界观涉及世俗化倾向，也涉及个人主义。很多年前，王安忆提出了其写作上的四不主义，那是因为人们太重视肯定而忽视了否定。其中的合理性是可想而知的。小说倾向于无法感知的一切：正常情况下，陪审团并不允许把神的干预作为人的行为的解释。世俗化是小说这样的文学样式兴起的一个必不可少的条件，它寻找的是尘世舞台上的重要角色。矫枉必须过正，同时我们又要警惕过正的矫枉。正如博格说的，家"不再是一个住所"，可以是关于正在进行中生活中的"无法言说的故事"，但很多人仍能在"不可言说的故事"中感受到家。我个人很喜欢《向西，向西，向南》结尾处出现的"游僧"潘博士，流动中有一个偌大的家，太令人神往了。这也使人们想起海德格尔那经常被人引用的名言："世界的命运就是无家可归。"

作者的可贵之处不是生物人，而是写作者，是隐匿在作品中的"自我"；同样，读者的可贵之处不是生活中的个体，而是正在阅读之人，是想象中潜在的写作者。作为人，他是自己的小说家；作为小说家，他又是一个无法放弃自我的笨拙的作者，即使他的目的只是描摹笔下人物的生存侧面，他不仅把自己浸透在他的人物身上而不能自已，更有甚者，他还过多地摄取了个人的智慧、风度和特长，以致小说的主人公的弱音恰恰体现了善于自夸的小说家的强音。一方面，小说使我们成为人物的同时代人；另一方面，人们经常忘记的一点是，小说也使我们成为叙述者的同时代人，只要他的叙述格调很有个性。我的疑虑并不止于眼下的三个中篇，而是存活于很长的阅读之中。批评者不是判官，我也不赞同罗兰·巴特那令人讨厌的宣告：阅读到来便是作者之死。阅读者和写作者有时候更像是控辩双方，经常会在认知上产生无法避免的摩擦与冲突。就像我是复杂性的信奉者，拥戴的是矛盾体，迷恋的是事物的不可通约性，而王安忆未必是，甚至是完全相反一样。

有时候想想，从创作到阅读的过程，不仅复杂微妙，而且也有些神奇。想当年，程乃珊写《穷街》，我们私下议论都不以为然，究其原因，是因为她写了她所不熟悉的东西吗？也未必。我自问，从小生活在虹口、杨浦。在上海日渐恢复都市活力期间，整整有十五年生活在虹镇老街边上的北街，每天上下班经过老街不算，丈母娘还经常讲述老街人的家长里短，街坊邻里的逸闻趣事，不仅于此，我自己生性也喜欢交结各式朋友。即便如此，我和这条穷街依然隔膜，想写也有一种无从入手的感觉。倒是每每想起，程乃珊在凯司令带我们吃糕点、喝咖啡时那喜形于色的表情，真有点上海的味道。同理，如果论对上海的熟悉程度，王安忆未必有多少胜算。但她的叙事，你总能感受那是来自上海这座城市，并且与上海这些年的变故是息息相关的。书写的神奇之处有时无须准确且明白的答案。

实际上，这也不是什么新问题，早在 19 世纪，众多的受浪漫主义文学熏陶成长后又转向写实之路的艺术家都或多或少地遇到这一问题。莫泊桑就左拉身上的此类问题作如下解答："竭力主张观察真实的左拉，自己却过着十足的隐士生活。他足不出户，不了解社会情况。那么他是怎么写作的呢？靠笔记本里的两三则札记、东零西碎地收集若干资料，他便创造人物，刻画性格，创作他的小说，结果他不得不虚构，不过，尽可能地遵循在他看来合乎逻辑的发展线索，并且尽可能地不脱离真实情况。"[1]

九

1888年"染色体"一词的出现意味着在人类的理解上向新的方向迈出了重要的一步。假设作为一个构成动植物的细胞已经发现的微小组织的名字，它直接导致了现代生物学的最主要的归纳法之一——染色体——基因理论，这就断定了一切生物都有一个共同的结构单位。对人类文明而言，此类共同的结构也可称之为文化记忆、集体的社会记忆，但是此等共同的类必然会遭遇个体性的抵御、不满和反抗。对王安忆来说，寻根、地域性、血缘、家乡自然是一种类的书写，那么作为后者的个体性呢？它真的随着自我的转型而失去了踪影了吗？这是一个问题。

生活在社会中的个人都有其文化属性。卡尔·荣格认为所有的人都因为其身处其中的文化而具有集体无意识。但是，从弗洛伊德的文明观点看，生活在文明中的个体总是处在不满状态中，而且随着文明的发展，这种情绪将变得日益强烈。后者在王安忆的小说中不是没有，而是经常改头换面、乔装打扮、曲线潜藏，我们得仔细搜索才行。

新神话也好，地方志人类学也罢，都难以摆脱个体性的存在。难道神话不是像弗兰克·克莫德宣称的那样是已然忘记是虚构的虚构吗？主体暧昧离奇的幻想建构了现实，而这种幻想确实是作为对现实的曲解而存在的。如果我们把对现实幻想的看法从现实中剔除，我们将失去现实本身。在福柯看来，人类文化学也不仅仅研

---

① 吴岳添编选：《左拉研究文集》，译林出版社，2014年，第12页。

究更原始或更奇特的社会形态的学科；相反，作为对实证科学的矫正，人类社会学研究注重社会生活的先决条件，注重文化抱负与自然支配的交叉点。荷兰哲学家欧德曼斯在《分裂的人》中就人类学规划进行比较。他将之概括为："人类的冲突在于我们永远背离了那召唤着我们的统一，我们也无法走向统一，尽管我们很难接受这种统一的失落：我们被称之为我们自己，并且有时候我们认识到这个事实，我们实际上别无选择，只有去假想和渴望我们完整的统一。"①

　　一方面，这是一个完全平衡的世界，是由明智与和谐主宰的世界，是靠重复和激情手段控制的世界。在这里，凡事都已定位，对秩序的迷恋不能容忍"异己"，一切陌生的或逾常的事物都立刻纳入流行体系；法律因保证人人幸福而光焰万丈；生活是无尽的假期，因为保持中庸和相信常规会使这个世界免受任何过激或逾常行为的搅扰。现代世界如此醉人，如此得意的陈词滥调和虚妄神话，令人惬意和给人慰藉的事物无处不存，仿佛是普度众生的仙丹。月娥在经历了一番内心波折，自认辛酸的挣扎之后，她想到自己遇到"有福"的上海人"都是落魄，或是炒股票赔进家当，或是老和病，或是倒要外国人来养时，免不了感到一丝安慰，感觉这世界的风水在转呢"。月娥的幸福感靠谱吗？对我来说，更喜欢那些波动和挣扎，而不是那种自我安慰式的庆幸。很多年了，每当我在王安忆的小说中读到那些令人慰藉的世俗神话，总是会想是其创作初期的"雯雯"们，她们虽幼稚不成熟，却有着自我的张扬，虽狭隘弱小却有着直面世界的勇气。走出自我和失去自我在不经意中同时发生，那"自我"的无畏真那么不堪一击吗？

　　我们知道，在古希腊神话中，斯库拉是海边向外突出的悬崖洞

---

① ［荷］约斯·德·穆尔著，徐骆译：《后现代艺术与哲学的浪漫之欲》，武汉大学出版社，2010年，第31页。

穴里的妖怪，她伸出多个手臂捕捉靠得太近的船上的水手。卡律布狄斯则是一个漩涡，若船只想避开那悬崖，就可能被这一漩涡所吞没，这是一种进退维谷的境遇。左右为难不仅是一种现实处境，更多的时候也是一种机遇。对普通人来说，机遇是一种更平凡、更新切的东西。但愿期望可以不时地偏离自己的轨迹，这样，前途依然不可预测，但自由意志却保留下来了。

流动性不仅是我们所见的生活症状，也是城市化的特征，更是几十年来我们得以变化的呈现。无疑，王安忆的叙事期望客观的审视，世俗世界的临摹，庸常之辈的生活实录，但如同任何叙事都无法避免主观意愿的投入与设计的精心一样。主观与客观都具有自身卓越的品质，但它们的相互牵挂却又暴露出各自的局限与无望。作者如此，阅读者又何尝不是如此。诠释者带着问题去考察文本，文本也必须开启诠释者的视域，否则，理解的过程就是一种空洞和抽象的练习。这也是为什么王安忆转型期的作品能引起那么多不同视角阐释的理由：有人提出"新神话"之说，有人看到的是"城市肖像"；王晓明从文化角度而陈思和谈的则是"精神营造"；有的人提出"精神现象学"，有的人则提出"海派传人"。

十

有时候想想，如何叙述真是一个令人烦恼无比的问题，你想如实，结果却是虚空得很；你想贴近，结果却是隔了一层又一层；你需要表象，结果留存的却是内里；你想记录昨日，结果流露的却是当下无时无刻不在的心境；你想要讲述物质，结果不甘寂寞的却是精神；你想东，来的却是西，你想说他，结果来的却是我；你想在所指与能指中畅游，结果是事物本身被丢弃了；你以为你看到的是真实，结果得到的却是镜像。叙述总是和我们过不去，你想要的东西，它总是姗姗来迟，而你不想要的东西，却又总能如期而至，不请自来。

回忆一下我们的周围有多少议论涉及人类的精力，因选择取舍、消遣娱乐、刺激的泛滥，令人难以企及的发展速度和变化过程而被糟蹋，那么，我们就会认识到：要使那些被否定的能量为我们服务，而不是同我们作对，是件多么困难的事。实际上，弗洛伊德关于人们对文明生活不满的经典分析，预言了我们不可能达到劳动完全摆出一副人的面孔这一阶段。劳动注定要产生出种种集体关系，这些关系既是一种奴役的形式，又是一种爱的形式，还是渐趋默认和涅槃般退化的闲暇方式。世界的生成仅仅是诸多种实在不断偏离本源的运动。这种形而上学的世界历史构成了我们传统之中一切的根基：是它把神圣的内在解放变成了本质上作为一种诱惑的方式，并成了人类世界赖以生存的前提。

扬弃自我不易，但要寻找自我可能更难。想要区分思考的"我"和被思考的"我"就要假定另一个能这样做的"我"，并且如此这般无穷地重复下去。"我"的眩晕往往结果是找不到"我"。自我既是纯粹的虚空的力量又是确定的产品，自我可以认识到自己受到限制但又不知道如何受限制的，因为要知道如何受限制就必须从主体的外在来把握自己。没有限制就没有生成，因而也就没有自由，但此过程的机制是无法直觉的。

任何意图评论某位作家及其同时代的人，都会面临一个极其明显的陷阱，一个不会因为显而易见危险就降低的陷阱。文学作品不是历史著作，越伟大的作家，不管多么具有代表性就越不像历史学家，他们没有或者几乎没有历史学家那种归纳的量化冲动，因为他们所认知的世界，不是所谓集团和阶段之间所谓的力量竞争和趋势变化。美学始终是一个矛盾的、自我消解的过程，在提高审美对象的理论价值时，人们有可能抽空特殊性或不可言喻性，而这种特殊性在过去往往被认知为美学最宝贵的特征。

　　阐释总是危机重重的劳动，那是因为需要解释的地方总是作品中对解释的拒绝，当然，问诸如此类的问题实际上等于问一个更成问题的问题。比如，时间问题向来都是哲学上最为艰难的问题，用奥古斯丁在《忏悔录》中回答是："你不问我，我倒清楚，有人问我，我想说明，便茫然不解了。"因为神话是循环的，而理性揭露的是一个无处不同的世界。被神话视作宿命的，科学理性则视之为自然法则的必然性。其实，两种认知形式都无法绕回到自身之上，以理解将其妥善地置于此位置的状况。

　　我们能够思考自己的记忆，但我们又如何面对遗忘呢？文本凭自身的记忆或许能唤醒我们的遗忘，那么其自身的遗忘呢？"遗忘在场，就无法回忆。那么遗忘是怎样既在场，又使我们记起它的呢？我们只能记住已经记住了的事物，如果没有记住遗忘，即使是听到有人说遗忘这个词，我们也不知道它是什么意思，可见遗忘已经存在于记忆中了。要回忆遗忘，遗忘必须在场，但遗忘在场，却又回忆不起来。"[1]奥古斯丁的发问继续在折磨我们。

十一

　　几十年来，不仅文学作品，王安忆还有太多的创作谈、文论及谈话。我们不妨从中摘录几段，看看其不变的追求和始终如一的主张。

　　　　这在小说电影戏剧重复过无数次，几乎是永恒了的故
　　事，落实到一封普通人的真实的来信里，就有了无法取代

---

[1]　［荷］杜威·德拉埃斯马著，乔修峰译：《记忆的隐喻——心灵的观念史》，花城出版社，2009 年，第 28 页。

的感动的力量。那力量全在于"真实"二字。如果是一篇小说，那便是平庸的。可这是真实的事情，就发生在我们不远的身边，就极不平凡的了——小说《作家的故事》。

这世俗性可说是中国传统小说的核心，中国小说多少是从话本传奇来的，瓦肆勾栏，与庶民大众短兵相接历练出来，懂得生活的乐趣。小说是人的故事，不是神的故事，而彼岸是人的神岸。就是说，从此岸到彼岸，是将人"废"到神——《小说如是说》。

我年轻的时候不太喜欢福楼拜的作品，我觉得福楼拜的东西太物质了，我当然喜欢看屠格涅夫的作品，喜欢《红楼梦》，不食人间烟火，完全务虚。但是现在年长以后，我觉得，福楼拜真像机械钟表的仪器一样，严丝合缝，它的转动那么有效率。有时候小说真的很像钟表，好的境界就像科学，它嵌得那么好，很美观，你一眼看过去，它那么周密，如此平衡，而这种平衡会产生力度，会有效率——《小说的当下处境》。

我个人最欣赏张爱玲的就是她的世俗性。欲望是一种知识分子理论化的说法，就是一寸一寸地看。上海的市民看东西都是这样的，但是积极的，看一寸走一寸，结果还真得走得蛮远的——《王安忆·张新颖"谈话录"》。

上世纪80年代开始，先锋运动激起的兴奋，如今趋于平息。在三十年里，离群索居的我们，突飞猛进，追赶古典浪漫到现代主义，再到后现代百多年路。可说一波也没落下，终至并驾齐驱，在每一轮盛衰周期的缩短中，难免会有省略，容易省略的总是那不打眼的，可恰恰它，也许是本质性的因素——《当我们讲故事我们在讲什么》。

十二

《红豆生南国》中的三个中篇，皆来自微不足道的人生故事，即便语境有着天翻地覆的变故，人性依然是波澜不惊的。世界在变化中，人生依然有着恒常不变的流动。王安忆叙述的温和理性的姿态表达一种时间的信仰。这个世界唯一不变的就是变化，在这流动的时代，人人都难逃相思的宿命。更多的文学惊恐源之于脱离土地的流动，王安忆则不懈地维护其割舍不断的连接，甚至不惜惊动寻根之问与相思之情。尽管经历变化的生活和令人眼花缭乱的文学思潮更迭，王安忆始终坚守一种努力再现的写作意识。相信稳定的符号，一以贯之的视角和价值之趋同。她反对的是那种多义性，无根性和快感，她排斥后现代主义的健忘症，同时也反对无视现实的盲目冲动和极度的进步主义。她以寻根来应对景观世界，以成长阐释变化，以思乡的情感来理清全球化的同一性。

面对世界的纷乱复杂，她总有一颗平和的心，一种冷静不受影响的平和，无论是经济繁荣还是金融危机，抑或启蒙革命的潮起潮落。她的思维新就新在认为世上并没有多少新东西；她的视角奇就奇在认为我们并不见得有多少出奇的角度。长期以来，物性和类性是王安忆书写的两大特征。血缘和家乡的概念构成了我们的共同性，以此类推成了"我们"与"他们"的属性特征。而人们靠什么来维持生活则是笔下人物的行为意识，也造成了其叙事的推动力。在这个系统中，她把时间交给变化，又从变化中寻找不变的本源；她把空间演变为流动，从故乡到他乡、乡村到城市、本土到全球，同时又从流动性窥探那"神话"的遗产。

强调小说的物质性，使王安忆的小说在中止作者的霸权地位这一点获益匪浅。而追求类的共同性又有效地扼制了自我的张扬和个性的跋扈。自此以后，她的叙事清除了"我"和"你"的传送带，剩下的唯有他和他们。值得警惕的是，后者的追求很容易助长对"个人"的淹没，最终会滑向另一种极端：我不是我，而是街道、灯光、这或那个事件，这群职业人和某个地方的人，我们甚至可以把这称之为一种"石头风格"。

王安忆或许是保守的，但保守并不可怕，有评论家在论简·奥斯汀时指出，"在艺术创造中，创新通常并不重要。因为最剧烈的变化总是来自那些思想保守，遵循传统的人。"同理，王安忆的保守和相对传统反而促使她对身边的变化有着一种特殊的敏感。她能察觉一般人生活中的心理负担，看到不同地域人群的种种特征及习性。举个例子，我是因为上虞朋友多，去上虞好多回才注意到在外做生意的上虞人，逢年过节，季节性回上虞都有住宾馆的习惯，尽管家里再大一般不回家住，这种习惯显然是经济的发展到一定程度才出现的。谁知此次在《乡关处处》却读到了。在具体生活中，王安忆也是个有心人，并经常注意到一般同行不太注意的细微之处。记得有一次我们在一起闲聊，说着说着，王安忆很严肃地说，现在油价涨得厉害。我们一下子没有反应过来，以为她谈的是汽油，结果一问，原来她讲的是一小桶一小桶的食用油。

王安忆或许颠覆了许多人习以为常的阅读习惯，人们习惯简洁交代的部分在她的笔下则变得烦琐且细碎，尤其那开头的地盘总被那无限延长，以至经常占据着"身体"的部位，如此折磨阅读者的耐心以致招来一些诟病与责难也不是没有原因的。而那些重要的冲突、激烈的矛盾又总是遭到"平叛"，复杂的内心起伏，在她那里又总得以平复，甚至一笔带过。同样的形象与心绪在许多人看来过于平常且无关痛痒，但在她的言语中则栩栩如生且历历在目。一切皆有来源，庸常平凡中自有情趣，主旨明确不复既往，个性化的偶像则在隐隐绰绰之间。

王安忆从不刻意在情节冲突上做文章，即便涉及也是淡然处之，就像《向西，向西，向南》中陈玉洁家的生财之路，婚姻裂痕，香港生变；《红豆生南国》中"他"的投资失败；《乡关处处》中月娥那纠结的回家之焦虑；等等。她那一以贯之夹叙夹议的印象主义笔墨总能在应对时代变迁中出彩，如同王尔德在《谎言的堕落》一文中所言："若没有印象主义的视角，我们怎么能看到缓缓降临我们的街道，使煤气灯变得朦胧，让房屋变成奇形怪状的那种神奇的褐色浓雾之上。"就拿写陈玉洁的发财之路来说，"20世纪的最后十年就好比一夜之间，又像是几个世代，来不及后顾，一经地向前。从外贸公司买断工龄，自营进出口。大学毕业分配在政府部门的先生早几年已辞去公职下海，先是承包一家体育用品商店，赚第一桶金，然后与几个同学南非购买金矿，再又掉转龙头，向内发展，到山西开矿炼焦。这十年他们1950年代出生的人，可说是原始的，又是最后的发展机会。就在他的奋起的同时，1960年代后生兑现新型产业的前沿，时间跃进两千年，就将是又一代风流引渡。总算立定脚跟，不仅获得财富，更是在一波连一波的浪潮之间，占据衔接的一足天地。他们的事业起自计划和市场两种体制的夹缝，左右逢源，亦屈抑迂回，得尽先机，也种下后患，暧昧的受益最终造成身份的尴尬"。

有时候想想，王安忆几十年来所坚守的都市文学和上海叙事，她真的保守吗？不，她骨子里自有一套她自己的反叛和硬朗。

十三

　　和每一次的行文一样，每当进入其尾声阶段，一种失落和不满的情绪便开始漫延滋生。原先那信心满满的构想到头来总是招来种种遗憾。以王安忆最近三个中篇来写篇"王安忆论"，很可能一开始就是一个错误。例子太小，而王安忆的著作体量太大，点和面总不成比例，所以它们之间的拉扯难免左支右绌。这有点像我年轻的时候，总想着把那些非评论的想法和念头装进评论的框子里；现在年纪大了，我想的却又是如何让关于批评的想法和念头跳出批评的篮子里。文学批评常常会压抑人们前后矛盾的认识，或将矛盾解释为受到控制的张力、反讽和悖论中的一部分，以此来保卫这些作品中的艺术完整性。需知，完整性很可能导致真相的流放，真实性也可能就此和我们作揖告别。批评的古怪之处在于，有时候，"摆事实"嘛，显得嘀嘀咕咕，而"讲道理"呢，又变得神神叨叨，左右都不是，两者又皆难抛。

　　如同能指是我们可以确定的，是实实在在的，而所指还是一个悬而未决的问题。对两个不同的人来说，相同的能指肯定会有不同的所指，因为他们的个人经验是不同的，所以也就占据着不同的语义空间；况且，对同一个人来说，相同的能指在不同的时期具有不同的所指，因为语义空间的构型总是不确定的。就拿本文中重复出现的所谓关键词，诸如流动性、神话、寻根、印象写实、成长、本源，等等，它们的所指也不是一成不变的。这一点是需要指出的。

　　当王安忆谈到，每次文学浪潮更迭之间总有些不重要的东西被留下，而这些留下的东西很可能是本质性的东西时，我们同样在其小说中读到，"日常生活的筛选相当可怕，漏去的都是好处，留下的且是坏处"。两种相似的说法看来矛盾，那是因为它们所指不同。几十年前，王安忆在谈小说时，用的是"此岸与彼岸的人神不同"；

几十年后她在谈《红楼梦》时讲的是"仙缘与尘缘",说法也相似,但所指差远了。

这让我想起理查德·E.帕尔默在其经典的《诠释学》中所写的一段话:"正如每个问题都包含着一种先行的论断。这种论断决不可能被视为某种独立的、孤立的实体,而是要看作对一个问题的回答,看作在某种思考视域之内才有意义的东西。比如,诠释作品,就意味着进入文本活动于其中的问题视域。此外,这还意味着,诠释者进入了一个可能产生其他回答的领域。正是由于这些其他的回答——在作品的时间语境以及当下语境中之回答——人们才必须发现文本正在言说的东西。换言之,唯有根据没有说出的东西,已说出的东西才能被理解。"[1] 根据没有说出的东西,才能理解被说出的东西。一语中的道出我们批评实践中看似无望的痛处。太长的时间了,我一直在言说中翻箱倒柜、反复数落。直到读了迈克尔·伍德的《沉默之子》才略有醒悟。

已经言说和没有言说的东西都很重要,但后者更重要,它更能证明前者的时空是如此宽广。就如同你的记忆很重要,但用记忆来唤醒我的遗忘更重要一样。

2017 年 9 月 15 日于上海

---

[1] [美]理查德·E.帕尔默著,潘德荣译:《诠释学》,商务印书馆,2012 年,第 303 页。

文化和自然之镜

——阿来"山珍三部"的生态、心态与世态

1805 年，歌德在读到普罗提诺的著作之后，欣然命笔，写下一首名诗，诗中写道："如果你的眼睛不像太阳，你就看不见太阳……"

一

2008 年，阿来的长篇巨著《空山》第六卷发表，历时四年的三部六卷本"机村传说"终告一段落。巧合的是，十年前，奠定阿来文学史地位的长篇小说《尘埃落定》的发表，也经历了四年时间。不同的是，前者是陆续写作发表的时间，而后者经历的是十几家出版社不断退稿的搁置时间。

这一年，阿来因《空山·第六卷》获第七届"华语文学传媒大奖·二〇〇八年度杰出作家"奖。授奖词中这样写道："阿来是边地文明的勘探者和守护者。他的写作，旨在辨识一种少数族裔的声音，以及这种声音在当代的回响。声音去到天上就成了大声音，在地上则会面临被淹没和瓦解的命运。""声音"一词至关重要，它也许是打开阿来叙事之门的一把钥匙。在颁奖当日，阿来作了题为《人是出发点，更是目的地》的获奖演说，以其一贯的人文主义立

场做出了回应。

随后的若干年中，阿来继续其长篇创作之旅：2009 年，"重述神话系列"之《格萨尔王》在北京首发；2013 年，《人民文学》第八期刊登了其"历史非虚构"长篇力作《瞻对：两百年康巴传奇》。十几年时间，阿来在长篇叙事的各种可能性上，花费了诸多心血，也做出了可贵的努力。神话传说与传奇都是古老的叙事形式，阿来追溯本源的借鉴并不是回到过去，而是追寻其在当今生活和历史中不死的灵魂。

二

也许是多年的长篇创作过于疲惫，用作者自己的话，想休息一下写些轻松的东西。于是便有了《三只虫草》的诞生，有了《蘑菇圈》和《河上柏影》的问世。三部中篇并无故事上的必然连接，但又有其共同特征：虫草、松茸和岷江柏均是"青藏高原上出产的，被今天的消费社会强烈需求的特产"。故出版时被称之为"山珍三部"①。

《三只虫草》很像青少年读物，追求知识、渴望成长、问询启蒙，写得轻松，读来也不难懂。即使如此，小说也不乏微言大义和阿来对当下生活变化一以贯之的关注和思考。

生活于海拔三千三百米的牧民，为了保护长江黄河上游的水源地，退牧还草，开始了定居生活。看电视成了文化生活的符号，而每年一度挖虫草成了他们必不可少的经济来源。住宿学校的优秀学生桑吉为了挖虫草逃学，这是故事的引爆点。作者运用客观镜头隐

---

① "山珍三部"：《三只虫草》首发于《人民文学》2015 年第 2 期，《蘑菇圈》首发于《收获》2015 年第 3 期，加上首次出版的《河上柏影》，共三部小说由人民文学出版社出版，总称"山珍三部"。

含主观镜头为我们讲述了桑吉成长中的事件，客观镜头讲的某人在看什么，而主观镜头指的是某人看到了什么。说到底，视角是一种难以界定为主体或客体的事物，我们在看桑吉的同时，桑吉也在看什么。镜像自然是一说，反镜像的镜中之镜可是另一说。

游牧变成了定居，出于生态而变故的生活方式也影响了心态。好比桑吉的父亲虽"满意新的村庄，就像住在城里一样"，想不通的总是那么容易杀人的打仗电视剧；就像母亲搞不懂电视剧里那些不用劳动整日消费的生活。还是学生的桑吉也有许多不懂，最为纠结的是该把虫草看成一个美丽的生命，还是看成三十元人民币？父母辈肯定将答案归于信托的山神，那是因为"山神有一千只一万只眼睛，什么都能看见"。在一种绵延的神话思维里没有验证核实的概念，虽然他们对世界的阐释远离科学，总是保持着对分析的不满，不断地用已知解释未知，通过直接经验的闪烁纱幕看世界，把万物看作有生命力的东西。神话思维不给现实提供任何逻辑，但也拒绝谎言。

桑吉不同，逃学只是暂时的，他眼中的货币只是为了姐姐的病和姐姐上学没有好看的衣服。成长渴望知识的启蒙，"三只虫草"的历险见证一个正在开悟的少年的追求，他放弃做喇嘛的召唤，从"虫草"之地一路狂奔，追求百科全书式的知识之光。"他奔跑，像草原上的很多孩子一样，并不是急事需要奔跑，而是为了让柔软的风扑面而来，为了让自己像活力四射的小野兽一样跑得呼哧呼哧地喘着粗气。"诗人出身的阿来在此无疑勾勒出照亮整个小说的意象。这也让人想起作者以前的小说名篇《奔马似的白色群山》，奔跑的姿势从来不是风景的写照，而是摆脱束缚追求自由的生命象征。"童趣的视角和语句下，整个小说如初春般混合着万物更生、大地复兴、天人归魅的气味和情志……"《人民文学》的卷首编者语这样评点《三只虫草》，说得真好。

三

"山珍三部"是一个新起点，貌似轻松的写作拓宽了其审视世界的时空观念，他的审视已告别了一个王朝的古怪终结，他的思考已不再单纯是一个村落的半个世纪的史诗，一块边地的二百年的非虚构历史。阿来的叙事不仅智慧地偏向同时代人的口胃，还提示出历史是如何起到与自然相反的作用。文化竭力装作人类善和实践的自然特征，但实际上这些特征都具有历史性，它们都是历史力量和利益作用的结果。文化圈理论的基本前提是，一种具有高恒常性的传统能够在整个人类历史延伸。回忆主要是一个用于自我，与个人关联的情况与概念，而传统则是一个首先用于文化和历史范畴的概念。但这并不妨碍我们可以继续讲述记忆中的历史和历史中的记忆。"蘑菇圈"的命运提醒我们，我们只能是人类的主体，因为我们与他人和物质世界实际上有着密切的关系，而且这些关系是我们生活的基本构成因素而不是偶然的东西。世界并不是一个"外在的"有待理性分析的客体，不是一个被用来反对沉思的主体；它绝不是我们可置身其外并反过来与之对抗的某种东西。

对弗洛伊德而言，自然不仅是文化的他者，它还是其内部的一种惰性的重量，展开了一个贯通人的主体的裂痕……因此，关于文化的形成、永远存在着某种最终的自我毁灭的东西。当丹雅对阿妈斯炯说，"我的公司只是借用一下你蘑菇圈中的这些影像，让人们看到我们野外培植松茸成功，让他们看到我公司种植的松茸在野外怎样生长"。当阿妈斯炯似懂非懂地明白天然的蘑菇圈已成了金钱文化的图像时，她感到一种"死亡"的降临，"我老了我不心伤，只是我的蘑菇圈没有了"。丹雅的拯救就是阿妈斯炯心目中的毁灭。两种文化或者说文化与自然的厮杀由此可见一斑。

当不幸突然降临时，其他动物先会面临它，人类则会预感它可能来临，这样，他们一生都有意识地处于满足和失望的张力之间，这种张力由不得他们，这就导致面对挫折和不幸时的畏惧。最大的不幸当然是死亡，包括自己的死亡和熟悉的人以及亲人的死亡。死亡不会面对死亡，我们面对的只是他者的死亡以及即将来临的死亡。随便提一下，"灵魂"一词屡屡被提及，而它的确有所指，往往是越解释越糊涂。在诸多地方与诸多文化里，人类都曾想象自己能长生不死，古时候与世界"灵魂"同义等价的诸多词语，首先用来表示我们身上永恒不死的东西。

"山珍"之所以为山珍，是因为它的稀缺性。物以稀为贵，那是价格使然。而那更为深层的价值在于它们都面临着消亡。人们都在关心自己生命终结的降临，都在消受死亡将临的恐惧。而对自然物种消亡的关注，就像波德莱尔的钟一样，指针全被拿掉了，上面有这样的题词："比你想的晚多了。"这也是辛波斯卡在诺贝尔文学奖演讲词中那句括弧里的问句："我们何以确定植物不觉得疼痛？"

文化在自然中留下它的痕迹，自然也在人身上留下它的痕迹。两种痕迹彼此影响，有联系也有斗争。文化之镜与自然之镜互为镜像而又相互拉拉扯扯。我们只需记住，虫草、松茸之所以变得越来越重要，缘之于那日益被哄抬的物价；那承载着神话传说的岩中柏树更是因为其独一无二而成为地方旅游业的经济增长点。当野生的珍稀物品和悠久的历史品质成了当今广告业的言辞英雄时，作为本质的自然属性随之烟消云散了。"山珍三部"的可贵之处在于，作者时时处处留意日渐流失的自然属性。我们以为我们知道，其实我们并不知道；我们自以为我们不知道，其实我们一清二楚。我们可以欺骗自己的意识，但依然无法改变自然的意识。

"山珍"的命运既是一种自然物种的命运，也是一种文化的命运。"文化是一种充满悖论的商品。它完全遵循交换规律，以至于它不再可以交换，文化被盲目地使用，以至于它再也不能使用了。

所以，文化与广告便混同起来。广告在垄断下越显得无意义，就越变得无所不能。"① 德国的著名哲学家马克斯·霍克海默与西奥多·阿道尔诺在时空上都离我很远，但他们的话仿佛针对眼下的几部小说说的。

四

《三只虫草》写得轻松，《蘑菇圈》可就沉重得多了。在对时间的依赖上，仿佛是机村传说的缩影。对阿来来说，"机村"就是福克纳的约克纳帕塔法县。依然是村志与人物志，依然是离乡与返乡，依然是不合时宜的视角，依然是进进出出的工作组对古老机村带来的冲击，依然是不断变化的时代给传统生活秩序带来的变乱。在时间的长河中，阿来最为关注的始终是"人性使然"的冷热轻重。"我相信，文学更重要之点在人生况味、在人性的晦暗或明亮、在多变的尘世带给我们的强烈命运之感，在生命的坚韧与情感的深厚。"作者在"山珍三部"的序中这样写道。

《蘑菇圈》叙述了主人公斯炯在机村经历的六十年风雨人生。作者采用类似编年方式，记录历史上重大事件在小小边远村落的回响，主人公则以"拔出萝卜带出泥"的效应为我们带来一系列血肉相连的人物形象与影像。历史事件诸如大跃进、大饥荒、四清运动、"文化大革命"以及1980年代之后一系列经济发展、市场效应、服务贸易、城市化与全球化等皆为众人所熟知；而包括阿妈斯炯在内的法海和尚、工作组组长刘元萱、废液犯吴掌柜、累得脸蜡黄的四清女工作组长，因庄稼绝收而上吊自杀的公社社长、儿子胆

---

① ［德］马克斯·霍克海默 西奥多·阿道尔诺著，渠敬东、曹卫东译：《启蒙辩证法》，上海人民出版社，2006年，第146页。

巴和同父异母的丹雅等，则让我们陌生而难忘。叙述者看到所有的人物都在他的视野中出现，又在那里消失。视野也包括记忆、多层的记忆，而叙述者本人也属于人物之列。人物则是目光之目光。尽管不可能"看见自己在看"，却完全可能"看见自己被看见"。

"斯炯上了一个年轻民族干部学校的意义似乎就在于，她有机会重复她阿妈的命运，离开机村走了一遭，两手空空地回来，就用自己的肚子揣回来一个孩子。一个野种。"对斯炯而言，两代人都是野种，父亲成了秘密的来源，身份就此打上了问号。当四清女工作组长穷追猛问胆巴的父亲是谁时，说与听已不是双方的问题。"听见自己在说"是可能的，而"听见自己被听见"则是不可能的。那些患上阶级斗争综合征的人恰恰是患上了听觉幻觉的精神病患者。斯炯那人性的温度与女组长敌情观念的彼此较量，前者的胜出是可以想见的。历次运动的执行者与推广者全然被一种幻觉所统领，用弗洛伊德的术语来说，他们将自己"低级"的欲望，升华为一种崇高的理想主义。在弗洛伊德看来，这样做的人，其实是将自己的本能弱化，从此让自己受制于死亡的驱动力。

斯炯的人生总是与秘密打交道，不止出身是一个问号，而且"朋友"也是秘密的。她一生最重要的"朋友"，一个就是吴掌柜。"盲流"这个带有行为能力的名词和"大饥荒"是他们交往的关键词，那最终被疑为台湾蒋匪帮反攻大陆发信号的潜伏特务的吴掌柜最终被抓，只是缘于饥饿。"那是机村少有的一个不眠之夜。很多人都认出了那个山羊胡须的吴掌柜。他们一家在村东头那条曾经的小街上开了十多年的店。他们在公路修通、驿道凋敝时离开了机村，回到老家。人们还记得他离开时，带着一家老小转遍整个村子，挨家躬身告别的情形。但村里没人知道他何时回来，为什么回来，而且这样行事奇特，要偷杀合作社的羊，并于半夜在山上生一堆火，在那里烤食羊腿。只有斯炯知道他是出来逃荒的。知道这么做是不想活了。"这个离奇的故事出自离奇的年代，吴掌柜和斯炯之间的秘密隐含着一个更大的时代秘密。那个临死前的"饱死鬼"脸上反复出现的"奇怪的笑容"是对时代噩梦的反击和嘲讽。这个故事今天读来已不是什么秘密，但仍不失其震撼人心的力量。我们是否能通过罪恶才能获得拯救，能否穿越疾病与死亡的深渊才能最终达到"健康"的殿堂。伟大的托马斯·曼通过其传世之作《魔山》主人公汉斯·卡斯托普所领悟的道理，今天依然携带着无法消除的问号。

我们不能"接受"他人的苦难状况，无论是出于何种理想，也不管我们自己的苦难是否也能同样被"接受"，因为这种"接受"总归会产生罪恶。所有的文化都与这种罪恶有所关联。物尽其用导致砍伐满山的树木，"肥料"的作用带来庄稼绝收，"人定胜天"的结果是天灾降临。解放的思想是一个巨大的讽刺，是一种摆脱不了的荒谬。

五

命运总是具有重大的反讽意味，我们越是满怀激情地去寻找现实，越是因为相信自己更加接近现实而感到愈发喜悦，结果却越是远离现实。这也是斯炯的命运，这也决定了"蘑菇圈"成为其终生的秘密朋友。早在1991年，阿来曾写过名为《蘑菇》的小说。梁海的《阿来文学年谱》中这样写道："《蘑菇》中那煮在羊奶中鲜美异常的松茸，还有山野明丽的春天，都让阿来感到无比地幸福。美丽的自然和淳朴的乡村情感使得阿来依然有着'单调而又明亮'的童年。"[1]"单调而又明亮"的色调不止是童年，就是写到大批新鲜的蘑菇被飞机运往日本，日益高涨的价格给当地村民带来的喜悦也

---

[1]　梁海：《阿来文学年谱》，《东吴学术》2012年第6期。

可想而见。嘉措母亲，一位退休镇长因为从事收购蘑菇的生意而重获新生，嘉措和朋友的令人兴奋而又有收益的活动则是到乡下采摘蘑菇。小说结尾处："蘑菇一共是二十斤。八十元一斤，卖了一千多块。嘉措一分不要，两个朋友一人八百元。剩下的都一齐吃饭喝酒花掉了。启明的钱打麻将输掉一部分，剩下的给妻子买了时装。嘉措觉得他潇洒大方。哈雷则运用特长，买了一台日本进口的唱机和原来的收录机并联，装上两只皇冠音箱。嘉措觉得他实在，而且有文化。"和《蘑菇圈》的结尾相比较，其中的变化和差异可以想见。

对新生活的欢迎和质疑是两篇几乎同名的小说之间的差异，维护前者的是经济，而后者的守护神则是自然。斯炯自从遇上传说中的蘑菇圈——圈里的蘑菇是山里所有同类蘑菇的起源和祖宗。有如神助一般，渡过了无数的生活难关；"蘑菇圈"是天赐之物，它启迪我们重新审视人在自然中的地位。同时，"蘑菇圈"又是秘密之地，在它那里埋藏着许多不为所知的故事，开启了我们喜爱自然依赖自然追根寻源的"神话"之旅。两部小说的时间差距是二十五年，而这些年留给我们最为重要的就是变化二字。二十五年，我们有着太多论述涉及一个正在转换的时代，一个变化，一个个接踵而至、目不暇接的变化，突然而令人困惑，根本无法消受突如其来的变故。我们正在高歌猛进，老天却变了脸色；我们正在莺歌燕舞，却满天沙土扑面而来。正如神学家泰可德·德·沙尔丹所写："在我们变化着的世界上，没有一件事是真正可理解的，除非就它已经达到的目标来说。"

《蘑菇圈》的后半部涉足的正是近几十年的现实。生活在现在绝不像生活在那时。我们生活在一个不断变化的世界。在这个世界中，过去是死去了，现在也在垂死之中；我们必须得履行的责任由现在与将来之间的某一暂时的场所提出来。我们使用变化，而且也被它所使用。为数不少的作家都试图对当今的现实发起一种"正面强攻",当然也包括部分侧面迂回的尝试,结果往往不尽如人意。谁之过,变化着的生活之过,还是叙述的功力之过?真是难以判断。有些作家十几年前精心构筑的长篇早已落笔,断断续续,至今无法完成。不舍得另起炉灶,又无法继续完成。我的看法是,当叙述者认识世界的观念已经变化时,又怎么能回到昨日的视角。在公社式的社会中,乳酪是不包装的,交流的过程被称之为闲谈;在联合体社会中,乳酪是用玻璃纸包装的,交流的过程被称为"媒介"。我们的叙述又怎么能舍弃"媒介"而流于"闲谈"呢!

世界变化如此迅速、范围如此之大,我们的经验遇上从未有过的挑战。八十年前,本雅明曾感慨地写道:"幼时乘马拉街车上学的一代人,此时站在乡间辽阔的天空下;除了天空的云,其余的一切都不是旧日的模样了,在云的下面,在毁灭性的洪流中横冲直撞,毁灭性的爆炸此起彼伏的原野上,是渺小、脆弱的人的身影。"[①] 我们甚至还可以补充一句,现在的情况是,天空的云也不是过去的模样了。

六

母亲斯炯与"蘑菇圈"休戚与共,已然发展成了一种生活方式,以至于无论社会发展如何进步都无法解除这种形式。尽管她是如此深爱她的儿子,儿子每次升迁都是她的骄傲,她依然拒绝"进城"。与"蘑菇圈"自然地相处就是其自然的方式,唯有如此,她生活的各个方面都是安详的,那是既朴素又简单严峻的生活。也

---

① 瓦尔特·本雅明著,陈永国、马海良编:《本雅明文选》,中国社会科学出版社,1999年,第292页。

许，有人从实用经济的角度提出他们的看法，"蘑菇圈"的发现与存在对斯炯来说毕竟也有其实际意义，比如饥饿时代能解决她的温饱，温饱解决之后能增加她的收入。这不假，但最基本的功用并不是全部。"蘑菇圈"的完整且秘密的存在寄托着斯炯精神情感的全部，是其喜怒哀乐的始源地、本真性伦理的来源，这也是她为什么一次又一次地拒绝更大诱惑的商机的原因。从某种意义上说，"蘑菇圈"就是斯炯的伊甸园。相比几十年前的那篇《蘑菇》，《蘑菇圈》在观念上似乎是一种对进步的拒绝。

伊甸园的神话传说对中世纪的神学家的持续吸引长达一千年之久，这主要是由于《圣经》中简短含糊的描述为各式各样不同的理解提供了足够大的空间所致。亚当最初的品性，知善恶树的实际象征意义，以及偷吃禁果的道德暗示，一直是人们长期激烈争论的焦点。亚当到底是个被上帝宠坏了的无知的孩子，还是高尚的野蛮人，或是满足有上帝赐予的智慧最终却堕落的人，等等。从这些争论中我们可以看出，原始论和进步论二者之间的一个永恒的话题：到底原始人（比如伊甸园）所处的环境代表的是人类美好的童年时代，但是人类想要生存就必须成长并最终要抛弃，还是代表了我们应一直生存其中的环境？

"现在"自以为驱逐了"过去"并欲取而代之，在这种过去里，有着令人不安的熟悉的身影。进步论和原始论经常轮番交替产生了纠缠对立：一方是遗忘，它并不意味着被动或是损失，而是对过去的抗衡；另一方是记忆的留痕，它是被重新唤起的曾经遗忘了的东西；从此，往事不得不改头换面地发生作用。在封闭走向现代，在落后迎来繁荣的时光里，我们曾经有举双手欢呼的时刻，需知事情会有反复，情况正在发生变化。1980 年代前期，季红真教授的论文《文明与愚昧的冲突》在《中国社会科学》上发表时，曾有过轰动效应。几十年过去了，今天是否应当还有诸如"两种文化的冲突"

"自然与文化的斗争"之类的评论诞生呢？

《蘑菇圈》的意义在于，作者竭力想表达出人与自然关系的无法割舍。就像席勒在《论素朴的与感伤的诗》的开头将动物和植物与孩童、农民和原始人联系起来，由于他（它）们都合乎自然，所以能在人们心中唤起一种爱或"敬畏情绪"。

七

讲究视听效果，是诗人出身的阿来一贯追求的叙述风格。他的著名短篇取名为《声音》，他的散文集题为《看见》。《声音》之所以为人看重，全赖于其在如此短小的篇幅中，让听视转换的艺术表现得如此优雅和不露声色。就拿"山珍三部"来说，前两部均以学校钟声和山里布谷鸟的叫声入手绝不是偶尔为之的。当然，看见可能更重要。以《空山》为例，一幅航拍的黑白照片从此改变了阿来的世界观。"村子里的以为只有神可以从天上看下来的图像。但现在，我看到了一张可以从天上看下的图像。这个图景里没有人，也没有村子。只有山，连绵不断的山。现在想来，这张照片甚至改变了我的世界观。或者说，从此改变了我思想的走向。从此知道，不止是神才能从高处俯瞰人间。"[①]

《河上柏影》位于三部之末，但写法上却出奇的不同。全部由五个序篇加跋语和正文组成，一部关于"树与人"的历史传说与现实故事全靠着结构性的组合、想象的补充连接，用阿来的话来说，就是一种"拼贴画"的完成。除了序一是植物志的摘录外，还是从视觉入手，"当一株树过了百岁，甚至过了两三百岁，经见得多了：经见过风雨雷电、经见过山崩地裂，看见过周围村庄的兴盛与衰

---

① 阿来：《有关〈空山〉的三个问题》，《扬子江评论》2009 年第 2 期。

败，看见一代代从父本到母本身上得一点隐约精血便生而为人，到长成，到死亡，化尘化烟。也看到自己伸枝展叶，遮挡了那么多阳光，遮挡了那么多淅沥而下的雨水，使得从自己枝上落在脚下的种子大多不得生长。还看见自己的根越来越强劲，深深扎入地下，使坚硬的花岗岩石碎裂。看见自己随着风月日渐苍凉。"

植物性的存在是用不可移动来定义。植物扎根于一个地方，这意味着它们无法躲开依赖者和掠食者。问题是那百年岩中柏树能看见吗？自然之物，那个被称之为物自体的能自证为主体吗？康德之后，不再是客体的概念，而是主体的感觉成了决定性因素。自然作为主体观念已不复存在。岩中柏树的起源、历史、功用和稀缺性都无法证明其主体性。对人类而言，"全然的他者"这一表述意味着绝对不可思议的东西，是我们与之丝毫没有任何关系的、完全陌生的东西。但这却是作者所喜欢并肯定的东西。就像王泽周家村前那五株学名叫岷江柏的树，伴随着古老的传说，耸立在村前突兀的石丘上。物自体的无法自证不要紧，文学术语上还有一条出路为拟人化的手法，这个术语具有多种功能和多重意义，其中重要的就是揭示出自然在人心目中的地位和情感作用。

自然对阿来的小说来说，重要的是那挥之不去的气氛、诗意、情感的灌注和象征的力量。尽管死亡到处发生，自然却总是年轻而完整；取代不断消失的事物时常在性质上和它明显相似。村前那五棵被村人尊为神木的"老柏树有多老？反正村里最老的老人生下来，看见它们就是眼下这个样子。"万物都是尘土，它们归于尘土，尘土永远丰饶，注定永远进入新的，无疑是美的形式。这一物质概念给广阔的世界带来一种更伟大的循环，它要我们相信，一切事物互相转化，它们从一个共同根基不断产生，并返回那里。当"母亲开始变老，肥胖的身躯有些臃肿"时；当母亲去柏树下收集馨香的落叶，在屋顶一角的祭坛上燃起祈神的香火，祈祷神保佑儿子延续时，那朴素而古老的祈愿就是物质概念在人间栽下的生命之源。

八

书写既不是真实的违背，也不是对丧失的挽救，而是对必然缺席的生活所指。缺席是因为这是书写，因为如果我们是过这种生活的话，就不会再书写它，但这缺席对许多其他人来说是一场预演。《河上柏影》强调的一个追求就是"一个不计较父亲是谁，母亲是谁的地方"，这已非具体所指，而对那些被圈定狭隘范围的"血统论"的隐喻性责难和非议。当一辈子勤劳付出、逆来顺受、少语而隐忍的王木匠，几经轮回地视"他乡为故乡""故乡为他乡"的精神漂泊之后，他依然是一个无足轻重的受苦受难的沉默者的形象。作为一个人物形象的命运，他避免了被大多数现代人诟病的"大团圆结局"，虽然这个结局似乎在小说的中途出现过，但这毕竟不是结局。真正的小说结局是，心有不甘的王泽周在电话中"还想对父亲说，等他回来，自己要带上儿子，回一趟父亲的老家"。这种渴望回老家的结局是没有结局的，它只能对必然缺席的生活所指。

阿来的作品总是涉足两代人的故事，而两代人中一般都以母亲形象为重。以此次"山珍三部"为例，《蘑菇圈》中的"父亲"是匿名的存在，最后的露出真相也颇有些通俗情节的嫌疑。而《河上柏影》则不同。不仅在人物身上着墨用力，而且隐含的叙述者全力倾心于作为儿子的王泽周的视角，作品虽不是第一人称实际则有过之而无不及，不仅有同情的情绪而且大有"翻案"的心机。不知何故，王木匠总让人想起《圣经》中的该隐：只相信脚下的土地，以及自己脸上的汗水。与此同时，屈服于放逐，沦落至无家可归的境地，则又在相反的处境下为一个通达成功获取赞誉提供了机缘。不止于此，还有那柏树花岗石和人类诞生相关的"知识树"和"盗火"之举都让人产生可有可无的联想。《河上柏影》借助其象征、隐喻意象和联想,将文化之手伸得很远很远。

过去意象的不断累积,你可以很容易沉思和倾听它,也可以随意检验和品尝它。村前那五棵生长在石丘之上的老柏树还裹挟着一则古老的神话传说。故事虽简单,但因对立于王泽周那不断修改、发表命运屡遭挫败的论文,同时又连带着当今蓬勃发展的旅游文化,故在小说中占有举足轻重的地位。一般而言,"讲述一则神话"是指讲述一个没有日期,也无法确定日期,以至于根本不可能将其放置在编年史上的故事。但这么一个故事却自在地向意蕴生成,而弥补了时间的缺失。在其晚期著作《文明及其缺憾》当中,弗洛伊德想象文化起源的推测性神话乃是一个断念过程的写照。根据他的定义,所谓"文化",无非是指"将我们人类生命同动物先祖区分出来的全部成就和规则的总和,它服从于双重目的,即保护人类而反对自然,以及调节他们彼此之间的关系"。

王泽周崇尚知识科学,强调自然的观念,学的又是人类学,对一则神话传说进行田野调查,这让人怀疑,其倾向性是否有失周全或者说是否把不同领域的方法弄混了。别的不说,就是人类学的学科特点和田野调查也有着无法避免的冲突和矛盾:人类学总是假定,有一种"客观"现实让他们处于"感知主体"的位置,而他文化就变成"被感知的客观",这种客观现实常常被具体化。所幸,还有人类学田野调查所倡导的与人相对的另一种倾向:人类学家通常需要深入某个群体,深入一个居住在特定地方的特定群体,跟他们谈话,观察他们,接受他们的观察,依赖他们,忽略他们已知的事物,成为当地人眼中的问题,等等。[①]

当然,这个问题在此不易展开。关键在于回到小说,回到神话

---

① 参阅〔美〕伊万·布莱迪编,徐鲁亚等译:《人类学诗学》,中国人民大学出版社,2010年。

传说。这让我想起汉斯·布鲁门伯格在其《神话研究》中的一段论述，不妨引述如下："1850年6月12日，福楼拜在埃及日记中写道，当天他和他的伙伴登上一座山，在山顶上发现许多酷似炮弹的巨大圆石。有人告诉他，这些石头本来是木瓜，可是上帝就是把它们变成了石头。故事讲完了，叙述者心满意足，就是没有任何一位旅客追问为什么会如此。因为它取悦了上帝，本身就是答案，这个故事无须下文。这个故事满足于描述石头的整齐一律，而这恰好对立于偶然性，只要我们退后一步，就会了解到它的出现是完全'合乎自然的'。木瓜正是这样生长，而无须说明它们为什么如此类似，大小如此统一？所以，拿木瓜说事，既可以让我们接受这些令人见怪的石头所具有，而石头一般不具有而且在本质上不应具有的特征。转而求助于生活世界，求助于生活世界非常熟悉的事情，亦复如此；没想到上帝确实可能怀着某种意图处理这些木瓜。这一神话片段，只不过是从生活世界迈出了一步而已，然后，故事就讲完了。如果谁被这个答案惹恼了，径直去追问'为什么'，那么他本人也会茫然失措。他违反了神话世界的游戏规则。"[1] 对不起，引文有点长，不过它很说明问题。

九

《河上柏影》和前两部小说一样，其可贵之处在于关注昨天与眼下生活中的生态、心态与世态。世态炎凉充斥着变化，心态失衡日益为利所趋，生态则日渐恶化且风雨飘摇。无情变化的奇观，时间胜利的偏见，经济发展的傲慢，服务业不知为谁服务，舌尖上那没有了乐谱的舞蹈，旅游业不知何处为栖息地……这一切都拜文

---

[1] ［德］汉斯·布鲁门伯格著，胡继华译：《神话研究》（上），上海人民出版社，2012年，第292、293页。

化所赐。

在弗洛伊德简洁的定义里，文化是一种为了操纵外在自然以及调节人们彼此关系的集体活动。这表示，每个人都需要经历不一致以及牺牲的困境，欲望的延迟以及享乐的剥夺，所有这些都是为了共同的生存。文化总以为已经学会去履行其主要工作，那就是帮助人对抗自然，在未来也许会做得越来越好，但这并不表示"自然已经被征服了"，实际上正好相反。弗洛伊德列举了许多自然对人的敌意表现：地震、洪水、暴雨、疾病，以及——越来越为个人所关切的——"死亡的痛苦谜题，到目前为止没有医药可以对抗这个谜，也许永远找不到。自然凭借着这些力量牵制我们：强烈地、残酷地、无情地。"这是一个有报复能力的女神，一个无情又无法打败的敌人。带来死亡的女神。[①]

我们必须成为某种文化的存在，但不是任何一种具体文化的存在。因此，就我是某某部落人而言，就存在不可避免的反讽性的东西，因为我也许永远来自他乡，我的故乡在远方。但另一方面，我不该是我所是之人，所以做个什么地方的人应该觉得极其自然，而我也许来自什么地方的事实则无关紧要。问题是王泽周们无法确定自己是谁，受族裔偏见，纯正血统的排斥的影响，他们无法建立一个连贯的认同来使得自己适应命定身处的具体环境。沉默的父亲、顾影自怜且经常脸上会露出与年纪不相称的严肃而冷静神情的王泽周，两代人的被歧视所产生的疏离感是王泽周无法摆脱的身份焦虑，也是几乎延续了阿来几十年的文学创作的焦虑。正如王泽周所说，"其实我想研究另一个问题，如果每一个血统纯粹的人才拥有一个故乡，其他人则不能，世界将会是什么景象"。

八年前，评论家曾在一篇令人难忘的论文中指出："从此，阿

---

① 参阅［美］彼得·盖伊著，龚卓军等译：《弗洛伊德传》（下），鹭江出版社，2006年。

来意识到自己的族裔身份，讲述着变数意义上'我们'的故事。在一个追求'我'的意义的写作时代，阿来自觉地把'我'安放在'我们'中间。"[1]"他们的"来历、出生、身份缺陷，掺杂不明不白的血统所形成的缺陷与压力无情且沉重地压在"他的"心头，使得融入成为障碍，他们经常处在进退维谷的境地，从此认同的"自然"状态丢失了，而从哪里来成了问题，真实的存在则失去了空间。难怪在与柏树的生命相比较之后，叙述者作出如此感叹，"柏树的生命，可以使三百岁的差异无从区别，而四十岁出头的王泽周，从很年轻的时候，心里生出了非常苍老的东西。树们竞相生长，最后就是变成一片森林，不分彼此，不分高下并肩站在一起，栉风沐雨。人却在制造种种差异，种种区隔，乐此不疲"。这一生命感慨所指明确，可以理解。但自然也并非仅"和谐"二字所能了结，生态平衡背后也包含了残酷的争斗，彼此的淘汰。所谓丛林法则，也是缘于人对自然的认知。

十

村前那神圣的五棵岩中柏树终于走向了毁灭，这是一个悲剧。导致这一悲剧的并不是愚昧的幻觉，而是现代性的步伐，发展旅游业的盲目，是赢利的鞭子在作祟。这是自然史与文化史的交锋，悲剧是对"人定胜天"的投诉，是对所谓繁荣现实、盲目发展的一纸诉状。布鲁诺在《论无限》中指出："自然不是别的，只是根源于事物的一种力量，只是万物据以沿着自己固有的道路前进规律。"为了这个自然的生态，作者抒发了自己不平的心态，揭示了令人不满的世态。《河上柏影》是部激情之作，是心有不甘的书写。它倾

---

① 何平：《山已空，尘埃何曾落定？》,《当代作家评论》2009 年第 1 期。

229

注了阿来长时间的不满、所感与所思。在打破客观中立的叙事立场的表面，遮蔽了难以想象的复杂性。小说也一定程度地提醒我们，当下有着比追溯过去来源更为重要的事情。

我们暂且可以把视线转移到另外一部小说，《遥远的温泉》是2001年作者访日期间因温泉的风习而引发对故乡温泉的记忆。"在故乡的热泉边上，花脸贡波斯甲给了我们一种美好的向往，对一种风景的向往，对一种业已消逝的生活方式的浪漫想象，那时候，我们不能随意在大地上行走，所以，那种想象是对行走的渴望。当我们可以自由行走时，这也变成了对过去时代的诗意想象。"小说沉浸于这两种想象之中，又不断在时代的变化之中，所滋生的美丽与落后、野蛮与文明的逆转。当天然的温泉被野蛮的水泥块，腐朽的木头都毁掉。美好的记忆也失去了它的光泽，唯有留下悲哀而已。相比之下，《河上柏影》的视野，思考的问题，对种种差异的纠结，其深其广其复杂性，都要远远超过《遥远的温泉》。

文化主义者坚持说，我们确实不过是文化的存在；自然主义者认为，我们仅仅是自然的存在。如果按照这任何一种说法，我们的生命也许远远不会那么焦虑。成问题的是，我们被置于自然与文化的切点之间的事实。那便是从整个历史上看，我们在此一定要自知无知，但我们还是要看看，究竟如何处置不可知者，尤其是处置可知性的幻想。

认同是一个不停转动的轮子，它使我们永远无法摆脱神经质般的痛苦。身份并不是我所拥有的最个人的，最核心的东西，这个是关系他者的问题，或者说你我的相互作用之中。我永远处于关系之中，永远被他人包围。黑格尔认为，自我意识（个人主体）恰恰是为另一个而存在，它的存在"只是由于被对方承认"。巴塔耶说，黑格尔的这个承认至关重要，因为在任何一个人身上，"只有如此显现的东西在他人如此相认之前并不真正存在"。他人的承认与自己的认同是同体发生的。

我们关注变化，但变化并不理会我们，它永远沉浸在变化之变化中。现实的脾气如此暴躁，以至于它即使是在现实被理想化之时也不能宽恕理想。我们渴望真实，企盼客观的知识，却总是深陷于我们所生长的心理土壤上而不能自拔。

面具人人不可或缺，但我们又不能为面具而活着。这使人想起罗兰·巴特在《恋爱絮语》中那段一再被人引用的著名段落："我一面指认着自己的面具，一面前行。我使自己的热情戴上面具。但是，我又用谨慎（而狡猾）的手指指认眼前的面具。"自然中的山珍和人一样，被指认的仅仅是美味和景观，那真实消亡的日子为期不远了。这一点，阿来是清醒的，诚如其在"序言"中所说："我警惕自己不要写成奇异的乡土志，不要因为所涉之物是珍贵的食材写成舌尖上的什么从而把自己变成一个味觉发达，且找得到一组别致词汇来形容这些味觉的风雅吃货。"

十一

有人说，在追求复杂的写作时，不惜让自己简单，再简单些。我们不妨可以再加上一句：在追逐全球化的书写时代，应当自己具体再具体些。《山珍三部》不乏简单与具体。它为我们的叙事还尚未重视的生态叙事打开了一扇窗，同时也不忘为当下失衡的心志划下了一道警戒线。众神以理性的形态，天意以科学决定论的形态，复仇女神以传统的伪装上演了一场复辟。而文化与自然之镜则是这一颠倒的真实影像，它既是毒药又是解药，有助于我们的叙事上演一场"还原"的大剧，能帮助我们在繁花似锦的年代追忆那早已烟消云散的东西。对阿来来说永远是这样，剩余的概念是深刻地矛盾着的。它同时既是我们人性的标志，又是引导我们违反人性的东西。但我想对叙述者说的是：思考伦理学的终点是要通过对深爱的东西的肯定，而不是确立一种明确的立场，不是通过一种关于做什么和不做什么的明确规则支配的计划来达到，采取这种立场的人来做什么太具明确性了。伦理学的终点意味着，伦理学的事业也应当带有比以往的哲学家不情愿显示出来的更多一点恐惧和战栗。在某种程度上讲，伦理学之终点有点类似于"上帝已死"的说法对于仍相信上帝的人们的意义。

万事万物的本质就是：一种真理只有引入其反面时，才是完美的，一种主张并不比其对立的主张更真实，并且总是先终止于矛盾状态，以后才提升为一种更高的和谐。主体性就是一场只有牺牲本原的存在整体才能进入的"化装舞会"，如同言语表达机制只有在符号学和语义学差异系统中才能获得意义。就像《拉摩的侄儿》中的拉摩，只有当他继续栖居于世界之内而口若悬河地反对世界时，他才是一个彻底抗拒世界的人物。从这个意义上讲，文化与自然之争又何尝不是这样。一句话，"丧失自己"中"看见自己"，这种关系的本质就是主体性的镜像认同。

十二

因为小说家的功用不在于传递某种价值，而是释放出一些历程，探勘其中的矛盾之处，寻找消失或潜藏的地层，或尚未接触的界线，同时消解僵化的诠释地块，支援道德上的偏见，搜寻彼此的差异性与不确定性。"山珍三部"有一个共同的线索，那就是崇尚知识：从《三只虫草》中的小学生桑吉与《百科全书》的结缘，到《蘑菇圈》中胆巴从财贸学校毕业，成为母亲的骄傲和希望；《河上柏影》更别提了，王泽周的有学问已成为父母心目中的主心骨。可相比之下，三部小说中给人留下最深刻印象的仍然是没有多少文化和新知识的斯炯。究其原因，那是因为她的人生表明了，无论是对人或对自然都要心怀悲悯之情，她的故事与历史进程时代变化、与世态人心都有数不清的差异和不确定性，她为我们提供诠释的天地，也动摇了自以为是的道德上的偏见。

现代性已经在前现代与我们自身之间造成巨大的鸿沟，因此，要想象认同阿妈斯炯们与今日生活的息息相关，已经变得越来越艰难。对我们来说，他们的生活信念，所做所为所想都太过遥远且陌生。在这大踏步前行、风起云涌的变化时代中，他们的意义很容易被遮蔽被遗漏。他们之所以有时候能够接受眼前的世界，很大程度上是有赖于血缘这一无法割断的联系，"儿子进城读书工作"就是他们的骄傲、就是好事。有时候，我们不得不进行一种叫作"阐释鸿沟"的阅读。在昆德拉看来，小说家做的不只是宽容。他记得伊甸园，但既不依恋伊甸园也不依恋对立物。他发现面临危险的，是被忙碌进步的世界埋没或放逐的"存在的向度"。昆德拉所认为的"发现"并非是作者有意为之的主旨和倾向，但它确实存在于他的小说之中。这种"发现"的神奇之处在于：我们记住的东西开始模糊了，而我们忘记的东西又渐渐地重现了出来。

十三

对知识的经验主义探讨在其所有形式都包含了已经由培根表述出来的两个相关主张：一切知识都立足于经验，当我们知道某个东西的时候，心灵实际上都是担当了一面镜子，这就是称之为"自然之镜"的那种东西。经验主义既反抗理性主义又继承了理性主义。不连续在于：通向知识的恰当道路是如理性主义所断言的那样从心灵到世界，还是如经验主义所确认的那样从世界到心灵。难题在于，把经验主义和理性主义同化起来，还是把它们相互孤立起来都没有出路。同理，文化与自然的关系也是如此。一个人除了对终生包围着、浸润着他的文化作出反应外，他还能做什么呢？没有一个人能创造出仅属于自己的文化，他不是继承先辈的文化便是借用他四邻的文化。

文化如同人类自身一样古老久远。在远古时期，当人类第一次开始使用音节分明的言语时，文化便踏上了它的征程，并一直持续不断地发展到了今天。文化是一种持续的、积累的、进步的事件。对此，阿来心有不甘，他不惜违背故事结局的原则，专为《河上柏影》写了跋语，对人类忽视自然的现象表示感慨。"树站立在世界上、站在谷地里、站在山岗上、扎根沃土中，或者扎根石缝中的历史是以千年万年亿年单位来计算的。人当然出现很晚。他们首先懂得了燃烧树木来取得温暖与熟食，同时从不安全的默认里取得使家人感到安全的光亮……"

作者借小说向我们讲述人类离不开自然的"创世记"，但这依然是一种"人类学"而非其他。当作者说"树不需要人"时，一只脚踏入了"自然史"；而作者讲到"人却需要树"时，另一只脚又踏入了"文化史"。说到底，文化和自然是互为镜像的关系，有时，它们也需要生态的平衡、相互的支撑与轮回。当人类缓慢地发现了他在宇宙中的地位，并且极不情愿地接受这一处境时，我们可不能忘了，说到底这也是人类的发现而不是其他。而自然之于人类呢？我们不妨重温一下弗洛伊德极具困惑的述说："可以想象，在大约两亿年前的三叠纪，所有的爬行类都为自己种族的发展感到极度自豪，并且追求着它们自己才知道的什么壮观前景。后来，除了卑鄙的鳄鱼外，它们全都绝灭了。你可以反驳说……人有精神作为武装，精神给他权利去思考和相信未来。精神的确很奇特，关于它以及它与自然的关系我们了解得如此之少。我个人对精神有着充分的尊重，但是大自然有此尊重吗？精神只不过是大自然的一小部分，它其余的部分看来没有精神也能够很好发展。大自然真会让自己由于对精神的考虑而受到任何影响吗？比我自信的人值得嫉妒。"[①]

写到这里，这篇偏离文学有点远的评论该结束了。值得说明的是，题目取"文化和自然之镜"，明眼人一看就知道来自理查德·罗蒂奠定其名望的哲学著作《哲学和自然之镜》。问题是罗蒂之书为了表述传统的哲学观，这种观点渊源于柏拉图，经过康德，一直延续到今天，它的隐喻构成了他那本书的题目。"使得传统哲学成为俘虏的图画就是，心灵乃是一面大镜，它包含了各种各样的表象，有些精确，有些不精确，它们能被纯粹的非经验的方法所研究。"罗蒂所研究的力图消除"自然的镜子"这个形象以及相应的哲学观。与此的区别在于，我的取意仅止于文化与自然之间的关系，最重要的是，我拉扯的只是文学中的小说而不是哲学。

大自然是冷漠的，而我们却想用言辞唤起一种人类的情感；大自然是无目的的，而今却被纳入为了明天的信仰之中，并被贴上了"生态"的标签。在"生态"的意指中，分明又隐含着对心态和世态的诸多责难和不满。歌德是崇尚自然的一代伟人，他曾写下了"如果你的眼睛不像太阳，你就看不见太阳"这一著名诗句。与之相对，叔本华曾引用了圣·奥古斯丁的一句话："植物向知觉的感官展现出它们千奇百怪的形式，正是通过后者，这个世界形成了一种外形美观的可见构造，可是植物无法认识自身，显然，它们似乎是想为人所认识。"正如叔本华援引的那样，将叔本华引为同道中人的马塞尔·普鲁斯特也在日后与植物的无言交谈中援引了叔本华的观点。这是《追忆似水年华》中的一个著名段落，叙述者如痴如醉地欣赏着一朵花，这时有种感觉挥之不去，他觉得这花有什么要对他"说"。在这一观赏和"倾听"的过程中，叙述者失去了此

---

① ［美］恩斯特·贝克尔著，林和生译：《拒斥死亡》，华夏出版社，2000年，第142页。

时此地的意识，也意识不到他本人的存在。四处寻觅的祖父找到了他，并将他带回了寻常世界。

于是，前面所提的问题又来了：人与自然的关系，究竟是从心灵到世界，还是从世界到心灵。我无意也无法再回应这一哲学命题了。我想说的是，对文学来说，恐怕还得回到阿来一以贯之坚持的人文主义立场吧。

2016 年 9 月 19 日于上海

一个黎明时分的拾荒者

——评吴亮的长篇《朝霞》

一个黎明时分的拾荒者，用棍子穿起片断的言语和零星的对话，把它们扔进手推车中。他郁闷而又固执，略带醉意，但从不会无动于衷地，任由这些被舍弃的碎片——人道、灵性、深挚，其中的一种或另一种，随清晨的微风飘走。一个拾荒者，早早地出现在革命到来之日的黎明。

——本雅明论克拉考尔

对本雅明来说，历史学家的任务就是要走遍并辨识这片废墟，"采集"废料，做一个拾荒者。……拾荒者，是本雅明最重要的形象，也是他对自己的称呼。

——居伊·珀蒂德芒热《20世纪的哲学与哲学家》

一

从 1978 年发表第一篇评论文字至今，三十八年过去了。批评的理想状态对我来说：和文本打交道，越熟悉越好；与作者应当素不相识，越陌生越好。此中可留有些神秘的东西和想象的空间。而眼下这个吴亮，太熟了，别的不说，光在作家协会的办公室，面对面或背靠背差不多待了十年。那些年，一天到晚谈的不是文学就是写作。后来，他转到什么美术圈；我呢，也跑到难以称谓的圈子，干脆文学也别谈了。

吴亮写长篇了。去年下半年，这句话总在身边盘旋不去。当然，这也不是什么新闻，这年头谁写长篇都有可能，问题是我听到这句话总要加上个问号：这个曾经对当下文学失望，认为当代文学已无望的吴亮能写长篇，能写好长篇？记得不久前，他为了凑热闹写了篇评叶兆言小说的文章，写完后叫苦连天，并扬言这种活儿以后再也不干了。如今竟杀了回马枪，五个月的时间搞了二十五万字的《朝霞》。多少有些傲慢的吴亮也一改常态，谦逊地向友人问这问那，征求意见和建议。

初写《朝霞》，吴亮"摹仿"《繁花》逐段逐节在"弄堂网"上亮相。我初读《朝霞》，小说业已写完三分之二；我读得慢，他写得快，没等读完，他已写完搁笔。

二

相对熟悉的吴亮，《朝霞》是陌生的。同样写 1970 年代，作者写过回忆录《我的罗陀斯》，容易懂；而长篇小说《朝霞》则难读。说其难读，是因为其片段式的结构性叙述没有统一的章法。全书101 节，每节平均穿插跳跃式的片段约六个的话，总共是六百多个片段。

以片段写长篇的不是没有先例：当代中国就有韩少功，其《马桥词典》至少以地域和言辞的组装结构统领全书，况且它还让人联想到世界上还有一本《哈扎尔辞典》；阿根廷作家胡利奥·科塔萨尔《跳房子》篇幅更长，全书共 155 节，其片段式的写法奇特大胆，被人称之为"潘朵拉之盒"，正因为其难读，作者才在卷首加了一个导读表。

吴亮不然，他对已有文学的这样那样的书写经验抱有一种令人非议的无动于衷，甘冒一种不类不伦的"非小说"之嫌，全然不顾已有的这样那样的叙事规则以及大量潜移默化的形式律。《朝霞》用形式打破"形式"，用内容抵抗"内容"，以一种近乎莽撞的观念，不受小说手法的"归化"，以片段互换、镶嵌、"互文性"、"元叙述"等手法，将世俗记录、日常情景、言情碎片、童年创作、少年历险、青春憧憬和压抑、成长烦恼、梦的罗列、常态与变态的情欲、读书笔记与摘录、信件谈话甚至编年式的时政新闻、哲理议论、神学思辨、科技进步、历史启迪和靠谱与不靠谱的传闻流言都杂糅在一起。总体而言，《朝霞》的叙事手法令人眼花缭乱、目不暇接，杂糅的手段能否完成其叙事的拼图，利弊两端都在拉拉扯扯。能否从"失败"那里扯下一种胜利，从而获得逆转，这是风险写作的取胜之道。

三

"小说不再是一段历险的叙述，而是一种叙述的历险"，这是被人一再谈起的文学史中一个很奇怪的现象，或者说与叙述上的革命一起在蔓延：它让描写碎片化，让议论化为叙事的替身，旨在打破叙述与描写之间的界限。现代小说最大的提问在于：为什么书写被命定为连续而非并存？所有一切都在此，所有一切都同时发生。但是，我们的书写和阅读总不能违背从头至尾的顺序，哪怕这个"头""尾"是倒置的。这个缠绕我们多年的提问既是毒药也是解药。

我们感受周围的世界只能通过无数细小片段，这些片段由我们的理智和习惯排列、聚集，重新加工成一种水泥预制件，从而帮助我们免除由许许多多短缺和种种令人惊奇的事件造成的恐惧。如今，我们对这业已习惯了的排列聚集的方式投掷问号，对通过"零碎片段"组成的顺序图像说"不"。对书写进行一场反思的游戏，相信写作，犹如面壁射击，子弹回返的方法无法预料，因为墙上遍布着不怀好意的危险的凸凸凹凹。我们如何观察这些经过差不多半个世纪的旅途奔波的词语碎片？通过众多的小天窗，这些窗口稍不留意就会关闭。因为词语，恰如雅克·拉康强调的那样，"并不仅仅只是符号，它还是涵义的纽带"。

<h2 style="text-align:center">四</h2>

小说与其他艺术的差别在哪儿？就在于如果我们知道怎样整理的话，所有一切都能放到小说里。所有历史、哲学、论文、新闻学，甚至诗所不能说到的，小说都能说到；这是最宽广的，一切都能参与的艺术。喜欢《跳房子》的卡洛斯·富恩特斯，如此识别小说一点也不奇怪，但他强调的依然只是"怎样整理"。

《朝霞》的重心在于回忆，但叙述的方法和第三人称的视角又是反个人记忆的。它专注于捡拾记忆之网所撒落的碎片，试图放进一个更具野心的想象的箩筐里。在这个箩筐里：言辞是可以调换的，文体是杂乱的，细节具有多个分岔，句子紧跟着句子前赴后继，词与词并列并碰撞，当我们穿越那些观照世界和认知自身的迷人镜子长廊的时候，绝不会丢失对时代语境的强烈感受——阿诺和他的伙伴们：我们的1970年代。

还是那位卡洛斯·富恩特斯，他提醒我们记忆是一种忘却："在那篇非常精彩的故事《给理查德·豪维尔斯的指示说明》中，胡里奥·科塔萨尔向我们展示了记忆与忘却的另一个关键之处。故事里的人物，题目中的理查德·豪维尔斯，曾经去看了一场戏剧表演。

在女主角的眼睛闪过一丝惊恐的目光，她小声对作为观众的豪维尔斯说：'求你救救我吧。有人想要杀我。'到底发生了什么？是豪维尔斯进入戏剧表演的过程中，还是女主角闯进了豪维尔斯的平常生活里？"①

不知怎的，此间的倒错与置换自然让我想到《朝霞》第4节中，在"横扫"一切资产阶级残渣余孽的岁月中，蓬头垢面的马立克出现在"南京西路弧形转角二楼海燕呷咖啡"，"但是一双手始终汰得清清爽爽，捏咖啡耳杯三根手指好像捏牢一把小提琴琴弓，纹丝不动，付钞票当口更是让几个阅人无数的老阿姨叹为观止，五元，二元，一元，五角一直到一角，很少看到五元的，每趟付钞票都像做仪式，慢沓沓一丝不苟，所有的纸币叠得整整齐齐，从大到小插在一只塑料公交月票票夹里，似乎是一本集邮簿"。

还有第32节，还留在青海劳改农场务农的邦斯舅舅"在顺昌路上有一家修钟表的杂铺店"，"一冲动，花了三十五元钱买了陈列在玻璃柜子角落里的一块浪琴怀表。"

这两个瞬间的图像给我们留下了深刻的印象，并非它们拥有宏旨深意，而是其倒错的叙事效应，一种记忆与忘却的交锋，究竟是人的行为举止错入了这特定的时代，还是这时代误认了这些被遗忘和被废弃的人与事？倒错无疑为反讽、隐喻和亵渎提供了通道。

还是那个卡洛斯·富恩特斯对科塔萨尔的支持，他认为："科塔萨尔提议的是一种体裁的互通，启蒙运动——以伏尔泰为首——指责莎士比亚亵渎神明，把喜剧和悲剧变成了粗制滥造的大杂烩，高贵和戏谑的人物共存，抒情与反胃同在，一切都混杂在同一部作品里面。塞万提斯也打破了体裁的桎梏：他把史诗和流浪汉文学交织在一起，兼容并包了田园小说和爱情故事，特别是小说内部包含

---

① ［墨西哥］卡洛斯·富恩特斯著，张伟劼、李易非译：《我相信》，译林出版社，2007年，第184页。

了更多的小说。这正是莎士比亚和塞万提斯不谋而合的一点：各种体裁的渗透，冒犯了伏尔泰的'不纯洁'，堂吉诃德身上带着拉·曼却的污点，与之相映衬的是一双麦克白肮脏的手。"[①]

五

《朝霞》给我们留下相当多松散的线头：有些会让好高骛远心有灵犀者攀越宏伟的意图，有些则是永远解不开的结和断头，是一个永远解不开的谜，是一个个意义的坟墓；有些地方留下蛛丝马迹，是一种有意味的讲述，有些则踏雪无痕，我们只能将秘密带入沉默。不能排除此中有传统天下的"故事"形态，也不能排除还有诸如文字游戏的"迁徙"状态；这里可能有理性的启蒙色彩，讲究类比、联系、拼图、统一和复制，而更多可能的则是修辞的作用，它们应当是毁坏、颠倒、歧义和扭曲。

一方面是脆弱的悲观主义，另一方面是无尽的差异、变动和瓦解的愉悦憧憬；一方面是成长的烦恼、不解和疑惑，另一方面好像是理解之后的情绪高涨；一方面是躲进身体之内才能体验的微妙情感，另一方面则是只有从自己身体内壁的后面跑出来才能遭遇的抽象思辨。

这种"过去"，有着令人不安的熟悉的身影，死者令生者挥之不去，"哀伤难以诉说，偶尔，悄悄躲起来，和平年代，亲人死亡是必修课，先是来自远方的噩耗，电报或家书，迟到的消息传到你这里，大人们低声嘀咕一些含糊的名字，疾病名称，祖母开始哽咽饮泣，天漆黑了，全家在沉默中吃饭，只有咀嚼声吞咽声在口腔里回响，不可复述的，尽量遗忘，每一次回忆都是一次新想象……"

---

① ［墨西哥］卡洛斯·富恩特斯著，张伟劼、李易非译：《我相信》，译林出版社，2007年，第184页。

《朝霞》的叙述者习惯于议论中有叙事，叙事中也夹带着议论。这是一种暗自不断的咬噬，仿佛昨日变得可以吞噬一切，记忆变成了封闭的场所。此时，有两股力量在那进而撕扯：一方面是遗忘，这是对过去的一种抗拒；另一方面是留痕，它重新唤起曾经遗忘了的东西，从此，往事不得不改头换面发挥作用。回忆是生活的隐喻，隐喻是艺术的回忆。能做到这一点，实属不易。

<h2 style="text-align:center">六</h2>

一头是叙事，另一头是文本性，而书写则夹在中间备受煎熬，在这种情况下，小说的盈亏着实难以算计：一头是结构的宏大背影，另一头是四处散落的碎片，而阅读则在左右为难中各取所需，读与写的共谋关系在若即若离中难以全身而退。辩证法是从不是什么的方面阐述自己是什么，直面它排除的指定事实。"它是什么"排除了"它不是什么"，如此一来就把它自己的真实可能排除了……必须让缺席的在场，因为构成真实的一部分就是它所不是的部分。

《朝霞》中有大量的言论片段，其中有将近三十个片段是言说写作自身的，所谓叙述者的自我意识，所谓叙事的溢出，所谓元小说的术语并不重要，重要的是叙事实践中能否发现自身中存在的两难境地这一关键转喻。该通过什么样的笛卡尔式的奇迹，白纸上的黑字才能成为意义的载体呢？如何才能有一条令人信服的从"书籍"到"文本"的途径？语言的物质性和艺术手法的"技巧性"怎样才能将一个充分的、丝毫未损的作者在场传递给读者？读者无情地被书写的"外在性"所间离，因此必须不断地重新置于中心地位，等等。

吴亮小说的意义恰恰在于他的叙事实践中的矛盾构成，他的小说意识既不全在"成长"的写作，也不作在"城市"的书写，而是在这两种模式之间不断的"游戏"和张力中，他的小说形态既不全然是"抽象"的思辨，也不全是"画面"的呈现，而是在这两者之间不断的移动和挪用之中。他分明是要写动乱时代的真实面貌，但落笔却是形形色色远离这时代中心的边缘性人物：局外人、逍遥派、闲逛者和被遗弃的人。他让中心缺席、让"游手好闲"占据了舞台的中央。四清干部张致行爸爸和劳动模范赤卫队队员孙来福应该和曾经一度在"革命"的风口浪尖之中，可他们出现在我们视线中时却分别是偷情者与逍遥派。

《朝霞》磁铁般地吸住了那个时代生活与阅读的各种偶然的碎片：引文、摘录、剪报、现场观察、瞬间图像、事后的想法、旁观的议论、烦琐的表象、不着边际似是而非的传统和听说、言辞的集聚、片断记忆、类似事物的复杂蒙太奇。这部小说是支离破碎的，不分层级，难有秩序但又令人震撼；它布局分散，道具变换迅速但又懂得运用曲线和迂回；它的章节分布随意、任意且夸张、来回跨越但又有着密实的编码。

在写作《跳房子》的那些年，科塔萨尔在一篇散文中写道："饱和点实在太高了，唯一诚实的做法就是接受这些源源不断来自街上、书本、会话、每天发生灾难中的信息，然后把它们转变成段落、片段，必要和非必要的章节。"

七

有人认为，《朝霞》是那时代的成长小说。我部分地认同这一说法，但有些许疑惑。的确，阿诺及其伙伴孙继中、艾菲、江楚天、李致行、沈灏、纤纤、林林、东东、马立克他们的成长故事是我们进入《朝霞》的主干道。我甚至相信，有部分阅读者很可能会舍弃一些他们并不喜欢，或者不怎么能接受的段落，而抓住他们的成长故事不放。如叙述者所说的："看长篇小说一定要夹书签，理论不一样，读得懂就反复读几遍，读不懂，跳过去，其实他读长篇小说也经常跳读。"

所谓成长小说是专有所指，佛朗哥·莫瑞蒂认为，"一种小说——成长小说——正好就是这样，因为它和谐地综合了个体与社会、自由与幸福、自决与社会化。这种本质上进步、乐观形式展示一种'意义对时间的胜利'，并且就像大多数各类的小说一样'使常态变得如同常态一样有趣和意味深长'。"[①] 成长小说以对日常生活中自我个体的兴趣区分于古典文学样式，但同时又为以后的后现代主义所诟病。

而阿诺及其伙伴的成长显然无法融入社会，他们对特定年代的所谓主流常态有着一种根深蒂固的怀疑。伴随他成长的是怀疑论而不是其他。正像小说所言："那几年，这三位年纪轻轻的逍遥派，正应该是他们为所欲为无法无天的大好时机，在这么难得的无政府主义时代，他们这个年纪是被社会忽略的，此外，主要还是由于他们性格相近的原因，这种不再读书阳光灿烂的日子，在他们看来简直是糟透了，他们疏离政治，他们议论政治不是为了好奇，而是政治影响他们的命运和未来，倒不是对这个国家有多少关心，这个晚上他们聊到凌晨三点，当然还有孙继中、沈灏和艾菲，有意思啊，最后孙继中变成了一个对政治毫无兴趣的'画家'，一个最有目标的人。"

《朝霞》讲述了太多适得其反的成长故事，它们所遵循并不是意义对时间的胜利，相反，而是时间对意义的胜利。不论是源于欲望或是出自无聊，甚至可能是抑制时间的掠夺和世界的猥琐。阿诺

---

① ［英］特里·伊格尔顿著，方杰、方宸译：《甜蜜的暴力——悲剧的观念》，南京大学出版社，2007年，第193页。

和他的伙伴们实际并未远航，也没有原地踏步，在这意义上说，他们的成长是以反成长的方式展示，反成长最终是以社会巨变验证他们的成长而不是相反。

这些人物的成长使我们痛心，是因为我们不能摆脱他们。这个年代所造就的"剩余物"（包括虚无与逍遥）是悲剧还是幸事，我们很难下单一的结论。时间或许是结论的助推器。奔波了将近半个世纪的言辞碎片无法简单地回到过去，记忆是一种遗忘，回忆又总是当下的回忆。视角之所以神奇，那是因为它一会儿清楚，一会儿又不那么清楚。无聊是生活的一部分，烦恼是成长不可或缺的。生活缺乏"信念"，那是因为时代之"信念"正呈现出泡沫状；认为行动没有意义，那是因为更积极的追随将是毁灭。

除此之外，小说中的非成长的人物也无法融入社会，他们潜在的、有意无意的拒绝或是被排斥或许是件幸事，孙继中那劳动模范的父亲孙来福，其超群技艺的用武之地却是养鸽子、养鱼搭晒台和集邮，一种闲情逸致却让他摆脱了"政治"苦海。平庸自有平庸的益处，它是那个时代"精英"的解毒剂。如奥登在他的诗歌《美术馆》中说的那样，平常之事与大灾大难乃是某个单一过程的正面和反面。从孙来福出发，还有邦斯舅舅、兆熹叔叔、宋老师等一干人，我们暂且将他们的故事归之于非成长的故事，这些大量的人与事是《朝霞》重要的组成部分。这也是为什么我不怎么同意将《朝霞》归之于成长小说的一个原由。

八

仔细想想，《朝霞》都为那个年代记录了什么样的人与事。一群被称之为寄生虫、社会闲杂人员、多余的人、卑微者、罪犯与贱民、资产阶级的遗老遗少，他们像废品一样被遗弃，或者像"丧家之犬"无处藏身。他们都是革命之后的残余之物，能察觉的只是一丝无可名状的不安，露出的是一种惊惶般的恐惧面容，做着隐藏在"旧道具"中的梦，过的是紧张不安的日常生活。

还有就是阿诺及其伙伴们，他们年轻轻也不学好：请病假消极怠工，抽烟并且过早地谈情说爱，不务正业且"游手好闲"。他们的行为特征就是闲逛、游荡、不合时宜地阅读与思考，脱离"政治"地议论政治，整日生活在漫无边际的聊天和格格不入的闲言碎语之中。他们有着闲逛者的视觉和收藏者的触觉，"往事的喃喃低语或许能在通感中听到，而它们的经验则存在于先前的生活中"。我们在"被历史轻侮、嘲弄、遗忘的人物和痕迹中"，仿佛听见"足够柔软也是足够粗糙能够适应灵魂的抒情脉动、幻想的波动、意识的嘲笑"。(波德莱尔语)

本雅明不仅是碎片写作的支持者，亦是都市闲逛者的关注人。闲逛者是天生的浪子，他们徘徊在遗迹的周围，徘徊在那些"革命"的废墟和那些依旧残留着与过去有某种关联的碎片中。闲逛者找到了"幻象"居住的地方，是带着侦探感觉的不显眼的过路人。他们描写他们的白日梦，犹如文本对想象的阐释、闲逛者像一个孩子的回忆，创造一个地形学的"索引"。本雅明认为，"游手好闲者是追忆家，也是研究者"。游手好闲者的方法"是一种在陶醉之中读取幻影内对完全不同事物的暗示的方法。对此，本雅明在笔记中有如下记载。'只有既存的人才是辩证法转换的场所，觉醒的意识突然出现的场所。'"①

捕捉"信号"和启示是重要的，从"陶醉"到觉醒的意识是关键。本雅明在游手好闲与闲逛者身上看到了这一点。我们在《朝

---

① ［日］三岛宪一著，贾倞译：《本雅明——破坏、收集、记忆》，河北教育出版社，2001年，第345、346页。

霞》中体察到一种幽灵般的重现：闲逛者走走停停、亦行亦止，疏离于常规的生活，却是"室内都市风景中的追忆者"。由于时代的颠覆，今天看来，常规与异存已发生了换位，产生了难以言说的反讽。

叙事的残酷方式在于，我们不能有效地消除历史的梦魇。叙述故事的秘密就是，把原本肯定无聊的东西变得妙趣横生，把原来不起眼的事变得意味深长。想要揭示并解释这个秘密，将是枉费心机。

九

让我们再回到文体。捡拾未被结构的碎片，记录变戏法般的回忆与刻意被阉割的情节，展示令人目眩的生活画面和随意冒出的议论、笔记和信件摘要，邂逅提升为抽象化和普遍化的意象，离不开"故事"的表述偏偏又喜欢跟踪与流行相左的"观念"，影像的推论沦为推论的影像，激情的流淌不时为抽象的叙事所切断，互不相干的画面衔接在沉默中流动着时代的音符，强调语境又渗透着反思与认知的个人成长史，在记忆的明镜之中展现思维生活的面貌，"杂耍蒙太奇"使互为排斥的东西告诉我们：两者的距离并不遥远……这些无疑都彰显了《朝霞》的文体特征。如果我说，这部小说关注的并不是语言再现经验，而是通过摧毁再现来体验语言，不但叙述者不会同意，恐怕连我自己都不信。其中一个重要的原因就是，语言从本质上说就有叙事的倾向。

尽管小说中有着对语言的哲学转身不以为然的议论，但这并不妨碍我们将吴亮一贯的文体特征与维特根斯坦作些联想。那位曾经令吴亮不悦的特里·伊格尔顿曾这样评说维特根斯坦："《哲学研究》读上去像一堆形象的集合或叙述断片，惊奇而大声问我们一些可有可无的问题。就像弗洛伊德式的分析家一样，怀疑作者有若干答案，但他把答案都藏起来，逼着我们解开秘密，热情地邀请我们参与过去，同时却在我们周围绕着圈子。"①

　　一次和维特根斯坦散步时，德鲁利提到黑格尔。"我感觉黑格尔总想说看上去不同的事物其实相同，"维特根斯坦对他说，"而我的兴趣是表明看上去相同的事物其实不同。"他考虑用《李尔王》里肯特伯爵的话当作他的题铭："我将教给你差异。"②

　　《朝霞》的文体是难以规约的，我们很难想象它与流行时尚的摹仿有什么关联性，并且你想要摹仿他恐怕也很难。即便如此，我们也不能把此长篇的写作归之于一时的兴起。几十年来的片段写作锤炼，造就了吴亮那与众不同的修辞和独特的表述方式，诚如汪民安在为吴亮的一本集子写的序中所说："较之观点而言，我更喜欢他的表述，喜欢他谈论事物的方式，喜欢他对事物的特殊洞察力。他敏锐，富有洞见，反应迅速，思维密集，他知道自己的能力，有时候也陶醉其中。他能同时进行抽象的冥想和具体的回忆，能同时进行婉转的抒情和率真的雄辩，能同时将玩笑和诚实融于一体。他能够编撰生动的文学细节，也能够进行抽象的理论玄想。他有时候玄妙无比，有时候又具体清晰。他的风格，有时候像个神秘主义者一样充满玄机，有时候像个孩童一样简单而天真。在陈述他的观点的时候，他是个绝对主义者，而大部分时候，他又像个怀疑主义者。他会叙事，会雕刻细节，会申辩，会抒情，会嘲弄，会诘问。他能在同一篇文章中，既扮演作家的角色，也会扮演理论家的角色，既能表现出诗人的词语敏感，也能传达出一个教主般的庄重

① ［英］特里·伊格尔顿著，马海良译：《历史的政治、哲学、爱欲》，中国社会科学出版社，1999年，第294页。
② ［英］瑞·蒙克著，王宇光译：《维特根斯坦传——天才之为责任》，浙江大学出版社，2011年，第540、541页。

口音——他能呼喊也能低语。所有这些在他这里能毫无冲突地熔于一炉——毫无疑问，吴亮有一种非凡的写作能力。"[①] 这么多年过去了，这些大致不差的评说依然有效，它预言般地泄露了今日《朝霞》的文体框架。

1996年，浙江文艺出版社推出吴亮话语集四卷本，分别是《批评者说》《独行者说》《逍遥者说》和《观察者说》，1997年吴亮著有《闲聊时代》，2009年随笔集《另一个城市》出版，2014年，"中国当代艺术批评文库"中有《吴亮自选集》。在形形色色的片段随笔中，吴亮很注重自身行文的变化，比如有些集子第一人称居多，有些则第三人称居多，至于对话、访谈、论辩则少不了第二人称；又比如，收集在《闲聊时代》中不多的几篇"夜读杂记"中，读罗兰·巴特用的是排比、读卡夫卡用的是引文连接、读萨特用设疑诘难、读《自然法典》用的是启谕、读莫洛亚则是借题发挥；等等。

这些行文的变化和变化的操练无疑是《朝霞》文体的重要来源。是的，"作家绝对掩藏不了这样的事实：他的活动就是组织安排。"（本雅明语）同样是"安排"，《朝霞》却桀骜不驯地抑制我们业已习惯的阅读方式，老掉牙的组织体系，他对自由的追求把文本弄得遍体鳞伤、歪曲痉挛，以至于这一形式本身成了其关键的所指。假如硬要从所谓现实的"故事"着眼，那么就必须在一种叙事中对这些"安排"进行痛苦的解码、推敲和重新组合，而这样的"重组"只有在付出暴露其自身技巧的代价时，才显露出其行为的逻辑。

十

构成吴亮文体的另一个特点就是对话。需知，从其几十年前发

---

① 吴亮著，汪民安序：《另一个城市》，重庆大学出版社，2009年，第1、2页。

表在《上海文学》的处女作"艺术家和友人的对话"开始，一直到最近出的集子《此时此刻》皆为对话体。吴亮的对话往往从论战和辩驳开始，他是一个令人生畏的对手，几十年来他试图与许多人交手，回应者寥寥无几。即便是和李陀有过关于纯文学的讨论，依我看还是东拉西扯鲜有交锋。吴亮话语需要对手，结果更多时候是一次次陷入兵场演练，面对的都是假想之敌。那么，他和自己对话？似乎也没有。吴亮对话给人的感觉是：在等待他的地方找不到他，在没人等他的地方他却令人吃惊地现身。

弗里德里希·施莱格尔是碎片写作大师，德国浪漫主义运动的领袖人物。他虽也写过碎片式的长篇小说但影响不大。他和兄长主笔的刊物《雅典娜神殿》是这一运动的关键性文献，"争论"是弗·施莱格尔喜爱的字眼和观念之一。在小说上他推崇斯特恩和狄德罗，并认为《宿命论者雅克和他的主人》比斯特恩的小说高出一筹。他的这一比较直到二百年后的今天还在延续。施莱格尔认为：一场对话是一根碎片的链条或花环。一次书信的交流是更大意义上的对话，而回忆录则构成了一个碎片的系统。今天，我们在阅读《朝霞》的时候，重温这一说法确实耐人寻味。

《朝霞》写的是上个世纪 70 年代发生在上海的故事。说来也巧，施莱格尔兄弟出生于二百年前的 70 年代，他们所欣赏的狄德罗的对话体小说《宿命论者雅克和他的主人》也写于 1771 年。更为巧合的是，二百年过去了，苏联军队占领捷克的 1971 年，米兰·昆德拉据狄德罗的小说改写的戏剧《雅克和他的主人》以手抄本的形式问世。十年后，当剧本得以出版之际，米兰·昆德拉在其序言中写道："当俄罗斯沉重的无理性降临我的祖国，我本能地感受到一股要恣意呼吸现代西方精神的需要。而对我来说，似乎除了《宿命论者雅克和他的主人》之外，再也找不到如此满溢着机智、幽默和想象的盛宴。"① 他继续评价说："狄德罗创造的则是小说史上前所未有的空间；一个无背景的舞台：他们打哪儿来？我们不知道。他们叫什么名字？与我们无关。他们多大岁数？别提了。狄德罗从来不曾试图让我们相信，他小说中的人物存在于真实世界的某个时刻。在世界小说历史上，《宿命论者雅克和他的主人》是对写实式幻想小说和心理小说美学的最彻底的拒绝。"②

狄德罗还有一部影响更大的作品《拉摩的侄子》，也是对话体。这部生前并未出版的手稿，19 世纪初流传到德国，歌德亲自翻译并作注释。这部小说引起了席勒、歌德、黑格尔包括马克思在内的高度重视和评价。特里林在 1970 年的演讲《诚与真》中甚至讲道，《拉摩的侄子》的流传情形"足以概述欧洲一个世纪知识分子的生活"，可见评价之高。特里林看重的是狄德罗小说中关于"异化"的见识。可惜在当代中国，直到 1980 年代，谈论"异化"依然是带有污染性质的违禁品。

对话体小说的价值，在撰写过著名的《18 世纪哲学家的天城》的卡尔·贝克尔看来，作者"竟违反自己的意愿，被说服去接受另外一种见解"是了不起的。他继续解释道，"狄德罗这位道德高尚的人的那颗热忱的心甚至以更大的保证在告诉他，罪恶和德行乃是现实中最真实不过的东西。这两个狄德罗之间的，那个丰富的头脑和那颗狂风暴雨的心灵之间的冲突，就暴露在他的《拉摩的侄子》这部杰作中，这部对话录的风格正有如休谟的《对话录》是一样的光辉，并且涉及的同样的一个两难问题。"③

----

① 米兰·昆德拉著，尉迟秀译：《雅克和他的主人》序曲，上海译文出版社，2015 年。

② 米兰·昆德拉著，尉迟秀译：《雅克和他的主人》序曲，上海译文出版社，2015 年。

③ ［美］卡尔·贝克尔著，何兆武译：《18 世纪哲学家的天城》，生活·读书·新知三联书店，2001 年，第 79 页。

拉扯这些，是为了和《朝霞》中的对话作一比较。《朝霞》中不乏对话，甚至行文过半，叙述者也不得不自我反省，不要让对话局限于某几个人，应当变换一下对话的形式。即使如此，这些对话和狄德罗的对话体仍有着根本的差异，而这些不同是值得深思的。

十一

写作《朝霞》的时间是短暂的，但其文体写作和锤炼的时间则是长期的。即使在这不长的写作时间里，作者备受煎熬的写作状况也是可以想见的。他一会儿待在一个地方写，还不许别人打扰，一会儿不停地换地方写。饭局和聊天，不扯上几句《朝霞》他都难受。记得去年秋天，应丁帆、王彬彬之约去南京开会，一路上他嘀嘀咕咕，不时地谈论写作小说的自由与烦恼。那时《朝霞》写到关键之处，吴亮不时担心外出开会会中断其创作的情绪。

尼采也有一部《朝霞》，同样也有过中断写作的焦虑。萨弗兰斯基在其《尼采思想传记》中有如下记录："在马林巴德的这个夏天之后，尼采的《朝霞》的写作中断。10 月 20 日，他对彼得·加斯特在承认：'自从 8 月的那封信以来（……）我没有再把鹅毛笔蘸入墨水：我的状况也如此令人厌恶和需要耐心。'"[1]

同年冬天，《朝霞》已近完稿，如何结局已胸有成竹。我和吴亮广州之行，那份轻松，那份闲情可想而知。那时的吴亮会很随意地和你谈起他是如何发现小说的那些小小失误，脸上流露出吴亮所特有的那种迷人的微笑。

---

① ［德］萨弗兰斯基著，卫茂平译：《尼采思想传记》，华东师范大学出版社，2007 年，第 233 页。

十二

《朝霞》给我最强烈的感受便是越写越好，尤其是下半部，尤其那结尾，写得如同开局一般。

> 果品杂货仓库现在是一派狼藉工地，脚手架围困了巍峨钟楼死气沉沉，铁梯新刷了柏油，被隔断的敞廊堆满弧形瓦片，高墙阴影覆盖那片小小菜地，曾经的栏杆与平台都用石灰水涂过，房柱，竖窗，阁楼，橱柜，穹顶，长椅，楼梯，门洞，空空荡荡的神龛被浮尘遮掩，想象中的彩色玻璃，想象中的管风琴和想象中的十字架，一只苍蝇停在灰绿色的走廊墙上，走近看，隐隐约约可以辨认出一句用法语写下的潦草字迹：我将在尘世找到我的天堂。

这是小说中反复出现的徐家汇天主教堂的图像即景，下面是少年先锋队队歌和阿诺的睡梦。看、听、梦构成了全书的结尾，余音绕梁且耐咀嚼。将这些被放弃和丧失了的东西加以奇怪的组合，就好像是来自远方，来自回音中一样。看、听、梦都是碎片的瞬间。瞬间存在一个悖论：它既承上启下，又是独一无二和静止的，它将静止重新赋予时间，从而使得不同时段之间的相似性和平等比较成为可能，而这正是时间的连续性所疏远的、埋没的。

由于初稿在"弄堂网"上陆续登载，圈内外读过的人不少。有位资深编辑表示，他读了几十年的稿子，太多的作品到后半截都感到体力已经透支了，而《朝霞》则越写越好。其实，在小说第30节叙述者公布写作提纲时，已显露出其把握全局的信心。作者自己也曾表示，写到后来，许多人与事会自己冒出来。其实，好的长篇都不是"按既定方针办的"，它们总是写作产生更多的写作，故事催生更多的故事，相互派生，滋长繁衍。《朝霞》给我的感觉是，原本计划中重要的东西渐渐变得不重要或可有可无，而那些原本次要的东西渐渐显得越来越重要和不可或缺了。

《尤利西斯》的故事碎片本来是彼此分离的，"只是在延长的生命之后才融合在一起。"乔伊斯反复强调了有关《芬尼根守灵夜》的一个断言："这些都不是片段而是具有活力的要素，当它们增多和变老，同时也开始自我融合。"我想，为什么读《朝霞》会感到后半部越来越具有凝聚力，越来越趋向一种碎片的整合，或者如作者自己感觉的越写越顺，这大概就是"有活力的要素"在"自我融合"吧。

十三

《朝霞》写了好多男女之间的情事，也录下诸多各不相同的个人史与家族史：阿诺和邻居女孩纤纤的初恋，邦斯舅舅和朱莉的婚外情，四清干部李致行爸爸和沈灏妈妈的偷情，刑满释放者兆熹叔叔的信教史，老资格八级技工孙来福的业余生活，马立克家庭几经逆转的兴衰史，李致行祖上的资本前史，马立克和宗老师的暧昧，天主教堂的编年史，还有那过着与世隔绝的洞穴般生活的翁史曼丽与翁伯寒那近乎乱伦的畸形生活；等等。这些故事好就好在都没有讲完，高潮乃至结尾好像总是近在咫尺，刚好溢出叙事的边界，让人有一种不断逼近它的错觉——但这个愿望永远实现不了。每当叙事向这个方向发展时，它就被打断、被中止，与其说是文本被打断，不如说被文本打断，而且每次被中止的情况不一，长短时间也不同。

此等文本喜欢玩失踪，清醒意识看起来像是遗忘的共谋，显而易见性和深不可测性彼此渗透。这种情况都有利于叙述言辞倾向于简明、犀利、凝练而断断续续，但在周围却埋伏着尚未涉足的记忆的荒地，时而夹杂着半睡眠状态或者处于等待状态的空白故事。而阅读者又喜又恼：喜的是它容易激起你的好奇心，恼的是它败坏了人人皆有的想知道"后来怎样"的期待。好像失望是"终点站"似的。这有点像年轻的阿诺与不知全名的殷老师，在经历了偷尝禁果的一夜情欲之后，前者突然失踪，而后者则依靠原有的经验等待着下一次。

所谓没有讲完和突然失踪，讲的都是"离题"。想想塞万提斯：塞万提斯的"离题"曾经遭到激烈的批评，因此，他在下卷将笔墨主要放在两位主角身上。然而，在第44章，他抱怨说："自己总是干巴巴地局限于堂吉诃德，因为这样就总得写堂吉诃德与桑丘，而不能扩展到其他更严肃或更风趣的故事上去。他觉得总是把自己的心思、手和笔集中在一个题目上，而且总是叙述那几个人，简直让人难以承受，而且读者也不满意。"我认为，这里讲的读者只是一种托词，书写者难受倒是真的。

十四

《朝霞》中"离题"的议论、摘录与笔记，占的篇幅比重绝不少，这些看似"离题"的东西，实则为我们提供了一场反思的游戏。吴亮的语言既往内缠卷又向外扩张；既把我们引向沉默又让人浮想联翩。讽刺打破了感情的吐露，各种想法，多次闲聊，阅读和元叙述的邂逅延伸了文本的范围。他一会儿运用语义的演变，一会儿把引语加以歪曲，一会儿又使隐喻变异。词语漫天飞舞又迅速沉降，言语仿佛在奔跑或相互踩踏，把所有的东西席卷一空：根深蒂固的语言和文学上的惯例在路上撒满了规则的破坏和死亡。这是一个多元的空间，各种不同的口吻聚集、替换，从不同的角度轮番演绎并阐释故事中的人生。

　　阿诺说，皮肤黑有啥好骄傲的，你看扑克牌老人头，老开皮蛋夹钩，只只面孔是白种人，李致行说，你认为我讽刺啊，我讲的另一句话，是牛皮筋不肯晒太阳，江楚天说，蛮好一句话不讲，偏偏绕只弯，李致行说，这叫幽默，牛皮筋终于开口，说，其实我们大家都在光天化日之下，都在晒太阳，李致行说，深刻，江楚天说，姜还是老的辣，牛皮筋十根手指开始飞速洗牌，雪白的手指与老开皮蛋夹钩来回穿梭，乱花迷眼。

　　此类谈话，小说中比比皆是。好像讲了什么，似乎什么也没讲。重要的是转义，转义是话语的灵魂，转义背离了字面的、传统的或者"正当"的语言用法，偏离了习俗和逻辑所认可的言语风格。转义通过与人们通常期待的有所不同，通过在人们通常以为没有联系的地方，或者人们通常以为有联系但联系的方式与转义中所暗示的方式不同的地方建立起某种联系，从而产生修辞格或思想。总之，转义使得经验的标准编码与一堆杂乱的现象之间来回运动。

　　1957 年 10 月 4 日晚上一枚 R-7 火箭在探照灯发出的耀眼光芒中发射，九十分钟之后火箭携带的发报机清脆的嘀嘀声响彻整个世界上空，科罗廖夫与他的苏联同事痛饮伏特加庆功，卫星上天红旗落地千万不要忘记阶级斗争，无产阶级专政下的继续革命，革命了革命了，以革命之箭的名义扔出去阳台向外展开大幅标语外滩人头攒动打倒刘少奇柏林国会大厦正步走山呼海啸有小男孩溺尿号外号外狂风拉响鼓乐昨天元旦社论好评如潮请肃静肃静不要

拥挤不要拥挤让列宁同志先走察里津匪帮伏洛希罗夫电报
高尔基同志唾沫四溅牛奶煮煳了这就是牛奶起泡的作用沈
灏我没有失踪阿诺这位是瓦西里同志你说过苏联火箭之
父齐奥尔耶夫斯基图书馆找不到这个人的事迹我查了报纸
一九五七年十月老大哥苏联卫星上天中国反右派运动正如
火如荼一年后全中国开始大跃进同年苏联老大哥加加林驾
驭飞船进入太空探索望远镜我们的秘密你还记得否我们的
造反组织是多余的等于不曾存在过是谁提议去偷纸头大量
的纸头就可以表现我们的存在一百个司令部一千个总部
一万个联络处十万个小分队几百万造反者响应领袖号召的
造反还是造反吗革别人命别人革你命彼此革命来回革命内
外革命上上下下革命革命革革命……

　　这是典型的吴亮式修辞，在小说中俯拾皆有。取消标点符号的
词语连缀和堆积，其中最长处高达 485 个字，联想起孙甘露引人注
目的取消标点符号的长句也不过区区一百字左右。作者懂得以隐秘
的方式遮蔽最显眼的事实，让人感觉到令人不快的自我压制和自苦
恼的言外之音，让局外人的世俗之事揭露"革命"之虚假诉求，让
带有语境色彩的词语，歌名口号联唱来掩饰其不满，释放其怀疑和
愤怒。

　　重要的是讽喻。讽刺性在于小说授予的当然不是"现实"，而
是一种认识"现实"的概念如何强加于我们的方法。"一个真实的
故事"的是一个虚构，这如同"照相不可撒谎"一样，因为在照片
之后还有另一个图像，在故事之后还有一个故事，在历史之后还有
另一种历史——一切都由谁是"目击者"决定。此处的底线是不存
在一种底线，叙事在构成我们的时候，我们也在建构故事。

十五

插入几段议论，算是对小说中的议论的摹仿。

在某种意义上，故事让我们成为时间的奴隶；在另一个意义上，它让我们能够回放甚至收回时间，邀请我们重新整理、重新诠释我们做过的事情以及发生在我们身上的事。

我们渴望答案，我们渴望洞见或智慧、愉悦或悲哀、笑声或愤怒，然而，阅读所拥有的基本悖论是，我们总是渴望一个结局，一种解决方案，一个解释，善的胜利，而这个结局都不是欲望所要求的目的。

被隐藏的东西使人着迷。在遮掩和不在场之中，有一种奇特的力量使精神转向不可接近的东西，并且为了占有它而牺牲自己拥有的一切。

大多数作恶的人并不把他们所做所为看作罪恶。恶总是被观察者，尤其是受害者看在眼里，如果没有了受害者，恶也就不存在了。

正如萨特对莫里亚克的小说《黑夜的终止》所作的批评那样，命运的概念固然饶有诗意，然而唯有人物根据自己的自由意志采取行为，才是小说应该表现的内容。

十六

下面几段摘录可以看作对小说的众多摘录的一种戏仿。

钦努阿·阿契贝在其小说《荒原蚁丘》中，通过一个老人之口明确表达了叙事的社会与政治因素的重要性："战鼓的声音很重要，战争的剧烈进行很重要，随后每次以自己的方式讲述故事也很重要。"所以，此人坚持，故事才是他最重要的伙伴：故事是我们的导航员，没有它我们是瞎子。瞎子拥有自己的导航员吗？没有，不是我们拥有故事，而是故事拥有我们并指引我们。故事是使我们区别于动物的东西，是使人类区别于邻近物种的面部标志。

——［英］安德鲁·本尼特
《关键词：文学、批评与理论导论》

彼得·德皮特一首题为《来自寒冷的人》诗中的一段诗句：

那些来自寒冷的人，他们自己就是冬天／他们爱护他们的雪橇，爱他们的狗／他们穿行的不是大地／而是暴风雪的季节／它冰冻他们的思考

他讲述一些冻雨和大雪的故事／把他们与收音机和电视中的传说混杂在一起／那些来自寒冷的人／他们自己就是冬天

——［荷兰］约斯·德·穆尔
《后现代艺术与哲学的浪漫之欲》

我们的情况总是这样，要动脑筋则迟了一步，但要愚蠢的诚实，却永远不会太迟，要理解则迟了一步，而感到迷惑或愤懑、义愤填膺，则永远不会太迟。

——莱昂内尔·特里林《自由主义的空想》

我生而对矛盾充满激情。我的整个生命无非就是一系列与精神或理性背道而驰的努力，可总是以悲哀与失败为伴。狂热之士使我变得冷酷如冰；我惊奇地发现，与冷漠

的游手好闲之士频繁交往，却可能把我变成炽热的理想主义者。

——莱蒙托夫《当代英雄》

十七

《朝霞》告诉我们，吴亮是图片与影像之间的穿梭者，片断与碎片之间的联想家，天赋般的组合能力使他成了一个无师自通的"结构主义者"。一种十分典型的匿名意愿，促进了他这种在隐秘世界穿行于记忆之网与言辞碎片之间的才能，在漫无边际的闲逛与联想中努力去把握心灵的栖息之所。恰如克拉考尔对齐美尔的称赞：他是"一个访客、一个漫游者"；他的作品"很早就证明了自己是一个阐述世界的碎片意象的大师"。

敏感的局外人，逐渐遗忘的过来人，彷徨的希冀、紧张的心灵、漂泊的虚空、怀疑的滋养裹挟着无法回避的欲望和情感。在扭曲的时代迷宫中，在被遮蔽的东西之间迷失自己并寻找着自我。一切都在闪烁、一切都在流动、一切都是含混、一切都是汇聚。它们就像被打碎的万花筒一般，残留着一丝转变时期的微光，他是"一个黎明时分的拾荒者"。

所有的回忆都有赖于"过去"，所有的记忆都少不了想象。情感构成了感觉，情感塑造了我们接受人物行为的方式，就像在日常生活中它们使我们能探知他人的行为一样。无论是1970年的冬天，邦斯舅舅和朱莉逛淮海路，还是1972年阿诺他们在等待分配时的那个秋天，艾菲家那令人羡慕的天井，江楚天约郭小红看电影的偶遇；如鼹鼠般隐匿在储藏室的马立克，还有兜得转、摆得平的劳动模范染上的白相人习气、东东和艾菲喜欢的模型，还有那些年老的父母，成年的知识分子被刻意修饰的自我伪装、充斥着暗语提示的信件；等等。

这些人物及其举动都是真实的，也是想象的历史片段，是搜集起来用语言重新创造的历史片段。他们像我们见过的人，而且比这更好的是，也像我们还没有见过的人。读完之后，我们才会明白，为什么他在乎小说的这些人物以及我们可能也会在乎他们。

十八

对萨特而言，回忆不是普鲁斯特意义的重新找回的时间，而是另一个人的时候，回忆者永远地被挡在了这一时间之外。

对詹姆斯而言，局外人的生活促进了思想的尝试和视角的敏锐，这也是他为现代主义文学留下的遗产。

摄影对巴特而言是小说。它是历史过去时的令人好奇的新艺术，它不做什么总结，也不排列主次。在这种艺术中，世界永远被看作可怕的和走向死亡的，它不能被神话或宇宙进化论所利用。巴特认为：摄影总是将自我所需要的总体引向我所看到的个体，它是绝对的特殊，至高的渴望，表面上没有什么光泽并且有些愚蠢……一张照片不能被抽象地说出它没有重量，透明的封套里面装满了偶然。《朝霞》中布满了用言辞构筑的图片。错票"全国山河一片红"、一份只有四版的"参考消息"、艾菲家的桃红木沙发、马立克家的唱片、邦斯舅舅在兰州吸食的水烟、阿诺渴望看到的南码头、李致行外公那被公私合营后的布店等，都可以看作这样那样的图像。

唯有牛皮筋指给阿诺看的家中那张发了黄的大照片，才是小说真正出现的"老照片"，一张摄于民国十六年老太爷七十大寿的老照片。一张照片总是一个已逝过程的记忆。然而通过这种能力，照片还可以成为一切记录过程的隐喻，因为它表明怎样做才可能使转瞬即逝的事物永存，才能以物质形式保留住在时间中流逝的事物和故事。随着老照片的出现，翁家那些隐隐约约、似真似幻的故事开始崭露头角，为小说的后半部增添了浓烈的色彩。特别是那个过着"深居简出与世无争的资产阶级破落子女"，翁史曼丽与翁伯寒那婶侄之间的同居生活，一切都源于错觉，"和侄儿翁柏寒在一起的时候，她会产生幻觉，压在她身上不是她的侄儿而是那个去了台湾的表哥。"

十九

虽然小说家像蒂利希所说的那样，渴望生活在没有神保护的现实之中，但他也不得不给不同种类的现实包括某些所谓的神话般的东西和某些所谓的绝对的东西留出生存的空间。

况且，《朝霞》所涉足的年代本身就是一个"绝对"的年代。革命与人民，这个包罗万象的词被近乎执迷地反复使用，因而开始变得有点薄弱，或者看起来更像是一个护身符而非概念。有什么东西不能装在这个宽大的容器里呢？

何谓生活、何谓信仰、何谓上帝、何谓善恶、何谓底层？《朝霞》中有着太多或深或浅的摘引、笔记和议论。在"思想片断"的形式中，引语具有双重任务，它们借"超验的力量"阻断呈现的流畅，同时又将所呈现之物凝聚于自身。此叙述方法犹如在昨日废墟中搜罗残瓦断片，而其中的此处或彼处，却又被怀疑的细刀割出一丝印痕。

成长中的阿诺们依据一系列微妙的自我认识、一部分的情欲自传、一部分的"浪子"闲逛，大部分的观察、耳濡目染、阅读与闲聊进行着他们不知疲倦、不乏好奇心的逃避和寻觅、怀疑并且思考着。他们是清醒者，睁开眼睛却不无忧郁；他们又是迟到者，利用记忆的残余试图重现昨日的一切，在一系列闪现往事火花的文字中，进行着孤独的旅行。

还有更多的和阿诺们有着这样那样联系的不同人群：科学家、科技工作者、老知识分子、教师、工人和干部。他们的故事穿越的时间各不相同，有些是中长跑运动员，更多的则是短跑，快速一闪，留下的是侧影和背影。邦斯舅舅和女友朱莉，还有宋筝老师，八级技工孙来福等无疑是前者，马皲伦教授及其老友浦卓远、何乃谦，还有做火箭的沈灏爸爸则异于后者。不管怎样，他们都是《朝霞》家族中的成员，是小说不可或缺的组成部分。

牛皮筋家庭则是绝对年代的残余之物，病恹恹的牛皮筋住在与世隔绝的亭子间，小说在他出场时如此介绍，"空虚无望的牛皮筋年纪轻轻，比阿诺只大七岁，就像从坟墓里爬出来的，他满脑袋装的全都是那些不再存在的东西，看他娓娓道来的样子，一种久远，生锈，失落的生活，阿诺完全没有类似经验，可以对应牛皮筋讲叙的家庭流水账，父母辈的离散，衰败，凋零，杳无音信，留下两个女人，一个中年寡妇，一个从来没见过的老太太，连她的一声咳嗽都不曾听见，还有他，唯一的男人，一个没有工作吃闲饭的社会青年，简直就是一个废物，这个连名字都被周围邻居忘记的人，他的存在或不存在，统统是一回事，他守在这个小房间，对三个星期之前还不认识的一个男孩子讲他的故事，讲他记忆中和幻觉中的故事，每一次讲述之后他的脸上就会出现亢奋的红晕，他是那样的满足，然后他的神情又坠入病恹恹的平常状态，他开始连连打哈欠了。"阿诺认识牛皮筋并到他家的时候，叙述者这样写道："阿诺目光第一次朝向通往三楼的走廊，阁楼上的女人，罗切斯特的老婆，这个念头让他又惬意又刺激。"是啊，包括以后断断续续关于牛皮筋一家充斥着腐朽之气的人与事也让我们受到了刺激，他们与世无关，知觉萎缩，时间意识丧失，整日与死亡、杳无音信和失踪打交道，生活在遭受创伤的神志模糊之中。历史是残酷的，人们若无视这一残酷性，那么这种历史将会无止境地重演。

二十

我们不应该也无法低估这部小说的"故事"层面。《朝霞》中随处都可见宏伟叙事的阴影，就纯粹老套的"情节"专制而言，小说也不乏其丰富性。但这需要阅读想象的补充合作，需要在片段与片段之间的衔接，需要在空白之处的填充物，需要在"沉默"之中纳入想象中的故事。于是，隐喻变成了叙事表演，它具有戏剧性，很能引人注目，能在文本中激起不同层次的意义。当语言自身有意思要表达的时候，它就是一个人对另一个人讲话，也许那个人不是别人，正是讲话人内心里的自我，这个自我成了听话人。

当叙述者对诸如此类的种种语义哲学的把戏表示厌烦透顶的时候，我们所面对的一个事实依然是：语言迫使我们不得不以语言可处理的方式来感知、拷问、阐释所谓"真实"，语言通过一套语法使"真实"能够为我们自己尤其为别人所理解。当我们关注寻觅语言的个人风格时，更应该关注语言的他性。拉康认为，语言内在的"他性"是其不可靠的标志，因为就其实质性定义而言，语言是别人的语言，首先是有压迫倾向的先辈的语言，是先辈符号性秩序的语言。这种语言永远是别的嘴用过的、陈腐不堪的东西。

尽管如此，我们也无法否认雅克·拉康本人那世人皆知的晦涩难懂。我们同样也无法排除《朝霞》对语言风格的独特追求："需要一种方法要求，借助某种文学虚构形式，简化的印象主义肖像学，以借入的手段，文本的滑动和信息的交叉跑动，越过平面描写，选择它们，压缩它们，解放那些浅显常识，克制隐喻，这是一种说服自己的写作，一次反普鲁斯特和法朗士的特殊使命，为此不惜退回到巴尔扎克甚至司汤达，它向过去开放，它等待过去的读书人，它无意诉诸今天的新一代人，它宁可未来三十年的年轻读者忽略它怠慢它，它或许会以出土文物的形式出现在一百年以后，肤浅的思考、过时的知识、原始录音式的苍白对白，庸庸碌碌，纷繁、凌乱、无秩序、琐碎、普通，大量不值得回味的段落，经不起分析，这恰恰是它所要的：它一直在那儿，它根本上排斥阅读，如生活本身一般无意义，不管这个时代曾经如何黑暗，或正相反，它如何伟大与光荣。"这段颇具自我意识的告白试图堵住他人的嘴，但也确实流露出作者的追求。

《朝霞》是否实践了这些诉求呢？相信读过文本的人，都会有自己的阐释和评价。

二十一

有必要提一下罗兰·巴特。这位碎片主义的大师，"新小说"的摇旗呐喊者，结构主义与后结构主义的代表人物，与吴亮有着太多的同与不同。巴特生前便如日中天，享受着媒体和学院的双重欢呼，而吴亮呢，几十年来既不为"主流"所认可，也不为"学术"所收藏。研究吴亮者寥寥无几，不是他不值得研究。我当然知道，吴亮本人不会同意这种比较。如同他对许多后现代人物有点不屑一样，他对巴特也有点不恭。

历史上有许多片段写作者不是哲学、思想家便是随笔作者，而巴特是离小说相当近的，在死神将向他走近的岁月里，无数的人（包括他自己）都在议论，等待他小说的诞生。这部曾经有具体日期问世的小说如果不是因一次偶然的车祸而夭折的话，我们探讨巴特的角度就会打开一扇完全不同的窗户。埃里克·马尔蒂在其所著的《罗兰·巴特：写作的职业》一书前言中这样讲道："普鲁斯特曾经为其作品的形式而举棋不定：散文还是小说，这种两难选择犹如一个烦恼而固执的问题，在巴特的晚年卷土重来。死亡使他在历史上留下了散文家的外表。但是普鲁斯特所放弃的，以作家和母亲间的对话开头的散文的最初篇章，给巴特以想象，使他思考文学、进行论战、阅读作者并进行评论，同样是而且尤其是一条启蒙之路，一种深入其境，也是一种使作品得以实现其形式的必不可少的流连，即建立对作品自身价值的质疑条件，没有这种质疑写作便失去了目标。"①

关于那部没有诞生的小说，作者同书的另一处继续写道："巴特想象中的小说不是一个故事。从某种意义上说，《明亮的房间》在他看来堪称小说的第一次尝试。""小说没有能付诸写作。这是一个迷宫。而巴特犹豫着是否采用这种文体：这是个时间问题。这部小说应该存在各种各样的片断：如日记、插叙、思考、描绘、细节刻画。"②

值得一提的是，《朝霞》所写的1970年代，罗兰·巴特还应邀访问过中国，途经上海。他所写的《中国行日记》，在其逝世后发表，这本书一反常态，拒绝用政治言论谈论中国。

巴特的一些话语，完全可以看作对《朝霞》的旁注，例如："给愉悦留下深刻印象的并不是暴力；破坏不会让它感兴趣，它渴望得到的是失落、缝隙、切口和收缩的场所，是在读者迷乱的时刻将其抓住的消散。"在激发欲望方面，裸体还不如"服饰留出缺口"的部位。先锋派技巧（或者说，对于传统预期的干扰）作为可读话语中的缺口，在惊奇之余更能让人愉悦：例如，福楼拜有"一种方法能割开缺口，在话语中打孔，并且不至于让话语变得毫无意

① ［法］埃里克·马尔蒂著，胡洪庆译：《罗兰·巴特：写作的职业》，上海人民出版社，2011年，第5页。

② ［法］埃里克·马尔蒂著，胡洪庆译：《罗兰·巴特：写作的职业》，上海人民出版社，2011年，第43页。

义。""文本需要它自身的影子，些许意识形态、些许表征、些许主体、鬼魂、口袋、踪迹，必要的云彩。颠覆必须产生于它自身的明暗对比。"[①]

巴特的一些爱好也颇有意思。比如，巴特对故事毫无兴趣。他喜欢狄德罗、布莱希特和爱森斯坦，因为这些人都偏好场景胜过故事，偏好戏剧场面胜过叙事发展。巴特喜欢片段，设计了各种方式把具有叙事连贯性的作品变成片段。这些爱好吴亮大都会赞同，有些则未必，具体地说，巴特尤感兴趣的两种策略：消除深度和打乱叙事，吴亮大概不会赞同前者。

巴特最著名的口号为"作者之死"，他提出这个口号为的是清除作者在叙述中的霸权地位。这点或许是和吴亮背道而驰的。小说第57节的议论中，作者明确地表示：隐喻的解释主权牢牢地掌握在写作者手中。我们从《朝霞》也可以看出，作者的主权地位是毫不动摇的。

二十二

吴亮是个谜。而《朝霞》不是个谜，它倾向明确，立场坚定，这是一部从谜底出发而抒写谜面的小说，它是还原主义的产物。好就好在书写者能在还原的过程中制造出一个个新的谜底。这些个谜底很可能是始料不及和不甚清晰的。在写作过程中能滋生、繁衍出许多意料之外的东西，这无疑是创造力的表现。

牛津学者、俄国文化史专家、英国的罗莎蒙德献给托尔斯泰逝世一百周年的《托尔斯泰大传》，给我最深刻的印象在于：这位兼具朝圣者、虚无主义者和农夫于一身的伟大作家，在创作上经常打

---

① ［美］乔纳森·卡勒著，陆赟译：《罗兰·巴特》，译林出版社，2014年，第86、87页。

破计划，不按常理出牌。写完《战争与和平》之后的托尔斯泰，原计划写的是俄国第一位伟大的改革家彼得大帝。认真翻阅了手边可供参考的俄国 17 世纪末期和 18 世纪早期的有关史料之后，托尔斯泰为写那部彼得大帝的小说总共做了三十三次尝试。但就在全俄国纪念彼得大帝诞辰二百周年进行得如火如荼的日子里，托尔斯泰放弃了写作计划，转而关心家庭伦理，写作《安娜·卡列尼娜》，一部表现男女之间私通的小说，用托尔斯泰自己的话说是"创作一部与彼得大帝毫不相干的小说"。他强调说：他在写一部真正意义上的小说——有生以来的第一部。放弃重大题材、史诗般的大作，转而投身于家庭伦理叙事。依赖计划的改变，向偶然性致敬，托尔斯泰为世界文学史留下了一部传世之作。

《朝霞》是不是改变计划的产物，我们不清楚；《朝霞》写作过程中是否有过计划的改变，我们也不清楚。但有点是可以肯定的，对于在书写上大量使用现代与后现代手法的《朝霞》，在文学观念上却越来越趋向于保守是显而易见的。《朝霞》以"反叙事"进行的叙事中，我们可以看见一道深刻的裂痕，那就是手法上的"后现代"和观念上的"十九世纪"。前面引用的那段关于写作的议论出现在第 82 节，此时整部小说差不多业已完成。作者用了"为此不惜退回到巴尔扎克甚至司汤达"这样的话，可见其用心良苦。

《朝霞》是一部结构性的现实主义之作，它以"结构主义"的诗学旨在打破现实主义的叙事模式，志在打破线性的发展秩序。但是，其摹仿现实的愿望并未消除，探寻现实生活真相的努力并未被"解构"，它以完整的有头有尾的故事形态为天敌，但仍布满了故事的碎片和段落。在某种程度上，就摒弃宏大题材史诗般的写作，让小说回到日常世俗，回到人性的基本面这一点来说，《朝霞》与托尔斯泰的转变是有相通之处的。

自然，意识到激进的形式和保守的观念之间的裂痕是一回事，而用简单明了的二分法来区分这二者的关系又是另一回事。后者可能会落入更为保守传统的认识论的陷阱。这世界上自以为明白的思想方法很可能是最脱离创作实践的糊涂意识。革命与保守混杂的处境往往是创作难以摆脱的真实处境。福楼拜留下的文学遗产之一，不正是怀旧之情与幻想破灭之间的艰难平衡？这一点，我们可以从《情感教育》中对弗雷德里克·莫罗模棱两可形象的深入刻画中看出来；关于《青年艺术家的肖像》里的斯蒂芬，乔伊斯也同样在艺术和道德之间挣扎……更准确地说应当是：小说形式骄傲地宣布与其先驱的革命性决裂后，却发现自己不可避免地寄生于它们。

其实，此种艰难平衡与挣扎并非仅存于古今之争的概念中，还有更多是贯穿于过去和现在的恒久困惑。卡尔维诺在其《美国讲稿》中曾提醒我们：世世代代的文学中可以说都存在两种相互对应的倾向，一种倾向要把语言变成一种没有重量的东西，像云彩一样飘浮于各种东西之上，或者像细微的尘埃，像磁场中向外辐射的磁力线；另一种倾向则要赋予语言以重量和厚度，使之与各种事物、物体或感觉一样具体。卡尔维诺的提醒值得思考。也许，《朝霞》中激进与保守的混搭是一种无法避免的真实存在；也许吴亮压根儿就是以此来抵抗后现代主义那种将现代主义与大众文化混杂的时尚。

二十三

在我们所关心的领域，知识在闪电中出现。文本不过是其后轰轰滚过的雷鸣。

——本雅明

二十四

遥想上个世纪 70 年代的生活，甚至可以追溯到更早，我们成长中的离家出远门，或是初次工作上班，父母亲叮嘱的就那么一句话：听领导话，和同事搞好关系。奇怪的是，《朝霞》中的成长过程和人际关系，独独缺少的就是领导和同事。这使我想到《繁花》中缺少知识分子描写的现象。联系这两部作品，另一个更不着边际的现象冒了出来：上海的男人，怎么到了六十岁才开始写他们的第一部长篇小说。

当然，《朝霞》中所描写的弄堂生活则是我们熟悉的。我们的成长史中总有一些不问出身的伙伴，总有过那么几次穿越几个弄堂，到河边，到更远的陌生地的"冒险"旅行；至于下棋打牌漫无边际的闲聊则是我们生活中的必备节目，集邮、模型亦是我们渴望的东西；父母对自己的吆喝声总是在耳边回响，我们都有过难以启齿、无法描摹的欲望，初恋乃至这样那样关于性的憧憬和向往。当然，饥渴且盲目的阅读史是不可缺少的，不同的是马立克、阿诺式的早熟且不合时宜的怀疑及思考是常人所不及的。

不管怎样，一种微妙的自我认知，一种情感与欲望的流逝，一种怀疑论作祟的脑力劳动，在看似平凡的岁月挟带神秘性的漂移，那些都既是对永远在扩展的现实，也是对记忆中已逝岁月所作的艺术处理。

二十五

上帝远离世界，但是作为内在性的伙伴的诸神也许回来了。正因为如此，作者或读者都是优秀的发掘废墟的考古学家，是揭秘的大师，是顽固的闲逛者，是敏锐的观察者，是不知疲倦的拾荒者。

上帝远离了世界，于是有了小说。这种文字是人的，有着浓郁的人间色彩，它要求我们接受从此分为多种涵义的意义隐喻；表达意义的多样性布满我们的文化，而我们的文化经过某个废墟，穿越稍纵即逝的现时，都可以在某个不起眼处，在点点滴滴的日常中发现"存在"。1989年5月2日在同K.布兰古的一次谈话中，E.荣格指出："借助技术的世界语言表达的现实世界引发的不是精神的单一性，而是新的多神论。"

但这并不等于说，《朝霞》的小说世界中不能出现关于信奉上帝的故事。小说中，关于兆熹叔叔的信教，关于洪稼犁牧师，关于宗教的议论和《旧约》的摘录共有几十段之多，其叙事的分量不可忽视。重要的是，这些都是小说的用武之地。就像书中介绍的："兆熹叔叔和邦斯舅舅各有各的执着，邦斯舅舅的执着就是努力争取，绝不放弃，兆熹叔叔则是把一切交给上帝，忍耐、虔诚、等待拯救，至于父亲呢，父亲好像没有明确的立场和一贯的态度，父亲总是分析、否定、冷嘲热讽，不过父亲还是很会安慰母亲的，父亲的分析也常常被母亲认为是最有说服力的，但是父亲毕竟是一个普通人，所以到后来，母亲还是相信了兆熹叔叔的话，相信了耶稣基督，不过这应该是许多年之后的事了。"就像小说中出现洪稼犁牧师与不信教的马立克的多次讨论一样，相信上帝与不相信上帝展现的都是人生的多样性。

我们无论谈论智力意识发展的最初阶段，还是攀登上现代思维的最高峰，到处都会发现宗教是一种征服的力量，它甚至征服了那些自诩已经征服了它的人。宗教无处不在，当《圣经》中讲到那个收税人远远站在一旁，不是仰望上苍而是捶胸顿足地说："求上帝对我这个无赖发仁慈吧"，这一切就是他的宗教。当年轻的婆罗门在太阳升起之际点燃简陋的祭坛之火时，他用世界最古老的祈祷方式说："但愿太阳使我们思想活跃起来。"而到了晚年，婆罗门又认为所有的祈祷和献祭都是无用的，甚至有害而抛弃了，平静地把自己安葬在永恒的自我之中，所有这一切都是宗教。

我的看法是，对小说而言，重要的是，同样是信教的，他们各自也都有着不同的人生故事。尤其是当我们耳边响起，1970年约翰·列侬曼妙怡人地弹奏着他的白色钢琴，开始吟唱《上帝》的歌："上帝是一个 / 我们用来衡量 / 我们的痛苦的概念。"

二十六

好了，评论到此，也该进入连我本人也有点讨厌的套路：检点一下还有哪些遗漏之处，尤其是在面对《朝霞》这样一部多少有点庞杂的作品。

现象学注重面面观，思想代表了物质的力量，心理学则是一种怀疑论的诠释学，立事揭露在思想后面起作用的那些原初的动机。在这些动机中，引人注目的不是观点的辩驳，而是人性欲望的种种痕迹的揭示。总体而言，本文由于过度关注前者，以致忽略了心理层面诸多微妙的东西，比如说沈灏那延迟了的断奶和恋母情结，阿诺的初尝禁果及其性幻觉，翁史曼丽与翁柏寒之间的"乱伦"和弗洛伊德的鞭打幻想，以及对宋筝老师恋情的心理稽查，等等，都应当作进一步的分析。

梦境是我们内在渴望的踏实阐释者，蒙田如是说。但是，我们乃是在强制力量的驱使下才得知，梦境作为阐释者为了把梦中信息传达给我们，反过来又要求一个精于理论，老辣圆滑的阐释者存在。《朝霞》中有不少对梦的记录，如何阐释也不容小觑。

关于意象和隐喻的提示，特别值得一提的是猫与鼠：城市四处乱窜的野猫，翁史曼丽家中的大黑猫及后来换上的白猫，纤纤在农场见到上百只老鼠爬在那个尸体上面所受到的刺激。

关于知识的构图：火箭升天的畅想，抽烟和种烟的知识，邦斯舅舅关于中药知识的流露，马立克与母亲同与不同的音乐欣赏，还有整部小说中那长长书单的阅读史。

关于语言风格：其中最重要的是，关于上海特色的地方性用语和吴亮特色的强势个性是如何形成组合拳的。我的感觉是，《朝霞》始终有着两种声音在诉说，有两支笔在写作，有些段落中，一种声音会比另一种声音显得更强，而在另一些段落中则相反，两种声音势均力敌，彼此呼应，相互排斥，谁也少不了谁。

关于小说中的诗词：特别是宋老师与马立克之间的旧体诗词的来往在小说中的回响，那些哀怨、缠绕不去的情调在新的语境中被微妙地改写，有着许多意想不到的效果和意蕴。

关于溢出上海的笔墨：沈灏外出插队的所见所闻，信中谈及的长江三峡，张曼丽在北京生活的不习惯，艾菲一家去香港，马鹹伦出访的南斯拉夫，林耀华的出走，等等。

溢出的不仅拓展空间视野，更重要的是它强化了人们生活其中的语境，这不是可有可无的东西。除此之外，还有向内强化，即人的意识和情绪。阿诺及其伙伴们的苦闷无聊无疑是一种特殊的符号。无聊之于小说可谓举足轻重。在浪漫主义作家那里，无聊这个概念的发迹，是现代性之伟大题目的开始。康德将无聊定义为，出于情感在其无休止地追求的那些知觉方面的空虚，对自身的实存感到厌恶。这种厌恶甚至可能上升为恐惧，康德称此为对空虚的恐惧。

解剖学和形态学都假设一个有机体是一组部件。不过解剖学满足于对各个部件的分享和认定，而形态学则告诉我们，各种部件组成一个更高级的有结构的整体。形态学是关于诸多单个部件结合为复杂结构的理论。检讨自己，此篇评论至多停留在"解剖学"的水平。

二十七

《朝霞》以虚构的方式询问了 1970 年代的上海，五年前，吴亮以非虚构的样式写过《我的罗陀斯——上海的七十年代》。两者谁更接近实存更能揭示真相呢？难说。实际上，这两种方法都有其难以还原的困境。这是因为这段历史离我们太近，无法以超然的态度重新讲述。但也由于这段历史经历了太多的变故，今天重温又觉得离我们太远，又很难以身临其境的复核呈现其客观性。

如果对虚构与非虚构要作一选择的话，我选择前者。世界本是它可能存在的样子，小说家的想象赋予它形式。想象既不是心血来潮，也不是幻觉的抽象，而是帕斯卡尔恐惧地谈到的想象力，因为它从神的手中夺走人的未来。小说将继续探索这个没有需要的世界，那里的男女将面对爱的自由和写成故事的自由。而将非虚构与文学手段混杂一处自有其说不清道不明的地方：这有点像电影《哈维》，其中吉米·斯图尔特常常与他的朋友哈维交谈，哈维是一只有六只脚的、两英寸长的无形的白兔。吉米·斯图尔特是唯一能够看到哈维的人，他周围的人都只能看到一把空着的椅子。

1975 年中文版《剩余价值理论》第 3 册中，马克思曾重述了罗马卡库斯的神话。一半是人一半是魔鬼的卡库斯居住在一个洞穴中并且只在晚上出来偷牛。为了误导追他的人，卡库斯迫使牛倒着走进他的洞穴，以便于从这些牛的脚印来看，它们似乎是从他的洞穴走出去了。第二天早上，在人们来寻找他们的牛时，他们所能发现的一切就是脚印。于是，这些人根据脚印得出结论：他们的牛从洞穴出发，走到地中央并消失了。这个重述的神话让我们感觉到，所有的事实与真相都受到了沉默的重创。

本雅明在《一九〇〇年前后柏林的童年时光》中告诉我们："巴黎的围墙和码头、停泊的地方、收藏地和垃圾、铁路和广场、拱廊街和凉亭，都说一种语言，如此单一以至于我们与人们的相处在孤独环抱我们又沉浸的物质世界里达到了沉睡状态，沉睡中梦的意象期待去表现人们的真实面孔。"其实，《朝霞》的结局何尝不是这样一个梦的意象？

最后，告诉你们一个秘密，一个关于虚构与非虚构偶遇的秘密。《朝霞》的尾声，作者以完全虚拟的方式写下了徐家汇天主教堂在维修的情景。写完后不久，他看望朋友途中发现，天主教堂事实上正在维修。想象应验了，这让吴亮激动不已。

2016 年 3 月于上海

我讲你讲他讲　闲聊对聊神聊

——《繁花》的上海叙事

一

摆在我们面前的《繁花》无疑是一个特殊的文本，那是因为你如果要感受到其特殊性，就必须要用"上海话"去阅读。为了真实再现这一特殊地域和人群的日常生活，他们的过去和现状，他们的存在和交往，他们的情感和欲望，作者有意（也可能不得不）缩小接受者的范围。换句话说就是，你如果不懂上海方言，想要体味其中特有的韵味是有困难的。这大概是韦恩·布斯1961年在他那本《小说的修辞学》中谈到基于解码和合作的乐趣而建立起来的"秘密的配合"。

其实，运用吴语方言写小说也不是什么新鲜事。[①] 早在1878年上海申报馆首次出版的吴语小说《何典》，开启了上海近代"谴责小说和黑幕小说"的先河。时隔十四年，韩邦庆以"云间花也怜侬"为笔名发表了《海上花列传》。论艺术成就，《海上花列传》已得到很多名家的首肯，这里可以省略，值得一提的是张爱玲。被认

---

① 中国古代的传奇小说类文学作品几乎都是以华中、华北语言进行叙述，吴语方言指的是采用吴越地区的方言进行表述，而所谓上海方言应被包含在吴语方言之内。

为是"微妙的平淡无奇的《海上花》"①，在张爱玲眼中是自《红楼梦》诞生以来最值得注意的事件。直到上世纪 80 年代还亲自动手把《海上花》翻译为普通话和英语，在为英译本所作的序中还耿耿于怀地把《海上花》称之为一部不大有人知道的杰作。在国语本《海上花》译后记那篇长文中张爱玲甚至这样写道："中国文化古老而且有连续性，没中断过，所以渗透得特别深远，连见闻最不广的中国人也都不太天真。独有小说的薪传中断过不止一次。所以这方面我们不是文如其人的。"② 她感叹《红楼梦》这座中国古典小说史上的高峰竟成了断崖，"但是一百年后倒居然又出了个《海上花》。《海上花》两次悄悄的自生自灭之后，有点什么东西死了。"③ 究竟什么东西死了？这是值得思考的，而《繁花》力图恢复的，是不是这些死了的东西？这是我所关心的。

二

时间是我们所经历的某种东西。时间是我们生活世界中的一种现象，首要的是一个人生活学的概念。《繁花》的叙事时间为上海的上个世纪 60 年代至 90 年代，全书连首尾三十三章，每章又基本分为三节，阿宝、沪生和小毛则是贯穿首尾的三个主要人物，可见三六九是其幸运数字。

小说开首的三段文字，看似和正文没有关系，实则传递一种上海味道、阁楼、老虎窗、霓虹灯光、拥挤空间的莺声燕语……构成入场的语境。"引子"则以具体场景与谈话让人物悉数登场。西飏说，开篇用这样一个长引子，很特别，说笑中交代了主要人物关系，有

---

① 《海上花》系《海上花列传》的另一种简约说法，下同。
② 来凤仪编：《张爱玲散文全编》，浙江文艺出版社，1992 年，第 471、472 页。
③ 同上。

派头。小说开篇有两顶帽子，比较豪华。其实，"两顶帽子"并非首创，《红楼梦》和《海上花》的开篇都有自序和楔子两顶帽子。

不止"两顶帽子"，《繁花》整体结构分为两条线索的交替穿插运行，一条线从1960年至"文革"尾声，另一条线则自1980年到新世纪初。随着时间推移最终合拢归入"海上"。上海味不止是《繁花》的背景和点缀，而且还是文体的追求，《海上花》在叙述上运用普通话，而在人物对话时却用吴语方言。小说虽有艺术性，但在阅读推广上却受了影响。眼前的《繁花》"采用了上海话本方式，也避免外地读者难懂的上海话拟音字，显现江南语态的叙事气质和味道，脚踏实地的语气氛围。小说从头到尾，以上海话思考、写作、最大程度体现了上海人讲话的语言方式与角度，整部小说可以用上海话从头读到尾，不必夹带普通话发音的书面语，但是文本的方言色彩，却是轻度，非上海语言读者群完全可以接受，可用普通话阅读任何一个章节，不会有理解上的障碍。"作者金宇澄在介绍《繁花》时曾作如上阐释，有些说法虽不严谨，但意图是明确的。笔者曾询问过几位不懂上海话而读过此小说的同行，他们同样读得津津有味。但和用上海话去读究竟有何不同，就不得而知了。

想想自身的话语处境，日常谈吐总是用上海话表达与交流，但书写总离不开普通话。《繁花》的两条线叙述从二十八章开始合流，而两种语言呢，是否能在阅读《繁花》中合一呢？写作此文期间，偶然看到正在播出的电视剧《浮沉》，联想这几年的类似的影视剧中，凡有上海口音和腔调的角色，无不是斤斤计较、鼠目寸光、只关注眼下的食利主义的符号。《繁花》的作者真是勇气可嘉。

三

读《繁花》，我们能感受到作者那无法抑制的快感，一种言说的快感，也许这种快感具有地方的烙印、方言的局限，或者我们可以明确地说这就是一种因局限而产生的快感。艺术总是受制约的，不是在局限中诞生就是在局限中死亡。如同社会的进步与恶化难以彻底分隔，言语的解放和束缚往往也是同一叙事中密切相连的。因为语言是我们呼吸的真正空气，所以我们根本不可能有一种脱离区域语言而孤立存在的经验。我们必须在时间的背景下观察自己，把自己的生活理解成叙事，目的就是要判断生活进行得好还是不好。

作者金宇澄，早年黑龙江插队，回沪后工厂待过，喜欢交往，熟知上海滩许多地方的马路弄堂，凡流行风尚、吃喝娱乐也并不陌生。2006年出版的《洗牌年代》以随笔的行文集中记载了"为往事不安，现时变化太大"的感受。与很多同时代的人一样，上世纪80年代的金宇澄也是小说写作的弄潮儿，发表于1985年的小说《失去的河流》曾被《新华文摘》转载，《小说选刊》选中时恰与《无主题变奏》放在同一期，写于1986年的《风中鸟》与孙甘露的《访问梦境》在《上海文学》同期发表。1990年后，作者中止小说创作时间长达二十年。重新拾笔，一写便是长篇小说《繁花》，两年时间数易其稿，修改多达十余次，可见其重视和用心。小说原名《上海阿宝》，自然让人想起曾经轰动一时的《上海宝贝》。看得出，阿宝是作者非常偏爱的人物，但未必是小说中最成功和最重要的人物。改为《繁花》似乎更好，因为这小说写了太多的女人及她们的命运和存在，她们的活着并且喜怒哀乐着。快乐与不快乐是极其复杂的问题，不像有些文学批评家那样，认为关于个人好恶的陈述只不过是"趣味"问题。

中断二十年后重新发表小说并和《收获》有关系的，今年还有一位就是马原的《牛鬼蛇神》。不同的是，谈论《牛鬼蛇神》，人们总会联想到昨日的马原叙述；至于《繁花》，我们恐怕很难，甚至是无法链接昔日的金宇澄了。可以肯定的是，《繁花》是一次别开生面的书写。

四

普鲁斯特在青年时代的一篇文章中谈到，小说家的技巧不是从人物开始，而是从字眼开始。写小说，就是以某种方式处理字眼，就是从语言的多种能力中发掘使我们联想人类的能力。这个说法既明白又玄奥，既简单又确实难以入手。"某种方式"并不是存放在某处肉眼一下子可以发现的物件，而是作家努力追求的目标与手段，是某种难以言说而又确实存在的东西。

《繁花》的"某种方式"何在？我想大概不外乎还原上海的生活地图和人情世故，哪怕这种生活是琐碎卑微的、世俗而充斥着人间烟火气。诚如小说中小毛讲："我只卖阳春面，不加浇头，我有啥讲啥。"我曾一度同意并相信王安忆对上海话的判断，"上海的语言其实是鄙俗的、粗陋的、不登大雅之堂的没有经过积淀，很不纯粹的语言。上海的俗语，有的从邻近各处流传过来，有的脱胎于'白相人'的江湖诀，有的则是所谓洋场少年的新兴海派语。"[①] 而《繁花》的出现则动摇了我的坚信。耐人寻味的是王安忆在文章中列举的那些不登大雅之堂的上海话，诸如"卖相""外快""轧朋友""克腊""枪司"等，在《繁花》中则很少出现。

上海人的生存方式、处世方式，所谓的"上海味道"真的离小说那么远吗？作为现代中国小说发源地之一的上海真的沦落到只能与"滑稽戏"为伍的地步了吗？王安忆在另一篇文章"上海和小说"开首就回答说："上海这座城市在有一点上和小说特别相投，那就是世俗性。上海与诗、词、曲赋，都无关的，相关的就是

---

① 王安忆：《寻找上海》，学林出版社，2001 年，第 142 页。

小说。因为它俗，也是民主的另一面，消除等级差别，难免沉渣泛起。"她还以张爱玲为例总结道："她将小市民的啼笑是非演义出人生的戏剧，同时，她归还给思想以人间烟火的面目。这其实就是小说的面目。"[①] 有时候，我们能感觉到，王安忆小说中的某些审美主张和想法很接近张爱玲经常感叹的中国小说传统中某些已经死去了的东西。相比之下，王安忆关心的等级差别是如何消除的，而《繁花》不同，它所描摹和留意的则是等级差别在表面的消除背后是如何不肯离去而改头换面，而进入 1980 年代后，这些差异、趣味、风尚又是如何疯长的。

五

休谟认为，"如果没有记忆，我们就永远不会有因果关系的概念，因而原因和结果的链条也将不复存在。而构成我们的自我和个性的正是这个链条。"那位写作《小说的兴起》的伊恩·P. 瓦特在引用了这段话之后明确地说："这个观点就是小说的特征。"《繁花》中有着太多的记忆，因阅读也唤起了我们无数的记忆。作为叙述交替出现的两条线，实则就是对两个不同时代的记忆，它们互为镜像，自成因果链，前半段是成长小说，后半段是生活小说。成长中的沪生、阿宝和小毛由于各自家庭背景的不同自然让记忆链条从昨天走向了更遥远的昨天。作为往事的童趣、青少年的游戏，向往与爱怨成就了一种缅怀的同时，也成了现时的参照。人性总是具体的，正如所有的语言都是特别的一样。即使是最小的、最不起眼的、最被滥用的字词，都是生活的图画，它们有历史，有多重含义，也有多种用法。

---

① 王安忆:《寻找上海》，学林出版社，2001 年，第 131–133 页。

蓓蒂的爸爸，某日从研究所带回一只兔子。蓓蒂高兴，绍兴阿婆不高兴，因为供应紧张，小菜越来越难买，阿婆不让兔子进房间，只许小花园里吃野草。星期天，蓓蒂抽了篮里的菜叶，让兔子吃。蓓蒂对兔子说，小兔快点吃，快点吃，阿婆要来了。兔子很神，吃得快。每次阿婆赶过来，已经吃光了。后来，兔子在泥里挖了一个洞，蓓蒂捧了鸡毛菜，摆到洞口说，小兔快点吃，阿婆快来了。一天阿婆冲过来说，蓓蒂呀蓓蒂呀，每天小菜多少，阿婆有数的。阿婆抓起菜叶，拖蓓蒂进厨房，蓓蒂就哭了，只吃饭，菜拨到阿婆碗里。阿婆说，吃了菜，小牙齿就白。蓓蒂说，不要白。阿婆不响，吃了菜梗，菜叶子揿到蓓蒂碗里。蓓蒂仍旧哭。阿婆说，等阿婆挺尸了，再哭丧，快吃。蓓蒂一面哭一面吃。

《繁花》的叙事自有一套，我们很难复述，所以这里引一段。读来有点像童话，但世俗的日常，旧生活的痕迹，时代的特征，像一种阴影落在它的字里行间而不肯离去。童话故事将恐惧人性化，就像这个时代使人变得恐惧一样，但它的简化是如此惊人，以致被驱逐的世界的复杂性只能像影子一样跟在后面。蓓蒂才六岁，尽管家住底楼三间房间，大间有钢琴，还有帮佣的绍兴阿婆。但对她来说，只有和十岁的邻居阿宝，从假三层爬上屋顶，"小身体靠紧，头发飞舞。东南风一劲，黄浦江的船鸣……"才会产生那彼岸世界的永恒记忆。

蓓蒂和阿婆的故事是《繁花》无数故事中最为引人注目的故事之一，她们之间没有血缘关系，但这类似主仆的关系又胜似一切关系，在阶级论、血统论统领一切的时代，她们却过着相依为命的生活。阿婆的故事蓓蒂未必听得懂，就像蓓蒂的琴声阿婆也听不懂一样。阿婆最辉煌的故事就是自己的外婆在南京做天王府宫女及带着黄金逃难，绍兴家乡的老坟则是她唯一的牵挂。但当阿婆1966年带着蓓蒂和阿宝来到家乡时，"老坟，真真一只不见了"，"1958年做丰收田，缺肥料，掘开一只一只老坟，挖出死人骨头，烧灰做肥料。"蓓蒂的父母则"参加社教运动，有人举报收听敌台回不来了"。唯一可以相伴的钢琴在"文革"中被抄家抄走了。这一少一老的社会边缘者转眼间成了被遗弃者，无处安身的流浪者。她们只能生活在彼此不断重复的梦中，蓓蒂做梦看到阿婆变成一条鲫鱼，而阿婆做梦看见蓓蒂变成一条鱼，直到最后她们都突然失踪了。她们的故事就是一个"冬天里的童话"。

蓓蒂成就了阿宝早期的情感记忆，如同姝华成就了沪生早期的阅读记忆，如同银凤成就小毛的"恋姐式的异性情结"一样。别小看青少年时期的小事和偶遇，一不小心都会影响和照射我们漫长的人生。

六

阿宝、沪生和小毛是同龄人，恰好同学少年，他们之间的友谊、情感和交往牵引《繁花》那长长的叙事。但他们的家庭背景又各自不同，资本家、军人干部和工人延伸出各自不同的历史和生存环境。当然也暗藏着作者的意图。洋房、新老弄堂、周边棚户、郊区工人新村都是他们各自生存的场所，我们只要留意一下作者手绘的四幅地图，就可想而知小说所涉足的区域。经历了十多年不停顿的取消阶级差别的革命和运动，但差异残余依然存在，或者另一种新的差异正在产生。想想小毛，住的是三层阁楼，经常替别人排队买电影票，一早到"红房子"排队领吃中饭的"就餐券"；替自己家摆砖头，排队买菜、买记卡供应的豆制品，生煤炉唱流行小曲；而阿宝呢，与香港哥哥通信，收集香港风景明信片、电影说明书、集邮，听蓓蒂弹钢琴，来往的弄堂里的资产阶级小姐的一批朋友"吃得好，穿得好，脚踏车是三枪，兰铃，听进口唱片，外方电台……"差异是存在的，城市总是社会与文化杂交的地方，但这一切都不影响他们之间的友谊和交往。

说来奇怪，读《繁花》之于我来说犹如招魂一般，我那早已迷失的少年记忆随之涌现。那是因为阿宝他们和我是同龄人，况且我也成长在上海。那些伴随着物质匮乏和精神一律年代的游戏和爱好依然有着其童趣与激情。也许，我生活的地区比小说中的上海还要偏远，我的弄堂生活比他们的层次还要低下。我们收藏的只是香烟牌子、糖纸头；我们玩的游戏只是打弹子、刮刮片和盯橄榄核子；等等。但这些差异并不妨碍阅读所带给我的联想，因为这些记忆中都裹挟着同时代、同区域的味道。任何一部文本都像一个小岛，它的周围有着无数的其他文本在嘤嘤作响，我们所读的故事都浸染在一大片其他故事当中。记得上个世纪60年代去北郊中学读书的时候，路经长长的四平路，不时可见马路对面平房前的空地上有许多人在那里练拳头、掼石锁、举石担、玩哑铃。每每记起这些情景，我仿佛感觉，小毛和他的拳头师父们大概就是生活在他们其中。

《繁花》让我感兴趣的正是那些快要被遗忘的东西，它让被呈现出来的东西和没有呈现出来的东西留有余地，让嘀嘀咕咕的话语和难以言说甚至无法言说的沉默之间保持一种微妙的联系。如何让烟消云散的东西死灰复燃，如何复活已经忘却的记忆，这无疑是小说的独特功用。这也是为什么一辈子读《红楼梦》的张爱玲，始终认定原著"前八十回只提供了细密真切的生活质地"。1980年初，张爱玲在读了汪曾祺的小说《八千岁》后写了篇散文《草炉饼》。小说里面一个节俭的富翁，老是吃一种无油烧饼，叫作草炉饼。散文写的就是因草炉饼而唤起了作者对"二战"上海沦陷后小贩的叫卖声的记忆。张爱玲为这被叫醒的记忆而觉得有点骇然，并意味深长地写下，"也只那么一刹那，此后听见'马……草炉饼'的呼声，还是单纯地甜润悦耳，完全忘了那黑瘦得异样的人。至少就我而言，这是那时代的'上海之音'，周璇、姚莉的流行歌只是邻家无线电的嘈音，背景音乐，不是主题歌。"①

有时候想想，要给《繁花》寻找互文性是困难的，但它确实引起了我对生活的记忆。那些早年的岁月，今天看起来已恍如隔世，但并不妨碍它的栩栩如生和原汁原味。"大自鸣钟居民十五支光电灯，一盏盏变暗，夜深了，棉被开始发热。"很难解释在长长的三十几万字中，独独这三十几个字，我一读便忘不了。它表明，出众的叙事并不全靠跌宕起伏的情节。有时候短短的几句话，便可呈现出日常生活本身，此种情景，我们可能几十年都是这么度过的。

七

《繁花》似乎有意无意地提到，"小毛的故事有两种，民间传说、自身经历。"我想，这两种故事用来言说《繁花》的故事也是大致不错的。传说，无非是经由听的中介而形成转述，"自身经历"就复杂了，对"自身经历"的复核在某种程度上就是记忆，记忆不仅充满了个体对自己经历过的事情的回忆，而且也包括他人对他们自己经历过的事情的回忆。他人对那些往往先于个体本人经历的事情记忆，经由言谈而形成的记忆中记忆，在这种情况下，个体很容易把自己经历范围之外的事物也纳入自己的感知之中。这里，所谓自身经历的叙述也不免混入了"传说"。

这些错综复杂而又微妙的叙述视角最为典型的就是小说中的"文革"叙事。例如，写外区学生来淮海路"破四旧"，剪长波浪鬤发、大包头、包屁股裤子、尖头皮鞋，写破四旧不烫头发，小毛楼下理发店师傅捆扎了一个烫发罩等是旁观的视角；而写斗"香

---

① 来凤仪编：《张爱玲散文全编》，浙江文艺出版社，1992年，第479、480页。

港小姐"，到淮海路的国营旧货店替蓓蒂寻找被抄家抄走的钢琴等则是参与者的视角；到了具体的抄家，叙述中的阿宝又成了亲历者。经由作者琢磨提炼的上海话叙事只有读过九章、十一章、十三章和十五章文字的才能体味其魅力。当我们读到："河滨大楼天天有人跳楼、自绝于人民。""长乐路瑞金路的天主教堂忽然被铲平了。""弄堂里，天天斗四类分子、斗甫师太、斗逃亡地主。""大妹妹的娘，旧社会做过一年半拿摩温（隐瞒），运动一来，听到锣鼓家生呛呛呛一响，就钻到床底下。""隔壁烟纸店小业主，一自首，打得半死。"……眼前便会浮现出那纷纷扰扰的历史场景。当我们听妹华议论不同的抄家方式，谈论路名的演变，各种不同的"抢房子"，以及去吉林务农半年后的来信，其中谈到南市区一位女学生在去吉林上火车时，不慎跌进车厢与月台的夹缝里，信中写道："我当时就在这节车上，眼看她一条大腿轧断。火车紧急刹车。腿皮完全翻开，像剥开的猪皮背面，白色的颗粒高低不平，看不到血迹。女生一直大叫妈妈。立刻被救护车送走了。火车重新启动。昨天我听说，她已经痊愈，变成一个独脚女人，无法下乡，恢复了上海的户口，在南市一家煤球店里记账。我几个女同学很羡慕，她可以留在上海上班了。这事叫人难忘。"言谈闲聊之间，这些"文革"中的故事，包括故事外的故事，故事里面的故事总在我耳边回响，它那些哀怨、悲愁、无奈和缠绕不去的曲调常常在新的语境下被微妙地改动。昨日的一幕已化为遥远的记忆，记忆也已渐渐为遗忘所遮掩。我们的生活只有一种颜色，渐渐地已忘记了还有另一种颜色的存在。我们的叙事似乎也只有一种方式，忘记了还有多种多样的叙事方式。

感谢《繁花》提供的故事。因为故事不仅是与过去联系的、纪念过去的一种心理方式，对本雅明来说，它正是接触一种消逝的社会和历史存在形式的方法。《繁花》中的"文革"叙事善于调动不同的视角和手段，简繁得当，平实和真切，既有时代特征又有上海腔调，虽非正面的全景书写，却也翔实得可以。青春岁月早已在动荡的年代消耗殆尽但仍不失青春气息。这实属难能可贵。笔者阅读当代小说几十年了，接触此类文字还是第一次。

伽达默尔在《真理与方法》中说："现在是时候了，该让记忆现象摆脱能力心理学对它的平庸化了。该把它当作人的有限历史存在的一个根本特征加以认识了。"他同样指出："实际上，不是历史属于我们，而是我们属于历史。早在我们试图在回顾中理解自己之前，我们就早已不言而喻地在我们生活其中的家庭、社会和国家里理解自己了。主体性是一面哈哈镜。在历史生活的整体回路中，个体的自我决定只是一点摇曳的微光。"[①] 这些故事尽管视角不同，但总体而言他们始终只是左顾右盼的凝视者，摄录的只是这些年代人性迷乱的东鳞西爪，社会乱象的真实景象，却无法改变其目睹的一切。这里没有关于社会批判的议论，也没有掺杂事后反思的评说，有的只是具体而琐碎的陈述。

八

在我看来，《繁花》最大的优势在于，从不为了小说的意义而让人物脱离正常的生活土壤，或中途改道，或幡然醒悟。即使是像阿宝爸爸这样一位特殊人物，"曾经的革命青年，看不起金钱地位，与祖父决裂。爸爸认为，只有资产阶级出身的人，是真正的革命者，先在上海活动，后去苏北根据地受训，然后回上海，历经沉浮。等上海解放，高兴几年，立刻审查关押，两年后释放，剥夺一切待遇，安排到杂货公司做会计。"这是一位革命者，却得不到革

---

① ［德］哈拉尔·韦尔策编：《社会记忆：历史、回忆、传承》，北京大学出版社，2007年，第13页。

命的认可，这是一个资产阶级的叛逆者，却又在历次运动中被划入资产阶级阵营，成年累月沉迷于写申诉材料，写检查、写交代，内心却生活在遥远的革命岁月。还有平反后阿宝爸爸遇见的老上级欧阳先生和黎老师的遭遇，都不可不谓惊心动魄、撕心裂肺。但这一切都不构成小说情节结构的要素。他们的故事和其他人的故事一样，只是带给视觉那一刻冻结记忆的照片，让我们关注的是一个可怕的历史和时代的残骸，意味着在记忆闪亮的危险瞬间抓住的记忆，它们被从世界中提取出来，成为一种图腾、一件古玩、一小块现实，或者是真实世界的一个片段。故事就是这样，将自己的声音借给他人的经验，而随笔作家将自己借给特定的场景、或者他所写作的问题。

有人曾经提出一种绝好的标准，认为叙事作品不同戏剧作品之处，就在于我们可以像拿着一把剪刀一样把它剪成几个单元的断片，而它还是能够保持着生命力。《繁花》的结构是反戏剧性的，尽管其中的许多故事极富戏剧性和传奇色彩。比如陶陶和小琴的故事、李李被骗至国外的遭遇、小保姆和荷兰人的传奇、梅瑞如何转眼变成上海滩的女瘪三、沪生父母如何因林彪事件受牵连、小毛与二楼银凤的情爱又是如何遭人暗算而夭折，等等。《繁花》的叙事，立意揭露在思想后面起作用的那些卑微的不为重视的动机。在这些动机中，引人注目的不是观点的辩驳，而是人性。作者主动放低身段，重视被忽视的生态部分，着重市民意趣与价值观，不连贯是这部小说的叙事特色，轮番交替出现的场景可以让我们更容易辨认出这个地域的特征。欲望怎么可能从我们重视的目的转向使它变得浅薄和低下的目的，我们生活的社会，一方面迫使我们追求即时的满足，另一方面又强迫所有的人把满足的实现无限推迟。功利主义所持有的那种贫血的幸福观，从上世纪80年代开始滋生并蔓延。在许多人眼中，幸福是指日可待，根本不成问题的概念，幸福就是快乐。但更多的时候却忘记了，有时为了得到幸福，必须终止短时的快乐。思维不能向房舍提要求，可是房舍却纠缠今天的思维。

作者把《繁花》的笔法归之为中国式的散点透视，这是一种过于笼统的说法，怎样在三十余万字的长篇结构中保持彼此观点之间的一种微妙平衡，怎样在几十年的时间跨度中用完美的公平和适宜的方式变换聚焦，做到有轻有重、有浓有浅、有聚有散，做到形散而神不散才是关键。我们往往认为主观涉及自我，而客观涉及外界。主观与价值有关，而外界和事实有关。这两者如何结合往往像个谜。《繁花》立足一个"讲"字，通过你讲我讲他讲的方法试图把两者结合起来。客观性并不意味着不带立场的评判。相反，只有身处可能了解的局面，你才知道局面的真相。只有站在现象的某个角度，你才可能领悟现实。言谈是一种真实的存在，它自身既不重也不轻，既不积极也不消极，它不仅仅是主体，而且还形成一种环境，它是真实的、可见的、可闻的，既是物质的又是历史的，同时它又是打破一切障碍的想象。《繁花》的结构是考究的。除了上面提到的让两个时代的叙事穿插运行、互为对照外，其每一章中都让阿宝、沪生、小毛轮番登场。这三个人出身、教育、趣味以及生活的区域各不相同，他们的邻里交往、社会关系、家庭渊源都延伸出上海各个角落的"不一致"和错综复杂的局面。这有点像小说中讲到的，"上海新式里弄的洋房、钢窗蜡地，百足之虫死而不僵，与西洋音乐还算相配。普通的中式老弄堂，只适宜小红挂鸟笼、吹一管竹笛、运一手胡琴。可以从黄昏、缠绵到夜半更深。地方戏，弄堂首推本滩，无论冬夏，湿淋淋黄梅天，沪剧唱段，到此地服服帖帖……"

九

　　不管怎样，《繁花》始终具有一种内在的、可怕的戏剧性，那种结构上的"不愉快的意识"深深地影响了我们的阅读，这也是为什么我行文至此很少说到小说另一大板块的原因。生活变得有滋有味了，但我们的叙事开始散淡乏味了；时代进步了，而我们的叙事却开始大踏步后撤了；社会是繁荣的，而我们的叙事总是贫困的。虚构的世界是一个反讽的世界。单调的年代，人性是丰富的，充满着压抑的渴望，彼岸是真切可见的，意义是凸显的；而繁华年代的人性却是稀薄和虚无的，梦想成真就是当下，意义是消弭的。上个世纪 90 年代，人际交往的内容已退化为极其狭窄的直接性，于是，聚会、饭局和旅游便成了典型的场景。抓住这一点无疑是小说的长处，但过于冗长和过度平面地沉湎于此，也不能不说是小说的薄弱之处。作者将上世纪 70 年代的生活变化写得风生水起，相比之下，那无休无止的吃喝玩乐就过于平面了。不可否认，商品经济正在把社会现实变形为镜子中的荒野。在这个世界里，一切都成了广告和品牌所要显示的东西。消费主义及随之而来的消费行为就像语言一样，靠的就是供需的问答关系。我们迷了路，原件存在的根本条件是永远在场的副本实体，到处是可以模仿的声音，可以复制的舞步。康总徐总、丁老板、钟大师、林太古太陆太、汪小姐俞小姐、华亭路小琴、小开、青岛秦小姐、新加坡人，等等，这些称谓用得多好，真实姓名是不重要的，我们都有一副面具，都是被符号化的人。变化年代的空空荡荡比之动乱年代的热热闹闹，真是绝妙的讽刺。

　　值得补充的是，上个世纪 60 年代叙事中的人名也取得很妙，阿宝、沪生和小毛都是符合各自的"来世今生"，还有蓓蒂、姝华、淑婉、5 室阿姨、拳头师父、黄毛等，一听名字，他们的来历和处境，包括生存状况都是可以想见的。作为贯穿始终的三个主要人物形象，沪生总让人觉得略逊一筹。对阿宝来说，由于祖辈父辈的特殊性，其身上总有着时间的延伸；对小毛来说，大多数普通人群的生活习性便是空间的拓展，上海味在他们身上流淌是自然的。后来增加了一个做生意的陶陶，不啻是变化年代的必要补充。对上海来说，沪生是个外来者，他及家庭的存在和上海这座城市没有多少文化上的血缘联系，离上海的原汁原味总隔着一层。

十

如果说要给《繁花》寻找一个关键词，那就是时尚与欲望。时尚作为一种历史现象的出现，与现代性有一个相同的主要特征：与传统的割裂以及不断逐"新"的努力。正如瓦尔特·本雅明所写，时尚是"永恒重生的新"。服装是时尚的物质基础，又是我们身体的延伸。某种意义上说，时尚即服装，其表现形式为迅速而且持续的款式变迁。

上个世纪60年代初，且看小说的记录："附近不少'社会青年'，男的模仿劳伦斯·奥立佛，钱拉·菲立浦，也就是芳芳，包括葛里高利·派克，比较难，顶多穿一件灯笼袖白衬衫。女的烫赫本头，修赫本一样眉毛，浅色七分裤，船鞋，比较容易。男男女女到淑婉家跳舞，听唱片，到国泰看《王子复仇记》,《百万英镑》,《罗马假日》。"时尚并不恒久，它的本质是短暂的，是过眼烟云的演出。但"文化大革命"破四旧革除了这些演出，时髦成了革命的对象。问题是再彻底的革命也会制造出自己的流行。因为毫无用处的青睐，模仿的法则就叫时尚，它始终是这座城市敏感的神经。不论是沪生让人羡慕的新军裤，为了自戴不存在倒卖关系的"抢军帽"现象。还有那些"戴军帽，蓝运动衫，红运动长裤，军装拎在手里，脚穿雪白田径鞋，照例抽去鞋带，鞋舌翻进鞋里，鞋面露出三角形的明黄袜子。"因上海"上体师"红卫兵一枝独秀，这些军装与运动装的趣味结合，成了上世纪60年代末70年代初上海青年最时髦的装束标本。此等流行既是"革命运动"的遗产，也是其流产的预兆。"流行与流氓一字之差，此时合流。"不太崇尚议论的叙述者，此时也熬不住跳出来谈论了一番。不止服装，小说中还写到其他的流行，诸如养蟋蟀赌博、不锈钢汽水扳手、痴迷和盯与被盯的马路游戏……特别是后者，小说中的大妹妹和兰兰这两只马路上飞来飞去的"蝴蝶"，给我们留下了深刻的印象。所有这些并不符合社会主流的小人物的穿着举止、趣味爱好以及他们的命运都无不委婉曲折地映衬出时代的变迁。《繁花》中暗藏的关于上海的时尚史有着多种不同的姿态，有时选择平凡地把我们限于日常生活的表面，而有时又暗示我们看到的普通的行为和姿态背后的深邃神圣的秘密；有时是昨日的遗漏，有时又是明天变化的启示；有时呵护着小心翼翼的嘲讽，有时则是漫画式的咄咄逼人。说到底，让人欣喜的时尚和让人鄙视的流行在本质上都是一致的，如果说，动乱年代的时尚是一种令人窒息的激情的话，那么繁华年代的时尚已然化为致命毒性的无聊。

我们的生活受到一种永久漂浮的欲望支配，是焦虑和无聊的合成场。在这疲惫不堪、世俗化了的世界中，欲望既是无情的命运，又是一种无目标的情绪。从小说的文本顺序来看，欲望故事从引子就开始了，但从小说叙事的时间前后来看，欲望故事是"拾柒章"登场的，这一是因为我们的主人公进入了青春期，更重要的是，欲望总是缺失的转喻。当令人窒息的各种各样的运动袭来时，当束缚人心的清教主义引领这座城市时，欲望便成了幸福的惩罚和幸运的堕落。欲望总是被假设的不可满足的力量，正是它向心灵的变形机制供给燃料，它们在车间里、在二楼银凤家那狭小的空间里，在拳头师父、徒弟们和如金妹的言谈举止中燃烧、蔓延。不管生活和时代发生了怎样的变化，欲望叙事总能演绎各种不同的故事：如果说银凤、5室阿姨的欲望故事源于压抑，小琴的欲望故事出于占有，汪小姐的欲望故事则是利用，小保姆的欲望故事是交易，那么夜总会中的欲望故事则是一种商品陈列。人们不能没有欲望，没有欲望也是欲望的另一种表现形式。

<h1 style="text-align:center">十一</h1>

讲唱话本在中国有着悠久的传统，在上海市民的生活中也有自成一套的趣味。《繁花》在这方面是下过一番功夫的。话本原是说话人的著作，故其中充满了"讲谈"的口气，《繁花》也不例外，整部小说几乎全由闲谈、闲聊和对话组成。并且每于点染之处，多用说唱和曲词、歌词，凡沪剧，王盘生《碧落黄泉》、丁是娥《燕燕做媒》、《苏州河边》，过去的流行小曲、现时的流行歌曲应有尽有。讲唱的势力来自民间，话本小说之能事，重讲重听，浅白之俚语，市井气息从不回避，追求的是津津有味、娓娓动听，这一点，我想凡读过《繁花》的，都能感受到。这里仅举小毛住院后讲起大妹妹，"当年是蝴蝶到处飞，结果飞到安徽，翅膀拗断，守道了，生了两个小囡，几年前调回上海，完全变样了，过街楼下面，摆一只方台子，两只长凳，平心静气卖馄饨，卖小笼，不戴胸罩，挂一条围裙，大裤脚管，皱皮疙瘩，头发开叉，手像柴爿，每日买汰烧，已经满足。"多用三至七言，基本上不用"的"字，这些都非常吻合上海话的句式与口气。想当年，那位穿着打扮骨子里都考究，听到分配到安徽要穿大裤脚管裤子都感觉生不如死的大妹妹，终于完成了自己宿命般的"改造"，毕竟宿命论有益于忍耐而非绝望。

如同日常生活拖拖拉拉的连续性，至真园的饭局也是一场接着一场。说到底，饭局宴席既是90年代上海的场景，也是一种隐喻。天下没有不散的宴席，多幕剧也有谢幕之时。在经历了梅瑞小开在至真园搞活动的闹剧之后，《繁花》也渐渐地走向它的尾声：李李在北郊一座庵堂剃度做了尼姑，小毛因病在养老院中逝去，那个机关算尽，和小毛假结婚的汪小姐，却身怀怪胎不顾生死坚持要生下来，而那一对如期而至的法国青年却和沪生、阿宝在苏州河边上不着边际地讨论着电影剧本的真假与生死。无数的"饭局"就像是小毛经常的故事那样，"有荤有素，其实是悲的。"不管怎样，所有的人生都维系着对世界依稀如梦的感觉联系；一切故事所指向的终极意义，都具双重面孔：生命在继承，死亡不可避免。

2012 年 7 月 17 日于上海

我们需要走在一个能磨擦的地方

——读宁肯的长篇小说《天·藏》

该怎么阅读和阐释《天·藏》这本书？以一种我们早已习惯的方法，不断地回返宁肯的文本，筬合并猜测叙述者的意图，追溯其形成的过程和变迁，推敲阐释隐含于故事之中的隐喻，预设其中存在着唯一正典的形式与内容；当然也有一种逆势的操作，宁肯笔下的文本和我们心目中的文本之间可以互读和误读，不同的文本都来自主客之间的纠缠，不论其过程是来自顺势或者逆势。阅读和阐释永远是不同文本间的对话、交流、沟通甚至不忘交锋，当然，这也是《天·藏》惯用的手法。文本是一种客观存在，但叙述者的隐含之意和阅读者的体验总是呈现出我和你的关系，不管把这种关系看作互补还是矛盾、一致还是脱节、颠倒抑或想象性建构，它们总是文本生产和消费不可或缺的部分。

《天·藏》的叙述者是一位形而上的思考者。他聪明而饶舌，但试图给我们讲述沉默的内涵；他处理过去仿佛它就是现在，处理那些远离我们日常生活的故事，好像它就在眼前。对宁肯来说，"空间"总是慷慨和仁慈。在我们的存在中，"时间"总是一种不祥的情况，总是和暴力与失踪纠缠不休，而空间则赋予我们从时间得以解脱的可能性。小说力图向我们展示一种文化的全貌，这种展示既面向我们，也面向与世隔绝或习焉不察的这一文化的拥有者。

无论如何,《天·藏》让涉足西藏这块土地的其他作品显得颇为小家气。

宁肯始终是个难缠的作者,那种认为"作者已死",不满作者叙事"霸权"的流行观念对《天·藏》来说总显得格格不入。雄心勃勃的"我"似乎关心太多的问题:凡 1980 年代和 1990 年代、怀疑和信仰、心与身、精神与物质、简单与深邃、缤纷与朴素、科学的认识和人生的潜能、古老的教义和现世的准则、神秘与虚无、自我与他者、宗教与哲学、东方与西方、神性与人性、风景与社会、自然与历史,等等,作者都如数家珍绝不遗漏。对《天·藏》来说,"我思故我在"真是阴魂不死,幽灵般地徘徊在文本的字里行间,让阅读难以舍弃。《天·藏》是宁肯心存已久的作品,但如何落笔却折磨了作者许多年。通过一本《和尚与哲学家》的书,"让我找到了进入宗教又超越宗教的角度,即哲学的角度"[①]。哲学的角度这一说法是否准确可以另说,但对话结构的引入倒是确实的。最终成为藏传佛教大师的马丁格和来自西方的怀疑主义哲学家的对话,不断插入又贯穿始终,一个是儿子一个是父亲,父子关系是促使他们走在一起的理由而不是对话的根本。在一系列的对话中,我们需要享受在两种大相径庭的思想之间左右为难的恩惠,尤其是在它们之间的距离看似没有尽头的时候。有人把这种对话称之为思想戏剧,不止是父子间的对话,更重要的还有王摩诘和维格间的,甚至和一系列其他人的对话,《天·藏》称得上是一系列的多幕思想剧。

精神的高地、心灵的跋涉、灵魂的歌手等,都是批评家们用来称谓《天·藏》叙事的赞词。而事实是,文本和阅读都不需要明确的赞词。小说有微妙的说服机制,能对思想和个体经历过的历史进行探讨。有时感染力恰好在于叙事虚构作品的不精确性。用小说

---

① 　王德领、宁肯:《存在与言说》,《南方文坛》2010 年第 5 期。

表达思想，因为这样做避开了系统的知识。文学理论已经多次目睹了这样的变节行为。但就中国当代文学的格局而言，这还是稀有之事。何况作者在知识问题上又有着好大的胃口，除了古老的教义，对更为自然的过去的怀旧，小说还不时提及罗兰·巴特、雅克·拉康、米歇尔·福柯、雅克·德里达、梅洛－庞蒂、路德维希·维特根斯坦、休谟、蒙田、笛卡尔、帕斯卡尔等人的名字，借用他们的言说和概念阐释王摩诘的思考与叙述者的议论。《天·藏》充斥了太多的抽象议论，这让众多的阅读者望而却步。作为哲学工作者的王摩诘有着太多的思辨，而批评呢？大多只能停留于赞词，然后顾左右而言他。《天·藏》是一部多少有点特殊的文本，它给我们一个难以逾越的障碍也许是：

也许只有思考过类似问题的人才能理解本书。

——维特根斯坦

宁肯坦言："小说家通常要么把自己的故事打扮成别人的，要么把别人的故事打扮成自己的。但我要在这里声明：我不是这类小说家。"其实，此类声明除了想表达和通常惯用的叙事方式划清界限外，不见得有多少深意。自己的故事和他人的故事之外，难道还有其他的故事。就拿小说的主角王摩诘来说，叙述者一再声称，"王摩诘不是我，王摩诘确有其人"。当我在说，那是王摩诘这个他人的故事；当王摩诘在说，无非是另一个我在说他人的故事。不断地转换视角是《天·藏》的拿手好戏。应当说，明显的互文性暗指、多重视点、借自注释的补充和插入、不透明的诗化语言、自圆其说的哲理性阐述等手法都构成《天·藏》文本的叙事特色。这些手法并不是什么新鲜东西，但在《天·藏》中却运用得体。小说的成功还在于结构和组装的圆熟和自成一体。也许，作者更看重的是小说叙述者的角色转移，"本书现在还明显地带有'札记'的痕迹，而我在书中很多时候只是一个记录者，或者一个'转述者'的角色"。"之所以把对话更多地交给王摩诘讲述，也因我是非学术中人"。"转述"是一种古老的可敬的叙述方式，它"具有双重意义，它既是佛祖说的，又是被转述的，用的是第二人称，又有第三人称的性质。即使在现代叙事学上也堪称典范"。既古老又现代的一种方式，作者的偏爱之心溢于言表。

《天·藏》的叙事尝试走进藏传佛教的深处，体悟其奥义，走近大师的精神实践，触摸神圣。亵渎是危险的，因为神圣化是纯粹的。寺院景象那生动而不事雕琢的存在，喜马拉雅那无法企及的自然高度，以及深藏此中的那些静穆的西藏大师，他们都是马丁格理想中的圣者、完人和哲人，是人与自然合二而一的化身。崇尚与宇宙冥合的智慧，通过修炼心灵，从而达到无我的境界。这些大概也是故事所无法传递的。人只能在语言中获得明晰性，然而语言本身却是对明晰性的威胁。为不知道如何说的东西提供一个"声音"，既是一种愿望，也是一个无望的事业。想要承担一个描述"不确定性"的任务，冒着"不确定之旅"的代价要到达的希望之乡也许是个永久的禁地。大师的智慧总是通过修炼将精神集中于一定的对象，其结果都是理解的人明白，不理解的人还是明白。A.N. 怀特海认为："宗教，由于要以人本身及事物性质中永恒者为基础，因而是有关人内在生命的一门艺术和一套理论。""信念和理性化确立之后，人们便可察觉到，幽居独处的孤独感构成了宗教价值的核心，那些萦绕文明人类想象的重要的宗教观，无一不是孤独时的产物：被锁于岩石的普罗米修斯、在沙漠里潜思的穆罕默德、佛的沉思冥想，以及耶稣，那个十字架上的孤独者。"[1]从被讲故事的层面上

---

① ［英］A.N. 怀特海著，周邦宪译：《宗教的形成、符号的意义及效果》，贵州人民出版社，2007 年，第 2、4 页。

来说，藏传佛教和大师们的修炼关注人类生活的终结或终极，是对宇宙秩序与人类在这个宇宙里的位置的平和沉思。而从讲述故事的话语的层面上来看，《天·藏》的叙述自有一种迷人的魅力，让文字如何潜入虚无飘渺的思绪，最大限度地接近天地的自然风光，作者无疑是做出了不同寻常的努力。如果说，理论最终是自己打败自己的事业，那么，文学之梦最让人倾心的又何尝不是"忘我"和"忘言"。它始终在"追踪另一种声音，另一种空间，另一条街，另一条曲巷，甚至另一个世界"。这很像胡利奥·科塔萨尔在其名著《跳房子》中谈到智人寻找深入千年古国之门时的发问："有谁重视字典仅仅是因为存在着这部字典呢？"

作为阅读者，我们经常着迷于小说中那令人神往的叙述，关于西藏的人情风俗、宗教文化以及天地自然的诗意篇章，还有那时隐时现、断断续续的历史和现状。如同追随马丁格的喜欢，"喜欢三座山峰周边世界那种博大、寂静、自在，喜欢无法言状、深刻动人的自然界的伟岸风光"；回到古老的教义，如佛陀所认为：所有的佛法都存在于自然之中；感叹"苏格拉底以后欧洲已不存在身体与思想相统一的哲学家，但在康玉尔仁波钦面前，马丁格仿佛回到了伟大的古希腊时代"。叙述者努力造就一部"启示录"：回到过去、追寻本源、皈依自然。这是贯穿全书那永不休止的符号。神圣的东西都是不可转译的，就像雅克·德里达在评论瓦尔特·本雅明时所说："假如在文学中存在着不可转译的内容，那它就是神圣。文学创作和研究在很大程度上起源于寻找宗教替代品的愿望和需要。"

本源作为一种叙述性的解释，是一种记忆作用的神话，自然总是有着某种形而上的优先，本源总是有着特别的解释权。相信作者一定读过马克·柯里著的《后现代叙事理论》一书，此书是这样介绍的："这种叙事假想的一个更为普遍的说法是让自然与文化这两极变成相对关系，以便使过去的历史看起来比现在更自然。干燥的石头墙比加固的水泥墙更为自然；钢笔比个人电脑更为自然；火比暖气装置更为自然；自行车比小汽车更为自然。通常对更为自然的过去的怀念基于一个神话，它将自然与文化的前期状态混淆起来。"① 此种按反向时间追溯文化渊源及至纯粹自然瞬间的历史观是荒唐的。而其作用于小说的怀旧情节和"考古癖"是值得深思的。在一个所有的一切都千真万确是可塑的物质时代，古老的教义真的能解决"我们今天该如何生活"这一命题？这似乎是个问题。大师修炼于高山深处受人敬仰，但我们依然在世俗的重围之中苦苦挣扎难以自拔，这始终是个现实。文明是一种病痛，其罪魁祸首就是欲望。有些人可以生活于心，而社会人总是生活于外，他习惯于根据他人的意见生活，常常拷贝其他人的行为，他只有从他们的判断中才能获得自己存在的意义。

> 把精神说清楚是一个巨大的诱惑。
>
> ——维特根斯坦

我们还是回过神来关注一下王摩诘，按作者言，他应是《天·藏》一书的中心、重心和主角。"首先，我觉得西藏在这个小说里面并不是第一位的，第一位是王摩诘，写这部小说不是为了表现西藏，而是让西藏表现他，在小说中整个西藏的感觉是经过了他的处理，经过了这个人物的内心化，以及他的视野、他的关注……"② 作者如此明白的自供是我们理解小说叙事的关键。王摩诘是谁？一个搞哲学的思辨者，一个在西藏给孩子们教书的志愿者；1968 年，王摩诘三岁时，他的"右派"父亲被一群学生带

---

① 马克·柯里著，宁一中译：《后现代叙事理论》，北京大学出版社，2003 年，第 92 页。
② 王德领、宁肯：《存在与言说》，《南方文坛》2010 年第 5 期。

走，从此失踪了。童年的孤独既是他一辈子的创伤，又是其人生的财富。"王摩诘与生俱来携带着东方文化基因，尽管他的怀疑精神同样十分彻底。"这是叙述者的分析；"王摩诘可不是一般人，王摩诘事实上强大得多。"这是大师马丁格的感叹；"我过着类似僧侣般的生活。终日观照自然，内心安详。我站在讲台上或是在孩子们中间，我是被围绕的人，就像大树下的释迦语调舒缓、富于启迪。"这是王摩诘的自述。我有一种感觉，这三种人称的叙述都源出于同一种声音。当叙述者言辞确凿地声称，我不是王摩诘，王摩诘确有其人时，这和福楼拜言说"我就是爱玛"有着令人气馁的一致性。小说家总是面临两难，一方面他们想声明自己的故事富有想象力，代表着真实，但另一方面又希望引用经验事实来保证和捍卫真实的声明。从某种意义上看，叙述者和王摩诘类似自我的概念，自我并不等同于主体，就如深陷自恋或受虐一样，可以轻易地转向自我并使之成为客体。只有通过自我分裂的否定之路，只有让自我全心全意地屈从其反面，精神才能得以提升。

为了一块属于自己的净土，我们必须远离尘世。这既是王摩诘的实践，又是小说给予我们的忠告。忠告并不是小说的使命，被看作寻找世界的碎片的阅读，自有一种独特的丰富性，他们更多的时候是远离忠告的。说"王摩诘的种菜是要模仿古代知识分子陶渊明的生活，是为了解决生活中的没菜吃，即便如此，他还是从菜的生长中发现小苗儿破土的可爱"。这并不妨碍我们继续做这样的联想。羡慕维特根斯坦退役后抉择做一名小学教师的人生，这也说明不了什么问题。因为这时期的维特根斯坦人生处于低谷期，经常有自杀的念头，精神极度危机。[①]这和王摩诘的精神状态大相径庭。就维特根斯坦而言，六年小学教师生活对我们的启迪是有限的，作为一

---

① 此处可参阅饭田隆所著《维特根斯坦——语言的界限》一书中的第八章"新的征程与悲惨的结局"，河北教育出版社，2001年。

个伟大的哲学家，其早期和晚期的思想转变才是耐人寻味的。特里·伊格尔顿曾这样总结："早期的维特根斯坦仍然怀念着纯冰一样的哲学的精确性，怀念那些无数的形而上学的巨大冰块默默地向地平线延展。这是一幅壮丽的景象。但是他后来明白，在那个世界走路会摔个人仰马翻。我们需要走在一个能摩擦的地方，能感觉到我们共同的人类实践的那种粗糙和不确切性。"[1] 思想归于宁静。那是从事哲学的人渴望的东西，也是维特根斯坦说过的话。《天·藏》塑造了王摩诘这样一个从事哲学的形象，小说中大量出现的词语都和"静"有关。比如，"我活得寂静而充实"；"安静也是一种交流，甚至是更深邃的交流。虽然没有语言，但某种安静的对话始终存在"；"我内心如此安静，静得容不下任何人，无论于右燕的诱惑，还是维格漫长的倾心讲述都无法走过我的寂静，特别是面对天葬台的寂静"等等。宁静是一种状态也是一种境界，宁静既是言说的对立面也是自然的语言；宁静既是转身面向世人时毫无表情的特写，也是我们走进内心深处无尽的诉说。应当承认，众多评说高度评价《天·藏》，说它充满着神性，洋溢的诗意都是和宁静分不开的。这使我们想起禅宗里的那段公案，说的是：有两个和尚在争论一面迎风飘扬的旗帜。一个说：是旗帜在动；另一个说：是风在动。最后方丈来了，说：既不是风动，也不是旗在动，是心动。对宁肯而言，宁静不是无言，而是心在言说。

信念是证据的反面，这一点信徒和怀疑论者一向都知道。经验告诉我们，不断相信你刚刚经历过的事情；而小说的权威则告诉我们，要相信你没有经历过的事情。也许，叙述者经历过的事情和阅读者没有经历过的事情也在这里碰撞；也许作者没有经历过的事和王摩诘经历过的事情在那里产生摩擦。宁肯拿信念说事，其中不乏

---

① ［英］特里·伊格尔顿著，马海良译：《历史中的政治、哲学、爱欲》，中国社会科学出版社，1999年，第291页。

对话甚至怀疑的方式，都是为了唤起对书中之人的一种复杂的、意在言外的尊敬，而那些热衷于将作者亲历西藏作为证据的评说，有和没有都是一回事。佛教大师马丁格和怀疑论哲学家让弗朗西斯科·格维尔老头间的对话，最合理的解释应该是他们间父子血缘，把对话扩容为东西方的对话是小说的一厢情愿，严格的角度讲老头一方也不能代表西方。古老智慧和现代性对话并不是一场人为的安排，而是每时刻都在进行的历史进程。东西方可以对话，但千万不要搞得像轮流坐庄，边缘对主流的取而代之，或者像似在争取下一届世界杯主办权一样。隐含的叙述者也是话语之人，也是有倾向、有看法的思想者。尽管小说自有其无须说明的自由和放弃解释的权力，但阅读总是一种选择，自有其被小说扰乱的观念和审慎的怀疑。读《天·藏》，我总有一种挥之不去的误认，好像叙述者是来自另一个时代的使者。尽管书中也涉及一些可怕的境遇，昨天的噩梦和恐惧，诸多现实事件，一些理论及思考也是我们所熟悉的，但它们的作用又很像药引子，是那种导读型的东西和路标。回到人类童年的憧憬只能将我们文化中那些"天造地设"或"毋庸置疑"的事情问题化，过多地渲染关于"自然"是为了人类利益而存在的假设未必是怀疑论的做派。怀疑论者的基本态度是，对经验的每一种解释都要受到相反经验的检验；每个命题都有一个与之相反的命题。就像我们不能简单地说王摩诘在菜园里种菜就是一个劳动的身体，他在女人面前受虐的狂吠就是一个利比多的身体一样。历史不是拿掉了时针的钟表，它不会离我们而去，就像我们不可能单纯地回到历史中去一样。

> 人类一切不幸只有一个根源：不能无所事事地呆在一
> 间屋子里。
>
> ——帕斯卡尔

王摩诘是一个搞哲学的，问题是哲学是在一个抽象王国里进行的思考，没有人物、没有情境，这些和小说看起来背道而驰的东西在《天·藏》的叙述中听来就像是一部小说，这的确也是其奇特之处。《天·藏》让我们领悟到，小说叙述疆域的辽阔是一般的想象难以划定的。生活在意大利维罗纳市的女哲学家阿德里安娜·卡瓦雷罗列举一位独立的女性形象为例，是位于特拉吉恩的一个侍女，当哲学家泰勒斯完全沉浸于对星象的观测而跌落水井时，据柏拉图说，这位侍女嘲笑他。她说过这样的话：这人"虽然力求知道天上有什么，对自己面前和脚下的却一无所知"[①]。凡夫俗子按习惯生活，但不相信人世仅止于此；哲学家忠实地反映了这种善的实用真理，因此不能见容于现实生活。王摩诘似乎两者兼顾，游走于前后者之间。这位"除了性生活怪诞，其他所有方面都堪称模范丈夫"的哲学工作者，"熟悉购物，不仅看价格，对商品的产地品质都十分熟悉"。但他十分警觉超市是全球化的标志，拉萨也不例外地被纳入这一进程；不满神圣的仪式现在混入了世俗，感叹沐浴的风俗恢复，"依然有狂欢，但近似一个五光十色的消费欢场"，担忧密宗的灌顶最终成为一个收费的旅游项目。其实，金钱已不是我们的冷嘲热讽所能摆脱的，也不是不屑一顾的扭头转身所能弃绝的。金钱情绪是魔鬼，而魔鬼是上帝的模仿物与否定物，是宗教情绪的后嗣和替代品，是一种在物中发现上帝的企图，就像理解世俗性就要理解它与神圣的关系、理解文明事物就要理解它与原始事物的关系一样。

王摩诘还有一个脚踏实地的地方就是身体。弗洛伊德把心灵安顿于肉体中，而那位著名的研究者保罗·利科则指出肉体周围确实

---

① ［德］彼得·毕尔格著，陈良梅、夏清译：《主体的退隐》，南京大学出版社，2004年，第17页。

存在着逃避性的、不可安顿的事物。被理解的事物不同于被感觉的事物，绝对真理不同于心灵的愉悦。于是，叙述者为王摩诘勾勒了这样的场景：一个每天晚上需要读书思考的思想者却又是一个每天需要用绳衣捆绑才能睡觉的人。"书"与"绳衣"构成了王摩诘隐喻式的生活，"绳衣"看起来是束缚，王摩诘感到的却是"解放"，"书"看起来是解放，王摩诘感到的是更深的束缚。王摩诘的感觉是对的，身体不是一个客体，它每时每刻都不能离开居住在它里面的那个人，也不能被后者所拥有。"我感知"的"我"不同于"我思"的"我"，无法伪装成纯粹精神：它必须是一个"肉身化的主体"。遗憾的是，叙述者经常在面对王摩诘时混淆两者的区别，或者把整体看作彼此外在的部分组合。一些批评家也很自然地将王摩诘的怀疑精神和其受虐倾向看作心身分裂的两部分。用一条无名状的鸿沟将精神和肢体分开，我们无意中又回到了笛卡尔的观点。不错，梅洛－庞蒂的《知觉现象学》的确是我们时代最优秀的关于身体的著作。他把我们唤回到肉体的自我面前，唤回到有所在、有肉身、有实在的本真存在面前。梅洛－庞蒂呈现分析性解释中丢失的东西：整体的整体性、复合体的复合性。简单地说，就是坚持返回到浪漫主义坚持的整体大于部分之和。[①] 从这个意义上说，王摩诘既不能让他的身体变成他的"自我"（我思）的一部分，也不能变成他的"非自我"的一部分。这和马丁格所说的，"当人是自身的盲者时，人既看不到自己，也看不到别人"的见解有着根本的区别。如果一个人真的不能两次踏进"同一条"河流，那么思想的河流也不能被"相同"的观念两次踏入。虚无主义表示其人生观倾向，怀疑主义则表示其认识论倾向。宗教研究与神学研究最根本的

① 梅洛－庞蒂晚年认识到他的《知觉现象学》在出发点的某种不足之处，他的去世中断了他的思想正在向一个完全不同的哲学发展的趋势。其未完成的遗稿《可见的与不可见的》就是一例。

区别，就在于它本质上不是研究神的意旨，而是研究人对自身的理解。

王摩诘受虐型的身体、不堪入目的举止无疑是对暴力的恐惧记忆的戏仿，戏仿是后现代主义一个完美的表现形式，因为它自相矛盾，既包含又质疑了其戏仿的事物。具有多重身份的王摩诘不时地提醒我们，人性并不存在于分离事物的冰冷抽象中，而是在一种恶魔似的变化炽热的脉动里。叙事总带有其他故事的痕迹，带有未被讲述的故事，被排除了的故事以及被排除者的故事。说王摩诘缺乏上一代的沧桑经历，"也没有年轻人的活力与生命力，修正为一张过分'知识工具'的面孔，缺少主体的'工具'性面孔，工具性是种变形的东西，权力是人的天性，人们不是追逐这种权力就是追逐那种权力。"《天·藏》作为文本，充斥了太多类似的叙述和言说，其中遗漏了太多的故事和我们理想中的叙事。崇尚智慧的叙述者，总希望他笔下的人物是明白透彻的。"到了书里的王摩诘这儿，他将哲学和他的生活又结合在一块了。他认为'我'甚至可以存在于一棵草里面，'我'认为与世界可以保持一种陌生，保持相关的独立，在距离中才可以感知自己的存在，对方的存在。这一方面的生活是哲学化的。"① 作者的此番明说，希望和我们每日熟悉的生活保持距离，远离尘世，步入哲学的沉思。他似乎表达这样的观念，小说中的哲学是严肃的，教条必须和生活是和谐的。这和昆德拉的观点拉开了距离。马克思在《经济学手稿》中试图证实人类最为重要的"类本质"是"自由自觉的活动"。他认为人类被赋予了"至关重要的力量、才能和动力"，而不是只会沉思的单面动物。我们对自身的了解，马克思说，不仅通过内向的沉思，而是向外感受、观察或理解那个我们置身其中的世界，那个外在于我们思想的

---

① 王德领、宁肯：《存在与言说》,《南方文坛》2010 年第 5 期。

世界。

　　许多在王摩诘身上看到的漠然、变态和高傲的东西会成为一种审慎，就连他面对警官法官制服的受虐狂和经常出现的不食人间烟火的思考也都可以读解为伤害的印记。童年记忆所带来的孤独与恐惧，想象中1990年代社会巨变中人文精神沦陷的焦虑，使得王摩诘害怕被困在狭隘的地平线上，需要自己待定的"彼岸"。倘若"寂静"是一种充实，自然是我们走进本质的导师。那么，身体呢？那曾经一度显示出光彩照人的唯物现在变成了弃物，成了麻烦缠身的隐喻和反讽。身体不仅在一个愈加抽象的世界里给我们以一些感性化的踏实感，它更是一种精心的编码，热衷于虚拟的程序，召唤我们的头脑走进意义的意义。

　　　　人常常讲不清他们的所爱之人。

　　　　　　　　　　　　　　　　　　　——罗兰·巴尔特

　　《天·藏》全书共三十六节，在小说进入高潮接近尾声之时，叙述者对王摩诘的受虐型身体有段分析："过去，身体对王摩诘具有一种客体性，是他自身的'他者'。很多时候，他决定不了这个'他者'，相反，总是被'他者'决定。这个'他者'不同于动物性的'他者'，恰恰相反，是遗失了正常主体的一个巨大'他者'。这个'他者'早已成为王摩诘最内在的主体。没有办法，他只有满足那个巨大的'他者'才能获得通常意义上的性之快感。"话说得有点玄奥，但也不难读懂。这段句句有着明确界定的分析既想说出扭曲王摩诘性行为的根源，又想点明其用心良苦的戏仿。此类分析不是梅洛－庞蒂型的，也不是拉康式，更不像有些评论想当然地认定是一种精神分析。总是想把文学问题和理论问题，权力的身体和欲望的身体拉扯在一起，其结果是我们既无法明白又难以理解王摩诘的"身体"。

我们不妨放下身段来解读《天·藏》的情感纠葛，无非就是一个男人和几个女人或者一个女人和几个男人的故事。其中王摩诘和维格的关系是主轴。维格身上既有多种文化的混合，又有着某些无法梳理的混杂。父亲是汉族，母亲是藏族，从小生长在北京，又从法国归来。她"不属于内地，不属于法国，不属于西藏"，"三地"对她来说既是故乡又是他乡，既被排斥又被接纳。维格是混合物，既时尚又本土，身受现代教育，另一半血液又隐含着古老的精神传统。对王摩诘来说，她是美的象征，性感的同时又有着神话的美，充满着诱惑。复杂的身份、神秘的面纱，白天可以陪母亲转经，去大昭寺，穿上简朴的藏装，晚上出现在应邀的酒吧或 Party 上。她是个寻觅者，来西藏确认自己的另一半隐秘的血液，"寻找是一种信念，一种类似可能而又虚无的悬念，就是要找没有可能的东西，她内心的一切都有类似的倾向"。鲜为人知的家族史，既是维格个人又是整个小说最为吸引人的篇章。我们每每读到这里，都会感叹作者那不同寻常的叙述才能。维格最终进了博物馆，做了一名讲解员。我的理解，这不止是一份具体工作，博物馆和讲解员都是精神出口的隐喻和象征符号。

作为一个女人，维格周旋于教练、诗人和王摩诘之间，她需要王摩诘内心的某种东西，相貌远不如教练、诗人的王摩诘却是她内心渴望的那种另一半的智性对练。王摩诘和维格：互相就像天赐。那些个白天夜晚他们像一条历史之船的水手，在对历史神话的打捞中也成为现实中的神话：她创造了他们奇特的同居生活。奇特是个中性词，但用在这里是有倾向。如书中所言："非常简单。干净利落。两人之间什么也没有，这是最好的境界。"当境界遭遇我们真实的欲望时，身体理论总要冒自我矛盾的风险。没有人对所有的男人和女人要求的东西存在怀疑，怀疑的仅仅是意味着什么。为了得到幸福，有时我们必须放弃短暂的快感。王摩诘和维格都放弃了快感，问题是他们是否得到幸福。叙述者称之为奇特的同居，最好的境界，其中更多的含义是指内心的升华，这和通常所理解的幸福还是有区别的。普通人不见得有多高的境界，但他们依然可以得到幸福。小说的诡异之处在于，如果男女主人公的圆满幸福是唾手可得的东西，那将是小说的不幸，也是阅读的痛处。心有不甘的叙事将此等快感交付于王摩诘的梦境，只有在梦中她与他才能惊心动魄地做爱，一个妖娆、一个色情。即使这样，叙述者还是感叹幸福是与恐慌共处一室的。从二十八节"实女·灵"开始，小说似乎要追求自许的一种叙事高潮：王摩诘和维格之爱业已达到互忘自我的境界。各自忘我，超越性别的爱，一种"合二而一"的、超越肉身的境界无疑是一种精神的高度，但也同时让我们无法理解而感到恐惧。在浏览这几个章节时，我经常会联想到弗洛伊德主义中那个把最重要的客体引回自身的"超我"，那个既是高级牧师又是警察的代表，既是肯定的又是否定的，既是欲望的代表又是禁忌的传播者。说到底，小说要追求的东西是一种极其矛盾的形式，既是本我的表现形式，又是反抗本我的形式，既是一种忘我的境界，又是实现自我的境界。

马丁格是非凡的，他内心坚定，内心的宁静不分西方东方，内心外表难以区分，他本身就是庙堂。维格对马丁格几近绝望的崇拜几乎等同于一种宗教的信仰；而对卡诺仁波钦的情感秘密一半掺杂着对神的爱。这些情感和爱无疑都涉足彼岸的议题，字里行间都持续着重返伊甸园的诉求。爱通常正是在这种想象的语域中被理解。像崇高一样，我们所理解的与之相关的一切就是其不可理解性。实际上，爱是极其伤脑筋的、模糊的、意义不明确的问题。当我们就欲望进行书写时，总有些东西遗失在外。一种阴影落在叙述的缝隙间不肯离去。一个人必须爱本来的自己，包括其所有的道德污点。

将别人当自己关心因此就是关心本来的他们，而不是当作想象自己的复制品。从这个意义上说，我们也许更应当关注一下其他的人物，在他们身上可能有着更多的真实感和现实感。如果说维格是隐秘身份的寻觅者，那么教练就是族群身份的迷惘者，他不以藏族自居，也不认为自己是汉族。如果说王摩诘是一种精神的存在，那么他就是身体的符号，作为中年人，他比年轻人更具一种流畅而又成熟的活力。许多次奇迹般地从雪崩中走出来，是一个连死都不畏惧的人，和维格简直是天生的一对，维格在他那里获得充实。诗人是仇恨的种子，内心除了正义的仇恨就是疯狂的仇恨、过火的仇恨和莫名其妙的仇恨。我们理解，作为形象的诗人，从否定的角度给予王摩诘补充，其中嫉恨是最为真实可信的，嫉恨虽不可爱，但它能经常触摸我们内心最为深处的地方。

> 我是一个在一场失败的战斗中的骑兵将领，忘了自己的利益而打算跳下马加入敌方的步兵中去。
>
> ——司汤达《红与白》

海明威坚持区分单纯生活与复杂生活，萨特坚持区分真诚与欺诈。如果我说《天·藏》坚持区分肉身与精神，作者也许不会同意，因为他推崇一切皆归于"零"的思想。《"零"的笔记》可以看作小说思想性的一个文眼。追溯起源的念头一起折磨着叙述者，印度的"零"和中国的"无"，是一切的起点，是一种东方哲学的本体论。《天·藏》力图探讨深刻的东西，追索人类精神深处隐秘的存在，但说到底这不是一部意义繁复的小说，许多时候甚至还有掉入单向陷阱的危险。黑格尔曾经打趣地说，在"绝对"的无边黑暗中，所有的奶牛都是黑色的；同样地，在灵魂的黑夜中，所有的人物角色都会黯然失色。难怪《天·藏》许多句子都像是水晶般的谜语，无法对其加以进一步的演绎。将形象思维活跃在语言对沉默的撞击中，存活于对"无"的转义中，其结果往往是一种自我挫败，因为它越努力接近生活，生活就越坚持自己的权力。生活本身不可能被击败，并且将冷酷地强行推向自我实现。在自我的核心，有着不可改变且与之格格不入的东西。

也许，我们应该小心对待的是具体而不是抽象，更应该关注生活的丰富性和多样性，反对用掉书袋的方法来探讨活生生的对事物的感受；个人的幸福和意义必须是具体的和实际的，不能总停留在只关心从这个具体整体中抽象出来的直接的人与人之间的关系，我们需要的必须是真正的道德争论，必须看到个人的品质和价值与我们整个存在的物质条件之间的千丝万缕的联系，应该认识到精神化在小说中作为一种存在的方式和作为一种假装存在的方式是不一样的。在词语和概念的硬壳下，总是隐藏着与现有世界不相适应的这个活生生的现实，它随时可能跳出来，我们要么跟它一起迷失，要么和它一道得救。唯一要紧的东西，就是世界上这具半自在、半自为的肉体，这是我们都要与之打交道的东西。我们所放弃的，正是所谓的"第三范畴"，既不是事物的范畴，也不是心灵的范畴，而是处于两者之间，是内心的和外部的"哲学"摇摆不定的边缘，因为"内心的"和"外部的"是经常互为转换的，充满着辩证法的舞蹈。

《天·藏》很可能是一部本末倒置的文本，它的诡秘之处在于经常把人们习以为常的叙述过程排除在外，或流放于注释之中；它让许多应该大书特书的故事蛰伏于沉默之处，让可以追寻的情节线索有意中断或离奇失踪，让我们通常认定应当消失的议论、思辨、札记浮出水面，干扰并影响着我们的阅读思路，但这一切并不影响文本叙述自身的流畅；《天·藏》有时像诗，像散文，有时又是札记和哲学笔记，在涉及宗教庙宇天地自然之处又不乏天籁之音；试图以局外人的视角真实地反映西藏之地，但其笔墨和倾向却都有诸多浪漫主义的元素。宁肯邀请我们对其作品进行一种"对话式的阅读"，在这种阅读当中，各自不同的声音彼此作用，并倾向于一种统一的和声而并非制造复杂的复调。这种邀请的重要之处不在于他偶尔的一厢情愿和有意的偏袒，而在于其一如既往的追求和精神漫游是如何打动我们的。有时候，宁肯又放弃这种邀请，让我们处于聆听的状态，于沉默之中感悟一种"神说"和"天说"，它似乎在告诉我们：最崇高的人类价值存在于一种将背转向人类的艺术形式之中。神灵的显现使一切对象都成了某种异己的东西，我们是否还能同时继续保持那肉身之躯呢？阅读之余，我们总也摆脱不了一些疑虑：诸如评议和行为如何记录又掩饰权力的存在？古老的文化如何在支配中言说自我和在反抗支配中表现自我？东西方文化的对话如何既是彼此的差异又如何是人类境遇的共同产物？秘密是从历史中拯救出来的还是四散在历史各个不起眼的角落中？叙事如何被故事所支撑又是如何被故事所压垮？扭曲变态的受虐倾向如何既是对身外世界的讽喻又是自身心理的真实存在？寻求超脱的精神修炼在何种程度上超越自然的境界，在什么意义上又是对尘世的疏远和放弃？言说是沉默，自然即精神，身体皆政治，在反对阐释的邀请下，我们又如何对阐释作出阐释呢？

时间在叙事中的重要性是不言而喻的，最佳的视角是让阅读最大限度上遇到时间的阻力，让我们感到时间的反抗而不是消逝。在陀思妥耶夫斯基那里，时间本质上是瞬间的，而托尔斯泰则喜爱持续，即时间的延展。对《天·藏》而言，时间是可以摆脱、消逝的对手，时间的存在就是不存在。"马丁格沉思的东西不涉过去，或者也不指向未来，他因静止甚至使时间的钟摆停下来，他从不拥有时间，却也因此获得了无限的时间"；"马丁格是超越时间的或无时间的"；"对话在思辨中展示，仿佛在时间之外"；马丁格说："人们既属于过去，也属于未来，灵魂具有延续性。""人无时不在当下，又无时不在别处。""事情就是这样：结束就是开始。""也许你就是她，一个隔世的轮回"，王摩诘在听了维格讲如何找到失踪多年的外婆时如是说。作者一方面通过给文本做手术的方法让我们感受到叙述的多种可能性；另一方面又竭力去发现那些被排除在视线之外、难得一见的地方，挖掘那些未曾公布的陈述。这些都是难能可贵的。但在时间问题上张扬一种"空"和"无"是值得商榷的。将人性交付给对未来过去的一种无意识的追求，或者一种向前运动的追忆似水流年，最终驱使我们向前的，是一种倒退返回伊甸园的本能。时间是我们经历的某种东西。时间是我们的生活世界中的一种现象。时间最首要的是一个人生活学的概念，如果你追赶时间，时间会跑得更快，这就是可消费的法则。你想留住时间？时间同样会让你喘息，使你变老。而你想现时抓住它？但是现时尚待建构。我们必须走在有摩擦的地方。你想忘掉时间，那等于服用了忘记生活的一帖麻醉剂。

对传统的极端不尊重，试图将我们与过去的联系全盘抹去，这的确是现代性的危险。但利用小说倡导一种值得敬畏的永恒与虚无，试图割断我们与现代性的联系，这无疑也是一种叙事的危险。文学不仅仅是一个载体和容器，我们只是简单地在其中放置哲学和宗教的遗产。就是那位推崇以小说家的方式进行哲学思考的米兰·昆德拉也经常告诫："我不大喜欢哲学小说这一用语。这是一种危险的措辞，因为，它必须以一些论点、框框、某些论证愿望为前提。"[1] 文学是自律的，自有其作为经典的伟大传统。这自然使我们想起本世纪初在美国校园发生的那场关于文学经典的国际大讨论。罗伯特·奥尔特在把这场讨论编辑成书的引言中这样说："我

<hr>

[1] ［英］乔·艾略特等著，张玲等译：《小说的艺术》，社会科学文献出版社，1999年，第81页。

们可以假设，关于人类境况的任何哲学反思，如果必定是以某种方式去认识人类的渴望和生命的反复无常之间无法逃避的迷失、消亡和痛苦分离的话，那么这一定是文学经典之'哲学'特征的重要部分。这种快乐中掺杂沮丧的缠结当然涉及文学经典的许多部分。"① 我希望我们瞥见历史传统的纠缠不休，但我要抗拒那种似乎在拼命拉扯着这些问题的复古之情。这是我写下这些文字的用心和重心。当然，这很可能也是一种本末倒置的批评，因为在我众多的批评文字中，中途无意中改变自己倾向的，这还是第一次。

---

① ［英］弗兰克·克默德等著，张广奎译：《愉悦与变革：经典的美学》，译林出版社，2009年，第8页。

迟子建的地平线

——长篇小说《群山之巅》启示录

> 一个人的地平线便是一个由方向感构成的总体，其中
> 不仅有我们为未知事物现身而必须预备的方向，还有对于
> 可能性的期待以及通过这可能性而被指引的方向。
>
> ——汉斯·布鲁门伯格《神话研究》

2009 年，我发表过一篇迟子建论，阅读其小说止于 2008 年。此后的六年间，迟子建又发表了两部长篇小说，数量不菲的中短篇，其创作的勤勉可想而知。最近几个月集中阅读了这些作品，特别是针对其最新长篇《群山之巅》，一些想法记录如下。

一

近二十年的中国当代小说，几经起伏、回流与反复，总体上呈现出后撤中前行的姿态：先锋文学被人诟病已成常态，回归成了保留剧目，留恋成了一种情感方式，自然成了倾诉的对象，怀旧成就的是未来的展望，望乡成了形式的内容，即便是城市叙事也是如此；社会生活的急剧变动成了滋生怀疑主义的温床，犬儒主义登堂入室，虚无主义时有出没，而伦理叙事则成了唯一的家当；现实是

太多的作品回归现实又被现实捆绑了手脚，重述故事又不知故事为何物，自以为了解今夕的人又不知今夕为何夕；落后于影视的"故事"甚至跟不上"新闻"的步伐，这似乎成了当今小说的宿命。总的来说，回归既是动力，又是其自身的障碍之物；既是我们的骄傲又是其懦弱之处。应该看到，倒行未必逆施，重要的是后撤的声浪之大往往淹没了前行的脚步声。

人们之所以讲故事，是为了"消磨"某些东西。在最没有害处但同样重要的情况下，就是消磨时间。在另一种更严肃的情况下，就是消除恐惧。后一种情况不仅包括蒙昧，而且更根本地包括陌生。人间一切信托始于名称，而且与之相联系才能讲故事。如今，讲故事的原初根据已然逝去，故事所赖以生存的条件随着世代变迁而变化。别的不说，同为"讲故事的人"，1936年作为本雅明论文的题目和前两年莫言作为诺贝尔文学奖获奖者的演讲题目，其所指已非同日而语。随着对社会生活巨变的不满与惊恐，消费主义的兴盛，阅读口胃的渴望，所谓故事已承担着对现实的摹仿和可读性的重任。从卢卡奇到本雅明为故事所圈定的界限早已被弃之不用，代之以的仅仅只是跟现实和读者亲近的代用词。从这个意义上讲，迟子建也是个讲故事的人。

"故事不依赖任何思想或者习惯的固定保留剧目：故事取决于它跨越空间的步伐。在这些空间里，存在着故事赋予事件的意义。这种意义绝大部分来自故事中的人物和读者之间共同的渴望。讲故事的人的任务便是了解这些渴望，并将它们转变为自己故事的步伐。"1978年，约翰·伯格在其同样题为《讲故事的人》一文中这样写道。伯格的文章显然深受本雅明的影响，但具有丰富创作经验的他，对故事的含义则更为宽容和与时俱进。①

---

① ［英］约翰·伯格著，翁海贞译：《讲故事的人》，广西师范大学出版社，2009年，第14页。

二

回归成就了当代小说的母题，那是因为生活的巨变告诉我们：家园不再宁静，家庭婚姻总有其免不了的缺憾，人性中混杂着善恶难以划清的混杂之处，神话、可望而不可即的象征，它并不存在现实生活中，文明是一种冲突，现代性所带来的是对于旧有秩序的破坏，以及新秩序的无法建树；表面的东西总是离真相太远，在可见与不见的现实之中，真相总是摇摆不定、闪烁其词，拒绝相信已经成了我们认识生命的日常必需，在精神与受制的事物之间，我们难以找到安身之所。而这些问题、麻烦、疑虑总在迟子建的小说世界萦绕不去。

问题在于，如今的故事已无法做到由意图所控制，同时又体现意图，一切都受制于社会、习俗、物质以及思想的某些必然的束缚。想象的翅膀已经受损，它飞不高也飞不远，只能盘旋在离地面不远的地方。我们如此投入地关注观察摹仿的艺术手法和眼界，或许正体现了我们对不受条件制约的精神的渴求。眼睛只能看，而没有选择的能力，我们也不能命令耳朵"不闻窗外事"；无论我们是否愿意，事物总能强迫我们产生印象。小说家能否抗击雪莱所谓的无聊而拥挤的世界的倔强本性，这真是个问题，同时也是一种考验。

这几年，迟子建的小说无疑地增加了黑色的力量，让清纯之色进入了多少有点混沌的生活之流，她的叙事，问号和疑虑在加强，开阔了叙事的眼界，延伸了自身的地平线。迟子建尝试让她的故事与现代化的世界相连接，但其结局总是掩盖不住悲戚的面容；温暖是迟子建的长命锁，但它揣在怀中已经太久太久，有时要感觉它的存在已有点困难。关于《群山之巅》中令人难忘的侏儒安雪儿，在后记中作者写道："我曾在少年小说《热鸟》中，以她为蓝本，勾勒了一个精灵般的女孩。也许那时还年轻，我把她写得纤尘不染，有点天使化了。其实生活并不是上帝的诗篇，而是凡人的欢笑和眼泪，所以在《群山之巅》中，我让她从云端精灵，回归滚滚红尘，弥补了这个遗憾。"就艺术创造而言，根据年轻与否来判断作品的功过可能差强人意，因为文学史上有太多的例子可以证明，年纪轻轻就写了伟大的作品，而到人生的成熟之年反倒写不出什么。关键在于，能否在善举中寻觅恶的踪迹，在恶行中寻觅善的留痕，小说家不仅要有敏锐的眼光，还要懂得借助"夜视仪"在黑暗中见到常人难以见到的东西。

对迟子建而言，世界的悲诉和夜莺的歌唱如何协调，始终是一个问题。关于善与恶、天使与魔鬼，早期迟子建对于前者关注得过多，而后者则了解得太少。而这些年，企图以一种温馨气息使冷天雪天的自然温暖如春，无论怎样的艰辛苦难，经过一番人性的阐释，总能使一种温馨宜人的境地油然而生的修辞渐渐地偃旗息鼓了，更多地呈现出世界复杂微妙地难以简化，万事万物分裂为冲突之所和难解之谜。这是迟子建三十年创作生涯中一次重要的转变，不可小觑。而《群山之巅》之所以重要，缘出于这一转变。需要指出的是，这一转变是缓慢、渐进甚至曲折的。在《小说的艺术》中，昆德拉说："塞万提斯认为世界是暧昧的，人面临的不是一个绝对真理，而是一堆相互的互为对立的真理，因而唯一具备的把握便是无把握的智慧，这同样需要一种伟大的力量。"让神灵之地升起人间烟火，让天使落入滚滚红尘，不是作者的主观愿望使然，而是生活本该如此。

视线欲将其统治建立在世界的变化之上，但它拒绝自身的变化。它是一场躲避运动的运动。变化的习惯就在于承载颠覆的原则之中。然而变化又是统治消费社会的迫切需要。迟子建的转变和视线有关，但又不是依附于一种变化的原则，而丢弃以往那种遗世独立的自赏、唯善之举的认知。小说的深刻不是那么容易到手的。在品特看来，愈是深刻的感受，在表达上就愈含糊不清。

三

值得注意的是，视角不能简单地被看成是感知主体观察感知对象的一个角度，而是对象本身的一个性质。视角对我来说并不是物的一种主观歪曲，相反，是它本身的一个物质，或许是它们最根本的性质。正是由于它，被感知者才在它自身中拥有隐藏着的不可穷尽的丰富性，它才是一个"物"。从这个意义上说，迟子建的"转变"连接着安雪儿命运的转变。而这后一个转变才是贯通《群山之巅》不可或缺的线索。

龙盏镇人都说安雪儿是精灵，而精灵是长不大的。她读书时"领悟力一流"，"刻碑的本领，无师自通，有如天赐"，老杨临死前"唯一的心愿，是请安雪儿给他刻墓碑，说她是下凡的仙女，他的坟前竖着她制的碑，灵魂定能脱离苦海，翩然升天"，"人们相信安雪儿来自另一个世界"，因此镇上人都怕她："人们见了安雪儿，都出现讨好的神情。除夕拜祖宗时，人们忘不了到安雪儿的石碑坊讨寿，给她献年礼……"

安雪儿的传奇成了龙盏镇的一个象征性符号，行为准则的仪式：她预言死亡的来临，终止怀疑，熏陶、启迪和慰藉面临死亡的垂死之躯，预警、发布突发死亡的来临并安排人死后的去处。安雪儿是否为神灵，我们评价她并不是为了辨别其真伪，而是辨别其在组织龙盏镇人的情感时所起的实际作用。她令人信服的存在，就是镇上保存秩序的一种方式，人们对死亡的莫名恐惧终于有了一个可以问询的去处。预言和占卜显灵了，它让人们心神安宁，人们不需要思考和怀疑，他们除了相信还是相信，侏儒成了精神巨人，生活在茫然而又充满惰性之中的人们终于有了一根定海神针。然而，安雪儿被杀人犯辛欣来强奸了，宁静的神话终于被打破，镇上的人们顿时陷入了失去赖以信托的混乱之中，就像银行一夜关了门，我们不知把钱存放在哪里一样。

安雪儿的故事秉承了传奇的遗风。但更为重要的是，在经历了一番短暂的同情之后，被强奸之后的雪儿便落入世俗偏见的重围。"现实主义"是冷酷的，其遭遇除了反映出这势利世界冷漠的一面之外，还显现出其自身神奇的光芒造就了自身怪诞的投射。尽管叙述者自始至终满怀温情的口吻不离不弃，但我们依然能隐约地感受到其中的利弊得失。仙女一旦失去了神奇的力量，其落入凡尘的生存能力是可以想见的。

作为形象的安雪儿，因为这一转变，她两头都不落好：作为天使般的精灵，她是个替罪羊；落入尘世，她又是一种牺牲品。作为前者她只是个稻草人的符号，作为后者她犹如弃儿一般。所以在小说的结尾处，曾经作为神灵的安雪儿最终也只能前往山顶上的土地祠，"想着毛边她爸还有颗肾活着，她悲欣交集，特别想跟土地老说说话"。从被人膜拜到拜土地老，这无疑是一个本末倒置的转变，其中的意味已不是作者后记中所说的弥补遗憾所能了却的。老实说，弥补遗憾是容易的，而要改造自己认知世界的方式可就难了。再说了，"物竞天择，适者生存"，安雪儿的人生转变，两头都不适，所以，她道出的是生存之难。

四

叙事是秩序的建构，而作为叙事关键的动力莫过于两种力量的对立、对峙和角逐。安雪儿的命运转变的前后并非力量的对比，它只不过是两种不同叙述语境而已。作为龙盏镇的神灵，安雪儿是传奇而非她自身。她是被人们供奉的神，是使人畏惧的灵。在亨利·詹姆斯看来：传奇从本质上说无本质可言，它唯一的原则，就是超乎自身的离奇。从神灵到俗人是安雪儿的命运，但这中间有着难以跨越的鸿沟，是魔鬼辛欣来的强奸使她跨越了这鸿沟，是罪恶之手把她从神坛拉回到人世间。确切地说，这种与善对立的恶之力，才是小说叙事的助推器，推而广之还包括着与之延伸的人之欲望以及世俗的各种偏见。别的不说，想想唐镇长的反应："在镇长唐汉成心目中，辛欣来强奸安雪儿，比他杀掉养母更加十恶不赦！安雪儿是龙盏镇的一块招牌，或者说是一盏灯。他还想着将来在一心山建寺院时，请安雪儿做居士，参与法事，引来香客呢。"原来，神灵也是一张发展经济、增加收入的牌。

还有，"安雪儿被辛欣来破了真身，龙盏镇人便觉得她与天再无关系了。他们开始探寻她坠落凡尘的先兆：她的肤色不那么透明了，走路有了声响，爱吃肉了，而且不像以前那么喜欢望天了。大家对她的来历，又有了新的演绎。说安平是法警，这么多年枪毙的人中，不也都是罪大恶极的，屈死鬼当是有的！辛欣来强奸安雪儿，真凶不是他，而是附在他身上的冤魂！冤魂借辛欣来的躯壳，来报法警的杀身之仇。这种说法，深深刺痛了安平。他想不通，人们可以万口一声地把一个侏儒塑造成神，也可以在一夜之间，众口一词地将她打入魔鬼的行列。"原来，把安雪儿接入尘世的，除了辛欣来的罪恶之手，还有那"众口一词"的帮凶。事情远比我们想象的还要复杂。

作者把小说的后记取名为"每个故事都有回忆"，实际上，对小说的各色人等而言，每次记忆都成了展开故事的时刻，辛家三代人、安家三代人都有自己的故事，而这些故事的流布又形成了各个不同历史时期的延续，时间上的绵延。镇长唐汉成一家略有不同，一是他的故事和权力有关，二是他的发迹依靠的是其老婆陈美珍家的权势。不管怎样，这三家人的故事构筑了《群山之巅》的"铁三角"，它们是时间的，也是空间的。回忆是当下的回忆，这让我们思考的"当下"也是历史性的。我们今天活着。明天我们会有一个对"这个当下"的回忆。我们不能忽略过去是真实的，如同我们过去说过的"过去的源头就是当下"。如同尼采说的历史就是当下：今天来临的也是历史。回忆不再是对过去的研究，而是对当下的视角。

《群山之巅》中几乎所有的人物都依赖于回忆，一种倒叙述往回走的方式来传递其人生的故事，只有安雪儿的故事，其从"天使走向滚滚红尘"的命运是顺叙述，一种向前走的方式。她的命运是小说中的"倒行逆施"，她的与众不同，人生的颠覆，她在丧失了龙盏镇人对其敬畏之心后的生涯及其结局充斥着难以言说的隐喻。所谓"隐喻"就是"转换"，而"转换"又是那些必须被执行而不必在字面对待的事情。安雪儿两次被侵犯、凌辱，看似事件的重复，但在寓意上并不重复。作为事件，前者是具体的，有始有终，随着案件告破，以辛欣来被执行死刑而告终；后者不同，它更多是象征性的，它没有过程，一开始就结束了，它印证了那漫天大雪谱写的冤的无调性，是"谁又能听见谁的呼唤"的雷鸣。

何止是安雪儿，《群山之巅》讲述了太多的人生颠覆：辛开溜不是逃兵，可是一辈子背负了逃兵的骂名，以至真名也被人遗忘；安大营之死挟带着私情和他人的欲望，却戴了烈士的光环；辛家的养儿原来却是陈家的弃儿；美如仙女的唐眉一夜间成了道德模范，母亲陈美珍直说唐眉的脑袋让驴踢了，随着故事情节的展开，原来唐眉所有一切美德都是为了赎罪……总之，《群山之巅》是一部言说颠覆与翻案的书，字里行间我们都能隐隐约约地看到一个"错"字，就是那永恒的青山绿水也无法安身，"连年的采伐让龙盏镇的春天都给松毛虫给挟持了，农药杀死了松毛虫，也杀死了不该杀死的动植物。花骨朵萎缩了，鸟儿停止了歌唱，河流也被污染了！林间小溪漂浮着死鱼，河岸边是野鸭的尸体，树丛中飘散着灰鼠和野兔腐烂的气味，连喜食腐肉的乌鸦也少见了"。这里涵盖着真伪、善恶、真假之间的颠覆和对抗，或许这才是推动小说前行的动力。

<h2>五</h2>

小说源自一种具有颠覆性的认知，这种认知就像肥皂剧一样，它认为真实的日常生活的最纯粹的表现也十分迷人。但在现实的观念形态中，这种愉悦是受怀疑的，因为它如同大多数的愉悦一样，看起来并没有任何道德原则。现实一定有值得注意的这一点，而叙述故事则必须将现实世界中的这一点双重编码，这样它既是自己又是象征符号，既是经验主义的又是精神上的，既是独特的又具普遍的延伸性。如果不这样做，我们就有沉迷于感官知觉的危险，我们可能会局限于物质符号，错将树木当森林。这也是为什么，当我们在小说中读到诸如陈金谷腐败案，军营中的欲望，刘爱娣的弃子故事时会有似曾相识的感觉，甚至在读完小说后便烟消云散便无从记忆。这些故事和情节会很快地淹没在大量的同类新闻报道之中，失去其记忆的价值。我并不认为本雅明《讲故事的人》一文句句金玉良言，但他提醒我们，"在现代生活中，故事的智慧已被新闻报道的增殖所排挤。随着劳动分工的出现和官僚政治形式的广泛普及，铺天盖地的新闻报道指示出了以牺牲其原在的完整统一体为代价的社会变迁急速发展的程度。于是，我们知道的更多了，但认识的质量却更为贫乏了：它已不再直接涉及生活意义这种所谓终极问题

了。"① 他甚至明确地说明："到如今，发生的任何事情，几乎没有一件是有利于讲故事艺术的存在，而几乎每一件都是有利于信息的发展的。"② 我想，这一略有偏颇之嫌的话是值得我们记取的。

值得一提的是，这些年，迟子建的有些小说都和案件有关：《鬼魅丹青》围绕着蔡雪岚之死的谜团而展开；《晚安玫瑰》中母亲被强奸而生下的"我"，始终在破解强奸之谜而完成自己的复仇欲望；《泥霞池》更不用多说：杀人、强奸、坐牢都一应俱全；包括眼下的《群山之巅》。说来也巧，今年《收获》第 1 期，发表《群山之巅》，而《人民文学》的第 1 期则发表了艾伟的长篇小说《南方》，写的也是一起凶杀案，我们甚至可以联想到前不久苏童的长篇《黄雀记》。此类看似巧合的相似至少说明：杀人强奸之罪、案件之谜和牢狱之灾已成为当今诸多小说写作的引擎。小说中出现杀人强奸来得总是太容易或者太困难，那是因为小说描绘的不是杀人强奸本身，而是我们对犯罪的感觉以及它所引发的一连串的后果，那也是为什么同是从案件出发：《群山之巅》重后果和连锁反应，《南方》重的是道德内省，而《黄雀记》则在更广阔的视阈中运用其意象和隐喻的阐发。案件总是和道德审视密不可分，它既是故事的魔法，又是道德的心灵遥感。

故事必须有寓意。除非它的内容翔实、扣人心弦、形式特殊，否则我们无法相信它的寓意；但这种情况越多，现实主义就越像是一种感官上的享受，因此就有可能会破坏它本想阐明的道德真理。如果天使存在于完美的道德整体中，那么恶魔则依赖于现实生活中

---

① 此段话并非本雅明的原话，而是理查德·沃林的概述，见［美］理查德·沃林著，吴勇立、张亮译：《瓦尔特·本雅明——救赎美学》，江苏人民出版社，2008 年，第 227 页。

② ［德］瓦尔特·本雅明著，陈永国、马海良编：《本雅明文选》，中国社会科学出版社，1999 年，第 297 页。

的种种细节；天使总是一厢情愿地乐于行事，而恶魔则诡计多端，为达目的而不择手段，说的比唱的还好听。故事越是吸引人，其作为典范的地位就越危险。故事是虚构的，但它所追求的是信以为真；倘若充分地揭示它的虚构性有可能破坏摹仿现实的效果，但如果读者真的把它当作现实存在过的事实，我们又可能会无法体味其中的讽喻意味。这也是为什么长篇小说的后记中，作者总是喜欢道出其故事的真实出典，我们甚至还可以重温一下贾平凹几部长篇的后记，真可谓虚构中的虚构，假装着的假装。这如同人性的显现：人性总是由它所不是的东西来预示，所以，人性所到之处它的他者必定也在那里。这也可能使得人性成为一种可能的思想范畴。

在这怀旧的年代，迟子建的故事很难不赢得读者的青睐；但在这城市化大踏步前行的岁月，迟子建的"怀旧"也很容易遭人诟病。在青睐和诟病的双重夹击之下，《群山之巅》艰难的十月怀胎是可以想象的。就像小说中的那些理想人物，其职业却是屠夫和行刑者，我们大可不必一厢情愿地从中费力猜出什么象征性的意义。

迟子建式的故事读多了自有其让人厌烦之时，这是书写者之过，还是阅读者的耐心出了问题，难说。老实讲，即便让你集中时间读遍老巴尔扎克的《人间喜剧》，你也会一样的不耐烦。世事难料，生产者雄心不减，消费者的胃口有限，这个世界上大概只有时间的胃口是无限的。

实际上做一个批评家有时也难。当你集中时间读一个作家的多部作品，映入你眼帘，吸引你注意的，让你多少有点不耐烦的总是那些不断重复的部分。而那些经过自我挣扎，付出艰辛努力，来之不易的变化则总是溜之大吉。

六

一方面崇尚灵性、神奇、应验、诡异之传奇；一方面又十分关注现世之艰辛、人性之善恶、现代性对自然的劫持破坏；前者是对后者的阐释，后者则是对前者的解构。两者的纠葛、矛盾争斗便产生了故事的效应。迟子建的故事纠缠于原初与当下、自然与人为、古怪妖魅与人性之常的争斗、缠绕甚至不乏悖谬之处。它们谁也征服不了谁，但谁也离不开谁，因而彼此伤怀，痛苦不堪，因为它们互为对方存在的条件。什么时候，迟子建的书写，更多地注重"接地"的姿态。这种"接地"包括着世俗与生活方式的变迁，还有那大踏步前进时代所带来的一切反面的东西，她的书写变得忧虑四起、疑心重重。"因为水里的鱼和山上的野兽一样，连年减少，成了黑夜尽头的星空，很难发现闪光点了，渔具在不知不觉中成了摆设。"这类似静物画的物件，伴随着无数的故事连同曾经的生活方式一起消失了，和许多同类物一样，它们都是原初生活的见证。这些已经消失或正在消失的人与物在迟子建的小说世界中比比皆是。而《群山之巅》中，搅得龙盏镇老人心神不宁的最后的棺葬与最初火葬便是其中一例。试想一下，倘若没有了这些宏大的故事语境，任何其他的故事叙述将索然寡味。

从小说开首屠夫辛七杂取天火点燃烟斗开始，火便和小说结下了不解之缘，罪恶便也成了一系列故事的导火索。辛七杂自然不是那盗取天火的普罗米修斯，而其养子辛欣来的亵渎神灵之恶却是"引发一场爆炸的火药"。辛七杂取天火点燃烟斗的画面令作者陶醉，作者甚至写道："太阳火与烟丝是神仙眷侣，它们结合令人陶醉。"迟子建的陶醉不为别的，而是其崇尚自然的一贯美学姿态。统观其所有文字，字里行间迟子建总是流露出对过往的虔诚、对待过去传递给我们所有事物的踏实而谦恭的态度。在《群山之巅》行将结束的时候，作者写下如下的文字：早期的安雪儿"能与风雪、河流、花朵、树木、星星对话，她们的对话无须设置、随时随地。可自从她长高了，尤其是生下毛边后，虽然她看见晨曦、晚雾、溪流和月亮，依然心有所动，但与大自然息息相通的感觉，再也没有了……"小说忠实于安雪儿的人物命运，但对早期安雪儿的神奇之处，惋惜之情溢于言表。

"古典神话隐隐不安地意识到人类与动物之间的陡然割裂，已经留下了伤痕。我们的新神话拾起了这个主题：弗洛伊德忧郁地暗示，人类有一种回到从前的渴望，暗自希望重新沉浸在无言的最初有生机生存状态；列维－施特劳斯推测，人类普罗米修斯式地盗来天火（选择熟食而不是生食），掌握语言，包含了一种自我流放的欲望——离开自然节奏和无名状态的动物世界。"[①]乔治·斯坦纳的提醒好像扯得太远，但并不是没有启迪。迟子建小说经常出没的对自然景物、山水日月的倾心描述，还有那对动物世界的移情勾勒都不是毫无来由的。很难设想，如果没有这些，迟子建的小说世界将会是怎样一种景象。

创造主体和批评主体之间以对象为中介的不间断的往返，其表现是一种相互间的"凝视"。凝视具有一种跃跃欲试的力量，它不满足于已经给予它的东西，它等待着运动中的形式的静止，朝着休息中的面容的最轻微的颤动冲上去，它要求贴近面具后面的面孔，或者试图重新经受尝试所具有的令人眩晕的蛊惑，以便重新捕捉水面上光影的变幻。不可否认，人们只能触及与我们想象的东西。但是，这些东西很可能只是面具，只是东拉西扯的面纱。面具和面纱所遮掩的是什么，如何与它们建立联系和对话，如何触及根本的东西，才是我们面对的问题。

---

① ［美］乔治·斯坦纳著，李小均译：《语言与沉默》，上海人民出版社，2013年，第45页。

七

自然是迟子建小说世界的不可或缺的组成部分。问题是如何认识自然本身就充斥着歧义。因为自然的概念本身就是古老而且不断增生的假想产物。自然会躲开我们的诠释，许多大大小小原封不动的世界提醒我们，沉默是充盈而空虚的。自然因受损而呈现出恶化的报复性，那是因为我们的诠释闯入了自然；自然因其景色而让我们心旷神怡，那是因为我们情感的移入。陶冶心情之说其实是一种本末倒置的误用，主客体两边都出了问题。迟子建的自然，说到底是用人与自然的和谐来抵御人与人的世界：对前者，她是留恋的，满怀深情地带着一种欢迎和慷慨；对于后者，她是怀疑的，带着一种铲除不公，平反一切冤假错案的凝视，怀揣着一种忧伤的模式。

迟子建小说的景物描写之所以有力，在于它直接取自自然；她的许多寄情山水的言说之所以打动我们，那是因为情感的作用。情感并不是信念，而是作家看待世界的方式。它们并不是面面俱到的评价，而是建立在一系列具体的利益和目标的基础上。这就是为什么，我是快乐的，但同时又相信，世界整体上处在混乱之中。我怎么也忘不了《群山之巅》的结尾："安雪儿只好在他不吻的间隙，大声呐喊，'天呐，土地老爷睡着了，快来人啊，我要回家，毛边该睡醒了，快来人啊！'一世界的鹅毛大雪，谁又能听见谁的呼唤！"用有点不恭的话说，这还是迟子建小说的结尾吗！更有理由相信的是，这无疑是一种变化的信号。

投下美好的一瞥，这既是主人公的梦想，又是小说家的雄心；它既是作品的形式，又是它的提纲。它所投射的对象哪怕是一个危险的、被禁止的现实，只有通过阴暗、地狱般的途径才能接近它。我说过，这是一部翻案小说，它的目光总试图接近真相，有时真相近在咫尺，有时又远在天涯，真相时隐时现、扑朔迷离，热烈的眼光经常和冷漠的目光相遇，理解与不理解经常碰撞，"山穷水尽疑无路"经常在"柳暗花明又一村"之后出现。为未受污染的世界唱一首挽歌未必意在令人沮丧，恰恰相反，它意在未来的憧憬。土地庙是人造的，它未必能解决人的问题；唐眉心生妒忌毁了陈媛的一生，但她又用一生的守护来赎罪，这不妨也是一条可行之路，但遥遥无期，其结局和小说的结局无法同时落笔；凶犯辛欣来逃亡之后形同无影，令公安无奈，那是因为具有革命战争经验的辛开溜提供了资助和路线图，而辛欣来在归案之时又烧毁了路线图以帮助辛开溜脱身，这一对当代"侠客"的互助合力，才导致了人的内心的不安和惊恐，荒唐固执的念头和麻痹状态让小说的灵魂考古学陷入难以解脱的悖论，给我们留下的只是一些杂乱无章的信息碎片和消失之物谜一般的踪迹。难道无辜者只能把恶作为受苦来认识，认识者只需将真相作为虚无的替代，才有可能的出路？

同一个故事可以被讲两次，甚至更多，但每一次做到意义不同可就难了。小说是关于人们在无处可去时的所作所为，电影表达的则是尽力去做但仍然无处可去的感觉。一个将行为延后，另一个则将感觉迟现。此类区别只对了一部分，因为有时行为和感觉很难区分，何谈孰先孰后。感觉总是行动之行动，行动也只能是感觉之行动。如同叙述者是目光之目光，叙述者的故事总是与他对世界的连续采取的视角有关，而每一个视角都是悄悄地替代了前一个视角。

八

群山之巅有什么？异想天开甚至让人难以接受的阐释是，那里被缚着那盗取天火的普罗米修斯，普罗米修斯用秃鹫的羽毛写下了自己的故事，而秃鹫呢，正在年复一年地啄食枷锁在身的普罗米修斯的肝部。迟子建不同，恰如她为《群山之巅》写下的诗句："也许从来就没有群山之巅 / 因为群山之上还有彩云 / 彩云之上还有月亮 / 月亮背后还有宇宙的尘埃 / 宇宙的尘埃里 / 还有凝固的水，燃烧的岩石 / 和另一世界莫名的星辰 / 星辰的眸子里 / 盛满了未名的爱和忧伤！"作者仰天望地，悲天悯人，对心灵寄托莫大的希望，"愿它缚住魑魅魍魉"，"愿它熄灭每一团邪火"。帕斯卡尔也谈心灵，"当人们不知道事情真相的时候，最好有一种共同的谬误封闭人们的心灵"。他们从不同的侧面谈论"心灵"，都将其视为最宝贵的东西。心灵所谓何物，它看不见摸不着，但它又无处不在，帮助我们穿越阻碍我们前进的障碍，飞越那包围我们的"疯人院"。

最伟大的作家也不能看透一堵砖墙，可是他跟我们这些普通人不同，他不会去垒起一堵墙。这也让人想起昆德拉的话："写作就是要打破一堵墙，那墙后的黑暗中隐藏着某种永恒不变的东西。"同样是讲"一堵墙"，看似矛盾，其实都是对心灵作用的赞美。对自己脚下的根基的忧虑绝非只是对于分裂与深渊的忧虑。害怕在昂首问天、瞩目苍穹与日月齐高的过程中丧失日常与世俗，同样的忧虑也已经体现在心灵与行为的悖谬之中。理所当然，我们获得安身立命之根基的乃是生活世界的必要构成部分。而这根基的部分理所当然地包括了《群山之巅》故事中的芸芸众生。唐家是苦涩的、安家是不安宁的、辛家那更是背负着阴影的行走，这三家三代人的命运构筑了全书的基本框架。

将芸芸众生的命运和日常遭遇应对历史事件是迟子建长篇的惯用结构，无论是《伪满洲国》中的傀儡王朝，还是《额尔古纳右岸》那古老民族神话的终结，抑或是《白雪乌鸦》中那历史上实发的鼠疫事件。《群山之巅》则不同，历史事件退出了舞台，彼岸与此岸纠结一处，历史与当下彼此缠绕，它告诉人们：似乎我们的命运就是不断地经受幻象的欺骗和苦难的折磨，不断地揭露幻象和征服苦难，这也可能就是"心灵"叙事的前世今生。如同迟子建在其中篇小说《别雅山谷的父子》结尾的那句感叹："能在黑暗里摸到家门，他仰仗的就是头顶的这盏红灯吧。"

心灵的作用是明摆着的，但心灵又不是一成不变的物件。20世纪西班牙诗人洛尔卡认为，"人心之所以悲惨、严峻，欲望之所以费解、恐怖，是因为美梦成真时，人们并不觉得幸福"。瓦尔特·本雅明讲得更有意思：如何描述卡夫卡这个人呢？"他仿佛毕生都在自问到底长相如何，从未发现还有镜子这种东西。"这种前后颠倒的观点来自尼采。他宣称，如果你同意某一种欢乐的体验，你就也能同意这世界上所有的痛苦和邪恶，因为所有的东西都是交织混杂在一起的。我们难以同意尼采关于两种同意的观点，但其"交织混杂"的原因却是一种不争的现实。如同我们对待虚构的怀疑态度要求，它不能具有欺骗性，这一点对理解现代的文学虚构性至关重要。

九

说到这里，我们仍然有必要对辛欣来这个为龙盏镇人所不齿的角色投去一瞥。从弃子到养子的辛欣来的一生基本上是恶的旅程：自从知道自己不是父母亲生，"从此他变得孤僻，行为异常"。长大后成了龙盏镇最游手好闲的人，除了吃就是玩。活不干还怨气冲。他看不上龙盏镇，"说这镇子比鸡屁眼还小，就不该在地球上存在"。二十一岁因与人在深山种植罂粟贩卖毒品而获刑三年，出狱不久，又因为在山中吸烟，引起森林大火，又吃了几年牢饭。这个错误地来到这个世界的恶人，仿佛是怨气吹大的气球，一碰就爆。一次偶然的口角，他杀了养母王秀满，强奸了他一直觊觎的小矮人安雪儿，开始了其逃亡生涯。作为一个邪恶之人，辛欣来并不复杂，他属于那种一条道走到黑的单薄之人，一种扁平型的形象。

作为人物形象，辛欣来也并不复杂，但他的行为在小说结构中却十分重要，他的犯罪行为撬动了龙盏镇的生活秩序，搅乱人们的"信仰"，打破了地区的神话。可以为辛欣来辩解的理由无非两条，一是一出生就被遗弃，二是第二次牢狱之灾是个冤案。这些理由虽不成立，但它们却从另一视角揭示了昨日与当下一些被埋伏的真相。

就小说叙事而言，对邪恶的把握绝非易事。只有当我们允许邪恶战胜自我感知力的时候，我们才能恰当合理地把握邪恶感。莎士比亚所以能在我们的想象力中保持他的地位，是因为在他身上，对邪恶和自我方面的两种感知力形成了微妙的连续的相互作用的关系。从来没有唯一的事物；没有唯一的"锁"，也没有唯一的"钥匙"。康德认为，即使我们不能同时直接感知一个桌面的两个侧面，我们也能肯定桌面有两个侧面，因为一个侧面这个概念本身就要求至少另一个侧面与之相伴。但这不简单地等同于善与恶的概念。这也是那种认为我们身上既善又恶，人类是混合的、模糊的、道德上的混杂物的看法，被特里·伊格尔顿斥之为酒吧中的陈词滥调。

相信原罪，抑或相信救赎，不同的主义都会有截然不同的取舍。灵知主义的核心议题是将邪恶或与之同的恶的传统立位于宇宙之中，而同《圣经》的堕落寓言分庭抗礼，一争高下。《群山之巅》的叙述者相信后者，所以才会有唐眉的故事，才会有其前后截然不同的人生取向。当安平听完了唐眉无比悔恨的自叙时，深深地叹息道："你毁掉了陈媛，也毁掉了自己啊。"我们应当明白，这两个毁掉并不是天平的两端。当唐眉说："我毁掉了她，可她活得比我快乐，你也看到了，只因为吃了香的东西，她就睡得这么沉，坦克开进来都不会醒！而我夜夜服用安眠药，连三四个小时都睡不上。是不是人都变成傻子，才没有痛苦？"这番痛苦的坦陈，除了表明赎罪之难，生不如死外，略有几分肆心僭妄之嫌。

总的来说，唐眉的故事多少有些牵强之意和人为布局的痕迹。

相比之下，安平和李素贞的故事则更让人动容。一则"通奸"的故事叙述得如此美丽动人且有说服力实属不易。"风雪之夜的龙盏镇，没有行人，也没有东西，只有家家户户的灯火，像落在人间的星星！在那个夜晚，安平无限怀念李素贞的那双手，渴望见到她。"试问一下，用如此温暖的文字去描写一次有违伦理的男女之约，叙述者倘若没有真切的同情之心和体验之情，无论如何是难以落笔的。安平和李素贞，一双行刑者的手，一双则是殡仪理容师的手；随着死刑方式的变化和火葬的推行，双双失去了其原有的功能，这没有什么，重要的是，这两双手握在一起，写下了《群山之巅》中最为动人的一场情爱悲剧，更为重要的是安平的等待，"等她自己摆脱了罪恶感"后"重新投入他的怀抱"。漫长的等待犹如黑暗中的行走，这可应了本雅明给人留下深刻印象的一句话："走在黑暗中，能帮自己的不是桥，也不是翅膀，而是朋友的脚步声。"

十

我们也许仅因为想象你自己也会有同样的苦难而同情你的麻烦处境；不过在同情和感受之间存在着差别。为了同情你，我们没有必要在心中模仿性再造你的痛苦而感受。同情和感受你的悲痛是不同的。这种差别也许在作家与批评家身上有所应验。批评家可以舍弃感受，作家则不同，感受是其绕不过去的情感方式。

那位曾写下过《天堂》《爱》与《恩惠》等名著的托妮·莫里森在接受采访时曾说："我喜欢写作当中那种如履薄冰的临危感，一时心力交瘁、一时意气风发、一时荒诞不经，最后——在大多数情况下——总算又回到了自我，我需要这种感情上的回响，也需要对这种复杂思想的理智反应。我得兼顾两头：真正的说就是这样。"① 《群山之巅》是否做到两头兼顾，不好说。但要说"那种如履薄冰的临危感"，那是一定的。

《群山之巅》不乏黑暗中的故事与故事中的黑暗，但更不缺光和热，就如同安平赞叹李素贞的手，"说它们是他暗夜中的蜡烛，是严冬中神仙送来的灶火，是他生命的萤火虫，总之，都与光和热有关"。一句话，做到不仅在黑暗中战栗，而且在黑暗中歌唱。我想，这大概是《群山之巅》最了不起的地方。

---

① 裴善明编：《诺贝尔文学奖获奖者访谈录》，江苏文艺出版社，1997年，第372页。

你所在的地方也正是你所不在的地方

——弋舟的底牌及所有的故事

到达你所在的地方，

从一个你不在的地方启程，

你必须踏上那永远无法出离自身的旅途。

为了通达你尚且未知之路

你必须经历一条无知之路

为了得到你无法占有之物

你必须经由那被剥夺之路

为了成为你所不是的那个人

你必须经由一条不为你所是的路。

而你不知道的正是你唯一知道的

你所拥有的正是你并不拥有的

你所在的地方也正是你所不在的地方。

——T.S. 艾略特《为了到达那儿》

一

文本是文本，叙述者是叙述者，作者又另当别论。文本需要细读，叙述者是视角，哪怕再制造一个隐含的叙述者也是如此，而作者则早已死了。这些如今早已成为常识。谨记这类常识，我已付出了几十年的努力。而这回不行，一切努力将付之东流。阅读的底牌将被掀翻，批评的常识瞬间被怀疑而进入虚无的状态。

"作家论"为何物？释作品，论作家，孰轻孰重谁先谁后？实在难以界定。小说把我们引入一种自我的画面中，在这样的画面中，你披着他者的外衣，把自己撇在一边，当你的自身悄然离去的时候，那留在外衣下面的又是谁呢？是那个经常出现的刘晓东，那个既是当局者又是旁观者，既是对话人又是摄像机的刘晓东，我们的印象模糊而深刻。刘晓东是披着的外衣抑或是外衣下面的隐身者，是自我诊断的抑郁症患者，还是调查邢志平自杀之因的探员？面对这些苛刻的问题，我们无法用二者选其一的方法来判断。情况恰如《隐疾》中，"我"忽然醒悟道："在盘根错节处总有些我们无法控制也永远无法厘清的东西，世界的复杂性远远被我们低估。"

刘晓东肯定不是弋舟，但并不等于弋舟和刘晓东们没有这样或那样隐蔽的联系。读遍弋舟迄今为止发表的 4 部长篇，15 部中篇和 30 个短篇，我们能经常感受到作者本人的童年烙印、成长记忆和性格投影，更不用说作者的自我反省和对时代社会的观察、体验和思考。同为"70 后"的作家田耳是弋舟的好友，弋舟曾不止一次向我推荐并提醒我："田耳值得注意。"田耳在一篇关于弋舟的印象记中写道："他的小说，总给我不曾放开之感，过多的控制，过多的诚意，有时又难掩说教。"这几句话值得重视。尤其那句"过多的诚意"，不仅表明了田耳和弋舟在小说趣味上的差异，还真点出了弋舟的叙事特征。不是"诚意"如何不好，而是过多了容易"自我暴露"。借用作家刘恒经常运用的判断性话语：弋舟是个"把自己放进去"的作家。[①]

"作家论"无疑是多重矛盾与迷惑的产物。你要研究一个作家的个性特质，而这个个性特质又是其几十年创作演变、优劣掺杂的东西，这近乎是在排斥性中寻找非排斥的东西。"作家论"经常摹仿文学史所依赖的遗传学类型——新生、成长、衰亡的种种模式。问题是，一个作家的变化既刻意又无奈，白天的梦与黑夜的梦彼此纠葛，既必然又偶然；继承传统和语境影响互不相让，既有影响的焦虑又有抵御影响的创新冲动。

"作家论"研究的是一位作家在其创造的小说世界中的视野，而这个视野又诞生于一位批评家的视野之中。真可谓视野中的视野、局限中的局限。个人的视野总是有局限的，别的不说，弋舟的故事中经常有失踪，光一个父亲和狮子失踪的故事，2007 年写下了《谁是拉飞驰》，5 年后又发表了《夭折的鹤唳》和《赖印》两个作品。同一个故事，一个涉及一家三口的故事，却诞生了 3 部作品，全因于三个不同的视角。

虚构既不完全是欺人之谈也不是可信之言。因为虚构性问题绝非真假性问题，而是关联性问题。它是一种表示假设的"仿佛"，不论这一虚构采取什么形式都难以隐藏这种假设的先决条件。这种"仿佛"的诞生决定了它总是要超越存在之物。出于这个原因，它就不得不拥有某种方法，某个视角，以踏上叙述的旅途。在康德的哲学中，"仿佛"说是作为一切可想象事物的精髓，因而虚构是不可替代的，这就是虚构可以在千姿百态的背景下出现的原因。"作家论"以研究一个作家的千姿百态为出发点，但他又要从这千姿百

---

① 几年前遇到刘恒，他似乎正在撰写关于鲁迅的话剧，他提到了王晓明那本论鲁迅的书，认为写得好。我问他好在哪里，他似是而非地答道："把自己放进去。"我探问他如何写好眼下的话剧，他还是那句话，"把自己放进去"。这句话有点玄奥，好像说了什么，又像什么都没说。

态中寻觅一个作家的身影。综合法和排除法并举，同时批评家又得陷入自身单一的视角陷阱而不能自拔。

虚构之物来源于作家但并不等同于作家，虚构是自我的外衣，外衣下的自我早已脱身，隐匿于外衣之下的是那些个若隐若显的影子部队。从这个意义上说，作家都是隐身人。"作家论"归根结底培育的只是批评家与影子周旋的功夫，与符号捉对厮杀的能力。此等功夫和能力很可能是一种病，是堂吉诃德式的战风车。就像弋舟小说《被赞美》中仝小乙的一根筋，剩下的唯有那枚碎瓷；就像《怀雨人》中的"雨人"潘候，走走路，就会撞上眼前之物。

二

从发表的文字来看，弋舟小说史最初的文类可归之为长篇与成长小说。一般说，以记忆中的成长和成长中的记忆步入写作之途是种常态，而一开始便以《跛足之年》和《蝌蚪》这样的长篇出现在世人眼前的并不多见。[①] 不多见也不是坏事，值得回味的是，弋舟近二十年的创作基本上是中短篇越写越好，而长篇则乏善可陈。两年前，作者再次尝试的长篇便是《我们的踟蹰》，严格地说，这也是一篇拉长了的中篇，其后半部的勉为其难是显而易见的。

即便如此，《蝌蚪》的重要性是其他作品无法取代的。这是一部自我观照之书，成长是其横轴，父与子是其纵轴，纵横交错构成了十里店—兰城—岛国的三部结构。"岛国"如此虚幻，以致我们只能在意蕴上才能构筑其可能性。

---

① 需要说明的是，发表作品的时间和实际写作训练的情况并不对等。据弋舟在和走走的对话中透露，十五岁的弋舟就给《收获》杂志投过稿。这大概是1980 年代晚期的事，距离首次发表的长篇小说，时间相距十几年，其间作者写过什么作品，我们不得而知。

"十里店"是以儿子郭卡的视角，落实的是父亲之名。十里店以野蛮自居，父亲郭有持以暴力无恐，以"镰刀"创造秩序，以"菜刀"对抗外来者用"腰包"制造的新秩序，郭卡的东张西望坐实了十里店的变迁，这既是时代的变化，又是成长的烦恼。郭卡的嘀咕勾画了父亲的形象，虽有夸张之嫌，但也不失妙趣。父亲是儿子的镜像，小说用一种比照的方法写出了我的恐惧与孤独，同时也泄露了我们谁也无法逃避的爱恨情仇。这种儿时的情感纠结也被称之为俄狄浦斯情结。

　　"兰城"是郭卡的成人叙事，视角兼职主角，"我"的叙述已今非昔比。经过一番与不同女性的周旋，希望伴随着失望，失望又生希望，我的青春我做不了主。文明之缺憾有时难敌野蛮之快意。兰城带来了生机，而父亲则如影随形，"我知道，我所有的怯懦根源，全部来自郭有持对我的成长构成了巨大的阴影。他这把镰刀不但统治了十里店，统治了我记忆中的每一个生活片断，而且还在我迷乱的青春期，凌驾于我所有向往的事物之上，他收割了我对这个世界的期望，收割着那些于我而言万分神秘的人……"与此同时，作为副线的陪衬，庞安与父亲庞律师的故事也随之浮出水面。一个是埋藏内心的怨恨，一个则是时时流露的冷漠。作为心理情结，它们都是殊途同归的。

　　"岛国"不知在何处，但它又不可或缺。现实无情，因为诸神并不在大地上生活。林楠确实虚幻，于是郭卡成了替身。郭卡想成为真实的自我，为了摆脱替身之累，于是管生成了另一种替身。一切皆源自超越尘世的欲望。作为隐喻的"蝌蚪"，作者寄予厚望，诸多评论也反复论证，其实充其量不过是摆脱尘世的一个象征性符号。况且在叙事的处理上，有着附加含义之嫌。不管怎么样，上述这些人与物都是彼岸之物，它们构成了隐喻的集束之光，也是弋舟一贯追求的未来意象。"未来意象的丧失，意味着对过去的阉割"，那位被加缪誉为"尼采以后欧洲最伟大的作家"的西班牙哲学家奥尔特加·伊·加塞特曾如此断言。

在移情论看来，成人内心深处就像一个孩子，为了减轻自己的孤弱和恐惧，他对环境加以扭曲，将自我视为他者，将可视之物视为镜中的自我。移情之中，暗藏着个人的"寄生现象"，人们有一种被催眠的渴望，这完全是因为他们希望回到魔法般的保护，回到全能的分享，回到父母的爱护所享受的"大海般的情感"中，回到母亲的子宫中去。恰如小说最后描述的那谵妄的构想中的庇护所，那个类似偷吃禁果前的乐园，摆脱一切困扰，逐渐丧失那无用的意识，我将雌雄同体，将命运交付虚无。

纯净之地固然美好，然而若没有尘世之浊也就无法想象至纯至净之物。不妨重温一下 T.S. 艾略特的诗句："为了得到你无法占有之物／你必须经受那被剥夺之路／为了成为你所不是的那个人／你必须经由一条不为你所是的路。／而你不知道的正是你唯一知道的／你所拥有的正是你并不拥有的／你所在的地方正是你所不在的地方。"我有一种感觉，那些纯净之地，诸如彼岸、乐园、天堂、岛国之类，都是我们需要避免直面详尽叙述的地方，犹如上帝是我们无法直面的一样。小说来自尘世，是人类偷吃禁果的产物。

意义的孕育抵制一切销蚀的作用，誓言和信念的要素之一就是抵制时间。但是，人们仍然疑虑，岁月蹉跎，青春难再，纯粹之情感在虚无飘渺之中，所以时间也同样能够孕育意义。所谓成长小说也就隐含着一个矛盾，至少可以说隐含着一种困难。成熟是一种品质，是一种人或神都无法强力赋予的品质，因为成熟仅仅是时间给予的尤物。现在，这种被称之为"成熟"的品质突然失踪，或者是它与我们的思考失之交臂。《蝌蚪》一类的故事就是矛盾的产物，它也是一种困难中的挣扎，也是无奈之后的一声叹息。作为隐喻的"岛国"固然重要，它的必需正是因为它的不在。

《蝌蚪》演绎了一系列矛盾的冲突：光明与黑暗，野蛮与文明，此岸与彼岸，尘世与净土，逃离与追寻，爱与被爱，"菜刀"与"腰包"，自欺与欺人，缺失与在场，沦落与救赎……这些东西都以碎块或变异的姿态在弋舟以后的作品中继续上演。

三

《战事》（2012 年）依然无法摆脱成长故事的嫌疑，但主角从男性换成了女性。叙述结构也做了点文章：不时插入关于海湾战事的消息，不断补充作家丛好的写作自由和情感纠葛组成了一台"合成歌剧"。《蝌蚪》和《战争》中的成长都与父亲相关，母亲同样缺失。不同的是前者父亲使用暴力，后者则是猥琐之相，他们就像一对施受虐的孪生兄弟，分别滋生了郭卡的依附感和丛好的挫败感。不断寻找母亲的温柔和不断寻找一个强大的父亲的替身则分别构成了两者忽隐忽显的心理地图。

心存恐惧和傲慢的鄙视呈现的都是一种缺陷模式，父母之爱无法两全的故事在弋舟小说中比比皆是。我们发现了我们的孤立性，同时也发现了我们的欲望并非总是会得到满足，我们都可能是一种缺失的存在。《蝌蚪》写的是从十里店到兰城，而《战事》写的是从兰城到柳市，进城的含义已不止是从农村出发，还意味着涌入更大的城市。这不止是时代变迁的进行曲，更是人性难测的变奏。对丛好来说，母爱缺失，卑微的父亲名存实亡，"强人"张树成了依附的对象。到了柳市之后，似乎在潘向宇身上又找到了服从感和归宿。随后的家庭破裂和张树的再次出现，小说仿若一次轮回，而此间的情感与欲望之博杀犹如遥远的海湾战争，"强人"终被摧毁。30 岁的丛好留下的只是一张"备受摧残的面容"。丛好还能干什么？转向自身的爱恋。自我爱恋也许是一次回转，即从自我之外的现实之中转身而去，回避分裂招致的磨难以及生命所要求的能量。

成长的挫败和进城的失落是弋舟小说的时间形态。时间之所以成为人类的时间，仅仅是因其描绘了时间经验的特征。要理解未受限制的精神并不是非常困难的事情，但理解存在于不可逃避的状态中的精神确是最为罕见的知识，而构成这种状况的正是现实而微小的事物。让叙事成为周围世界的镜子，时代变化的图像，议论一番很容易，但要坐实于"现实而微小的事物"之中，谈何容易。

有一种说法：每当人们改变世界遭到失败，就应该下决心适应世界。这是一种时间的迷惑与消耗，问题出在你在这两者之间左右为难，挣扎犹豫的时候，世界却发生了变化。一个女人和几个男人的连续接力或左右徘徊而无所适从，或者相反一男几女，兴许可以看作弋舟的叙事模块。《蝌蚪》到《战事》是如此，《我们的踟蹰》、《黄金》也是如此；《凡心已炽》虽写了一个懵懂之人毁灭的故事，模式也差不多；《所有的故事》似乎要复杂些，但也可看作此等模式的变体。模式并不可怕，一般人皆有这样或那样的模式，可怕的是只有一律的模式而缺乏变异。

四

变异是显隐真相的途径，也是我们逐步接近真相的方法论。我们被梦幻缠绕，而我们经历的生活再现为一种观感对象。然而可以观察到的事物也可以被改变，而且确实被观察的过程所改变。黑格尔哲学的要点是，不能单单按照事物的样子观察事物，还要理解为什么它是它们现在的那个样子。弗洛伊德指出，儿童像俄狄浦斯那样，在寻找着这些关于他们自身起源问题的答案，俄狄浦斯以为自己知道所有的答案，却疏漏了一个事实，亦即他并不知道他自己晦暗不明的被诅咒的身世的秘密。孩子对母亲的爱恋以及对父亲的嫉慕和憎恨，一次又一次地上演于这些早期的戏剧。我清楚地知道，不需要也没有必要生搬硬套弗氏理论，俄狄浦斯情结也并不等于弋舟的故事模式。但有点是值得记取的，那就是千万不要自以为什么都明白，什么都知晓。俄狄浦斯神话关乎的是一种令人痛苦的自我认知。让我们能够看见的正是盲点，就如同俄狄浦斯只有眼睛失明后才能够明白真相一样。小说《天上的眼睛》正是对"看得见"的戏仿与讽喻，眼睛的可悲之处在于，一看见就会犯错与违禁。

都说《我们的踟蹰》写的是爱与被爱的故事，其实，弋舟所有的小说又何尝不涉及这一母题，不同的是有些是明写有些是暗写，有些是侧写与反写，更多的是写这一母题的变异。说到底，爱与被爱涉及的是道德情感的依赖。在《拒斥死亡》一书中，作者如此分析："弗洛伊德认为，现代人对别人的道德依赖是俄狄浦斯的产物。然而兰克却看到，这种道德依赖是拒斥被造性的自因投身之延续的结果；由于今天已没有结合这种拒斥的宗教宇宙论，人就把希望寄予一对情侣。当获得上帝青睐的伟大宗教共同体的世界观已经死去，人就会寻找一位'你'。因而，现代人对情侣的依赖，跟他们对父母或精神分析医生的依赖一样，是精神思想体系丧失的结果。他需要某个人，需要某种'个体的思想证明体系'去取代衰亡着的'群众思想体系'。在弗洛伊德眼中是俄狄浦斯情绪之核心的性欲，其本来面目现在得到了理解，因为它实际上是另一种苦恼和不安，是对一个人生命意义的探索。"①

需要一个"你"同时也是弋舟小说的叙事格局，他的小说少有群体场面，即便不多的几次，也都是交由视觉处理。更多的则是二人对话。注重人与人对话是由语言扮演的"戏剧"所决定的，其中，人与人之间的交流是由说话并期待回应所决定的。于弋舟而

---

① ［美］恩斯特·贝克尔著，林和生译：《拒斥死亡》，华夏出版社，2000年，第187页。

言，最吸引人的场景莫过于二人世界，否则语言和叙事就会被消解似的。"我和她相约在咖啡馆见面"，在《而黑夜已至》中，有的是与徐果、杨帆轮番地面对面，一个人的故事接着一个人的故事；《等深》的开首，"她坐在我面前，我们之间隔着张铺有台布的桌子"；《所有路的尽头》则是围绕着邢志平之死，不断地对知情者、当事人和旁观者的询问。

弋舟的小说以第一人称居多，有人据此研究其"抒情"特色也不无道理。"我"不仅是叙述者，还是对话中的倾听者。"我"又通过转述成就了阅读的倾听，唯有文本中的"独白"和"议论"，唯有"我"进入交谈的角色，阅读才会有身临其境的倾听之感。不仅如此，"我"又是个观察者：还是在那熟悉的咖啡馆，在那靠窗的位置上，"我"观察着外面的街景。《而黑夜已至》中观看女大学生乱穿马路的街景便这样诞生了，它经常被评论者引用，加上以其他方式描述的街景，它们都记录了时代风尚和生活之变迁。不同的街景渗透着不同的内心世界和情绪，那些经过重新调配的观看既让人愉悦也浸染着忧郁之色彩，很像是边缘的游戏或线条的自由。

追求二人之爱的"踟蹰"最后又如何呢？李选、曾铖、张立钧最后都失去了对方，关系中总深藏着暗流，"是与否的结果，都会令他感到绝望"。就像张立钧时刻提醒自己的，"无论眼前的我是何等风光。自己人生的底色都是值得存疑和警惕的，是经不起检验的"。萨特在《存在与虚无》中谈到过，相爱的两个人都试图拥有对方，控制对方，仅仅这一点，就不可避免地带来感情冲突。比如，他经常提到所谓"看"的危险，如果某个人看着你，这一看本身就代表着他想掌控你，通过看着你，他就把你当成了观察和评价的对象。萨特认为，这种不可避免的斗争一直深植于亲密的、性爱的、爱情的关系的结构之中……他甚至认为爱和性是一件徒劳无功的事情。估计很多人会不同意萨特的主张和结论。但是，他指出的人的内在冲突和分裂却是值得我们深思的。我们都关心自己的幸福，这其中包括我们的自由，而当我们进入与另一个人亲密地相互依赖的状态中时，自由便受到了伤害，因为这种关系不可避免地包含着自我克制，甚至有可能会威胁到我们自己的个性。萨特把这种两难困境说成是人类本性中深层次的存在论意义上的分裂，他认为爱情一直受到这种根本性分裂的影响。

五

我们其实并不知道爱情是什么，这种无知可以说是所有爱情小说写作的源泉。爱情是那些没有答案的询问之一。因此，昆德拉设想，它与小说如此紧密相连——一旦爱情提供了回答，给人类的可能性划出边界，就不再成为小说。福楼拜使读者相信，《包法利夫人》"是一个完全编造的故事"。他多次告诉人们，自己"写下缠绕的篇章而没有爱情，写下炽热的篇章而没有些微热血"。

记得曾经读过一本关于司汤达的小册子，其中有段话这样写道："司汤达可以说是唯一以描绘幸福为己任的作家。幸福最难表达，因为幸福确切地说是一种沉默，它不允许任何假象的存在，并拥有非物质的轻松，也因为幸福感是人类唯一无法说清楚的状态，最后因为不幸福比幸福更能诠释幸福的含义。人为得到幸福可以倾其所有，但是能否得到却由不得他自己。"几条理由中，"不幸福比幸福更能诠释幸福的含义"尤为让人警醒，这也回答了爱情之难以书写的问题。

同样的，马克·埃德蒙森的《弗洛伊德的最后岁月》也提醒我们："值得注意的是，幸福是弗洛伊德很少思考的一个问题。在描述处于最佳状况的人时，他往往拙于言辞。他能够描述已经失败或即将失败的爱情，能够解释嫉妒，或者理清自我颠覆之人那种微妙的状态。在进行这类分析时，他却堪称天才。他能够解释何以某人是吝啬鬼，何以另外一个患忧郁症，而另一个则是永不悔改的忘恩负义，他能够以惊人的方式描述暴君的各种状态。当成人表现得像个沮丧的小孩时，他能够解释是怎么回事，在这一点上，没有人能比弗洛伊德做得更好。"[①]

同理，弋舟小说之所以引人注目，引起同行及批评界的兴趣，之所以有那么多的毕业论文选择弋舟作为课题，其中一个重要的原因是，其作品历数了我们时代的种种病兆，精神生活的隐疾、人性的缺陷和人格形成中难以逾越的障碍，情感生活中良心之声的责难与阉割的威胁，种种禁忌所导致的自我厌恶、自我折磨和自我挫败。很多时候，我们拥有的只是迷失方向时的港湾。读弋舟的小说，就像是步入精神世界的一个个诊所，医师们正面对着形形色色的病人。小转子的"夜游症"（《隐疾》）、"我"的哥哥们患有的癫病（《我们的底牌》）、她的"心脏病"（《龋齿》）、邢志平的乳腺癌（《所有路的尽头》）、刘晓东的抑郁症（《而黑夜已至》）、郭卡的恐惧（《蝌蚪》）、"我"的孤独（《所有的故事》）、阿莫的"贪欲"（《凡心已炽》）以及出没于众多故事中母亲或父亲的失踪，家庭的离异和爱的缺失；等等。弋舟书写的是病理学的美学，其中生理与心理总是相互纠结，彼此交换替代。在一种忧郁的眼神中，在大声的"哭泣"中，我们要找到一种明确的分界线可真是不易。

生理生活中唯一有价值的是情绪。所有的心理力量只有通过其激发的情绪倾向才变得有意义。更准确的说法是，压抑仅仅涉及情绪，但这些情绪只有与观念结合在一起，才能为我们所理解。拉康认为，弗洛伊德引导我们不去关注那个传统心理学和哲学研究的"我们规规矩矩的个性"，转而留意"我的任性使气，我的怪癖，我

[①] ［美］马克·埃德蒙森著，王莉娜、杨万斌译：《弗洛伊德的最后岁月：他晚年的思绪》，华东师范大学出版社，2012年，第140、141页。

的恐惧以及我的迷恋"。因为这些作为非意知对象的现象，才能透露出真相。而所谓真相就是：我作为主体，是一个并不是我的大写的他者很阴险地构成的。我和你的对话也不可能纯粹，那是因为我是自我分裂的，因为我无法把握作为他者的我，和他人的对话也可能是与自己的对话。一切皆在变异之中。

六

如何在异己的东西里认识自身，如何在异乡感受自己的家，如何在倾听之中挟带着怀疑，如何区分意图与实在的意义，这些都是理解弋舟的窗口。对秩序的不肯就范，对环境的无法融入；对人性注入一种欲望和压抑的动力学，由于欲望总是带着面具，压抑又是身不由己的东西，话语本身更是有着无法避免的歧义；梦是睡者私人的神话，而神话则是民族已醒的梦。自以为醒着的人，其实生活在梦中，自以为梦游之人却是清醒的旁观者。弋舟的小说，有的是这样那样的谜和象征。谜并不妨碍理解，而是一种激发；在象征中存在着某种要被打开、要被显露的东西。隐喻是不同类型的微缩文本，正如文本是不同种类的放大的隐喻一样。保罗·利科断言，隐喻指引着"多思"的斗争，是解释的"灵魂"。

就弋舟来说，身份认同始终是个难解之谜：他祖籍南方却生长在北方；他出生于西安，却工作生活安家于兰州；他是一位城市作家，却常常被误认为是农村谱系；他的书写充斥着南方血液的北方想象，北方生活的南方想象。他的难点和焦点就是"回家"。普天之下，每一个新生者都无法回避的使命，就是控制俄狄浦斯情结，换言之，每个新生者都要学会不要回家，或者用弗洛伊德后来的说法，学会不要马上回家。但对弋舟小说中的诸多人物而言，更麻烦的是，他们并不知道家在何处，谈何回家。他们的问题并不是学会学不会的问题，而是居无定所的宿命，是无家可归的匿名。

对德里达来说，远离家园的家园，这一意象解释了隐喻，说明了隐喻是躁动不安的也是静态的，隐喻的隐喻排除了到达，并以此规定了目标，它既是差异、背离和偏移，也是相似、回归和重聚。隐喻本质上远离家园，同时又本质上处在家园之中。居无定所是空间上的烦恼，作为对应，就必然出现在时间上寻求永恒延迟的实现。这对表明了自己信仰的弋舟而言，尤其是种必然。这也是为什么他总是对"我们与时代"这一课题情有独钟，对未来的终结揪住不放的注释。

有人认为，分析文学时我们谈的是文学，而评价文学时谈的则是我们自己。事实果如此的话，那我们可要小心了，因为这世上难的就是认知自我。那些自以为了解自己的人实际上对自我误解甚多。镜子之我并不是真正的自我，当我们观看镜子时，"镜子"却做不到这一点。同样，眼睛能观注作为客体的对象，却无法观看自身，镜中的眼睛并不是眼睛自身，镜中的左手其实是你的右手。医师专注于给病人看病，但其并不知道，有时候，他和病人的位置是可以置换的。视角为什么如此重要，就在于它不停地向我们表明，在一种角度看至关重要的东西，如果从另一个角度看就显得不那么重要。

《隐疾》中的小转子，平时活泼可爱，但夜游症却令人恐惧。经历了几次来回，"我"断断续续地得知，小转子是和老康因开矿发生纠葛冲突之后被送进了精神病院。小转子是否有病已不重要，重要的是有一种比夜游症更严重的病症，那就是欲望所驱使的"白日梦"。《天上的眼睛》是一次提示，所有的矛盾、挫败和妻离子散全是因为我们不懂得闭上眼睛，如大桂提醒的，"我们心里的眼睛还睁着，所以还要伤心"。《时代医生》继续眼睛的故事，用的却是误认法。两个刚刚大学毕业的医生，首次合作给一位癌症患者做右眼斜视矫正手术，手术后由于男孩的一个习惯动作让他们误认为开刀时弄错了左右之眼，以致开始制造各种理由来推迟开线的时间。他们害怕"真相"而生活在恐惧之中，直到男孩因癌症病亡之后才知道这是一次误认。手术是正确的，但恐惧并未离去，他只能生活在因强迫症所驱使的"跑步"中。

在弋舟创造的这个诊所中，我们都是病人，医师也不例外。现代心理学一个惊世骇俗的结论就是：个体的人格是一个谎言，它对个体生死攸关，并且无意识。因而，人格就是一个神经症的结构，刚好位于人性的核心。做人，意味着承受人格的谎言，承受荒诞的神经症，承受不由分说的生死分量，承受毫无道理的偶然。弋舟小说中的"病人"都是无法融入社会的人，都是"秩序"的不肯就范者，都是因社会不认同自己而与外部力量进行抗争之人。就像弗洛伊德那关于超我的理论坚持认为的："这种外部力量也会对内部产生作用。这种超我是一种社会责难的沉淀，是那些群体意识强加的不成文法内部化的结果。我们就是社会，社会就存在于我们之中，也因为我们自身的活力而更加强大。所以，与社会抗争，就是与自己的一部分相争。同理，有意抗争社会规范的人，也必须做好自伤的心理准备。"这就是小转子们的遭遇，就是刘晓东们的病因，也是那位莫莉的儿子选择十四岁生日那天要举刀杀人的理由，也是邢志平选择自亡的命运。在本雅明看来，对那些"破坏性"的深切认同，是因为他们有意无意地觉察到"世界在那么大的程度上被单一化了"。

七

"作家论"中对具体作品的介绍、举例和选择是一门学问，需慎重才行。如果仅仅因小说涉及男女苟合，我们便议论道德禁忌；

如果写一个人无所事事，我们便讨论无聊；如果一提到人的害怕，我们便发挥恐惧；如果故事发生在城市，我们便议论城市文学的进程；如果小说中的人物地位卑下，我们便情绪激昂地大谈社会之不平等，这未免太直白也太天真，太"1+1"了。精神诊所内的事情远比我们想象的要复杂且不可思议。读完有关弋舟作品的批评文字，感觉此类问题真是不少。我们读的是小说，但不能满足于罗列些故事梗概；弋舟的小说有形而上学的书卷气，我们不能仅止于那些文学中的议论亦步亦趋。思想的相关性既不是简单的现成之物，更不能简单地照搬。寻访弋舟美学足迹的人很容易被小说中的雄辩之词所催眠，于是不论故事好坏，叙事成败，放进篮里都是菜。不要忘了，选择也是一种评判。就拿《金枝夫人》和《凡心已炽》来说，小说写得不怎么样，意图明显且缺乏说服力。可能也正是因为如此，常常为诸多评论拿来说事，以证明世风日下、道德沦丧。

一百年前，弗洛伊德写下了著名的涉足美学的论文《论"令人害怕的"东西》，其中讲道："讲故事的人对我们产生了有点奇特的带指示性的影响。他使我们处于某种精神状态，他盼望在我们身上收到某些预期的效果，就这样，他操纵着我们的感情潮流的方向，在一个方向上堵截起来，使它流向另一个方向。"[①] 好的作家与作品总是表现出其抵御阐释的复杂性与无言的沉默，相反，阐释的反抗也不会止步于作者的意图和自我阐释，重要的还在于疏通被作者意图堵截的那个流向。对弋舟这样的作家尤其是如此，在如此注重自我解读的今天，弋舟几乎每本书的出版均有前言或后记，几乎每部作品都在访谈和对话中有所论及。

《刘晓东》是弋舟的重要作品，《等深》的失踪与寻找，《而黑夜已至》的罪与惩，《所有路的尽头》的死亡与求证，分别代表了

---

① ［奥地利］西格蒙德·弗洛伊德著，孙恺祥译：《弗洛伊德论创造力与无意识》，中国展望出版社，1986年，第161页。

并不连贯而实际上又紧密相连的三个中篇。主角刘晓东，"是中年男人，知识分子，教授，画家，他是自我诊断的抑郁症患者，他失声，他酗酒，他有罪，他从今天起，以几乎令人心碎的憔悴首先开始自我的审判，他就是我们这个时代的——刘晓东"。作者在自序中如是说，这个命名上的庸常和朴素，实现了我所需要的"普世"的况味。

通过刘晓东拷问时代，雾霭是象征，我们无法忍受这世界千篇一律的污浊，连周又坚都不再对世界咆哮了，失踪即逃亡，"我们这一代人溃败了，才有这个孩子怀抱短刃上路的今天"。寻找如此无效，救赎又迫在眉睫。相信眼前，我们就会对连续性产生迷惘；相信连续性，从起源到永恒，我们就会对眼前感觉一片迷惘。原创不易，而摹仿有时则更难，眼见为实，而世界则离我们更远。意识总是分裂的产物，也是对眼前之物的抵触。人都是有罪的，欲望则很糟糕。"可以和自己儿子的小提琴教师上床，可以让自己的手下去顶罪，可以利用别人内心的罅隙去布局勒索。"这是《而黑夜已至》结尾处的段落。这不是结局而是呼喊和追问，边界究竟在哪里呢？拷问始终伴随着我们，即便是说尽所有的故事，即便路已走到尽头，问号依然不离不弃。

邢志平为何自杀？这依然是个问题。弋舟的小说被问题所缠绕，他的诗学是精神病理学的。他关注现实，可现实转眼成为烟云，他渴望真相，真相则潜入深海。在一篇为石一枫的《世间已无陈金芳》所写的读后感中，弋舟如此感叹："吊诡的却是，我们又真的从陈金芳身上读出了强悍的现实之力。这莫非就是今天并置于我们内心感受中的事实：一方面，温温吞吞，依旧置身在那亘古庸常的'现实感'的惯性中；一方面，万事迅疾，奇迹迭出，世界宛如做着一个不可思议的梦。"[1] 确实，生活在当下，一切皆鲜活，

---

[1]　弋舟：《犹在缸中》，甘肃文化出版社，2016年，第61页。

但你又觉得恍如隔世，几天不出门，一出门满世界便是共享单车。抑郁者会如此认同于丧失的对象，以至于对象几乎一直纠缠着他。抑郁容易刺痛人们的心灵，抑郁情绪就像一个张开的伤口，从各方面吸收发威的力量，最终抽空人的自我，直到完全枯竭。我看病不在刘晓东身上，而是在邢志平身上。

死亡如期而至，这对邢志平来说是势在必然。这个"弱阳性"的男人是自我分裂的。他接受的现实是"令人窒息的"，唯有多余和孤独相伴，只有前妻是永远的隐疾，那幅多少有点色情的画是"他的春药"，和他同日生的刘晓东成了他幻想中的替身；他无法承受的是时光的流逝和无尽的漂泊之路，是"诗人"的失败和世界的破碎。无论真实或虚构的层面，弋舟的眼神都是忧郁的，忧郁是一种精妙的后现代立场，这种立场使我们继续忠实于我们在失去的"根"的外表下生存于时代的秩序中。我们对自己的忠实是可疑的，我们对别人的忠实总是有偏见。

在失去的过程中，总会有无法用哀悼化解的那部分情感，最大的忠诚是对那部分情感的忠诚。哀悼是一种背叛，是对失去的"客体"的"第二次杀害"，而忧郁的主体对失去的客体依然忠诚，不愿放弃对他／她的忠诚。邢志平之死，缘于1980年代的关闭，缘于偶像的消失和诗人之死，缘于那次"弑父娶母"的戏仿。那"被人揪了一把鸡鸡"的意念如此刻骨铭心，以至它的转义我们都无法阐释。至于那诗人尹彧的回归与丁瞳及儿子的重合，我们大可不必在意，重要的是"父亲"已死，重要的是哀悼之余的那份忠诚。

不知怎的，翻阅《刘晓东》之余，我最难忘记的是扉页上的那句题词："献给我的母亲。"我写下可能不怎么贴切的话：被深爱着的母亲形象，可怕地缺失了，却在整个话语中流转。

八

在小说集《丙申故事集》的一次发布会上，弋舟问我对《但求杯水》的看法，我回答说，写得不错。弋舟追问好在哪里？我想一想答道，好在其中的一些写法体现了写作上的可能性。现场人多嘴杂，且有人有不同意见，谈话即止。"作家论"关注的是归类，写作上潜在的可能性不易归类，所以很容易被忽略。

这里专门提一下《怀雨人》和《被远方退回的一封信》两篇作品。《怀雨人》写雨人潘候，走路撞墙，记忆力超常，身世不凡，日常生活不能自理，性格执拗，我行我素，"有着让人匪夷所思的特殊禀赋"和"雄阔壮硕的派头"。小说中写到作为叙述者的"我"成了潘候的监护人，在一次陪同潘候跑完那段近乎极限的跑步之后的感觉："在某一个临界点，我确乎体验到了那种灵肉分离的曼妙……一条灼亮的弧线在脚下闪过，与之同步，是自由的翩然降临。我说我体会到了自由。它不是我想象的那样酣畅淋漓，它没有那么霸道、蛮横和粗鲁，而是宛如一个婴儿般的令人疼惜。"宛如婴儿般的状态确实是弋舟对所谓成熟的不满及责难，它不时出现在其他作品中，作为隐喻，它体现作者向往的一条红线。"象征假设一种特征或身份的可能性，而隐喻则主要指明了它与自己的本源的距离，并且抛弃了怀旧情绪及想要与其本源一致的愿望。"（德·曼语）

《怀雨人》的精妙之处在于，它以一种超现实主义的写实笔墨，从容地出入人物离奇的行为举止而又保持着一颗平常之心，心旷神怡地陶醉于那怪异的角色和来自内心的陌生之音。《怀雨人》写于十年前，不像弋舟的其他作品，抓住一种情绪，掀开一段记忆，思考一种人物的境遇，总能连续写上好几篇作品。相比之下，《怀雨人》有点例外。可能是难以归类的缘故，《怀雨人》很少被评论者提及。当然，同为作家的武歆不在其列，他在《应该认识弋舟》一文中就指出："与弋舟的其他小说相比，《怀雨人》显得迥异，有些特立独行。"我想补充一句，《怀雨人》显示出弋舟创作的可能性，它表明了我们对弋舟的认识未必到此为止。

《被远方退回的一封信》，讲了十七个青年到偏远的沽北镇的师范学校任职，其中小虞回家迟到几分钟，受到斥责后神秘失踪，经历了各种猜忌和流言，最终被指认为一具沉溺于河里多时的尸体。小虞死后，沽北镇慢慢地热闹起来了，好多年过去，这群老师中有的结婚、有的出国、有的荣升为副校长，更多的成了地道的沽北镇人，个别的则离开后成了老板，连师范学校的格局也变了。就在这时，小虞却回来了，同样的七点三十八分，准时跳下火车身亡。整个故事的时间是错乱的，"当大家在沽北镇侳偬经年，小虞却仿佛只辗转一个昼夜"，而且还在争分夺秒。如同在卡夫卡那里常见的现象一样，这篇作品表现了小说的自我抹杀，本来缓慢发展、有条不紊的故事，因为小虞的重又出现而归于消解，慢慢地蒸发掉了。当然，两种时间的冲突，结构则是时间关系上的错乱，今天看来已不是什么稀罕之事，只要对比一下博尔赫斯那篇对卡夫卡时间的回应之作《秘密的奇迹》，就可想而知了。

《怀雨人》和《被远方退回的一封信》使我想起这样的故事。那位曾写有《宝岛》《化身博士》的英国作家斯蒂文森在《提灯笼的人》的一章里，引述了一位修道士的故事。这位修道士进入一座森林并听到了一只鸟在啼鸣。当他返回修道院时，发现他已成为一个大家都不认识的陌生人。原来他离开修道院已经五十年了，只有一位从当时活下来的老修道士还认识他。斯蒂文森认为，不只是在森林里才有这种施魔法的鸟，"一切生活，如果不是单调机械毫无情感的话，那它都是由两条线交织而成：寻找那只魔鸟，并聆听它啼啼。"

九

作家张楚评价弋舟，"这个骨子里是诗人的小说家"，其赞美之意是明显的。问题是这里的"诗人"是小说家的修饰，还是优秀小说家必须具备的品质。后者很容易推翻，因为我们很难把"骨子里是诗人"这一帽子戴在诸如莫言、阎连科、王安忆的头上。如果是前者呢？又太模糊而无法计量。好在张楚写的仅仅是篇"印象记"，我们大可不必在意其精准性。况且，这个世界有许多状态本身就是模糊的，以模糊之词应对模糊，也可算是一种准确。

八年前，我曾在评葛水平小说时，用了一个题目为"当叙事遭遇诗"。也许是由于理论的"灰色"在作祟，我想厘清诗歌与叙事散文本质的不同。谁知这么多年过去了，这种理论上的宏愿在"常青"的经验面前，在复杂多变的创作实践面前碰了一鼻子灰，可谓说不清理还乱。

在当代中国，以诗的境界写小说的大有人在。以我有限的阅读来看，苏童、格非、阿来皆可算，还有那1980年代闪耀一时的何立伟，往前追溯则有汪曾祺、废名，往后则有我这两年遭遇的"70后"作家李浩、张楚、弋舟、东君等。加上足以构成巨大洪流的初学者、闯入者、成长中的诗人小说家，他们都在小说的土壤上享受着诗的光照，在诗的养分中培育着小说的树干和枝叶。这些作家中以苏童最为突出，不论长中短篇，他都表现出追求的纯粹性。格非略有不同，他后来的写作很大程度上回归至叙事散文的本源，甚至一定程度上还借用了故事情节的动人光环。总的说来，诗人小说家最易取得成就的是短篇，最难付诸实践的是长篇，越长越难写。

不管怎么说，小说和诗歌毕竟属于不同的文类，它们在形体上是有区别的。列维纳斯认为：形式就是一个存在者凭它转向太阳的东西，就是凭它而有面貌的东西，就是通过它而有其自身的东西，就是靠它来到世界上的东西。相对诗歌，小说来到这个世界要晚得多。当诗歌建立决裂和差异的原则时——诗句和换行是空间的表现，而相似和音韵的重复只是差异的另一种表现形式。小说依靠内容，依靠组织具有严密内部结构的故事的可能性，同时意识到已经存在一定结构的现实。小说被打上了社会生活、集体生活、历史联系、词语和信仰共享的标志。即使在表达怀疑、恐惧、犹豫的昏暗时，小说也断定，世界是清晰易辨的。司汤达把小说定义为"沿着路边移动的一面镜子"，因此他最低限度地断言，至少存在一条道路。

相反，诗人又是如何思考诗歌与小说的差异呢？奥克塔维奥·帕斯说道："瓦莱里曾将散文比作行军，把诗比作舞蹈。无论是叙述文还是论说文，叙事文还是说明文，反正，散文是思想和事实的展示，象征散文的几何图形是线：无论是直的、弯的、螺旋的、曲折的，反正，总是一往向前，并且有着确切的目标……诗则与其相反，它所表现的几何图形是圆或球体：一种以自身为中心，自我满足的封闭性天地，在那里，首尾相接，周而复始，循环不息。而这种周而复始、循环不息的不是别的，恰是节奏，犹如起伏不息、涨落不止的海潮。"①

至此，分界线似乎已经划定。但事实并非如此，始作俑者便是那现代主义的创新和搅局。经历了一百多年的历程，风起云涌的现代主义从反经典成了经典，从反传统而让自身成了传统的一部分。在现代主义的匡正和作用下，沿途行进的镜子已经停止，它向内转发展了内省的小说，意识流成了另一种线性；它向外翻转，收纳了无数的碎片，提升了结构的功能。

在现代主义运动中，"诗意"改头换面进行了它的叙事伟业：

① ［墨西哥］奥克塔维奥·帕斯著，赵振江等译：《弓与琴》，北京燕山出版社，2014年，第49页。

图像扰乱了线性，原先的纯属时间框架虽然保留了下来，但读者对细节强烈、审慎和仔细的注意力却失去了与时间框架的联系，时间的过渡并不重要，与它有关的维度是空间了。心理刻画对情节的替代，缓慢的速率，甚至重复迂回或跳跃"换行"或空白的沉默成了空间形式的记忆。意象不断闪现，吸引了阅读的注意力；反讽高高在上，压得沉思的阐释喘不上气来；象征寓意背负着我们穿越许多累赘的自然主义细节；隐喻则草蛇灰线、伏脉千里，在断断续续隐隐约约中顽强地展现自我。这是一次"诗意"的复活，也是诗歌在小说界的华丽转身或基因变异，或者我们可用另一种说法，那便是约瑟夫·弗兰克讲的"现代小说中的空间形式"。

十

"骨子里"的说法可感知却难解，"空间形式"的说辞虽经过一番斟酌，可依然有人提出异议，可真是理论的"踟蹰"。概括这种东西就像裹着糖衣的苦药，需要对方的消化才能体味。看得出，弋舟喜欢诗。不止小说前小说中经常引用诗，不止小说中的人物身份是诗人，就是小说的题目也是几经修改锤炼，以达到"眼"的功用。有时甚至偶然也会在小说中用典，像《我们的踟蹰》就是。废名把中国诗歌中"用典"提得很高，曾在其《莫须有先生坐飞机以后》中感叹："诗人的天才是海，典故是鱼，这话一点也不错。"

除此之外，弋舟还是位意象主义者。他的小说充斥着意象，宛如星辰，虽可望而不可即，但也照亮了叙事中的黑暗。从炉膛里抢出碎瓷的手（《碎瓷》）、被贬低的冷漠求生的向日葵（《凡心已炽》）、被人用以藏匿毒品的锦鲤（《锦鲤》）、那玄关上的鱼缸（《巨型鱼缸》）、那令人向往的"蝌蚪"（《蝌蚪》）、一只扒光了毛却睁着眼睛的冻鸡（《天上的眼睛》），还有那只巨大的藏獒（《隐疾》）、那条硕大的狼狗和那本黄色的画报（《战事》）、那无法自如使用的办公室"抽屉"（《跛足之年》）、还有那令人窒息的"雾霾"（《所有路的尽头》），俯拾皆是。可以说，几乎到了没有意象不成书的地步。意象在本雅明看来是至高无上的。阿伦特认为，意象正是这位"诗意的思想家"逾越单一意愿藩篱的手段。拉康说："在与意象的遭遇中，欲望浮现出来了。"此话有点玄，也不是不可理解。意象的力量恰恰来自这样的事实：它既是我们处身的一种现实，但又在另一种现象的魅惑中漂游，那就是作家创作出来的现实。

我前面说过，弋舟的小说世界是一个巨大的精神诊所，诊所内除了刻骨铭心的手术刀，还应该有架钢琴，它一旦被弹奏便会发出令人神往的音律，我们焦虑的情绪就会被降伏，纠结的不安也会随之散去。说到底，诗意的音乐是另一种治疗手术，是一种变异的"手术刀"。在诗意的弦律声中，你仿佛听见自己的声音带着牢骚，带着怨怼，带着分析、观察和评判，带着良心之声和道德指责……但你停不下来，"我"的叙述就是这样的国度，那里其他的视角都不起作用，那里的"我"或许不是单一的我，或许是分裂的我，或许还是叙述之镜中的超我。为了知道自己究竟是谁，为了感觉自己属于宇宙，这个人自然要向超越于他自身的某个自我延伸。兰克说过："如果在自己的自我之外树立神的思想，那么，只要与此理想处于亲密结合的状态，人就完全能活下去。"[1]心理肖像可以各不相同，活下去的信仰可以互有差异，但不能没有。我想，除了"骨子里的诗人"，这也是为什么张楚还要指证弋舟是个"完美主义者"的理由吧。

《随园》是弋舟的经典之作，如果在这里来个故事梗概那简直是对作品的亵渎，事实上也无从概括。《随园》有的是故事的余音，

---

[1] ［美］恩斯特·贝克尔著，林和生译：《拒斥死亡》，华夏出版社，2000年，第176页。

完整事件的残余以及各种情绪沉寂之后的符号反弹，还有那些看不见的东西被表现为亲密、关系和寂静。《随园》简直就是一首诗，讴歌残缺之美，书写远方和眼下的对衬：分不清的白骨和胡杨木，亦步亦趋的死亡，多年前"那股皮焦肉煳的味儿"，"一根腿骨从一只破旧的裤管中伸出"，老师那只左手在火焰上炙烤的自戕，总是被"劝退"的警告与呵斥，还有那些自以为是的男朋友，提心吊胆的母亲，远方的雪山、沙漠戈壁以及眼前的时尚与流行。戏仿此起彼伏，"躺在床上就是对流浪的戏仿"，"平原是对雪山的戏仿"，"他用一座随园戏仿了一座墓园"。那句"执黑五目半胜"不断重复出现，敲打着一种节奏，而流浪诗人和打坐的教授，即动与静，远和近的对仗，是贯穿全篇的一条红线。《随园》写的是死亡、但整部小说却回荡着生命的音符；它表达了喧闹之后的寂静，因为我们都"成为了没有牙齿的熟睡的婴儿"。神秘的讽喻对波德莱尔来说是"一座象征之林"，引领我们从感知的世界进入心灵彼岸，并在其中自由自在地行动。诺瓦利斯说："所有可见物都以不可见的本质为基础，所有听觉都以无听觉为基础，可触摸的以不可触摸的为基础。"读完《随园》，我无法掩卷，不时有着再读一遍的冲动。

T.S. 艾略特在评论朱娜·巴恩斯的小说《夜间的丛林》(1936年)时写有这么几句话："《夜间的丛林》主要求助于诗歌的读者"；"它是一部不同的长篇小说，只有受过诗歌训练的感觉力才能完全鉴赏它。"曾写下著名论文《现代小说的空间形式》的约瑟夫·弗兰克在引了以上的话语之后，继续写道："因为《夜间的丛林》中的意义单元通常是一个短语或短语系列——至多是一个长段——它把小说空间形式的发展推进到这一点，在那里，几乎不能把它与现代的诗歌区别开来。"① 这也是弗兰克论文的尾声，它余音未了

---

① ［美］约瑟夫·弗兰克等著，秦林芳编译：《现代小说中的空间形式》，北京大学出版社，1991年，第49页。

地诉说着对现代主义的敬意。

十一

在书斋中冷静地将"教条"从社会生活下面撤离，在内心中受到自己不可抗拒的推理链条的驱使，在缺失中寻求冲突，在秩序中展现抵抗，将身份归纳为我和你或他，这无疑是弋舟小说的基本图式。现代主义的遗产之一便是伟大的自白，甚至那些全然拒绝肖像画的重要的现代主义者，也不会拒绝自画像那样不断追寻自己内心世界的产生。弋舟也不例外。

> 一个不合时宜的人，目光悠远的人，不去写写小说，岂不可惜？（《战事》后记）

> 它是一个跟自己较劲的产物，是个人趣味的产物，是"居于幽暗自己的努力"的产物，当然，它也是时光玄奥之力的产物，是作为写小说的我个人心情的产物。（《丙申故事集》代后记）

> 那无端的羞耻感，长久地困扰着我。
> 虚无又是我最顽固的生命感受，亦是我所能理解的最高的审美终点，它注定会是我毕生眺望的方向。（均来自与走走的对话）

> 原来折磨着他的，只是他们心目中那与生俱来的恐惧。（《时代医生》）

我们最难面对的，其实只是我们自己。(《我们的踟蹰》)

这些点点滴滴的摘引均可视作弋舟创作的自画像或自白。问题是自我并不是一成不变和静止的，自拍有时会是一时的自我陶醉。况且，自我的内心冲突和复杂变化恐怕是人类所面临的最为困惑的难题之一。也难怪梵高、高更这样杰出伟大的艺术家一辈子都有画不完的自画像。

好的故事经常带我们远离平凡无趣的生活，也丰富了我们的闲暇时光。它的有趣之处是它维持问题并使之复杂化，以及给我们下判断的根据然后将之收回的一套手法。反故事的小说本质也差不多，只不过在手法和套路上进行了颠覆性的改造和变异。世界上所有的创新都会随着时间老化，或者因为形式，或者因为习惯。不管哪一种，两者都会自我销毁、自我消解，这是一种自我生成或者自我促进的能力，这种能力一旦开始运动，就不知道在哪儿结束，也无须做任何合理化的解释。

弋舟的小说有的是对话，面对面的谈话，记忆中的谈话，他很少涉足群体的场面，即便是喝酒，也不是对饮就是独饮。就像《所有路的尽头》所写："我不自觉地将坐姿调整了一个角度，让我显得像于某三个人对话的格局里。我难以忍受自己背后还站着个人。"弋舟的故事又总是缘之于某种缺失：母亲的出走、婚姻的离异、丈夫和孩子的失踪等，这些都会带来不可磨灭的创伤。我们要怀疑的，是事物是否像他看上去的那样，欺骗就是把看来是说成"真实的存在"。小说不是欺骗，但"弄假成真"又是其艺术追求。"假作真时"是虚构的命运，它和象征隐喻共同的宿命就是："你所在的地方正是你所不在的地方。"这也应该是"缺失"不可缺少的阐释。

十二

对自恋者来说，世界是一面镜子，而强悍的个人主义者则把世界看作一片可按他的意志随意塑造的空旷荒野。意识注定只能隔一段距离地意识到它的对象。由于对象是存在，它也注定只能是存在的一种纯粹的外在甚至是遥远的理解。意识不是存在之物的一种观看，重要的还在于我们的眼光中存在着盲点。意识戴着欺骗性的面具，同时也切实流露出某些往事的痕迹：正是意识组织着"现在"的一切。如果"过去"受到压抑，它就会不露痕迹地回返到它不能被容身的"现在"。一方面，在昔日的背后隐藏着某种结构化的东西，它抗拒着我们；另一方面，一种结构化的东西隐藏在我们自己的成见或者现实意愿里，并决定着我们最终对他们投去的好奇的目光。

在布罗茨基看来，理想的诗人就应该是"理性的非理性主义者"，理想的诗就是"思想的音乐"。他还认为，"我发现他们有一个非常迷人的共同之处，即善于以困惑的目光去打量寻常的事物。"说得没错，理想的小说家和理想的小说也应当如此。问题是实践，实践中的问题更多是：为了追求理想而处在不怎么理想的境地，为了理性而偏废非理性，为了直觉而丢弃真理，过度重视"手术刀"而忽略"钢琴"，为了困惑的目光而对寻常事物熟视无睹。我们共同的问题是"你所拥有的正是你并不拥有的"；我们共同的困惑在于，从自己到自己的距离有多远？最可怕是一种稳定的崩溃，一种神经的逐渐衰弱，一种渐进的瘫痪，或者是一种不易察觉的丧失、失去和死亡。为此，我们特别欣赏弋舟那种飞蛾扑火式的写作。

弋舟的好处在于：他描写黑暗却不会陷入黑暗，他表达羞耻而不会陷入无地自容的境地，他直面孤独又不会丢弃对生活的关注，他审视绝望和恐惧而又绝不放弃抵抗和拒斥，他揭示我们的言行之恶但绝不忘救赎之道。弋舟不会为了诗意而忘却世俗烦琐的小事，因为作为普通生活的斗士，小说是真正的民主形式；他从不回避生活中的倒霉蛋和失意者，因为实际上，你的生活越潦倒，小说似乎就显得越具有不确定性，越具有潜在的悲剧性。黑暗并不是你我陌生的东西，即便黑暗如"地狱"也不可怕，因为我们写作总是从"地狱"开始，就像一个生命的故事，首先是自我的"地狱"，是属于我们的原始的初生的混沌，是我们年幼无知时在其中挣扎同时又从其中确认我们自己的黑暗状态。相反，那晃眼的"天堂"却是值得警惕的，在"天堂"中，人总是冒着审慎地被人"遗忘"的危险。我们不应该遗忘，也不应该被遗忘。写作说到底是一种反遗忘的艺术。为了这，我们才敢于直面黑夜。对遗忘的抵抗提醒我们想到瞬间存在的事物，记住从来不曾存在的事物，可能消失的事物，可能被禁止、杀戮、蔑视的事物。

如果有人问，耳朵在哪里？这未免有点唐突和悖于常识。但是否有人还记得，尼采很喜欢问下面这个问题："我是否被人理解？"他自己含蓄的回答是："噢，当然不是，毕竟，现在谁还有耳朵听我说话呢？"弋舟写了一大群不被人理解的"格格不入者"，那是因为这个世界上有太多的人把"耳朵"丢弃不用了。

弋舟的小说不乏优雅的世俗气和绅士般的粗鲁，形而上的思考和形而下的触摸正是那"钢琴"和"手术刀"的审美交融。诊所内的医师和病人彼此间颠覆性的位移，就像少年和拉飞驰那可以重复出现而又颠倒的"杀死"，而面对面的交谈和审视，如同纳克索斯需要一个水池、一面镜子，以便从中看到自己。我们不能和别人交谈，是因为我们不能和自己交谈。W.B.叶芝在《神话》中写道："从与别人的争论中，我们有了修辞；从与自己的争论中，我们有了诗歌。"一个主体和另一个人说话时，同时也在对自己说话，重要的并非是信息，而是"我"与"你"这种位置的结构，"我"和"你"

可以是同一的人，也可以是不同的人，但在任何情况下都可以通过语言塑型。我们为什么创造了这样或那样的表现模式，为什么模式在我们的认知过程中始终伴随着我们？答案无疑是我们渴望接近以其他方式难以拥有的东西，而不是再现所有的事物。例如，我们难以感受到的初生与死亡，或者难以感受到我们达不到的"境界"："我在，但没有我。"

不知为何，读弋舟的小说，我总会想起画家胡安·米罗的那幅早期画作：一个简化至极的人形——头部近似圆形，脸上只有一只眼睛；身体由曲线构成，底部是一只硕大的脚；扔石头的手臂是一条细直线，把身体一分为二——站在沙滩上，大海和天空构成平静的背景。

我最后的疑虑和担忧是：视觉给了弋舟太多的东西，以至于他有时候是否会忘记了个人视觉之外的世界，有时是否会把镜中之物当成了生活的全景。

2017 年 7 月 23 日于上海

要对夜晚充满激情

——张楚小说创作二十年论

    W.H. 奥登在《纪念西格蒙德·弗洛伊德》的挽歌中这样写道:"他让我们大多数牢记,要对夜晚充满激情。"

    在弗洛伊德职业生涯早期做连载作家时,曾引用诗人席勒的话来讨论过文章的写作原则。席勒说,一切都要保持开放,让故事自己发展,只要让无意识表现一次,你的判断就有了发挥的舞台。或者如席勒浪漫主义诗歌的伟大传人索尔·贝娄所说的那样:"大家都知道,压抑是没有什么准确性可言的。压住了一个,也就压住了周围的一片。"

    在弗洛伊德最深奥的论文之一《哀悼与忧郁》中,他认为在生活中失去某种东西是常见的,是无处不在的,所以,我们几乎无处不在哀悼过程之中。

——《弗洛伊德的最后岁月:他晚年的思绪》

一

从发表作品的时间算，张楚的小说最早是 2001 年的《山花》第 7 期。实际上，从张楚的一些散文随笔中得知，他练习小说创作的时间应是 1995 年左右，所以说二十年也大致不差。何况，中国数字文化中的整数从来都模糊论之，可谓实则虚之，虚则实之；这和小说所谓真实的谎言、谎言的真实之说有的一拼，妙不妙不知道，说其异曲同工应是可以的。

提到《山花》，自然会让我们想起那些年执掌《山花》的老主编何锐。由于乡音的缘故，我依然能十分清楚地记得在大小会议上那令人听不清楚的发言，但慷慨激昂和一脸的执着却是我们始终难以忘记的。何锐长时期的努力和《山花》杂志一同进入了宏观的当代文学史，而首发张楚的小说则是一条不可或缺的注解。

说来也巧，张楚最早发表的几篇小说题目中都有"火车""公路""旅行"等字词，甚至包括那篇《一棵独立行走的草》。用爱丽丝·门罗著名小说集的题目来说，那就是"逃离"。在以后很长的一段时间，"逃离"都是其创作的重要母题，无论是从小镇到城市，还是从城市回到小镇；无论是家庭的解体，婚姻的破裂，还是情感的陷阱；无论是人的生存困境和死亡焦虑，还是拒斥死亡的努力和人性那柔软的坚硬，还有那无法摆脱的童年记忆，心理疾病和废墟烙印，说到底都是一种"逃离"。

逃离是折磨的驱使，是解脱的渴望。"人类的一切不幸只有一个根源：不能无所事事地呆在一间屋子里。"帕斯卡尔式的沉思虽有些绝决，但也说出逃离之所以产生的一个重要原因。"那里，我一直幻想着逃离这个叫滦南的县城。""我想何时能离开这个地方？"(《野草在歌唱》)"我需要一笔路费和生活费，我想离开这个地方……"(《草莓冰山》，2003 年)"你知道，一个人在一个地方待得太久，会一点点腐烂，即便不腐烂，身上也会长满绿色的青苔薜，尤其是桃源这样的地方"（《地下室》，2008 年）。静秋知道自己高考考不上，"唯一的希望就是早早离开桃源镇"（《冰碎片》，2009 年）。"北京住了八年的我回到云落"（《在云落》，2013 年）。这些"逃离"式的语词散落在作品中，不论虚构或非虚构。

逃离也是一种无法忍受的焦虑，这种源自内心深处的逃跑，它们希望能够使焦虑的对象变小、变远，如果可能的话，化为乌有。在随笔集《秘密呼喊自己的名字》中，张楚写道："在一个城市居住超半载，便会开始坐卧不安，渴望着潜逃或分享的日子快些到来，在踏上火车眺望故居之地时，内心荡漾着憧憬与甜美的忧伤。在他们看来，没有到达的城市，永远是美好的城市，下一步才能踏上的土地，永远是芬芳的土地。"[1] 这段话语以抒情的方式提醒我们，逃离不止是一种告别，它同时也裹挟着一种向往，于是"逃离"便多了追寻、造访、再造的意思。向往是迷人的，但目的地尚不明晰，于是旅途中疑虑不安、犹豫彷徨便成了衍生产品。逃离是一种行为，只有当人们不再想着行为的结果时，行为才富有成果和意蕴。那是因为一旦目的地到达，它便又成了下一个逃离的对象。如果说"逃离"是一种防御，那么向往则是一种幻想。防御和幻想的来回穿插，无疑是张楚小说的路线图。如同其小说中司空见惯的场景：活着与死亡、家庭与解体、喝酒和呕吐。

二

路线图昭示着折返跑式的命运。生存就是在生死之间行走的一条残酷和诱惑之路。只有面对死亡的时候，我们才能有机会真正

---

① 张楚：《秘密呼喊自己的名字》，当代中国出版社，2015 年，第 127 页。

看待自我；只有在生命的废墟和残片面前，我们才能认知存在的脸谱；只有在混沌的世界面前，我们才能学会如何保持清澈的眼光。县城生活的孤独、无趣和压抑是逃离的理由，但受苦受难不是一种折磨，它仅仅是对命运的一种态度，而命运就是接受和认识苦难的必要因素，是人的屈从和忍让能力的部分表现。问题在于诅咒或痛苦都不是直露的，我们看到的只是一个无形的秘密难以觉察的蛛丝马迹。当一切被压抑的和秘而未宣的事物的深隐层次突然浮出表象时，我们总是难以逃脱那些负面情感及其带来的心理影响：悲伤失望无法避免，缺乏爱的性欲成了死亡的驱动，与他人保持距离成了自己不再被遗弃的手段，本性自我无时无刻不在遭遇面具自我的袭扰和伤害。当你自以为彻底明白的时候，真相似乎又离我们而去。

县城既是具体的实在，又是虚构的想象。就像作者的纪实性文字所言：我"记录了在镇上的税务所当管理员的岁月"，"这个步履匆忙，满面红光的县城，无非是当下中国最普通也是典型性的县城"；又像张楚小说十几年如一日所指的桃源县城内外的人与事。但这些个逃离的对象又是抽象的，除了具体的地域之名，更多的是象征之物，躲避从他们身外而来的各种禁忌和内心之恐惧。总之，逃离源于危险不安的征候，厌烦日渐滋生的孤独。需知危险来自外部亦来自内部，而更多的时候是源自后者。在身处险境时的不安全感后面，在懦弱和压抑感后面，永远潜伏着基本的死亡恐惧，它通过许多非直接的方式来表明自己。

如同回归是逃离的另一种置换，当存在死于四面楚歌的绝境时，生便是它的另一种面目。希望或许是"可能"的激情，但并非每一种可能都能够变为现象。人的能力永远赶不上人的欲望。由于叙事，我对可能的激情才不空洞。在创造可能的世界的过程中，故事与经验拼凑出我们的渴望之物，隐喻不过是一种微缩文本。说来也巧，2003年3月12日，也即笔者生日那天，张楚写下了《樱桃记》。小说写的是一个叫樱桃的女孩的成长故事，简要地概括，即樱桃和一个名叫罗小军的男生相互追逐的故事。前半截，是罗小军满世界追樱桃："她望着罗小军的背影想，他要追她追到什么时候呢？他想追她一辈子吗？樱桃在多年后想起这个男孩子的背影，还会经常从梦中惊坐而起，用手去触摸仿佛是挂在黑暗中的影子……这影子如此虚妄，只潮湿地悬在夜空。"小说后半截，情境大逆转，是樱桃到处追逐罗小军，为得一张也许重要，也许不重要的《巴黎交通地图》，"她慢慢地朝他跑了过去，开始也慢慢，当他们离得越来越远时，他飞也似的狂奔起来"。追逐和逃离或倒置的图像充斥着整个《樱桃记》，它似乎释放了我们心底难以言说的欲望和快意。想想自有电影以来，从无声到有声，从黑白到彩色，那永不休止，永不停息，永远重复的追逐镜头，我们便不难明白每个人潜在的需求。《樱桃记》是张楚的心爱之作，难怪五年后他又以《刹那记》续写了樱桃之人生。也难怪许多年后还念念不忘地说："等我有了精力了，我想把这个《刹那记》和《樱桃记》放在一起，拍个小成本的文艺片。"① 说到底，追逐是逃离的另一种方式，眼前的追逐即是长远的逃离，今日的追逐即是明日的逃离，有形的追逐即是一种无形的逃离，表面上的追逐是为得前方，实则上正是因为有了后方才有前方。生活的意义并不锁定一处，更多的状况是螳螂捕蝉，黄雀在后。

三

张楚生活在一个叫作"倴县"的小镇上，这个曾经和唐山在地震联结的区域有着太多的废墟烙印，这个与时代变迁同步的小镇同

---

① 金赫楠、张楚：《生活深处的残酷与温暖——访谈录》，《小说评论》2016年第5期。

样也经历了生活方式的"地震"。有太多的理论家和小说家马上会想到城乡集合地的字词，并做出近乎雷同的种种联想。张楚不同，从 1990 年代后期开始写小说，他就丢弃那种习惯于站在小镇上对城市和乡村左顾右盼的心态。他瞅准人的生存状态不放，把时间交给四处流窜的情绪，把空间抵押给无法摆脱的孤独。对人的生存本质意义的表达总落笔于黑暗中的激情、受挫的希望、被损的自尊、厌倦和萎靡、焦虑和疏离的郁闷痛苦。张楚的小说有着太多的世俗之辈和平庸之徒，其中不乏镇上的草莽英雄、地痞流氓，街上闲逛者与暴发户，夜间出没的坐台小姐和寻欢作乐者。他们的生活总被欲望束缚，被身体限制，无视这个世界硬要加在他们头上的"高大上"修辞。作者试图展示这些远离英雄地位的英雄情结，在黑暗中拯救一种屡遭挫败的激情。恰如作者自己所说，"那些主人公，依然生活在不完美的褶皱里，依然在探寻不可能的道路和光明"。"那群内敛的人，始终是群孤寒的边缘者，他们孑孓地走在微暗夜色中，连梦俱为黑沉。"[1]

张楚的小说总是令人坐立不安，那从寂静深处流溢出喧嚣的杂语和嘈杂之声，经常把我们的阅读带入一种恐慌性的反应之中，我们隐隐约约地感到此中有什么隐情或有什么可怕之事将要发生。结果怎么样呢？有些故事确实有，典型的要数《细嗓门》《因恶之名》等；有些则什么都没有发生，突出表现在《我们去看李红旗吧》《刹那记》等。情况总是这样：当一个可怕的事件发生了，但是个人在紧要关头的行为既冷静又镇定，只是危险过去了，害怕已无危害时，人们才感到无比恐慌。每读完张楚的一部小说，我们的心绪才慢慢地开始被恐惧所笼罩，就像人经历了一种过程：关闭了外部世界的喧嚣，便开始接受内部世界的恐惧。故事虽然结束

---

① 张楚：《梵高的火柴·自序》，花城出版社，2016 年。

了，但我们的留恋和痛惜之情久久无法离去，我们的伤痛远远没有弥合。

令人叫绝的还在于，在小说进入高潮之际，张楚的结局都经常移情别恋，转入莫名的他处。一种悬置的艺术，这是米兰·昆德拉经常挂在嘴上的东西，也是司汤达令人叫绝之处，《红与黑》的结局至今还散发着它的光芒。前不久读雅克·郎西埃的《美感论——艺术审美体制的世纪场景》，此书探讨了历史上的十四个事件，从温克尔曼笔下的赫拉克勒残躯一直到上演于莫斯科的一幕戏剧，建在柏林的一座工厂，等等。其中以小说为例的就是司汤达的《红与黑》。"1830 年，《红与黑》刚一出版，就遭到很多批评，它的人物和情节被人指责不合实际。主人公于连本身是个未经世事的农家子弟，他怎么这么快就精通了世间的钻营？他本来如此年幼，怎么又显得如此老成？他如此精于算计以至不近人情，怎么又表现出如此狂热的爱情？而以上这段转折最大的剧情，更是被人评为前后脱节。于连为了出人头地苦心经营，终于在社会上获得成功，现在却又前功尽弃。他把揭穿他的雷纳尔夫人开枪打伤，因此被逮捕候审面临死刑指控。然而死到临头的时候，被关进了监狱里面，他却学会了享受生活。他以前惯于想方设法摆平事端，现在却连外边人们怎么说的都懒得去管。甚至后来，他被定罪之后，他还对雷纳尔夫人说过这样一句：在监狱里有她陪伴的几天，是他一生中最幸福的时间。"[①] 郎西埃对这一大逆转的结局有着诸多详尽的历史和社会的分析，我们这里暂且略去，而他对小说流行学的分析却值得我们注意，"小说流行起来的时候，它经常露出相反一面；它写到了让人无欲的幸福，还有人悬置其中一刻，这时人只感到他完整的存在，让他既不为过去而痛苦，也不为将来而忧心算计。对于于连来

---

① 雅克·郎西埃著，赵子龙译：《美感论——艺术审美体制的世纪场景》，商务印书馆，2016 年，第 53 页。

说，他在临近死亡的时候，才有了这样的感受。临近结尾的这段情节，却给小说带来了新生"①。

回到张楚的小说。发表于2003年的《曲别针》让作者名震一时，正是结局那十四枚曲别针和牙齿的交往让他产生了瞬间悬置一切往事的意念，"更让他略微吃惊的是，他平生第一次发现，他的牙齿如此尖锐，他以为他的牙齿已经被香烟、烈酒、豺狼一样的生意人、女人的体液、多年前那些狗屁诗歌腐蚀得烂掉了。然而，那些曲别针，似乎真的被他的牙齿咀嚼成了类似柔软甜美的食物"。解脱的方法可以各种各样，而使小说得以新生的路径却是一致的。

还有那写于七年后的《七根孔雀羽毛》，这是对《地下室》的改写，换了叙述视角，人物命运的侧重面也有所不同。不像《刹那记》对《樱桃记》，前者是对后者的续篇，后者讲究动态，前者则是静态。关于《七根孔雀羽毛》与《地下室》，刘涛曾有一篇《张楚的轻与重》的评论，阐述得很详细，这里且不重复。和《红与黑》的结局相似，主人公"我"最后也是蹲在监狱之中。七根孔雀羽毛"除了它是秘密外，什么也不是"，而李浩宇关于宇宙恐惧症、银河系、恒星和行星的言说也沦为失去道德底线的"细菌"。丁盛和李浩宇的父亲关系让"我"深陷于不明白的明白之中，"中午的阳光透过铁栏杆射进来，在肮脏的地板上打着形状不一的亮格子，不计其数的灰尘在光柱里安静地跳舞。那一刻，我谁都没想，我谁也想不起来了。我只知道，阳光躺在眼皮上，太他妈舒服了"。肮脏的地方换来脱离肮脏世界的寂静，不明白的明白原来是那么干净的超脱。小说就这样飞越升空，完成了难以言说的言说，无法言说的呼喊。

值得一提的是，在我看来，续写总不如改写来得重要。续写只

---

① ［法］雅克·郎西埃著，赵子龙译：《美感论——艺术审美体制的世纪场景》，商务印书馆，2016年，第68页。

是一种时间上的延续，而改写则运用不同视角的差异，它能促使我们更多可能地接近真相，投入"现象学"的视域，哪怕是进入"罗生门"的陷阱也不妨。不同视角会产生不同的命运，产生一种不可通约的奥秘。一句话，续写是意犹未尽的补充，改写才是"吃着碗里，看着锅里"的换位，显示的是写作的难度，显现的是书写者的雄心。

四

张楚的小说为我们的阅读展示了一次盛装的辩证法舞会，舞伴总是你不喜欢的对立面：为了回望，我们必须逃离；为了幸福，我们必须接纳不幸；为了获得，必须丧失；为了结合，必须分离；为了理解，必须接受不理解……文学之物总是解释的剩余，文学是书写话语的身体，而该话语的字面性意味着对阐释的特殊抵制。文本吸引阅读，同时又展现出无法被我们阅读的魅力。痛苦之源与快乐之泉总是结伴而行。凡是存在真实现象的地方，就可以想象出以假乱真的赝品。张楚如此肯定地断言：我一直认为，"怀疑"这两个字该是作家脊梁上的"红字"。需知，怀疑论者在不赞同任何东西的情况下，依然会有他们自己的看法，这些看法不仅涉及日常生活中的感性问题，也涉及哲学问题。奥斯卡·王尔德曾感叹道，我们总是要杀死我们所爱的东西。这可能并不真实，真实的是，我们总是于此陷入深刻的矛盾之中。也许，我们不应该感到奇怪，爱确实是一种需要付出极大风险的艰难过程。

《地下室》堪称一次绝望的书写。我们不得不面对这样的事实：在宗建明那个杂乱无序的地下室，那个和曹书娟度过激情之夜的木床上，"安静地躺着这个女人。她披头散发，嘴里塞团脏兮兮的棉布，双臂反绑，两腿蜷缩，套着棉袜子的脚踝不时地抽搐两下"。

当曹书娟被宗建明囚禁在地下室的真相显露出来的时候，我们丝毫没有因结局到来可以松一口气的常态，反而是如陷深渊般的恐惧尾随而至。一种视觉的刺激逼着我们专注于一个孱弱躯体的痉挛和扭动，简直如坐针毡，那仿佛是于沉默中发出的令人发怵的凄厉呼喊，我们看到的不仅仅是一个女人的痛苦挣扎：它是某种更普遍的东西，它是爱恨情仇拥抱死亡的画面，是关于死的猥亵性破坏力的呼喊。

所谓爱恨情仇的碎片在张楚的小说中俯拾皆是，它搅动了我们最为深沉隐秘的情感。很多时候，我们其实都伴着不可告人的犯罪感生活，尽管并不清楚这隐秘之物到底是什么。对弗洛伊德来说，爱就是起源于我们的心理困惑。爱的终极要求是牺牲，但这也是邪恶的终极要求。此等悖谬式的内心存在，和倾心于一个有答案的问号同时又倾向于一个没有答案的问号如出一辙。小说排斥答案，拒绝忠告，其独到之处就在于既诱惑又抵抗阐释，那是因为心灵并不是呆滞的存在，相反，它是绝不安分的存在，是绝对的能动性，是对抽象的智力的固定范畴的否定或想象。

如果一个人试图仅仅通过爱情关系而得救，然而又在这一过于狭隘的落点遭到失败，他就会成为神经症患者。他可能会变得完全被动，依赖他人，害怕独自行动，害怕没有情侣的生活，无论情侣怎么对待他。对象成为他的"一切"，他的整个世界，而他自己则降低到这样的地步：仅仅是另一个人的简单反映。他正是经验着最有毒害的日常生活内心的啃啮。这个他自然也包括着性别差异的她，就像樱桃，或者樱桃们的命运。

五

张楚的叙述提醒我们除了关注我们规规矩矩的个性外，还得留意我们的任性使气，我们的怪癖、恐惧以及难以摆脱的迷恋。正如拉康认为的那样，这些作为非意知的对象，才可能透露出真相，而所谓的真相往往就是：作为主体，是一个并不是我的大写的他者构成的。揣着明白装糊涂是面具的艺术，而更多的时候，揣着糊涂装明白则是我们真实的存在。本体论的焦虑在于，感到自己是一个没有方向、多余的存在，并伴随着极为强烈的惆怅，如萨特所说，是一股"无用的激情"。

都说《细嗓门》写的是一个杀手的故事，其实这只是对林红从事屠宰职业的望文生义。作者精心布局并具有象征性隐喻的提示是这样的："林红一直是个养花高手，她家里有口硕大的疯狂的瓷缸，专用来沤花肥。"《细嗓门》并没有停留在下面叙述杀人者被逼无奈的绝望过程，而是通过伟大而卓越的移情，写出主人公对女友岑红家庭的关注。一个离开现场的故事，更能激起我们对现场的期待、好奇、不安和惊恐。这是一个令人"破碎的伤怀，意味繁复的故事"（张楚语）。在不顾一切地对他人的关注之中，常常隐匿着那不为人所知的悲剧。也可以说，这是一出既关乎孤独又关乎共享感性的戏剧。我们不得不承认：死亡乃是使人的生命变得真实的东西。移情在故事中占据着解释者的位置，成了意义的搜寻者，在叙述上又充当了摄影机的眼睛。而杀人过程则成就了留白的艺术，杀人者说到底是一种阐释的悲剧，而不仅仅是阐释出来的内容。

张楚的小说经常把我们引入一种自我的画面中，在这样的画面中，你披着他者的外衣，把自己撇在一边，当你的自身悄然离去的时候，那留在外衣下面的又是谁呢？就像拉康在1980年立下的遗嘱所言："一旦我离去，你们不妨说，我终于如愿成为他者。"对于被夺走一切本真性的人来说，姿势变成了命运。而在未知力量的压力下失去其安逸的姿势越多，生活也就是越不可解读。不可解的疑惑在张楚的小说中触目惊心地存在，就像《夏朗的望远镜》中的夏朗，结婚半年多了，夏朗并未觉得妻子离自己更近，相反，他对她似乎越来越陌生。他无法忍受丈人的所作所为，也无法理解妻子对自己父亲的依恋，其实他也未必理解自己对母亲的依存度。甚至为了钟爱的天文观察，他在参加"被劫持者论坛"也给他带来了一系列的困惑，而在参加论坛后认识的陈桂芬，自以为有些了解和同情结果却是一团迷雾的失踪。失踪是张楚小说中的常态，而沉默少语则是另一种姿态。这些既包含了对人性复杂性的理解与不理解，又是中短篇艺术机制的需求与局限。

六

在 E.T.A. 霍夫曼的《公猫穆尔的生活观》中有这么一段插曲，讲述克莱斯勒有一次在花园里，以为看见了自己的同貌人，受到极度惊吓。当他发觉，这个人物只是一块凹面镜的作用后，他生气了，就像每个遇到自己起先相信的奇异现象后来成泡影的人一样。人更喜欢最强烈的惊惧，而非对他觉得幽灵现象的自然的阐明，他根本不愿让自己顺应这个世界。参加"被劫持者论坛"聚会的实际都是一群受过伤害的人，他们不同程度地相信、幻想、编造的奇异现象最终都会成为泡影，除了"失踪"别无他途。这和《七根孔雀羽毛》中的李浩宇热衷于宇宙恐惧症最终也不得不回到失去道德底线的"细菌"相比，可谓异曲同工。

跟小说的读者一样，小说家必须处理一种非语境化的话语，在这里，事实和情感的传达不是可随时加以控制和确认的。因为隐私也就是孤独。本雅明曾断言，"小说的读者……是孤立的，尤甚于任何其他读者"。这种孤独和孤立使得小说的阅读成为最亲密的文学体验，一种无须演员和讲述者作为中介的交流，一个人可以从中典型地感受到与人物和事件之间的移情。我们不能问张楚，"你在这里想说什么?"而张楚也不能说,"你明白我的意思吗?"

《略知她一二》很少有评论谈及。小说写的是他和她近乎恋母式的情事,一番"推翻了一切经验主义"的肉身交往。当她的女儿关于"心脏"的情节浮出水面时,情事陡然发生了变故,他不知所措深感内疚。"他只好安慰自己说,这件事超越了他的理解能力,这个世界上有谁不是受害者?他早知道世界的本质是一望无涯的黑,身处其间最好不要总是仰望,因为头顶上不会有星空;最好也不要回头,因为身后也不会有烛火。从父母入狱起他就接受了这个事实。可当黑暗夹裹着星光碎片再次袭来时,他真的不知该如何是好。"这番敲击厌世者的自白并非典型的张式叙述,2014年的张楚也并非是个新手。可能是束手无策的心境也难倒了叙述者。头撞墙的艺术有时也会遇上难以言说的窘境。讲述"就像被弹簧刀狠狠剜了下"的感觉谈何容易,尤其是遇上墙角需要转弯的时候。经验"超出了理解能力"的"不知如何是好",不正是小说要干的活?但要干得好绝非易事。值得提醒的是,莫泊桑从他的老师福楼拜那里学习到"才能是拖长的耐性",那种看到别人看不到之处的耐心。

这一年,张楚另有一部小说《夜是怎样黑下来的》问世。上星期遇上《收获》的责任编辑,他还在为此小说赞叹不已。总的说来,《夜是怎样黑下来的》缘之于构思上的一个巧字:退居工会主席的老辛从儿子晶晶带女朋友张茜上门以前,便遇上一连串烦心之事。而在此过程中,张茜无意中的三句话:"你爸年轻的时候肯定跟你一样色","没想到你还挺狡猾","你以为你是什么东西"。反到勾连起老辛诸多鲜为人知的往事。三句无意之语竟成照射自身的镜子,侦探者反被侦探、窥视者反被窥视。老辛绞尽脑汁的一连串阻挠和拆散他俩的计划最终破产。看来好事已成,小说的结尾写的却是,"天已经黑下来了","他只得在学校附近找了一家小酒馆,点了盘熘肝尖,叫了一壶散白酒,然后,盯着窗外盲人般的黑,哆嗦着，一小口一小口地嘬将起来"。小说开始于初夏，结束于冬夜，可惜的是，这次没写下雪。这么些年，张楚在《收获》发表的小说共计七篇，数量不菲的七篇，可谓"七根孔雀羽毛"。

七

这些年，张楚还是发表了一些创作谈和访谈。关于孤独、夜晚和恐惧，他如此说道："当我日后无数次地品尝到那种无以言说的滋味时，我晓得它有个略显矫情的名字：孤独。"

"我不晓得为何如此害怕夜晚，害怕它一口一口将光亮吞掉，最后将整个村庄囫囵吞到它的肺腑之中。"

"多年后，我尚记得自己是如何在那条光柱的牵引下伴随着恐惧抵达出口的。"

"那些汉字瘦小孤寒，或许没有任何实质意义，然而于我而言，却是抵御无时无刻不存在着孤独感与幻灭感的利器。"（以上均摘自小说集《梵高的火柴》自序"孤独及其所创造的"）

八

与此相匹配，我们还可以举出一些其他人的话语作为参照，或诗或言词。

张楚曾经一度热爱过的三岛由纪夫，那首名为《恶的事》的小诗：

伫立窗前
我等待每一个夜晚
期许奇异的事情会发生

我张看邪恶的预兆

一场沙暴，汹涌于街道

一道彩虹，悬于夜空

　　三岛由纪夫死后，评论家江藤淳声称，这首小诗便"揭示了三岛所有文学作品的走向脉络"。

　　让·斯塔罗宾斯基在其著名的《波佩的面纱》中写道："被隐藏的东西是一种在场的另一面。假使我们试图描写的话，不在场所具有的能力把我们引向另一种能力，这种能力为某些实在的东西以一种相当不等的方式所拥有：这些东西表明它们后面有一个神奇的空间；它们是某种东西的标志，但它们并不是这种东西。作为横亘其间的障碍和标记，波佩的面纱产生出一种隐秘的完美，这种完美因其逃避本身而要求我们的欲望重新将其抓住。"①

　　对横亘其间东西的研究，诺尔曼·布朗在其《生与死的对抗》一书中则另有一番说辞："弗洛伊德说，语词是通向失去了的东西（具体事物）的中间站，而语词又仅仅是构成人类文化的众多符号系统中的一种。拉巴尔说：'如果我们不患精神分裂症，我们就不可能有所谓文化。'弗洛伊德对语词意识所做的分析不仅深化了我们对语言作为神经症的理解，而且深化了我们对文化作为神经症，作为'替换满足'以及作为走向真正的愉悦的一种临时安排的理解。"②

---

① 中国社会科学外国文学研究所编：《波佩的面纱——日内瓦学派文论选》，社会科学文献出版社，1995年，第65页。

② ［美］诺尔曼·布朗著，冯川、伍厚恺译：《生与死的对抗》，贵州人民出版社，1994年，第162页。

九

　　人既想突破孤独，又想保持孤独。这意味着，移情所追求的，实质上是一种不可能的悖论。换句话说，移情证明了人身上绝对的二元性分裂，完整地反映了人的存在困境。关于幸福的巨大矛盾之处就在于：对幸福的追求加速不幸的降临。现实已经高度组织化到了神秘的程度，而我们只要注意那些向我们招手示意的上百个无邪的暗示和小道，我们就能揭开它的秘密。生活中若没有这种暗示的诱惑，便会索然无味，但若有了它，又可能会十分可怕。这也是为什么只有黑暗中，我们才会感受到孤独的喜悦或恐惧。

　　现代生活造就的主体具有双重自我交涉的本性，即作为一切可能的认知依据，以及作为对自我设立的依据之不可靠性的恐惧。我们每个人都不得不与这样一个既伟大又无助的本性共处。所谓意识总是隶属于心灵法则和现在秩序这两个实体，因此，它本身就是自相矛盾的，并在最深处遭到了破坏。如同自我迷失在语言中，但同时又未完全失去自己，因为自我在语言中找到了表达的可能性。失去自我的恐惧和坚不可摧的自我确实性总是轮番出没于言辞内外。

　　夜是怎样黑下来的？冬天黑夜总是来的早，这只是一个自然说辞，然而，老辛遭受挫败的心境才是导致夜黑如此显眼的真实图像。张楚小说中有着太多的故事讲述有关人的如此心境。怀揣着自以为是的如意算盘，最终走向反面，结果依然无法判断谁是真正的自我。《疼》（2005年）描述了马可精心策划的一场针对自己同居女人杨玉英的入室抢劫案。一路上可说是磕磕碰碰，诸事皆不顺利。结果入室抢劫变成了杀人案。事情闹大的醒悟究竟能不能让我们醒悟不是最重要的，最重要是那出乎意料的事与愿违，反反复复的真假互换的过程，还有那过程中不时出现和插入的社会急剧变化过程中的图景。对我来说，小说令人难忘的倒是蓬蓬之流，"这是一个喜欢被陌生人折磨和利用的鸟人。这鸟人一生中最大的幸福就是错误地高估了自己的价值，认为自己是别人的天使，认为自己的光亮会把一条蛆虫照耀成一只凤尾蝶"。

也许，《献给安达的吻》是个例外。这篇写于 1999 年 12 月 20 日的小说，发表却在 2011 年的《百花洲》。我们可以想象此小说在十几年间的遭遇，也可以想象其间遭遇退稿的些许理由，诸如摹仿的痕迹、影响的焦虑、先锋的残余或意义的不确定，等等。重要的是张楚是个严肃的作家。他写作的速度不慢却又写得少，他是否经常放弃自己不满意的作品？我们也不得而知。而独独这篇《献给安达的吻》，为什么时隔那么多年还要拿出来发表，并收入自己的小说集。而他有些小说却并未收到自己的作品集中，比如那最早发表的《火车的掌纹》，又比如 2006 年发表在《人民文学》上的《苹果的香味》等。《献给安达的吻》的特殊意义，除了和《U 型公路》《关于雪的部分说法》《草莓冰山》等早期作品一起构筑张楚进入了当代文学作品的独特姿态，还有其自身的不可替代性。《献给安达的吻》是部具有超现实主义意味的幻想之作，不管这幻想是出于忧郁症还是妄想症。正是拜视角中的"我"的幻想所赐，小说还会出现一连串真假难辨的人与事。幻想是《献给安达的吻》的结构学，没有幻想，此小说难以自圆其说。患上妄想症的我，"经常在黑暗中行走"，"我的生活充塞了各种奇形怪状的奇迹和无稽之谈"。

自《献给安达的吻》后，小说中出现的种种人物、行为、物件、心理特征都会在以后的小说中重复或变异地存活着。比如：光头男孩安达、失踪的苏绵、屠宰场的熟练工人、囚禁野猫的地窖、一根无法证实的"体毛"、投飞镖，以及那永不消失的场景：抽烟与喝酒。

十

张楚的小说元素是来自多方面的：有些类似于侦探破案型的，像前面提及的杀人案、抢劫案；有些类似童话传说的，像《骆驼到底有几个驼峰》（2011 年）和《良宵》（2012 年）。在阅读时，我总觉得前者使我想起狼外婆的故事，而后者则令人想起七仙女下凡的传说。但它们又是对神话传说的改写和反讽，褪去了幸福的结局和善恶分明的永恒信念的书写，"对人性的毛边和污浊有着更虚无的包容和体谅"，留恋"琐碎的幸福感"和"窥视那深匿的美德""在暗夜中熠熠闪光"，"厌恶硬邦邦的写实主义，对过强的故事性有着天然的敌意和提防"（引号内均为张楚语）。所有这些审美主张又都和这样那样的类型书写划清了界限。

张楚努力接近生活中常存的瞬间状态，同时也竭力去摆脱控制我们头脑的那些写作课程的条条框框。张楚是中国当代小说叙事中少有的将性生活的日常性从黑暗中解放出来，从羞耻的陷阱之地摆弄到文学殿堂中来，从粗俗不堪的境地中焕发出小说的叙述之光。中国人日常生活中用来解乏助兴的东西，那种暗中窃喜、私底暗藏愉悦的调侃，酒桌上助兴、床笫上窃窃私语的东西反倒成就了其"贴近生活"的叙事魅力。他那多少有点粗鲁的强劲笔法，总能够毫不拘束同时又那么大胆地在"不同自己的良心发生的任何冲突"处落下（契诃夫语）。我们经常被称之为"文艺青年腔"的"言谈举止"在张楚的小说中几乎满世界都是，类似于读小说看碟片唱流行歌曲，几乎多得都不用我们在此举例。结果怎样呢？你很少会感觉到有一种"文艺腔"在作祟。让评论犯难，让小说家骄傲的情况总是这样，你能感觉到好与妙的时候，总会陷入一种难以言说，甚至于无法言说的窘境。阐释张楚小说最为令人恐惧的地方在于，一旦你想举个例子就会犯错，好像是在把一个活体变成了一个死的解剖体。如今，我们终于也能读到大名鼎鼎的圣伯夫的批评文字了，那长达一千多页，排印着密密麻麻的小铅字的文选也出版了。我很好奇这位本身也是诗人小说家的鉴赏大师是怎样评点小说中的文学之妙的，结果发现他也只是用无尽的比喻来对付"比喻"，以小说家的手段来对付小说家，根本不管眼下批评家的条条与框框。

也难怪，难得遇到和王继军一聚的机会，很想听听这位一直是《收获》张楚小说责任编辑的见解。可等了好一会儿，也只是听他说这篇好，那篇好，这篇比那篇更好的说辞，且一脸诚恳与激情。王继军不止是优秀的编辑，而且本人也写小说，我和他的感觉并无二致，但具体的阐释呢，我们总是在这让人为难的地方紧紧地拥抱沉默。相比之下，程永新要老练得多，他总是抢先说这好那好，接下来马上反问，你看好在哪里？你的回答如果说到会心之处，他哈哈大笑，而如果你回答不那么如意，或者露出什么破绽时，他会斩钉截铁地说一个字："错。"

十一

回忆使留在脑子里的表象重现，想象则把表象重新构造；联想把相关的组成部分联结成一个较松散的集合体，想象把它们联结成一个统一的整体；联想可以漫无边际，想象则始终在一个特定的方向上进行。如果说想象接近于在图像中思考，那么联想则接近于向四处散发的光源。以上此类教科书上的话为了明晰而放弃了实际存在着的不明晰。让叙述变得难以捉摸和异常揪心总是叙述者梦寐以求的。而知道的人是不说的，说的人总是不知道的，叙述者会经常不知所措，左右为难。艺术使我们回想起肉体、感官的存在，而在这世界上，就连这些都被无情地商品化了。

"让黢黑阴森的夜晚变得晴朗妖媚"（张楚语），这只是我们内在的渴望，我们只是停留在因渴望而产生的那点点光亮之中。渴望的东西存在于可能与不可能、可见与不见之中，哪怕这光亮是瞬间的庄严、无动作的戏剧、去行动的情节和可见的搁置。张楚的小说或许没有明确的结果，没有单一明晰的解释。那又如何。只要它能搅动那些灵魂浑浊的谷底，触摸我们内心那永久的不安，我们便没有不接纳的理由。在小小的光亮中，你我发现了彼此，小心翼翼地观察着对方，揣摩着对方，其实脚步早已不由自主地朝对方蹭去。须知，肤浅伤感的灵魂都渴望对方的抚摸。

荣格认为，痴迷于某人基本上"……总是试图把我们置于一位伙伴的力量之中，这位伙伴似乎兼备了我们自身不具备的所有素质"[1]。说痴迷，实际上是深度需求。因为这种需求，人们开始不同程度地走上了移情之路。阿德勒认为：移情"基本上是一种策略或战术，患者试图以此维持自己熟悉的生存方式，这种生存方式依赖于一种持续的企图：剥下自己的力量，并且把它交到'他者'手中"[2]。当然，我们不会无视弗洛伊德与荣格、阿德勒的分歧，就像布洛伊勒所说，这分歧不会在"几年或更快的时间内解决"。也诚如约瑟夫·施瓦茨在其著名的欧美精神分析发展史著作《卡桑德拉的女儿》中提醒我们的：总是会有人能在阿德勒对人类自主行为的可能性的坚持中，或弗洛伊德驱力理论描绘的基本冲突中，或者在荣格唤回的符号和神话里，以及他有趣的集体潜意识问题中，找到自己的心理学。何况，天才的作家总是凭一己的创造性想象，施展自己的心理洞察，而不会拘泥某一具体派别的学说。我想，张楚也不例外。

张楚近二十年的小说创作，始终关注的是形形色色不同人的孤独感，以及他们抗拒孤独的形形色色的命运。孤独将命运交付黑

---

① 恩斯特·贝克尔著，林和生译：《拒斥死亡》，华夏出版社，2000年，第165页。

② 同上。

暗，而抗拒则是对付黑暗的激情。说到底，张楚的小说又是激情的"谎言"。它可不是一般的谎言，而是生死攸关的谎言。它是我们面对生死恐惧而营造的生死攸关的防御机制，是我们的生死大计。激情是绝望的，不管对象是什么。这是一种执迷方式，在自我欣赏和自我仇恨之间左右徘徊，而更多的时候是不知所措。就像华莱士·斯蒂文斯在其《隐喻的动机》中所写："一个晦暗的世界 / 有着永远无法被表达的事物 / 其中你永远不完全是你自己 / 也不想或不需要是……"

张楚的小说就像是黑白胶片，黑夜是其底色，漫漫长夜中激情便化为大雪，这令人想起《三姐妹》的末尾，契诃夫写下的"冬季将至，一切都将被雪所覆盖"。雪会将黑夜涂抹而无法覆盖。这真是些"没有意思的故事"，如同制造障碍并使人难以理解其义，这是意义的谋略，没有意思正是意思的诞生之处。况且，艺术方面的伟大总是倾向那些蕴含着黑暗与恐惧因素的作品，所谓黑暗因素都对应着强劲的积极情感及态度。这也是为什么张楚将诉说变得如此冷静，却让情感日益不安、充满着焦虑的原因。

张楚的笔尖游走于人的常态与病态之间，有时候常态与病态互相审视，捉对厮杀。他的小说总是以审视心理症状之名，以幻想焦虑之名，以恐惧疲态之名，让叙述之眼越界，那是因为那些有形无形的戒律，那些自以为常态的清规，往往是让我们误入歧途的假想。面对黑夜，我们害怕的不是死亡，因为死亡只能被想象为想象的终结；黑夜里害怕死亡也并非遭遇恐惧本身，而是在向黑夜的靠近。黑夜笼罩着我们，却没有界限、边缘与尽头，它抹杀并消解我们作为存在的界限。对黑夜的恐惧就是对黑夜不会终结的恐惧。有人习惯了黑夜，便视黑夜为白天，睁眼说瞎话的比比皆是，更多的人则视黑暗为恐惧，于是便心生害怕，心生无尽的逃离。黑夜是白天的护身符，更是其紧箍咒。

其实，我们每个人都以某种方式向自身退缩，用自己的符号世界来整理安排事物。无论是忧郁症患者，性倒错，荒诞不经的强迫性观察和强迫性的幻觉。悲伤、失望、孤独与伤害，内在的贫瘠使万物都变得灰色；丧失、遗弃、失踪与毁灭，我们感到身边的人都无法理解自己。父母的离异、子女的早逝、孤儿的成长、心中的创伤，对出生于唐山大地震年代的叙述者来说，都是无法泯灭的废墟意识。将真实经历当作幻想，是幸存者害怕再次受到伤害的一种替代方式。

十二

要举出张楚小说的死亡与失踪的例子几近没有必要，因为它们太多太普遍了。死亡是一种消失，失踪也是另一种意义的死亡。小说中的死亡几乎总是太容易或太困难，那是因为小说描绘的不是死亡本身，而是我们对死亡将要来临的感觉，或者是死亡剥夺我们亲近之人的延续影响。正常的哀悼是对死亡的完全接受，而忧郁发生在客体损失之前并期待着这种损失。在失去的过程中，总会有无法用哀悼化解的那部分情感，最大的忠诚是对那部分情感的忠诚。哀悼是一种背叛，是对失去客体的"第二次杀害"，而忧郁的主体对失去的客体依然忠诚、不愿放弃对他／她的忠诚。

2013 年，张楚发表了其中篇小说《在云落》。这篇重要的小说就是对死亡和消失的言说。对习惯于单线或双线结构的张楚来说，此篇小说似乎要繁复些。概而言之，《在云落》至少有四条线索：一是得了再障性贫血的和慧，姑妈在得病后就成了一名居士，每日烧香拜佛。和慧白天读经书，晚上听午夜谈心节目；二是在北京呆了八年的"我"，"除了干燥性鼻炎、胃溃疡、慢性咽炎、颈椎增生"，还得了严重的失眠症。辞去了在一所大学教授影视写作的工作后回到了云落，带了两部自拍还未剪的纪录片；三是我和仲春的恋情故事；四恐怕也是最重要，就是在云落认识的唐山大地震孤儿，以医生自居的苏恪以。四条线索交替运行，有些沉落于记忆之中，有些则投入于认知的好奇心之中，有些则随着事件的进展在向前推，更多地则是像秘密一样散落在各个不起眼的角落。它们都纠集在一起构筑了通向死亡和失踪的网络。

张楚是否讲故事的高手，我不清楚。不过，说其是善于肢解故事的叙述高手，那是一定的。你如果阅读他的小说，有时非得具备些复原和演绎故事的能力才行。认识苏恪以的过程就是这样。在孤儿院的时候就喜欢玩失踪，从来就撒谎不眨眼，成为医生后的他订阅无数的报纸，全因为他不想闷死在云落这个破地方。还有就是想到法国当雇佣军，攒足了三十万就开一家粥饼铺；等等。这些断断续续出现的碎片根本不足以构成一个完整的苏恪以。苏恪以在小说中反客为主，成为一个讲故事的高手，关于天使的故事，不但深深吸引了小说中的我，也同时吸引了我们。和苏恪以继续喝酒，继续听他讲天使的故事，"我只记得那天晚上，一种屈辱的幻灭感紧紧攥住我，让我在睡梦里噩梦连连，汗水将地毯都浸透了"。

不仅讲故事，而且有行动，小说第八节讲述"我"如何陪苏恪以满世界寻找失踪了的天使，在寻找天使的日子里，"我感觉自己好像是在一个真实的世界进入了一个游戏的空间，而且不知道什么时候进入的"。

重要的是，在整个阅读过程中，我们都随着小说中的我去追随苏恪以的踪迹，希望还天使以真相。我们的心跌宕起伏，我们的思绪不知所终，希望与失望并肩而行，焦虑不安与日俱增，就像一个最没出息的听故事者那样，下面呢？结果呢？和慧的结果如期而至，死亡的姿势如同侯麦电影中那必不可少的"书和书架"，她"双手抱在胸前，脸色苍白，犹如唱诗班里忧伤的少女"；仲春是一如既往的失踪，如同她的人生追求那样；唯有苏恪以，当我们似乎明白了其消失的真相时，当我们走进苏恪以的房间见到天使那件石膏雕塑，并"发现那双羽翼之上全是一道道伤痕，有的深些，有的浅些，全是用利刃砍割而成"时，仿佛进入了地狱之门。

小说最后写道："湖边？像闪电照亮了黑暗模模糊糊的东西一样，那些零零碎碎的片段一下子全部粘连了一起，像一堆拼图慢慢地呈现出一个完整的图像。"这图像能是什么呢？天使、欲望和地狱。对一部完整地，充斥隐喻而又生机勃勃的叙事作品，任何概念都是无力的。唯一的选择只能是放弃。选择沉默，就像小说的"我一直固执地拍纪录片，我喜欢真实，喜欢真实的肉身和他们卑微的灵魂，可我又怎么知道，镜头里的他们并非是虚假的？其实人最好的归宿，就是做深海里的一块石头……"一块沉默的石头，哪怕是面临黑夜，还加上大雪纷飞。

十三

我们之所以对苏恪以这样的人物着迷，全在于这个人物身上种种复杂的成因。弗洛伊德认为，"移情是人类精神的普遍现象"，"主宰着每个人与其身处境的全部关系"。移情证明了每个人都是神经症患者，因为移情是对现实的人为固定，是对现实的普遍扭曲。因此我们可以说，人拥有的自我力量越小，恐惧越多，移情就越强烈。对苏恪以这个孤儿来说，从小便失去了向父母的移情来拥抱世界的机会。在孤儿院长大的他，除了经常用失踪和撒谎来寻找和虚构这一对象还有什么呢？还有就是那位一同长大的发小郝大夫，甚至是青春期互相"打过飞机"的那种发小。因此，郝大夫和苏恪以在心理情感上互为移情的依赖程度是可以想象的。而郝大夫表妹的出现和苏恪以心目中的天使的降落便是一次致命的插足，悲剧由此埋下了种子。对苏恪以来说，这次人生移情对象的转移，无疑是一种毁灭性的情感，包括了全部的爱与恨。而对郝大夫来说呢？我们有诸多的疑问，但是可以想象。

我们之所以感到痛苦，是因为那些真实的或幻想的疾患，也给了我们某种可与之联系之物，使我们不至于滑出世界，不至于堕入完全的孤独和空虚的绝望。一句话，疾患就是一种对象。我们让自己的身体成为一个似乎能给我们提供某种支持的朋友，或成为一个以危险相威胁的敌人；至少，它使我们感到真实，并给我们一点把握自身命运的能力。移情也可以是一种物恋，一种固定我们自身难题的狭隘的把握方式。人总是有着自己的孤弱、罪过感和内心冲突，我们把它们固定在环境中的一个点上。为了把我们的关注投射到这个世界之上，我们完全可以创造任何固着之点，甚至是使用我们自己的肢体，问题在于我们自己是如何关注的，以及关注的程度如何。这也是为什么张楚小说中的那些"曲别针""孔雀羽毛""望远镜"等物体，虽不见得有什么秘密和寓意可言，但仍不乏吸引我们的魅力。

移情或许是一种认识论的亲近，但是它也要求人们可以用幻想跨越，因此允许读者在幻想的空间中变成激励他们怀疑的空间。从叙述者视线到书写到阅读者的接受，实际上完成的是一种折射的美学。各自的角度并不相同，结果也未必相同。读者既要关注作者的视角，而他／她自己也要受控于自身的视角。以对苏恪以的分析为例，一定程度又掺杂了笔者本人的视角。作品不仅有拒绝阐释的地方，也有诱惑不同视角进行阐释的权力，尤其是涉及病态型的人物，更是如此。这使我想起张楚的另一部小说《梁夏》（2010年）。

《梁夏》的故事并不复杂。梁夏与王春艳两口子生意越做越大，来了帮工三嫂萧翠花。一次趁住在梁夏家中的夜晚三嫂对梁夏强奸未遂，第二天梁夏反被污告。小说叙述梁夏为维护自己的尊严曲折反复地申冤，冤情最终不但没被洗刷，反倒引发三嫂萧翠花走上自我毁灭之路。如果这是一个有关道德之争的案情，哪怕最终并未被昭雪，事情反倒简单了。事件的微妙复杂在于，一边是道德问题，一边则是心理疾病问题。对妄想症患者来说事实就是"心想事成"的事实，萧翠花的毁灭是幻想的事实破灭，而非实存事实的揭晓。萧翠花移情的恐惧经验到失去对象和触怒对象的恐惧，经历了不能脱离对象而将要脱离对象的死亡恐惧，不是普通人因道德反省与审判而引起的自责和自罚所能解决。

十四

小说家是不会面面俱到的，尤其是短篇，契诃夫甚至讲过写完后应当把开头和结尾去掉之类的话。那么评论呢？这里不妨把应该有的尾巴裁掉，来点离题的东西。

博尔赫斯 1949 年 3 月在自由高等学校有篇关于纳撒尼尔·霍桑的讲课稿，其中对霍桑批评道："他像多数妇女一样用形象和直觉来思考，而不用辩证的方式。一个美学的错误损害了他：使他给想象加上道德说教，有时甚至加以歪曲和篡改，他记载写作心得的笔记本保存完好，1836 年的一本中写道：'有个人从十五岁到三十五岁让一条蛇呆在他的肚子里，由他饲养，蛇使他遭到可怕的折磨。'这已经够了，但霍桑认为还必须补充：'有可能是嫉妒或者别的卑劣感情的象征。'另一个例子是在 1838 年的笔记本里：'让奇怪、神秘、难以忍受的事情发生吧，让它们毁掉一个人的幸福。那人怪罪于隐秘的仇人，但终于发现自己是罪魁祸首，是一切不幸的原因。道德、幸福掌握在我们自己手中。'同一年的笔记里还有一个例子：'一个人清醒时对另一个印象很好，对他完全放心，但梦见那个朋友却像死敌一般对待他，使他不安。最后发现梦中所见才是那人的真实面目。梦是有道理的。对真实的本能直觉也许可以说明问题。'然而，不寻找解释、不作道德说教，除了隐秘的恐怖迷宫外没有其他背景的纯幻想，效果会好一些。"① 在我看来，支撑一个作家对另一个作家作出批评的总是缘于自己的美学主张。博尔赫斯对霍桑的批评多少也少了点辩证法。尽管如此，我还是赞成对什么都要追加寓言的批评。

这使我想起读完张楚的小说后，有次问作者，你为什么一写到女孩、姑娘便要写她们身上的味道，而且这种味道不是水果便是植物。事后想想，哪有那么多的为什么，这个世界上并不是什么都事出有因。有时候，保留诸多不需要探究原因的现象与事物，恰恰是小说完整性必需的。

在谈到张楚的小说时，连才华横溢、无所不能应对的批评家都发出错愕的声音，他们从他的小说中看到了西方现代派的影子，同时又看出了中国古典小说《水浒》的印痕。我最初对这些说法不以为然，事后想想也不无道理。当代小说之所以有价值，往往在其叙事审美受制于完全不同，甚至于矛盾冲突的影响焦虑，所谓矛盾性结构的张力，指的正是这一点。

记得 2002 年我在《莽原》杂志上首次读到张楚的小说《U 型公路》，心生期待的我便开始给张楚做了个人档案。如果没有搞错，2006 年有个叫《文学界》的杂志给张楚出了个小辑，封面还有张楚的照片，这也是我和图像张楚的初次谋面。这本杂志我一直保留着，心想哪天写张楚评论时可用。直到前两年，家中堆满的杂志书籍已影响到生活时才处理掉。此次写评论时再也无法找见这本杂志，未免有些遗憾。

---

① ［阿根廷］博尔赫斯著：《纳撒尼尔·霍桑》，见《外国文化名人话名家》，中央编译出版社，1996 年，第 336、337 页。

十五

前面我们提到过悬置的艺术，现在不妨进行一下拙劣的模仿。离开张楚的小说，谈些其他的事情。

好多年前，我不再从事文学批评也已好多年了。但每逢《南方周末》一到，总是先看李敬泽关于当前文学创作述评的专栏。不止于此，凡遇到作家圈的朋友，免不了也要恭维一番。不知怎的，话传到了李子云老师那里，有次在她家里，竟当面问我，你说说看李敬泽的批评好在哪里？我一时语塞，好半天才回应了"飘逸"二字。李老师一脸严肃，对我的答案也不说什么，转而就谈其他事情了。事后想想，我本可以对"飘逸"二字阐释得更详细些，比如李敬泽的批评文字和我以前熟悉的东西不太一样，能摆脱那些习惯用语的束缚，审美趣味也不为世代交替所困扰，等等。可惜的是，机不可失，时不再来，一切都无法重来了。

正是李敬泽，在谈及张楚的小说时提及了契诃夫，于是很多评论在论张楚小说时也免不了要提一下契诃夫。我这个好事者也免不了凑一下热闹，花了几个月的工夫把契诃夫的作品及有关资料找来读了一下，结果疑问多多。首先，契诃夫在中国的影响力是众所周知的。别的不说，就以王元化先生为《读莎士比亚》所写的序来说，虽然说的是莎士比亚，文章却是从契诃夫对自己的影响说起。可是对契诃夫研究的翻译却是少得可怜。几十年来，我们两次有点规模的外国作品研究文选的出版，也不见契诃夫。关于契诃夫的传记也只是出了法国作家莫洛亚的那本。

值得注意的是，关于契诃夫研究的一些难题还并非止于国内。1967年莱昂内尔·特里林撰写出版了他的《文学体验导引》，其中在解读契诃夫《三姐妹》的一段话就令人费解，"当准备排演这出戏的莫斯科艺术剧院演员聆听其脚本朗诵时，整个剧团都被深深打动，以至于许多人边听边哭泣"。可契诃夫呢，"并没有把他们的眼泪当作奖励。他告诉他们，他们误解了《三姐妹》的性质。他说，它是一出'欢乐的喜剧，甚至是滑稽的笑剧'。这也许是一位作家对自己所做的最奇怪的评论。而契诃夫的这番话并非信口开河或说着玩儿，而是引起争论的悖论。他坚持己见。莫斯科剧院的著名领军人物康斯坦丁·斯坦尼斯拉夫斯基，执导并推崇契诃夫戏剧，他在自传中说，他记得契诃夫从不曾这样激越地捍卫他的剧本所传达的观点，斯坦尼斯拉夫斯基说，契诃夫坚持如此，'直到他弥留之际仍相信如果他的剧作以别的方式来理解就会失败。但他从来都弄不清楚这个怪异论见的确切含义'。另一位戏剧界同仁，涅米洛维奇·丹钦科，比斯坦尼斯拉夫斯基更熟识契诃夫，他告诉我们，当演员们请他对这一观点予以解释时，他都无法提供理由以资证明。对剧院中的朋友们来说，契诃夫很显然不是顽固错乱的，他的确相信这部最悲伤的作品是一出喜剧，但他为何如此相信，他们都不明白。"①

在契诃夫的创作生涯中，引出最大争议还在于《没有意思的故事》，这场争论从契诃夫生前延续至身后。这场争论我是在读了舍斯托夫的那篇评论《创造源自虚无》才得知的。1889 年 9 月契诃夫写完了《没有意思的故事》，他在给吉洪诺夫的信中说了心里话："这个故事沉闷得可以压死一个人。说它沉闷，并非由于它的篇幅，而是由于它的内容。这个故事显得笨拙而又令人生厌。我写的是一个新的主题。"《没有意思的故事》讲的是老教授尼古拉·斯捷潘诺维奇功成名就，精疲力竭，感到末日将临，他自己对过去作了总结，发现了自己的整个一生：他对科学的热爱，对妻子、女儿和他收养的女孩卡佳的态度，对同事及学生的看法，他的激动，他的研究工作，他表面上的成功，这一切都"毫无意义"。面对这种精神

---

① ［美］莱昂内尔·特里林著，余婉卉、张剪飞译：《文学体验导引》，译林出版社，2011 年，第 30、31 页。

上的突然崩溃，他再也不能同自己的亲人呆在一起，他甚至丢下最喜爱的卡佳，跑到恰尔科夫一家旅店的客房中，等待死亡的降临。

据特罗亚的《契诃夫传》记载：当时"文学界有人把《没有意思的故事》同托尔斯泰三年前发表的《伊万·伊里奇之死》作了一个不利的比较，这两个故事所叙述的，确实都是一个被死的念头所缠绕的情况。但是，在托尔斯泰笔下，主人公起初被这个念头所震惊，继而从中发现了走向自然的光明前景。而在契诃夫的笔下，老教授确信黑暗在等待他，但却得不到任何的慰藉。就这样，怀疑论者契诃夫同信教者托尔斯泰又一次形成了对照。前者以一种高尚而无偏见的怀疑态度对待人生，后者则在信仰的折磨和启示下宣称，一个人若想拯救自己的灵魂，就不能希冀得到人世间的任何欢乐。"①

契诃夫的反应如何，在舍斯托夫的评论中这样写道："契诃夫是一个极为谨小慎微的作家，他害怕社会舆论，因而不敢等闲视之。但他还是对公认的思想和世界观毫不掩饰地表现出极大的嫌恶。他在《没有意思的故事》里，至少还保持外表的恭敬口吻和姿态。后来他就肆无忌惮了，他非但不谴责自己对一般思想的背叛，而且公开地对它表示愤怒甚至嘲笑。在《伊凡诺夫》里，这点表现得相当充分，无怪乎这一部戏剧在当时引起了极端的愤懑。"②舍斯托夫继续讲道："契诃夫知道，他在《没有意思的故事》和《伊凡诺夫》里已经把话讲到何种程度。某些评论家也知道并给他提出警告。我不准备说，这不是对社会舆论的畏惧，或者是对揭露的事情的惊惧，或者两者兼有。但是显而易见，契诃夫确实想过；下定决心无论如何也要抛弃他曾经坚持的立场并决定后退。《第六病室》

① ［法］亨利·特罗亚著，侯贵信等译：《契诃夫传》，世界知识出版社，1992年，第109页。

② ［俄］列夫·舍斯托夫著，方珊等译：《思辨与启示》，上海人民出版社，2005年，第115页。

也是这一决定的结果。"①

　　舍斯托夫的文章写于契诃夫身后，他之所以重提此事，完全是源于米哈伊洛夫斯基的批评。这位当年出名的民粹派批评家"在读完了《草原》之后，他写信给契诃夫，信中严厉地责备说：作者'在路上游荡，没有方向，也没有目标'。《没有意思的故事》多少总算使这位要求严格的批评家感到满意，但中篇小说《第六病室》又使他失望。他遗憾地说，《没有意思的故事》成了'契诃夫先生唯一的一块瑰宝，而不是一串由加工精巧的珍珠机械地一条线上穿成的项链'。"②写作《契诃夫怎样创作》的苏联专家显然有着和舍斯托夫不同的立场：他用一种貌似公正的口吻评述道："米哈伊洛夫斯基和契诃夫之间的争论是复杂的，长期的。米哈伊洛夫斯基要求艺术家有鲜明的、确定和一贯的立场。即使他的批评如此直率，可是带给契诃夫的也不只是害处。过了许多年之后，契诃夫说：'自从我认识他以来，我一直常常地尊敬着他，而且我在许多方面都很感激他。'"最为有趣的是，书写到这一页下面有注解：契诃夫又在另处说："米哈伊洛夫斯基是一位大社会学家和一位不称职的批评家，他从来就不可能明白，什么叫小说。"③

　　读到这些文字，我不由心生感慨。我们无法判断这些陈述的真假，但能感觉到一个伟大作家颇为真实的一面。另外，此等创作与批评上的谜团或许能昭示所谓批评的命运：更多的时候，批评或许和张楚笔下诸多人物的命运一样，不是失踪便是消失。

2016 年 12 月 20 日于上海

----

① ［俄］列夫·舍斯托夫著，方珊等译，《思辨与启示》，上海人民出版社，2005年，第 120 页。

② ［苏］帕佩尔内著，朱逸森译，《契诃夫怎样创作》，上海译文出版社，1991年，第 113 页。

③ 同上。

镜子并不因为擦亮而变得更清楚

——以李浩的长篇小说《镜子里的父亲》为例

我瞅着镜子里的那张脸，/ 不知道瞅着我的是谁的脸。

——博尔赫斯《失明的人》

徒然地，你的身影走向我 / 却不能走进我，唯一能显现它的我；/ 转向我，你便能发觉 / 在我的凝视之墙上，你那梦幻一般的阴影。

我如同那微不足道的镜子 / 能映射不能观看，/ 我的眼睛空洞如那镜子，如同它们一般 / 映射着你的缺席，以显示它的盲视。

——拉康在研讨班上几次引用了阿拉贡诗集《疯子埃尔萨》中的短诗《对照》

一

对今天大多数同行来说，李浩的书写是偏执的。他自己也从不忌讳这一点，如同其长篇小说《如归旅店》的开首："我有自己的固执，一直这样。"对上世纪 80 年代后半期先锋思潮的文学诉求来说，李浩无疑是一位重要的后来者，一位特立独行且不知疲倦的实践者，一位我行我素的激进主义者。

对李浩来说，片面地强调"中国立场"是一种文学创作中的"画地为牢"，而普世性的文艺标准应是"创新意识"和个性特征。他警惕当下中国文学中那平庸而"过于顺畅"的叙事，"事件"背后的苍白以及集体性的不思考不冒险；痛心当下小说呈现出一种无新意无趣味的"空转"状态，从而丧失了叙事的多样性和丰富性。简单化的蛀虫已经洗劫了小说，摹仿抄袭之风使得我们大脑的发动机丧失了工作能力。"我们中国的作家，太注意和'现实'的关系，太注意讲好故事了，太注意发掘那些日常中的蝇营狗苟、勾心斗角了，缺乏超脱和大度……但，真正有形而上探寻的，太少了，太少了。""和许多作者不同，我迷恋于宇宙之谜，迷恋对人生存的种种质询，迷恋形而上学，而对生活中的一些日常发生却缺少敏感。"[1]

与其他同行略有不同，李浩不止是诗人、小说家，他本身还是一位批评家，他不仅写下了数量不菲的批评文字，还有一套自圆其说的理论主张。经常引用米兰·昆德拉的话语，推崇博尔赫斯、君特·格拉斯，四处推荐纳博科夫的《文学讲稿》，其引经据典绝不比其他批评家逊色。更为奇特的是，他不像一般作家那样，宣称自己如何写作，总是说些自己勉为其难之类的言辞，相反，他写什么，怎么样写总是有其明确的意志。"模糊叙事是我的有意"；"记不清反而更是小说的——我喜欢给予小说模糊、可能，这样，它会有更强的敞开感"；"我一直对文字的'经济'抱有强烈的好感"；"我是注意节奏的，但我故意黏滞、混浊、重复并在重复中渐进"[2]；"没有任何人的外貌描写。这是我有意的写作禁忌"；"原来，我还有一个禁忌，就是不在我的写作中出现性描写，那是因为

---

[1] 姜广平：《作家应当是未知和隐秘的勘探者——与李浩对话》，《荒原》2010年第五、六期。

[2] 同上。

它被阐释和书写得够多了，我没有更新的赋予"；"镜子在我的写作中的确是一个'核心意象'，它是我对文学的部分理解，我把文学看成是放置在我侧面的镜子，我愿意用一种夸张、幻想、彼岸、左右相反的方式将自我'照见'"……[1] 李浩的偏执由此可见一斑。

李浩的自我设计，大都在其实践之中得以实施。尊重其创作的自主权并不等于没有商榷之处：说性描写成为禁忌，那是因为它被阐释和书写得够多了，那不应当成为理由。倘若如此类推，李浩小说中写了那么多的死亡，文学上不依然被无数次的书写所覆盖吗？禁忌是一种规约，故意地不写这不写那，并不证明你一定能写好或写不好。伟大的乔伊斯不再讲述故事，其不再讲述的唯一理由恰恰就是他不能讲述。正是不再讲述故事的理由可能让他幡然醒悟，意识到读者的功能，意识到读者能够从某些给定的限制因素自为地创造一个故事的功能。从此以后，伊塞尔的接受理论创造出"隐含读者"，并移植到乔伊斯的意图之中。这一概念标志着"创造主体"在接受方面的回归。同样，李浩心目中的"隐含读者"自有其"审美傲慢"。在一篇《写给无限的少数》的发言中一开始，他就强调："这句话，我已经重复过多次，太多次了，故而，在准备这篇文字的时候，它是第一个自行跳出的句子。写给无限的少数，也是一直以来我固执地坚持，并且肯定还会继续固执地坚持下去，直到我写不动为止。"[2] 誓言诚可贵，但创作上过于明晰的主张是否一定要和顽固结盟呢？对此，我保留自己的疑惑。

与之相反，伟大作品的诞生恰恰来之于始料未及的转弯。在生命的最后日子里，罗兰·巴特又一次想到了马塞尔·普鲁斯特。他在文章中指出："毫无疑问，是母亲的死奠定了《追忆似水年华》

---

① 　舒晋瑜：《写作是一面放置在我身侧的镜子》，《中华读书报》2014 年 12 月 3 日。

② 　李浩：《阅读颂，虚构颂》，花山文艺出版社，2013 年，第 195 页。

的基础。"普鲁斯特在四年中犹豫着是写成论著还是小说。他是从论著《驳圣伯夫》开始的。1909 年 7 月，他把书稿交付出版社；但是 8 月，手稿被拒绝了；9 月，"他已开始进行他伟大作品的创作了。对于这一作品，他将付出他的全部，直至 1922 年去世"。罗兰指出，就在 1909 年 9 月，突然，"这一创作开始了"[1]。当然，举个例子并不能证明一切，我想说的是，一个作家给自己有意制定多少条禁忌并不是最重要，哪怕他以后违背自己的禁忌也没什么，关键在于他写了什么，他又是怎么写的。

二

李浩书写的存在，自然让我想起 1980 年代先锋文学曾经的崛起和衰落，这几乎是已被人遗忘的存在。

记得 1980 年代末，吴亮在同样被人遗忘的《文学角》杂志上发表了一篇时评《真正的先锋一如既往》，不知是出于对文学时势的锐敏判断还是出于巧合。此时先锋文学的命运正在发生着不可逆转的变化，其境遇充满着戏剧性。并没有文学浪潮的交锋更迭，更无文艺思潮"宫廷政变"式的突发事件。作为标志性的事件只是诸如电视剧《渴望》轻易地换取众人的泪雨如注，类似纪实性的刊物一时天下畅销。而作为先锋的文学则一蹶不振，其锋芒不复既往，偶像在影影绰绰之间失去了原先的光芒。在其后的二十余年中，作为文学实践的先锋运动不但偃旗息鼓，从此也就销声匿迹。若要重温的话，也只能在不多的几本文学简史中去窥视其曾经有过的身影。

几十年来，对先锋实验的敌意如潮涌动，这一方面证实了审美

---

[1] ［法］埃尔韦·阿尔加拉龙多著，怀宇译：《罗兰·巴尔特最后的日子》，中国人民大学出版社，2012 年，第 133 页。

的口味此一时彼一时的变幻无常；另一方面也证明了人们在急功近利的现实浪潮冲击之下的降服姿态。实在之物，永远只是幻觉的反面，或者说不再是幻觉的东西。如果我们必须用一种不同的语言来表达这种观点，那我们就必须说，仅仅是快乐原则看似安置了"灵与肉"的需求，实在原则大行其道。应当有理由相信，大多数作家都为顺应潮流而生，即使是先锋时代的宠儿也会与时俱进地修正自己的叙事策略，以回应时势的招手。当然也有不思悔改的，他们与新的潮流形同陌路，继续一意孤行的偏执，在沉默之中英雄渐渐落幕，比如残雪就是其中一例。

与1980年代文学先锋浪潮失之交臂的后来者，受不同语境的驱使，难免会津津乐道于一种轻蔑的事后评判。如果蔑视一种文学追求本身就能成就另一种文学，那么试图仅仅通过否定而跃入赤裸的实在则难免功败垂成。先锋文学以否定求得诞生，但也被另一次否定推向了衰亡。像历史上经常发生的突变一样，开始走向其灿烂辉煌时刻的先锋文学一旦与它诞生的时刻失去了联系，促使其诞生的环境便开始消失，文学的思潮遇上了急转弯，人们仿佛在一夜之间感到一切都变了。一切变化原则都如同经历了杀死自己的父亲并另外认一个父亲一样，其中应有另一番关于发展的乐趣。

从某种程度上说，先锋的实验，追逐想象陌生性的偏执让我们的视点同"现实"揖别，但它却给予镜像世界、符号天地得以绵延生存的空间，小说的艺术，文学的行径便明白了"超现实"自有其生存之道。艺术的走向并非只是条条大路通罗马，相反，它有时表现为离开罗马的道路有多少种可能性。离开我们赖以生存的熟悉之地，是先锋艺术须臾不可离开的生命线。尽管最终的"失败"和短暂的"高潮"是它们的宿命；尽管先锋的实践是以叛逆的姿态、无情的否定、不屑的眼神对传统发起冲击，但它最终还是以"自身死亡"的方式成为伟大传统的一部分。"罗马"不是我们的目的地，而是我们的出发点。文学不应是终极神话的单行道，它更多的时候是双向、迂回交叉乃至循环的。

我的视觉包含另一个视觉，更确切地说，我的视觉和另一个视觉一起活动，原则落在同一可见的物体上。同理，仅当存在着一种"自我丧失"的可能性，谈论"自我持存"才有意义。观念论哲学是一种沿着循环线路进行的哲学。绝对性不可能独立地维持，它必须凭借身外之物而通达自身。先锋文学之所以先锋，那是因为它必须冲破那日益成为惰性的传统之重围才能完成其先锋性，而当某些先锋的程式一旦获得认可，随着时间的推移，其自身也就进入了传统的行列。今天看来，1980年代后半期的先锋文学，与其说表现出对日益僵化和程式化的规则充满敌意的冲击与破坏，还不如说表现了这种敌意是如何被削弱和制衡的。1990年代以后文学思潮的回流，远比我们想象的要复杂。历史上任何一次回流都不乏其先锋性，所谓"反先锋"的先锋也不啻是一种先锋。如果艺术始终是激进的，它也就始终是保守的，强化与支配精神相分离的幻觉，它在实践上的无效以及与没有减轻的灾难的同谋关系就显然是痛苦的。它在一个方向上获得，又在另一个方向上失去；如果艺术绕开贬黜历史的逻辑，那它必定要为这个自由付出高昂的代价，其中之一就是难以符合历史逻辑的再生产。为了兑现一个想法而不顾一切，这是何等危险！"危险"是一个意义模糊的概念，是可能发现的最不确定的一个词汇。

在市场经济加冕之时，可读性和大众愉悦自然粉墨登场，对市场份额、赢利模式趋之若鹜加速了先锋思潮的衰败。探索性的实验再也不能以潮流自居，而只能显现个体性的孤独之旅，好在创作并不排斥孤独而一味强求"团购"。李浩式的存在只能潜伏于灯红酒绿的喧哗之中，等待时间的流布和发酵，在逆境中享受生命。可以说，1980年代的先锋思潮的逝去就是今日李浩式存在的逆向性映象：

当一种存在样式死于四面楚歌的绝境，那么它的死因就是意义。

三

二百年前，身在柏林的叔本华在笔记本中对费希特的讲演提出了这么一个反驳：当自我确确实实在沉思的时刻，它本身就绝对不可能成为沉思的对象。二百年后的今天，中国有这么一个叫李浩的作家，喜欢拿镜子说事，爱好"我"的叙述，他的文本充满自信，希望听者相信，渴望读者参与。他的短中篇和长篇，营造一个叙述者"我"和无数的父亲们，这个"我"与对象之间的关系是李浩文本的基本关系。"我"能不能同时既"表示"又"存在"呢？当李浩表明父亲们就是我的时候，叔本华反驳是不是继续是个疑问呢？同样好拿镜子说事的拉康显然不同意这种同时性的，为了说明这点，拉康甚至大胆地把笛卡尔的"我思故我在"重写成："我思处我不在，我不在处我思。"这差不多是追随了叔本华的反驳。窥视父亲们的同时是否又能观照自我，这似乎是一剑双刃，永远自相矛盾。那是因为"我"并不纯粹，我能看见我之外的东西，但无法看见我的眼睛本身，也无法看见我的自身，这是镜子的神话经久不衰的生命所在，这也是我试图观照自身的神话。根据拉康对世界的看法，人迷惑于镜像的时候，恰恰也是自我迷失于语言的时候，在这段时期里，"我在"与"你在"或"她／他在"正好相对。这等于是这样一个令人困惑的事实：自我从此得从别人处、他人那里获得界定。

回到李浩的小说，从发表的时间上看，前后长达十五年。从最初的《那支长枪》（2000 年），"我家的那支双筒猎枪早在十年前就已经不知去向"开始，到《消失在镜子后面的妻子》（2015 年），"我的妻子消失得毫无征兆，她消失在镜子的后面"止。丢失、不见、失踪始终是李浩不可或缺的叙述符号。前者叙述了丢失了长枪后的父亲一次又一次的自杀，因尊严、屈辱而真真假假的自杀，以至最终死亡降临也难辨真伪，读此小说使人自然会联想起那个"狼来了"的寓言。这个故事，在李浩的叙事几经出现和重演，直到镶嵌于长篇《镜子里的父亲》中，意蕴已今非昔比；后者是新近之作，镜子之于李浩的叙事，经历多年的磨炼，如今呈现出已经是它所无法预见的功能。《消失在镜子后面的妻子》讲述的是如同题目一样的事件，这又是一个没有结果的事件，也可以说"消失"就是它的结局。小说关心的并不是悬疑之功能，而是面对妻子消失于镜子中的惶恐、不安与思考。原本我的存在与妻子休戚相关，而今我的存在却产生了动摇和位移：无论是报警、撒谎以及最终将锤子甩向镜面出现的黑洞。究竟镜子能不能因裂缝而吞食妻子，这并不重要，重要的是消失了妻子的"我"的生存状况。"镜子"是个意象，它不仅能使我们看见，也能使我们看不见；"妻子"也可能是隐喻，她是"我"赖以生存的他者。在黑格尔看来，他者是必须被确定以便被克服的东西。对法国20世纪许多哲学家如列维纳斯、布朗肖和德里达来说，他者不是要克服和理解的东西，而是更为根本的东西。对许多后结构主义者来说，他者是异化了的或在理解之外的东西，超越了意义。

四

说到镜子与人的存在，自然使我们联想到萨特。其实他离我们并不是很远，去世的那年正好是1980年代的头一年。想想他1938年发表其《厌恶》的开头：又是一个与镜子有关的场景，又是一个人的脸孔被镜子照得变了形的情形，这张脸迎面对着镜子，靠近镜子，近得一直贴到了镜子，却与镜中的影像不一样，反而分解了，

"一片巨大的淡淡的光晕在光线中消融"。在文学问题上，萨特一向对时间问题兴趣不减，而对诗歌则少有问津。李浩则从诗歌起步，诗性和诗意讲究的重复、节奏、跳跃和象征寓意在他的小说中起着不可忽略的作用，他的小说更多讲究的是不同侧面的结构组合，多重视角的对话和众声喧哗的声部构成。需要说明的是，就个人而言，我特别喜欢李浩小说中可以归为另类的作品，它们分别是《谁生来是刺客》《六个国王和各自的疆土》《告密者》《等待莫根斯坦恩的遗产》《变形魔术师》和《一次计划中的月球旅行》。虽然这些作品并非本文论述的重点，但我依然认为此类作品可能更代表李浩特色和个性，它们潜藏了一个作家应有的写作雄心和野心，这些文本的出现无疑也提升了小说写作的视野和难度。

回到"镜子中的父亲"：主体是整个叙述的基本要素，它逃脱了表象的控制，独特地扮演着无言的顿悟或完全沉默的角色。如果对象世界是可认识的客观系统，那么认识这些客观的主体就不可能存在于这个世界。非主体只有通过主体经验这一媒介才能得以证实，而在经验中，非主体始终处于被转化为自我性的危险中。如果"父亲们"缩小为恭顺的自我镜像，这个主体的优越性又在哪里呢？父亲的镜像究竟是父亲的视野抑或是作为儿子"我"的视野，况且这里还掺杂着父亲眼中的父亲、母亲心目中的父亲，甚至包括着不同镜子们视觉中的父亲。作为长篇小说，《镜子里的父亲》的叙述者在叙事中左右摇晃、经常变化，甚至互为掣肘，这是李浩长篇叙事所面临的难题。如何解决这个难题的忧喜参半是我们阅读中会经常感受到的。长篇叙事不是对中短篇叙事的数字延伸，一百米和一万米赛跑是完全不同的竞技运动，多跑一段路者会影响到体能的重新的整体分配，这个结构主义所关心的问题是值得我们重视的。

叙述者想在台前观赏大戏，可同时又置身于台上，他自任导演又想让自己的表演出彩。视角不能被看成感知主体的观察感知对象的一个角度，而是对象本身的性质：视角对我来说并不是对物的主观歪曲，相反，是它们本身的一个性质，或许是它们最根本的性质。正是由于它，被感知者才在它自身中拥有隐藏着的、不可穷尽的丰富性，它才是一个"物"。《镜子里的父亲》的叙述想做那些不可能的事情，通过现实超越现实，通过虚构修正虚构，代之以镜像般的双重存在。结果是：感受之感受、想法之想法、议论之议论、叙述之叙述。李浩的这部长篇是现实与幻想的某种混合体，他让那些碎片般的尊贵历史在一个圆滑的尖顶上跳舞，这些历史既有效又无效。

撰写《小说修辞学》的布斯的主要遗产是他对"可靠叙述者"与"不可靠叙述者"的区分。"可靠叙述者"往往是第三人称，接近"隐含的作者"的价值取向；"不可靠叙述者"往往是故事中的一个人物，偏离"隐含的作者"的价值取向。相对《如归旅店》，《镜子里的父亲》要松散开放的多。同样是"我"的叙述，后者显然有不可承受之重。于是，镜子出来担当重任，它是小说叙述的"防火墙"和"消防队"，李浩说它是支点，其实是解决一个"无名"的烦恼。说是"移动的镜子"，原本是为追随"现实"扯起"主义"的大旗，如今在李浩的笔下走向了反面，成了反现实主义的镜面，而且它是不断变化、挪移的镜面。于是，不同侧面的镜面、三棱镜甚至魔镜开始粉墨登场，李浩所希冀的变数的父亲与修辞的繁殖开始了其与众不同的跋涉。问题也许并不那么复杂。现象学的观点这么认为：我只能从某一点来看，但在我的存在中，我被来自四面八方的目光所打量。无限拓展镜子的功能只能是一种可能性，但它绝非万能，至少它无法观照自身与镜面的背后之事。翁贝托·艾柯曾提醒我们，镜子并不能反转或倒转它反射的影像。人们经常以正确的方式使用了镜子影像，但却以错误的方式谈论它，好像它做的是我们自己正在做的一样。英国的文学家王尔德曾说：19世纪对现实，犹如从镜子里照见自己面孔的凯列班（莎士比亚戏剧《暴风雨》中野性而丑怪的奴隶）的狂怒；19世纪对浪漫主义的憎恶，犹如从镜子里照不见自己面孔的凯列班的狂怒。我们不仅要关注镜子里有什么东西，更要关注的是镜子里没有什么东西。

五

一个人可以明白自己说的话，但是他对自己却依然非常迷惑。"我"的含义被语言的重重浓雾包围着，使我们几乎无法有清晰的思想，认识到"我"不是我。借助"镜子"的功用，却往往有着相反的错觉，感觉镜中之"我"就是我。难怪弗洛伊德在其美国之行中，面对镜子里的"我"发问，这难道还是我吗？好在《镜子里的父亲》很少涉及父亲面对镜子的沉思，这究竟是有意避之还是一种巧合，难以下判断。主体只有通过自我反思才能了解作为一个客体的自己。镜中的父亲回避了自我反思，征途自然而然地落在了作为叙述者的"我"身上。以父亲的名义，实则又是作为儿子的"我"来实施，这里误认、误写必然连带着误读，不然，镜子的存在又作何解释呢！

父亲或父亲们，无论多么复杂和多样，无论是"把孤独的父亲、饥饿的父亲、愤怒的和争吵的父亲、被火焰烧灼的父亲、落在水中的父亲、性欲强烈的父亲和热情高涨的父亲、错过历史火车的父亲、不甘于错过的父亲、蹲在鸡舍里的父亲、阴影背后的父亲、口是心非的父亲、关在笼子里的父亲、变成甲虫的父亲、被生活拖累和拖累了生活的父亲、豢养着魔鬼的父亲"……他/他们终究是来自作为儿子的"我"的视角和记忆。镜子是死的，它只能因角度不同而反映出不同的侧面，儿子则是活的，他生来对父亲充满着期待和渴望，从孩子的角度来看，内心深处对父亲的期待得不到满足会产生痛苦，甚至会产生分裂和精神症状。作为集体记忆和原型，父亲也并不是个体的，父亲自有父亲的意象和意义，不然的话，中国传统的皇权也不会借助父亲的名义而高居其上。也许有人会问，那么如何解释那什么都知道而又会说话的魔镜呢！理由也简单，魔镜也是想象的产物，它依然有着是否接近和偏离"隐含的作者"的问题。想象或许是现实存在的反面图像，一个被灵感震撼的世界，一种认识官能有机的相互作用，一种为意识与无意识相互渗透的解释图式，或是一种急于表达的被剥夺的方式。

一个天真的看法，属于孩子的看法，孩子会认为他周围的世界都是父母的。但叙述行为又不是孩子所能完成的，问题是想象与记忆的虚构能否部分地守护孩子的世界。为什么李浩笔下的父亲是这样而不是那样呢？叙述者是如何通过一系列言语的视觉假象，让符号的能指所指两方面都显得不可分离。那反复自杀，总是失败，经常缺席的父亲，那经历了"水里煮火里烤"的父亲，那总是挫败而令人失望的父亲为什么在"我"的镜中出现，在"我"的笔端流泻，这始终是我在阅读中无法去除而又无法回答的问题。"图像俘虏了我们"，维特根斯坦在《逻辑哲学论》中如是说，"我无法逃脱它，因为它处于我们的语言中。而且语言似乎坚持不懈地向我们重复这幅图像"。那反对照片、照相而选择镜子的叙述者会同意这一说法吗？

赋予镜子以视角的功能，实际上也只是视觉之视觉。"我"的内在性是某种意义的"外在"，他人也一应如此，而一些外在的东西却又与"我"如影随形，成为"我"内在的一部分。"我"也感觉到"我"的内在生命是异己和疏离的，好像"我"的自我意识的一大块都被一种想象所掳获并使之具体化一样。这既是一种"我"与父亲们的特殊关联又是一种必然疏远。弗洛伊德在《科学心理学计划》中提到：或许大致思考一下个人的家庭成员组成就可知道，一个最亲近的人往往兼具我们的向往和敌视。弗洛伊德说，她的部分特征（比方说她的脸）可能是陌生且充满危险的，但是另外一些（比方说她的手势）又会唤起我们的亲近感，在此处"效法"一词兼具竞争与模仿、求同与超越的意义。"最大的竞争对手又是你最尊敬的人。"拉康是这么说的。这也是特里·伊格尔顿在其《镜像之魅》一文中重复引用的言辞，他甚至断言："镜像阶段，准确地讲绝非伊甸园的纯真状态。相反，它是一种在行为发生之际就携带的失乐园意识。一方面，自恋主义本身就包含了一种确切的自我憎恨与自我侵犯；另一方面，由相互融合带来的主体之间界限的消除，其实与相互竞争带来的一样多。这是一种我们可以在偏执病症那里看到的认同，即——对抗主义，这个受害者的形象包含了其自身和一个朦胧可爱的自我形象。"①

李浩是一位具有理论色彩的小说家，《镜子里的父亲》尤为突出。他博览群书，偏爱议论和自我阐释，追随"元小说"的书写，引文是他的拿手好戏，无论是公开与不公开的。但在这部"图书馆"式的小说里，是否缺了些我们绕不过去的东西？比如，迷恋"镜子"，却很少自我审视；持续不断言说"父亲"，却又很少谈及镜像。但愿这些东西都深藏于小说的沉默之中，是属于那种深藏不露的"水下之冰山"。因为没有沉默的言说不是真正的言说，没有阴影之身躯是无法站立行动的，没有黑暗的小说永远无法显现出闪耀的光亮。镜面擦得再亮有什么用，如果我们的目光是混浊的，映像依然是不清晰的。

---

① ［英］特里·伊格尔顿著，王健、刘倩一译：《镜像之魅》,《上海文化》2013年5月号。

六

人生来懦弱不堪的原因是，人感到他没权威，而他没有权威的原因恰恰存在于人这种动物的形成方式的本质中：我们的一切意义都是从外部、从与他者的交往中注入我们的内部的。这就是我们的"自我"和"超我"的根源。当大多数的叙事都在渲染自以为明白的善恶分明的道德，并涂抹上快乐和消费的色彩时，李浩却直指人生的痛苦、人性的灰暗、生活的无奈和与之相伴的阴影和挫败。如同"如归旅店"，随着父亲的死亡轰然倒塌，子女们都踏上永不归的旅途，这不是小说的尾声，而是其开局中早已埋下的种子。与许多小说家不同，他所叙述的不是失败的肯定，而是对失败的肯定。父亲们都是失败者，失败是一种死亡冲动，死亡是生命的欲望。它以一种反讽的传递方式给我们予启迪。我们反抗迷失，然而却在迷失中得到了拯救；目视阴影，却在阴影中窥视了光照；叙述不断的失败，也在失败中呈现出希望。这使我想起博尔赫斯的一次答问，当有人请博尔赫斯谈谈天堂的问题时，他回答说："我读过一位英国牧师写的一本书，书中讲天堂里有更多的愁苦。我相信这一点。"博尔赫斯想要表达的是永恒的快乐是无法想象的。同理，失败也是如此。当我们在《镜子里的父亲》中读到父亲出生时奶奶那令人击节的咒骂时，当我们在临近尾声中重读那镶嵌于小说中的那篇令人动容的《父亲的沙漏》时，一定会相信父亲的失败并不是永恒的。

在这个充满不同视角的世界里，我们的人生，正如李浩小说笔下的不同侧面而又基本同类的父亲们未曾意识到的那样，他们的意志并非出于自身，而是依伴着时代之潮而形成的一张无缝之网，挟裹着一种无名的力量向我们席卷而来：大跃进、大合唱、大炼钢铁、大饥荒、大串联、大武斗，一直到大革命，在历史的大语境之下个体的我变得越来越小以至消失，父亲们的欲望被自身环境所提供的现实所吞没，他们是无法冲出自身环境藩篱的非自我。这种力量的称呼均指向宿命、报应、异化或大写的他者。不是父亲错过了历史火车，而是两者都是历史的一部分。产生的意义如同诗人或小说家极力赋予它们的意义一样。就像原本疑云重重、神秘莫测的形象获得某些可认识的形式，而这些形式能够为人们所认识，是因为它被与人们熟悉的东西联系起来。仿佛从遗忘深处流溢出喧嚣的杂语和嘈杂的声音。言语仿佛历史符号的自我流溢和自我倾泻，因而它不仅是在一种意象中的自我呈现，而且同时也呈现了一个时代的氛围，那些口号、标语、日志般的大小事件，所谓英雄的名字和事件自然也回溯到特定时代的语境。回溯的路径不同，但不可思议的闪光点也仍然闪现。

身处困境，活在阴影之中，与失败相伴，他们都通过迷惑而行动，"无望的希望"构成了父亲们的迷惑行为。为了回避那喀索斯的凄惨命运，即误以为水面的倒影就是真正的现实生命而纵身深渊的自溺身亡，他就必须逃离阴影，却又不是不追求荫护。历史的时代与成长的秩序这种老掉牙的话题可能为李浩所不齿，但借用"镜子"的"支点"来去杠杆又谈何容易。对李浩的两部长篇，如果有人拿历史呈现和成长小说说事，我想这一定是李浩所不喜欢看到的。但是，父亲们这样的日子，都将是昨日历史事件的残像余韵。我们都会带着各自的记忆在阅读中对此进行复盘。问题是，仅仅依靠回顾几十年前的历史，穿透时间的浅层，我们已无法让记忆解决想象的实至名归，而让事件作为独一无二的精神漫游之象征则又勉为其难。一切都不是时间太短，而是变化太快，昨日的语境离我们已经渐行渐远，太多的阅读都必须以伟大的谦卑姿态放弃或遗忘。

李浩崇尚形而上的思考，并让其在小说产业中占有很大比例的股权，并让构思立意，谋篇布局以及叙事传神这些古典技巧减持，这些富有想象力的创造统统转化为少数文人写作上的优势。面对当下的谄媚的嘴脸，我们还是会板着脸，心中充满着粗暴的怀疑。难度在于思想与世界的交互存在着多种相斥的可能方式，而一种后现代的信仰又认为根本就没有什么特别的方式。一个伟大的富有创造性的小说所面对的是：思想必须将陈述语气和虚拟语言联合起来，从而将冷漠而非神秘化的当下与热情而又充满想象的超越联系起来。它必须用一种姿态来表示对世界的尊重，而且在同时又否定了世界。思想受到了号召，要成为镜子和灯光、忠实地反映它所处的环境，同时散发出具有改造能力的光芒。天马行空式的幻想妨碍了我们对现实环境的直接观察，但却是激发我们对可能情况进行想象的关键所在。

花费了李浩不少心血的《镜子里的父亲》自 2013 年问世以来，关于这个写作难度的疑惑一直在我脑中盘旋挥之不去。把什么东西都放在一个篮子里，这是一种结构的冒险。这里容器起着举足轻重的作用，用父亲老是在编织那永不成形的箩筐显然是不行的。我有时在想，那神奇的镜面应当理想的容器，它能使很多东西"消失于镜子／又从镜子中出生"，如同"父亲"的存在与消失。问题是倘若一部小说急于装下太多的东西，会让人想起一个不可思议的男子正在勇敢地追求一个令人大惊失色、衣衫艳丽的年轻女子。

七

刚才说到创作的难度，其实批评又何尝没有难度。批评的人生就像"父亲"那不断挫败的人生，有时更像那蹲在鸡舍里的"父亲"。不止小说的创新需要冒险，好的阅读也要冒巨大的风险。"它会使我们的身份、自我变得脆弱。"癫痫病人在早期阶段会做一个独特的梦，陀思妥耶夫斯基讲述："一个人突然觉得脱离肉体而飞升，他回头看自己，顿时感到疯狂和恐惧，因为另一个人进了他的身体，他再也没有回去的路。灵魂感到这种恐惧之后，会茫然摸索，直到骤然苏醒。"① 乔治·斯坦纳的话提醒，批评之难如同创作一般，也有好坏之分。

批评的失败经常来自复述故事的尝试：复述要省却细节，而细节是进入文本的最富启示的切口之一。并非在于细节拓宽了故事，而在于细节所掩盖起的压制性部分。重要的不是细节说了什么，而是它没说什么。现在的问题是李浩的小说所追求的是反故事甚至反小说。他尝试依赖强大的隐喻：在事件的母体中，每个隐喻都指向某些所指，同时推动叙述行为，更为重要的是，它追求全新的、不断延伸的思索过程。他有时受昆德拉影响，把隐喻当作转喻使用，从而使叙述过程带上了独特的后现代色彩；有时他借用加西亚·马尔克斯的手法并加以明确提示，结果为叙事增添了马尔克斯极为喜爱的错置和不协调；有时他随意引用维特根斯坦的话，并不说明这是前期或后期维特根斯坦的，结果导致"互文"和理解的迷惑；他追随博尔赫斯是众所周知的，这一方面是缘之于诗歌的写作，另一方面则是对镜子的迷恋。② 实际上，博尔赫斯再伟大并非万能，尤其在长篇叙事艺术上过度博尔赫斯化，很可能适得其反，当然，这只是我个人的看法。总之，互文性并不是刻舟求剑般的制式，它像艺术作品一样，既是绝对的，也是任意的，既有法可依，亦无迹可循。作者不能像僭主一般主宰着读者，却丝毫不意味着他应给读者以愉悦。

---

① ［美］乔治·斯坦纳著，李小均译：《语言与沉默》，上海人民出版社，2013年，第17页。

② 博尔赫斯在1980年4月接受访谈时说："面对镜子我始终心情恐惧。在我儿时家里放着些讨厌的东西。有三面大镜子竖在我的房间里。还有那些光滑可鉴的红木家具，就像保罗书信中描写的晦暗的镜子。我害怕它们。"见［美］威利斯·巴恩斯通编，西川译：《博尔赫斯谈话录》，广西师范大学出版社，2014年，第329页。

《镜子里的父亲》看上去体量庞大，花样繁多，无数的镜面令人眼花缭乱。制造业不断输出，令接受业忙乱应付。以至于赵月斌写的阐释文章，其副标题直指"若干读法"。李浩自恃为他所创造的事件之后的创造者，并且将那些造物转化为未来读者心中的填充题，而这些未来的读者只有心中也有"图书馆"中的部分书籍才能填充这些括弧里的空白。笔者花费了不少时间应对这场"考试"，只是临了读了赵月斌的文章才又放弃这些"互文"性的段落。值得一提的是，所谓"互文性"并不是下联对上联的文字游戏，而应是更大范围，更长历史的彼此对应和影响。

　　书中的主角无须自主地拓展空间，否认是源于欲望抑或是源自无聊，无论是抑制时间的掠夺还是抗拒世界的猥琐。这个自我实际上未"远航"，同样也没有"还原"。促动自我行动的核心原动力并不是属于历史的一部分，而是一张先于我们而存在，将人们缠绕的文本之网，它消减了自由与意志，而我们只有通过这张网才能言语或行动。这个文本或魔力之网不似敏锐的神经那样易于被感知，但却因历史的积淀而变得厚重，它是父亲及父亲的父亲们的又一种隐晦的跨界之物，它既非我也非你，既是主观也是客观，存活移动于两者之间。当李浩认定："文学，是我对世界的一个主观性发言"时，思考的"互文性"便消失了；而当李浩告诉我们："在我的小说中，父亲连接着我个人的血脉，他也是我，交集着我对自己的爱恨，对世界的爱恨。我不书写或者有意回避了'自我'，但这'自我'在父亲身上。"[①]这种"你我""我他"交辉的穿梭，才呈现出"互文"之魅，说到底也是"父亲"之魅。父亲不仅仅是单纯的对象之物，我对他的认知一开始便具有反讽色彩，或者说他总是悲剧性地偏离原来的方向而返回到自身。

---

① 舒晋瑜：《写作是一面放置在我身侧的镜子》，《中华读书报》2014 年 12 月 3 日。

不管作为意象性的符号，还是意蕴性的象征抑或是"人的存在"的隐喻，"父亲"终归是一个受苦受难、不断经受失败的成功形象。他因经受不同镜面的繁殖，不同侧面的审视而显现其丰富性和多样性，正因为如此，他才遭到大多数独"善"其身的道德主义者，以及很多蔑视"审丑"的当代人之诟病和一厢情愿的修正。他们都为"父亲"身上没有让"幸福生活"的结局落地感到遗憾。我不止一次在交谈中听到此类不屑，对此，我也只能表达遗憾之遗憾。

八

与博尔赫斯一样，弗洛伊德着迷于叔本华；和博尔赫斯又不太一样，弗洛伊德将所有人心中都有的怪兽，被叔本华称作意志的东西改为欲望，其实就是非形而上学化的怪兽，这样一个深刻的、非人性化的过程却对意义听而不闻，它用自己特有的亲切方式对待我们，但私底下它其实只关心自己。欲望完全不涉及个人：它是一种痛苦的折磨，从一开始就埋伏在那里等着我们；它是一种堕落，在那里我们不知不觉地被拖入其中；它还是一种执拗的环境，我们一出生就沉浸于其中。本来，我们熟悉它们犹如怀揣着时隐时现的好奇心，簇拥着既熟悉又陌生的火，随即痛苦地意识到要焚烧自己是易如反掌。

去情欲书写并不等同于去欲望。欲望无处不在，即便是在你看不见它的时候，即便是镜中无欲望，它依然隐匿在镜子的背面，如同消失了妻子、丢失了"长枪"。小说不止产生于摹仿的欲望，它更得益于虚构的欲望，而欲望的虚构则是其不可或缺的组成部分。不妨假设一下，从生到死无疑是贯穿《镜子里的父亲》的一条红线，作者提升了写作的难度，试图将形而上和形而下都囊括于镜中。这可以看作李浩的书写欲望，但在实现这一欲望的过程中，他又经常无视对欲望的动态研究，忽视无意识的运作，特别是无意识在语言无法表达的地方是如何存在的。当然，在此讨论这个问题意义不大，因为归根结底这是个"欲望"之实践的问题。

说到实践，让我们再回到弗洛伊德。在弗洛伊德职业生涯早期做连载作家时，也就是说在他中年时代，曾引用诗人席勒的话来讨论过文章的写作原则。席勒说，一切都要保持开放，让故事自己发展，只要让无意识表现一次，你的判断就有了发挥的舞台。或者如席勒浪漫主义诗歌的传人索尔·贝娄所说的那样："大家都知道，压抑是没有什么准确性可言的。压住了一个，也就压住了周围的一片。"① 这个故事的引文来自马克·埃德蒙森所撰写的《弗洛伊德的最后岁月》，我很喜欢这本书，每次重读都有料想不到的收获。记得十几年前还误读过他的另一本名为《文学对抗哲学》的著作。在写下上面那段话的时候，他正在提醒我们在阅读弗洛伊德最丰富却也最怪异的那些著作时，应当在弗洛伊德极具创造力的本我面前扮演一下自我的角色，换位思考，想一想哪些是可能的，哪些则是不可能的。

九

对李浩来说，镜子既是现实摹仿的赋形者，又是虚幻天赋的携带者，它既是主线叙述的始作俑者，又是中断叙述、插入镶嵌已有文本和其他文本的擅权者。除此之外，镜子在李浩的笔下还成了各个不同视角的修辞大师。"不过，你是否注意到他们之间的风格……我是说，文字上，叙述上的差别？"魔镜再次提醒——它违

---

① ［美］马克·埃德蒙森著，王莉娜、杨万斌译：《弗洛伊德的最后岁月：他晚年的思绪》，华东师范大学出版社，2012年，第194页。

反我制定的禁令，竟然在柜子里面插嘴——"你是不是可以像之前做的那样，利用铅笔、橡皮、剪刀和胶水，进行一系列改写，将它统一到……《镜子里的父亲》有多个声部，它有众声喧哗式的混沌，而《父亲的沙漏》，和你之前的许多小说，都只使用一种乐器——大提琴，应当是。"借着魔镜的提醒，叙述者对《镜子里的父亲》来了一番自供状。

李浩所仰赖的，乃是这么一批读者，他们对其提及和引用的文本要了然于心，以至不费吹灰之力就可以辨识及赏析那些互为回转、启承转换、歪曲变形和旁逸斜出的精湛布局，领会其隐含之义和想象其留出的空白与沉默。不仅于此，他们甚至还要十分熟悉他以前的作品，以至当其中的一些篇什在《镜子里的父亲》中重又出现，镶嵌的镶嵌、插播的插播、增删的增删，只有仔细对比，才能体会此中滋味，以及细微之变化和位移。试问这样的阐释哪里去找。《镜子里的父亲》证实了一件事，那就是叙述者难以言说也不便明说，阐释者则在隐隐绰绰之间。

作者往镜子看，却只能看到写作的东西。这是一种隐喻，它似乎要打消写作想要描绘或反映不是它本身的那种东西的雄心。将镜子演变成目击者，这一隐喻可是威力巨大。因为作为目击者，镜子所要知道要远胜于"我"的视觉所见。作为目击者，镜子充当了那些幻象的隐喻，而读者是不可能通过写作来看那些幻象的。镜子的元叙事功能本质上是一种左右为难，它介乎于一切都会被显示出来的希望和写作才能将事物充分显示出来的恐惧之间，正像大多数引导我们深入事件的最为可靠的向导一样，它在亲见和写作两种方法之间犹豫不决。镜子身兼二职，它既是对象的呈现又是叙述的主体，此间的冲突不是一个身体所能承担的。这也是《镜子里的父亲》难以克服的内在裂痕，尽管其叙事的技巧创新，手段繁多，手法圆熟也是于事无补的。一部如此篇幅的长篇小说，结构生成上的缺陷，总体视角上的裂缝，不是局部意义上的整改所能解决的。

一个不断挫败的父亲在文学的意义上获得了成功。通过李浩，"父亲"一词获得一种巨大的容量，"父亲"犹如跳板的两头，当他处于翘起的那一头时，便延伸为他者的历史；而他处于落下的那一头时，便又沦为自身的阴影。他既是镜像之囚徒，又是反叛惯有文学秩序的反叛者。对父亲们而言，他们既是心理分析意义上的失败者，但其无数的侧面又是现象学意义的胜利。依附关系与弑父行为虽为对立，但互为转化的连接却是叙事的生命。当你把所有的蛋都放进了篮子，你就必须为了亲爱的生活而攥紧篮子。这就好像一个人想要获取整个世界，却用单一的对象和单一的恐惧来容纳，这也是为什么父亲需要繁殖为父亲们的理由。

父亲们如同一个个三棱镜，反映出不同的侧面，射出不同的光谱；好像不同的乐曲，但似乎又由一个声音演唱，即他们同时代的声音，镜中舞台道出的漫长一生的真相与谎言，揭示的是被遗忘所淹没的真情与假象。孤独生活的剖析，黑暗降临时的悲歌，稍纵即逝的映像，无法直面自身的遗漏，活着的死亡和记忆的残存，一切都在言语之中沉浮。父亲们无法看见自身，却要在与对象世界周旋中左右为难：一方面，与周围世界相融合，努力跟上"时代"的步伐，并过多地成为其中的一部分，因而丧失了对生活的需求。另一方面，他们对把自己与周围世界相分离，以便向世界提出他自己的要求，显现自身孤独的存在，并因而失去了按世界本身的要求生活和行动的动力。

"我"的内在某种意义上是父亲们的"外在"，他人也应如此，而一些外在性的东西却又与"我"如影随形，成为我内在的一部分。我也感到我的内在生命是异己和疏离的，好像我的自我意识的一大块被一种想象所掳获并使之具体化的。这种既源于"我"又异于"我"的想象的双重性，体现了"我"与父亲们的特殊关联，也是李浩父亲叙事的隐秘之处。

十

说到底，镜子是物，是中介。镜中有人，那是因为我们的目光。镜子可以魔幻，可以说话，可以拟人，但那已非镜子的属性了。记得罗兰·巴特曾提出了"可读"文本和"可写"文本这两个相对的概念。前者指顺从可理解性模式的作品，后者指实验性作品，我们不知道怎么去阅读这类作品，只能（实际上必须）在阅读的时候去写这些文本。"可写"文本的提出，和巴特支持罗伯—格里耶的新小说是分不开的。新小说的先锋实验因难以卒读闻名。"把一些令人困惑的描绘胡乱堆砌在一起，缺少可以辨识的情节，也没有引人瞩目的角色。"这些都是新小说备受指控的"恶行"。巴特反其道而行之，以称赞新小说一举成名，并且他还提出了，正是这些向我们的预期发起挑战的"难以卒读"的作品最完美地体现了文学的目的。时至今日，巴特的文学地位不可撼动，但他的结论，"民调"的支持率还是相当低的。

可是，发生在罗兰·巴特身上的情况远比我们想象得要复杂且微妙的多。在生命的最后几年中，巴特为准备写小说投入了那么多的精力，因而在放弃的过程中，他似乎是"活着进入了死亡"。他补充说："不过，通过最后的努力，我还是给出了理想中作品的一个轮廓。"这部作品应该是"简明的、有联系的、所希望的"。在他的思想中，简明，意味着容易读懂。他指出："今天，有一些文本很容易被认为是难以读懂的"，当然，尤其是他的那些文本。也许，他的主要失败正在于此：他无法摆脱由他晦涩的语言所构成的保护性外壳。这最后一堂课不无讽刺意味地说明了这一点。他高喊他有着最终被人理解的意志，但却比以往更为晦涩难懂，同时提出了实现可读性的两条规则："一种叙述构架即一种智力逻辑"和"一种并非叫人失望的补充系统"①。很明显，罗兰·巴特致力于"小说的准备"所得出的结论结果是推翻了他那先锋的文学主张。这种推翻并不是异想天开的突如其来，而是颇长时间的隐匿伏笔的。从"新小说"到《新观察家》杂志，他的整个学术生涯都被置于新颖性符号之下，他被看作时尚的裁判。安托万写道："他总是第一个，总是处在先锋位置上，人们不可能赶得上他。"但也正是这位安托万在二十年后，把巴特放在了"反现代性的人们"之列。甚至在当时，巴特的一位学生指出，他很少阅读现代作品，而只满足于看一看他所收到的书籍的封面。晚上，在入睡之前，他重新阅读夏多布里昂、托尔斯泰、普鲁斯特等人的作品。而这位学生的议论一时引起轰动，令众人大跌眼镜。

另外一件事就是，与罗伯-格里耶这一先锋同盟所发生的不快，在1977年上半年的一次罗兰·巴特的研讨会上，罗伯-格里耶在谈罗兰·巴特时颇有微词地说："你会让人觉得从来没有冒过险，而且你会将他们引向离出发点相当遥远的地方。这种旋转的方法就在于使人反感，这是一种不一样的方法，和这种虚伪的方法相比，没有任何理由让谨慎优先。我们也可以说你虚伪（笑）……"也就是在这次谈话中，巴特承认自己"的确很少写关于'现代'的东西。关于现代我能做的，只是策略性的操作"。②罗兰·巴特人生最后的一篇文章是关于司汤达的。司汤达最初未能成功地通过他的旅行日记来告诉人们他对意大利的喜爱。可是，二十年后，他却在《巴马修道院》一书中对于这个半岛写下了"辉煌的文字"，那

① ［法］埃尔韦·阿尔加拉龙多著，怀宇译：《罗兰·巴尔特最后的日子》，中国人民大学出版社，2012年，第238-239页。
② ［法］阿兰·罗伯-格里耶著，余中先等译：《旅行者》上卷，湖南美术出版社，2012年，第187、190页。

些文字极大地鼓舞了读者。从日记到小说出现的这种颠覆引起了巴特的思索，在最后的文章中，巴特努力理解司汤达的奇迹。得出的结论是因为小说的写作，倘若没有小说这种载体，他感觉自己就是"一个缺少言语的孩子"。

之所以在这里写下这一节的文字，那是因为，首先，今年是罗兰·巴特诞辰一百周年，也算是个纪念吧。另外，这个例子同时也提醒我们，所谓先锋也并非铁板一块的集结，你中有我、我中有你的事多着呢！拿《镜子里的父亲》来说，其中那些多少有点老套陈旧的段落也未必全是先锋所能概括的，比如与现代性全然无关的农村叙事，过于常态的细节，那些插入的诗歌与散文；等等。

十一

李浩扭转了我们对"父之名"的信托，我们对权威和力量迷恋和追逐、对无法回避的世界的依赖都被失败的阴影所笼罩。他还告诉我们，这一主题并不是写实主义的专属，而在象征寓言，荒诞变形的转义之中依然存在。这个主题还包括了因权威所激发的敬畏和恐惧，包括了神魂颠倒的盲目顺从和欲望焦虑。《镜子里的父亲》不仅是对权力政治，父权暴力的沉思，而且还是对支撑权力的神话和幻觉的沉思，即使这些神话和幻觉使对之坚信不疑的人丧失人性，并将他们吞噬。对"父亲"的迷恋来之终有一日取而代之的欲望，这欲望无法泯灭，无穷的延续亦是无边的黑暗，是生命也是死亡。这是心灵打造的镣铐，是锁在保险箱中的"魔鬼"。所以，李浩总结说："我、我的父亲、姥爷、爷爷，何尝不是丢了王位和国土后惨遭放逐的国王。我们在一个坚硬世界上，层层丧失、受挫，而自我建立起来的避难也经不起来自再现实的一击。这里，也许是父亲们的集体命运。"① 这样的儿子的父亲构造便成了父亲的儿子构造，这个颠倒了的修辞验证了文学创造的追求。从修辞上说，正是这么一个逻辑，让他者成为自圆其说的形式，而让自我的原型成了他者的替身。

在关于"父亲"的叙事中，有着太多的象征意味和想象空间，虽然他向我们讲述了一个个父亲的单一行动，但事事都有双重解读，内里保留着歧义，并处处都留下了沉默。它让我们明白，一部作品自有一种"潜意识"，不受其创作者控制，在某种意义上说，小说的接受者也是作品的共同创造者。当我们发现，我们理想中的父亲并不是这样的话，我们的抵触情绪就会出现，它甚至会影响我们的阅读和判断。当然，我们也会失望，期待的失落并不是对作品的否定性判断，弄不好它是审美的一部分，甚至是不可或缺的组成。痛苦总是会消失在"更痛苦"里，这是痛苦供需关系；人们等待的时间愈长，他们将要等待的时间可能也更长，这几乎就是历史之中时间分配的原则；一个人可以明白自己说的话，但是对他自己却依然非常迷惑；认同是一个不停地转动的轮子，它使我们永远无法摆脱神经质的痛苦。这些或许就是我们的失望，失望之余，人的"存在"便提到议事日程上来了。

"父亲"的事业是一个失败的事业。失败不是可怕的东西，渴望的无法实现正是人类与世界打交道的特征。如果没有来自补救我们的条件的努力，历史也许会滑向中止。李浩笔下的"父亲"之魅源是一种"挫败"的美，它使人们看到，昔日的确定性的颠倒，以及世界一致性幻想的覆灭。哪怕这个父亲的人生是在不断编筐，而且越编越难看；哪怕这个父亲是变成傻子只会蹲在鸡舍的父亲；哪怕这个父亲用一生精力去经营那最终不归的"如归旅店"……

① 李浩：《现实与文学创造》，《作家》2015 年 2 月号。

对人的存在和本性的思考，李浩的小说有着自身目眩神迷也令人目眩神秘的暗示。说话者越是努力用言辞表达自己，他也就越是使自己无法被理解。澄明的真理只有在它自我解构的微光闪耀时才能呈现出来。虽然文学探索中离经叛道的冒险在他的书写中被记录下来，但结果总是诉说的生活试图记录无处诉说的生活，它们只是黑暗的一部分，是秘密被摹仿的动作，渴望的是符号之真实的人。齐美尔曾指出：对记忆来说，冒险轻易就获得了做梦的细微之处。人人都知道我们多么快地遗忘做过的梦，因为那些梦也是发生在生活总体性的有意义的情景之外。我们所说的"像梦一样的东西"，不过一个回忆，与其他统一而持续的生活过程的体验相比，它联系的线索要少得多。冒险越是"充满危险"，即它越完美地符合这一概念，它就越"像梦一样"。从这个意义上说，"镜子里的父亲"就是"像梦一样"。

冒险的写作挑战的是日常秩序的严肃性，当你写书时，你总是写错书，写错书可能正是该写下的书。就算失败也有不同的类型。有些失败很容易，比如由于我们的懒惰，有些则很难，比如做根本不可能的事情的结果。言辞是一个伟大的搅局者，它总是以确凿的雄辩让我们信以为真，让我们在沉默之处津津乐道，在无法言处面面俱到。语言就像黑洞，本身无法看见，只有通过其对周围天体产生的影响作用，人们才能感觉到它的存在，它吞噬进入引力范围的一切东西。存在倒塌了，被吸入其中，黑暗无底，又辉煌神奇。语言既是不能承受之轻，又是存在的不可能之重，它总是既让人生畏又让人着迷。从这个意义上说，小说是失败者的天堂。这让我想起在窝棚里爷爷与杨世由的默默的对坐，三个小时没有一句话，魔镜看不到他们的内心，而叙述者的"我"则放弃了进入内心的想象，叙事留下空白，至少有四百七十三个字的位置，此情此景小说终于在语言栖身的场所上演了言辞出走的一幕，这是言辞的失败，也是言辞对自我的胜利。

十二

文本既是由作者的个人经验构成，也由其他文本构成，当代稍有艺术抱负的小说家，不管多么谦逊，也不可能不感受到伟大的现代小说革新家的影响，尽管这种影响也许是间接的。"互文性"也许只有从这个角度来理解，才可能具有其普遍性。李浩的特殊性不过在于用一种直白的方式、插入的形式成为其叙述的一部分。

一个叙述者总是隐秘的，换句话说，这种隐秘性既包括通过一点点地提示真相来讲故事的观念，也有我们不知道并且永远不会知道这个叙述者是谁的观念。李浩小说的叙述者似乎两者都不像，有些小说说的是父亲，自然叙述者的身份一开始就明确；而关于"刺客"和"国王"一类的小说的叙述者则有点模糊。《镜子里的父亲》则情况更为复杂，由于作品的体量过大和叙述过长，小说在运用第一人称的叙述时又有变化。我们知道，被称为具体叙述者的第一人称，存在着叙述动机直接和他实际经历联系在一起的问题，此种叙述方法具有强制性的局限性，这一点我们在读《如归旅店》时就会感受到。李浩不缺叙事经验，用不断变化的镜子来化解此种强制性的困扰自然也是不得已而为之的精心布局。并且我们可以进一步推断，化解的手段还不止模糊叙述者的身份，甚至还包括先锋派所惯用的诸多写作策略，诸如蒙太奇和拼贴、梦的记录、现实与虚构界限的游移，侧面、非叙事的连接，反叙事的恣意妄为，不同文本的混搭，文本与超文本的组合，等等。

作为作家，李浩深知假冒与伪造是不同的：假冒即模拟，伪造则是照搬。模拟具有取代某物而制造该物的效果，照搬则是非原创性的呈现。李浩又是一个注重距离，甚至是决裂的作家，需知距离是不可逾越的，而决裂则是极端缓慢的。他善于制造障碍使人难以理解其义，这是一种意义的谋略。隐喻与反讽经常出没于他的文本，那是因为：隐喻像裹着糖衣的苦药，需要对方消化才能体味。反讽的锋芒既可以讨人欢喜，也可以令人胆怯；可以用来强调，也可用来削弱；它使人们聚集在一起，也令人们四分五裂。反讽的话语能够使人明白，人们需要注意的不仅仅是一个现实、一个真理，世界上有各自相互冲突的力量，而对同一种经验有相互冲突的解释。

比如目光。不要以为镜子的地位很重要，实际上目光才是最重要的。"除了一个目光，不再有别的有可注视的东西，看的人和被看到的东西是可替代的，两个目光相互凝视，无任何东西能使之分开，能区分它们，因为物体已经被取消，因为每一个目光只能与它的类似物发生关系。在反省看来，仍然只有无共同尽度的两个'观点'，两个我思，每一个我思可能自以为是比赛的胜者，因为如果我思考另一个人在思考我，这毕竟只不过是我的思想之一。"[①] 现象学哲学家梅洛－庞蒂在其名著《符号》一书前言为目光的冲突写下的话值得深思。我们最终要明白的是，使出浑身解数来获取真相的是目光的欲望而非镜子。

对象在某种事实状况被给予我们，因此我们在定义对象时，必须把这个事实状况包括在内。正如去度假地的旅途是度假的一部分一样，通往对象的道路也是对象的一部分。这就是现象学的基本原理。同样，镜中之物在成为我们的对象时，我们必须同时考虑，它是如何进入镜中和我们的目光是怎样抵达镜中的。问题在于，认识对象的清楚和明白并不取决于镜面的干净与否，而取决于那有点说不清道不明的目光，视差之见会导致镜中之物呈现的结果是不一

---

① ［法］梅洛－庞蒂著，姜志辉译：《符号》，商务印书馆，2003 年，第 19 页。

样的。

再比如传统与先锋。反传统总是先锋的旗帜，实则先锋所反对的只是一个时期或部分的传统。任何先锋都无法摆脱追溯本源的命运。现代主义对现在感到不安，他们力图拒绝距现在最近的过去，以及导向这个过去的线性时间，他们喜欢把遥远的过去作为模仿和论据。就像马尔克斯经常模仿某种怀旧，目的是为了去除这种怀旧。李浩喜欢提魔术师一词，而写下《沉默之子》的迈克尔·伍德则断言，纳博科夫是使用面目全非的陈词滥调的魔术师，像恶魔一样挖出所有我们以为妥善埋好了的陈词滥调。拿传统说事，借力打力是先锋运动的叙事策略。历史上伟大的启蒙运动也不例外。启蒙既不想再度回归文艺复兴时代，也不认为必须最后裁定古今之事，因而它就像不宽容基督教神学的严酷教义一样不宽容神话的轻浮虚妄。它希望借前者之力来间接打击后者。

这也使我联想起李浩笔下的男人和女人。李浩是拒绝写女人还是不会写女人，以前这似乎一直是个疑问。而《镜子里的父亲》则打消了我们这个念头。奶奶的侧影和姑姑的阴影给我留下了如此深刻的印象，李浩写她们一点也不比写父亲们和兄弟们差。我甚至想说，李浩关于父亲们的文字写得太多了，而对"母亲们"的情感则隐匿得太深了。需知，"弑父"与"恋母"是如此须臾不可分割的一种结构性的东西。当然，扯上这几句闲话有点偏题，借用李浩的话来辩护，不妨也是一种镶嵌吧。

还是圣伯夫说得有理，伟大作家吸收的不只是一种传统，而是所有传统，而又没有停止成为一个现代人中的现代人。他观察着地平线上出现的每一只新帆船，但他是从高山上俯瞰的。他用宏大的背景和感觉来丰富和支持他的个人见解，并因此使现在成为它应有的样子——不是对过去奴颜婢膝的模仿，也不是绝对否定过去，而是对过去创造性的延续。

十三

　　我的文章试图思考和弄清以上的问题，但一不小心会遇上目光之目光，写着写着就会离题万里，评论不像评论。或许，我们的要求需要更高，像年轻的卡夫卡希望的那样，一本书必须是一把冰镐，砍碎我们内心的冰海。或许，我写下的评论和作品的意图是南辕北辙、同床异梦、各说各的不是一回事。就像奥登所感叹的那样：一个作家的着眼点与读者的着眼点永远是不同的，如果他们间或相一致，那是一件难得的幸事。应当明白，书写和阅读这两件事远远超出我们关于沟通的狭窄观念所允许的范围。

　　写了几十年具体的作家作品论，老实说，此次我想离开具体的东西远一点。我想享受一下"我思故我在"的悠闲自在和泰然自若，也想尝试一下"我视故我不在"的神秘与陌生。

附录

被记忆缠绕的世界

——莫言创作中的童年视角

> 十六世纪，意大利作家、诗人卢多维可·阿里奥斯托将《疯狂的奥兰多》献给他的保护人德埃斯特主教。诗人得到的唯一报酬是主教提出的问题："卢多维可，你从哪里找出这么多故事？"
>
> ——荣格

今天，莫言终于以其《透明的红萝卜》为文坛所注目。不止于此，他其余的四个中篇、十个短篇也一下子放在你的面前，这不能不使人感到惊讶。

一个作家的故事（小说）从哪里来？是对以往经历的重温，抑或是对未来的憧憬？是对外在世界的描摹、观察与思考，抑或是内心世界的体验、记录与反省？这当然都有可能。而且这两者又总是彼此参照、相互渗透，以至我们经常地难以分清。

所以，当我们审视作品所反映的生活时，别忘了那渗透其中的主体意识；当我们注视作品的情节模式时，别忘了那深一层的心理行为的模式；当我们总结作品的社会历史内容时，也别忘了那与个人经历密不可分的情绪记忆……

此文将借助批评的眼光、感觉与推测能力，从莫言的小说世界中寻找创作心理上的种种诱惑。尽管这种寻找会带来实证上的某些困难，但我还是勉为其难，因为它本身也有自己的某种心理诱惑。

一

不知道他们从哪里来。

这是一个联系着遥远过去的精灵的游荡，一个由无数感觉相互交织与撞击而形成的精神的回旋，一个被记忆缠绕的世界。

1985 年的莫言耕耘了这样的一块处女地。这是一块生于梦中的陆地，当我们踏上这块土地的时候，感到有一种精神创造的力量使这记忆中的一切变成现实，仿佛是那个永远存在的家乡在召唤着他；他跨过平川与河流，看见伛偻的腰背着无形的包袱，看见贫瘠的土地，看见"结着愁苦的车轮轧出的血红的辙印"，看见饥饿的亲人，看见重浊的夏天与悲凉的秋天，看见人们在那儿默默地承受着生活的重压，看见在青翠的麦苗与金黄的麦浪之间生命的再次诞生……

莫言感慨人的命运。带着新婚的幸福重又回到那度过苦难岁月的农场（《黑沙滩》）；出外当兵，受到现代文明教育的"我"，重又回到家乡，与父亲、妻子的愚昧落后观念之间一场不可避免的冲突（《爆炸》），作者经常用一种现时的顺境来映现过去的农村生活。而在这种"心灵化"的叠影中，作者又复活了自己孩提时代的痛苦与欢乐。

"童年时代就像消逝在这条灰白的镶着野草的河堤上，爷爷用他的手臂推着我的肉体，用他的歌声推着我的灵魂，一直向前走。"

莫言的作品经常写到饥饿与水灾，这绝非偶然。对人的记忆来说，这无疑是童年生活所留下的阴影，而一旦这种记忆中的阴影要顽强地在作品中表现出来的时候，它又成了作品本身不可或缺的色调与背景。《黑沙滩》和《五个饽饽》，表现的时代特征各有不同：前者是写动乱岁月中军民之间发生的故事，后者虽不见明确年月交代，但从围绕着人与人之间的隔膜与沟通所发生的事件来看则是明显地联系着旧社会的。在一个解放军农场中，战士们收留了为饥饿所逼而来的农村母女俩，在违反军纪党纪的表层下，作者热烈地歌颂战士正气凛然的举止，并且无情地鞭挞了时代错误所带来的罪恶；而在饥饿的岁月中，发生在除夕之夜的故事则更忧郁委婉，农村常见的供神习俗，使得一家人牺牲了仅有的几个饽饽，对饥饿的进一步忍受则又表现了精神的"饥饿"，结果在五个饽饽被偷而带来的怀疑则撕破了"我"——一个儿童所应有的对人的起码的信赖和尊重。

透过两则表面差异很大的故事，我们不难发现它们又都是以饥饿作为共通的情节核。写饥饿，作者常常又写到秋季，他把农村的收获季节与饥饿放进同一画面里，自然为的是加重饥饿的色调。饥饿使军民之间的鱼水关系在暗淡的岁月中变得更加醒目，它又使人的隔膜与不信任变得更加黯淡无光。饥饿离开美好那么遥远，但它有时又照亮了人心与人心间的通道。

与此同时，莫言又是经常地写到发大水，"听老爷爷辈的老人讲到这里的过去，从地理环境到童年奇闻轶事，总感到横生鬼雨神风，星星点点如磷火闪耀。"就在神秘的预感中引来了"大雨滂沱，旬日不绝，整个涝洼子都被雨泡涨了"。大水之中，人的整个希望与失望、侥幸与绝望、生与死、筋疲力尽的恐惧和面临死亡的混沌茫然都在意与象的融合贯通之中表现得淋漓尽致。

如同写饥饿都要写到秋季一样，莫言写水灾也经常写到死，这在《老枪》中亦如此。谁都会感到，在这样的背景下，童年不会是幸福的。然而，莫言的作品并不全是旨在描写一个不幸福的童年，并由此揭示出造成这种不幸福的社会根源——对某些作品来说也许是如此，例如像前面提到的《黑沙滩》——问题的另一面在于，为什么莫言的好些作品都不约而同地选择了水灾与饥饿呢？而且这种描写又总是带着一种忧郁与惧怕，这显然是反映了作者对童年阴影的一种希望摆脱而又难以摆脱的心境。这也就是为什么同是写农村，张炜却又偏偏选择庄稼成熟的田野一样。

童年生活的记忆，缠绕着莫言的艺术世界，同时又参与了这个世界的创造。

二

在一些多少真诚而非矫揉造作的小说背后，总是隐藏着作者摆脱不掉而又想极力掩饰的心理摩擦，而艺术的创造恰恰又正是在这两难之中求得生的权利。透过莫言小说的缝隙，我们将不难发现，正是这不幸福的童年记忆，作为人的心理积淀的表现，才产生了莫言世界独有的底色。

莫言做过工人，他的作品却压根也没有工人的味道；莫言当过兵，他的作品自然也有写部队生活的，遗憾的是他的《岛上的风》和《雨中的河》还缺少兵的魂。作为一个小说家，莫言骨子里面还是个农民。他的作品之所以出色，就在于他作为一个艺术家有着农村生活的根、农民的血液与气质。同是写农村，没有在农村的童年生活的印迹，其写农村总会有一道难以弥补的裂痕，只要比较一下张炜和矫健的写农村，我们是不难发现这一裂痕的。莫言笔下的"农村"是有童年的，童年的记忆在他的笔下获得了艺术的再生。

这一童年生活的不幸福，还表现在与父母间血缘关联的断裂。父母对孩子自然有一种生命延续的依恋，孩子也同样会对父母有着一种血缘上的感情依附。而莫言世界的孩提时代偏偏与父母间"没有温情，没有爱，没有欢乐，没有鲜花"。《石磨》写到的记忆中的母亲只是用推磨这繁重的劳动来使唤孩子和惩罚孩子，父亲则是"揪住我的头发狠狠地抽了我两个嘴巴"；《五个饽饽》中的母亲"罚我跪下"；《枯河》中的那位从来没有打过儿子的母亲用"戴着铁顶针的手狠狠地抽到他的耳门子上……弯腰从柴垛中抽出一根棉花柴，对着他的鼻子没眼地抽着"；《老枪》中更是因为违背了叮嘱，不好好读书反拿了墙上的枪想为父亲报仇，结果被母亲用菜刀砍下了手指。

当我们把所有这些出现在莫言作品中母亲形象的行为细节放在一起的时候，它们竟会变得如此意味深长。当然，作者也并不是因为要写出一位母亲的"恶"才如此设计的，如果这样的话，那太流于皮相了。相反，作者倒是通过母亲的种种反常行为来写出一种特殊状态的爱，这种爱的特殊方式在于一方面勾连着许多独特的时代背景内涵，像《爆炸》中描写一位老农民因一辈子为物质与精神的重负所累，到头来不曾给儿子一点温情与爱，作者不是为了简单地表现人性的丧失，而是追溯到历史重负所造成的父母情感的变异；另一方面又是在童年记忆表象不断重现的背后夹杂着一个成熟了的儿子对母亲的情结回归和理智反省。

但是，作者对这样一种父母形象的选择，是否还有其他更为深层的无意识记忆呢？为什么同是写农村、同是写童年、同是写母亲的作家，京夫笔下的母亲又总是那么慈祥、那么善良，即便是再苦再累的岁月，童年的"我"也是同样依恋着母亲，而莫言笔下的母子关系又偏偏表现出一种逆反的情感关系呢？这种差异是缘于不同的构思模式呢，还是创作上不同的心理诱惑？这是个难解之谜。

莫言笔下的农村孩子都是或多或少患有身心障碍的，他们常常和父母的关系不亲密，而父母的形象又是在历史与现实的重负面前经常地处在压抑和发泄的高峰状态。《透明的红萝卜》中的黑孩，自始至终都表现出相当严重的不安感，一种精神上的焦虑，对特定的事件、物品、人或环境都有一种莫名的畏惧。作者写黑孩:"又黑又亮的眼,脖子细长挑着这样一个大脑袋显得随时都有压折的危险,别人都说他给母亲打傻了。"当菊子姑娘怀着一种天然的母爱去保护他的时候,黑孩则猛地在姑娘胖胖的手腕上狠狠地咬了一口,而且咬出血来。这咬一口隐约地表露了黑孩的一种仇母心理。甚至作者在写到父母打孩子的行为时,不断地重复"狠狠地"这几个字,也可以看作这种情结断裂的自然流露。

追究这种断裂的起源,自然会联系到创作上的心理根源,它可能是作家进入创作状态时灵性爆发的一种符号,也可能是一种遥远的情绪记忆在起作用,甚至包括两者间的相互交融。

三

在缺乏抚爱与物质的贫困面前,童年生活的黄金光辉便开始黯然失色。于是,在现实生活中消失的光泽,便在想象的天地中化为感觉与幻觉的精灵,化为安徒生笔下那个小女孩手中的火柴微光。这微光照亮了爷爷奶奶,亦照亮了儿时的伙伴。

微光既是对黑暗的一种心灵抗争,亦是一种补充。童年失去的东西越多,抗争与补充的欲望就越强烈。对人来说,心灵无疑是最富有诗意和神奇色彩的平衡器。人所没有的,它会寻求替代;人所失去的,它会寻求补充。于是,爷爷和奶奶的形象出现了。

莫言总是以一种特殊的感情和语调写到爷爷和奶奶。有时,他不仅用文字直接写出爷爷在家庭生活中代替父亲的作用,而且也是在字里行间充溢着对爷爷奶奶的一种深情的依恋,《大风》这篇小说就是用一种忧郁的笔调表达这种感情的。从小跟着爷爷去拉车,一次拉草回来的路上遇到大风,大风把什么都刮走了,只剩下一根夹在车栏里的草。这根草成为"我"纪念册上最宝贵的一页。是的，遗忘的风可以把什么都刮走，但却刮不走对爷爷奶奶的记忆，因为他们补充了这个失去了父母之爱的童年世界。

而幼小的生命对于老年人的选择，反过来也印证了老年人在生命将要走到尽头时有一种依恋童性的本能，孩子和老年人在年龄上相去甚远，但在生命的某一点上他们又相距最近，最容易相通。

莫言世界中的这种暖色调对冷色调的抗争和补充，还可以追溯到他写到的儿时伙伴。从《秋千架》的"我"与小姑、《三匹马》中的柱子与伙伴、《枯河》中的小虎与女孩一直到《石磨》中的一对青梅竹马等，在他们的各种各样的交往中都自有一片欢乐，哪怕是怄气、打赌、相互嘲弄甚至打架都倾注了他的全部热情和爱，只要他们在一起，便每天都用一种全新的方式重新安排和创造自己的天地。莫言作品中经常有的幻想、幻象和幻景都和这个天地有关。

这个天地不时以自己的色调涂抹着并不幸福的童年。一个男孩和一个女孩从事拉磨的劳动，只是因为两个人在一起，便自有一种幸福感；《三匹马》中的柱子，当他要在一群孩子面前维护自己的尊严，表现自己的勇气时，不管是掏螃蟹窝黄鳝洞还是举柳条劈肥大的玉米叶；不管是逗能的吵架还是干脆来一下力的角逐，都有着孩子改造世界与表现自我的兴奋。

你看作者对打架的描写："柱子朝着这个比他高出一巴掌的男孩子，像只小狼一样扑上去。两个光腚猴子搂在一起，满地打滚。……最后，孩子们全滚到一边，远远看着，像一对肉蛋子在打滚。螃蟹扔到路旁青草上，半死不活地吐白沫。黄鳝快晒干成干柴棍了。柱子那条蟹子腿正被一群大蚂蚁齐心协力拖着向巢穴前进。"不知怎么的，我总感觉莫言笔下的这幅打架图像，不仅反映的是儿童的生活情趣，而且叙述也是出之于一种儿童的审美视角。

四

　　然而，微光毕竟是微光，爷爷奶奶和儿时伙伴作为一种感情补偿毕竟弥补不了自然灾害及丧失父母之爱所带来的心灵创伤。

　　所以，这个童年又是孤独的。由于孩提时代所经历的特殊的境遇，加上独特的性格特征，"他"开始变得不喜欢说话了。

　　而莫言作品特别多地写到哑巴，显然和这有着若隐若现的联系：《透明的红萝卜》的黑孩是个哑巴；《枯河》的小虎像个哑巴；《秋千架》中男的是哑巴，一连三个孩子也是哑巴。不但如此，如果算进那些基本上不说话的形象那就更多了。我简直怀疑，莫言处处表现出那种对人处在无声状态的兴奋是否可以证明他本身就不喜欢说话。

　　作者有一种出众的才能，即用传达感觉的方式，拆除生理缺陷所造成的交流障碍，使手势眼神的"语言"更为丰富动人。他的一个最为与众不同的地方在于，通过个人感觉的信息传递而将听觉功能转换为视觉或其他知觉接受。例如：写"女孩的喊声像火苗一样烧着他的屁股"；写孩子与人对话，用"嘴巴咧了咧"，"牙齿咬住了厚厚的嘴唇"，"用力摇摇头"；写黑孩回答队长的询问："迷惘的眼睛里满是泪水"，"眼睛里水光潋滟"，"泪水从眼里流下来"，"嘴唇轻轻嚅动着"……

　　注重非听觉的感知器官的表现力，在莫言的创作中，已经不是一个具体规定情境中的描写特色，而是整体性的一种审美境界，或者说是这个世界的底色。他有时候写得特别来神，就是因为叙述与被叙述都进入了无声状态，而写得特别糟的时候，那就是语式出现了不谐和的噪声。莫言的小说给人带来的艺术效果，简直就是无声电影，就是一场哑剧，哪里寂静一片，哪里就渗透着莫言的感觉。不知怎么的，他的作品即便是写声响，对我们来说也只是一种视觉效果。而声音则仿佛来自太遥远的地方，给人以朦胧飘忽之感。我想，莫言在小说中喜欢用"看见声音"的字眼，至少也可以看作小小的注脚。

这或许是因为身心的过于压抑而使他改变了自己的宣泄渠道。就像那幽灵般的黑孩：他不能与常人交流，便与万物交流；他听不到常人的说话，便听"逃逸的雾气碰撞黄麻叶子和深红或是淡绿的茎秆，发出震耳欲聋的声响"；他得不到抚爱，便在水中寻求"若干温柔的鱼嘴在吻他"；凡是他在这个世界听不到的，便在另外一个世界听到，而且是更奇异的声音；凡是人世间得不到的欢乐，他便在另一个梦幻的世界中得到加倍偿还。心灵感应的对象与途径变了，感觉的方式与形态也会相应变化。莫言创作中最主要亦最重要的特色，就在于他审视世界的非常态，他总是以一种超常态的感觉把握世界、创造世界，结果又总是引起人们的超常态反应，人们总是太注意解释他所审视的对象，但却常常忽略了他是如何看这个世界的，他的眼睛到底与我们有什么不同？结果就被作品中那些反常态的描写弄得六神无主，心慌意乱。

莫言的奇怪正在于他的艺术世界应了他的名字——莫言，无声的感觉。这感觉穿过"秋天的一个早晨，潮气很重"，"村子里朦胧着一种神秘的气氛，狗不叫，猫不叫，鸭鹅全是哑巴"；穿过"夜色深沉"，穿过小镇的大街，穿过除夕日积了几尺厚的大雪……这个世界好像离我们很远，又好像离得很近。它含有一种模糊的启示，从而唤起人的一种迷蒙的感受和无尽的回忆、联想。

五

《三匹马》写了一个农村家庭的合合离离的故事，这种较为常见的故事并不见得有什么新意，耐人寻味的实在故事、表面情节的演进过程背后，蕴藏着的某种特殊的心理模式。我们所要指出的是这样一种心理模式，就是导致人的情绪发展和意志行为的"暴力"倾向和死亡诱惑。

莫言几乎所有的作品都有一个类似《三匹马》这样一种表层故事模式背后隐藏着的心理模式。《石磨》中写两个人的打架，"她恼火了，扑到我身上；我恼火了，拉住了她一只手，狠命咬了一口"；《五个饽饽》中那个"我"也因为失去了五个饽饽而像一只狼一样扑上去；《枯河》中"我"因惹祸而遭哥哥发疯似的狂踢；《三匹马》中的用绝技狠命抽马……这些人因为心情的过度压抑而产生的行为发泄，几乎也都是莫言故事发展的高潮。

莫言小说的另一个发泄渠道是死亡：《金发婴儿》中"我"在极度矛盾的心理冲突中因承受不了传统观念和个人耻辱的双重压力，结果用双手扼死了妻子与别人生下的金发婴儿。除此之外，以死作结的还有《三匹马》《老枪》《秋水》诸篇，更有意思的是《老枪》和《秋水》的结尾几乎是雷同的，这种开枪他杀和自杀的雷同不止是情节发展的相似，更为重要的是心理需求的同归。

暴力行为和死亡诱惑作为某种心理解脱的途径实际上是来之于创作心理上的双重轨迹，即叙述者的心理轨迹和叙述对象的心理轨迹。这不是两条并行的轨迹，相反，它们时常相互纠缠不清，互相排斥和渗透都是可能的。对莫言来说，暴力与死亡可能是出之于作者对传统重负所造成的反抗，也可能是个人心理历史印痕重现的结果。

在莫言的小说中，心理行为的过程远远要大于情节构制过程。可以这样认为，对他创作灵感有激发作用的往往是心理的行为模式，他的作品总是起始于人的某种情绪状态，或孤独、或畏惧、或忧虑、或压抑，而小说叙述的推衍又每每将这种情绪状态引向高峰，这样，它的结尾又必然要为这种高峰状态寻找某种宣泄渠道才行。

六

读莫言的小说，我原以为会更多地看到一个成年人的世界，结果却是看到一个植根于农村的童年记忆中的世界，一种儿童所独有的看待世界的全新眼光。

这个"世界"不断地有色彩，不断地有光线，也不断地有各种各样变形的图像。它使人产生一种特殊的心情，使人感到忧郁、感到孤寂。一个弱小的心灵承载着超重的负荷，当他回首往事时，又流露出对少年时代这一瞬间变成历史的吃惊眼神。

这个被记忆缠绕的童年世界，使作者叙事投影的外视角和内视角呈现出一种淡淡的覆盖一切的色调，这是在一切艺术手段背后的感觉的底色。它所唤起的并不是一个绿色的、凉荫荫的、令人感到抚慰的田园记忆。而是用儿童般不同凡响的色彩，纯朴天真的幻象，屡屡被伤害的幼小心灵所具有的特殊的感觉，几近荒诞的任意表现，表现出儿童对生活的神秘感和某种程度上的畏惧心理。

莫言作品的儿童视角，不止是在于他经常地把孩提时代作为描写的对象，重要的还是他那些最为优秀的篇什都表现了儿童所惯有的不定向性和浮光掠影的印象，一种对幻想世界的创造和对物象世界的变形，一种对圆形和线条的偏好。像我们在前面略有提及的《球状闪电》，其创作上很大一部分的心理动因就来之于一位尿炕者一生梦境般的心绪：少年时代尿炕所带有的耻辱感和自卑感；长大了考大学考不上的尿迫感；婚姻的自由与不自由的纠葛所造成的压抑感、焦躁感。在这种种感觉的笼罩下，出现了许多模模糊糊似懂非懂的图像，记忆之河结了厚浊的冰，水流在冰下凝滞地蠕动着……通篇小说已不止是人的感觉的记录，而且还有着许多"牛眼看世界"和"物眼看世界"的有意味的表现。

不像读有些作家的小说，我们从他的语感中能体味到一个作家长时期对语言的锤炼和修养。莫言的语言缺乏这些，但他那种儿童般制造幻象的天赋，成功地在语言上化短处为长处。拿比喻来说，一个成熟作家的文体讲究，一般很少用比喻句，特别是明喻，而莫言不然，用得特别多，而且常常出奇制胜，自有另一番滋味。这恐怕也是和他的儿童艺术的投影分不开的。

七

对莫言创作现象的无所顾忌的感受与小心翼翼的推测，仅如此而已。这种大致的归纳并不能囊括莫言创作的全部内涵。其他的因素也绝不会因为这几种心理诱惑而变得无足轻重，相反，可能在某种程度上比这种记忆的缠绕更重要。像莫言小说中经常出现的那种对几千年封建传统所遗留下的旧习俗旧观念的痛恨；时代进程所必然带来的几代人之间的情感撞击与裂变过程等，也都同样是莫言小说中不可忽略的一个方面。我们甚至还可以认为莫言小说的叙事体态、语式、结构模型诸形式也都是同等重要的。但是，把这些都付诸批评的实践，已不是本文所能胜任了。

而我们对莫言创作上种种心理诱惑的感觉与推测，只是为了在某个侧面验证那句已被人重复了多次的名言——

"作家的作品只是秘密成长心灵的外在成果！"

1986 年 1 月于上海

注　文中所涉莫言作品出处：

《黑沙滩》载《解放军文艺》1984 年第 7 期

《雨中的河》载《长城》1984 年第 5 期

《岛上的风》载《长城》1984 年第 2 期

《透明的红萝卜》载《中国作家》1985 年第 2 期

《大风》载《小说创作》1986 年第 5 期

《老枪》载《昆仑》1985 年第 5 期

《秋千架》载《中国作家》1985 年第 4 期

《枯河》载《北京文学》1985 年第 8 期

《石磨》载《小说界》1985 年第 5 期

《球状闪电》载《收获》1985 年第 5 期

《金发婴儿》载《钟山》1985 年第 5 期

《三匹马》载《奔流》1985 年第 9 期

《秋水》载《奔流》1985 年第 8 期

《五个饽饽》载《当代小说》1985 年第 9 期

《爆炸》载《人民文学》1985 年第 12 期

折磨着残雪的梦

一个未经解释的梦就像一封未曾拆开的信。

——犹太法典

当我们把残雪的小说称之为"梦"的时候，也许有人会同时向我们露出其颇具疑惑的神情，他们甚至怀疑我们对残雪小说的基本态度。这是有可能的，因为作为日常用语，"梦"往往是指的一种枉费心机或者痴心妄想、一种徒劳无益、一种异想天开、一种脱离现实的胡思乱想，这种态度实际上把梦局限在了一个非常有限的语义范围之中。

梦常常伴随着黑夜，对这个世界来说，有意义的事都发生在白天，发生在我们醒着的时候，然而这个曾一度支配着我们思维与言语的想法，终于被现代心理科学所打破，科学的光亮提前释放了梦在冥冥无期的黑夜之中的囚禁。这样，梦逐渐地开始了被解析、被认识，在人类智慧的辉映下，隐蔽的神话越来越显示出其本来的面目。这样，当残雪奉献出其一个个这样或那样的梦时，我们也因多少知道一点如何启开这些未曾拆开的信的方法，而越发变得自信与沉着了。

一

一个曾经历经劫难的"她",也同样经历了许多年摆脱劫难的挣扎。而今,随着大时代的更迭与变迁,"她"也终于开始了平静的生活。是的,我们所能看见的"白天"中的"她"与"她"的"白天",确实与昨日不能同日而语。但是,那曾经有过的一切坎坷、艰辛与梦幻,却不论在什么时候,都作为一座攻不破的营垒,长久地保存在"她"的记忆之中,它们存在于隐暗深处、存在于不可见的幻象状态内;它们并不轻易出来,但却永不消失。

"南方的夏夜,神秘无比。当纺织娘和天牛之类的小虫在外面的树丛里叫起来的时候",六岁的"她"就开始梦游起来;自从从小带"她"长大的外婆死后,那墨黑的夜晚降临,这颗小小的心就在胸腔里扑扑地跳着,尖起的耳朵倾听隔壁房里的鼾声,一种孤立无援的恐怖慑住了"她",心里因为温柔的怜悯抽成一面,"对于门外那连绵死寂的山峦,对于那满天的繁星","她"第一次尝到了一种奇异的害怕的联想……当"她"睡熟的时候,那心中南方夏日的骄阳便令"她"从另外一种存在形式中醒过来,"她"开始了文字符号的梦游,创造了从未发生过的,以及有时在现实上或许是没有先例的故事。萦绕残雪的梦一旦开始了它的字里行间的流动,我们的心便也跟着开始游动起来……

"我在那个世界里的事情",记得一开始外面正下雪,空旷的雪野里渺无人迹。后来雪停了,月白色的天庭里垂下刺目的冰凌,我仰面躺着,伸出一个指头,指头上长满了霜花。原野里有冰冻的仙人掌,还有透明的爬行动物,那些精致的冰柱从天上垂下来,戳到了地面。我侧一侧脑袋,听见一种"哧哧"的响声,那是冰柱在向地底生长。

打开"天窗",这里的墓地经年吹着孤独的风,有时也夹带着黄沙，暴雨一样打在屋顶上。在古柏下听起来，风的声音特别大，隐蔽着威胁似的。我已经习惯在独立的风中，那时这世界空空荡荡……

这些梦的情景，不是刮风，就是下雨；不是下雪，就是下雾，与其说风是孤独的，不如说那颗缺乏保护的心灵正面临着孤独的侵袭。风和雨使她备受攻击，而雪和雾又把她与这个世界隔得很远。于是，"北风在凶猛地抽打小屋杉皮搭成的屋顶，狼的嗥叫在山谷回荡"；于是，这种情景便带来了一连串的噩梦，那个"我"正在被噩梦所纠缠。噩梦袭击着小屋，从窗口钻进来，不时发出梦的音响：底下传来"呵呵"的狞笑，恨恨的咒骂，歇斯底里的吼叫……"喀嚓，喀嚓"的牙齿的磕碰声，脚步"嘣隆，嘣隆"的；地板都踩踢了一块，还有窗外永远不消的脚步声"嗵，嗵，嗵……"；屋后，总有一个人在挖泉眼，"咕，咕，咕……"那响声长年不断；不止于此，这种神奇的响声还有空间的能量："嘣隆，嘣隆"的响声从四面八方涌来，甚至半夜醒来，也能听见她丈夫嘴里发出的声响；自己的男人用力嚼着一块软骨，也能弄出声响。声响不仅是外来的，而且更有人体内产生奇怪的声响：喉关节一动，"咕咚"一声咽下一大口酸汤；声音"嗡嗡"地从两个膝盖的缝里响起来，与此同时，"我"的怀表出了故障，齿轮咬得那么紧，"嘎吱—嘎吱"地呻吟着；问题逐渐严重起来，"她"开始感到体内已经密密地长满了芦秆，一呼气就"轰轰"地响得吓人……

声音就是这样地发出来了，它不是一种玩具装置，不是电子音响，也不是一种比喻，而是一种被感知的存在，这样，我们这些醒着的人们就不免会对它抱有一种不信任的态度。这音响是如此的神奇，足以使一切轻信的心理不得不求助"恐惧"的庇护。是的，这种梦中人最易发出的声音和清醒者梦后最易恢复的声响记忆布满了残雪的小说，它既反映了做梦所特有的知觉状态，又同时反映了清醒者对梦的印象与观察。

对醒着的人来说，梦是布置迷魂阵与设计天然迷障的大师，而扭曲、变形、凝缩的改头换面又是它的拿手好戏。但对生存在梦境中的"他"与"她"来说，大师并不存在，也没有"好像""宛如"的东西，一切都是如此的现存。这从四面八方涌来的情景与声响，不仅包围了梦境中的"他"与"她"，使他们陷于恍恍惚惚之中而难于自拔，抑郁而怏怏不乐，不安而又杞人忧天，恐慌而又悲天悯人，而且也在我们与他们之间树起了一道难以逾越的屏障。

好在，残雪的文字符号拆除了这一屏障。

二

尽管我们事实上已露出了各种各样疑惑的表情，但终于能走进这个世界，并且能睁大我们的双眼去认识这个世界了。由于把它们都看作梦，所以我们也就权且放弃白日世界的一切可供利用的"度量衡"，像一个学生初次走进教室那样，怀着同样恍惚的心情，以我们仅有的既是个人又是大众的经验去接近它。但这个梦幻的世界却并不因此以同样的态度来对待我们，它像着了魔似的，依然按照自己的时间表运行。

什么时候，感知世界的官能出了毛病？窗子上会看到被人用手指捅出数不清的洞眼；父亲格外沉重的鼾声会使她感到瓶瓶罐罐在碗柜里跳出来；她看到小妹的眼睛竟然一只变成了绿色；母亲的眼神竟然使头皮麻肿起来……这个她，作品中的"我"，不时地向我们发出她对周围现实的感觉。这一切都发生在那"山上的小屋"，"我"睁大了双眼，竖起了身上的每一根神经，似乎什么也看不见，什么也听不见，又似乎什么都听见了，什么都看见了。

而那头神奇的"公牛"又是从那里来的？带着一身令人胆颤

心惊而又熟悉的紫光，一只牛角把板壁捅了一个洞，总让人瞧见那浑圆的屁股，缓慢地移动，踩得煤渣在它脚底苦苦地呻吟。煤渣哪会"苦苦地呻吟"？恐怕是那与世隔绝的房子被捅破的缘故吧！由于这神奇的东西整日整夜地绕着"我们"的房子转悠，致使那害怕被人窥视的心理越发地焦虑不安起来了。这种情绪上的焦虑之所以引起我们特别的注意，是因为它几乎波及了残雪的所有小说。读残雪的小说，我们不难发现，其中所涉及的情绪状态无不都是以条件性害怕的焦虑症作为诱因的，而且，这种情绪的感知地域总不外乎于屋内：不止《公牛》与《山上的小屋》，还有像《阿梅在一个太阳里的愁思》中的阿梅，躲在自己的房里，自从邻居用一只煤耙子在墙上捣了一个洞，风就从那个洞里直往我房里灌，围墙发出"喳喳"的响声，好像要倒下去，压在"我们"的小屋顶上，"我"怕极了……有时，我们不得不怀疑：这个无处不在的屋子难道真的那么值得留恋吗？以至读到《苍老的浮云》，老况发现了她那卑鄙的意图，才沮丧地开口说："所有的门窗全钉上铁栅子，是她事先唆使我钉的。"老况的发现是重要的，但她却全然不顾，躲进坚如磐石的小屋，把窗帘掀开一角，向外面的人扮出放肆的鬼脸，甚至肆无忌惮地发表自己的哲学："我们的门窗钉得多么牢！现在我多么安全！他们来过，夜夜都来，但有什么法子，徒劳地在窗外踱来踱去。打着无法实现的鬼主意罢了……"

对那个喜欢躲在阴暗角落里的她来说，他们是否真的存在，是不重要的，甚至那个坚如磐石的小屋是否存在，也同样是不重要的。只要那烦人的焦虑症存在一天，什么样的无中生有的幻象都能制造出来。所谓心理上的焦虑症，总是要没完没了地担心可怕的或有害的事情就要发生。如果是因做贼而产生的心虚，这种状态无疑是一种现实的担忧与害怕，但如果并不知道自己做了什么，而整日担心别人会发现自己做了什么见不得人的事情，这种状态就是焦虑。对人的心理来说，焦虑极富煽动性，它常常使人在一定的对象面前作出不切合实际的反应，它实际是一种精神上的过敏症，它经常以一种非常态的方式，通过变形、虚幻、夸张的外观图像的呈现，把心理上的过敏对象化。这就是为什么"她"只有躲进这个全钉上铁栅的小屋才能摆脱不安，为什么太阳升起时，"她"只有把窗帘遮得严严的才会自鸣得意的心理原因。

小说中不断地出现着的那个梦："……林子边上挂着一轮血红的太阳，恐怖地晃动，红光满天，青烟上升，落叶纷纷。唯有一只乌龟在泥潭边爬。这只很老的乌龟，它沿着泥潭边缘爬，眼珠红得往外爆，它爬着。它背上摔开一条裂缝，暗红的血迹拖出一长条，它还是无可奈何地爬。"这个梦使我们不由得联想起更善无与虚汝华们、慕兰和老况们，他们的那种怯懦与猥琐，狼狈与失败，但小说并不是向我们证明，这个世界上有这么几个人实际活着（如果这样的话，那么这毕竟太肤浅了），相反，它所要描写的恰恰是一场场噩梦在一种心理病症的折磨下是如何滋生的。与时钟走得不一致，内心的时钟似魔鬼般地按疯狂的、无论如何也是不合常理的方式奔跑，外部的时钟却是断断续续地以通常的步子前进。当我们面对残雪那被梦萦绕的世界时，切记不要忘了这两种时钟的差别。

更善无总是那样的一幅肖像，逢人讷讷地开口，小心地挪动脚步，嗫嚅地告别，甚至接近蛾子也要猫着腰，总是猥猥琐琐地从街上走过，而唯独责怪自己是白痴时却又表现难得的满腔忧愤……所有这一切并不完全属于他的行为规范，他之所以这样做，却是为了掩盖自己心中不可告人的所谓隐私。为了达到掩盖的目的，他做出种种的表演，竭力地和大家一样地装模作样；总是极力地去笑别人，其实是为了心里的害怕，怕暴露自己，才假装出一副姿态，好像发现了什么惊人可笑的事。尽管如此，他依然摆脱不了难过的日子，只要一想到自己狭长的背脊里被那双死水似的阴绿的眼睛盯住，就觉得受不了。

为了掩盖得更彻底，他的行为在防御的基础上产生了变异，开始了一种主动出击，他疯狂似的到处搜寻"窥视者"，因而变得脾气暴躁、多疑，老在屋里搜来搜去，经常地让脸上泛起不可捉摸的笑意，他开始愤愤地骂"窥视者"，见左右没人，连忙将一把鼻涕甩在街边上，又在衣襟上擦擦拇指，为此就是遭到一把灰的攻击也无所谓。终于，他那全副武装的神经有了收获，他发现了隔壁的女人是"窥视者"，岳父也是一个讨厌的"窥视者"，可恶的老头麻老五是个"窥视者"，最后连自己的老婆也成了"窥视者"……不断出击所获得的胜利终于使他忽然间发现自己陷于了"窥视者"的包围之中，"窥视者"的大量发现不仅没能使他摆脱焦虑，相反倒是加重了他的焦虑，他愈发地变得百倍的敏感与不安。在他看来，周围布满了窥视的欲望与行为：屋里的她遮遮掩掩、躲躲闪闪，翘着屁股忙个不停，反以为自己的行为很秘密；隔壁的她，一张吃惊的瘦脸在窗棂间晃了一晃立刻缩回去，于是，他意识到自己刚才的举动都被那女人窥在眼里了，浑身便不自在起来；老太婆立在屋当中，眼珠贼溜溜地转来转去，鼻孔里哼哼着；岳父则在暗中刺探他的一切，像幽灵一样，总在他意想不到的地方冒出来，钻进他的灵魂；而他呢，也变得训练有素了，学会偷偷地用事先准备好的馒头屑喂平台的麻雀，假装坐在门口修胡子，用一面镜子照着后面，偷眼观察隔壁那女人的一举一动，在确定并无可疑之处后才稍稍安下心来……他是费尽心机什么都注意到了，什么都留神了，独独没有想到的是，当他在搜寻世上的一切"窥视者"时，自己却成了一名最大的"窥视者"，他能抓到一切"窥视者"，而独独抓不到自己，他能窥视别人的一切，却独独无法窥视自身，他像一个"幻想"的制造商一样发泄自己的窥视欲，像着了魔似的毫不间隙地行动着。而我们这些旁观者只要离开他稍稍远一点，就不难发现其心理上的变异症状。他同时地陷入了一种双重的痛苦与打击，即窥视欲的折磨和害怕被别人窥视的恐怖。如果说，残雪小说的紊乱、变形、夸张，图像错位、荒诞、毫无节制等诸般特征，是与某种特定的心理情绪有密切关联的话，那么，体现在更善无身上的这种双重的痛苦与打击就是其根本的诱因。这也是残雪小说最为独特的形象，一个关于灵魂的形象。

三

患有窥视欲病状的人，从不以窥视的眼光与自身直接交谈，相反，他始终遵循"自我中心"的法则来对待除我之外的一切。问题在于，这个难以弥补的缺陷却由叙述者的超拔来承担，当一群患有窥视欲病患者集于一处的时候，也即说当小说第一人称"我"的叙述是由几个不断交替呈现的时候，它事实上就造成了每个人既窥视别人，也同样地被别人所窥视的立体交叉。这样，缺陷被克服了，窥视与被窥视就变得更加猖獗。于是，人的形象被肢解，人的行为被歪曲了，这个梦幻般的世界也就更加纷乱、不安与躁动无常，而由窥视与被窥视所带来的一系列其他的心理症状便纷至沓来。

麻老五是一个攻击欲很强的高手，他养着一只脱光了毛的白公鸡，为的是每天都能拼命地去追那只鸡，有时还用石头朝它身上扔，将它背上打出几个肿块来才罢手。有攻击自然便有逃避攻击的行为，更善无每天像逃避瘟疫似的逃避麻老五的诅咒。但老头发现了他的逃避勾当以后，反而更加执着了，每次都对着他的背影用怜悯的口气说出那使人发狂的字眼，这已经成了他的一种最大的赏心乐事。自然，更善无是无能得够可以了，那便是一种懦弱的性格，在麻老五这样肆无忌惮的攻击面前，也会产生行为上的反攻击的，于是，更善无到了忍无可忍的地步，就当众死死揪住了麻老五的手臂，将一只臭虫塞到他手里，并且当众宣布要将他的私人秘密公布于众，这种攻击欲致使焦虑不安的情绪带上了振奋与自信的面具，在那一场场假面舞会上成功地掩饰了更多的疲惫不堪与无所适从，暂时的欢欣也同时使许多人获得鼓舞：一个她是将所有的门窗全钉上铁栅，与世隔绝，又与世相斗；一个他则每天夜里都在街上蹓来蹓去，搜集过路行人遗下的唾沫，装在一个随身的公文包里面，随时准备淹死与他争吵的人；一个她在帐子里恶狠狠地磨牙，随时准备咬死自己的丈夫……

有时，攻击本身也会产生某种变异，当攻击者找不到发泄对象的时候，或者当他们发现自己无法攻击对象的时候，便以替代的形式开始了无端的带有攻击符号的举止，这就是为什么扔东西、踩东西、手的东指西指、扫帚的东甩西甩之类的动作在残雪小说中出现的次数特别多的缘故。还有我们在前面提到的那些八九不离十的情景，从隐语层的理解来看，刮风下雨实则也是一种攻击性的符号。总之，攻击的承受与发泄都可看作焦虑病症的恶性发展，这也是隶属于残雪的梦。

这使我们想起了袁四老娘的烦恼，她为了在五十岁的那一天所下定的复仇决心，为了被那可恶的疯狗从暗处跳出来咬一口的旧恨，便开始了挨家挨户地去袭击搜寻，甚至养成了夜间不睡觉的习惯，但是她怎么也找不到那攻击的对象，开始变得悲观厌世，每日躲在家里不停地哭泣、跺脚、无缘无故地砸烂玻璃，用气枪射击过往的行人……最后，当她沮丧无比且又感慨得老泪纵横的时候，真相忽然暴露于光天化日之下，而恰恰是这奇迹般的结果却使袁四老娘很响地打起了鼾。当她真正地睡下时，实则上正是那场焦虑的梦、攻击的梦以另一种形式开始醒了。

在这个梦的世界之中，我们见到了一个偌大的"诊所"，它事实上并不能担负治病的义务，但却又时时要承受着病态的折磨。当窥视者把一部分人的灵魂推向发泄攻击欲的层次时，又同时让另一部分人的灵魂留给疑神疑鬼的纠缠。后者难得有机会回到安宁，更多的是忽而又慌张起来："莫非有人偷听？到处都是贼，什么事都不可靠，我们不要忽视这类问题，从刮下大风那天起，天上就出现了裂缝……"《我在那个世界里的事情》要告诉我们的究竟是这个世界发生的事情呢？还是那个主观怀疑症的努力给这个世界带来的麻烦？如果一定要在这两者当中选其一的话，那我不得不慎重地选择后者。

所以，残雪的梦经常活动的场景，除了与世隔绝的屋子以外，就是非常态的人际关系，其中又以家庭关系为突出。作为"我"的敏感的神经又总是有着惊世骇俗的发现：母亲说话朝我做一个虚伪的笑容，小心翼翼地盯着我，向门边退去，"我"又看见她一边脸上的肉在可笑地惊跳；父亲用一只眼迅速地盯了我一下，我感觉到那是一只熟悉的狼眼，我恍然大悟，原来父亲每天夜里成为狼群中的一只；妈妈老在暗中与我作对。她在隔壁房里转来转去，弄得踏踏地响，使我胡思乱想；小妹妹的目光则永远是直勾勾的，刺得我脖子上长出红色的小疹来……这些就是残雪的梦向我们经常揭示出的家庭人际关系，这种人际关系又是通过《山上的小屋》集中而强烈地向我们做了缩影型的暗示。一种由主观幻想的对象化所作出的发现，也是一种奇迹般的类似梦呓式的叙述，它并不是为了向我们单向地叙述这些不堪忍受的对象，而是为了通过隐隐约约的途径由对象返回自身。所有释放窥视欲的攻击和怀疑，其所证明的对象完全可能是一种虚拟的假象，而假象一旦消除，幻影一旦破碎，最终暴露的也只能是他自己，所以，真正隐藏于窥视欲背后的，正是一种带有自爱倾向的暴露症患者，窥视别人达到了疯狂的程度，恰恰也反证了暴露症也发展到不能控制的程度。对我们来说，这个梦中的母亲、丈夫、父亲、妹妹诸形象的真实价值是不重要的，因为梦从来都是无法向我们如实地反映出白日的现实状态，它所向我们证明的至多只是一种隐隐约约的心理的现实与历史。梦中的事实，完全可能不存在，但也正是这种"无"，反向地向我们证实一种惯于制造幻象的心理状态的"有"，一个只爱自己而排除任何他人的窥视狂的存在。这使我们想起那个石磨，"巨大的阴森的怪物，日夜不停地磨，企图辗碎一切"。《苍老的浮云》在第三章淋漓尽致地描写了更善无等人的死亡，并无意于简单地展示一群人的具象的、现实的死亡，而是意味深长地隐语了一种心理病状的不可救药，一种失去理智的窥视欲和同样地怕别人窥视的恐惧症的"战争"，心灵的复仇及其最终的没有出路。

四

现在，我们离开这个"梦"稍许远一点，也即从小说叙述的符号图像来考虑，这样，原有的"有"与"无"、"存在"与"不存在"的冲突就合并成为另一种存在了，我们面对这样一种表意符号的真实图景，感受其中关于人的苦痛、隔膜、孤寂、愁思、烦恼等切实的情感。这一个"我"，一方面处在分裂、混乱、脱节、幻听的包围中；另一方面，又有一丝想要冲出重围，寻求清晰宁静的理智流露。精神的苦难不仅可以表现在清醒的理性之中，而且还是可以曲折地隐匿在复杂混乱的梦幻之中。当一个人艰苦地顽强地维持一种歪曲和否定现实的行为、思维和感知的风度时，原有的感知器官也会跟着膨胀起来，而在所有的感知变异状态中，唯有做梦才有着一种根本性的变化，因为，对梦来说，外部世界几乎完全消灭而为一个内部世界所代替，常规的时间与空间不复存在，事物的物理因果逻辑也被打碎，剩下的唯有人的异常敏感的视觉或其他感官所感觉到事物的记忆表象。

他的耳朵开始越来越灵敏:不时地听到红浆果落在瓦片上,树干的爆裂声,蚊虫在隔壁房里的喧闹;女人在床上辗转,以至关节会发出"啪哒、啪哒"的声响;父亲的腿会变成两根木棍,从早到晚在水泥地捣出"哒哒哒"的响声……这些都几乎不是常态的耳朵所能承受的声响了。当飘忽不定的语调、格格作响的牙齿、没完没了的提问、不知什么地方的呻吟、寂寞中可怕的脚步、黑暗中隆隆没个完的雷声、风声、雨声不断地向"他"或"她"袭来的时候,他们不得不用被子紧紧地蒙住头,有时还要用几只木箱压在被子上,或者从抽屉里找出一点棉芯,把耳朵紧紧地塞上才能获得稍息的安宁。这当然也免不了有"自我欺骗"的嫌疑。

不止于此,在一种维持梦境所不可缺的高浓度情绪刺激下,"他"或"她"的嗅觉、视觉也都同样进入了恶性的膨胀:一通夜,他都在这种烦人的香气里做着梦,而香气里有股浊味儿;在梦中,她每每看见烈日、沙滩、滚烫的岩石,那东西不断地煎熬着体内的水分;还有那多年前就有过的景象,发红的街火一亮一灭,灯罩在寒雾里喳喳地作响,地上有一层银霜,一个瘦子吹起口哨,红黄黄火焰从窗口玻璃上一跳一跳地升起,一股蒸气又将那影像弄模糊了,长满青苔的墙上晃动着许多影子,房子吱吱呀呀地摇晃,屋檐的冰柱纷纷掉落;还有那永无定形的苍老的浮云,时远时近、时隐时现,一幅渺茫的图像,更给了这些梦以永恒的困惑。

膨胀了的知觉活动,一旦实践了它的创造,便会马上反过来侵犯知觉的本身,"他"或"她"要防范和抵御的音响与幻象,原来就是他们变异了的知觉系统自己所独创的,一切的隐语和颇耐咀嚼的角落便只好让位给了这种类似自相残杀的圈套,自我折磨的迷宫,而无法知晓谜底的"他"或"她"却必须永不休止地投身于这种知觉的自我欺骗之中,这也就是我们所能看到而梦中人不能看到的悲剧。我想,这悲剧给予我们的启示就是,一旦作为人的心理的内在幻象展露在我们面前，一旦我们真正地面对了自己，一旦我们用自己的一只眼睛来看另一只眼睛时，将不难发现，除了表面外观世界的矛盾之外，还有一个平时鲜为人知的另一个世界，它们也同样拥有"地震""灾难"与"不幸"……

五

据说，曾有一位来自东南方向的女作家给残雪看了一盘手相。她用巫女般的目光在残雪的掌纹里审度良久，断言她"有两个灵魂"。这并不使我感到惊讶，从我的理解看，应该说每个人都具有两个灵魂的，它包括我们常讲到的诸如理性与感性、意识和潜意识、生与死、已知与未知这样的一种关于人的内在冲突。从这一点上讲，残雪并不例外。但残雪确实又有其与众不同之处，她用她的小说向我们证明了，她是具备了将人的两个灵魂撕离开来，并让它们相互注视、交谈、会晤，又彼此折磨的能力。我以为，这不仅是残雪与众不同的感觉，而且也是她构筑小说的基本特色，她的作品全用第一人称的叙述法，尽管我们可以说，同样作为第一人称的"我"，在其小说也是各各不同的。但有一点是可以肯定的，那就是残雪之所以不能离开第一人称的同视界叙述法，显然是同她沿用梦的语言分不开的。依赖于这样的叙述视角，叙述者才得以顺利地进入"梦境"之中，而梦所知觉的一切才能成为叙述的对象。正如我们在前面谈到的那些作品一样，残雪的梦话，其基本形态就在于，从"我"的视线出发，把因膨胀了的知觉所制造幻象与音响对象化，并进一步把对象化了的东西作为"我"的对抗体。当人们习惯于把众多的人物集中起来，让他们演绎无穷无尽的故事时，残雪却把单个的"我"分离无数个"我"与"你"，然后再繁衍她的小说，从这个意义上讲，残雪的小说结构，就是让灵魂撕离成一种对话的形态。关于这一点，我们不妨翻开残雪最近写的《布谷鸟叫的那一瞬间》、《约会》、《天堂里的对话》（一）（二）等几篇作品。

"我"闭上眼，竭力要回到那个地方，那里有一个操场，屋檐水日夜滴答作响，那个很多年以前见到的孩子却永远地于我有无法抵御的能力，"我"耐心地等待着他，顽强地寻找着，寻找着与那布谷鸟叫的瞬间美与温暖，或许看过的松草、蝴蝶、菱角香，还有那小红帽……但是他的寻找没有如愿以偿，相反碰到的尽是巨大的失望与冰冷灰心，失望使"我"眼内长起了白内障，看不见希望之光，于是记忆在耐心的帮助下变成了另一副眼睛而延伸到另一个世界……

于是等待又迎来教诲：你告诉了我关于夜来香的秘密，你教我每天半夜里等待。也有的时候，它并不来，因为它从不曾存在于某处，你又告诉我，你的声音充满了诱惑。明明是见到了"我"所期待的你，结果也只能等待，约会也只能是黑暗中我看不见你，你也同样看不见我的时候进行，这是无法期待的对话，但这又是只能等待的对话。你如果认为对话只能是阳面上的明白式，那么对话只能跌落万丈深渊，反之如果你发现，黑暗中的存在并不依靠视觉的明见，对话也并非是阳光之下坐在一起的你与我，而是"在响着机械脚步声的黑黝黝的大路上，在陌生或稔熟的毫不相干的人间，相隔遥远或交臂而过，都分明交织着，也进行着无数的对话"，倘若真是如此的话，那么世间一切不可能的事都因之而可能了，不是幽会的幽会出现了，不是对话的对话产生了，人可能从来不曾听到过的对话发出了音响，尽管有时我们陷入了心房痉挛，"头昏得像风车转转着，在湖水深处，那漫漫的幸福的并且是羞涩的记忆，久远而朦胧的早晨的记忆依然产生着、进行着。由心底的泪湖产生出的浓浓迷雾一旦消散，那甜美的叨絮、和谐的对话也就暴露无遗了。"

我们有时候可真的给她搞糊涂了，那个"我"苦苦寻求、痴痴等待的、喋喋不休没完没了的"他"究竟是有还是没有呢？到底存在不存在呢？我们这些"白日"思维的头脑所发出的疑虑，依然地对"她"没有什么用处，她依然地沉浸在那种不同于世间阳面式的对话与约会之中。因为"她"的叙述从不走出这个梦的世界一步，所以，阅读的困惑是在所难免了。问题在于，哪一天我们委屈一下，换一种方式仔细打量她那种确切无疑的期待时，说不一定会发出豁然醒悟的惊讶：噢！"我"与"你"的对话与约会，原来就是"我"与"我"呀！

　　人一旦陷入撕离灵魂的体验之中，也就同样地陷入了认识自我的体验活动中，把自己的一部分作为审视与观照的对象，这样一来，平时易于为我们忽略与疏漏的对话与约会就会被发现，而正是这种发现的不易与机会的难得却成了残雪经常的创作上的诱发因素。用作者本人的话讲，就是："只有这样的对话，才能翻译出人的秘密，开启心灵的智慧。作为对话，艺术是发掘意识和潜意识的工作，也就是用活的自由的语言来构梦，依靠非凡的压缩和移置，将心中所有对立的错综的心理力量和冲突的感情加以调遣，促使那处于紧张或敌视、近在咫尺或相距遥远而似乎都永不相干的各方面直接面晤，让它们在理想的、回复到自身的静穆高远的图画和音响中和好如初。"这是相当精致的创作自白，它充分说明了这位作家具有清醒的创作上的自我意识。

　　残雪一旦敞开了她那语言的大门，我们的发现就会变得轻而易举，所谓这样一种对话与约会，就是经由叙述的符号流露出许多纠缠人自身的诸多焦虑与麻烦、失望与希望、永恒与瞬间、眷恋与迷失、执迷与醒悟、遗忘与记忆、自尊与自卑、痛苦与幸福、挑剔与辩解……并让它们顺利地进入梦境。

六

我曾经说过，残雪小说的叙事投影，其与众不同的一点就在于它使人物与叙述者处在同视界中，一种有限的视野使得叙述视角不可能指出和说明感知的变异，相反，叙述者正是一头沉浸于"我"的视界之中，因此，惯于常态阅读思维的读者就不得不陷入难解之谜的深渊。如果说，对创作来说，叙述的视线是至关重要的话，那么，对阅读来说，接受视线也是一样地不容忽略。自然，当代小说涉及梦与精神变异，并非残雪一个，但是残雪与他们之间的一个显著差别在于：同是写梦与精神的变异状态，其他小说的叙述者是站在白天的立场上，或者站在理智的立场上向我们叙述一个记忆的残梦和一种精神的变异；残雪不同，她的叙述视线决定了叙述者本身的立场就是处于梦幻状态，她的语言就是梦的语言，继续用作者的话讲，那就是："我想用文学，用幻想的形式说出这些话。"幻想成为形式就显然地包括叙述的形态与叙述者的视角，残雪正是在这一点上与她的"同类者"划清界限的（当然，这里的"幻想"如果改用"幻象"可能更确切些）。

当我们处在清醒的白天之际，理智地思考或说话时，都会遵循这样一种思考法则，其特征就是往往会局限在天时、地理、人际等客观因素的牢笼之中，也不能不同时遵循逻辑原则、推论及因果关系。但当一个人处于梦幻的黑夜时，其思考的法则就会发生很大的变更，它开始挣脱了原有的时空范畴，代之以内在情感与希冀的心理活动为因果关系，这种方式类似于我们平时讲的象征思维，它使艺术创造过程中的潜意识活动得以突出，死去的人，我们却明明看见他活着。明明几十年前发生的事情，它怎么突然间就发生在眼前。远隔千山万水的两件事情，它们却又不知什么时候交织在一起了。我们可在瞬间走遍世间的每一个角落，只要这个幻想的机器发动起来。分明是眼前的完全不同的两个人，他们怎么变成了一个人。事实上，这个梦的世界竟是由做梦者自由地创造出来的，它使得原来限制我们身体一切活动的时间与空间丧失了一切能力。

《天窗》所要告诉我们的就是这样一个"梦"，被人们长期遵守的关于天机不可泄露的训言，不知哪一天被推翻了，天窗大开，许多真正令我们不解的事情发生了，那个死了好久的老人居然给我们写起信来；人会突然发现自己变成了猴子或者大猩猩；如同鬼怪的人居然大摇大摆地从地窖和浴缸里钻了出来，而随同一起涌现的则是千奇百怪、有影无踪的原始景象：露水羞答答，天空蓝灿灿，树林里闪亮的飞蛾，红尘上的石榴树，矮地茶下一颗颗龙眼珠，还有那一大嘟噜一大嘟噜地挂在雾里的葡萄……天窗的打开唤来了永恒的舞蹈，储存于人意识背后的成千上万的其他记忆，还有那曾经被我们埋藏于深层的感觉、知觉与希望过的瞬间景观，它们也都一下子从不可见的幻象状态内涌了出来，当这一切又都用文字的符号叙述下来的时候，我们的阅读视线全被这种非常规的符号顺序排列所占领，它们按照自身的生存方式扩充开来，燃起记忆的火星与许多珍藏在灵魂深处的精神幻影，它们纷至沓来，没有惯常的事态顺序，也没有惯常的时间线性。似乎是一个火星点燃起来，时断时续，时真时幻。一个出现，另一个接踵而来，旧有的符号并未消失，新的符号业已出现，老的幻影在行将消失之际，忽而又因新的幻影的掺和而发出加倍的光亮。但所有这一切，又并不妨碍这紊乱的秩序在另一个层次上完成其自身富有诗意的统一与完整。梦幻虽然解除了环境的化装，辗碎了线性因果的链环，但是，它们马上又以另一种方式集聚起来，它们拥挤在意识的门口，组成一个密集的群体，突然冒出来，又立即解体，以另一种方式组合起来，以另一种形式再度出现，而梦幻就是这自始至终过程的动力。从我的猜想来看，《天窗》的梦幻就是这样一个渴望看清自身的"我"，买来镜子挂在墙上，一块又一块将四壁都占满了，连天花板也贴上，使它们互相反射，"我"在房里，如同置身在奇妙的晶体世界，真正的玻璃世界，即使我静候着，一动不动，也有那么多的假象。我一动弹就更假了。斜的倒置的反乱的，一个个没有彼此，一个个似是而非。一个比一个遥远。而面对面或紧挨着却互不看见，绝不相干，从不露声色。这就是一个梦，一个地地道道的梦，它属于这个梦的世界的缔造者，作为叙述者的"我"——一个绝妙的灵魂的形象。其梦核就在于一个这样的"我"对自身的追踪、审视与认识，以及因其对象化的变故而带来的经久的忧郁与迷失。这梦幻阴魂不散，它时常令我们记起歌德的诗句：

> 变幻无常的影子，你们又跟踪而至，
> 你们早已使我不得安宁。
> 莫非我的青春烈火已经冷却，
> 你们究竟何时才会消停？

当我们在注意着造梦的叙述者时，切莫忘了那隐蔽在背后的更为不可思议的作者，对残雪来说，以一种幻象的形式，叙述这么一个灵魂的形象与梦的世界，都是要付出几分冒险的代价。不管怎么样，她事实上已经这样做了，这就是放在我们面前的那些属于残雪的铅字符号，一堆同样有生命有情感的符号，还有那"折磨着残雪的梦"。依佛洛姆的说法："梦是我们自己传递给自己的信息，我们为了理解自己就必须理解梦。"现在，这些梦传递给了我们，我们在理解它的时候，也同样地包括着理解自身，我们能做到这一点吗？自信之余，可别忘了那个置身于奇妙的晶体世界中的幽灵。所以，我谨慎地把我的这些话称之为一种解读的尝试。

1987 年 3 月写于上海

461

注 文中所涉及作者的作品：

《山上的小屋》载《人民文学》1985 年第 7 期

《公牛》载《芙蓉》1985 年第 4 期

《雾》载《文学月报》1985 年第 6 期

《旷野里》载《上海文学》1986 年第 2 期

《苍老的浮云》载《中国》1986 年第 5 期

《我在那个世界里的事情》载《人民文学》1986 年第 11 期

《天窗》载《中国》1986 年第 8 期

《绣花鞋及袁四老娘的烦恼》载《海鸥》1986 年第 11 期

《阿梅在一个太阳里的愁思》载《天津文学》1986 年第 6 期

《布谷鸟叫的那一瞬间》载《青年文学》1986 年第 4 期

《美丽南方之夏日》载《中国》1986 年第 10 期

《小说两题》载《青海湖》1987 年第 2 期

《天堂里的对话》载《海鸥》1987 年第 1 期

图书在版编目（CIP）数据

黎明时分的拾荒者 / 程德培著 . -- 北京：作家出版社，2019.8

ISBN 978 - 7 - 5212 - 0434 - 6

Ⅰ . ①黎… Ⅱ . ①程… Ⅲ . ①中国文学 - 当代文学 - 文学评论 - 文集 Ⅳ . ①I206.7-53

中国版本图书馆 CIP 数据核字（2019）第049765号

黎明时分的拾荒者

作　　者：程德培
责任编辑：李宏伟
装帧设计：合和工作室
出版发行：作家出版社有限公司
社　　址：北京农展馆南里10号　　邮　　编：100125
电话传真：86 - 10 - 65067186（发行中心及邮购部）
　　　　　86 - 10 - 65004079（总编室）
E - mail: zuojia@zuojia. net. cn
http: // www. zuojiachubanshe. com
印　　刷：三河市紫恒印装有限公司
成品尺寸：145×210
字　　数：370千
印　　张：14.875
版　　次：2019年8月第1版
印　　次：2019年8月第1次印刷
ISBN 978 - 7 - 5212 - 0434 - 6
定　　价：58.00元